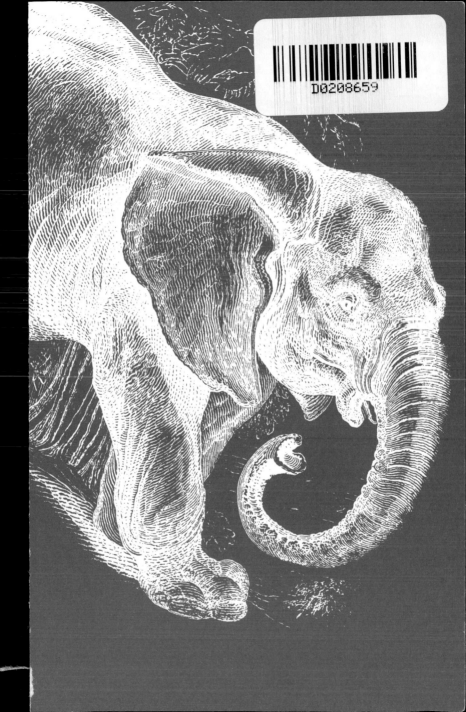

Aus Freude am Lesen

Eigentlich hat Allan Karlsson allen Grund zum Feiern: Er wird 100 Jahre alt. Das Problem ist nur, dass er im Altersheim festsitzt, noch alle Fünfe beisammen hat und sein Körper sich bisher standhaft weigert, das Zeitliche zu segnen. Zu allem Überfluss hat sich auch noch der Bürgermeister samt Lokalpresse angekündigt. Allan hat auf den ganzen Zirkus überhaupt keine Lust. So steigt er in seinen Pantoffeln kurzerhand aus dem Fenster und stellt bald ganz Schweden auf den Kopf ...

JONAS JONASSON, geb. 1961 im schwedischen Växjö, arbeitete nach seinem Studium in Göteborg als Journalist unter anderem für die Zeitungen »Smålandsposten« und »Expressen«. Später gründete er eine eigene Medien-Consulting-Firma. Doch nach 20 Jahren in der Medienwelt verkaufte er alles und zog in den Schweizer Kanton Tessin. Sein Roman »Der Hundertjährige, der aus dem Fenster stieg und verschwand« trat in Schweden eine regelrechte Allan-Karlsson-Manie los. Der Titel wurde in ganz Europa zum Bestseller, er erschien in über 30 Ländern. In Deutschland stand er monatelang auf Platz 1 der Spiegel-Bestsellerliste.

Jonas Jonasson

Der Hundertjährige, der aus dem Fenster stieg und verschwand

Roman

*Aus dem Schwedischen
von Wibke Kuhn*

btb

Die schwedische Originalausgabe erschien 2009 unter dem Titel
»Hundraåringen som klev ut genom fönstret och försvann«
bei Piratförlaget, Stockholm.

Verlagsgruppe Random House FSC® N001967
Das für dieses Buch verwendete FSC®-zertifizierte
Papier *Lux Cream* liefert Stora Enso, Finnland.

3. Auflage
Genehmigte Taschenbuchausgabe Dezember 2013,
btb Verlag in der Verlagsgruppe Random House GmbH, München
Copyright © 2009 by Jonas Jonasson
First published by Piratförlaget, Sweden
Published by arrangement with Pontas Literary & Film Agency,
Spain
Copyright © der deutschsprachigen Ausgabe 2011 by carl's books
in der Verlagsgruppe Random House GmbH, München
Umschlaggestaltung: semper smile, München
Umschlagmotiv: semper smile, München, unter Verwendung eines
Motivs von iStock 7 Olivier Bloneau und historischem Material
Druck und Einband: CPI – Clausen & Bosse, Leck
SL · Herstellung: sc
Printed in Germany
ISBN: 978-3-442-74492-3

www.btb-verlag.de
www.facebook.com/btbverlag
Besuchen Sie auch unseren LiteraturBlog www.transatlantik.de

Niemand konnte ein Publikum so in Bann schlagen wie Groß-vater, wenn er mit dem Priem im Mund und leicht auf seinen Stock gestützt auf seiner Holzbank saß.

»Ja, aber ... ist das denn wirklich wahr, Opa?«, fragten wir Enkel dann immer ganz hingerissen.

»Wenn ein'n man jümmers bloß de Wohrheit vertellt, denn is dat de Tid nich wert, dat je em tohört«, antwortete Großvater.

Dieses Buch ist ihm gewidmet.

Jonas Jonasson

1. KAPITEL

Montag, 2. Mai 2005

Man möchte meinen, er hätte seine Entscheidung etwas früher treffen und seine Umgebung netterweise auch davon in Kenntnis setzen können. Aber Allan Karlsson war noch nie ein großer Grübler gewesen.

Entsprechend war der Einfall auch noch ganz frisch, als der alte Mann sein Fenster im Erdgeschoss des Altersheims von Malmköping, Sörmland, öffnete und in die Rabatte kletterte.

Das Manöver war etwas mühselig – nicht unbedingt überraschend, wenn man bedenkt, dass Allan just an diesem Tage hundert geworden war. In einer knappen Stunde sollte die Geburtstagsfeier im Gemeinschaftsraum losgehen. Sogar der Stadtrat wollte anrücken. Und die Lokalpresse. Und die ganzen anderen Alten. Und das komplette Personal, allen voran Schwester Alice, die alte Giftspritze.

Nur die Hauptperson hatte nicht vor, zu dieser Feier aufzutauchen.

2. KAPITEL

Montag, 2. Mai 2005

Allan Karlsson stand zögernd in dem Stiefmütterchenbeet, das an der Längsseite des Altersheims verlief. Zu einer braunen Hose trug er ein braunes Jackett und ein Paar braune Pantoffeln. Mit der Mode hatte er es nicht so, aber das ist ja auch eher selten in diesem Alter. Er war vor seiner eigenen Geburtstagsfeier ausgebüxt, was ja auch eher selten ist in diesem Alter – nicht zuletzt deswegen, weil der Mensch generell selten in dieses Alter kommt.

Allan überlegte, ob er sich die Mühe machen sollte, noch einmal durchs Fenster in sein Zimmer zurückzuklettern, um Hut und Schuhe zu holen, aber als er feststellte, dass immerhin die Brieftasche in der Innentasche seines Jacketts steckte, ließ er es dabei bewenden. Außerdem hatte Schwester Alice schon mehrfach bewiesen, dass sie einen siebten Sinn besaß (egal, wo er seinen Schnaps versteckte, sie fand ihn grundsätzlich), und vielleicht lief sie ja gerade durch den Flur und witterte, dass hier etwas faul war.

Lieber abhauen, solange noch Zeit ist, dachte Allan und kletterte mit knacksenden Kniegelenken aus der Rabatte. Soweit er sich erinnern konnte, steckten in seiner Brieftasche ein paar Hunderter, die er sich zusammengespart hatte, und das war auch ganz gut so, denn kostenlos würde er sich sicher nicht verstecken können.

Also wandte er noch einmal den Kopf und warf einen Blick auf das Altersheim, von dem er bis vor Kurzem noch geglaubt hatte, dass er bis zu seinem Lebensende darin wohnen würde. Und dann sagte er sich, dass er ja auch ein andermal und anderswo sterben konnte.

Der Hundertjährige schlich sich also davon mit seinen Pisspantoffeln (die so heißen, weil Männer in hohem Alter selten weiter als bis zu ihren Schuhspitzen pissen können). Erst durch einen Park, dann an einem freien Feld entlang, auf dem ab und zu ein Markt in dem ansonsten recht stillen Städtchen abgehalten wurde. Nach ein paar hundert Metern bog Allan hinter der stolz aufragenden mittelalterlichen Kirche ab und setzte sich auf eine Bank neben den Grabsteinen, um seinen Knien eine kleine Pause zu gönnen. Mit der Gottesfurcht war es in der Gemeinde nicht so weit her, dass Allan befürchten musste, von seinem Sitzplatz aufgescheucht zu werden. Wie er feststellte, war ein gewisser Henning Algotsson, der unter dem Stein genau gegenüber von Allans Sitzbank lag, genau sein Jahrgang – Ironie des Schicksals. Der Unterschied zwischen ihnen beiden bestand unter anderem darin, dass Henning einundsechzig Jahre früher die Segel gestrichen hatte.

Wenn Allan zu derlei Gedankenspielen geneigt hätte, hätte er vielleicht überlegt, woran Henning wohl im Alter von gerade mal neununddreißig Jahren gestorben sein mochte. Aber in das Tun und Lassen anderer Menschen hatte er sich noch nie eingemischt, nicht, wenn es sich irgend vermeiden ließ, was ja meistens der Fall war.

Stattdessen dachte er sich, dass er sich wohl ganz schön verschätzt hatte, als er da so im Heim herumgehockt und zu dem Schluss gekommen war, im Grunde könnte er einfach wegsterben und alles hinter sich lassen. Denn sosehr es einen auch überall zwickte und zwackte – es war doch viel interessanter und lehrreicher, auf der Flucht vor Schwester Alice zu sein, als reglos zwei Meter unter der Erde zu liegen.

Daraufhin stand das Geburtstagskind auf, trotzte seinen schmerzenden Knien und setzte nach einem Abschiedsgruß an Henning Algotsson seine schlecht geplante Flucht fort.

Allan überquerte den Friedhof in südlicher Richtung, bis ihm eine Steinmauer den Weg versperrte. Diese war kaum über einen Meter hoch, aber Allan war ein Hundertjähriger, kein Hochspringer. Auf der anderen Seite wartete jedoch das Reisezentrum von Malmköping, und der Alte begriff soeben, dass seine wackligen Beine ihn genau dorthin tragen wollten. Vor vielen, vielen Jahren hatte Allan einmal den Himalaya überquert. *Das* war wirklich mühsam gewesen. Daran musste er jetzt denken, als er vor dem letzten Hindernis zwischen sich und dem Reisezentrum stand. Er dachte so intensiv daran, dass das Mäuerchen vor seinen Augen fast zu einem Nichts zusammenschrumpfte. Und als es kaum mehr kleiner hätte werden können, kroch Allan hinüber, seinem Alter und seinen Knien zum Trotz.

In Malmköping herrschte selten Gedränge, und dieser sonnige Frühlingstag machte keine Ausnahme. Allan war noch keiner Menschenseele begegnet, seit er mir nichts, dir nichts beschlossen hatte, seine eigene Geburtstagsfeier zu schwänzen. Der Wartesaal des Reisezentrums war ebenfalls fast leer, als Allan in seinen Pantoffeln hereingeschlurft kam. Aber nur fast. Mitten im Saal standen zwei Bankreihen mit den Rücken zueinander. Alle Plätze frei. Rechts befanden sich zwei Schalter, von denen der eine geschlossen war, während hinter dem anderen ein mageres Männchen mit einer kleinen runden Brille saß, mit seitlich gescheiteltem, schütterem Haar und einer Uniformweste. Er blickte gequält von seinem Computerbildschirm auf, als Allan die Halle betrat. Vielleicht fand er ja, dass heute Nachmittag einfach viel zu viel los war – wie Allan gerade bemerkt hatte, war er nämlich doch nicht der einzige Reisende im Saal. Tatsächlich stand in einer Ecke ein schmächtiger junger Mann mit langen, fettigen blonden Haaren, struppigem Bart und einer Jeansjacke mit der Aufschrift *Never Again* auf dem Rücken.

Offensichtlich war der junge Mann des Lesens unkundig, denn er stand vor der Behindertentoilette und zerrte an der Klinke, als würde ihm das knallgelbe Schild mit der schwarzen Aufschrift »Gesperrt« nichts sagen.

Wenig später wechselte er jedenfalls zur Toilettentür nebenan, aber dort stand er vor dem nächsten Problem. Anscheinend wollte sich der junge Mann nicht von seinem großen grauen Koffer auf Rollen trennen, doch für beide auf einmal war die Toilette zu klein. Allan erkannte sofort, dass der Mann den Koffer entweder draußen lassen musste, während er seine Notdurft verrichtete, oder hineinbugsieren, während er selbst draußen blieb.

Doch Allan konnte keine größere Anteilnahme an den Sorgen des jungen Mannes aufbringen. Stattdessen bemühte er sich, die Füße zu heben, so gut es ging, während er an den geöffneten Schalter trippelte und sich bei dem kleinen Beamten erkundigte, ob es wohl irgendein Verkehrsmittel gäbe, das in den nächsten Minuten in irgendeine beliebige Richtung abfuhr, und was es in dem Fall wohl kosten mochte.

Der Schalterbeamte sah müde aus. Und er musste irgendwann mitten in Allans Ausführungen den Faden verloren haben, denn nach kurzer Bedenkzeit erkundigte er sich:

»Und welches Reiseziel hatten Sie dabei im Sinn?«

Allan setzte neu an und erinnerte das Männchen daran, dass er das Reiseziel und somit auch die Streckenführung als untergeordnet betrachtete und größeren Wert auf a) Abfahrtszeit und b) Kostenpunkt legte.

Der kleine Mann schwieg wieder ein paar Sekunden, während er in seine Tabellen glotzte und Allans Worte verdaute.

»Bus 202 fährt in drei Minuten nach Strängnas. Passt Ihnen das?«

Ja, befand Allan, das sei durchaus passend, woraufhin man ihn informierte, dass besagter Bus von der Haltestelle gleich vor der Eingangstür abfuhr und dass es wohl am geschicktesten wäre, die Fahrkarte direkt beim Busfahrer zu lösen.

Allan fragte sich im Stillen, was der kleine Mann wohl hinter diesem Schalter zu suchen hatte, wenn er keine Fahrkarten verkaufte, sprach die Frage aber nicht aus. Vielleicht fragte sich der kleine Mann hinter seinem Schalter ja genau dasselbe. Also bedankte Allan sich einfach für die Hilfe und versuchte, zum Gruß noch den Hut zu lüften, den er in der Eile des Aufbruchs nicht mitgenommen hatte.

Der Hundertjährige setzte sich auf eine der zwei leeren Bankreihen, mit seinen Gedanken allein. Die verdammte Jubiläumsfeier im Heim sollte um drei Uhr beginnen, bis dahin waren es noch zwölf Minuten. Demnächst würden sie also an Allans Zimmertür klopfen, und dann war die Hölle los, so viel stand fest.

Der Jubilar lächelte in sich hinein, während er aus dem Augenwinkel jemanden näher kommen sah. Es war der schmächtige junge Mann mit den langen, fettigen blonden Haaren, dem struppigen Bart und der Jeansjacke mit der Aufschrift *Never Again* auf dem Rücken. Er steuerte direkt auf Allan zu, seinen großen Koffer auf den vier kleinen Rollen im Schlepptau. Allan war sofort klar, dass er Gefahr lief, sich mit dem Langhaarigen unterhalten zu müssen. Doch das war ihm im Grunde gar nicht mal unrecht, denn auf diese Art konnte er doch mal einen Einblick bekommen, wie die Jugend von heute so über allerlei Themen dachte.

In der Tat entspann sich ein Dialog, wenn auch kein ganz so anspruchsvoller. Der junge Mann blieb ein paar Meter vor ihm stehen, schien den alten Mann kurz prüfend zu mustern und sagte dann:

»Heyhörnsemal.«

Allan antwortete freundlich, dass er ihm ebenfalls einen guten Tag wünsche, und erkundigte sich, ob er ihm mit irgendetwas dienen könne. Und so war es denn auch. Der junge Mann wollte nämlich, dass Allan den Koffer im Auge behielt, während der Eigentümer desselben seine Notdurft auf der Toilette verrichtete. Oder, wie sich der junge Mann ausdrückte:

»Ich muss mal scheißen.«

Allan erwiderte höflich, dass er zwar alt und gebrechlich sei, doch sicherlich noch über so gute Augen verfüge, dass es ihm nicht allzu beschwerlich vorkomme, den Koffer des jungen Mannes zu hüten. Allerdings empfahl er dem jungen Mann eine gewisse Eile, da er in Bälde einen Bus erwischen müsse.

Letzteres hörte der junge Mann freilich nicht mehr, denn er eilte schon im Laufschritt auf die Toilette zu, bevor Allan seinen Satz vollendet hatte.

Der Hundertjährige hatte nie zu den Leuten gehört, die sich über andere aufregen – mochte es nun Anlass dazu geben oder nicht –, und er störte sich auch nicht an der ungehobelten Art dieses jungen Mannes. Doch empfand er sicherlich auch keine ausgeprägte Sympathie für den betreffenden Jüngling, was durchaus von Bedeutung war für das, was als Nächstes geschehen sollte.

Und zwar, dass der Bus 202 vor dem Eingang vorfuhr, nur wenige Sekunden nachdem sich die Toilettentür hinter dem jungen Mann geschlossen hatte. Allan warf erst einen Blick auf den Bus und dann auf den Koffer, dann wieder auf den Bus und dann noch einmal auf den Koffer.

»Er hat ja Rollen«, sagte er zu sich. »Und so einen Griff zum Ziehen hat er auch.«

Und so überraschte er sich selbst damit, dass er einen, wie man es wohl ausdrücken könnte, lebensbejahenden Entschluss fasste.

Der Busfahrer war kundenorientiert und höflich und half dem alten Mann mit dem großen Koffer in den Bus.

Allan bedankte sich und zog die Brieftasche aus der Innentasche seiner Jacke. Der Fahrer fragte, ob der Herr wohl ganz bis nach Strängnäs mitfahren wolle, während Allan seine Barschaft zählte. Sechshundertfünfzig Kronen in Scheinen und ein paar Münzen. Weil er es für das Beste hielt, jede Krone zweimal umzudrehen, blätterte er einen Fünfziger hin und fragte:

»Wie weit komme ich wohl hiermit?«

Der Busfahrer erwiderte fröhlich, er sei ja Leute gewöhnt, die zwar wüssten, wohin sie wollten, aber nicht, was es kostete – hier sei es doch tatsächlich mal umgekehrt. Dann erklärte er nach einem Blick auf seine Tabelle, dass man für achtundvierzig Kronen bis Byringe Bahnhof fahren könne.

Damit war Allan einverstanden. Er bekam seine Fahrkarte und zwei Kronen Wechselgeld. Den frisch gestohlenen Koffer stellte der Fahrer in den Stauraum hinter seinem Sitz, und Allan setzte sich in die erste Reihe auf die rechte Seite. Von dort aus konnte er durchs Fenster in den Wartesaal des Reisezentrums blicken. Als der Busfahrer den Gang einlegte und losrollte, war die Toilettentür noch immer geschlossen. Allan wünschte dem jungen Mann ein paar besonders schöne Momente da drin – wo ihn doch so eine Enttäuschung erwartete, wenn er herauskam.

Der Bus nach Strängnäs war nicht gerade überfüllt an diesem Nachmittag. Ganz hinten saß eine Frau mittleren Alters, die in Flen zugestiegen war, in der Mitte eine junge Mutter, die sich mit zwei Kindern – eines davon im Kinderwagen – in Solberga an Bord gehangelt hatte, und ganz vorne ein sehr alter Mann, der in Malmköping zugestiegen war.

Letzterer überlegte gerade, warum er eigentlich diesen grauen Koffer auf Rollen gestohlen hatte. Vielleicht … weil er es konnte? Oder weil der Besitzer so ein Lümmel war? Oder weil der Koffer vielleicht ein Paar Schuhe und sogar einen Hut enthalten könnte? Oder weil der alte Mann nichts zu verlieren hatte? Nein, Allan konnte es selbst nicht sagen. Wenn das Leben Überstunden macht, fällt es einem eben leichter, sich gewisse Freiheiten herauszunehmen, dachte er und setzte sich bequem auf seinem Platz zurecht.

Es schlug drei Uhr, und der Bus fuhr am Björndammen vorbei. Allan stellte fest, dass er bis jetzt ganz zufrieden mit den Entwicklungen des Tages war. Dann schloss er die Augen, um ein kleines Nickerchen zu halten.

Im gleichen Augenblick klopfte Schwester Alice an die Tür zu Zimmer 1 im Altersheim von Malmköping. Sie klopfte noch einmal. Und noch einmal.

»Jetzt seien Sie doch nicht so bockig, Allan. Der Stadtrat und die anderen sind schon alle da. Hören Sie? Sie haben doch nicht schon wieder getrunken, Allan? Jetzt kommen Sie aber endlich raus, Allan! Allan?«

Ungefähr gleichzeitig öffnete sich die Tür der momentan einzigen benutzbaren Toilette des Reisezentrums Malmköping, und heraus kam ein in zweifacher Hinsicht erleichterter junger Mann. Nach ein paar Schritten in den Wartesaal hinein, wobei er mit der einen Hand seinen Gürtel zurechtrückte und sich mit der anderen durchs Haar fuhr, blieb er abrupt stehen, starrte erst auf die zwei leeren Bankreihen, dann panisch nach rechts und nach links, woraufhin er laut sagte:

»Verdammt, was hat dieser verfluchte, beschissene Drecks…«

Dann verlor er den Faden und musste noch einmal ansetzen.

»Du bist so gut wie tot, du alter Wichser. Ich muss dich bloß finden…«

3. KAPITEL

Montag, 2. Mai 2005

Kurz nach drei Uhr nachmittags am 2. Mai war es auf Tage hinaus vorbei mit der Ruhe im Altersheim von Malmköping. Schwester Alice wurde nicht wütend, sondern machte sich tatsächlich Sorgen, weswegen sie auch ihren Generalschlüssel aus der Tasche zog. Da Allan sich nicht die Mühe gemacht hatte, seinen Fluchtweg zu verheimlichen, konnte man sofort feststellen, dass das Geburtstagskind aus dem Fenster geklettert war. Nach den Fußspuren zu urteilen, war es eine Weile zwischen den Stiefmütterchen herumgestapft und dann verschwunden.

Kraft seines Amtes fühlte der Stadtrat, dass er jetzt das Heft in die Hand nehmen musste. Er beauftragte das Personal, sich in Zweiergruppen auf die Suche zu machen. Allan konnte ja noch nicht weit gekommen sein, die Gruppen sollten sich also auf die nähere Umgebung konzentrieren. Eine wurde in den Park geschickt, eine ins Spirituosengeschäft (wohin sich Allan zuweilen verirrte, wie Schwester Alice zu berichten wusste), eine zu den anderen Geschäften an der Storgatan und eine zum Gemeindesaal. Der Stadtrat selbst wollte im Altersheim bleiben, um ein Auge auf die Alten zu haben, die sich noch nicht in Luft aufgelöst hatten, und um sich die nächsten Schritte zu überlegen. Er bat die Suchtrupps, ein bisschen diskret vorzugehen, die Sache musste ja nicht unnötig breitgetreten werden. Im allgemeinen Aufruhr war dem Stadtrat aber ganz entgangen, dass eine der Zweiergruppen, die er gerade losgeschickt hatte, aus einer Reporterin der Lokalzeitung und ihrem Fotografen bestand.

* * * *

Das Reisezentrum fiel nicht in den Bereich, in den der Stadtrat seine Suchtrupps geschickt hatte. Dort hatte allerdings eine Einergruppe – bestehend aus einem erbosten, schmächtigen jungen Mann mit langen, fettigen blonden Haaren, struppigem Bart und einer Jeansjacke mit der Aufschrift *Never Again* auf dem Rücken – bereits alle denkbaren Schlupfwinkel des Bahnhofs durchkämmt. Nachdem weder der Alte noch der Koffer auffindbar waren, trat der junge Mann resolut vor den kleinen Beamten hinter dem einzigen geöffneten Schalter, um sich Informationen über die eventuellen Reisepläne des Alten zu verschaffen.

Der kleine Beamte hatte seinen Job zwar satt, aber ein gewisses Berufsethos hatte er sich denn doch noch bewahrt. Deswegen erklärte er dem geräuschvoll auftretenden jungen Mann, die Reisenden an diesem Busbahnhof könnten sich jederzeit darauf verlassen, dass ihre persönlichen Angaben mit Diskretion behandelt wurden. Ein wenig hochmütig fügte er hinzu, dass er unter keinerlei Umständen geneigt sei, dem Ansuchen des jungen Mannes stattzugeben und derlei Informationen mit ihm zu teilen.

Der junge Mann schwieg einen Moment und verdolmetschte sich die Worte des kleinen Beamten in verständliches Schwedisch. Daraufhin ging er fünf Meter nach links, zur nicht allzu stabilen Eingangstür zum Schalterbereich. Er machte sich gar nicht erst die Mühe zu überprüfen, ob sie vielleicht abgeschlossen war, sondern nahm bloß kurz Anlauf und trat mit dem rechten Stiefel die Tür ein, dass die Splitter in alle Richtungen stoben. Der kleine Beamte konnte nicht einmal den Telefonhörer abheben, nach dem er gegriffen hatte, um Hilfe zu rufen, denn ehe er sich's versah, zappelte er vor dem jungen Mann in der Luft, der ihn mit festem Griff bei den Ohren gepackt und hochgehoben hatte.

»Ich weiß vielleicht nicht, was ›Diskretion‹ bedeutet, aber eines weiß ich ganz sicher, nämlich wie man die Leute zum Reden bringt«, sagte der junge Mann zu dem kleinen Beamten, bevor er ihn mit einem leichten Rums wieder auf seinen Drehstuhl setzte.

Anschließend beschrieb er ihm, was er – unter Zuhilfenahme von

Hammer und Nägeln – mit dem Geschlechtsorgan seines Gegenübers anstellen würde, falls dieser seinem Wunsch nicht entsprechen sollte. Die Beschreibung war so anschaulich, dass der kleine Beamte sofort bereit war zu erzählen, was er wusste, nämlich dass der Alte wahrscheinlich mit einem Bus Richtung Strängnäs unterwegs war. Ob er einen Koffer mitgenommen hatte, könne er allerdings nicht sagen, weil er nämlich nicht zu den Leuten gehöre, die harmlose Reisende ausspionierten.

An dieser Stelle verstummte der kleine Beamte, um zu sehen, wie zufrieden der junge Mann mit der Auskunft war, und er kam zu dem Schluss, dass er wohl gut daran tat, weitere Angaben hinzuzufügen. Deshalb erklärte er rasch, dass es auf der Strecke von Malmköping nach Strängnäs zwölf Haltestellen gebe und dass der Alte an jeder beliebigen aussteigen konnte. Wer in dieser Frage genauere Auskunft geben könne, sei der Busfahrer, und der träfe laut Fahrplan um 19.10 Uhr des heutigen Abends wieder in Malmköping ein, auf der Rückfahrt Richtung Flen.

Jetzt setzte sich der junge Mann neben den verschreckten kleinen Beamten mit den schmerzenden Ohren.

»Muss mal kurz nachdenken«, verkündete er.

Und dann dachte er nach. Er dachte, dass er mit ziemlicher Sicherheit die Handynummer des Busfahrers aus dem kleinen Mann herausschütteln konnte, um dann den Fahrer anzurufen und ihm mitzuteilen, dass der Koffer des Alten Diebesgut war. Doch dabei bestand freilich die Gefahr, dass der Busfahrer die Polizei einschaltete, und das wollte der junge Mann ganz sicher nicht. Außerdem war es im Grunde noch nicht so eilig, denn der Alte hatte schrecklich alt ausgesehen, und wenn er nun auch noch einen Koffer mit sich herumschleppen musste, würde er sich gezwungenermaßen auch ab Strängnäs mit Zug, Bus oder Taxi weiterbewegen. So würde er weitere Spuren hinterlassen, und der junge Mann würde überall einen finden, dem er die Ohren langziehen konnte, damit er ihm erzählte, wohin der Alte unterwegs war. Der junge Mann hatte großes Vertrauen in seine Fähigkeit, die Leute dazu zu überreden, ihr Wissen mit ihm zu teilen.

17

Als er fertig nachgedacht hatte, beschloss er, den entsprechenden Bus einfach abzuwarten und den Fahrer ohne übertriebene Freundlichkeit zu befragen.

Da die Sache nun klar war, stand der junge Mann wieder auf und erklärte seinem Gegenüber, was mit ihm, seiner Frau, seinen Kindern und seinem Haus passieren würde, falls es ihm einfallen sollte, der Polizei oder sonst wem zu erzählen, was gerade vorgefallen war.

Der kleine Schalterbeamte hatte zwar weder Frau noch Kind, aber ihm war doch daran gelegen, seine beiden Ohren sowie sein Geschlechtsorgan in einigermaßen unversehrtem Zustand zu behalten. Also schwor er bei seiner staatlichen Eisenbahnerehre, dass er keiner Menschenseele etwas verraten würde.

Und diesen Schwur hielt er bis zum nächsten Tag.

* * * *

Die ausgesandten Zweiergruppen kehrten zum Altersheim zurück und berichteten von ihren Beobachtungen. Beziehungsweise dem Mangel an ebensolchen. Der Stadtrat hatte instinktiv beschlossen, die Polizei aus dem Spiel zu lassen, und überlegte hin und her, wie die beste Alternative aussehen könnte. Da nahm sich die Reporterin die Frage heraus:

»Was haben Sie denn nun vor, Herr Stadtrat?«

Der Stadtrat schwieg ein paar Sekunden, dann verkündete er:

»Wir werden natürlich die Polizei einschalten.«

O Gott, wenn er eines auf dieser Welt hasste, dann war es die freie Presse.

* * * *

Allan wachte davon auf, dass der Fahrer ihn freundlich anstupste und ihm mitteilte, sie hätten jetzt Byringe Bahnhof erreicht. Anschließend bugsierte er den Koffer aus der Vordertür, und Allan folgte ihm.

Auf die Frage des Fahrers, ob der Herr ab hier allein zurechtkomme, erwiderte Allan, dass der Fahrer sich keine Sorgen zu machen brauche. Dann bedankte er sich für die Hilfe und winkte ihm zum Abschied, während der Bus wieder auf die Landstraße 55 fuhr und seinen Weg nach Strängnäs fortsetzte.

Die Nachmittagssonne stand schon recht tief hinter den hohen Fichten, die ringsum aufragten, und langsam begann er in seinem dünnen Jackett und den Pantoffeln zu frieren. Ein Byringe war weit und breit nicht zu sehen, geschweige denn der dazugehörige Bahnhof. Hier gab es nur Wald, Wald und nochmals Wald. In drei Richtungen. Und nach rechts ging ein kleiner Waldweg ab.

Allan überlegte, dass der Koffer, den er kurz entschlossen mitgenommen hatte, vielleicht warme Kleider enthielt. Aber der war abgeschlossen, und ohne Schraubenzieher oder anderes Werkzeug würde er ihn sowieso nicht aufbekommen. Ihm blieb nichts anderes übrig, als sich zu bewegen, wenn er nicht hier an der Landstraße herumstehen und langsam erfrieren wollte. (Die Erfahrung sagte ihm allerdings, dass ihm das wohl nicht mal gelingen würde, wenn er es darauf anlegte.)

Der Koffer hatte einen Griff an der Seite, und wenn man daran zog, rollte er brav auf seinen kleinen Rollen hinter einem her. Allan folgte also mit kleinen, schlurfenden Schritten dem Weg in den Wald. Hinter ihm holperte und schlingerte der Koffer über den Boden.

Nach ein paar hundert Metern erreichte Allan das, was offensichtlich Byringe Bahnhof war – beziehungsweise ein stillgelegtes Bahnhofsgebäude neben einer äußerst stillgelegten Bahnstrecke.

Er mochte ja ein Prachtexemplar von einem Hundertjährigen sein, aber nun war es doch alles ein bisschen viel gewesen in der kurzen Zeit. Allan musste sich auf den Koffer setzen, um sowohl seine Gedanken als auch neue Kräfte zu sammeln.

Schräg links vor ihm stand das heruntergekommene, zweigeschossige gelbe Bahnhofsgebäude. Die Fenster im Erdgeschoss waren allesamt mit rohen Brettern vernagelt. Schräg rechts verschwand das stillgelegte Eisenbahngleis in der Ferne, schnurgerade weiter in den umgebenden Wald hinein. Der Natur war es zwar noch nicht gelungen, die Schienen wieder ganz zurückzuerobern, aber das war sicher nur eine Frage der Zeit.

Der hölzerne Bahnsteig wirkte nicht gerade vertrauenerweckend. An der äußersten Planke konnte man immer noch die aufgemalte Warnung lesen: *Betreten der Gleise verboten*. Na, das Gleis konnte man sicher gefahrlos betreten, dachte Allan. Aber welcher Mensch, der auch nur ein Fünkchen Verstand besaß, würde freiwillig diesen *Bahnsteig* betreten?

Die Frage wurde umgehend beantwortet, denn auf einmal ging die Tür des Gebäudes auf, und ein Mann um die siebzig mit braunen Augen und grauen Bartstoppeln kam festen Schrittes herausspaziert. Er trug solide Stiefel, ein kariertes Hemd, eine schwarze Lederweste und eine Schirmmütze. Offenbar vertraute er darauf, dass die Bretter nicht unter ihm nachgaben, denn seine ungeteilte Aufmerksamkeit galt dem alten Mann.

Mitten auf dem Bahnsteig blieb der Schirmmützenmann stehen und musterte ihn mit einem Anflug von Feindseligkeit. Aber dann schien er sich eines Besseren zu besinnen, wahrscheinlich weil ihm aufging, was für ein gebrechliches Menschlein sich da auf sein Grundstück verirrt hatte.

Allan saß immer noch auf seinem frisch gestohlenen Koffer und wusste nicht, was er sagen sollte. Aber er sah dem Schirmmützenmann in die Augen und wartete auf dessen Eröffnungszug. Der kam ziemlich rasch und gar nicht so unfreundlich, wie man zunächst hätte erwarten mögen. Eher abwartend.

»Wer sind Sie, und was machen Sie auf meinem Bahnsteig?«, erkundigte sich der Schirmmützenmann.

Allan gab keine Antwort. Er wusste nicht recht, ob der Mann, der ihm da gegenüberstand, Freund oder Feind war. Doch dann fiel ihm ein, dass es vielleicht ganz klug wäre, sich nicht mit dem einzigen Menschen weit und breit anzulegen, der ihn in die Wärme einer Behausung bitten konnte, bevor die Abendkühle wirklich unerbittlich zuschlug. Daher beschloss er, einfach die Wahrheit zu sagen.

Also erzählte Allan, dass er Allan hieß, dass er auf den Tag genau hundert Jahre alt war und für sein Alter noch ganz munter, sogar so munter, dass er aus dem Heim abgehauen war, und dass er außerdem den Reisekoffer eines jungen Mannes gestohlen hatte, der darüber bestimmt nicht allzu erfreut sein dürfte, dass überdies Allans Knie im Moment nicht in Bestform waren und dass Allan sich wünschte, eine kleine Pause vom Spazierengehen einlegen zu können.

Nachdem er seine Ausführungen beendet hatte, verstummte er, blieb auf dem Koffer sitzen und wartete auf den Urteilsspruch.

»Na so was«, sagte der Schirmmützenmann und grinste. »Ein Dieb!«

»Ein alter Dieb«, verbesserte Allan missmutig.

Der Mann mit der Schirmmütze sprang geschmeidig vom Bahnsteig und näherte sich dem Hundertjährigen, um ihn genauer in Augenschein zu nehmen.

»Bist du wirklich hundert Jahre alt?«, erkundigte er sich. »Dann hast du jetzt sicher Hunger.«

Allan verstand die Logik dieser Schlussfolgerung nicht ganz, aber hungrig war er tatsächlich. Also fragte er, was denn auf der Speisekarte stehe und ob es möglicherweise zu machen sei, dass er auch einen Schnaps dazubekam.

Der Schirmmützenmann hielt ihm die Hand hin, um sich zum einen als Julius Jonsson vorzustellen und zum anderen dem Alten auf die Füße zu helfen. Dann teilte er Allan mit, dass er ihm den Koffer abnehmen könne, dass es Elchbraten gebe, wenn es recht sei, und dass er auf jeden Fall einen Schnaps dazubekommen könne, zur Wiederherstellung von Körper und Knien.

Mühsam kletterte Allan auf den Bahnsteig. Die Schmerzen sagten ihm, dass er noch lebte.

Julius Jonsson hatte seit mehreren Jahren keinen mehr zum Reden gehabt, daher kam ihm die Begegnung mit dem Alten mit Koffer gerade recht. Nachdem es einen Schnaps fürs erste Knie gegeben hatte und einen fürs zweite, gefolgt von einem weiteren für den Rücken und für den Nacken sowie einem für den Appetit, war man schon in bester Plauderstimmung. Allan wollte wissen, wovon Julius lebte, und der antwortete mit einer langen Erzählung.

Julius war im Norden zur Welt gekommen, in Strömbacka, unweit von Hudiksvall, als einziges Kind der Bauern Anders und Elvina Jonsson. Er arbeitete als Knecht auf dem Hof und bekam jeden Tag Prügel von seinem Vater, welcher der Meinung war, dass sein Sohn zu gar nichts taugte. Als Julius fünfundzwanzig war, starb erst seine Mutter an Krebs, und ihr Sohn trauerte sehr um sie. Wenig später ertrank der Vater im Sumpf, bei dem Versuch, eine Kuh zu retten. Auch da trauerte Julius sehr, denn er hatte wirklich an der Kuh gehangen.

Der junge Julius hatte keinerlei Talent zum Beruf des Landwirts (da hatte sein Vater also recht gehabt), und Lust genauso wenig. Also verkaufte er alles bis auf ein paar Hektar Wald, weil er glaubte, die könnten ihm auf seine alten Tage noch etwas nützen.

Dann fuhr er nach Stockholm und brachte innerhalb von zwei Jahren sein ganzes Geld durch. Woraufhin er in den Wald zurückkehrte.

Mit gewissem Eifer meldete er sich auf die Ausschreibung eines Großauftrags des Elektrizitätswerks Hudiksvall für fünftausend Hochspannungsmasten. Und da er sich für Details wie Arbeitgeberabgaben, Umsatzsteuer und dergleichen nicht interessierte, erhielt er den Zuschlag. Mit Hilfe von zehn ungarischen Flüchtlingen gelang es ihm außerdem, die Holzmasten fristgerecht zu liefern, und er bekam so viel Geld dafür, dass er es kaum glauben konnte.

So weit, so gut. Doch Julius hatte leider ein bisschen schummeln müssen, denn die Bäume waren noch nicht ganz ausgewachsen gewesen. Daher waren die Masten einen Meter kürzer als bestellt – was wohl keiner gemerkt hätte, aber leider verhielt es sich so, dass sich fast jeder Bauer der Gegend damals einen Mähdrescher angeschafft hatte.

Das Elektrizitätswerk Hudiksvall schlug nun auf sämtlichen Äckern und Weiden der Gegend die Masten in den Boden, und als die Erntezeit gekommen war, wurden an einem einzigen Vormittag die Hochspannungsleitungen an sechsundzwanzig Stellen heruntergerissen, und zwar von zweiundzwanzig verschiedenen, aber gleichermaßen fabrikneuen Mähdreschern. In dieser Ecke der Provinz Hälsingland brach daraufhin die Stromversorgung auf Wochen zusammen, die Erntearbeiten kamen zum Erliegen, und die Melkmaschinen streikten. Es dauerte nicht lang, bis der Zorn der Bauern, der sich zunächst gegen das Elektrizitätswerk Hudiksvall gerichtet hatte, stattdessen auf den jungen Julius niederging.

»Damals wurde der Ausdruck vom ›fröhlichen Hudiksvaller‹ nicht geprägt, das kann ich dir versichern. Ich musste mich sieben Monate im Hotel in Sundsvall verstecken, und dann war mein Geld wieder alle. – Wie wäre es mit noch einem Schnäpschen?«, fragte Julius.

Allan fand auch, dass sie noch einen trinken sollten. Den Elchbraten hatten sie mit einem gepflegten Pils heruntergespült, und jetzt ging es Allan so wunderbar, dass ihm der Gedanke ans Sterben plötzlich fast wieder Angst machte.

Julius setzte seine Erzählung fort. Nachdem er eines Tages in der Stadtmitte von Sundsvall fast von einem Traktor überfahren worden wäre (am Steuer saß übrigens ein Bauer mit mordlustigem Blick), begriff er, dass man ihm seinen kleinen Fehler in dieser Gegend die nächsten hundert Jahre nicht verzeihen würde. Also zog er um und landete in Mariefred, wo er sich eine Weile mit Gelegenheitsdiebstählen über Wasser hielt, bis er das Stadtleben satthatte und das stillgelegte Bahnhofsgebäude in Byringe für die fünfundzwanzigtausend Kronen erwerben konnte, die er eines Nachts im Tresor des Wirtshauses in Gripsholm gefunden hatte. Jetzt lebte er mehr oder weniger von der Stütze, Wilderei in den Nachbarwäldern, einer bescheidenen Produktion von selbst gebranntem Schnaps und Handel mit demselben sowie dem Weiterverkauf aller möglichen Besitztümer seiner Nachbarn, deren er irgendwie habhaft werden konnte. Er sei in der Umgebung nicht sonderlich beliebt, erzählte Julius, und Allan antwortete zwischen zwei Bissen Elch, dass er das sogar irgendwie verstehen könne.

Als Julius meinte, dass sie noch ein letztes Gläschen nehmen sollten – »zum Nachtisch« –, erklärte Allan, dass er für derlei Nachtische schon immer eine Schwäche gehabt habe, aber zunächst ein stilles Örtchen aufsuchen müsse, wenn es dergleichen denn im Hause gebe. Julius stand auf, machte die Deckenlampe an, da es schon zu dämmern begann, und teilte ihm gestenreich mit, dass es rechts von der Treppe im Flur ein funktionierendes WC gebe. Außerdem stellte er Allan in Aussicht, dass ihn bei seiner Rückkehr ein frisch eingeschenkter Schnaps erwartete.

Allan fand die Toilette am von Julius angegebenen Ort. Er stellte sich zum Pinkeln hin, und wie immer schafften es nicht alle Tröpfchen bis in die Schüssel. Ein paar landeten stattdessen weich auf seinen Pisspantoffeln.

Als er zur Hälfte fertig war, hörte Allan Schritte auf der Treppe. Im ersten Moment – das musste er zugeben – dachte er, dass es vielleicht Julius war, der sich gerade mit Allans frisch gestohlenem Koffer aus dem Staub machte. Aber dann wurde es immer lauter. Irgendjemand war auf dem Weg nach oben.

Wie Allan schlagartig klar wurde, bestand ein gewisses Risiko, dass die Schritte jenseits der Tür einem schmächtigen jungen Mann mit langen, fettigen blonden Haaren, struppigem Bart und einer Jeansjacke mit der Aufschrift *Never Again* auf dem Rücken gehörten. Und wenn er es denn tatsächlich sein sollte, dann war mit ihm jetzt sicher nicht gut Kirschen essen.

* * * *

Der Bus aus Strängnäs traf drei Minuten vor der fahrplanmäßigen Ankunft am Reisezentrum Malmköping ein. Da der Bus leer war, hatte der Fahrer nach der letzten Haltestelle ein bisschen aufs Gas gedrückt, weil er gern eine rauchen wollte, bevor er die Fahrt nach Flen fortsetzte.

Doch kaum hatte der Fahrer seine Zigarette angesteckt, als ein schmächtiger junger Mann mit langen, fettigen blonden Haaren, struppigem Bart und einer Jeansjacke mit der Aufschrift *Never Again* auf dem Rücken auftauchte. Das heißt, die Aufschrift auf dem Rücken sah der Busfahrer in dem Moment nicht, aber sie war trotzdem da.

»Wollen Sie mit nach Flen?«, fragte er etwas unsicher, denn irgendwie kam ihm der junge Mann nicht ganz koscher vor.

»Ich fahre nicht nach Flen. Und Sie auch nicht«, erwiderte der junge Mann.

Vier Stunden lang auf die Rückkehr dieses Busses warten zu müssen, hatte das bisschen Geduld des jungen Mannes nicht unwesentlich strapaziert. Nach der Hälfte der Zeit war er außerdem darauf gekommen, dass er den Bus ja leicht auf dem Weg nach Strängnäs noch hätte einholen können, wenn er sofort ein Auto beschlagnahmt hätte.

Obendrein kurvten plötzlich jede Menge Streifenwagen durch die kleine Ortschaft. Die konnten auch jeden Moment beim Reisezentrum vorbeikommen und den kleinen Beamten hinter dem Schalterfenster fragen, warum er so verschreckt dreinblickte und warum die Tür zum Schalterbereich eigentlich so schief in den Angeln hing.

Es wollte dem jungen Mann nicht in den Kopf, was die Polizei eigentlich hier machte. Der Chef von *Never Again* hatte Malmköping aus drei Gründen für die Transaktion ausgewählt: erstens, weil es so nahe an Stockholm lag, zweitens, weil es eine relativ gute Verkehrsanbindung besaß, und drittens – sicher der wichtigste Grund –, weil der Arm des Gesetzes nicht bis hierher reichte. Kurz und gut, in Malmköping gab es praktisch keine Polizei.

Beziehungsweise: *sollte* es keine geben. Aber jetzt wimmelte es ja nur so von denen! Der junge Mann hatte zwei Autos und insgesamt vier Polizisten gesehen, was in seinen Augen gleichbedeutend mit Gewimmel war.

Erst glaubte er, sie seien hinter ihm her. Aber das hätte ja vorausgesetzt, dass der kleine Schalterbeamte geplaudert hätte, und das konnte der junge Mann mit Sicherheit ausschließen. Während er auf den Bus wartete, hatte er wenig anderes zu tun gehabt, als den Kerl genau im Auge zu behalten, sein Telefon in Stücke zu schlagen und die Tür notdürftig wieder instandzusetzen.

Als der Bus endlich kam und der junge Mann sah, dass kein Passagier darin saß, hatte er sofort beschlossen, den Fahrer mitsamt Bus zu entführen.

Er brauchte gerade mal zwanzig Sekunden, um den Busfahrer zu überreden, den Bus zu wenden und wieder Richtung Norden zu fahren. Das kommt ja nahe an meine persönliche Bestleistung, dachte der junge Mann, als er sich auf genau den Platz setzte, auf dem der Alte, den er jagte, heute auch gesessen hatte.

Der Busfahrer schlotterte vor Angst, die er nur mit Hilfe einer Beruhigungszigarette einigermaßen in Schach halten konnte. Im Fahrzeug galt zwar Rauchverbot, aber das einzige Gesetz, dem der Fahrer in diesem Moment gehorchte, saß schräg hinter ihm und war schmächtig, mit langen, fettigen blonden Haaren, struppigem Bart und einer Jeansjacke mit der Aufschrift *Never Again* auf dem Rücken.

Unterwegs erkundigte sich der junge Mann, wohin der alte Kofferdieb gefahren war. Der Fahrer erklärte, der Alte sei an einer Haltestelle namens Byringe Bahnhof ausgestiegen, aber das wohl eher aus Zufall. Dann erzählte er von der umgekehrten Verfahrensweise mit dem Fünfzigkronenschein und der Frage, wie weit man damit kam.

Über Byringe Bahnhof wusste der Fahrer nicht viel zu sagen, außer dass selten jemand an der fraglichen Haltestelle aus- oder einstieg. Aber er glaubte, dass sich ein Stückchen in den Wald hinein ein stillgelegter Bahnhof befand, daher auch der Name, und dass die Ortschaft Byringe irgendwo in der Nähe lag. Viel weiter konnte der Alte nicht gekommen sein, meinte der Fahrer. Er sei ja sehr alt gewesen und der Koffer schwer, auch wenn er auf Rollen lief.

Da wurde der junge Mann gleich ein bisschen ruhiger. Er hatte darauf verzichtet, den Chef in Stockholm anzurufen, denn der gehörte zu den wenigen Personen, die Menschen noch viel besser erschrecken konnten als der junge Mann selbst, einzig und allein mit Worten. Der junge Mann schauderte bei dem Gedanken, was der Chef sagen würde, wenn er wüsste, dass der Koffer verschwunden war. Lieber erst das Problem lösen und dann erzählen. Und da der Alte also gar nicht ganz bis Strängnäs und von dort aus noch weiter gefahren war, würde der junge Mann den Koffer schneller als befürchtet wieder zurückhaben.

»Hier ist es«, sagte der Fahrer. »Das ist die Haltestelle Byringe Bahnhof.«

Er ging vom Gas und lenkte den Bus an den Straßenrand. Musste er jetzt sterben?

Nein, wie sich herausstellte, musste er das nicht. Nur sein Handy starb einen raschen Tod unter dem Stiefel des jungen Mannes. Und dann ließ der junge Mann noch eine Flut von Todesdrohungen gegen sämtliche Familienmitglieder des Busfahrers los, für den Fall, dass dieser auf die Idee kommen sollte, die Polizei zu benachrichtigen, statt den Bus zu wenden und die Fahrt nach Flen fortzusetzen.

Dann stieg er aus und ließ den Fahrer mit seinem Bus davonfahren. Der arme Kerl war jedoch so verängstigt, dass er nicht mal zu wenden wagte, sondern schnurstracks bis Strängnäs weiterfuhr, wo er mitten auf der Trädgårdsgatan parkte und, immer noch unter Schock, in die Bar des Hotels Delia wankte. Dort kippte er vier Whiskys hintereinander und brach zum Schrecken des Barkeepers in Tränen aus. Nach zwei weiteren Whiskys bot ihm der Barmann ein Telefon an, falls er irgendjemanden anrufen wollte. Da schluchzte der Busfahrer gleich noch herzzerreißender – und rief seine Freundin an.

* * * *

Der junge Mann meinte, Spuren von den Rollen seines Koffers im Schotter zu entdecken. Bald würde die Sache geklärt sein. Und das war auch gut so, denn es begann schon zu dämmern.

Manchmal wünschte der junge Mann, er würde bei seinen Plänen etwas vorausschauender denken. Gerade jetzt fiel ihm nämlich auf, dass er in einem Wald stand, während es von Minute zu Minute dunkler wurde. Bald würde es ringsum stockfinster sein, und was sollte er dann anfangen?

Er wurde aus seinen Grübeleien gerissen, als er ein heruntergekommenes, teilweise mit Brettern verrammeltes gelbes Haus entdeckte, auf der anderen Seite des Hügelkamms, den der junge Mann gerade überwunden hatte. Und als im Obergeschoss jemand eine Lampe einschaltete, murmelte der junge Mann: »Jetzt hab ich dich, Alter.«

* * * *

Allan unterbrach seine Verrichtung, bevor er ganz fertig war. Vorsichtig öffnete er die Toilettentür und versuchte zu horchen, was in der Küche vor sich ging. Schon bald hatte sich sein Verdacht bestätigt: Er erkannte die Stimme gleich wieder, als nämlich der junge Mann Julius Jonsson anbrüllte, er solle ihm gefälligst verraten, wo »der andere Scheißtattergreis« sei.

Allan schlich sich zur Küchentür, wobei ihm seine weichen Pantoffeln gute Dienste leisteten. Der junge Mann hatte Julius ebenso bei den Ohren gepackt wie zuvor den kleinen Schalterbeamten im Reisezentrum Malmköping. Während er den armen Julius unbarmherzig durchschüttelte, wiederholte er seine Frage, wo Allan sich versteckt halte. Dieser fand, dass der junge Mann sich doch damit zufriedengeben könnte, seinen Koffer wiedergefunden zu haben, welcher deutlich sichtbar mitten im Zimmer stand. Julius verzog zwar das Gesicht, sagte aber keine Silbe. Dieser alte Holzhändler war ja aus einem wirklich harten Holz geschnitzt, dachte Allan. Dann sah er sich auf dem Flur nach einem passenden stumpfen Gegenstand um. In dem ganzen Gerümpel fanden sich einige durchaus zweckmäßige Waffen: ein Kuhfuß, ein Brett, eine Dose Insektenspray und eine Packung Rattengift. Im ersten Moment blieb sein Blick am Rattengift hängen, aber ihm fiel keine Möglichkeit ein, wie er dem jungen Mann ein bis zwei Esslöffel davon verabreichen sollte. Der Kuhfuß hingegen war für den Hundertjährigen zu schwer, und das Insektenspray … nein, ihm blieb nur das Brett.

Also packte Allan die Waffe seiner Wahl und war mit vier für sein Alter sensationell schnellen Schritten direkt hinter seinem Opfer.

Dieses musste geahnt haben, dass Allan hinter ihm stand, denn gerade als der Alte zum Schlag ausholte, ließ der junge Mann Julius Jonsson los und fuhr herum.

Das Brett traf ihn mit voller Wucht an der Stirn. Einen Moment blieb er noch aufrecht stehen und stierte in die Luft, ehe er rücklings zu Boden fiel und sich den Hinterkopf noch am Küchentisch anschlug.

Kein Blut, kein Stöhnen, nichts. Er lag einfach nur da, die Augen mittlerweile geschlossen.

»Volltreffer«, gratulierte Julius.

»Danke«, sagte Allan. »Sag mal, hattest du mir nicht einen Nachtisch versprochen?«

Allan und Julius setzten sich an den Küchentisch, während der langhaarige junge Mann zu ihren Füßen schlummerte. Julius goss ihnen zwei Schnäpse ein, reichte Allan das eine Glas und prostete ihm mit dem anderen zu. Allan prostete zurück.

»So!«, sagte Julius, als er den Fusel gekippt hatte. »Ich schätze mal, es handelt sich hier um den Besitzer des Koffers?«

Die Frage war eher eine Feststellung. Allan sah ein, dass es Zeit für die eine oder andere detailliertere Erklärung war.

Nicht, dass es so viel zu erklären gegeben hätte. Das meiste, was im Laufe des Tages passiert war, kapierte Allan ja selbst kaum. Aber er schilderte auf jeden Fall, wie er aus dem Heim ausgerissen war, fuhr mit der zufälligen Entwendung des Koffers im Reisezentrum Malmköping fort und schilderte zum Schluss seine schleichende Sorge, dass der junge Mann, der jetzt ohnmächtig auf dem Boden lag, ihn bald aufspüren würde. Um sich schließlich aufrichtig dafür zu entschuldigen, dass Julius jetzt mit knallroten, schmerzenden Ohren dasaß. Doch da regte sich sein Gastgeber geradezu auf und meinte, Allan bräuchte sich wahrhaftig nicht dafür zu entschuldigen, dass in Julius Jonssons Leben endlich mal so richtig was los war.

Julius war auch schon wieder in Form. Und er fand, jetzt sei es an der Zeit, dass sie beide mal einen Blick in diesen Koffer warfen. Als Allan ihn darauf hinwies, dass er abgeschlossen war, bat ihn Julius, kein dummes Zeug daherzureden.

»Seit wann hätte ein Schloss einen Julius Jonsson aufhalten können?«, fragte Julius Jonsson.

Doch alles zu seiner Zeit, fand er. Zunächst sollten sie sich lieber um das Problem auf dem Boden kümmern. Es wäre ja wenig vorteilhaft, wenn der junge Mann aufwachte und da weitermachte, wo er aufgehört hatte, als ihm die Lichter ausgingen.

Allan schlug vor, ihn an einen Baum vor dem Bahnhofsgebäude zu fesseln, doch Julius wandte ein, dass man den jungen Mann bis in den Ort hören würde, wenn er wieder zu Bewusstsein kam und nur laut genug schrie. Dort wohnten zwar nur noch ein paar Familien, aber die hatten Julius – zum Teil aus durchaus berechtigten Gründen – allesamt auf dem Kieker und würden sich sicher bei erstbester Gelegenheit auf die Seite des jungen Mannes schlagen.

Julius hatte eine bessere Idee. An seine Küche schloss sich ein isolierter Kühlraum an, in dem er seine Wildererbeute lagerte, also die zerlegten Elche. Momentan war dieser Raum elchfrei und abgeschlossen. Julius wollte die Kühlung nicht unnötig laufen lassen, da sie Unmengen von Strom verbrauchte. Er hatte zwar heimlich eine Leitung angezapft – Gösta vom Skogstorp-Hof bezahlte seine Rechnung –, aber wenn er sich dieses vorteilhafte Arrangement langfristig sichern wollte, musste er beim Stromstehlen schon etwas Maß halten.

Allan besichtigte die verschlossene Kühlkammer und stellte fest, dass sie eine ausgezeichnete Zelle für ihren Häftling abgab, ohne unnötigen Luxus. Die Größe von zwei auf drei Meter war vielleicht mehr, als der junge Mann verdiente, aber es gab ja auch keinen Grund, einen Menschen unnötig zu quälen.

Die beiden Alten schleiften den jungen Mann also in seine Zelle. Als sie ihn auf eine umgedrehte Kiste in der Ecke setzten und ihn mit dem Oberkörper an die Wand lehnten, stöhnte er leise. Offensichtlich erwachte er gerade wieder. Also nichts wie raus und die Tür ordentlich abschließen.

Gesagt, getan. Danach hievte Julius den Koffer auf den Küchentisch, musterte die Schlösser, leckte die Gabel ab, mit der er soeben Elchbraten mit Kartoffeln gegessen hatte, und brach in Sekundenschnelle das Schloss auf. Anschließend forderte er Allan auf, den Koffer selbst zu öffnen, denn immerhin war es ja sein Diebesgut.

»Was mir gehört, gehört auch dir«, erklärte Allan. »Mit der Beute machen wir halbe-halbe. Wenn da allerdings ein Paar Schuhe in meiner Größe drin sein sollte, nehm ich die.«

Er hob den Deckel.

»Das gibt's doch nicht!«, rief Allan.

»Das gibt's doch nicht!«, rief Julius.

»Lasst mich raus!«, tönte es aus dem Kühlraum.

4. KAPITEL

1905–1929

Allan Emmanuel Karlsson wurde am 2. Mai 1905 geboren. Tags zuvor war seine Mutter noch zur Maidemonstration in Flen gegangen, um sich für das Frauenwahlrecht, den Acht-Stunden-Arbeitstag und andere utopische Ideen starkzumachen. Die Demonstration bewirkte auf jeden Fall, dass die Wehen einsetzten, und kurz nach Mitternacht gebar sie ihren ersten und einzigen Sohn. Das geschah in einer kleinen Kate in Yxhult, mit Hilfe der alten Nachbarin, die zwar kein besonderes Talent zur Hebamme hatte, jedoch ein gewisses Ansehen genoss, weil sie sich als Neunjährige einmal vor Karl XIV. Johann hatte verbeugen dürfen, welcher wiederum ein guter Freund (na ja!) von Napoleon Bonaparte gewesen war. Zur Verteidigung der Nachbarin muss außerdem gesagt werden, dass das Kind der Frau, der sie bei der Entbindung half, das Erwachsenenalter erreichte, und ein recht stolzes Alter noch dazu.

Allan Karlssons Vater war ein ebenso fürsorglicher wie zorniger Mann. Fürsorglich gegenüber seiner Familie, zornig auf die Gesellschaft im Allgemeinen und auf alle, die man irgendwie als ihre Repräsentanten betrachten konnte. Außerdem war er bei den feineren Herrschaften nicht wohlangesehen, nicht zuletzt deswegen, weil er sich einmal in Flen auf den Marktplatz gestellt und für Verhütungsmittel geworben hatte. Dafür wurde er mit einem Bußgeld von zehn Kronen belegt, und er musste sich mit diesem Thema nie mehr persönlich auseinandersetzen, weil ihm Allans Mutter ab da nämlich vor lauter Scham jeglichen Zutritt verwehrte. Damals war ihr Sohn sieben und damit alt genug, seine Mutter um eine genauere Erklärung zu bitten, warum das Bett des Vaters plötzlich im Holzschuppen neben der Küche stand. Doch die Antwort lautete nur, wenn er sich keine Ohrfeige einfangen wolle, solle er nicht so viele Fragen stellen. Da Allan, wie die Kinder aller Generationen vor und nach ihm, wenig Lust auf eine Ohrfeige verspürte, ließ er die Sache also auf sich beruhen.

Ab diesem Tage tauchte Allans Vater jedoch immer seltener im eigenen Zuhause auf. Tagsüber verrichtete er leidlich seine Arbeit bei der Eisenbahn, abends diskutierte er auf allen möglichen Versammlungen über den Sozialismus. Nur wo er seine Nächte verbrachte, wurde Allan nie so ganz klar.

Seine wirtschaftliche Verantwortung trug der Vater aber weiterhin. Den Großteil seines Lohns lieferte er allwöchentlich bei seiner Frau ab, bis er eines Tages gefeuert wurde, weil er gegen einen Reisenden gewalttätig geworden war, der auf dem Weg nach Stockholm war, um mit Tausenden anderer Bürger dem König seine Bereitschaft zur Landesverteidigung zu demonstrieren.

»Dann verteidige dich doch erst mal hiergegen«, sagte Allans Vater und beförderte den Mann mit einer rechten Geraden in den nächsten Graben.

Nach seiner fristlosen Kündigung konnte Allans Vater die Familie nicht mehr ernähren. Da es ihm gelungen war, sich einen Ruf als Gewalttäter und Verhütungsmittelbefürworter einzuhandeln, hatte es gar keinen Zweck mehr, dass er sich um eine andere Arbeit bewarb. Er konnte nur noch auf die Revolution warten oder diese beschleunigen, denn die Dinge entwickelten sich ja immer so schrecklich langsam. Allans Vater konnte sehr zielstrebig sein, wenn er wollte. Der schwedische Sozialismus brauchte ein internationales Vorbild. Erst dann würde die Sache ins Rollen kommen und Großhändler Gustavsson und seinesgleichen ins Schwitzen bringen.

Also packte Allans Vater seinen Koffer und fuhr nach Russland, um den Zaren zu stürzen. Allans Mutter fehlte natürlich der ausbleibende Eisenbahnerlohn, aber ansonsten war sie ganz glücklich damit, dass ihr Mann nicht nur die Gegend, sondern gleich das Land verlassen hatte.

Nachdem der Familienernährer emigriert war, mussten die Mutter und ihr knapp zehnjähriger Sohn allein für sich sorgen. Die Mutter ließ die vierzehn ausgewachsenen Birken rund um ihre Hütte fällen, um sie anschließend zu zersägen und zu spalten und als Feuerholz zu verkaufen. Allan ergatterte eine unterbezahlte Stelle als Laufbursche in der Produktionsstätte der Nitroglycerinfabrik bei Flen.

Den regelmäßig eintreffenden Briefen aus St. Petersburg (das wenig später in Petrograd umbenannt wurde) konnte Allans Mutter mit steigender Verwunderung entnehmen, dass Allans Vater nach einer Weile doch nicht mehr so überzeugt von den Segnungen des Sozialismus schien.

In seinen Briefen erzählte er nicht selten von politisch aktiven Freunden und Bekannten in Petrograd. Am öftesten nannte er einen Mann namens Carl. Kein sonderlich russisch klingender Name, wie Allan fand, und er wurde auch dadurch nicht russischer, dass Allans Vater ihn stattdessen *Fabbe* nannte, zumindest in seinen Briefen.

Wie Allans Vater berichtete, vertrat Fabbe die These, dass die Menschheit im Allgemeinen nicht wusste, was das Beste für sie war, und daher jemanden brauchte, der sie bei der Hand nahm. Daher sei die Autokratie der Demokratie überlegen, solange die gebildete, verantwortungsbewusste Gesellschaftsschicht einer Nation darauf achtete, dass der betreffende Autokrat sich gut benahm. Man müsse sich doch nur mal vor Augen halten, dass sieben von zehn Bolschewiken nicht mal lesen können, hatte Fabbe verächtlich geschnaubt. Wir können die Macht doch nicht diesen Analphabeten überlassen, oder?

In den Briefen an seine Lieben in Yxhult hatte Allans Vater in diesem Punkt allerdings die Bolschewiken in Schutz genommen, denn die Familie sollte mal sehen, wie dieses russische Alphabet aussah – kein Wunder, dass die Leute da nicht lesen lernten!

Da war es schon schlimmer, wie die Bolschewiken sich benahmen. Schmutzig waren sie, und sie soffen Wodka wie die Streckenarbeiter zu Hause, die in Sörmland die Eisenbahnschienen legten. Allans Vater hatte sich schon immer gewundert, wie die Gleise so gerade werden konnten, wenn man bedachte, was für einen Schnapskonsum diese Arbeiter so hatten – er hatte immer einen gewissen Argwohn gehegt, wenn eine schwedische Schiene eine Kurve machte.

Bei den Bolschewiken war es mindestens genauso schlimm. Fabbe behauptete, der Sozialismus werde darauf hinauslaufen, dass sich alle gegenseitig totschlagen wollten, bis nur noch einer übrig war, der die Regeln diktierte. Da war es doch besser, sich von vornherein auf jemanden wie Zar Nikolaj zu besinnen, immerhin ein guter, gebildeter Mann mit gewissen Visionen.

Fabbe wusste durchaus, wovon er redete, denn er hatte den Zaren tatsächlich getroffen, sogar mehr als einmal. Er behauptete, dass Nikolaj II. von Grund auf gutherzig war. Der Mann habe nur eine Menge Pech gehabt in seinem Leben, aber das konnte ja nicht ewig anhalten. Die Missernten und Bolschewikenaufstände waren schuld. Und dann muckten auch noch die Deutschen auf, weil der Zar die Truppen mobilgemacht hatte. Dabei hatte er doch nur den Frieden wahren wollen. Schließlich hatte nicht der Zar den Erzherzog und seine Frau in Sarajevo erschossen. Oder?

So argumentierte Fabbe, wer auch immer er nun sein mochte, und irgendwie überzeugte er auch Allans Vater von seinen Argumenten. Außerdem hatte der Vater Mitleid mit dem vom Pech verfolgten Zaren, er konnte es ihm so gut nachfühlen. Früher oder später musste sich das Blatt ja wenden, sowohl für russische Zaren als auch für ganz normale, ehrbare Leute aus der Gegend um Flen.

Geld schickte der Vater nie aus Russland, aber nach ein paar Jahren kam einmal ein Paket mit einem Osterei aus Emaille, das der Vater beim Kartenspiel von seinem russischen Freund gewonnen hatte. Denn abgesehen von Trinken, Diskutieren und Kartenspielen tat Fabbe nicht viel mehr, als solche Eier herzustellen.

Der Vater schenkte Fabbes Osterei seiner »lieben Frau«, die nur wütend wurde und meinte, der verdammte Dummkopf hätte wenigstens ein richtiges Ei schicken können, damit die Familie sich satt essen konnte. Sie war schon drauf und dran, das Ei zum Fenster hinauszuwerfen, bevor sie sich eines Besseren besann. Großhändler Gustavsson könnte ja vielleicht etwas dafür hinblättern, der wollte doch immer etwas Besonderes sein, fand sie, und besonders selten war dieses Ei ja auch.

Man stelle sich die Verwunderung von Allans Mutter vor, als Großhändler Gustavsson ihr nach zweitägigem Überlegen achtzehn Kronen für Fabbes Ei bot. Und die bekam sie auch nicht in bar, sie wurden ihr nur von ihren Schulden abgezogen. Aber immerhin etwas.

Danach hoffte die Mutter auf weitere Eier, aber stattdessen erfuhr sie in dem folgenden Brief, dass die Generäle des Zaren ihren Autokraten verraten hatten und er abdanken musste. In seinem Brief verfluchte Allans Vater seinen Eier produzierenden Freund, der prompt in die Schweiz geflohen war. Er selbst wollte selbstverständlich bleiben und gegen diesen Emporkömmling und Clown kämpfen, der jetzt an die Macht gekommen war, ein Mann namens Lenin.

Für Allans Vater nahm das Ganze überdies eine persönliche Dimension an, da Lenin jegliches Privateigentum verboten hatte – genau einen Tag nachdem Allans Vater zwölf Quadratmeter erworben hatte, auf denen er schwedische Erdbeeren anbauen wollte. »Der Boden hat zwar nur vier Rubel gekostet, aber mein Erdbeerfeld verstaatlicht man mir nicht ungestraft!«, schrieb Allans Vater in seinem allerletzten Brief in die Heimat. Und er schloss mit den Worten: »Jetzt ist Krieg!«

Ja, Krieg war zweifellos. So gut wie überall auf der Welt, und das schon seit ein paar Jahren. Er war ausgebrochen, kurz nachdem der kleine Allan seine Stelle als Laufbursche bei der Nitroglycerinfabrik bekommen hatte. Während der Junge die Dynamitkartons auf die Wägen lud, lauschte er den Kommentaren der Arbeiter zum Weltgeschehen. Er fragte sich immer, woher sie das alles wussten, aber vor allem wunderte er sich, wie viel Elend erwachsene Männer so anrichten konnten. Österreich erklärte Serbien den Krieg. Deutschland erklärte Russland den Krieg. Dann nahm Deutschland innerhalb eines Nachmittags Luxemburg ein, um anschließend Frankreich den Krieg zu erklären. Daraufhin erklärte Großbritannien Deutschland den Krieg, und die Deutschen reagierten, indem sie Belgien den

Krieg erklärten. Da erklärte Österreich Russland den Krieg und Serbien Deutschland.

So ging es seitdem ununterbrochen. Die Japaner mischten sich auch noch ein, und die Amerikaner ebenfalls. Die Briten nahmen aus irgendeinem Grund Bagdad ein und dann Jerusalem. Die Griechen und die Bulgaren begannen sich ebenfalls zu bekriegen, und dann musste der russische Zar abdanken, während die Araber Damaskus eroberten…

»Jetzt ist Krieg«, hatte der Vater geschrieben. Wenig später ließ einer von Lenins Handlangern Zar Nikolaj und seine ganze Familie hinrichten. Allan stellte fest, dass das Pech des Zaren wohl doch angehalten hatte.

Noch ein paar Wochen später schickte die schwedische Botschaft in Petrograd ein Telegramm nach Yxhult und teilte mit, dass Allans Vater tot war. Eigentlich war es nicht Sache des zuständigen Beamten, die Angelegenheit weiter auszuführen, aber vielleicht konnte er es sich einfach nicht verkneifen.

Nach seinen Angaben hatte Allans Vater ein Grundstück von zehn bis fünfzehn Quadratmetern eingezäunt und es zur unabhängigen Republik erklärt. Er hatte seinen Staat »Das richtige Russland« getauft und war bei dem Handgemenge gestorben, das entstand, als zwei Regierungssoldaten seinen Zaun einreißen wollten. Allans Vater hatte die Grenzen seines Landes mit bloßen Fäusten verteidigt und wollte partout nicht mit sich reden lassen. Schließlich wusste man sich keinen anderen Rat, als ihm eine Kugel zwischen die Augen zu verpassen, damit man den Abrissauftrag ausführen konnte.

»Hättest du dir nicht eine etwas weniger dämliche Todesart aussuchen können?«, meinte Allans Mutter zu diesem Botschaftstelegramm.

Sie hatte nie damit gerechnet, dass ihr Mann noch einmal heimkehren würde, aber in letzter Zeit hatte sie doch wieder darauf gehofft, weil sie es mit der Lunge hatte und nicht mehr den rechten Schwung zum Holzhacken aufbrachte. Doch nun stieß sie nur einen rasselnden Seufzer aus, und damit war das Kapitel Trauer für sie erledigt. Sie teilte Allan mit, dass die Dinge nun einmal waren, wie sie waren, und dass es eben immer so kommt, wie es kommt. Dann zerzauste sie ihrem Sohn zärtlich das Haar, bevor sie hinausging, um weiter Holz zu hacken.

Allan verstand nicht so recht, was die Mutter damit gemeint hatte. Aber er begriff, dass sein Vater tot war, seine Mutter Blut spuckte und der Krieg vorbei war. Mit seinen dreizehn Jahren wusste er schon sehr gut, wie man es knallen lassen konnte, indem man Nitroglycerin, Zellulosenitrat, Ammoniumnitrat, Natriumnitrat, Sägemehl, Dinitrobenzol und noch ein paar andere Zutaten zusammenmischte. Das konnte einem eines Tages sicher von Nutzen sein, dachte Allan und ging hinaus, um der Mutter mit dem Holzhacken zu helfen.

* * * *

Zwei Jahre später hatte Allans Mutter ausgehustet und kam ebenfalls in den eventuellen Himmel, in dem der Vater schon angekommen war. Auf der Schwelle ihrer Hütte stand jetzt ein mürrischer Großhändler und meinte, sie hätte zumindest noch ihre neuerlich aufgelaufenen Schulden in Höhe von 8,40 Kronen bezahlen können, bevor sie einfach unangekündigt starb. Allan hatte jedoch nicht vor, Gustavsson mehr als nötig zu mästen.

»Das muss der Herr Großhändler schon selbst mit meiner Mutter ausmachen. Möchten Sie sich vielleicht einen Spaten leihen?«

Der Großhändler war zwar Großhändler, aber körperlich eher klein geraten im Unterschied zum fünfzehnjährigen Allan. Der Junge war schon fast ein Mann, und wenn er nur halb so verrückt war wie sein Vater, konnte er auf alle möglichen dummen Gedanken kommen, dachte sich Großhändler Gustavsson. Weil er aber lieber noch eine Weile am Leben bleiben und sein Geld zählen wollte, wurden die Schulden nie wieder erwähnt.

Wie die Mutter mehrere hundert Kronen Erspartes zusammengescharrt hatte, war dem jungen Allan schier unbegreiflich. Doch das

Geld war da, und es reichte für die Beerdigung der Mutter sowie als Startkapital für die Firma Dynamit-Karlsson. Bei ihrem Tod war der Junge zwar erst fünfzehn, aber in der Nitroglycerinfabrik hatte er alles Nötige gelernt.

Außerdem experimentierte er fleißig in der Kiesgrube hinter der Hütte – bei einer Gelegenheit gleich so fleißig, dass die zwei Kilometer entfernt grasende Kuh seines Nachbarn eine Fehlgeburt erlitt. Aber davon erfuhr Allan nie etwas, denn genau wie Großhändler Gustavsson hatte der Nachbar ein bisschen Angst vor dem womöglich genauso verrückten Sohn des verrückten Karlsson.

Sein Interesse für die Geschehnisse in Schweden und in der Welt hatte sich Allan aus seinen Tagen als Laufbursche bewahrt. Mindestens einmal pro Woche radelte er zur Bibliothek in Flen, um sich auf den neuesten Stand zu bringen. Dort lernte er diskussionsfreudige junge Männer kennen, die Allan zu gern in ihre politischen Bewegungen gelockt hätten. Doch so sehr sich Allan für alles interessierte, was auf der Welt passierte, so wenig interessierte er sich dafür, selbst mitzumachen und Einfluss zu nehmen.

Seine Kindheit war ja in höchstem Maße politisch geprägt gewesen. Einerseits stammte er aus der Arbeiterklasse – anders kann man es wohl kaum nennen, wenn einer als Neunjähriger von der Schule abgeht, um eine Arbeit in der Fabrik anzunehmen. Andererseits respektierte er die Erinnerung an seinen Vater, und der hatte während seines allzu kurzen Lebens ja alles Mögliche geglaubt: Nachdem er sich zunächst an der Linken orientiert hatte, hatte er anschließend Zar Nikolaj verehrt, um zu guter Letzt sein Leben im Streit mit Vladimir Iljitsch Lenin zu lassen.

Die Mutter hingegen hatte zwischen ihren Hustenanfällen alle verflucht, die ihr einfielen – vom König bis zu den Bolschewiken, und dazu noch Ministerpräsident Hjalmar Branting, Großhändler Gustavsson und nicht zuletzt Allans Vater.

Allan selbst war alles andere als ein Dummkopf. Er war zwar nur drei Jahre zur Schule gegangen, aber das reichte ja vollauf, um Lesen, Schreiben und Rechnen zu lernen. Die politisch bewussten Arbeitskollegen in der Nitroglycerinfabrik hatten in ihm außerdem die Neugierde auf die Welt geweckt.

Was die Lebensphilosophie des jungen Allan jedoch auf immer prägte, waren die Worte, die seine Mutter gesagt hatte, als sie die Nachricht vom Tod ihres Mannes bekam. Es dauerte zwar eine Weile, bis sie ganz in das Bewusstsein des jungen Mannes eingesickert waren, aber dann stand dieser Satz dort für alle Zeiten:

Es ist, wie es ist, und es kommt, wie es kommt.

Dazu gehörte unter anderem auch, dass man kein großes Trara machte, zumindest nicht, wenn man Grund dazu hatte. Wie zum Beispiel, als die Nachricht vom Tod des Vaters die Hütte in Yxhult erreichte. Ganz im Sinne der Familientradition reagierte Allan, indem er Feuerholz hacken ging, wenn auch sehr lange und sehr schweigsam. Oder als die Mutter denselben Weg ging und zum Leichenwagen getragen wurde, der vor dem Haus wartete. Da stand Allan in der Küche und verfolgte das Schauspiel durchs Fenster. Ganz leise, sodass nur er es hören konnte, sagte er:

»Auf Wiedersehen, Mutter.«

Damit war dieses Kapitel in seinem Leben abgeschlossen.

* * * *

Allan schuftete für seine Dynamitfirma und baute sich in den frühen Zwanzigern einen beträchtlichen Kundenstamm in ganz Sörmland auf. Am Samstagabend, wenn seine Altersgenossen zum Tanz gingen, blieb Allan zu Hause sitzen und bastelte an neuen Formeln, um die Qualität seines Dynamits zu verbessern. Und am Sonntag ging er zu seiner Kiesgrube und führte neue Probesprengungen durch. Allerdings nicht zwischen elf und ein Uhr – das hatte er dem Pfarrer in Yxhult schließlich versprechen müssen, damit der nicht so viel darüber lamentierte, dass Allan dem Gottesdienst fernblieb.

Er fühlte sich allein recht wohl, und das war auch gut so, denn er lebte ziemlich einsam. Da er sich nicht der Arbeiterbewegung anschloss, verachtete man ihn in sozialistischen Kreisen, doch er war zu sehr Arbeiter und Sohn seines Vaters, als dass man ihn in irgendwelchen bürgerlichen Salons empfangen hätte. In denen saß außerdem Großhändler Gustavsson, und der wollte auf keinen Fall Umgang mit der Karlsson-Rotznase pflegen. Nicht auszudenken, was geschehen würde, wenn der Kerl am Ende noch aufschnappte, was für einen Preis Gustavsson für dieses Ei erzielt hatte, das er Allans Mutter zu einem Spottpreis abgenommen und an einen Diplomaten in Stockholm weiterverkauft hatte. Dank diesem Geschäft war Gustavsson jetzt der dritte stolze Automobilbesitzer der Gegend.

Da hatte er damals wirklich Glück gehabt. Aber das Glück lachte Großhändler Gustavsson nicht so lange, wie er es sich gewünscht hätte. Eines Sonntags im August 1925 machte er sich nach dem Gottesdienst mit seinem Auto zu einem Ausflug auf, in erster Linie, um sich in seinem Gefährt zu zeigen. Dummerweise schlug er den Weg ein, der bei Allan Karlsson in Yxhult vorbeiführte. In der Kurve bei Allans Hütte musste Gustavsson nervös geworden sein (falls nicht sogar Gott oder die Vorsehung irgendwie eingriffen), jedenfalls bockte die Schaltung, und Gustavsson fuhr mitsamt seinem Automobil geradewegs in die Kiesgrube hinter der kleinen Hütte, statt rechts daran vorbeizusteuern. Schlimm genug, wenn Gustavsson sich einfach nur auf Allans Grund und Boden begeben und eine Erklärung hätte abgeben müssen, aber es sollte noch viel schlimmer kommen: Gerade als Gustavsson sein hochglanzpoliertes Automobil zum Stehen gebracht hatte, führte Allan nämlich die erste Probesprengung an diesem Sonntag durch.

Der junge Karlsson war hinter dem Plumpsklo in Deckung gegangen und sah und hörte nichts. Dass irgendwas schiefgegangen sein musste, wurde ihm erst klar, als er zur Kiesgrube zurückkehrte, um das Ergebnis der Sprengung in Augenschein zu nehmen. Da lag das Automobil des Großhändlers über die halbe Grube verteilt, und hier und da auch Teile des Großhändlers selbst.

Der Kopf des Großhändlers war kurz vor dem Wohnhaus ganz weich auf einem kleinen Rasenstückchen gelandet. Dort lag er nun und richtete seinen leeren Blick auf das Bild der Verwüstung.

»Was hatten Sie in meiner Kiesgrube zu suchen?«, fragte Allan.
Der Großhändler antwortete nicht.

* * * *

In den nächsten vier Jahren hatte Allan genug Zeit, um zu lesen und sich ausführlich in die gesellschaftlichen Entwicklungen einzuarbeiten. Er wurde umgehend eingesperrt, obwohl man gar nicht so leicht hätte sagen können, wofür eigentlich. Irgendwie hatte Allans Vater damit zu tun, der alte Umstürzler. Da beschloss ein junger und hungriger Lehrjunge des Rassenbiologen Professor Bernhard Lundborg in Uppsala, auf Allan seine Karriere aufzubauen. Nach einigem Hin und Her landete Allan in Lundborgs Klauen und wurde kurzerhand zwangssterilisiert aufgrund »eugenischer und sozialer Indikation«, was bedeutete, dass Allan wohl ein wenig zurückgeblieben war und dass jedenfalls noch genug von seinem Vater in ihm steckte, dass der Staat ein Recht hatte, jede weitere Fortpflanzung der Familie Karlsson zu unterbinden.

Die Sterilisierung an sich störte Allan nicht so sehr, er fand sogar, dass er in Professor Lundborgs Klinik sehr freundlich aufgenommen worden war. Dort musste er ab und zu Fragen zu allen möglichen Themen beantworten, unter anderem, warum er Dinge und Menschen in die Luft sprengte und ob seines Wissens Negerblut in seinen Adern floss. Darauf erwiderte Allan, dass es ihm zwar Freude bereite, eine Ladung Dynamit hochzujagen, dass er aber schon einen gewissen Unterschied zwischen Dingen und Menschen sehe. Einen Stein zu spalten, der einem im Weg stand, könne sich ganz gut anfühlen. Wenn einem aber statt eines Steins ein Mensch im Weg stehe, reiche es nach Allans Erachten, den Betreffenden zu bitten, ein Stück zur Seite zu gehen. Ob Professor Lundborg nicht derselben Meinung sei?
    Doch Bernhard Lundborg gehörte nicht zu den Ärzten, die sich mit ihren Patienten auf philosophische Diskussionen einließen. Stattdessen wiederholte er die Frage nach dem Negerblut. Allan ant-

wortete, das könne man nicht wissen, aber seine Eltern seien ebenso weißhäutig gewesen wie er, und ob diese Antwort für den Herrn Professor nicht ausreichend sei? Er fügte hinzu, dass er unheimlich gern mal einen richtigen Neger sehen würde, ob der Herr Professor wohl zufällig gerade einen auf Lager habe?

Professor Lundborg und seine Assistenten beantworteten Allans Gegenfragen nicht, sondern machten sich Notizen und brummten etwas in sich hinein, und dann ließen sie ihn wieder in Frieden, manchmal sogar tagelang. Diese Tage verbrachte Allan dann mit unterschiedlichster Lektüre. Zum einen las er natürlich die Tageszeitungen, zum andern aber auch Literatur aus der bemerkenswert umfangreichen Krankenhausbibliothek. Dazu kamen noch drei Mahlzeiten täglich, eine Toilette im Haus und ein eigenes Zimmer – Allan fühlte sich wohl in seiner Zwangsbetreuung. Nur einmal wurde die Stimmung getrübt, als Allan nämlich den Professor neugierig fragte, was denn eigentlich so schlimm daran sei, wenn einer Neger oder Jude war. Da antwortete der Professor ausnahmsweise nicht mit Schweigen, sondern brüllte, dass Herr Karlsson sich gefälligst um seinen eigenen Kram kümmern und sich nicht in die Angelegenheiten anderer Leute mischen solle. Die Situation erinnerte Allan ein wenig an die, in der ihm seine Mutter damals mit einer Ohrfeige gedroht hatte.

Die Jahre gingen ins Land, und die Befragungen wurden immer seltener. Dann gab der Reichstag eine Untersuchung zur Sterilisierung »biologisch minderwertiger Personen« in Auftrag, und als der Bericht veröffentlicht wurde, verschaffte er Professor Lundborgs Tätigkeit einen solchen Aufschwung, dass Allans Bett von anderen benötigt wurde. Im Frühsommer 1929 wurde Allan also für rehabilitiert erklärt und auf die Straße gesetzt. Man drückte ihm ein Taschengeld in die Hand, das mit knapper Not für den Zug nach Flen reichte. Die letzten zehn Kilometer nach Yxhult musste er zu Fuß gehen, aber das machte Allan nichts aus. Nach vier Jahren hinter Schloss und Riegel musste er sich auch mal wieder die Beine vertreten.

5. KAPITEL

Montag, 2. Mai 2005

Im Handumdrehen stand die Nachricht von dem alten Mann, der sich an seinem hundertsten Geburtstag in Luft aufgelöst hatte, auf der Titelseite der Lokalzeitung. Da die Reporterin ganz ausgehungert nach echten Neuigkeiten aus der Gegend war, hatte sie hinzugefügt, dass eine Entführung nicht auszuschließen sei. Der Hundertjährige war laut Zeugen geistig völlig klar, er konnte sich also nicht einfach verlaufen haben.

An seinem hundertsten Geburtstag zu verschwinden, ist ja nun wirklich etwas Außergewöhnliches. Das Lokalradio stieg ebenfalls darauf ein, gefolgt von landesweiten Radiosendern, der schwedischen Nachrichtenagentur TT, den Onlineausgaben der wichtigsten Tageszeitungen sowie den Nachmittags- und Abendnachrichten im Fernsehen.

Der Polizei in Flen blieb nichts anderes übrig, als den Fall der Kriminalpolizei zu überlassen, welche zwei Funkstreifenwagen sowie einen Kriminalkommissar Aronsson in Zivil schickte. Diese bekamen bald Gesellschaft von diversen Reporterteams, die ihnen halfen, die ganze Gegend auf den Kopf zu stellen. Das ansehnliche Medienaufgebot nahm der Polizeipräsident zum Anlass, die Arbeit vor Ort höchstpersönlich zu leiten, in der Hoffnung, dabei vielleicht von irgendeiner Kamera gefilmt zu werden.

Die einleitenden Ermittlungen bestanden darin, dass die Streifenwagen kreuz und quer durch die Ortschaft fuhren, während der Kommissar die Leute im Altersheim vernahm. Der Stadtrat hingegen war nach Hause nach Flen gefahren und hatte alle Telefone abgestellt. Es konnte der Karriere kaum zuträglich sein, wenn man mit dem Verschwinden eines undankbaren Alten in Verbindung gebracht wurde, dachte er.

Vereinzelte Hinweise trafen ein: Der eine hatte Allan mit dem Fahrrad durch Katrineholm fahren sehen, der Nächste behauptete, der Alte sei in einer Apotheke in Nyköping in der Schlange gestanden und habe sich sehr unhöflich aufgeführt. Doch diese und ähnliche Beobachtungen konnten aus unterschiedlichen Gründen sofort ausgeschlossen werden. So ist es zum Beispiel unmöglich, in Katrineholm gesichtet zu werden, wenn man nachweislich zur selben Zeit im Heim in Malmköping zu Mittag gegessen hat.

Der Polizeipräsident organisierte Suchtrupps mit einer Hundertschaft Freiwilliger aus der unmittelbaren Umgebung und war aufrichtig erstaunt, als die Suche ergebnislos verlief. Trotz der Zeugenaussagen, die dem Alten bemerkenswerte Rüstigkeit bescheinigten, war er nämlich bis zu diesem Moment ganz sicher gewesen, dass sich hier, wie so oft, einfach nur ein dementer Alter verirrt hatte.

Die einleitenden Ermittlungen verliefen also im Sande, bis abends um halb acht der aus Eskilstuna angeforderte Polizeihund eintraf. Das Tier schnüffelte kurz an Allans Sessel und an den Fußspuren im zertrampelten Stiefmütterchenbeet vor dem Fenster, bevor es Richtung Park loslief, über die Straße, rund um die mittelalterliche Kirche, über die niedrige Steinmauer und dann immer weiter, bis es schließlich vor dem Wartesaal des Reisezentrums Malmköping stehen blieb.

Die Tür zum Wartesaal war abgeschlossen. Von einem Mitarbeiter der Sörmländer Verkehrsgesellschaft in Flen erfuhr die Polizei, dass das Reisezentrum werktags um 19.30 Uhr seine Pforten schloss. Aber wenn die Polizei absolut nicht bis zum nächsten Tag warten könne, so der Schalterbeamte in Flen, dann könne man dem Kollegen aus Malmköping sicherlich einen Hausbesuch abstatten. Der Mann heiße Ronny Hulth und stehe bestimmt im Telefonbuch.

Während der Polizeipräsident vor dem Altersheim in die Kameras schaute und verkündete, dass man auf die Mithilfe der Bevölkerung angewiesen sei, um auch abends und nachts die Suche fortsetzen zu können – denn der Hundertjährige sei dünn gekleidet und höchstwahrscheinlich verwirrt –, fuhr Kriminalkommissar Göran Aronsson zu Ronny Hulth und klingelte. Der Hund hatte ja ganz deutlich angezeigt, dass der Alte in den Wartesaal des Reisezentrums gegangen war, und der Schalterbeamte Hulth konnte sicher Auskunft geben, ob der Mann Malmköping am Ende mit dem Bus verlassen hatte.

Doch Ronny Hulth ging nicht an die Tür. Er saß bei heruntergelassenen Jalousien im Schlafzimmer und umklammerte angstvoll seine Katze.

»Geh weg«, flüsterte Ronny Hulth Richtung Wohnungstür. »Geh weg! *Geh!*«

Was der Kriminalkommissar am Ende auch tat. Zum einen glaubte er nämlich, was auch sein Chef zu wissen meinte, dass der Alte irgendwo in der Umgebung umherirrte, zum anderen fand er, dass der Mann nicht unmittelbar in Gefahr schwebte, wenn er sich wirklich in einen Bus gesetzt haben sollte. Dieser Ronny Hulth war wohl gerade bei seinem Schatzi, also würde er ihn gleich am nächsten Morgen einfach am Arbeitsplatz aufsuchen. Falls der alte Mann bis dahin nicht schon wieder aufgetaucht war.

* * * *

Um 21.02 Uhr nahm die Notrufzentrale der Landespolizei in Eskilstuna folgenden Anruf entgegen:

Ja, hallo, mein Name ist Bertil Karlgren, und ich rufe an, weil … also, ich rufe an wegen meiner Frau … das heißt … also, meine Frau, Gerda Karlgren, war ein paar Tage in Flen und hat da unsere Tochter und den Schwiegersohn besucht. Da kommt jetzt bald was Kleines und … na ja, da gibt's ja immer 'ne Menge zu tun. Jedenfalls wollte sie, also Gerda, Gerda wollte dann heute wieder nach Hause fahren und hat den Bus am frühen Nachmittag genommen, also, heute Nachmittag war das. Der Bus fährt ja über Malmköping, und wir wohnen hier in Strängnäs … Na ja, wahrscheinlich hat das alles überhaupt nichts zu sagen, findet

jedenfalls meine Frau, aber wir haben vorhin im Radio von diesem ver-
schwundenen Hundertjährigen gehört. Vielleicht haben Sie ihn ja so-
wieso schon gefunden? Nicht? Na ja, also meine Frau sagt, da ist in
Malmköping so ein uralter Mann zugestiegen, der hatte einen großen
Koffer dabei, als wollte er eine ganze Weile verreisen. Meine Frau saß
ganz hinten, und der Alte saß ganz vorne, deswegen konnte sie ihn nicht
so gut sehen und auch nicht hören, was der Alte und der Fahrer geredet
haben. Was sagst du, Gerda? Ja, also, Gerda sagt gerade, sie ist nicht so
eine, die lauscht, wenn sich andere Leute unterhalten ... Aber das Ko-
mische daran war auf jeden Fall, dass ... ja, also ... na ja, der Alte ist
mit seinem Riesenkoffer schon auf halber Strecke ausgestiegen, er ist
bloß ein paar Kilometer mitgefahren. Und er sah richtig alt aus, wirk-
lich. Nein, wie die Haltestelle hieß, weiß Gerda nicht mehr, das war so
quasi mitten im Wald ... irgendwo auf halber Strecke eben. Also, zwi-
schen Malmköping und Strängnäs.

Der Anruf wurde aufgezeichnet, transkribiert und in das Hotel gefaxt, in dem der Kriminalkommissar während seines Außeneinsatzes
in Malmköping untergebracht war.

6. KAPITEL

Montag, 2. Mai–Dienstag, 3. Mai 2005

Der Koffer war bis an den Rand mit Geldbündeln aus lauter Fünfhundertkronenscheinen gefüllt. Julius überschlug die Summe kurz im Kopf. Zehn Reihen waagrecht, fünf senkrecht. In jedem Stapel fünfzehn Bündel zu jeweils bestimmt fünfzigtausend …

»Siebenunddreißigeinhalb Millionen, wenn ich richtig gerechnet habe«, sagte Julius.

»Na, das nenne ich mal einen Haufen Geld«, meinte Allan.

»Lasst mich raus, ihr Schweine!«, brüllte der junge Mann im Kühlraum.

Er veranstaltete einen Riesenkrach, schrie und trat gegen die Tür. Angesichts dieser Wendung der Ereignisse mussten sich Allan und Julius erst mal sammeln, aber das ging einfach nicht bei diesem Lärm. Schließlich beschloss Allan, dass der junge Mann vielleicht mal eine Abkühlung brauchte, also stellte er den Kühlgenerator an.

Es dauerte nicht lange, da merkte der junge Mann, dass sich seine Situation verschlechtert hatte. Er verstummte und versuchte, einen klaren Gedanken zu fassen. Klare Gedanken lagen dem jungen Mann sowieso nicht unbedingt, und im Moment hatte er obendrein noch rasende Kopfschmerzen.

Nach minutenlangem Grübeln kam er immerhin zu dem Schluss, dass er sich weder durch Drohungen noch durch Tritte aus seiner misslichen Lage befreien konnte. Blieb also nur die Möglichkeit, um Hilfe von außen zu bitten. *Blieb also nur die Möglichkeit, den Chef anzurufen.* Der Gedanke war grauenvoll. Aber wie es aussah, konnte die Alternative noch um einiges schlimmer aussehen.

Der junge Mann zögerte noch eine Weile, doch die Kälte setzte ihm von Minute zu Minute mehr zu. Schließlich zog er sein Handy aus der Tasche.

Kein Netz.

* * * *

Der Abend ging in die Nacht über, die Nacht in den Morgen. Als Allan die Augen aufschlug, wusste er nicht, wo er war. War er nun also doch im Schlaf gestorben?

Eine muntere Männerstimme wünschte ihm einen guten Morgen und teilte ihm mit, dass es zwei Neuigkeiten zu vermelden gab, eine gute und eine schlechte. Welche wolle Allan zuerst hören?

Zuerst wollte Allan eigentlich bloß wissen, wo er war und warum. Die Knie taten ihm weh, also war er wohl doch noch am Leben. Aber war er nicht aus dem... und hatte er dann nicht diesen Koffer... und... Julius hieß er, oder?

Die Puzzleteilchen fielen an ihren Platz, Allan war wach. Er lag auf einer Matratze auf dem Boden von Julius' Schlafzimmer, während dieser in der Tür stand und seine Frage wiederholte. Ob Allan zuerst die gute oder die schlechte Neuigkeit hören wolle?

»Die gute«, bat Allan. »Die schlechte kannst du einfach weglassen.«

In Ordnung, fand Julius und teilte ihm mit, die gute Nachricht sei die, dass in der Küche schon fürs Frühstück gedeckt sei. Es gab Kaffee, Brote mit kaltem Elchbraten und Eier von den Nachbarshühnern.

Dass Allan das noch erleben durfte – ein Frühstück ohne Haferbrei! Das war wahrhaftig eine gute Nachricht. Als er sich an den Küchentisch setzte, spürte er, dass er jetzt auch noch die schlechte Nachricht verkraften konnte.

»Die schlechte Nachricht ist die...«, begann Julius und senkte die Stimme ein wenig. »Die schlechte Nachricht ist die, dass wir gestern in unserem Rausch ganz vergessen haben, die Kühlung wieder auszuschalten.«

»Und?«, fragte Allan.

»Und … na ja, der da drinnen ist jetzt so ziemlich tot.«

Allan kratzte sich bekümmert im Nacken, bevor er beschloss, dass er sich von dieser Schlamperei nicht den Tag verderben lassen wollte. »Zu dumm«, meinte er. »Aber ich muss schon sagen, das Ei hast du perfekt hingekriegt. Nicht zu hart und nicht zu weich.«

* * * *

Kriminalkommissar Aronsson wachte um acht Uhr morgens auf und stellte fest, dass er schlechte Laune hatte. Wenn ein alter Mann verschwand, ob nun vorsätzlich oder nicht, war das nicht die Art Fall, mit dem sich jemand mit dem beruflichen Profil des Kommissars befassen sollte.

Aronsson duschte, zog sich an und ging ins Erdgeschoss in den Frühstücksraum des Hotels Plevnagården. Dabei lief ihm die Empfangsdame über den Weg, die ihm das Fax in die Hand drückte, das am Vorabend gekommen war, kurz nachdem die Rezeption geschlossen hatte.

Eine Stunde später sah Kommissar Aronsson den Fall schon mit ganz anderen Augen. Im ersten Moment war noch nicht sicher, ob das Fax von der Notrufzentrale der Landespolizei wirklich aussagekräftig war, aber als Aronsson im Reisezentrum bei einem totenblassen Ronny Hulth auftauchte, dauerte es nur ein paar Minuten, bis der Mann zusammenbrach und erzählte, was ihm widerfahren war.

Kurz darauf kam ein Anruf aus Eskilstuna. Die Sörmländer Verkehrsgesellschaft in Flen hatte soeben festgestellt, dass seit gestern Abend ein Bus fehlte. Außerdem solle Aronsson eine gewisse Jessica Björkman anrufen, die Freundin eines Busfahrers, der offenbar entführt, dann aber wieder freigelassen worden war.

Kommissar Aronsson fuhr zurück ins Hotel, um bei einer Tasse Kaffee seine neuesten Erkenntnisse zusammenzufassen. Während er überlegte, notierte er seine Gedanken:

Ein älterer Herr, Allan Karlsson, verlässt sein Zimmer im Altersheim, kurz bevor im Gemeinschaftsraum sein hundertster Geburtstag gefeiert werden soll. Karlsson ist oder war in bemerkenswert guter Verfassung für sein Alter. Dafür gibt es eine Reihe von Beweisen, z.B. die Tatsache, dass es ihm gelungen ist, aus einem Fenster zu klettern – das heißt natürlich, falls er nicht Hilfe von außen hatte, aber spätere Beobachtungen deuten darauf hin, dass er komplett auf eigene Faust handelte. Des Weiteren bezeugt die Krankenschwester und Heimleiterin Alice Englund: »*Allan ist zwar alt, aber er hat es faustdick hinter den Ohren. Der weiß sehr genau, was er tut, das können Sie mir glauben.*«

Der Spürhund hat angezeigt, dass Karlsson zunächst eine Weile in einem Stiefmütterchenbeet herumtrampelte, um dann durch die Gemeinde Malmköping zu laufen und irgendwann in den Wartesaal des Reisezentrums, wo er, nach Angaben des Zeugen Ronny Hulth, direkt an Hulths Schalter trat beziehungsweise schlurfte. Dem Beamten fielen Karlssons kleine Schritte auf – und dass Karlsson Pantoffeln statt Schuhe trug.

Hulths weitere Aussage deutet darauf hin, dass Karlsson eher auf der Flucht war und kein bestimmtes Reiseziel im Sinn hatte. Er wollte rasch aus Malmköping verschwinden, Richtung und Fahrtziel schienen von untergeordneter Bedeutung.

Diese Angaben werden von einer Jessica Björkman bestätigt, der Freundin des Busfahrers Lennart Ramnér. Der Fahrer selbst konnte bis jetzt noch nicht vernommen werden, dazu hat er zu viele Schlaftabletten genommen. Doch Frau Björkmans Aussage klingt ganz vernünftig. Karlsson hatte von Ramnér eine Fahrkarte gekauft, indem er eine bestimmte Geldsumme hinlegte, statt ein konkretes Ziel zu nennen. So wurde Byringe Bahnhof aus purem Zufall das Fahrtziel. *Es wurde aus purem Zufall das Fahrtziel.* Es gab also keinen Grund zu der Annahme, dass dort irgendjemand oder -etwas auf Karlsson wartete.

Doch zu der Geschichte gehört ein weiteres Detail. Der Schalterbeamte Hulth hat zwar nicht gesehen, ob Karlsson tatsächlich einen Koffer entwendet hat, bevor er den Bus nach Byringe bestieg, aber wenig später wusste er Bescheid, weil nämlich ein mutmaßliches Mitglied der kriminellen Organisation *Never Again* gewalttätig gegen ihn wurde.

In der Erzählung, die Jessica Björkman aus ihrem zugedröhnten Freund herausgekitzelt hat, kam zwar kein Koffer vor, aber das Fax aus der Notrufzentrale bestätigt, dass Karlsson dem *Never-Again*-Mitglied höchstwahrscheinlich den Koffer *gestohlen* hat – so unglaublich das auch klingen mag.

Die weitere Erzählung der Freundin sowie das Fax aus Eskilstuna legen die Vermutung nahe, dass zunächst Karlsson in Byringe Bahnhof ausstieg, nämlich um 15.20 Uhr plus minus ein paar Minuten, und ungefähr vier Stunden später das *Never-Again*-Mitglied, um den Weg mit unbekanntem Ziel fortzusetzen. Ersterer hundert Jahre alt, mit einem Koffer im Schlepptau, Letzterer circa siebzig bis fünfundsiebzig Jahre jünger.

Kommissar Aronsson klappte seinen Notizblock zu und trank den letzten Schluck Kaffee. Es war 10.25 Uhr.

»Auf nach Byringe Bahnhof.«

* * * *

Beim Frühstück ging Julius mit Allan noch einmal durch, was er in den Morgenstunden alles erledigt und überlegt hatte, während sein Gast noch schlief.

Zunächst der Unfall mit dem Kühlraum. Als Julius klar wurde, dass die Temperatur mindestens zehn Stunden unter dem Gefrierpunkt gelegen hatte, bewaffnete er sich vorsichtshalber mit einem Kuhfuß und öffnete die Tür. Er fürchtete sich nicht, denn wenn der junge Mann jetzt noch am Leben sein sollte, hatte er nicht einen Bruchteil der Kraft, die nötig gewesen wäre, um Julius mitsamt seinem Kuhfuß zu überwältigen.

Doch die Vorsichtsmaßnahme hatte sich als überflüssig erwiesen.

Der junge Mann saß zusammengekauert auf seiner Kiste. Sein ganzer Körper war mit einer dünnen Eisschicht überzogen, die kalten Augen starrten ins Leere. Kurz und gut: Er war tot wie ein zerlegter Elch.

Das fand Julius zwar bedauerlich, aber im Grunde auch ganz praktisch. Diesen Hitzkopf hätte man ja ohnehin nicht so ohne Weiteres wieder laufen lassen können. Julius stellte den Kühlgenerator ab und ließ die Tür offen. Tot war der junge Mann sowieso, er musste ja nicht auch noch tiefgefroren sein.

Julius schürte das Feuer im Holzofen in der Küche, damit es warm blieb, und dann zählte er das Geld noch einmal durch. Es waren keine siebenunddreißig Millionen, wie er am Abend zuvor hastig überschlagen hatte. Sondern genau fünfzig Millionen.

Allan lauschte Julius' Bericht mit Interesse, während er sein Frühstück mit einem so gesegneten Appetit verzehrte wie schon lange nicht mehr. Er sagte kein Wort, bis Julius zum finanziellen Teil kam.

»Na, fünfzig Millionen lassen sich aber auch viel leichter durch zwei teilen. Ganz glatt und gerecht. Wärst du wohl mal so nett, mir das Salz zu reichen?«

Julius tat, worum Allan ihn gebeten hatte, und erwiderte, er hätte auch die siebenunddreißig durch zwei teilen können, wenn nötig, aber er finde nun auch, dass es mit den fünfzig viel leichter sei. Dann wurde er wieder ernst. Er setzte sich gegenüber von Allan an den Küchentisch und erklärte, es sei an der Zeit, den stillgelegten Bahnhof für immer zu verlassen. Der junge Mann im Kühlraum könne zwar keinen Schaden mehr anrichten, aber wer wusste schon, was der auf dem Herweg für Staub aufgewirbelt hatte? Jeden Moment konnten zehn neue junge Männer in der Küche stehen und herumtoben, genauso fuchsteufelswild wie der, der gerade ausgetobt hatte.

Allan musste ihm zustimmen, erinnerte Julius aber daran, dass er schon recht betagt war und nicht mehr so gut auf den Beinen wie einst. Julius versprach, dafür zu sorgen, dass sie so wenig wie möglich zu Fuß gehen mussten. Aber verschwinden müssten sie jetzt. Und es wäre wohl das Beste, wenn sie den jungen Mann aus dem

Kühlraum mitnähmen, denn es würde den beiden alten Männern wohl kaum zum Vorteil gereichen, wenn ihre Verfolger hier eine Leiche fanden.

Nach dem Frühstück wurde es also Zeit zum Aufbruch. Julius und Allan holten den Toten aus dem Kühlraum und setzten ihn auf einen Stuhl, während sie ihre Kräfte für den letzten Schritt sammelten.

Allan musterte den jungen Mann von oben bis unten und sagte:

»Für seine Größe hat er ungewöhnlich kleine Füße. Seine Schuhe braucht er jetzt doch sicher nicht mehr, oder?«

Julius antwortete, dass es heute Vormittag allerdings recht kalt sei und dass Allan wohl größere Gefahr laufe, sich erfrorene Zehen zu holen, als der junge Mann. Wenn Allan also glaube, dass ihm die Schuhe passten, solle er doch einfach zugreifen. Das Einverständnis des jungen Mannes sozusagen vorausgesetzt.

Die Schuhe waren Allan zwar ein bisschen zu groß, aber sie waren solide und wesentlich besser für die Flucht geeignet als ein Paar ausgelatschte Pantoffeln.

Der nächste Schritt bestand nun darin, den jungen Mann in den Flur zu zerren und ihn die Treppe hinunterzubugsieren. Als zu guter Letzt alle drei auf dem Bahnsteig angekommen waren – zwei im Stehen, einer im Liegen –, fragte Allan, welchen Schritt sich Julius als Nächstes überlegt habe.

»Rühr dich nicht von der Stelle«, befahl Julius. »Du auch nicht«, wandte er sich an den jungen Mann, sprang vom Bahnsteig und lief in einen Schuppen hinter dem einzigen Abstellgleis.

Einen Augenblick später erschien er wieder – mit einer Fahrraddraisine.

»Baujahr 1954«, verkündete er. »Willkommen an Bord.«

Julius saß vorne und tat die Hauptarbeit, Allan saß direkt hinter ihm und ließ seine Füße einfach nur der Pedalbewegung folgen, und der Tote saß auf dem Sitz auf der rechten Seite. Sein Kopf war so an einem Bürstenstiel festgebunden, dass er in aufrechter Position gehalten wurde, und vor den leer starrenden Augen hatte er eine dunkle Sonnenbrille.

Es war fünf vor elf, als die Reisegesellschaft aufbrach. Drei Minuten später fuhr ein dunkelblauer Volvo vor dem stillgelegten Bahnhofsgebäude von Byringe vor. Diesem Auto entstieg Kriminalkommissar Göran Aronsson.

Das Haus sah zweifellos verlassen aus, aber es konnte nichts schaden, wenn er sich die Sache näher ansah, bevor er nach Byringe weiterfuhr, um die Bewohner des Ortes zu befragen.

Vorsichtig betrat Aronsson den Bahnsteig, der keinen allzu stabilen Eindruck auf ihn machte. Er öffnete die Tür und rief: »Hallo, jemand zu Hause?« Da er keine Antwort bekam, ging er die Treppe in den ersten Stock hinauf. Doch, dieses Haus wirkte durchaus bewohnt. Im Küchenherd glühte immer noch die Asche, und auf dem Tisch stand ein fast ganz aufgegessenes Frühstück. Zwei Gedecke.

Und auf dem Boden ein Paar ausgelatschte Pantoffeln.

* * * *

Never Again bezeichnete sich offiziell als Biker-Club, war aber nichts anderes als eine kleine Gruppe kriminell vorbelasteter junger Männer, angeführt von einem kriminell noch stärker vorbelasteten Mann mittleren Alters. Allesamt hegten sie kriminelle Absichten.

Der Anführer der Gruppe hieß Per-Gunnar Gerdin, aber niemand wagte ihn anders zu nennen als »Chef«, denn das hatte der Chef selbst so bestimmt, und er war fast zwei Meter groß, wog um die hundertdreißig Kilo und fuchtelte gern mit Messern herum, wenn ihm irgendjemand oder irgendetwas gegen den Strich ging.

Dabei hatte er seine kriminelle Karriere eher vorsichtig begonnen: Mit einem gleichaltrigen Freund importierte er Obst und Gemüse nach Schweden, schummelte aber bei der Angabe des Herkunftslandes, um zum einen Steuern zu sparen und zum anderen einen höheren Kilopreis von den Kunden verlangen zu können.

Sein Kompagnon war im Grunde ganz in Ordnung, nur leider war sein Gewissen nicht flexibel genug. Das zeigte sich, als der Chef vorschlug, Formalin in Lebensmittel zu mischen. Er hatte gehört, dass man das in Asien so machte, und er hatte die Idee, dass man doch einfach schwedische Köttbullar von den Philippinen importieren könnte, ganz billig per Schiffsfracht. Mit der richtigen Menge Formalin würden sich die Fleischklößchen auch drei Monate halten, wenn nötig, selbst bei Temperaturen um die dreißig Grad.

Die Einkaufskosten wären dann so niedrig, dass sie die Köttbullar nicht mal als schwedisches Produkt deklarieren müssten, um sie zu verkaufen. Dänisch würde auch reichen, meinte der Chef, aber sein Kompagnon stellte sich quer. Seiner Meinung nach war Formalin dazu da, Leichen einzubalsamieren, aber nicht, Fleischklöpsen ewiges Leben zu verleihen.

Also gingen die beiden ab da getrennte Wege. Allerdings wurde auch nichts aus den Formalinköttbullar, weil der Chef auf die Idee verfiel, sich einfach eine Wollmütze über den Kopf zu ziehen, seinen allzu seriösen Konkurrenten »Obstimport Stockholm« zu überfallen und die Tageseinnahmen einzusacken.

Unter Einsatz einer Machete und des wütenden Schreis »*Her mit dem Geld, sonst…*« war er zu seiner eigenen Überraschung mit einem Schlag vierzigtausend Kronen reicher. Warum sollte man sich also weiter mit mühseligen Importgeschäften herumschlagen, wenn man so gutes Geld verdienen konnte, fast ohne einen Finger rühren zu müssen?

Also behielt er den einmal eingeschlagenen Weg bei. Meistenteils ging es gut, nur ein paar unfreiwillige Ferien musste er einlegen während der beinahe zwanzig Jahre als selbstständiger Unternehmer in der Raubüberfallsbranche.

Doch dann fand der Chef, dass es Zeit wurde, in größeren Dimensionen zu denken. Er besorgte sich zwei wesentlich jüngere Handlanger, denen er selten dämliche Spitznamen verpasste (den einen nannte er »Bolzen«, den anderen »Humpen«) und mit denen er erfolgreich zwei Überfälle auf Geldtransporter durchführte.

Ein dritter Überfall endete jedoch damit, dass alle drei viereinhalb Jahre im Hochsicherheitsgefängnis Hall landeten. Da kam dem Chef die Idee zu *Never Again*, und er begann Pläne zu schmieden. Zunächst sollte der Club aus ungefähr fünfzig Mitgliedern bestehen, verteilt auf die drei Unternehmenszweige »Raub«, »Drogen« und »Erpressung«. Der Name *Never Again* entsprang der Vision, dieser kriminellen Organisation eine derart professionelle und wasserdichte Struktur zu geben, dass von Hall oder anderen Justizvollzugsanstalten *nie mehr* die Rede sein würde. *Never Again* sollte das Real Madrid der organisierten Kriminalität werden (der Chef war Fußballfan).

Anfangs lief der Rekrutierungsprozess in Hall richtig gut. Aber dann geriet ein Brief von seiner Mutter in der Anstalt auf Abwege, bevor er in seine Hände gelangte. Sie schrieb unter anderem, ihr kleiner Per-Gunnar solle im Gefängnis aufpassen, dass er nicht in schlechte Gesellschaft geriet, außerdem solle er auf seine empfindlichen Mandeln achtgeben, und sie freue sich jetzt schon darauf, das Brettspiel mit der Schatzinsel mit ihm zu spielen, sobald er wieder draußen sei.

Danach half es nichts mehr, dass der Chef in der Essensschlange ein paar Jugoslawen beinahe abstach und auch sonst für reichlich Rabatz sorgte. Seine Autorität war auf immer dahin. Von den dreißig bis dahin rekrutierten Männern sprangen siebenundzwanzig ab. Abgesehen von Bolzen und Humpen blieb nur noch ein Venezolaner, José María Rodríguez, wobei Letzterer heimlich in den Chef verknallt war, was er sich aber nicht mal selbst eingestanden hätte.

Wie dem auch sei, der Venezolaner bekam den Namen »Caracas«, nach der Hauptstadt seiner Heimat. Ansonsten mochte der Chef aber drohen und fluchen, so viel er wollte, er konnte keine Mitglieder mehr für seinen Club gewinnen. Und eines Tages wurden seine drei Handlanger und er aus dem Gefängnis entlassen.

Erst erwog der Chef, das ganze Unternehmen *Never Again* wieder fallen zu lassen, aber dann traf es sich so, dass Caracas einen kolumbianischen Kumpel mit flexiblem Gewissen und zwielichtigen Freunden hatte. So führte eins zum andern, und durch die Tätigkeit von *Never Again* wurde Schweden zum Transitland für den Handel des kolumbianischen Drogenkartells mit Osteuropa. Die Geschäfte weiteten sich immer mehr aus, und man hatte weder Anlass noch Personal, um die Unternehmenszweige »Raub« und »Erpressung« noch zu aktivieren.

* * * *

In Stockholm hielt der Chef Kriegsrat mit Humpen und Caracas. Irgendwas musste mit Bolzen passiert sein, diesem Stümper, der mit der bis dato größten Transaktion des Clubs beauftragt worden war. Der Chef hatte am Vormittag Kontakt zu den Russen aufgenommen, die jedoch Stein und Bein schworen, die Ware bekommen und die Bezahlung übergeben zu haben. Sie meinten, wenn der Kurier von *Never Again* anschließend mit dem Geldkoffer abgehauen sei, könnten sie das nicht zu ihrem Problem machen. Aber wenn *Never Again* sie in dieser Angelegenheit zum Tanz auffordern wolle, bitte, dann würden die Russen nicht Nein sagen. Wenn nötig, konnten sie schon ein Tänzchen hinlegen. Walzer oder Mazurka, ganz nach Belieben.

Der Chef ging also bis auf Weiteres davon aus, dass die Russen die Wahrheit sagten (außerdem war er sicher, dass sie sich besser aufs Tanzen verstanden als er). Und dass Bolzen mit dem Geld durchgebrannt war, schloss er aus, dafür war der Kerl einfach zu blöd. Oder zu schlau, je nachdem, wie man die Sache betrachtete.

Es blieb also nur die Möglichkeit, dass jemand von der Transaktion gewusst hatte, in Malmköping oder auf dem Rückweg nach Stockholm den richtigen Moment abgepasst, Bolzen ausgeschaltet und den Koffer beschlagnahmt hatte.

Aber wer? Der Chef warf die Frage im Kriegsrat auf, bekam jedoch keine Antwort. Das wunderte ihn nicht, denn er war schon lange zu dem Schluss gekommen, dass seine drei Handlanger ausgemachte Idioten waren.

Trotzdem schickte er Humpen auf die Suche, weil er glaubte, dass der Idiot Humpen nicht ganz so idiotisch war wie der Idiot Caracas. Der Idiot Humpen brachte also noch etwas bessere Voraussetzungen mit, den Idioten Bolzen zu finden, und vielleicht sogar den Koffer mit dem Geld.

»Fahr da mal hin, und schnüffel ein bisschen rum, Humpen. Aber in Zivil, bitte schön, in Malmköping sind heute massenweise Bullen unterwegs. Da ist angeblich irgend so ein Hundertjähriger verschwunden.«

* * * *

Unterdessen rollten Julius, Allan und der Tote munter weiter durch den Wald von Sörmland. Bei Vidkärr hatten sie das Pech, einem Bauern zu begegnen, dessen Namen Julius nicht kannte. Der Mann lief dort gerade herum und inspizierte seine Felder, als das Trio auf der Draisine angefahren kam.

»Guten Morgen«, grüßte Julius.

»Schönes Wetter heute«, fügte Allan hinzu.

Der Tote und der Bauer sagten nichts. Aber Letzterer schaute dem Trio lange hinterher. Je näher die Draisine an Åkers Styckebruk kam, umso bedrückter wurde Julius. Eigentlich hatte er gedacht, dass man unterwegs schon an irgendeinem Gewässer vorbeikommen würde, in dem sich die Leiche versenken ließ. Doch nichts dergleichen. Und bevor Julius zu Ende grübeln konnte, rollte die Draisine auch schon auf das Industriegelände des Stahlwalzwerks. Da zog er die Bremse und brachte das Gefährt rechtzeitig zum Stehen. Der Tote kippte vornüber und schlug sich die Stirn an einem Stahlgriff.

»Na, das hätte unter anderen Umständen aber ganz schön wehtun können«, bemerkte Allan.

»Es hat schon seine Vorteile, tot zu sein«, meinte Julius.

Dann stieg er von der Draisine und stellte sich hinter eine Birke, um auf das Gewerbegebiet zu spähen. Die riesigen Tore zur Fabrikhalle standen offen, aber das Areal wirkte einsam und verlassen. Er warf einen Blick auf die Uhr. Zehn nach zwölf. Mittagspause, dachte er. Dann fiel sein Blick auf einen großen Container. Julius erklärte, dass er einen kurzen Erkundungsgang unternehmen müsse. Allan wünschte ihm Glück und bat ihn, sich nicht zu verlaufen.

Die Gefahr war allerdings nicht allzu groß, denn Julius musste nur die dreißig Meter bis zum Container zurücklegen. Er kletterte hinein und verschwand eine knappe Minute aus Allans Blickfeld. Dann kam er heraus. Wieder bei der Draisine angelangt, verkündete er, dass er jetzt wisse, wohin mit der Leiche.

Der Container war zur Hälfte gefüllt mit einer Art zylindrischer Objekte von gut einem Meter Durchmesser und drei Metern Länge. Jedes war in eine einzelne Holzkiste verpackt, mit einer Öffnung an der kurzen Seite. Allan war völlig erschöpft, als sie den schweren Leichnam endlich in einem der innersten Zylinder verstaut hatten. Doch als er den Holzdeckel zuklappte und den Bestimmungsort las, besserte sich seine Laune gleich wieder.

Addis Abeba.

»Der kann sich ja noch ganz schön in der Welt umgucken, wenn er die Augen offen hält«, meinte Allan.

»Beeil dich, alter Mann«, gab Julius zurück. »Hier können wir nicht bleiben.«

Die Operation war gelungen, und die beiden Alten konnten wieder hinter den Birken in Deckung gehen, bevor die Mittagspause um war. Sie setzten sich für eine kurze Verschnaufpause auf die Draisine und warteten, bis auf dem Industriegelände die Arbeit wieder in Gang kam. Der Container wurde bis obenhin mit weiteren zylindrischen Objekten gefüllt und abgeschlossen, gleich darauf der nächste Container geholt und beladen.

Allan fragte sich, was hier überhaupt hergestellt wurde. Julius wusste zu berichten, dass dies ein Werk mit Geschichte war. Hier hatte man schon im 17. Jahrhundert Kanonen gegossen und an all die geliefert, die im Dreißigjährigen Krieg effizienter töten wollten.

Allan fand es eigentlich unnötig, dass sich die Menschen im 17. Jahrhundert gegenseitig umbrachten, wo sie bei Lichte besehen doch sowieso irgendwann sterben mussten. Julius antwortete, das gelte für alle Zeitalter, und überhaupt werde es höchste Zeit, dass sie die Pause beendeten und sich entfernten. Er wollte noch das kurze Stück bis nach Åkers hineinfahren und dort weitersehen.

* * * *

Kommissar Aronsson sah sich in dem alten Bahnhofsgebäude in Byringe um, fand aber nichts Interessantes, abgesehen von den Pantoffeln, die eventuell dem Hundertjährigen gehörten. Er wollte sie mitnehmen, um sie dem Personal im Altersheim zu zeigen.

Na ja, und dann waren da noch ein paar Wasserflecken auf dem Küchenboden, die zu einem Kühlraum mit ausgeschaltetem Generator und offener Tür führten. Aber das war freilich keine nennenswerte Spur.

Stattdessen fuhr Aronsson also nach Byringe weiter, um die Einwohner zu befragen. In drei Häusern traf er jemanden an, und alle drei Familien gaben zu Protokoll, dass Julius Jonsson im ersten Stock des Bahnhofsgebäudes wohnte, dass er ein Dieb und Betrüger war, mit dem keiner etwas zu tun haben wollte, dass aber niemand seit dem Vorabend etwas Auffälliges beobachtet hatte. Doch dass Julius Jonsson grundsätzlich in irgendwelche zwielichtigen Machenschaften verwickelt war, das erachtete man für selbstverständlich.

»Sperrt ihn ein«, verlangte der wütendste der Nachbarn.

»Wofür denn?«, erkundigte sich der Kommissar matt.

»Dafür, dass er mir nachts immer die Eier aus dem Hühnerhaus klaut, dass er letzten Winter meinen nagelneuen Tretschlitten gestohlen, ihn umlackiert und dann behauptet hat, es wäre seiner, dafür, dass er auf meinen Namen ständig Bücher bestellt, meinen Briefkasten plündert, wenn die Sendung kommt, und mich die Rechnung bezahlen lässt, dass er versucht, meinem vierzehnjährigen Sohn selbst gebrannten Schnaps zu verkaufen, und dass er ...«

»Ja, ja, schon gut. Ich sperre ihn ein«, beschwichtigte der Kommissar. »Aber erst muss ich ihn finden.«

Als Aronsson nach Malmköping zurückfuhr, klingelte ungefähr auf halber Strecke das Telefon. Es waren die Kollegen von der Notrufzentrale. Ein gewisser Landwirt Tengroth aus Vidkärr hatte sich mit einem interessanten Hinweis gemeldet. Ein bekannter Kleinganove aus der Gegend war vor ein paar Stunden an Tengroths Ackerland vorbeigefahren, auf dem stillgelegten Gleis zwischen Byringe und Åkers Styckebruk, und zwar auf einer Draisine. Außerdem befanden sich auf der Draisine noch ein alter Mann, ein großer Koffer und ein junger Mann mit Sonnenbrille. Es sah so aus, als hätte der junge Mann das Kommando, meinte Bauer Tengroth. Obwohl er keine Schuhe an den Füßen hatte …

»Jetzt kapier ich gar nichts mehr«, sagte Kommissar Aronsson und wendete so hastig, dass die Pantoffeln vom Beifahrersitz in den Fußraum segelten.

* * * *

Nach ein paar hundert Metern nahm Allans ohnehin schon langsames Gehtempo ab. Er beklagte sich nicht, aber Julius merkte, dass dem alten Mann die Knie wirklich wehtun mussten. Da entdeckte er weiter vorn am rechten Straßenrand einen Imbissstand, und er versprach Allan, wenn er sich noch bis dorthin weiterkämpfte, würde Julius ihm ein Würstchen ausgeben, denn das konnte er sich leisten, und ihnen ein neues Transportmittel verschaffen. Allan erwiderte, er habe sich sein Lebtag nicht über irgendwelche lumpigen Schmerzen beklagt und habe auch nicht vor, jetzt damit anzufangen, aber andererseits würde ihm ein Würstchen mit Brot jetzt schon sehr entgegenkommen.

Julius beschleunigte also seine Schritte, und Allan humpelte hinterher. Als er ihn eingeholt hatte, war Julius mit seinem Grillwürstchen schon halb fertig und hatte nebenbei noch ein paar andere Dinge organisiert.

»Allan«, sagte er, »komm her, ich möchte dir Benny vorstellen. Das ist unser neuer Privatchauffeur.«

Benny war der Betreiber der Imbissbude. Er war Mitte fünfzig und hatte noch alle Haare, ja, sogar einen Pferdeschwanz. Innerhalb von zwei Minuten hatte Julius nicht nur ein Würstchen, eine Fanta und Bennys silbernen Mercedes Baujahr '88 erworben, sondern auch noch Benny selbst als Chauffeur engagiert, und das alles für hunderttausend Kronen.

Allan musterte den Imbissbudenbetreiber, der immer noch hinter seinem Tresen stand.

»Haben wir dich auch gekauft oder nur gemietet?«, erkundigte er sich schließlich.

»Das Auto ist gekauft, der Chauffeur gemietet«, antwortete Benny. »Für zehn Tage erst mal, dann müssen wir neu verhandeln. Eine Wurst ist inklusive. Kann man dich mit einem Bratwürstchen locken?«

Nein, das konnte man nicht. Allan wollte eine ganz normale Bockwurst. Überdies, meinte er, seien hunderttausend ziemlich viel für so ein altes Auto, selbst wenn der Chauffeur inbegriffen war, also hielt er es nur für recht und billig, wenn er auch noch einen Kakao dazubekam.

Darauf ließ Benny sich ohne Weiteres ein. Er würde seinen Kiosk ja gleich ganz verlassen, da kam es auf einen Kakao mehr oder weniger auch nicht an. Außerdem hatte er sowieso nur noch rote Zahlen geschrieben – die Idee mit der Imbissbude bei Åkers Styckebruk war so dumm gewesen, wie er von Anfang an befürchtet hatte.

Wie Benny ihnen ferner mitteilte, hatte er sich schon länger mit dem Gedanken getragen, etwas anderes mit seinem Leben anzufangen, noch bevor passenderweise die beiden Herren aufgetaucht waren. Wenn er auch ganz sicher nicht damit gerechnet hatte, dass er ausgerechnet eine Laufbahn als *Privatchauffeur* einschlagen würde.

Im Lichte dieser Erzählung schlug Allan Benny vor, doch gleich noch einen ganzen Karton Kakao in den Kofferraum zu stellen. Julius wiederum versprach Benny bei Gelegenheit eine eigene Privatchauffeursmütze, wenn er jetzt nur endlich seine Kochmütze abnahm und sich hinter dem Tresen herausbequemte, denn es wurde höchste Zeit für den Aufbruch.

Benny fand nicht, dass es zu den Aufgaben eines Chauffeurs gehörte, mit seinen Arbeitgebern zu diskutieren, also tat er wie geheißen. Die Kochmütze flog in die Tonne, und der Kakao wanderte in den Kofferraum, zusammen mit ein paar Fantadosen. Doch den Koffer wollte Julius lieber neben sich auf dem Rücksitz haben. Allan durfte vorne sitzen, damit er die Beine bequem ausstrecken konnte.

Und dann setzte sich der erste und einzige Imbissbudenbetreiber von Åkers Styckebruk hinters Steuer des Mercedes, der bis vor wenigen Minuten noch ihm gehört hatte, jetzt aber an die beiden Gentlemen verkauft war, in deren Gesellschaft Benny sich befand.

»Wohin wollen die Herrschaften denn?«, erkundigte sich Benny.

»Wie wäre es mit Richtung Norden?«, fragte Julius.

»Ja, das klingt gut«, sagte Allan. »Oder auch Richtung Süden.«

»Dann sagen wir doch einfach Richtung Süden«, sagte Julius.

»Richtung Süden«, sagte Benny und fuhr los.

Zehn Minuten später traf Kommissar Aronsson in Åker ein. Er brauchte den Schienen nur mit dem Blick zu folgen, da erspähte er auch schon eine alte Draisine direkt hinter dem Industriegelände.

Aber das Gefährt war leer. Die Arbeiter auf dem Werksgelände luden gerade irgendwelche zylindrischen Objekte in Container. Keiner von ihnen hatte die Draisine ankommen sehen. Hingegen waren kurz nach dem Mittagessen zwei ältere Männer in unmittelbarer Nähe spazieren gegangen, vorneweg der eine mit einem großen Koffer, ein Stückchen hinter ihm der andere. Sie waren Richtung Tankstelle und Imbissbude unterwegs gewesen, aber wohin sie dann verschwunden waren, konnte niemand sagen.

Aronsson fragte, ob es wirklich nur zwei Männer gewesen seien, nicht drei? Doch keiner der Arbeiter hatte eine dritte Person bemerkt.

Während Aronsson so zu Tankstelle und Würstchenbude fuhr, dachte er über die neuesten Aussagen nach. Aber die Zusammenhänge waren ihm unbegreiflicher denn je zuvor.

Zuerst hielt er an der Imbissbude. Langsam kriegte er auch Hunger, das passte also ganz gut. Natürlich war der Kiosk geschlossen. In dieser abgelegenen Gegend eine Imbissbude zu betreiben, konnte sich ja auch kaum lohnen, dachte sich Aronsson und fuhr weiter zur Tankstelle. Dort hatte man aber nichts gehört oder gesehen. Immerhin konnte man Aronsson hier ein Würstchen verkaufen, das allerdings nach Benzin schmeckte.

Nach seinem schnellen Mittagessen stattete Aronsson dem ICA-

Supermarkt, dem Blumenhändler und dem Immobilienmakler einen Besuch ab. Außerdem blieb er stehen, um sich mit den wenigen Dorfbewohnern zu unterhalten, die zufällig gerade mit ihren Hunden, Kinderwägen oder besseren Hälften unterwegs waren. Doch niemand konnte Angaben zu zwei oder drei Männern mit einem Koffer machen. Die Spur verlor sich einfach irgendwo zwischen dem Stahlwalzwerk und der Statoil-Tankstelle. Kommissar Aronsson beschloss, nach Malmköping zurückzufahren. Immerhin hatte er ein Paar Pantoffeln, die identifiziert werden mussten.

* * * *

Unterwegs rief Kriminalkommissar Göran Aronsson den Polizeipräsidenten an und setzte ihn über den neuesten Stand der Ermittlungen in Kenntnis. Der war ihm dankbar, weil er um 14 Uhr eine Pressekonferenz in Plevnagården abhalten sollte und bis vor Kurzem keine Ahnung gehabt hatte, was er dort überhaupt sagen sollte.

Der Polizeipräsident hatte einen leichten Hang zum Theatralischen, und wenn es sich irgend vermeiden ließ, machte er sich ungern der Tiefstapelei schuldig. Und jetzt hatte Kommissar Aronsson ihm den kleinen Finger gereicht, den er für die heutige Show brauchte.

Also trug er auf der Pressekonferenz schön dick auf, bevor Aronsson in Malmköping war und ihn daran hindern konnte (was er ja sowieso nicht geschafft hätte). Der Polizeipräsident verkündete, dass Allan Karlssons Verschwinden sich zu einem mutmaßlichen Entführungsdrama entwickelt hatte, genau wie die Lokalzeitung tags zuvor auf der Titelseite spekuliert hatte. Außerdem habe die Polizei Hinweise, dass Karlsson noch lebte, aber gewissen Unterweltgestalten in die Hände gefallen war.

Natürlich hatten die Journalisten jede Menge Fragen, doch der Polizeipräsident zog sich geschickt aus der Affäre. Er konnte immerhin noch bekannt geben, dass Karlsson und seine mutmaßlichen Entführer heute gegen Mittag in der kleinen Gemeinde Åkers Styckebruk gesehen worden waren. Abschließend bat er den besten Freund der Polizei, die Öffentlichkeit, um sachdienliche Hinweise.

Zur Enttäuschung des Landespolizeichefs schien das Fernsehteam bereits nach Hause gefahren zu sein. Das wäre nie passiert, wenn dieser Trödler Aronsson rechtzeitig mit seinen Informationen über die Entführung herausgerückt wäre. Doch *Expressen* und *Aftonbladet* waren auf jeden Fall vertreten, wie auch die Lokalzeitung und ein Reporter des Lokalradios. Ganz hinten im Speisesaal des Hotels Plevnagården stand noch ein Mann, den der Polizeichef nicht vom Vortag wiedererkannte. Vielleicht jemand von der Nachrichtenagentur?

Doch Humpen war nicht von der Nachrichtenagentur, ihn hatte der Chef in Stockholm geschickt. Und langsam, aber sicher kam er zu der Überzeugung, dass Bolzen doch mit der Kohle abgehauen war. Wenn das stimmte, dann war er schon so gut wie tot.

＊ ＊ ＊ ＊

Als der Kommissar beim Hotel Plevnagården ankam, hatte sich das Presseaufgebot bereits wieder zerstreut. Auf dem Herweg hatte Aronsson beim Altersheim haltgemacht und sich bestätigen lassen, dass die gefundenen Pantoffeln Allan Karlsson gehörten (Schwester Alice hatte nur kurz daran geschnuppert, eine Grimasse gezogen und genickt).

Aronsson hatte das Pech, im Foyer mit dem Polizeichef zusammenzustoßen. Er wurde über die Pressekonferenz informiert und bekam den Auftrag, das Drama aufzuklären, und zwar am besten so, dass keine logischen Widersprüche zwischen der Wahrheit und den Angaben des Polizeichefs entstanden.

Daraufhin ging der Polizeipräsident seiner Wege, er hatte schließlich noch anderes zu tun. So war es zum Beispiel höchste Zeit, den Staatsanwalt einzuschalten.

Aronsson setzte sich erst mal mit einer Tasse Kaffee hin, um über die letzten Wendungen in diesem seltsamen Fall nachzudenken. Er beschloss, sich auf die Frage zu konzentrieren, in was für einer Beziehung die drei Passagiere der Draisine zueinander gestanden hatten. Wenn Tengroth sich irrte und Karlsson und Jonsson sich doch in der Gewalt des dritten Reisenden befanden, spielte sich hier ein Geiseldrama ab. So hatte es der Polizeipräsident gerade auf der Pressekonferenz behauptet – allerdings sprach dieser Umstand eher gegen die Entführungstheorie, denn der Landespolizeichef behielt nur selten recht. Außerdem gab es ja Zeugen, die Karlsson und Jonsson zusammen in Åker hatten herumlaufen sehen – mit dem Koffer. War es den alten Männern am Ende gelungen, das junge, kräftige *Never-Again*-Mitglied zu überwältigen und in den nächsten Straßengraben zu werfen?

Unglaublich, aber nicht unmöglich. Aronsson beschloss, noch einmal den Hund aus Eskilstuna anzufordern. Das würde ein ausgedehnter Spaziergang werden für den Hund und seinen Hundeführer – von Bauer Tengroths Acker bis zum Industriegelände in Åker. Irgendwo auf dieser Strecke war das *Never-Again*-Mitglied ja offenbar verschwunden.

Und dann hatten sich Karlsson und Jonsson ebenfalls in Luft aufgelöst, irgendwo auf den zweihundert Metern zwischen dem Werksgelände und der Statoil-Tankstelle. Wie vom Erdboden verschluckt, und keine Menschenseele hatte etwas bemerkt. Das Einzige, was zwischen diesen beiden Punkten lag, war eine geschlossene Imbissbude.

Aronssons Handy klingelte. Es war die Notrufzentrale, bei der gerade ein neuer Hinweis eingegangen war. Diesmal war der Hundertjährige in Mjölby gesichtet worden, auf dem Beifahrersitz eines Mercedes. Wahrscheinlich gekidnappt von dem mittelalten Mann mit Pferdeschwanz, der am Steuer saß.

»Sollen wir der Sache nachgehen?«, fragte der Kollege.

»Nein«, seufzte Aronsson.

Im Laufe seiner langen Kommissarslaufbahn hatte er gelernt, brauchbare Hinweise von blankem Humbug zu unterscheiden. Dieser Gedanke war ihm ein gewisser Trost. Ansonsten wollten die Umstände des Falles ja hartnäckig im Dunkeln bleiben.

* * * *

Benny hielt in Mjölby an, um zu tanken. Vorsichtig machte Julius den Koffer auf, um einen Fünfhundertkronenschein zum Bezahlen herauszuholen.

Dann erklärte er, er wolle sich mal ein bisschen die Beine vertreten, und bat Allan, im Auto zu bleiben und den Koffer zu bewachen. Allan, der von den Strapazen des Tages rechtschaffen müde war, versprach ihm, sich nicht von der Stelle zu rühren.

Benny war als Erster zurück und setzte sich wieder ans Steuer. Wenig später saß auch Julius wieder im Auto und gab das Signal zur Abfahrt. So setzte der Mercedes seinen Weg Richtung Süden fort.

Nach einer Weile begann Julius auf dem Rücksitz herumzukramen und zu rascheln. Dann reichte er eine Tüte Schokokugeln nach vorne zu Allan und Benny.

»Guckt mal, die hab ich mitgehen lassen«, sagte er.

Allan zog die Augenbrauen hoch. »Du hast eine Tüte Bonbons gestohlen, wo wir fünfzig Millionen in unserem Koffer haben?«

»Ihr habt fünfzig Millionen in eurem Koffer?«, staunte Benny.

»Upps«, machte Allan.

»Nicht ganz«, beantwortete Julius Bennys Frage. »Du hast ja schon hunderttausend gekriegt.«

»Und den Fünfhunderter fürs Benzin«, fügte Allan hinzu.

Benny schwieg ein paar Sekunden.

»Dann habt ihr also neunundvierzig Millionen achthundertneunundneunzigtausendfünfhundert in eurem Koffer?«

»Du bist aber gut im Kopfrechnen«, lobte Allan.

Eine Weile blieb es still im Auto. Dann meinte Julius, nun könnten sie ihrem Privatchauffeur ebenso gut gleich alles erklären. Sollte Benny danach die Absprache zwischen den Parteien aufkündigen wollen, sei das in Ordnung.

* * * *

Das größte Problem bei der ganzen Geschichte hatte Benny mit der Tatsache, dass eine Person umgebracht und anschließend zum Export bestimmt worden war. Aber es war schließlich ein Unfall gewesen, auch wenn der Schnaps dabei sicherlich eine ausschlaggebende Rolle gespielt hatte. Benny selbst hatte mit Alkohol überhaupt nichts am Hut.

Dann überlegte der frisch angestellte Chauffeur noch einmal und kam zu dem Schluss, dass die fünfzig Millionen sicher von Anfang an in den falschen Händen gewesen waren und dass sie der Menschheit jetzt bestimmt von größerem Nutzen sein würden. Außerdem missfiel ihm der Gedanke, seinen neuen Job gleich am ersten Tag wieder zu kündigen.

Also versprach Benny, seinen Posten zu behalten, und erkundigte sich, was für Pläne die beiden für die nächste Zukunft hatten. Bislang hatte er nicht fragen wollen, weil er Neugier nicht für eine Eigenschaft hielt, die einem Privatchauffeur zu Gesichte stand. Doch jetzt war er ja praktisch zum Komplizen geworden.

Allan und Julius räumten ein, dass sie gerade überhaupt keinen Plan hatten. Aber man könnte doch einfach weiter der Straße folgen, bis es dunkel wurde, und dann irgendwo haltmachen, um eingehend zu beratschlagen. Diese Lösung wurde von allen angenommen.

»Fünfzig Millionen«, sagte Benny lächelnd, während er den ersten Gang einlegte.

»Neunundvierzig Millionen achthundertneunundneunzigtausendfünfhundert«, korrigierte Allan.

Dann nahmen sie Julius aber das Versprechen ab, dass er aufhörte, aus Jux zu klauen. Er meinte, das würde ihm nicht leichtfallen, denn es liege ihm im Blut, und zu etwas anderem tauge er nicht. Nichtsdestoweniger versprach er es. Eines könne man von Julius wirklich sagen, sagte Julius, nämlich dass er selten etwas versprach, aber wenn er etwas versprach, dann hielt er es auch.

Die Fahrt wurde schweigend fortgesetzt. Allan schlief schon bald auf dem Beifahrersitz ein. Julius schob sich noch eine Schokokugel in den Mund. Und Benny summte eine Melodie, deren Namen er nicht kannte.

* * * *

Wenn ein Journalist einer Boulevardzeitung erst einmal eine Geschichte gefunden hat, gibt es kaum etwas, was ihn bremsen kann. Schon nach wenigen Stunden hatten sich die Reporter von *Expressen* und *Aftonbladet* ein weitaus klareres Bild von den Ereignissen gemacht, die der Landespolizeichef auf der Pressekonferenz geschildert hatte. Diesmal hatte der *Expressen* die Nase vorn, weil sein Reporter den Schalterbeamten Ronny Hulth als Erster in die Finger bekam. Mit dem Versprechen, einen netten Kater für Hulths einsames Katzenmädchen aufzutreiben, konnte der Journalist ihn überreden, mit ins Hotel in Eskilstuna zu kommen und über Nacht dort zu bleiben, womit er dem Zugriff des *Aftonbladet* schon mal entzogen war. Zunächst hatte Hulth Angst zu reden, denn er entsann sich nur zu gut der Drohungen des jungen Mannes. Aber zum einen versicherte ihm der Journalist, dass Hulth anonym bleiben würde, zum andern beteuerte er ihm, dass er jetzt in Sicherheit war, weil der Biker-Club schließlich wusste, dass ihm die Polizei auf der Spur war.

Doch der *Expressen* begnügte sich nicht mit Hulth. Auch der Busfahrer ging ihnen ins Netz, die Einwohner von Byringe, der Landwirt aus Vidkärr und diverse Leute aus Åkers Styckebruk. Das gab mehrere dramatische Artikel für die morgige Ausgabe. Die waren zwar gespickt mit falschen Vermutungen, aber unter den gegebenen Umständen hatte der Reporter anständige journalistische Arbeit geleistet.

* * * *

Der silberne Mercedes rollte weiter über die Landstraße. Mittlerweile war auch Julius eingenickt. Allan schnarchte vorn, Julius hinten, den Koffer als unbequemes Kissen unter dem Kopf. Unterdessen versuchte Benny die bestmögliche Reiseroute zu finden.

In Mjölby hatte er beschlossen, die E4 zu verlassen und auf der Landstraße 32 Richtung Tranås weiterzufahren. In Tranås hielt er jedoch nicht an, sondern fuhr in südlicher Richtung weiter. Nachdem sie eine Weile durch die Provinz Kronoberg gefahren waren, nahm er wieder eine Abfahrt, mitten hinein in den Wald von Småland. Dort hoffte er eine passende Übernachtungsgelegenheit zu finden.

Allan wachte auf und fragte, ob nicht langsam Schlafenszeit war. Davon wachte Julius auf. Er blickte sich um, sah überall nur Wald und erkundigte sich, wo sie sich befanden.

Benny teilte ihm mit, dass sie ein gutes Stück nördlich von Växjö seien und dass er noch ein wenig nachgedacht habe, während die Herren schliefen.

Er war zu dem Schluss gekommen, dass es aus Sicherheitsgründen das Beste war, sich eine diskrete Bleibe für die Nacht zu suchen. Sie konnten ja nicht wissen, wer schon alles hinter ihnen her war, aber wer einen Koffer mit fünfzig unrechtmäßig erworbenen Millionen entwendet hatte, durfte kaum damit rechnen, dass man ihn in Frieden ließ, wenn er sich nicht auch ein bisschen anstrengte. Deswegen war Benny gerade von der Straße nach Växjö abgefahren, und nun näherten sie sich der bedeutend bescheideneren Gemeinde Rottne. Benny hatte sich vorgestellt, dass sie sich dort nach einem Hotel umsehen sollten.

»Gut gedacht«, lobte Julius. »Andererseits aber auch nicht so gut.«

Dann setzte er ihnen seinen eigenen Gedankengang auseinander. In Rottne würde es bestenfalls ein kleines, heruntergekommenes Hotel geben, zu dem sich kaum jemals ein Mensch verirrte. Wenn dort eines Abends unangekündigt drei Herren auftauchten, würde das mit Sicherheit eine gewisse Aufmerksamkeit im Ort erregen. Da war es doch besser, sich gleich einen Bauernhof oder eine Hütte im Wald zu suchen und den Bewohner mit ein paar Scheinchen dazu zu überreden, ihnen einen Schlafplatz und eine Kleinigkeit zu essen herzurichten.

Benny musste zugeben, dass Julius gute Argumente hatte, und bog daher auf den ersten unscheinbaren Waldweg ab, der von der Straße abging.

Es begann schon zu dämmern, als die drei Männer nach knapp vier kurvenreichen Kilometern einen Briefkasten am Wegesrand entdeckten. »Sjötorp« stand darauf, und daneben zweigte der Zufahrtsweg zu wahrscheinlich ebendiesem Anwesen ab. Und so war es auch.

Nach hundert Metern auf einem nicht weniger kurvenreichen Weg tauchte ein Häuschen auf. Es war ein richtiges rotes Holzhäuschen mit weißen Fensterrahmen und einem Obergeschoss. Daneben stand noch ein Kuhstall und ein Stückchen weiter hinten an einem See ein undefinierbares Etwas, das früher wohl mal ein Geräteschuppen gewesen war.

Das Ganze sah bewohnt aus. Benny fuhr also mit dem Mercedes bis vor die Haustür, aus der jetzt eine mitteljunge Frau mit rotem Lockenkopf und einem noch röteren Jogginganzug trat, einen Schäferhund bei Fuß.

Die Reisegesellschaft stieg aus und ging auf die Frau zu. Julius warf einen scheelen Blick auf den Hund, der aber nicht allzu angriffslustig aussah. Vielmehr blickte er den Gästen neugierig, fast schon freundlich entgegen.

Daher wagte Julius auch, das Tier aus den Augen zu lassen und sich der Frau zuzuwenden. Höflich wünschte er ihr einen guten Abend und brachte das Ansinnen der Gruppe vor, hier eine Schlafstelle und vielleicht einen Happen zu essen zu finden.

Die Frau betrachtete das kunterbunte Trüppchen: ein Alter, ein Halbalter und ein … eigentlich ganz schicker Mann, wie sie zugeben musste. Sogar im richtigen Alter. Und mit Pferdeschwanz! Sie lächelte in sich hinein, und Julius glaubte schon, dass sie grünes Licht geben würde. Aber dann sagte sie:

»*Verdammt*, das ist hier doch kein Hotel!«

Oje, dachte Allan. Er sehnte sich wirklich ganz schrecklich nach einer Mahlzeit und einem Bett. Das Leben war kräftezehrend, seit er beschlossen hatte, noch etwas damit weiterzumachen. Man mochte über das Altersheim ja sagen, was man wollte, aber dort bekam man wenigstens keinen Ganzkörpermuskelkater.

Julius schaute auch ganz traurig drein. Er gab zu bedenken, dass seine Freunde und er sich verfahren hatten und schrecklich müde waren und dass sie selbstverständlich bereit waren, einen Obolus zu entrichten, wenn sie ihnen gestatten wollte, über Nacht zu bleiben. Notfalls würden sie eben auf die Mahlzeit verzichten.

»Sie bekommen tausend Kronen pro Person, wenn Sie uns einen Schlafplatz überlassen«, setzte er nach.

»Tausend Kronen?«, staunte die Frau. »Sind Sie etwa auf der Flucht?«

Julius schmetterte die treffsichere Frage ab und wiederholte, dass sie eine weite Reise hinter sich hätten, dass er für seinen Teil wohl auch noch ein Stückchen weiterfahren könnte, dass aber Allan wirklich schon zu alt für solche Strapazen sei.

»Ich bin gestern hundert geworden«, merkte Allan mit brüchiger Stimme an.

»Hundert?«, sagte die Frau fast erschrocken. »*Ja, hau mir ab!*«

Dann schwieg sie einen Moment und schien über die Sache nachzudenken.

»*Ach, scheiß drauf*«, meinte sie schließlich. »Von mir aus können Sie bleiben. Aber vergessen Sie Ihre dreitausend Kronen. Wie gesagt, ich führ hier kein Hotel, *verdammt.*«

Benny musterte sie bewundernd. Noch nie hatte er eine Frau innerhalb so kurzer Zeit so viel fluchen hören. In seinen Ohren klang das absolut bezaubernd.

»Wie ist es, schöne Frau«, mischte er sich ein, »darf man den Hund streicheln?«

»Schöne Frau?«, echote sie. »Sind Sie blind, oder was? Aber *scheißegal*, von mir aus streicheln Sie ihn ruhig. Buster ist ganz brav. Na, meinetwegen können Sie jeder ein Zimmer im ersten Stock haben, hier ist jede Menge Platz. Die Betten sind frisch bezogen, aber Vorsicht, auf dem Boden ist Rattengift ausgelegt. In einer Stunde gibt's Essen.«

Sie ging an den Gästen vorbei zum Stall. Buster trottete ergeben rechts neben ihr her. Als Benny ihr nachrief, ob die schöne Frau denn auch einen Namen habe, antwortete sie, ohne sich umzudrehen, sie heiße Gunilla, finde aber, dass »schöne Frau« gut klinge, also könne er sie *verdammt noch mal* ruhig weiter so nennen. Benny versprach es.

»Ich glaube, dass ich mich soeben verliebt habe«, sagte Benny.

»Und ich *weiß*, dass ich *müde* bin«, sagte Allan.

In diesem Augenblick tönte ein Gebrüll aus dem Stall, dass sogar der todmüde Allan erschrocken die Augen aufriss. Der Schrei musste von einer sehr großen, möglicherweise gequälten Kreatur stammen.

»Jetzt tröt hier nicht so rum, Sonja«, rief die Schöne Frau. »Ich bin doch schon unterwegs, *verdammte Axt*.«

7. KAPITEL

1929–1939

Die Hütte in Yxhult bot keinen schönen Anblick. In den Jahren, die Allan in Professor Lundborgs Obhut zugebracht hatte, war alles zugewuchert. Stürme hatten die Dachziegel heruntergerissen, die jetzt überall auf dem Boden verstreut lagen. Aus irgendeinem Grund war das Plumpsklo umgekippt, und ein Küchenfenster war offen und schlug im Wind hin und her.

Allan stellte sich zum Pinkeln vors Haus, da er ja vorerst kein funktionstüchtiges Klo mehr hatte. Dann ging er hinein und setzte sich in seine staubige Küche. Das Fenster ließ er offen. Obwohl er Hunger hatte, widerstand er dem Impuls, in die Speisekammer zu schauen. Er war ziemlich sicher, dass der Anblick ihn nicht froh machen würde.

Hier war er geboren und aufgewachsen, aber zu Hause war ihm noch nie so fern vorgekommen wie in diesem Augenblick. Vielleicht war es einfach an der Zeit, die Bande mit der Vergangenheit zu kappen und stattdessen vorwärtszugehen? Ja, ganz sicher.

Er suchte ein paar Stangen Dynamit zusammen und traf die notwendigen Vorkehrungen, bevor er seinen kleinen Fahrradanhänger mit den paar einigermaßen wertvollen Gegenständen belud, die er sein Eigen nannte. Am 3. Juni 1929 radelte er im Morgengrauen los und ließ Yxhult und Flen hinter sich. Der Sprengsatz detonierte wie geplant nach exakt einer halben Stunde. Die Hütte in Yxhult flog in die Luft, und die Kuh des nächsten Nachbarn erlitt noch eine Fehlgeburt.

Wieder eine Stunde später saß der verhaftete Allan auf dem Polizeirevier in Flen und verzehrte sein Abendbrot, während er sich von Polizeiobermeister Krook ausschimpfen ließ. Die Polizei in Flen hatte gerade einen Streifenwagen bekommen, weswegen sie den Mann schnell fassen konnten, der gerade seine eigene Behausung in Schutt und Asche gelegt hatte.

Diesmal war die Anschuldigung klarer als letztes Mal.

»Herbeiführen einer Sprengstoffexplosion und Zerstörung von Bauwerken«, verkündete Krook mit Respekt einflößender Stimme.

»Könnten Sie mir wohl mal das Brot reichen?«, bat Allan.

Das konnte Polizeiobermeister Krook nicht. Stattdessen begann er, seinen Assistenten zu beschimpfen, der sich dazu hatte hinreißen lassen, dem Delinquenten auf dessen Bitte ein Abendessen zu bringen. Unterdessen hatte Allan fertig gegessen und ließ sich in dieselbe Zelle führen wie beim letzten Mal.

»Sie hätten nicht zufällig eine Zeitung rumliegen?«, fragte Allan. »So als Bettlektüre?«

Statt einer Antwort machte Polizeiobermeister Krook das Licht aus und knallte die Tür zu. Am nächsten Morgen rief er sofort »dieses Irrenhaus« in Uppsala an, sie sollten kommen und Allan Karlsson abholen.

Aber auf dem Ohr war Bernhard Lundborgs Mitarbeiter taub. Karlsson war austherapiert, jetzt wurden andere Leute kastriert und analysiert. Oh, wenn der Polizeiobermeister wüsste, vor wie vielen Leuten man diese Nation beschützen musste: Juden und Zigeuner, Voll- und Halbneger, Geistesschwache und anderes Kroppzeugs. Dass Herr Karlsson sein eigenes Haus in die Luft gesprengt hatte, qualifizierte ihn nicht für einen weiteren Ausflug nach Uppland. Mit dem eigenen Haus dürfe man doch wohl machen, was man wolle, oder denke der Polizeiobermeister da anders? Wir leben schließlich in einem freien Land, oder?

Zu guter Letzt legte Krook einfach auf. Gegen diese Großstadtmenschen konnte er nichts ausrichten. Jetzt ärgerte er sich, dass er Karlsson nicht einfach hatte davonradeln lassen, wie es der Mann tags zuvor ja auch vorgehabt hatte.

So kam es denn, dass Allan Karlsson nach erfolgreichen Verhandlungen am Vormittag wieder auf sein Fahrrad mit dem Anhänger stieg. Diesmal hatte er Proviant für drei Tage dabei und doppelte Decken zum Schutz vor Kälteeinbrüchen. Er winkte Polizeiobermeister Krook zum Abschied – der freilich nicht zurückwinkte –, und dann strampelte er nordwärts davon, denn diese Himmelsrichtung dünkte Allan ebenso gut wie jede andere.

Bis zum Nachmittag hatte er es schon bis Hälleforsnäs geschafft, was ihm fürs Erste reichte. Er hielt bei einer Wiese, breitete eine Decke auf dem Gras aus und machte sich über seinen Proviant her. Während er eine Schnitte Melassebrot mit Mettwurst kaute, musterte er das Fabrikgebäude, das sich in unmittelbarer Nähe befand. Vor der Fabrik lag ein ganzer Haufen Kanonenrohre. Allan dachte sich, einer, der Kanonen baute, brauchte sicher auch jemanden, der dafür sorgte, dass es richtig knallte, wenn es richtig knallen sollte. Und er wollte ja nicht zum Selbstzweck so weit wie möglich von Yxhult wegfahren. Warum sollte er also nicht einfach in Hälleforsnäs bleiben? Immer unter der Voraussetzung natürlich, dass er hier auch Arbeit fand.

Der Zusammenhang, den Allan zwischen Kanonenrohren und dem eventuellen Bedarf an seinen speziellen Fähigkeiten herstellte, war vielleicht ein klein wenig naiv. Und doch verhielt es sich genau so und nicht anders. Nach einem kurzen Gespräch mit dem Fabrikanten, in dem Allan gewisse Teile seines Lebenslaufs geflissentlich unter den Tisch fallen ließ, hatte er eine Festanstellung als Sprengstofftechniker.

Hier würde er sich wohlfühlen, dachte Allan.

* * * *

Die Kanonenherstellung in der Gießerei Hälleforsnäs lief nur noch auf Sparflamme, und die Bestellungen wurden stetig weniger statt mehr. Verteidigungsminister Per Albin Hansson hatte nach dem Ersten Weltkrieg den Militäretat beträchtlich zusammengestrichen, und

Gustav V. blieb nichts anderes übrig, als im Schloss zu sitzen und mit den Zähnen zu knirschen. Per Albin, ein analytisch denkender Mann, argumentierte damit, dass Schweden in der Rückschau betrachtet vor dem Krieg tatsächlich besser hätte gerüstet sein müssen, aber dass es auch nichts mehr nützte, *jetzt*, ganze zehn Jahre später, in die Rüstung zu investieren. Außerdem gab es ja jetzt den Völkerbund.

Für die Gießerei in Sörmland sahen die Konsequenzen so aus, dass man zum einen der Tätigkeit eine friedliche Ausrichtung gab, zum andern aber auch Arbeitern kündigte.

Allan allerdings nicht, denn Sprengstofftechniker wie er waren Mangelware. Der Fabrikant hatte kaum seinen Augen und Ohren getraut, als Allan eines Tages vor ihm stand und sich als Experte für Sprengstoffe aller Art erwies. Bis dahin hatte sich der Fabrikbesitzer ganz auf seinen einen Sprengstofftechniker verlassen müssen, was wirklich nicht so gut war, denn der war Ausländer, sprach kaum ein Wort Schwedisch und hatte pechschwarze Haare – und das auch noch am ganzen Körper. Damals hatte er ihn eben notgedrungen einstellen müssen, auch wenn nicht ganz klar war, ob man ihm trauen konnte.

Allan hingegen beurteilte die Menschen nicht nach ihrer Hautfarbe, und das Gerede eines Professor Lundborg war ihm schon immer ein bisschen seltsam vorgekommen. Er war vielmehr neugierig auf die Begegnung mit seinem ersten Neger, oder auch der ersten Negerin, das war ihm egal. Sehnsüchtig las er die Anzeigen, die Josephine Bakers Besuch in Stockholm ankündigten, aber vorerst musste er mit Esteban vorliebnehmen, seinem weißen, wenn auch dunkel geratenen Arbeitskollegen aus Spanien.

Allan und Esteban verstanden sich auf Anhieb. Außerdem wohnten sie zusammen in einem schäbigen Loch in der Arbeitersiedlung neben der Fabrik. Der Spanier erzählte seine dramatische Vorgeschichte. Er hatte auf einem Fest in Madrid ein Mädchen kennengelernt und heimlich ein – wenn auch recht unschuldiges – Verhältnis mit ihr angefangen, ohne zu wissen, dass sie die Tochter des Premierministers Miguel Primo de Rivera war. Der freilich war nicht die Person, mit der man sich ungestraft anlegte. Er regierte das Land ganz nach eigenem Gutdünken, mit dem hilflosen König am Gängelband. »Premierminister«, das war schon bald ein beschönigender Ausdruck für »Diktator«, meinte Esteban. Aber seine Tochter war so unglaublich schön!

Estebans Herkunft aus der Arbeiterklasse wollte dem potenziellen Schwiegervater überhaupt nicht gefallen. Bei seinem ersten und einzigen Treffen mit Primo de Rivera erfuhr Esteban, dass er zwei Optionen hatte: Entweder das Land verlassen, und zwar so weit weg wie nur irgend möglich, oder sich auf der Stelle einen Genickschuss verpassen lassen.

Während Primo de Rivera sein Gewehr entsicherte, antwortete Esteban, dass er sich bereits für die erste Option entschieden habe, und zog sich hastig rückwärts zurück, sorgfältig darauf achtend, dem Mann nicht das Genick zuzuwenden und auch keinen Blick mehr auf das schluchzende Mädchen zu werfen.

So weit weg wie irgend möglich, dachte Esteban und machte sich auf den Weg in den Norden, und dann noch weiter in den Norden, bis er zum Schluss so weit im Norden war, dass die Seen dort im Winter zu Eis gefroren. Da glaubte er endlich, weit genug weg zu sein. Und hier war er seitdem geblieben. Die Stelle in der Gießerei hatte er vor drei Jahren mit Hilfe eines dolmetschenden katholischen Priesters bekommen und der – Gott mochte es ihm verzeihen – wild zusammengelogenen Geschichte, in Spanien hätte er mit Sprengstoffen gearbeitet, wo er in Wirklichkeit doch nur Tomaten gepflückt hatte.

Mit der Zeit hatte Esteban nicht nur Schwedisch gelernt, sondern war auch ein recht fähiger Sprengstofftechniker geworden. Und jetzt, da er Allan an seiner Seite hatte, entwickelte er sich nachgerade zu einem wahren Fachmann.

* * * *

Allan lebte sich in der Arbeitersiedlung prächtig ein. Nach einem Jahr hatte Esteban ihm so viel beigebracht, dass er sich auch auf Spanisch verständigen konnte. Nach zwei Jahren sprach er es fast schon fließend. Doch es dauerte drei Jahre, bis Esteban den Versuch aufgab, ihm seine spanische Variante des internationalen Sozialismus aufzudrängen. Er ließ nichts unversucht, aber Allan zeigte sich gänzlich unbeeindruckt. Dieser Teil der Persönlichkeit seines besten Freundes blieb Esteban ein Rätsel. Allan vertrat ja keine entgegengesetzte Auffassung von den Dingen oder hing anderen Ideen an, er hatte ganz einfach überhaupt keine Auffassung. Oder vielleicht war ja gerade das Allans Auffassung? Esteban blieb nichts anderes übrig, als sich damit abzufinden, dass er seinen Freund nicht verstand.

Allan seinerseits sah sich einem ganz ähnlichen Problem gegenüber. Esteban war ein guter Kamerad. Dass ihn die vermaledeite Politik vergiftet hatte, konnte man nicht mehr ändern – da war er ja auch weiß Gott nicht der Einzige.

Die Jahreszeiten wechselten einander noch ein paarmal ab, bis Allans Leben eines Tages eine neue Wendung nahm. Es begann damit, dass Esteban die Nachricht erreichte, Primo de Rivera sei zurückgetreten und außer Landes geflohen. Jetzt kehrte also wirklich Demokratie ein, vielleicht sogar Sozialismus, und das wollte Esteban sich nicht entgehen lassen.

Daher wollte er so schnell wie möglich in die Heimat zurückkehren. Die Gießerei lief sowieso immer schlechter, da Señor Per Albin beschlossen hatte, dass es keinen Krieg mehr geben würde. Esteban meinte, dass den beiden Sprengstofftechnikern jederzeit gekündigt werden könne. Er erkundigte sich, was sein Freund Allan denn für Pläne habe. Ob er sich vielleicht vorstellen könnte, mit ihm zu kommen?

Allan überlegte. Einerseits interessierte er sich nicht für Revolutionen, ganz gleich, ob spanische oder sonst welche. So etwas konnte zwangsläufig immer nur zu einer neuen Revolution führen, die in die entgegengesetzte Richtung ausschlug. Andererseits lag Spanien ja im Ausland, so wie alle Länder, abgesehen von Schweden. Und nachdem er sein Leben lang immer nur vom Ausland gelesen hatte, war es vielleicht gar keine dumme Idee, wenn er sich die Sache mal aus der Nähe ansah. Vielleicht würden unterwegs ja sogar ein, zwei Neger dabei herausspringen?

Als Esteban ihm versprach, dass sie auf dem Weg nach Spanien mindestens einen Neger treffen würden, konnte Allan nicht Nein sagen. Daraufhin machten sich die Freunde an die praktischen Überlegungen. Dabei kamen sie rasch zu dem Schluss, dass der Fabrikant (wie sie es ausdrückten) »ein mieser Schuft« war, der keinerlei Rücksichten verdiente. Also verabredeten sie, noch die nächste Lohntüte abzuwarten und sich dann heimlich, still und leise davonzumachen.

So kam es also, dass Allan und Esteban am nächsten Sonntag um fünf Uhr morgens aufstanden, um mit einem Fahrrad mit Anhänger gen Süden aufzubrechen, Richtung Spanien. Unterwegs wollte Esteban noch am Haus des Fabrikbesitzers anhalten, um seine komplette morgendliche Notdurft in der Milchkanne zu hinterlassen, die in aller Frühe geliefert und vor dem Grundstückstor abgestellt wurde. Als Grund gab er an, dass der Fabrikant und seine beiden Söhne ihn jahrelang als »Affen« gehänselt hätten.

»Rache ist nicht gut«, verkündete Allan. »Mit der Rache geht es wie mit der Politik, da gibt auch eins das andere, bis das Schlechte zum Schlechteren geworden ist, und das Schlechtere zum Allerschlechtesten.«

Doch Esteban gab nicht nach. Nur weil man behaarte Arme hatte und die Sprache des Fabrikanten nicht so toll sprach, war man doch wohl noch lange kein Affe?

Da musste Allan ihm zustimmen, und so einigten sich die Freunde auf einen Kompromiss: Esteban durfte in die Milchkanne *pissen*, aber nicht kacken.

So kam es also, dass die Gießerei in Hälleforsnäs statt zwei Sprengstofftechnikern plötzlich gar keinen mehr hatte. Zeugen hatten dem Fabrikanten noch am selben Morgen hinterbracht, dass Allan und Esteban mit Fahrrad und Anhänger auf dem Weg nach Katrineholm waren oder vielleicht sogar ein noch weiter im Süden gelegenes Ziel ansteuerten. Daher war der Unternehmer immerhin auf den bevorstehenden Personalmangel vorbereitet, als er am Sonntagvormittag auf der Veranda seiner Villa saß und nachdenklich an dem Glas Milch nippte, das Sigrid ihm freundlicherweise mit etwas Mandelbiskuit serviert hatte. Seine Laune sackte noch weiter in den Keller, als er zu dem Schluss kam, dass mit den Biskuits irgendetwas nicht in Ordnung war. Die schmeckten ganz eindeutig nach Ammoniak.

Der Fabrikant beschloss, bis nach dem Gottesdienst zu warten, dann würde er Sigrid die Ohren langziehen. Aber erst bestellte er sich noch ein Glas Milch, um sich den widerlichen Geschmack aus dem Mund zu spülen.

* * * *

Und so landete Allan Karlsson in Spanien. Drei Monate waren sie quer durch Europa unterwegs, und dabei traf er mehr Neger, als er sich jemals hätte träumen lassen. Allerdings hatte er schon nach dem ersten das Interesse verloren. Wie sich herausstellte, lag der einzige Unterschied in der Hautfarbe – abgesehen davon, dass sie sich allesamt seltsamer Sprachen bedienten, aber das machten Weiße ja auch. Man denke nur an die Bevölkerung in Småland oder in den ganz südlichen Regionen Schwedens. Diesen Lundborg musste in seiner frühen Kindheit wohl mal ein Neger erschreckt haben, anders konnte Allan es sich nicht erklären.

Als sein Freund und er schließlich Spanien erreichten, fanden sie das Land im Chaos vor. Der König war nach Rom geflohen, jetzt hatte man eine Republik ausgerufen. Die Linke schrie *revolución*, während das rechte Lager von den Geschehnissen im stalinistischen Russland erschreckt wurde. Würde es hier am Ende genauso aussehen?

Im ersten Moment vergaß Esteban völlig, dass sein Freund heillos unpolitisch war, und versuchte, Allan mit dem revolutionären Geist anzustecken. Doch der sträubte sich wie gewohnt. Er hatte das alles schon in seiner Jugend zu hören bekommen, und es wollte ihm immer noch nicht in den Kopf, warum sich die Leute ständig wünschten, dass alles genau umgekehrt sein sollte.

Es kam zu einem missglückten Militärputsch der Rechten, gefolgt von einem Generalstreik der Linken. Dann wurde gewählt. Die Linken gewannen, die Rechten waren beleidigt – oder war es andersrum? Allan wusste es nicht genau. Auf jeden Fall gab es am Ende Krieg.

Allan fiel in diesem fremden Land nichts Besseres ein, als sich immer einen halben Schritt hinter Esteban zu halten. Dieser ließ sich anwerben und wurde sofort zum Feldwebel befördert, als der Zugführer merkte, dass Esteban wusste, wie man alles Mögliche in die Luft sprengen konnte.

Allans Freund trug die Uniform mit Stolz und freute sich schon auf seinen ersten Kampfeinsatz. Seine Einheit bekam den Auftrag, ein paar Brücken in einem Tal in Aragonien zu sprengen, und Estebans Trupp wurde die erste Brücke zugeteilt. Esteban war so begeistert von diesem Vertrauensbeweis, dass er sich auf einen Felsen stellte, das Gewehr mit der Linken gen Himmel reckte und rief:

»Tod dem Faschismus! Tod allen Faschist...«

Er konnte den Satz nicht mehr zu Ende bringen, denn im nächsten Moment wurden ihm Schädel und Teile einer Schulter von der möglicherweise allerersten feindlichen Granate dieses Krieges weggerissen. Allan stand vielleicht zwanzig Meter von ihm entfernt, als es geschah. So bekam er immerhin nichts von den matschigen Einzelteilen seines Freundes ab, die sich rund um diesen Felsen verteilten, auf den er sich unvernünftigerweise gestellt hatte. Einer der gemeinen Soldaten von Estebans Truppe begann zu weinen. Allan selbst nahm die Überreste seines Freundes in Augenschein und beschloss, dass es sich nicht lohnte, sie zu beerdigen.

»Wärst du doch in Hälleforsnäs geblieben«, sagte Allan. Und auf einmal sehnte er sich ganz schrecklich danach, vor der Hütte in Yxhult Brennholz zu hacken.

* * * *

Die Granate, die Esteban zerfetzt hatte, war möglicherweise die erste dieses Krieges gewesen, aber es war ganz sicher nicht die letzte. Allan zog in Erwägung, nach Hause zu fahren, aber plötzlich war der Krieg überall. Außerdem war es ein ziemlicher Gewaltmarsch heim nach Schweden, und dort gab es ja im Grunde auch nichts, was auf ihn wartete.

Daher suchte Allan die Kommandanten von Estebans Einheit auf, präsentierte sich als der führende Pyrotechniker des Kontinents und erklärte, dass er sich vorstellen könnte, Brücken und andere infrastrukturelle Konstruktionen in die Luft zu jagen. Als Entgelt forderte er nur drei Mahlzeiten am Tag und, wenn die Umstände es zuließen, genug Wein, um sich zwischendurch einen gepflegten Rausch anzutrinken.

Der Kompaniechef war drauf und dran, Allan erschießen zu lassen, weil dieser sich weigerte, das Loblied des Sozialismus und der Republik zu singen, und außerdem verlangte, in Zivilkleidung arbeiten zu dürfen. Oder, wie Allan sich ausdrückte:

»Und noch was … Wenn ich für Sie Brücken sprengen soll, dann mach ich das in meinen eigenen Sachen. Ansonsten können Sie Ihre Brücken von mir aus selber in die Luft jagen.«

Der Kompaniechef, der sich von einem Zivilisten so anreden lässt, muss erst noch geboren werden. Nur hatte dieser leider das Problem, dass der einzige seiner Soldaten, der für diese Aufgabe getaugt hätte, vor Kurzem in seine Einzelteile zerlegt und über einen Felsen auf einer Anhöhe ganz in der Nähe verteilt worden war.

Während der Kompaniechef auf seinem Feldstuhl saß und überlegte, ob er Allan nun anheuern oder füsilieren lassen sollte, nahm sich einer der Zugführer die Freiheit, ihm ins Ohr zu flüstern, dass der junge Feldwebel, der unseligerweise gerade in Stücke gerissen worden war, ihnen diesen seltsamen Schweden als *Meister* der Sprengkunst vorgestellt hatte.

Damit war die Sache entschieden. Señor Karlsson durfte a) am Leben bleiben, b) drei Mahlzeiten am Tag erhalten, c) seine Zivilkleidung tragen und d) genau wie alle anderen ab und zu Wein in vertretbaren Mengen trinken. Im Gegenzug sollte er alles sprengen, was ihm die Offiziere zu sprengen befahlen. Außerdem trug man zwei gemeinen Soldaten auf, den Schweden gut im Auge zu behalten, denn es war nach wie vor nicht auszuschließen, dass er vielleicht doch ein Spion war.

So vergingen die Monate und wurden zu Jahren. Allan sprengte, was man ihm auftrug, und er tat es mit größter Geschicklichkeit. Das war beileibe keine ungefährliche Arbeit. Oft musste er zum betreffenden Objekt schleichen und kriechen, einen Zeitzünder anbringen und sich anschließend robbend wieder in Sicherheit bringen. Nach drei Monaten musste einer von Allans Bewachern das Leben lassen (er war versehentlich direkt ins feindliche Lager gerobbt). Nach einem weiteren halben Jahr ging auch der zweite drauf (er war aufgestanden, um den Rücken durchzustrecken, woraufhin ihm selbiger mittendurch geschossen wurde). Der Kompaniechef verzichtete darauf, sie durch neue Wachen zu ersetzen, dazu hatte Señor Karlsson sich bis dahin viel zu gut geführt.

Allan sah allerdings nicht ein, warum er unnötig Menschen in den Tod reißen sollte, daher sorgte er meistens dafür, dass die zu sprengende Brücke leer war, wenn es knallte. Wie zum Beispiel auch die allerletzte Brücke vor Kriegsende. Doch gerade als er diesmal mit seinen Vorbereitungen fertig war und ins Gebüsch zurückkroch, kam eine feindliche Patrouille daher, in Begleitung eines mit unzähligen Orden behangenen Herrn. Sie kamen von der anderen Seite und schienen keine Ahnung zu haben, dass sich die Republikaner in unmittelbarer Nähe befanden, geschweige denn, dass sie selbst gerade auf bestem Wege waren, Esteban und Tausenden anderer Spanier in der Ewigkeit Gesellschaft zu leisten.

Da beschloss Allan, dass es jetzt mal genug war. Er stand also aus dem Gebüsch auf, in dem er Deckung gesucht hatte, und begann mit den Armen zu fuchteln.

»Gehen Sie da weg!«, schrie er dem Ordenbehangenen und seinen Begleitern zu. »Schnell, verschwinden Sie, bevor Sie in die Luft fliegen!«

Der kleine Ordenbehangene wich erschrocken zurück, doch seine Begleiter nahmen ihn in die Mitte und schleiften ihn über die Brücke, bis sie bei Allans Gebüsch angekommen waren. Dort richteten sich acht Gewehre auf den Schweden, und mindestens eines davon wäre mit Sicherheit abgefeuert worden, wäre nicht plötzlich die Brücke hinter ihnen in die Luft geflogen. Die Druckwelle warf den kleinen Ordenbehangenen in Allans Gebüsch, und in dem ganzen Tumult wagte keiner eine Kugel auf Allan abzufeuern, denn man hätte dabei nur zu leicht den Falschen treffen können. Außerdem schien er ja Zivilist zu sein. Als sich die Staubwolken legten, war schon nicht mehr die Rede davon, Allan zu erschießen. Der kleine Ordenbehangene ergriff Allans Hand und erklärte, dass ein echter General wisse, wie man sich erkenntlich zeigt, und dass sich die Gruppe jetzt wohl besser auf die andere Seite zurückziehen sollte, mit oder ohne Brücke. Wenn sein Retter mitkommen wolle, sei er mehr als willkommen, denn am Ziel würde der General ihn zu gern zum Essen einladen.

»Paella Andaluz«, sagte der General. »Mein Koch kommt nämlich aus dem Süden. *¿Comprende?*«

O ja, das verstand Allan. Ihm war außerdem klar, dass er wohl gerade dem *generalísimo* höchstpersönlich das Leben gerettet hatte und dass es ihm wohl zum Vorteil gereichte, hier in seinem dreckigen Zivilanzug zu stehen statt in republikanischer Uniform. Ihm war klar, dass seine Freunde auf dem hundert Meter entfernten Hügel das Ganze durch ihre Ferngläser verfolgten, und ihm war auch klar, dass es im Interesse der eigenen Gesundheit wohl das Beste war, wenn er die Seiten wechselte in diesem Krieg, dessen Sinn und Zweck sich ihm im Grunde nie ganz erschlossen hatte.

Außerdem hatte er Hunger.

»*Sí, por favor, mi general*«, sagte Allan. So eine Paella käme ihm jetzt wirklich gelegen. Und dazu vielleicht sogar ein Glas Rotwein? Oder zwei?

* * * *

Vor zehn Jahren hatte Allan sich als Sprengstofftechniker in einer Rüstungsfabrik in Hälleforsnäs beworben. Damals hatte er beschlossen, gewisse Einzelheiten aus seinem Lebenslauf zu unterschlagen, zum Beispiel die Tatsache, dass er vier Jahre im Irrenhaus gesessen und anschließend sein eigenes Haus in die Luft gesprengt hatte. Vielleicht war sein Einstellungsgespräch gerade deswegen so erfolgreich verlaufen.

Daran dachte Allan, während er mit General Franco plauderte. Einerseits sollte man ja nicht lügen. Andererseits dürfte es ihm in seiner Situation kaum zugutekommen, wenn er dem General verriet, dass er selbst den Sprengsatz unter der Brücke gelegt hatte und seit drei Jahren einen zivilen Posten in der republikanischen Armee innehatte. Er fürchtete sich zwar nicht, aber nun standen eben doch ein Abendessen und ein nettes kleines Trinkgelage auf dem Spiel. Für eine Mahlzeit und etwas Schnaps konnte man die Wahrheit schon mal kurzfristig unter den Tisch fallen lassen, entschied Allan, und log dem General die Hucke voll.

Er behauptete, er habe sich auf der Flucht vor den Republikanern im Gebüsch versteckt und beobachtet, wie die Sprengladung gelegt wurde. Gott sei Dank, denn sonst hätte er den General ja nicht warnen können.

In Spanien und mitten in diesem Krieg sei er nur gelandet, weil ihn ein Freund mitgenommen habe, ein Mann mit engen Verbindungen zum jüngst verstorbenen Primo de Rivera. Doch seit sein Freund durch eine feindliche Granate ums Leben gekommen war, habe Allan sich alleine durchkämpfen müssen.

Dann wechselte er rasch das Thema und erzählte stattdessen, dass sein Vater ein enger Vertrauter des russischen Zaren Nikolaj gewesen war, der im hoffnungslosen Kampf gegen den Bolschewikenführer Lenin den Märtyrertod gestorben war.

Das Essen wurde im Zelt des Generalstabs serviert. Je mehr Rotwein Allan trank, umso anschaulicher wurden die Schilderungen des väterlichen Heldentods. General Franco hätte kaum ergriffener sein können. Erst wurde ihm das Leben gerettet, und dann stellte sich heraus, dass sein Retter fast schon verwandt war mit Zar Nikolaj II.

Die Speisen schmeckten vorzüglich – alles andere hätte der andalusische Koch nicht gewagt. Und der Wein floss in Strömen, während man einen Trinkspruch nach dem anderen ausbrachte: auf Allan, auf Allans Vater, auf Zar Nikolaj und auf die Familie des Zaren. Schließlich wurde der General vom Schlaf übermannt, während er gerade dazu ansetzte, Allan zu umarmen, um das soeben beschlossene brüderliche Du zu besiegeln.

Als die Herren wieder aufwachten, war der Krieg vorbei. General Franco übernahm die Regierung des neuen Spanien und bot Allan an, als erste Leibwache in seinen Dienst zu treten. Der bedankte sich für das Angebot, antwortete jedoch, wenn Francisco ihn entschuldigen wolle, würde er langsam doch gern in die Heimat zurückkehren. Francisco entschuldigte ihn, und er gab ihm auch noch ein Schreiben mit, in dem er Allan den bedingungslosen Schutz des *generalísimo* zusicherte (»zeig das vor, wenn du Hilfe brauchst«). Dann stellte er Allan noch eine fürstliche Eskorte bis nach Lissabon an die Seite, von wo seines Wissens Schiffe Richtung Norden fuhren.

Wie sich herausstellte, fuhren von Lissabon Schiffe in alle möglichen Richtungen. Allan stand am Kai und überlegte eine Weile. Dann suchte er sich ein Schiff mit spanischer Flagge, wedelte dem Kapitän mit dem Brief des Generals vor der Nase herum, und schon bekam er einen Freiplatz. Dass er für seinen Unterhalt auf dem Schiff arbeitete, kam natürlich überhaupt nicht in Frage.

Der Kahn fuhr zwar nicht nach Schweden, aber während Allan so am Kai stand, hatte er sich ohnehin gefragt, was er dort eigentlich sollte – und ihm hatte einfach keine gute Antwort einfallen wollen.

8. *KAPITEL*

Dienstag, 3. Mai–Mittwoch, 4. Mai 2005

Nach der Pressekonferenz am Nachmittag setzte sich Humpen erst mal mit einem Bier hin, um in Ruhe nachzudenken. Aber er konnte grübeln, so viel er wollte, er konnte sich einfach keinen Reim auf die Sache machen. Sollte Bolzen tatsächlich darauf verfallen sein, Hundertjährige zu kidnappen? Oder hatte das eine mit dem anderen gar nichts zu tun? Humpen bekam vom ganzen Nachdenken schon Kopfweh, also ließ er es irgendwann bleiben, rief stattdessen den Chef an und berichtete, dass er nichts zu berichten hatte. Woraufhin er die Anweisung bekam, in Malmköping zu bleiben und weitere Anweisungen abzuwarten.

Nach diesem Gespräch war Humpen wieder allein mit seinem Pils. Langsam wurde die Situation richtig stressig. Es gefiel ihm gar nicht, wenn er irgendwo nicht durchblickte, davon bekam er schon wieder Kopfweh. Also wandte er seine Gedanken vergangenen Zeiten zu und erinnerte sich an seine Jugendjahre zu Hause.

Humpen hatte seine Verbrecherkarriere in Braås begonnen, nur ein paar Kilometer von dem Ort entfernt, an dem Allan und seine neuen Freunde sich derzeit aufhielten. Dort hatte er sich mit ein paar Gleichgesinnten zusammengetan und den Biker-Club *The Violence* gegründet. Humpen war der Anführer, er entschied also, welchen Kiosk sie als Nächstes aufbrachen, um sich die Zigaretten unter den Nagel zu reißen. Er hatte auch den Namen *The Violence* ausgesucht – *Die Gewalt*. Und er hatte seiner eigenen Freundin unglücklicherweise auch den Auftrag gegeben, den Namen des Biker-Clubs auf zehn frisch gestohlene Lederjacken zu nähen. Seine Freundin hieß

Isabella und hatte in der Schule nie richtig buchstabieren gelernt – auf Schwedisch nicht, und auf Englisch erst recht nicht.

So kam es, dass Isabella statt des richtigen Namens die Aufschrift *The Violins* auf die Jacken nähte. Da die anderen Clubmitglieder allesamt ganz ähnliche schulische Erfolge vorzuweisen hatten – nicht, dass irgendein Erziehungsberechtigter sich groß darum geschert hätte –, fiel keinem der Fehler ins Auge.

Daher wunderten sie sich auch nicht schlecht, als eines Tages ein Brief von der Leitung des Konzerthauses in Växjö kam, adressiert an *The Violins* in Braås, die anfragte, ob der Club sich wohl der klassischen Musik verschrieben habe und ob er sich vielleicht zu einem Konzert mit dem renommierten Kammerorchester der Stadt, Musica Vitae, zusammentun wolle.

Humpen glaubte, dass sich da jemand einen Scherz mit ihm erlaubte, und fühlte sich provoziert. Eines Nachts ließ er also den nächsten Kiosk links liegen und fuhr stattdessen zum Konzertsaal in Växjö. Dort schmiss er einen Pflasterstein ins Foyer, um den Verantwortlichen mal die Flötentöne beizubringen.

Alles lief nach Plan, abgesehen davon, dass Humpen bei diesem Wurf auch seines Lederhandschuhs verlustig ging, der mitsamt dem Stein ins Foyer flog. Da im selben Moment der Alarm losheulte, war es wenig ratsam, sich das gute Stück zurückzuholen.

Einen Handschuh zu verlieren, war schon blöd. Er war ja auf dem Motorrad gekommen, und auf dem Heimweg nach Braås fror Humpen die ganze Zeit an einer Hand. Noch viel schlimmer war jedoch, dass Humpens Freundin, dieses Unglücksmensch, Humpens Namen und Adresse in den Handschuh geschrieben hatte, für den Fall, dass er ihn verlor. Daher dauerte es gerade mal bis zum nächsten Vormittag, bis die Polizei Humpen zum Verhör abholte.

Beim Verhör erklärte Humpen, dass die Leitung des Konzerthauses ihn provoziert habe, und so landete die ganze Geschichte mit *The Violence* alias *The Violins* in der *Smålandsposten*, und Humpen wurde die Lachnummer von Braås. In seinem Zorn verfiel er darauf, sich beim nächsten Kiosk nicht damit zu begnügen, die Tür aufzubrechen, sondern ihn gleich ganz abzufackeln. Das führte wiederum dazu, dass der türkisch-bulgarische Kioskbesitzer, der sich in der Bude schlafen gelegt hatte, um Einbrüchen vorzubeugen, mit Müh und Not seine Haut retten konnte. Humpen verlor am Tatort seinen zweiten Handschuh (der ebenso sorgfältig beschriftet war wie der erste), und wenig später trat er zum ersten Mal den Weg in eine Vollzugsanstalt an. Dort lernte er den Chef kennen, und als er seine Strafe abgesessen hatte, befand Humpen es für besser, Braås und seine Freundin hinter sich zu lassen. Beide schienen ihm ja offensichtlich nur Unglück zu bringen.

Doch *The Violence* blieb weiterhin bestehen, und die Lederjacken mit der fehlerhaften Aufschrift behielt man ebenfalls bei. Allerdings wechselte der Club seinen Tätigkeitsbereich und verlegte sich auf Autodiebstähle und Tachomanipulationen. Gerade Letzteres konnte sehr lukrativ sein. Oder, wie es Humpens kleiner Bruder, der neue Anführer, ausdrückte: »Nichts macht ein Auto so sexy, wie wenn's plötzlich nur noch halb so viel rumgefahren ist.«

Humpen hielt sporadisch Kontakt zu seinem Bruder und seinem alten Leben, sehnte sich aber nicht zurück.

»Nee, nee, verdammich«, fasste Humpen die Erinnerungen an seine Lebensgeschichte zusammen.

Es war stressig, an Neues zu denken, aber genauso stressig, sich an Vergangenes zu erinnern. Dann doch lieber ein drittes Bier bestellen und danach, genau nach Anweisung des Chefs, im Hotel einchecken.

* * * *

Es war schon fast ganz dunkel, als Kommissar Aronsson mit Hundeführer und Polizeihund Kicki nach einem langen Spaziergang über die Eisenbahngleise in Åkers Styckebruk ankam.

Der Hund hatte die ganze Zeit keine Reaktion gezeigt. Aronsson fragte sich, ob das Tier überhaupt wusste, dass es sich hier um einen Arbeitseinsatz handelte und nicht um einen ausgedehnten Abendspaziergang. Aber als das Trio an der verlassenen Draisine ankam, ging der Hund in Habachtstellung, oder wie auch immer das heißen mochte. Dann hob er eine Pfote und begann zu bellen. In Aronsson glomm ein Fünkchen Hoffnung auf.

»Hat das was zu bedeuten?«, fragte er den Hundeführer.

»O ja, das kann man so sagen«, antwortete der Hundeführer.

Und dann erklärte er, dass Kicki auf unterschiedliche Art anzeigte, je nachdem, was sie einem melden wollte.

»Ja, dann erzählen Sie mir doch endlich, was der Hund damit sagen will!«, rief der immer ungeduldigere Kommissar Aronsson und zeigte auf das Tier, das immer noch auf drei Beinen stand und kläffte.

»Das«, antwortete der Hundeführer, »bedeutet, dass ein Toter auf der Draisine gelegen hat.«

»Ein Toter? Eine Leiche?«

»Eine Leiche.«

Im ersten Moment sah Kommissar Aronsson vor seinem inneren Auge, wie das *Never-Again*-Mitglied den armen hundertjährigen Allan Karlsson erschlug. Aber dann verband sich diese neue Information mit der bereits abgespeicherten.

»Es muss genau umgekehrt gegangen sein«, murmelte er und fühlte sich seltsam erleichtert.

* * * *

Zu Frikadellen mit Kartoffeln und Preiselbeeren servierte die Schöne Frau Bier und Gammeldansk-Magenbitter. Die Gäste hatten Hunger, aber zuerst wollten sie wissen, was für ein Tier sie da im Stall gehört hatten.

»Das war Sonja«, sagte die Schöne Frau. »Mein Elefant.«

»Dein Elefant?«, echote Julius.

»Dein Elefant?«, echote Allan.

»Ich hab mir doch gleich gedacht, dass mir das Geräusch bekannt vorkommt«, behauptete Benny.

Der ehemalige Imbissbudenbetreiber hatte sich auf den ersten Blick verliebt. Auch jetzt, auf den *zweiten* Blick, hatte sich daran nichts geändert. Die unablässig fluchende rothaarige Frau mit dem üppigen Busen kam ihm vor wie einem Paasilinna-Roman entstiegen! Der Finne hatte zwar noch nie über Elefanten geschrieben, aber das war sicher nur noch eine Frage der Zeit, glaubte Benny.

Eines frühen Morgens im vergangenen August hatte der Elefant einfach im Garten der Schönen Frau gestanden und Äpfel geklaut. Hätte er sprechen können, hätte er vielleicht erzählt, dass er den Abend zuvor aus einem Zirkus in Växjö ausgebrochen war, um sich etwas zu trinken zu suchen, denn sein Pfleger war aus demselben Grund in die Stadt gefahren, statt seiner Arbeit nachzukommen.

In der Abenddämmerung hatte das Tier den Helgasee erreicht und beschlossen, nicht nur seinen Durst zu stillen, sondern auch gleich ein schönes, kühles Bad zu nehmen. Also watete es in das flache Wasser.

Aber dann war es plötzlich doch nicht mehr so flach, und der Elefant war plötzlich auf seine angeborene Schwimmfähigkeit angewiesen. Im Allgemeinen denken Elefanten nicht so logisch wie Menschen, und dieser Elefant trat auch gleich den Beweis an: Er drehte nämlich nicht um, um nach vier Metern wieder festen Boden unter die Füße zu bekommen, sondern beschloss, die zweieinhalb Kilometer bis zur anderen Seite des Sees zu schwimmen.

Diese Elefantenlogik hatte zwei Konsequenzen: Erstens wurde der Elefant von den Zirkusleuten und der Polizei für tot erklärt, nachdem sie die Spuren des Elefanten bis zum See verfolgt hatten, wo sie im fünfzehn Meter tiefen Wasser verschwanden. Zweitens verirrte sich der höchst lebendige Elefant im Schutze der Dunkelheit in den apfelbaumbestandenen Garten der Schönen Frau, ohne dass ihn ein Mensch beobachtet hätte.

Die Schöne Frau hatte natürlich keine Ahnung von oben genannten Umständen, konnte sich die Geschichte aber im Nachhinein zusammenreimen, als sie in der Lokalzeitung von dem verschwundenen und für tot erklärten Elefanten las. Die Schöne Frau dachte sich, dass in dieser Gegend und zu diesem Zeitpunkt wohl nicht allzu viele

Elefanten frei herumliefen, sodass es sich bei dem toten Elefanten und dem höchst lebendigen Tier in ihrem Garten um ein und dasselbe Exemplar handeln dürfte.

Die Schöne Frau gab dem Elefanten erst mal einen Namen. Die Wahl fiel auf »Sonja«, nach ihrem Idol, der wuchtigen Jazzsängerin Sonya Hedenbratt. In den nächsten Tagen musste sie zwischen Sonja und dem Schäferhund Buster vermitteln, bis die beiden sich miteinander vertraut gemacht hatten und sich vertrugen.

Es folgte ein Winter, in dem sie permanent auf der Suche nach Futter für die arme Sonja war, die eben so fraß, wie es einem Elefanten zukommt. Passenderweise hatte der Vater der Schönen Frau gerade das Zeitliche gesegnet und hinterließ seiner einzigen Tochter ein Erbe von einer Million Kronen – als er vor zwanzig Jahren in den Ruhestand ging, hatte er nämlich seine gut gehende Bürstenbinderei verkauft und sein Geld danach klug verwaltet. Daher hängte die Schöne Frau ihren Job am Empfang der Poliklinik in Rottne an den Nagel, um fortan als Vollzeitmutter für Hund und Elefant da zu sein.

Dann wurde es Frühling, Sonja konnte sich wieder von Gras und Laub ernähren, und dann tauchte dieser Mercedes auf dem Hof auf, der erste Besuch überhaupt, seit der selig entschlafene Papa vor zwei Jahren seine Tochter zum letzten Mal besucht hatte. Die Schöne Frau erklärte, dass sie für gewöhnlich nicht zu sehr mit dem Schicksal haderte, daher fiel es ihr auch nicht ein, Sonja vor den fremden Besuchern zu verheimlichen.

Allan und Julius schwiegen und ließen die Erzählung der Schönen Frau auf sich wirken, doch Benny sagte:

»Aber warum hat Sonja denn so gebrüllt? Ich bin sicher, ihr tut was weh!«

Die Schöne Frau riss verblüfft die Augen auf:

»*Wie zum Henker* hast du das denn rausgehört?«

Benny antwortete nicht gleich. Stattdessen nahm er einen ersten Bissen von seinem Essen, um sich ein bisschen Bedenkzeit zu verschaffen. Dann sagte er:

»Ich bin eigentlich beinahe Tierarzt. Wollt ihr die kurze oder die lange Version hören?«

Alle waren sich einig, dass sie die Langversion vorzogen, doch die Schöne Frau bestand darauf, dass Benny und sie vorher in den Stall gingen, damit der Beinahe-Tierarzt einen Blick auf Sonjas schmerzendes linkes Vorderbein werfen konnte.

So blieben Allan und Julius allein am Abendbrottisch sitzen und fragten sich, wie es wohl zugegangen war, dass ein Tierarzt mit Pferdeschwanz als gescheiterter Imbissbudenbesitzer im abgelegensten Winkel von Sörmland gelandet war. Und überhaupt, ein Tierarzt mit Pferdeschwanz, wie passte das denn zusammen? Verrückte Zeiten, wirklich. Zu Zeiten von Finanzminister Gunnar Sträng war das noch anders gewesen, da sah man einem schon aus der Ferne an, was er für einen Beruf hatte.

»Ein Finanzminister mit Pferdeschwanz«, kicherte Julius. »Das wär doch mal was ...«

Benny untersuchte die arme Sonja mit fester Hand. So etwas hatte er während seines Praktikums im Zoo von Kolmården schon mal gemacht. Unter dem zweiten Zehennagel hatte sich der Elefant einen abgebrochenen Zweig eingeklemmt, sodass sich der Fuß entzündet hatte. Die Schöne Frau hatte versucht, den Zweig zu entfernen, hatte aber nicht genug Kraft. Benny brauchte nur ein paar Minuten, bis es ihm gelang, mit beruhigenden Worten für Sonja und einer Multifunktionszange. Doch der Fuß war und blieb entzündet.

»Wir brauchen Antibiotika«, verkündete Benny. »Ein Kilo oder so.«

»Wenn du weißt, was wir brauchen, weiß ich, wie wir es kriegen«, meinte die Schöne Frau.

Doch die Beschaffung der Medikamente erforderte einen *nächtlichen* Ausflug nach Rottne, daher setzten sich Benny und die Schöne erst mal wieder an den Küchentisch.

Alle aßen mit großem Appetit und spülten die Mahlzeit mit Bier und Gammeldansk herunter, bis auf Benny, der nur Saft trank. Nach dem letzten Bissen gingen sie ins Wohnzimmer, setzten sich auf die

Sessel am Kamin und baten Benny zu erklären, inwiefern er *beinahe* Tierarzt war.

Es hatte damit angefangen, dass Benny und sein ein Jahr älterer Bruder Bosse – die in Enskede, südlich von Stockholm, aufgewachsen waren – mehrere Sommer bei ihrem Onkel Frank in Dalarna verbrachten. Der Onkel, der von allen nur Frasse genannt wurde, war ein erfolgreicher Unternehmer, der eine Reihe verschiedenster Firmen besaß und selbst führte. Onkel Frasse verkaufte alles Mögliche, von Wohnwagen bis Kies, und fast alles, was es dazwischen noch gab. Außer Schlafen und Essen widmete er sein Leben fast nur der *Arbeit*. Er hatte mehrere gescheiterte Beziehungen hinter sich – die Frauen hatten es bald satt, dass Onkel Frasse immer nur arbeitete, aß oder schlief (und sonntags duschte).

Auf jeden Fall waren Benny und Bosse in den sechziger Jahren mehrere Sommer in Folge von ihrem Vater zu seinem jüngeren Bruder Frasse geschickt worden. Ihr Vater berief sich darauf, dass Kinder frische Luft brauchten. Das mit der frischen Luft lief vielleicht nicht ganz so, wie man sich das vorstellen würde, denn Benny und Bosse wurden kurzerhand am großen Steinbrecher in Onkel Frasses Kiesgrube angelernt. Den Jungs gefiel es aber, obwohl die Arbeit hart war und sie zwei Monate lang mehr Staub als Luft einatmeten. Abends tischte Onkel Frasse das Essen auf, garniert mit seinen Moralpredigten. Sein Lieblingsspruch lautete:

»Seht zu, dass ihr was Ordentliches lernt, Jungs, sonst endet ihr so wie ich.«

Zwar kam es weder Benny noch Bosse sonderlich schlimm vor, wie Onkel Frasse zu enden, zumindest nicht, bis er bei einem Unfall in seinem Steinbrecher das Leben ließ. Doch Onkel Frasse hatte immer unter seiner kümmerlichen Schulbildung gelitten. Er konnte kaum Schwedisch schreiben, war schlecht im Rechnen, verstand kein Wort Englisch, und wenn ihn jemand fragte, konnte er mit Müh und Not angeben, dass Oslo die Hauptstadt von Norwegen war. Das Einzige, worauf Onkel Frasse sich verstand, war das Geschäft. Und damit wurde er stinkreich.

Wie vermögend Onkel Frasse bei seinem Hinscheiden wirklich war, konnte man schlecht sagen. Wie dem auch sei, er starb, als Bosse neunzehn und Benny knapp achtzehn war. Eines Tages meldete sich ein Anwalt bei Bosse und Benny und teilte ihnen mit, dass sie beide testamentarisch von Frasse bedacht worden waren, dass die Angelegenheit jedoch ein bisschen kompliziert sei und ein persönliches Gespräch erforderlich mache.

So fanden sich Bosse und Benny also im Büro des Rechtsanwalts ein und erfuhren, dass die Brüder eine *bedeutende* Geldsumme unbekannter Höhe erwartete, sobald sie beide das Gymnasium und eine anschließende Ausbildung abgeschlossen hatten.

Doch damit nicht genug: Die Brüder sollten während ihrer Ausbildung durch den treuhänderisch waltenden Anwalt ordentliche Unterhaltszahlungen erhalten. Brachen sie ihre Ausbildung jedoch ab, würde das Stipendium gestrichen, und sobald einer von ihnen seine Ausbildung abgeschlossen hatte und sich selbst versorgen konnte, würden die Zahlungen an denjenigen ebenfalls eingestellt. Es stand noch einiges mehr in diesem Testament, ein paar mehr oder weniger lästige Details, aber im Wesentlichen lief es darauf hinaus, dass die Brüder reich sein würden, wenn alle beide ihre Ausbildung abgeschlossen hatten.

Bosse und Benny meldeten sich sofort zu einem siebenwöchigen Schweißerkurs an und bekamen die Bestätigung vom Anwalt, dass damit die erste Bedingung des Testaments erfüllt war, »obwohl ich vermute, dass Ihr Onkel Frank vielleicht doch etwas Höheres im Auge hatte«.

Doch bevor der Kurs halb absolviert war, geschah zweierlei: Erstens hatte Benny es ein für alle Mal satt, dass sein großer Bruder ständig sein Mütchen an ihm kühlte. So war es jahrelang gelaufen, aber jetzt hielt er den Zeitpunkt für gekommen, seinem Bruderherz mal zu erklären, dass sie beide auf dem besten Wege waren, erwachsen zu werden, und Bosse sich also gefälligst jemand anders zum Schikanieren suchen sollte.

Zweitens kam Benny zu der Erkenntnis, dass er gar kein Schweißer werden wollte und sein Talent für diese Tätigkeit so mäßig war, dass er den Kurs gar nicht zu Ende bringen wollte.

Daraufhin überwarfen sich die Brüder eine Weile, bis Benny sich an der Universität Stockholm in einem Botanikstudium einschreiben konnte. Nach Ansicht des Anwalts konnte das Testament nicht anders gedeutet werden, als dass auch ein Wechsel der Ausbildungsstätte völlig in Ordnung war, solange es nicht zu Unterbrechungen kam.

So war Bosse bald fertig mit seiner Schweißerausbildung, bekam aber keine Öre von Onkel Frasses Geld, weil sein Bruder Benny immer noch studierte. Außerdem stellte der Anwalt umgehend die monatlichen Zahlungen an Bosse ein, in Übereinstimmung mit dem Wortlaut des Testaments.

Daraufhin entzweiten sich die Brüder ernsthaft. Nachdem Bosse eines Nachts im Rausch Bennys schöne neue 125-Kubik-Maschine kaputt geschlagen und getreten hatte (die sich sein Bruder von seinem großzügig bemessenen Studienzuschuss gekauft hatte), war es vorbei mit der Bruderliebe und jeglichen Rücksichten.

Bosse begann Geschäfte ganz im Geiste von Onkel Frasse zu machen, wenngleich ihm das Talent seines Onkels abging. Nach einer Weile zog er nach Västergötland, teils, um einen Neuanfang bei seinen Geschäften zu machen, teils, um seinem verdammten Bruder nicht mehr über den Weg laufen zu müssen. Unterdessen studierte Benny an der Universität weiter, Jahr um Jahr. Die monatlichen Zahlungen waren ja nicht zu verachten, und indem er immer kurz vor dem Examen das Studienfach wechselte, konnte Benny sehr gut leben, während sein tyrannischer Idiot von einem Bruder weiter auf sein Geld warten musste.

Und so machte Benny geschlagene dreißig Jahre weiter, bis sich der mittlerweile hochbetagte Anwalt meldete und ihm mitteilte, dass das Erbe jetzt aufgezehrt sei, dass es keine monatlichen Zahlungen mehr geben würde und natürlich auch kein Geld mehr zum Verteilen übrig sei. Kurz und gut, die Brüder könnten ihr Erbe in den Wind schreiben, teilte der Anwalt mit, der mittlerweile neunzig war und vielleicht sogar zum Großteil für dieses Testament weitergelebt hatte, denn wenige Wochen später verstarb er in seinem Fernsehsessel.

Das Ganze war vor ein paar Monaten passiert, und so war Benny plötzlich gezwungen gewesen, sich eine Arbeit zu suchen. Aber einer der bestausgebildeten Menschen von ganz Schweden konnte auf dem Arbeitsmarkt keinen Blumentopf gewinnen, weil man nicht nach dem Rekord an Studienjahren fragte, sondern nach den *Ergebnissen*, die man nach diesen Studien vorzuweisen hatte. Benny hatte mindestens zehn höhere Examina beinahe abgelegt, und nun musste er zum Schluss doch in eine Imbissbude investieren, damit er überhaupt eine Beschäftigung hatte. Benny und Bosse hatten übrigens noch einmal Kontakt miteinander gehabt, als der Anwalt ihnen nämlich Mitteilung machte, dass das Erbe jetzt aufstudiert sei. Die Töne, die ihm von Bosses Seite entgegenschlugen, gaben ihm wenig Anlass, seinem Bruder in absehbarer Zeit einen Besuch abzustatten.

Als Benny so weit erzählt hatte, wurde Julius nervös, denn nun begann die Schöne Frau allzu indiskrete Fragen zu stellen, zum Beispiel, wie Benny in Gesellschaft von Julius und Allan geraten war. Aber dank Bier und Gammeldansk nahm die Schöne Frau es mit den Einzelheiten nicht so genau. Vielmehr war sie drauf und dran, sich Hals über Kopf zu verlieben, wie sie selbst merkte, alte Schachtel, die sie war.

»Was bist du denn sonst noch *beinahe*, außer Tierarzt?«, erkundigte sie sich mit glänzenden Augen.

Benny wusste ebenso gut wie Julius, dass die Entwicklungen der letzten Tage nicht allzu ausführlich dargelegt werden sollten, daher war er dankbar, als die Fragen der Schönen Frau eine andere Richtung nahmen. Er könne sich leider nicht mehr an alles erinnern, behauptete er, man lernt ja doch so einiges, wenn man drei Jahrzehnte ununterbrochen die Schulbank drückt, vorausgesetzt, dass man seine Hausaufgaben auch immer einigermaßen ernst nimmt. Benny wusste jedenfalls, dass er beinahe Tierarzt war, beinahe Allgemeinarzt, beinahe Architekt, beinahe Ingenieur, beinahe Botaniker, beinahe Sprachenlehrer, beinahe Sportpädagoge, beinahe Historiker und beinahe noch eine Handvoll anderer Sachen. Hinzu kam, dass er noch eine ganze Reihe anderer kürzerer Studiengänge von wechselnder Qualität und Relevanz beinahe absolviert hatte. Man hätte ihn beinahe als Streber bezeichnen können, denn oftmals hatte er während eines Semesters mehrere Fächer parallel belegt.

Dann fiel Benny noch etwas ein, was er beinahe war, obwohl er es beinahe vergessen hatte. Er stand auf, wandte sich an die Schöne Frau und deklamierte:

> *Aus meinem ärmlichen, dunklen Leben*
> *Aus der langsamen Nacht meiner Einsamkeit*
> *Erheb ich mein Lied zu dir, mein Weib,*
> *meinem fürstlich glänzenden Schatz.*

Da wurde es ganz still, nur die Schöne Frau murmelte einen unhörbaren Fluch, während ihre Wangen rot anliefen.

»Erik Axel Karlfeldt«, erläuterte Benny. »Mit seinen Worten möchte ich dir für das Essen und die warme Stube danken. Ich habe wohl noch nicht erwähnt, dass ich auch beinahe Literaturwissenschaftler bin?«

Dann ging er vielleicht einen Schritt zu weit, denn er forderte die Schöne Frau vor dem Kamin zum Tanz auf. Aber da lehnte sie hastig ab, mit der Bemerkung, irgendwann müsse auch mal Schluss sein mit den Dummheiten. Doch Julius merkte, dass die Schöne Frau geschmeichelt war. Sie machte den Reißverschluss ihrer Joggingjacke zu und zog sie glatt, um vor Benny möglichst vorteilhaft auszusehen.

Während Allan dankend ablehnte, gingen die anderen zum Kaffee über, und wer wollte, bekam noch einen Cognac dazu. Julius nahm gerne beides, Benny begnügte sich mit der Hälfte.

Dann bombardierte Julius die Schöne Frau mit Fragen zum Haus und ihrer eigenen Lebensgeschichte – einerseits war er neugierig, andererseits wollte er um jeden Preis vermeiden, dass sie selbst erzählen mussten, wer sie waren, wohin sie wollten und warum. Das ließ sich dann aber glücklich umgehen, weil sich die Schöne Frau in Fahrt redete und über ihre Kindheit sprach, über den Mann, den sie mit achtzehn geheiratet und zehn Jahre später rausgeschmissen hatte (diesen Teil der Geschichte würzte sie mit besonders vielen Schimpfwörtern), dass sie niemals Kinder bekommen hatte, dass Sjötorp früher das Sommerhäuschen der Eltern gewesen war, bis die Mutter vor sieben Jahren starb und der Vater der Schönen Frau das Haus ganz überließ, über den zutiefst uninspirierenden Job am Empfang der Poliklinik von Rottne, über das Erbe, das langsam, aber sicher zur Neige ging, und dass es wohl bald Zeit wurde, zu neuen Ufern aufzubrechen.

»Schließlich bin ich schon dreiundvierzig«, sagte die Schöne Frau. »*Verdammte Scheiße*, da ist das halbe Leben ja schon um.«

»Da sei dir mal nicht so sicher«, sagte Julius.

* * * *

Der Hundeführer gab Kicki neue Anweisungen, und sie begann einer Spur hinterherzuschnüffeln, die von der Draisine wegführte. Kommissar Aronsson hoffte, dass die betreffende Leiche irgendwo in der Nähe auftauchen würde, aber nach den ersten dreißig Metern begann Kicki im Kreis zu laufen und schien nur noch aufs Geratewohl zu suchen, bis sie ihren Hundeführer irgendwann flehend ansah.

»Kicki bittet um Entschuldigung, aber sie kann nicht sagen, wohin die Leiche verschwunden ist«, übersetzte der Hundeführer.

Vielleicht drückte der Hundeführer sich nicht exakt genug für Kommissar Aronsson aus, denn der deutete die Antwort so, dass Kicki die Witterung der Leiche schon bei der Draisine verloren hatte. Hätte Kicki jedoch sprechen können, hätte sie gesagt, dass der Tote auf jeden Fall noch ein paar Meter aufs Werksgelände geschleift worden war, bevor er verschwand. Dann hätte der Kommissar vielleicht ermittelt, welche Transporte in den letzten Stunden das Werk verlassen hatten. Und dann hätte es nur eine Antwort gegeben: Ein Lastwagen mit Anhänger war nach Göteborg gefahren, wo seine Fracht auf ein Schiff umgeladen werden sollte. Wenn das Wörtchen »wenn« nicht wär, dann wären auch die örtlichen Polizeireviere an der E20 alarmiert worden, und irgendwo bei Trollhättan hätte man den Lkw an den Fahrbahnrand gewinkt. Aber so verschwand die Leiche außer Landes.

Knapp drei Wochen später saß ein junger Ägypter, der die Fracht bewachen sollte, auf dem Lastkahn, der gerade den Suezkanal passiert hatte, und litt unter dem pestilenzialischen Gestank, der aus dem Frachtraum aufstieg.

Schließlich hielt er es nicht mehr aus. Er befeuchtete einen Lappen, band ihn sich vor Mund und Nase und ging auf die Suche. In einer der Holzkisten fand er schließlich die Erklärung – darin lag nämlich eine halb verweste Leiche.

Der ägyptische Seemann überlegte kurz. Die Leiche einfach dort liegen zu lassen und sich den Rest der Fahrt mit diesem Gestank verderben, war keine verlockende Aussicht. Außerdem würde das unter Garantie langwierige Vernehmungen bei der Polizei in Dschibuti nach sich ziehen, und wie die Polizei in Dschibuti drauf war, war weithin bekannt.

Die Leiche wegzuschaffen, war auch kein erhebender Gedanke, aber zu guter Letzt kam er doch zu einem Entschluss. Erst leerte er die Taschen der Leiche, damit er wenigstens einen gewissen Lohn für seine Mühen hatte, und dann warf er den Toten über Bord.

So kam es also, dass das, was einmal ein schmächtiger junger Mann mit langen, fettigen blonden Haaren, struppigem Bart und einer Jeansjacke mit der Aufschrift *Never Again* auf dem Rücken gewesen war, mit einem lauten Platsch im Roten Meer landete und Fischfutter wurde.

* * * *

Gegen Mitternacht löste sich die Gesellschaft in Sjötorp auf. Julius ging ins Obergeschoss, um sich schlafen zu legen, während sich

Benny und die Schöne Frau in den Mercedes setzten, um der Poliklinik in Rottne, die um diese Zeit schon geschlossen hatte, einen Besuch abzustatten. Auf halbem Weg entdeckten sie Allan unter einer Decke auf dem Rücksitz. Der Alte wachte auf und erklärte, er habe eigentlich nur frische Luft schnappen wollen, aber dann sei ihm eingefallen, dass er doch auch im Auto schlafen könnte, denn die Treppe in den ersten Stock war ihm auf einmal ein bisschen zu viel für seine schwachen Knie vorgekommen, es sei ja doch ein langer Tag gewesen.

»Man ist eben keine neunzig mehr«, meinte er.

So war aus dem Duo ein Trio geworden, aber das machte natürlich nichts. Die Schöne Frau erläuterte ihren Plan jetzt im Detail: Mit Hilfe eines Schlüssels, den sie vergessen hatte zurückzugeben, als sie kündigte, würden sie sich Zutritt zum Krankenhaus verschaffen. Dort wollten sie sich in Dr. Erlandssons Computer einloggen und in seinem Namen ein Antibiotikarezept für die Schöne Frau ausstellen. Dafür brauchte man natürlich Erlandssons Benutzernamen und Passwort, aber das war kein Problem, wie die Schöne Frau verriet, denn Dr. Erlandsson war nicht nur eingebildet, er war auch *dumm wie Brot*. Als vor ein paar Jahren das neue Computersystem installiert wurde, musste die Schöne Frau dem Arzt beibringen, wie man elektronisch Rezepte ausstellt, und sie hatte damals auch Benutzernamen und Passwort ausgewählt.

Der Mercedes kam am angepeilten Tatort an. Benny, Allan und die Schöne Frau stiegen aus und überprüften erst die nächste Umgebung, bevor sie zuschlugen. Natürlich musste genau in diesem Moment ein Auto vorbeifahren, dessen Fahrer das Trio ebenso erstaunt musterte wie das Trio ihn. Schon *eine* Menschenseele, die in Rottne nach Mitternacht noch wach war, kam einer Sensation gleich. Heute Nacht waren sie gleich zu viert.

Doch dann verschwand das Auto, und es wurde wieder ganz still. Die Schöne Frau führte Benny und Allan durch die Personaltür an der Rückseite ins Krankenhaus und von dort in Dr. Erlandssons

Zimmer. Dort fuhr sie den Computer des Arztes hoch und loggte sich ein.

Alles verlief nach Plan, und die Schöne Frau kicherte fröhlich, bevor sie plötzlich ohne Vorwarnung eine Serie von Flüchen vom Stapel ließ. Sie hatte gerade gemerkt, dass man nicht so ohne Weiteres ein Rezept über »ein Kilo Antibiotika« ausstellen konnte.

»Schreib doch einfach Erythromycin, Rifamin, Gentamicin und Rifampin auf, jeweils zweihundertfünfzig Gramm«, empfahl Benny. »Auf die Art greifen wir die Infektion gleich von zwei Seiten an.«

Die Schöne Frau sah Benny bewundernd an. Dann lud sie ihn ein, sich selbst an den Rechner zu setzen und zu schreiben, was er gerade gesagt hatte. Benny tat, worum man ihn gebeten hatte, und fügte noch eine Reihe von Medikamenten für eine Notapotheke hinzu, für den Fall der Fälle.

Aus der Poliklinik auszubrechen, war ebenso einfach wie das Einbrechen. Und die Heimfahrt verlief gleichfalls ohne Zwischenfälle. Benny und die Schöne Frau halfen Allan in den ersten Stock, und kurz vor halb zwei wurde auf Sjötorp die letzte Lampe ausgeknipst.

Um diese Zeit waren nicht mehr viele Menschen wach. Aber in Braås, ein paar Kilometer von Sjötorp entfernt, lag ein junger Mann im Bett und wälzte sich unruhig hin und her, weil er ganz dringend eine Zigarette brauchte. Es war Humpens kleiner Bruder, der neue Anführer von *The Violence*. Vor drei Stunden hatte er seine letzte Zigarette ausgedrückt, und seither verspürte er natürlich den unwiderstehlichen Drang nach einer weiteren. Der kleine Bruder verfluchte sich selbst, dass er vergessen hatte, noch eine Schachtel zu kaufen, bevor am frühen Abend die Bürgersteige hochgeklappt wurden.

Erst hatte er sich vorgenommen, bis zum nächsten Morgen zu warten, aber gegen Mitternacht hielt er es einfach nicht mehr aus. Da kam Humpens Bruder der Gedanke, die guten alten Zeiten wiederaufleben zu lassen und einfach mit Hilfe eines Kuhfußes einen Kiosk aufzubrechen. Aber nicht in Braås, er musste schließlich an seinen

Ruf denken. Außerdem würde man ihn schon der Tat verdächtigen, bevor sie entdeckt war.

Das Beste wäre natürlich gewesen, einen Kiosk in einiger Entfernung aufzutun, aber so lange hätte er es einfach nicht mehr ausgehalten. Also verfiel er auf die Kompromisslösung Rottne, die eine Viertelstunde von hier entfernt war. Motorrad und Clubjacke ließ er lieber zu Hause. Stattdessen rollte er kurz nach zwölf in neutraler Kleidung mit seinem alten Volvo 240 durch den Ort. Auf Höhe des Krankenhauses entdeckte er zu seiner Überraschung drei Menschen auf dem Gehweg. Sie standen einfach nur so herum: eine Frau mit roten Haaren, ein Mann mit Pferdeschwanz und hinter ihnen ein furchtbar alter Mann.

Der kleine Bruder dachte nicht weiter über den Vorfall nach (er dachte im Allgemeinen selten über irgendwelche Vorfälle nach). Stattdessen fuhr er noch einen Kilometer weiter, blieb unter einem Baum vor dem Kiosk stehen, scheiterte an der Kiosktür, weil der Besitzer eine Kuhfußsicherung hatte anbringen lassen, und musste mit demselben verzweifelten Verlangen nach einer Zigarette heimfahren, mit dem er gekommen war.

* * * *

Als Allan am Vormittag kurz nach elf aufwachte, fühlte er sich kräftig. Er blickte aus dem Fenster und sah småländischen Fichtenwald, der einen ebenso småländischen See umgab. Allan fand, dass die Landschaft an Sörmland erinnerte. Außerdem sah es so aus, als würde heute ein schöner Tag werden.

Er zog sich die einzigen Kleidungsstücke an, die er hatte, und dachte, er könnte es sich jetzt wohl doch mal leisten, seine Garderobe ein wenig zu erneuern. Weder er noch Julius oder Benny hatten eine Zahnbürste dabei.

Als Allan ins Wohnzimmer kam, saßen die beiden anderen bereits am Frühstückstisch. Julius war am Morgen schon spazieren gegangen, während Benny tief und lange geschlafen hatte. Die Schöne Frau hatte Teller und Gläser auf den Tisch gestellt und ihnen einen Zettel des Inhalts geschrieben, dass sie sich bitte selbst bedienen sollten. Sie war nach Rottne gefahren. Der Brief schloss mit der Anweisung, ein paar Reste von ihrem Frühstück auf den Tellern zu lassen. Um alles andere würde sich Buster kümmern.

Allan wünschte seinen Freunden einen guten Morgen und bekam ebenfalls einen gewünscht. Daraufhin erklärte Julius, er hätte sich gedacht, dass sie einfach noch eine Nacht auf Sjötorp dranhängen sollten, weil die Gegend so bezaubernd war. Allan erkundigte sich, ob der Privatchauffeur eventuell einen gewissen Druck in dieser Frage ausgeübt hätte, vor dem Hintergrund der Schwärmerei, die er gestern an jenem beobachtet zu haben glaubte. Julius antwortete, er habe am Morgen nicht nur Toastbrot und Ei gegessen, sondern auch eine ganze Reihe von Argumenten von Benny zu hören bekommen, warum es besser wäre, den ganzen Sommer auf Sjötorp zu verbringen, aber zu seiner Schlussfolgerung sei er ganz allein gekommen. Wohin wollten sie überhaupt fahren, wenn sie jetzt losfuhren? Brauchten sie nicht so oder so noch einen Tag Bedenkzeit? Um bleiben zu können, mussten sie sich aber auf eine plausible Geschichte einigen, die erklärte, wer sie waren und wohin sie fuhren. Und sie brauchten natürlich die Erlaubnis der Schönen Frau.

Interessiert verfolgte Benny das Gespräch zwischen Allan und Julius und hoffte, dass sie zumindest noch eine Nacht hierbleiben würden. Seine Gefühle für die Schöne Frau waren seit dem letzten Abend mitnichten abgekühlt, vielmehr war er richtig enttäuscht, sie nicht vorzufinden, als er zum Frühstück herunterkam. Trotzdem, in ihrem Brief hatte sie immerhin »War schön gestern Abend« geschrieben. Hatte sie vielleicht das Gedicht gemeint, das Benny deklamiert hatte? Wenn sie nur schon wieder zurück wäre.

Doch es dauerte noch eine knappe Stunde, bis die Schöne Frau auf den Hof bog. Als sie aus dem Auto stieg, sah Benny, dass sie noch schöner war als beim letzten Mal. Sie hatte den roten Jogginganzug gegen ein Kleid getauscht, und Benny fragte sich, ob sie nicht auch noch beim Friseur gewesen war. Eifrig lief er ihr entgegen und rief:

»Schöne Frau! Willkommen zu Hause!«

Direkt hinter ihm standen Allan und Julius und amüsierten sich über die Liebesbezeigungen vor ihren Augen. Doch im nächsten Augenblick verging ihnen das Lächeln auch schon wieder, denn die Schöne Frau ergriff das Wort. Erst ging sie schnurstracks an Benny vorbei, dann an den beiden Männern hinter ihm, um schließlich auf der Vortreppe stehen zu bleiben und sich umzudrehen:

»*Ihr Arschlöcher!* Ich weiß alles! Und jetzt will ich auch den Rest wissen. Vollversammlung im Wohnzimmer, und zwar JETZT SOFORT!«

Damit verschwand sie im Haus.

»Wenn sie schon alles weiß, was will sie dann noch mehr wissen?«, sagte Benny.

»Sei still, Benny«, sagte Julius.

»Ja, wie gesagt«, sagte Allan.

Und dann trotteten sie schicksalsergeben hinein.

* * * *

Die Schöne Frau hatte ihren Tag damit begonnen, Sonja mit frisch gemähtem Gras zu füttern und sich dann anzuziehen. Widerwillig musste sie sich eingestehen, dass sie diesem Benny gefallen wollte. Daher tauschte sie den roten Jogginganzug gegen ein hellgelbes Kleid und bändigte ihr Wuschelhaar zu zwei geflochtenen Zöpfen. Außerdem hatte sie sich leicht geschminkt und ihr Werk mit etwas Duftwässerchen gekrönt, bevor sie sich in ihren roten Passat setzte und nach Rottne fuhr, um Lebensmittel einzukaufen.

Buster saß wie immer auf dem Beifahrersitz und kläffte kurz, als das Auto vor dem ICA-Supermarkt in Rottne vorfuhr. Hinterher hatte sich die Schöne Frau gefragt, ob Buster wohl deswegen gekläfft hatte, weil er den Titelseitenaushang des *Expressen* gesehen hatte. Auf dem Plakat sah man zwei Bilder – eines ganz unten zeigte den alten Julius und eines ganz oben den uralten Allan. Der Text lautete:

Polizei hegt Verdacht:
HUNDERTJÄHRIGER
von krimineller
BANDE
ENTFÜHRT
Heute Jagd auf
MEISTERDIEB

Die Schöne Frau lief rot an und wusste erst gar nicht, was sie zuerst denken sollte. Dann wurde sie fuchsteufelswild und ließ jeden Plan eines Lebensmitteleinkaufs fahren. Na, diese drei Ganoven würde sie noch vor dem Mittagessen aus dem Haus werfen! Doch erst einmal ging sie in die Apotheke und löste das Rezept ein, das Benny in der Nacht für sie getippt hatte, und anschließend kaufte sie sich einen *Expressen*, um mehr über diese Sache zu erfahren.

Je mehr die Schöne Frau las, desto wütender wurde sie. Gleichzeitig konnte sie sich aber keinen richtigen Reim darauf machen. War Benny von *Never Again*? War Julius der Meisterdieb? Und wer hatte hier wen entführt? Eigentlich sah es doch so aus, als würden sich die drei ganz gut verstehen.

Aber am Ende siegte ihre Wut über ihre Neugier. Denn wie es sich auch verhalten mochte, sie hatten sie hinters Licht geführt. Und eine Gunilla Björklund führte man nicht ungestraft hinters Licht! »*Schöne Frau*«! Pah!

Sie setzte sich also hinters Steuer und musste noch einmal die Zeilen durchlesen: »*An seinem hundertsten Geburtstag verschwand am Montag Allan Karlsson aus dem Altersheim Malmköping. Die Polizei hegt den Verdacht, dass er von der kriminellen Biker-Bande Never Again entführt wurde. Nach Informationen, die dem* Expressen *vorliegen, soll auch der Meisterdieb Julius Jonsson in den Fall verwickelt sein.*«

Es folgte ein Durcheinander aus Informationen und Zeugenaussagen. Allan Karlsson war an einem Busbahnhof in Malmköping beobachtet worden, wo er den Bus nach Strängnäs bestiegen hatte, was

wiederum den Mann von *Never Again* wütend gemacht hatte. Aber ...
Moment mal ... » ... *ein blonder Mann um die dreißig* ...« Das war nun
wirklich keine Beschreibung, die auf Benny passte. Die Schöne Frau
war ... erleichtert?

Das ganze Durcheinander ging damit weiter, dass Allan Karlsson
gestern auf einer Draisine im tiefsten Wald von Sörmland gesichtet
worden war, zusammen mit dem Meisterdieb Jonsson und dem zuvor noch so wütenden *Never-Again*-Mitglied. Der *Expressen* konnte
nicht genau angeben, in welchem Verhältnis die drei zueinander
standen, schloss sich jedoch der Theorie an, dass Allan Karlsson sich
in der Gewalt der beiden anderen befand. So hatte sich zumindest
der Landwirt Tengroth aus Vidkärr geäußert, nachdem der Reporter
des *Expressen* eine Zeit lang nachgebohrt hatte.

Zum Schluss konnte der *Expressen* noch mit einem anderen Detail
aufwarten, dass nämlich der Imbissbudenbesitzer Benny Ljungberg
tags zuvor spurlos verschwunden war, und zwar ausgerechnet aus
Åkers Styckebruk, wo man den Hundertjährigen und den Meisterdieb zuletzt gesichtet hatte. Das konnte die Aushilfe in der nahe gele-
genen Statoil-Tankstelle berichten.

Die Schöne Frau faltete die Zeitung zusammen und steckte sie
Buster ins Maul. Dann machte sie sich auf den Weg zu ihrem Häuschen im Wald, in dem sie einen Hundertjährigen, einen Meisterdieb
und einen Imbissbudenbesitzer zu Gast hatte, wie sie jetzt wusste.
Letztgenannter besaß sowohl Chic und Charme als auch medizini-
sche Kenntnisse, doch hier war kein Platz für Romantik. Einen Moment lang war die Schöne Frau eher traurig als wütend, doch bis sie
zu Hause war, hatte sie sich wieder ausreichend in ihre Rage hinein-
gesteigert.

* * * *

Die Schöne Frau riss Buster den *Expressen* aus dem Maul, faltete die
Zeitung auseinander, sodass man die erste Seite mit den Bildern von
Allan und Julius bewundern konnte, und fluchte und krakeelte ein

Weilchen, bevor sie ihnen Auszüge aus dem Artikel laut vorlas. Anschließend verlangte sie eine Erklärung, versicherte ihnen jedoch, dass sie in den nächsten fünf Minuten sowieso rausfliegen würden. Daraufhin gab sie Buster die zusammengefaltete Zeitung zurück, verschränkte die Arme und schloss mit einem eisig entschlossenen:

»Also?«

Benny sah Allan an, der Julius ansah, und der fing seltsamerweise an zu grinsen.

»Ein Meisterdieb«, sagte er. »Aha, jetzt bin ich also ein Meisterdieb. Nicht schlecht.«

Doch die Schöne Frau ließ sich gar nicht beeindrucken. Sie war schon rot und wurde noch röter, als sie Julius aufklärte, dass er binnen Kurzem ein *übelst verdroschener* Meisterdieb sein würde, wenn sie nicht unverzüglich erfuhr, was hier eigentlich gespielt wurde. Dann wiederholte sie, was sie sich bereits selbst gesagt hatte, nämlich dass man eine Gunilla Björklund von Sjötorp nicht ungestraft hinters Licht führte. Diesen Worten verlieh sie Nachdruck, indem sie sich die alte Schrotflinte griff, die an der Wand hing. Damit konnte man zwar nicht mehr schießen, wie die Schöne Frau zugeben musste, aber um Meisterdieben, Imbissbudenbetreibern und Tattergreisen den Schädel einzuschlagen, würde es im Bedarfsfalle gerade noch reichen. Und es sah ja ganz so aus, als bestünde Bedarf.

Julius Jonsson verging das Grinsen. Benny stand wie angewurzelt vor ihr und ließ die Arme schlaff herabhängen. Er war nur zu einem Gedanken fähig: dass sein Liebesglück ihm gerade wieder durch die Finger rinnen wollte. Da mischte Allan sich ein und bat die Schöne Frau um Bedenkzeit. Mit ihrer Erlaubnis wolle er mit Julius im Nebenzimmer ein Gespräch unter vier Augen führen. Murrend erklärte sich die Schöne Frau einverstanden, warnte Allan aber, er solle bloß keine Dummheiten machen. Er versprach ihr, sich zusammenzureißen, und dann fasste er Julius unter, zog ihn mit sich in die Küche und machte die Tür hinter sich zu.

Allan begann mit der Frage, ob Julius vielleicht eine Idee habe, die die Schöne Frau *nicht* auf die Palme bringen würde, im Gegensatz zu dem, was Julius bis jetzt eingefallen war. Der erwiderte, man könne die Sache wohl nur retten, indem man der Schönen Frau eine Art Teilhaberschaft am Koffer zusprach. Allan stimmte ihm zu, obwohl er einwandte, dass es nie gut war, einem Menschen am Tag zu erzählen, dass Julius und Allan den Leuten Koffer stahlen, die Besitzer erschlugen, wenn sie ihr Eigentum zurückforderten, und dann für den Weitertransport nach Afrika hübsch in Holzkisten verpackten.

Diese Darstellung hielt Julius für überzogen. Bislang hatte ja nur einer das Leben lassen müssen, und der hatte es ja wohl auch verdient. Und wenn sie nun ein bisschen aus der Schusslinie blieben, bis sich die Wogen wieder geglättet hatten, müssten es ja auch nicht mehr werden.

Darauf erwiderte Allan, er habe sich gedacht, man könnte den Inhalt des Koffers doch gleich auf vier aufteilen: Allan, Julius, Benny und die Schöne Frau. Dann bestand kein Risiko, dass die beiden Letztgenannten zu viel mit den falschen Leuten plauderten. Obendrein könnten sie so alle noch den Sommer über auf Sjötorp bleiben, und dann hätte sicher auch dieser Motorrad-Club aufgehört zu suchen, wenn man sie denn überhaupt suchte, wovon man aber eigentlich ausgehen dürfte.

»Fünfundzwanzig Millionen für ein paar Wochen Unterkunft«, seufzte Julius, doch seine Körpersprache verriet, dass er Allan recht gab.

Die Besprechung in der Küche war vorbei, und die beiden gingen zurück ins Wohnzimmer. Allan bat die Schöne Frau um weitere dreißig Sekunden Geduld, während Julius in sein Zimmer ging und kurz darauf mit dem Koffer zurückkam. Er stellte ihn mitten auf den Wohnzimmertisch und öffnete ihn.

»Allan und ich haben beschlossen, dass wir das hier aufteilen wollen, in vier gleiche Teile.«

»*Verdammte Hacke!*«, sagte die Schöne Frau.

»Zu gleichen Teilen?«, sagte Benny.

»Ja, aber deine Hunderttausend musst du wieder reinlegen«, verlangte Allan. »Und das Wechselgeld von der Tankstelle auch.«

»*Verdammte Hacke, ich fass es nicht!*«, sagte die Schöne Frau.

»Jetzt setzt euch mal hin, dann erzähl ich euch alles«, sagte Julius.

Genau wie Benny hatte die Schöne Frau am meisten daran zu knabbern, dass sie die Leiche in einer Holzkiste entsorgt hatten. Dafür imponierte ihr allerdings, dass Allan einfach so aus dem Fenster geklettert war und seinem alten Leben den Rücken gekehrt hatte.

»Ich hätte genau dasselbe tun sollen, und zwar, vierzehn Tage nachdem ich dieses Arschloch geheiratet hatte.«

Damit kehrte wieder Ruhe auf Sjötorp ein. Die Schöne Frau und Buster fuhren noch einmal zum Einkaufen: Lebensmittel, Getränke, Kleidung, Kosmetikartikel und noch so einiges mehr. Sie bezahlte alles bar, mit Fünfhundertkronenscheinen, die sie aus einem ganzen Bündel zog.

* * * *

Kommissar Aronsson verhörte die Zeugin von der Tankstelle in Mjölby, eine Ladendetektivin Mitte fünfzig. Sowohl ihr Berufsstand als auch die Art, wie sie ihre Beobachtungen wiedergab, machten sie sehr glaubwürdig. Außerdem war die Zeugin in der Lage, Allan auf Bildern von einer Geburtstagsfeier zu identifizieren, die vor ein paar Wochen anlässlich eines achtzigsten Geburtstags im Altersheim stattgefunden hatte. Schwester Alice war so freundlich gewesen, die Fotos nicht nur an die Polizei weiterzugeben, sondern auch an die Vertreter der Presse, die einen dahin gehenden Wunsch geäußert hatten.

Widerwillig musste sich Kommissar Aronsson eingestehen, dass er diesen Hinweis am Vortag fälschlicherweise sofort abgetan hatte. Aber es war zwecklos, sich nachträglich noch darüber zu ärgern. Stattdessen konzentrierte er sich lieber auf die Analyse der Situation. Aus der Perspektive der Fliehenden gab es zwei Möglichkeiten: Entweder wussten die beiden Alten und der Imbissbudenbesitzer, wohin sie wollten, oder sie fuhren einfach auf gut Glück Richtung Süden. Aronsson neigte zur ersten Annahme, denn es ist einfacher, jemanden zu verfolgen, der ein konkretes Ziel hat, als jemanden, der einfach planlos durch die Gegend irrt. Aber bei diesen Männern konnte man das unmöglich sagen. Es ließ sich kein einleuchtender Zusammenhang herstellen zwischen Allan Karlsson und Julius Jonsson einerseits und Benny Ljungberg andererseits. Jonsson und Ljungberg konnten Bekannte sein, sie wohnten ja kaum mehr als zwanzig Kilometer voneinander entfernt. Aber es war auch möglich, dass Ljungberg entführt worden war und man ihn zwang, das Fluchtauto zu fahren. Auch der Hundertjährige konnte zu dieser Reise gezwungen worden sein, obwohl diese Vermutung durch zweierlei relativiert wurde: 1. durch die Tatsache, dass Allan Karlsson ausgerechnet in Byringe Bahnhof aus dem Bus gestiegen und offenbar aus freien Stücken zu Julius Jonsson gegangen war, sowie 2. die Aussagen der Zeugen, die den Eindruck gehabt hatten, dass Julius Jonsson und Allan Karlsson sowohl auf der Draisinenfahrt durch den Wald als auch bei ihrem Spaziergang in der Nähe des Stahlwerkes in bestem Einvernehmen miteinander standen.

Auf jeden Fall hatte die Zeugin beobachtet, dass der silberne Mercedes die E4 verlassen und die Landstraße 32 Richtung Tranås genommen hatte. Das war zwar schon knapp vierundzwanzig Stunden her, aber interessant war es trotzdem. Denn wer in südlicher Richtung auf der E4 unterwegs ist und bei Mjölby auf die Landstraße 32 abfährt, kann nur wenige Fahrtziele im Auge haben. Die Gegend um Västervik/Vimmerby/Kalmar kam nicht in Frage, denn dann wäre das Auto schon in Norrköping abgebogen, oder in Linköping, je nachdem, wie weit nördlich sie auf die E4 aufgefahren waren.

Jönköping/Värnamo und die Region südlich davon konnte man auch ausschließen, denn dort gab es überhaupt keinen Grund, die E4 zu verlassen. Vielleicht Oskarshamn und dann weiter nach Gotland, aber in den Passagierlisten der Gotlandfähre fanden sich keinerlei Hinweise. Dann blieb eigentlich nur noch Nord-Småland: Tranås, Eksjö, vielleicht Nässjö, Åseda, Vetlanda und die unmittelbare Umgebung. Vielleicht sogar noch ein Stück weiter südlich, bis Växjö, aber dann hatten sie nicht die direkte Route gewählt. Was andererseits gut möglich war, denn wenn die Alten und der Imbissbudenbetreiber sich verfolgt fühlten, war es ja nur vernünftig, auf kleinere Straßen auszuweichen.

Auf jeden Fall sprach einiges für das Gebiet, das Aronsson gerade eingekreist hatte: erstens die Tatsache, dass im Auto zwei Personen ohne gültigen Pass saßen. Sie konnten sich also kaum ins Ausland absetzen. Zweitens die Tatsache, dass die Mitarbeiter von Kommissar Aronsson in einem Umkreis von drei- bis fünfhundert Kilometern um Mjölby jede erdenkliche Tankstelle in südlicher, südöstlicher und südwestlicher Richtung angerufen hatten. Niemand hatte von einem silbernen Mercedes mit den drei auffälligen Passagieren berichten können. Sie hätten das Auto zwar auch an einer Selbstbedienungstankstelle auftanken können, aber im Allgemeinen fuhren die Leute Tankstellen mit Service an, weil man nach einer gewissen Strecke doch noch eine Tüte Süßigkeiten, ein Getränk oder ein Würstchen obendrauf braucht. Für die bemannten Tankstellen sprach ebenfalls, dass die drei schon einmal eine solche angefahren hatten, nämlich in Mjölby.

»Also nach Tranås, Eksjö, Nässjö, Vetlanda, Åseda… und Umgebung«, stellte Kommissar Aronsson zufrieden fest. Doch im nächsten Moment verfinsterte sich seine Miene gleich wieder.

»Und dann?«

* * * *

Als der Anführer von *The Violence* in Braås nach einer grässlichen Nacht erwachte, fuhr er sofort zur Tankstelle, um seinen übermächtigen Drang nach einer Zigarette zu befriedigen. Neben dem Eingang war die Titelseite des *Expressen* ausgehängt, und das große Foto zeigte… ganz eindeutig denselben alten Mann, den er in der Nacht in Rottne gesehen hatte.

In der Eile vergaß er die Zigaretten völlig, sondern kaufte nur den *Expressen* und staunte Bauklötze über das, was er las. Dann rief er sofort seinen großen Bruder Humpen an.

* * * *

Das Geheimnis um den verschwundenen, vermutlich entführten Hundertjährigen beschäftigte die ganze Nation. TV4 brachte abends eine Doku zu den Hintergründen des Falles, »Kalte Fakten Spezial«, die zwar auch nicht weiter kam als der *Expressen* (und mittlerweile auch das *Aftonbladet*), aber immerhin anderthalb Millionen Zuschauer verzeichnen konnte, darunter den Hundertjährigen selbst und seine drei neuen Freunde im smaländischen Sjötorp.

»Wüsste ich's nicht besser, dann könnte mir dieser alte Mann direkt leidtun«, bemerkte Allan.

Die Schöne Frau sah das Ganze nicht ganz so unbekümmert und meinte, dass Allan, Julius und Benny gut daran täten, noch eine ganze Weile in Deckung zu bleiben. Den Mercedes sollten sie ab jetzt lieber hinter dem Stall abstellen. Sie wollte morgen allerdings los ziehen und sich den zum Möbelwagen umgebauten Reisebus kaufen, mit dem sie schon länger geliebäugelt hatte. Es war schließlich gut möglich, dass man demnächst rasch die Zelte abbrechen musste, und dann musste die ganze Familie mit. Einschließlich Sonja.

9. KAPITEL

1939–1945

Am 1. September 1939 lief Allans unter spanischer Flagge fahrendes Schiff im Hafen von New York ein. Er hatte sich das Land im Westen eigentlich nur mal kurz ansehen wollen, um dann den nächsten Dampfer zurück zu nehmen, doch am selben Tag spazierte einer von den Kumpels des *generalísimo* in Polen ein, und schon war der Krieg in Europa wieder in vollem Gange. Das unter spanischer Flagge fahrende Schiff wurde erst mit einem Auslaufverbot belegt, dann beschlagnahmt und diente schließlich bis zum Friedensschluss im Jahre 1945 der U. S. Navy.

Sämtliche Männer an Bord wurden zur Einwanderungsbehörde auf Ellis Island geschleust. Dort legte der Beamte jedem Mann dieselben vier Fragen vor: 1. Name? 2. Staatsangehörigkeit? 3. Beruf? 4. Zweck des Aufenthalts in den Vereinigten Staaten von Amerika?

Allans Kameraden gaben alle an, dass sie Spanier waren, einfache Matrosen, die nach Beschlagnahmung ihres Schiffes nicht wussten, wo sie hinsollten. Daraufhin ließ man sie ohne größere Umstände einreisen, sollten sie selbst sehen, wie sie zurechtkamen.

Doch Allan unterschied sich von den anderen. Erstens dadurch, dass er einen Namen hatte, den der spanische Dolmetscher nicht aussprechen konnte. Zweitens dadurch, dass er aus *Suecia* stammte. Und vor allem dadurch, dass er wahrheitsgemäß erklärte, er sei Sprengstoffexperte, der seine Erfahrungen im eigenen Unternehmen, in der Rüstungsindustrie und zuletzt beim Krieg zwischen Spaniern und Spaniern gesammelt habe.

Darauf zückte Allan den Brief von General Franco. Der spanische

Dolmetscher übersetzte ihn erschrocken dem Beamten, der sofort seinen Vorgesetzten anrief, woraufhin dieser sofort seinen Vorgesetzten anrief.

Man beschloss, den faschistischen Schweden unverzüglich dorthin zurückzuschicken, woher er gekommen war.

»Wenn Sie mir nur ein Schiff organisieren würden, dann bin ich gleich wieder weg«, versprach Allan.

Das war allerdings gar nicht so einfach. Stattdessen ging das Verhör weiter. Und je mehr der ranghöchste Beamte der Einwanderungsbehörde aus Allan herausbekam, umso unfaschistischer kam ihm dieser Schwede vor. Er war auch kein Kommunist. Oder Nationalsozialist. Sondern rein gar nichts, wie es schien – außer Sprengstoffexperte. Und seine Erzählung, wie er mit General Franco Brüderschaft getrunken hatte, war so absurd, so etwas konnte man sich ja fast nicht ausdenken.

Der ranghöchste Beamte hatte einen Bruder in Los Alamos, New Mexico, und soweit er wusste, beschäftigte der sich im Auftrag des Militärs mit Bomben und Ähnlichem. In Ermangelung besserer Ideen sperrte man Allan vorerst ein, und der Beamte besprach die Angelegenheit mit seinem Bruder, als sie sich zu Thanksgiving im Elternhaus in Connecticut trafen. Der Bruder meinte, er sei zwar nicht unbedingt begeistert, einen potenziellen Franco-Anhänger an der Backe zu haben, aber andererseits konnten sie da unten jeden Experten brauchen, und er würde schon eine einigermaßen unqualifizierte und nicht allzu geheime Tätigkeit für diesen Schweden auftreiben, wenn er dem Bruder damit einen Gefallen tat.

Und ob er ihm damit einen Gefallen tue, antwortete der Chef der Einwanderungsbehörde, und dann ließen sich die Brüder erst mal den Truthahn schmecken.

Wenig später durfte Allan zum ersten Mal fliegen und kam im Spätherbst 1939 zur amerikanischen Militärbasis in Los Alamos, wo man schnell feststellte, dass Allan kein Wort Englisch sprach. Ein Lieutenant, der des Spanischen mächtig war, wurde beauftragt herauszufinden, wie gut sich der Schwede auf seinem Fachgebiet auskannte, und Allan musste ihm seine Formeln aufschreiben. Der Lieutenant ging die Notizen durch und fand den Schweden im Grunde ganz schön einfallsreich. Aber er seufzte auch und meinte, dass Allans Sprengsätze kaum hinreichten, ein Auto in die Luft zu jagen.

»Doch, doch«, versicherte Allan. »Sogar mitsamt Großhändler. Das hab ich schon unter Beweis gestellt.«

Allan durfte also bleiben. Zunächst in der abgelegensten Baracke, aber während die Monate und Jahre ins Land gingen und er Englisch lernte, fielen nach und nach die Beschränkungen seiner Bewegungsfreiheit. Als besonders aufmerksamer Assistent lernte Allan tagsüber, wie man Sprengsätze von ganz anderen Dimensionen baute als die, die er sonntags immer in der Kiesgrube hinter seiner Hütte abgefeuert hatte. Und abends, wenn die jungen Männer aus der Los-Alamos-Basis in die Stadt zogen, um den Frauen nachzustellen, blieb Allan in der Bibliothek des Militärlagers, wo er Aufzeichnungen studieren durfte, die eigentlich der Geheimhaltung unterlagen, und vervollkommnete so seine Kenntnisse der höheren Sprengstofftechnik.

* * * *

Während der Krieg in Europa (und allmählich in der ganzen Welt) um sich griff, lernte Allan immer mehr. Er durfte sein neu erworbenes Wissen zwar nicht in die Praxis umsetzen, denn er war immer noch Assistent (wenn auch ein sehr geschätzter), doch er sammelte stetig weitere Kenntnisse. Und hier ging es nicht mehr um Nitroglycerin und Natriumnitrat – das war was für Anfänger –, sondern um Wasserstoff und Uran und andere handfeste, wenn auch arg komplizierte Dinge.

Ab 1942 wurden in Los Alamos die Sicherheitsmaßnahmen verschärft. Die Gruppe hatte von Präsident Roosevelt den geheimen Auftrag erhalten, eine Bombe zu bauen, die auf einen Schlag zehn bis zwanzig spanische Brücken in die Luft sprengen konnte, wie Allan annahm. Da man auch in den geheimsten Labors Assistenten benötigt, bekam der beliebte Allan eine Unbedenklichkeitsbescheinigung und Zutritt zu den heiligsten Hallen der Militärbasis.

Er musste zugeben, dass die Amerikaner ganz schön raffiniert waren. Statt mit den Sprengstoffen, wie Allan sie bisher gewohnt war, experimentierten sie jetzt mit winzigen Atomen, die sie irgendwie teilen wollten, sodass es einen größeren Knall geben würde, als ihn die Welt je erlebt hatte.

Im April 1945 war die Entwicklung so gut wie abgeschlossen. Die Wissenschaftler – und auch Allan – wussten, wie man eine Kernreaktion erzeugt, aber nicht, wie man sie kontrolliert. Das Problem faszinierte Allan, und wenn er abends einsam in der Bibliothek saß, grübelte er darüber nach, wenngleich ihn keiner darum gebeten hatte. Der schwedische Assistent gab nicht auf, und eines Abends ... hoppla! Eines Abends ... *hatte er die Lösung gefunden!*

In jenem Frühjahr hielten die wichtigsten Vertreter des Militärs stundenlange Sitzungen mit den besten Physikern ab. Oppenheimer war der Chefphysiker, während Allan fürs Servieren von Kaffee und Keksen zustandig war.

Die Physiker rauften sich die Haare und baten Allan, Kaffee nachzuschenken. Die Militärs kratzten sich am Kinn und baten Allan, Kaffee nachzuschenken, und dann jammerten die Militärs und die Physiker alle miteinander und baten Allan, Kaffee nachzuschenken. Und so ging es weiter, Woche um Woche. Allan hatte ja schon seit einiger Zeit die Lösung des Problems gefunden, doch er war der Meinung, dass es dem Kellner nicht zukam, dem Koch in seine Arbeit dreinzureden, und so behielt er sein Wissen für sich.

Bis er sich eines Tages zu seiner eigenen Überraschung sagen hörte: »Entschuldigen Sie, aber warum teilen Sie das Uran nicht einfach in zwei gleiche Teile?«

Das war ihm einfach so herausgerutscht, während er dem Chefphysiker Oppenheimer gerade Kaffee nachschenkte.

»Wie meinen?«, fragte der Chefphysiker Oppenheimer, weniger schockiert vom Inhalt von Allans Worten als von der bloßen Tatsache, dass der Kellner den Mund aufmachte.

Allan blieb keine andere Wahl, als den Gedanken weiter auszuführen:

»Na ja, wenn Sie das Uran in zwei gleiche Teile teilen und dafür sorgen, dass sie im richtigen Augenblick wieder zusammenstoßen, dann knallt es genau dann, wenn Sie wollen, und nicht schon hier in der Basis.«

»Gleiche Teile?«, echote Chefphysiker Oppenheimer. Ihm schwirrte in diesem Moment zwar wesentlich mehr durch den Kopf, aber das waren die einzigen Worte, die er herausbrachte.

»Tja, der Herr Chefphysiker könnte mit seinem Einwand vielleicht recht haben. Die Teile müssen nicht gleich groß sein, wichtig ist nur, dass sie groß genug werden, wenn sie zusammenstoßen.«

Lieutenant Lewis, der sich bei Allans Einstellung für ihn verbürgt hatte, sah aus, als wollte er den Schweden gleich umbringen, aber stattdessen äußerte einer der anderen Physiker am Tisch seine Gedanken laut:

»Wie meinen Sie das – zusammenstoßen lassen? Und wann? In der Luft?«

»Genau, Herr Physiker. Oder sind Sie vielleicht Chemiker? Nein? Ich meine, Sie haben ja kein Problem damit, es knallen zu lassen. Das Problem ist nur, dass Sie den Knall nicht kontrollieren können. Aber eine kritische Masse geteilt durch zwei macht zwei unkritische Massen, oder? Und umgekehrt wird aus diesen zwei unkritischen Massen dann wieder eine kritische.«

»Und was meinen Sie, wie bringen wir die zusammen, Herr ... Entschuldigen Sie, aber wer sind Sie noch mal?«, erkundigte sich Chefphysiker Oppenheimer.

»Ich bin Allan«, sagte Allan.

»Wie stellen Sie sich vor, dass wir die Teile zusammenstoßen lassen, Herr Allan?«, vollendete Oppenheimer seine Frage.

»Mit einem ganz normalen, anständigen Sprengsatz«, erwiderte Allan. »Mit denen kenn ich mich gut aus, aber ich bin sicher, das kriegen Sie auch alleine hin.«

Physiker im Allgemeinen und Chefphysiker im Besonderen sind nicht dumm. Innerhalb von Sekunden hatte sich Oppenheimer durch meterlange Gleichungen gerechnet und war zu dem Ergebnis gekommen, dass der Kellner höchstwahrscheinlich recht hatte. Dass etwas so Kompliziertes eine so einfache Lösung haben konnte! Ein ganz normaler, anständiger Sprengsatz im hinteren Teil der Bombe konnte per Fernsteuerung gezündet werden und eine unkritische Masse Uran-235 auf eine zweite unkritische Masse Uran-235 treffen lassen. Und dann würde es sofort kritisch werden. Die Neutronen würden in Bewegung geraten, die Uranatome würden anfangen, sich zu spalten. Schon war die Kettenreaktion in vollem Gange und ...

»Rums!«, sagte Chefphysiker Oppenheimer zu sich selbst.

»Ganz genau«, bestätigte Allan. »Wie ich sehe, hat der Herr Chefphysiker alles schon ausgerechnet. Übrigens, möchte noch jemand Kaffee?«

In diesem Augenblick ging die Tür des geheimen Besprechungszimmers auf, und Vizepräsident Truman kam herein, um ihnen einen seiner seltenen, doch regelmäßigen und grundsätzlich unangekündigten Besuche abzustatten.

»Setzen Sie sich«, bat der Vizepräsident die Männer, die aufgesprungen waren und Habachtstellung eingenommen hatten.

Sicherheitshalber setzte sich Allan auch auf einen der leeren Stühle am Tisch. Wenn ein Vizepräsident befahl, dass man sich setzen sollte, dann setzte man sich wohl besser, so lief das hier in Amerika, dachte er.

Daraufhin verlangte der Vizepräsident einen Lagebericht von Chefphysiker Oppenheimer, der sofort wieder aufsprang. In der Eile fiel ihm nichts Besseres ein, als zu erklären, dass Mr. Allan, der da hinten in der Ecke saß, gerade das letzte Problem gelöst hatte, nämlich die kontrollierte Detonation. Mr. Allans Lösung war zwar noch nicht überprüft worden, doch Chefphysiker Oppenheimer meinte, er spreche sicher im Sinne aller Anwesenden, wenn er seiner Überzeugung Ausdruck verleihe, dass dieses Problem Vergangenheit sei und dass man innerhalb der nächsten drei Monate sicherlich eine Testzündung durchführen könne.

Der Vizepräsident ließ seinen Blick über den Tisch schweifen und sah die Physiker und Militärs zur Bestätigung nicken. Lieutenant

Lewis wagte gerade wieder vorsichtig zu atmen. Schließlich blieb Trumans Blick an Allan hängen.

»Da möchte ich wohl sagen, Sie sind der Held des Tages, Mr. Allan. Ich brauche was Warmes in den Magen, bevor ich wieder nach Washington fliege. Wollen Sie mir nicht Gesellschaft leisten?«

Diesen Zug hatten die Führer der Welt offensichtlich gemeinsam, dass sie einen zum Essen einluden, wenn sie mit irgendetwas zufrieden waren, dachte Allan, sagte es aber nicht. Stattdessen nahm er die Einladung des Vizepräsidenten an, und gemeinsam verließen die beiden Männer den Raum. Chefphysiker Oppenheimer stand immer noch am Tisch und wirkte ebenso erleichtert wie unglücklich.

* * * *

Vizepräsident Truman hatte sein mexikanisches Lieblingsrestaurant im Zentrum von Los Alamos sperren lassen, sodass Allan und er allein dort speisen konnten – wenn man mal von den zehn Agenten des Secret Service absah, die im ganzen Lokal verteilt waren.

Der Einsatzleiter des Secret Service wies darauf hin, dass Mr. Allan kein Amerikaner sei und man nicht einmal seinen Hintergrund überprüft habe – was äußerst problematisch war, wenn sich jemand unter vier Augen mit Truman treffen sollte. Doch der wischte die Einwände mit dem Satz beiseite, dass Mr. Allan heute die patriotischste Leistung abgeliefert habe, die man sich nur vorstellen könne.

Der Vizepräsident war blendender Laune. Gleich nach dem Essen wollte er mit seiner Air Force 2 statt nach Washington nach Georgia fliegen, wo Roosevelt in einer Einrichtung sein Polio-Leiden zu lindern versuchte. Harry Truman war sich sicher, dass der Präsident diese Neuigkeit sofort hören wollte.

»Ich suche das Essen aus, Sie die Getränke«, bestimmte Truman vergnügt und reichte Allan die Weinkarte.

Dann wandte er sich an den Oberkellner, der mit einer Verbeugung eine umfangreiche Bestellung von Tacos, Enchiladas, Maistortillas und einer Reihe verschiedener Salsas entgegennahm.

»Und was darf es zu trinken sein, Sir?«, fragte der Oberkellner.

»Zwei Flaschen Tequila«, antwortete Allan.

Harry Truman prustete los und fragte, ob Mr. Allan vorhabe, den Vizepräsidenten unter den Tisch zu trinken. Allan antwortete, er habe in den letzten Jahren gelernt, dass die Mexikaner sich auf die Herstellung eines Schnapses verstünden, der fast genauso reinhaue wie der schwedische Klare. Aber der Vizepräsident dürfe selbstverständlich auch gern Milch trinken, wenn ihm das passender vorkam.

»Nein, ich stehe zu meinem Wort«, erklärte Vizepräsident Truman und vervollständigte die Bestellung nur noch um Zitrone und Salz.

Drei Stunden später nannten sich die beiden »Harry« und »Allan«. Immer wieder erstaunlich, was so ein paar Flaschen Tequila für die Völkerfreundschaft tun können. Doch der immer betrunkenere Vizepräsident brauchte eine ganze Weile, bis er begriffen hatte, dass Allan Allans Vorname war. Allan hatte ihm auch schon erzählt, wie es gekommen war, dass zu Hause in Schweden der Großhändler in die Luft flog, und wie er General Franco das Leben gerettet hatte. Der Vizepräsident wiederum amüsierte Allan mit einer Parodie von Präsident Roosevelt, wie er sich aus dem Rollstuhl zu hieven versuchte.

Als die Stimmung auf dem absoluten Höhepunkt war, schlich sich der Einsatzleiter des Secret Service neben den Vizepräsidenten:

»Dürfte ich Sie einmal kurz sprechen, Sir?«

»Sprich du nur«, lallte der Vizepräsident.

»Ich würde Sie lieber unter vier Augen sprechen, Sir.«

»Also, das ist ja unglaublich, was du für eine Ähnlichkeit mit Humphrey Bogart hast! Ist dir das nicht auch aufgefallen, Allan?«

»Sir ...«, begann der Einsatzleiter bekümmert.

»Ja verdammt, was willst du denn immer?«, wetterte der Vizepräsident.

»Sir, es geht um Präsident Roosevelt.«

»Was ist denn schon wieder mit dem alten Hammel?«, gackerte Truman.

»Er ist tot, Sir.«

10. KAPITEL

Montag, 9. Mai 2005

Humpen saß schon seit vier Tagen vor dem ICA in Rottne und hielt zum einen Ausschau nach Bolzen, zum andern nach einem Hundertjährigen, einer rothaarigen Alten etwas jüngeren Baujahrs, einem Typen mit Pferdeschwanz, Aussehen weitgehend unbekannt, und einem Mercedes. Sich hierherzusetzen war nicht seine Idee gewesen, sondern die des Chefs. Sein kleiner Bruder, seines Zeichens auch Anführer von *The Violence* in Braås, hatte ihn angerufen und versichert, dass vor der Ambulanz eines Krankenhauses in Småland mitten in der Nacht ein Hundertjähriger gestanden habe. Diese Nachricht hatte Humpen natürlich sofort nach oben weitergeleitet, woraufhin ihm der Chef befahl, das meistbesuchte Lebensmittelgeschäft zu überwachen. Der Chef hatte sich nämlich ausgerechnet, dass jemand, der mitten in der Nacht durch Rottne spazierte, wohl in der Gegend wohnen musste. Früher oder später werden wir alle hungrig, und dann brauchen wir was zu essen, und wenn die Lebensmittel alle sind, müssen wir losziehen und wieder welche einkaufen. Das hörte sich verdammt logisch an. Der Chef war nicht ohne Grund Chef. Aber wie gesagt, das war mittlerweile vier Tage her, und langsam verließ Humpen der Mut.

So richtig konzentriert war er auch nicht mehr. Deswegen bemerkte er im ersten Moment auch nicht die Rothaarige, die mit einem roten VW Passat anstelle des erwarteten silbernen Mercedes auf den Parkplatz fuhr. Doch da sie so nett war, auf ihrem Weg in den Supermarkt direkt vor Humpens Nase vorbeizuspazieren, konnte er sie gar nicht übersehen. Er konnte zwar nicht ganz sicher sein, dass sie es war, aber ihr Alter und die Haarfarbe deckten sich mit der Zeugenaussage.

Humpen rief den Chef in Stockholm an, der jedoch nicht allzu enthusiastisch reagierte. In erster Linie hatte er ja gehofft, dass Bolzen auftauchte, oder zumindest dieser verdammte Hundertjährige.

Aber egal. Humpen sollte sich das Autokennzeichen aufschreiben und der Rothaarigen diskret folgen. Und hinterher noch einmal Bericht erstatten.

* * * *

Kommissar Aronsson hatte die letzten vier Tage in einem Hotel in Åseda verbracht, mit dem Hintergedanken, dass er so näher am Zentrum des Geschehens war, wenn weitere Zeugenaussagen eingingen.

Aber es ging nichts dergleichen ein, und Aronsson wollte gerade wieder nach Hause fahren, als sich die Kollegen aus Eskilstuna meldeten. Man hatte das Telefon von *Never-Again*-Ganove Per-Gunnar Gerdin abgehört und war fündig geworden.

Gerdin, oder »Chef«, wie er auch genannt wurde, war vor ein paar Jahren berühmt geworden, als das *Svenska Dagbladet* enthüllte, dass in der Justizvollzugsanstalt Hall ein weit gespanntes kriminelles Netzwerk namens *Never Again* organisiert wurde. Die anderen Medien stürzten sich ebenfalls darauf, und am Abend stand Gerdin schon mit Foto und Name in der Zeitung. Die Medien bekamen allerdings nie Wind davon, dass die ganze Sache aufgrund der Formulierungen, die Per-Gunnar Gerdins Mama in ihrem Brief verwendet hatte, schon wenig später mehr oder weniger im Sande verlaufen war.

Kommissar Aronsson hatte vor ein paar Tagen angeordnet, Gerdin beobachten und sein Telefon abhören zu lassen, und nun hatten sie also prompt Erfolg gehabt. Das betreffende Gespräch wurde selbstverständlich aufgezeichnet, und das Protokoll wurde ihm nach Åseda gefaxt:

– *Hallo?*
– *Ja, hallo, ich bin's.*
– *Hast du was Neues?*

– *Ja, vielleicht. Ich sitz hier vor dem ICA-Supermarkt, und eben grade ist so 'ne Rothaarige reingegangen.*
– *Nur die Alte? Bolzen nicht? Kein Hundertjähriger?*
– *Nee, nur die Alte. Ich weiß nicht, ob die ...*
– *Fährt sie einen Mercedes?*
– *Na ja, ich hab's nicht richtig gesehen ... aber auf dem Parkplatz steht kein Mercedes, also muss sie mit was anderem gekommen sein.*
(Fünf Sekunden Schweigen)
– *Hallo?*
– *Ja, ich bin noch dran, verdammt, ich muss nachdenken. Irgendjemand muss hier ja nachdenken.*
– *Ja, ich hab bloß ...*
– *Es gibt ja wahrscheinlich mehr als eine Rothaarige in Småland ...*
– *Ja, aber die war auch im richtigen Alter, es hieß doch ...*
– *Hör zu: Fahr ihr hinterher und schreib dir das Kennzeichen auf, aber unternimm weiter nichts. Schau einfach, wo sie hinfährt. Und pass ja auf, dass du nicht entdeckt wirst. Dann rufst du mich wieder an.*
(Fünf Sekunden Schweigen)
– *Hast du's kapiert, oder soll ich's dir noch mal erklären?*
– *Nee, ja, hab schon kapiert. Ich meld mich, sobald ich mehr weiß ...*
– *Und nächstes Mal rufst du mich auf dem Prepaid-Handy an. Hab ich dir nicht schon tausendmal gesagt, dass unsere geschäftlichen Telefonate übers Handy laufen müssen?*
– *Ja, aber ich hab gedacht, das gilt bloß für die Geschäfte mit den Russen. Ich dachte, das hast du jetzt sowieso nicht an, wenn ...*
– *Idiot. (Unverständliches Brummen. Gespräch wird beendet.)*

Kommissar Aronsson las das Protokoll durch und spielte mit den neuen Informationen Puzzle.

»Bolzen« war wohl Bengt Bylund, eines der bekannten Mitglieder von *Never Again*, inzwischen vermutlich tot. Und der Anrufer war wahrscheinlich Henrik »Humpen« Hultén, der irgendwo in Småland nach Bolzen suchte.

Aronsson hatte seine Gedankengänge bestätigt gefunden. Und jetzt präzisierte er seine Schlussfolgerungen:

Allan Karlsson befand sich also irgendwo in Småland, zusammen mit Julius Jonsson, Benny Ljungberg und seinem Mercedes. Und mit einer rothaarigen Frau unbekannten Alters, aber wahrscheinlich nicht besonders jung, weil sie wiederholt als »Alte« bezeichnet worden war. Andererseits brauchte es wahrscheinlich nicht viel, dass jemand wie Humpen eine Frau als »Alte« bezeichnete.

Bei *Never Again* in Stockholm ging man davon aus, dass Kollege Bolzen ebenfalls zu der Gruppe gehörte. Bedeutete das, dass er auf der Flucht vor seinen Leuten war? Warum hatte er sich nicht gemeldet? *Na, weil er tot war!* Doch das hatte der Chef nicht kapiert, also glaubte er immer noch, dass Bolzen sich irgendwo in Småland versteckte, zusammen mit ... wie passte überhaupt diese Rothaarige ins Bild?

Daraufhin befahl Aronsson, den familiären Hintergrund von Allan, Benny und Julius genauer unter die Lupe zu nehmen. Gab es da vielleicht eine Schwester oder Cousine, die in Småland wohnte und zufällig die richtige Haarfarbe aufwies?

»Die war auch im richtigen Alter, es hieß doch ...«, hatte Humpen gesagt. Es hieß doch was? Hatte sie jemand über diese Frau informiert? Jemand, der die Gruppe in Småland beobachtet und ihnen den Tipp gegeben hatte? Schade, dass die Telefone erst seit ein paar Tagen abgehört wurden.

Eines stand fest: Inzwischen war Humpen der Rothaarigen vom ICA hinterhergefahren und hatte die Sache entweder auf sich beruhen lassen, weil sie sich als die falsche Rothaarige herausgestellt hatte, oder ... er wusste jetzt, wo sich Allan Karlsson und seine Freunde aufhielten. Dann war sicher auch der Chef bald unterwegs nach Småland, um aus Allan und seinem Gefolge herauszuprügeln, was mit Bolzen und seinem Koffer passiert war.

Aronsson griff zum Hörer und rief den Leiter der Ermittlungen in Eskilstuna an. Staatsanwalt Conny Ranelid hatte sich anfangs nicht so sehr für den Fall interessiert, doch sein Interesse stieg mit jeder neuen Komplikation, die Aronsson zu vermelden hatte.

»Verlieren Sie jetzt bloß Gerdin und seinen Handlanger nicht aus den Augen«, mahnte Staatsanwalt Ranelid.

* * * *

Die Schöne Frau stellte zwei ICA-Tüten mit Lebensmitteln in den Kofferraum ihres Passat und trat die Heimfahrt nach Sjötorp an.

Humpen folgte ihr in sicherem Abstand. Als sie auf die Landstraße fuhren, rief er sofort den Chef an (auf dem Prepaid-Handy natürlich, denn Humpen besaß doch einen gewissen Selbsterhaltungstrieb), um Automarke und Kennzeichen der Rothaarigen durchzugeben. Außerdem versprach er, sich später wieder zu melden.

Die Fahrt führte aus Rottne hinaus, aber kurz hinter der Ortschaft bog die Rothaarige auf einen Waldweg ab. Humpen erkannte die Stelle gleich wieder: Hier war er das letzte Mal bei einer Orientierungsfahrt gelandet, bei der seine damalige Freundin die Kartenleserin machte – nach der Hälfte der Strecke war sie darauf gekommen, dass sie die Karte verkehrt herum hielt.

Der Weg war trocken, und das Auto der Rothaarigen wirbelte Staubwolken auf. Humpen konnte ihr daher unbemerkt folgen und musste dabei nicht mal ihr Auto im Auge behalten. Dummerweise verschwand die Staubwolke nach ein paar Kilometern. Verdammt! Humpen trat aufs Gas, aber weit und breit keine Wolke mehr in Sicht.

Erst befiel ihn die Panik, aber dann beruhigte er sich. Die Alte musste irgendwo auf dieser Strecke abgebogen sein. Er musste also nur umdrehen und suchen.

Nach einem knappen Kilometer glaubte Humpen des Rätsels Lösung gefunden zu haben. An einer Stelle stand nämlich ein Briefkasten, und dort zweigte auch ein Weg nach rechts ab – hier musste sie reingefahren sein!

Angesichts der Entwicklung, die die Dinge gleich nehmen sollten, war Humpen vielleicht ein bisschen übereifrig. Er riss nämlich hastig das Steuer herum und donnerte mit seinem Auto den kleinen Weg hinunter, wo immer er hinführen mochte. Den Gedanken an Vorsicht und Diskretion hatte er irgendwo da oben beim Briefkasten abgegeben.

Dann ging also alles sehr schnell, und bevor Humpen wusste, wie ihm geschah, war der Weg zu Ende, und er stand auf einem Hof. Wäre er nur einen Hauch schneller gefahren, hätte er nicht mehr bremsen können, sondern wäre direkt gegen den Alten gefahren, der dort stand und einen ... einen ... Elefanten fütterte?

* * * *

Allan hatte in Sonja schon bald eine neue Freundin gefunden. Sie hatten ja auch so einiges gemeinsam. Ersterer war eines Tages aus dem Fenster geklettert und hatte seinem Leben so eine neue Richtung gegeben, während Letztere mit demselben Ergebnis in einen See gewatet war. Außerdem hatten sich beide vorher gründlich die Welt angesehen. Und Sonja hatte so ein zerfurchtes Gesicht, fand Allan, sie sah aus wie eine kluge Hundertjährige.

Ihre Zirkuskunststückchen führte Sonja sicher nicht jedem Dahergelaufenen vor, aber dieser Alte war ihr sympathisch. Er fütterte sie mit Obst, kratzte ihr den Rüssel und plauderte immer so freundlich mit ihr. Sie verstand zwar nicht allzu viel von dem, was er da erzählte, aber das machte ja nichts. Es gefiel ihr trotzdem. Wenn der Alte Sonja also bat, sich hinzusetzen, setzte sie sich hin, und wenn er sie bat, sich im Kreis zu drehen, tat sie auch das gern. Sie zeigte ihm sogar, dass sie auf den Hinterbeinen stehen konnte, obwohl der Alte das Kommando gar nicht kannte. Dass sie für ihre Mühe hinterher ein, zwei Äpfel bekam und noch eine Extra-Krauleinheit für den Rüssel rausprang, war nur ein Bonus. Sonja war nicht wirklich käuflich.

Die Schöne Frau saß unterdessen gern mit Benny und Buster auf der Verandatreppe, mit jeweils einer Tasse Kaffee für die Zweibeiner und Leckerli für den Hund. Dann sahen sie zu, wie Allan und Sonja auf dem Hof ihre Beziehung vertieften, während Julius stundenlang am See stand und Barsche angelte.

Die Frühlingswärme hielt weiter an. Nach einer ganzen Woche

Sonnenschein war in den Wettervorhersagen immer noch von einem Hoch die Rede.

Benny, der neben allem anderen auch noch beinahe Architekt war, hatte blitzschnell skizziert, wie der Bus, den die Schöne Frau gerade gekauft hatte, eingerichtet werden müsste, um Sonja zu gefallen. Als die Schöne Frau überdies begriff, dass Julius nicht nur ein Meisterdieb, sondern auch ein ehemaliger Holzhändler war und leidlich geschickt mit Hammer und Nägeln umgehen konnte, meinte sie zu Buster, sie hätten sich ja wirklich tüchtige Freunde eingehandelt – was für ein Glück, dass sie die drei nicht weggeschickt hatte, als sie damals abends vor ihrer Haustür standen. Julius brauchte gerade mal einen Nachmittag, um die Einrichtung des Lasters nach Bennys Angaben zusammenzuzimmern. Danach spazierte Sonja mit Allan einmal hinein und hinaus, um die Sache mal auszuprobieren, und tatsächlich schien ihr das Angebot zuzusagen, auch wenn sie nicht wusste, warum sie plötzlich zwei Ställe statt einem brauchen sollte. Es war vielleicht ein bisschen eng, aber es gab zwei verschiedene Sorten Futter für sie zu kauen, eine links und eine vor ihr, und rechts gab es Wasser zu trinken. Der Boden war erhöht und fiel nach hinten leicht ab, und für Sonjas Ausscheidungen gab es eine Extra-Abflussrinne. Diese war mit Heu gefüllt, das den Großteil dessen, was Sonja während der Fahrt produzieren würde, absorbieren konnte.

Dazu gehörte noch ein umfassendes Belüftungssystem in Form von Löchern, die in die Längsseite des Busses gebohrt waren, sowie ein gläsernes Schiebefenster zur Fahrerkabine, sodass Sonja während der Fahrt auch Augenkontakt mit ihrem Frauchen halten konnte. Kurzum, der Bus war in ein Elefantenluxusgefährt verwandelt worden, und das in nur wenigen Tagen.

Während sich die Gruppe langsam, aber sicher dem Ende der Reisevorbereitungen näherte, verspürten die Mitglieder immer weniger Lust, diese Reise auch anzutreten. Der Aufenthalt auf Sjötorp hatte sich für alle Beteiligten zu einem angenehmen Erlebnis entwickelt. Nicht zuletzt für Benny und die Schöne Frau, die es bereits am dritten Abend endgültig zur Verschwendung erklärten, in zwei Zimmern die Bettwäsche zu verschleißen, wenn sie sich doch eines teilen konnten. Die Abende vorm Kamin waren schrecklich gemütlich, gekrönt von gutem Essen, guten Getränken und Allan Karlssons bemerkenswerter Lebensgeschichte.

Aber am Montagmorgen waren Kühlschrank und Speisekammer so gut wie leer, und es wurde höchste Zeit, dass die Schöne Frau nach Rottne fuhr, um die Vorräte wieder aufzufüllen. Aus Sicherheitsgründen fuhr sie in ihrem eigenen alten Passat. Der Mercedes stand immer noch in seinem Versteck hinter dem Stall.

Sie kaufte eine Tüte voll mit verschiedensten Lebensmitteln für sich selbst und die Männer sowie eine Tüte mit frischen argentinischen Äpfeln für Sonja. Als die Schöne Frau heimkam, übergab sie Allan die Apfeltüte und verräumte den Rest in der Küche, bevor sie sich mit einer großen Schale belgischer Erdbeeren zu Benny und Buster auf die Verandatreppe gesellte, wo übrigens gerade auch Julius saß, in einer seiner seltenen Angelpausen.

Da raste plötzlich ein Ford Mustang auf den Hof und hätte um ein Haar Allan und Sonja umgenietet.

Sonja nahm es noch am ruhigsten auf. Sie hatte sich so auf den nächsten Apfel aus Allans Hand konzentriert, dass sie weder sah noch hörte, was um sie herum passierte. Aber dann sah und hörte sie doch etwas, denn sie erstarrte mitten in der eleganten Drehung, die sie gerade zum Besten geben wollte, und kehrte Allan und dem neuen Besucher das bewegungslose Hinterteil zu.

Der Zweitruhigste war Allan. Er hatte dem Tod in seinem Leben schon so oft ins Auge blicken müssen, dass ein notbremsender Ford Mustang mehr oder weniger keinen großen Unterschied machte. Wenn er rechtzeitig zum Stehen kam, kam er rechtzeitig zum Stehen. Und er kam ja auch zum Stehen.

Der Drittruhigste war vielleicht Buster. Er war streng abgerichtet, nicht einfach auf fremde Besucher loszurennen und sie zu verbellen. Stattdessen stellte er die Ohren ganz steil auf und machte große Augen. Diese Entwicklungen galt es nun doch genauestens zu beobachten.

Doch die Schöne Frau, Benny und Julius fuhren alle drei von der Veranda hoch und warteten im Stehen ab, was als Nächstes passieren würde.

Folgendes passierte: Humpen überwand seine erste Verdutztheit, taumelte aus seinem Mustang und fummelte aus einer Tasche aus dem Fußraum unter dem Vordersitz einen Revolver heraus. Den richtete er erst auf das Hinterteil des Elefanten, bis er sich eines Besseren besann und sich auf Allan und die drei nebeneinander aufgereihten Freunde vor der Veranda verlegte. Dann sagte er (vielleicht ein bisschen fantasielos, aber bitte):

»Hände hoch!«

»Hände hoch?«

Das war nun wirklich das Dümmste, was Allan seit Langem gehört hatte, und er brach prompt einen Streit vom Zaun. Was genau befürchtete der Herr denn? Dass Allan mit seinen hundert Jahren ihn mit Äpfeln bewerfen würde? Oder dass die zarte Dame da hinten ihn mit belgischen Erdbeeren durchsieben könnte? Oder dass…?

»Ja, ja, schon gut, von mir aus lasst eure Hände, wo sie sind, aber keine faulen Tricks hier, klar?«

»Tricks?«

»Jetzt halt endlich die Schnauze, Alter! Erzähl mir lieber, wo der Scheißkoffer ist. Und der Typ, der dafür verantwortlich war.«

Na dann, dachte die Schöne Frau. Dann war's jetzt wohl vorbei mit dem großen Glück. Die Wirklichkeit hatte sie alle wieder eingeholt. Keiner gab Humpen eine Antwort, alle dachten nach, dass es nur so knirschte, abgesehen vom Elefanten vielleicht, denn der wandte dem dramatischen Geschehen weiterhin das Hinterteil zu und fand überhaupt, dass es langsam mal Zeit zum Scheißen war. Wenn ein Elefant sich erleichtert, geht das selten spurlos an demjenigen vorbei, der sich in der Nähe aufhält.

»Verdammt!«, fluchte Humpen und trat einige rasche Schritte zurück von dem herabflutenden Dreck, den der Ele… »Verdammt, wozu habt ihr hier denn einen Elefanten?«

Immer noch keine Antwort. Aber jetzt konnte Buster sich nicht mehr zusammenreißen. Er spürte genau, dass hier irgendwas faul war. Oh, diesen Fremden hier wollte er zu gern so richtig verbellen. Und obwohl er die Regeln kannte, konnte er sich ein dumpfes Knurren nicht verbeißen. Dadurch entdeckte Humpen überhaupt erst den Schäferhund auf der Veranda und wich instinktiv noch zwei Schritte zurück, hob die Waffe und schien bereit zu schießen, wenn es nötig werden sollte.

Da schoss Allan eine Idee durch den hundertjährigen Kopf. Es war gewagt, das durchaus, und er lief selbst Gefahr, dabei draufzugehen (wenn er denn nicht doch unsterblich war). Also atmete er einmal tief durch und schritt zur Tat. Mit einem naiven Lächeln auf den Lippen ging er schnurstracks auf den Flegel mit dem Revolver zu. Mit seiner brüchigsten Greisenstimme fragte er:

»Das ist ja eine wunderschöne Pistole. Ist die echt? Darf ich die mal anfassen?«

Benny, Julius und die Schöne Frau glaubten alle drei, dass der Alte jetzt völlig verrückt geworden war.

»Allan, bleib stehen!«, rief Benny.

»Genau, bleib stehen, Alter, sonst schieß ich«, sagte Humpen.

Doch Allan schlurfte weiter auf ihn zu. Humpen machte noch einen Schritt zurück, streckte die Hand mit der Waffe energisch in Allans Richtung, um seiner Drohung Nachdruck zu verleihen, und dann ... tat er es! Er tat, was Allan gehofft hatte. Er machte vor lauter Stress einen weiteren Schritt zurück ...

Wer schon mal in richtig frische Elefantenkacke getreten ist, der weiß, dass es schwer bis unmöglich ist, in diesem glitschigen Brei nicht auszurutschen. Humpen wusste es noch nicht, aber er lernte schnell. Der eine Fuß glitt ihm nach hinten weg, und er fuchtelte mit den Armen, um das Gleichgewicht zu halten. Um wieder sicheren Stand zu bekommen, holte er den anderen Fuß auch noch nach und stand nun mit beiden Beinen in der Scheiße. Hilflos fiel er hintenüber und landete – allerdings ganz weich – auf dem Rücken.

»Sitz, Sonja, sitz!« Das war der letzte Teil von Allans gewagtem Plan.

»Nein, *verdammte Axt!* Sonja, *nicht* Sitz machen!«, schrie die Schöne Frau, die plötzlich begriff, was hier gleich passieren würde.

»Igitt, so eine verdammte Kacke«, sagte Humpen, der rücklings im Elefantendung lag.

Sonja, die mit dem Rücken zum ganzen Geschehen stand, hatte Allans Kommando klar und deutlich vernommen. Und der Alte war ja wie gesagt ein Netter, dem tat sie gern den Gefallen. Außerdem glaubte Sonja, dass ihr Frauchen den Befehl noch bestätigt hatte – die kleine Vokabel »nicht« gehörte nämlich leider nicht zu Sonjas Wortschatz.

Also setzte sich Sonja. Ihr Hinterteil landete weich und warm. Man hörte noch ein gedämpftes Knacken und so was wie ein kurzes Fiepen, dann wurde es ganz still. Sonja saß. Dafür gab es jetzt doch sicher noch ein paar Äpfel, oder?

»Das war also Nummer zwo«, sagte Julius.

»*Scheiße, verdammt und zugenäht, ich fass es nicht!*«, sagte die Schöne Frau.

»Iih pfui«, sagte Benny.

»Brav, Sonja, hier hast du ein Äpfelchen«, sagte Allan.

Henrik »Humpen« Hultén sagte nichts.

* * * *

Der Chef wartete drei Stunden auf Humpens Rückmeldung. Dann kam er zu dem Schluss, dass dem alten Versager etwas zugestoßen sein musste. Manchmal verstand der Chef einfach nicht, warum die Leute einfach nie nur das machen konnten, was er ihnen auftrug.

Es wurde Zeit, die Dinge selbst in die Hand zu nehmen, das war ihm jetzt klar. Als Erstes suchte er das Autokennzeichen heraus, das Humpen ihm durchgegeben hatte. Er brauchte nur ein paar Minuten, bis er über das Kfz-Register herausgefunden hatte, dass es sich um einen roten VW Passat handelte. Halterin: Gunilla Björklund, Sjötorp, Rottne, Småland.

11. KAPITEL

1945–1947

Wenn es denn überhaupt möglich ist, dass jemand nach Konsum einer ganzen Flasche Tequila von einer Sekunde auf die andere stocknüchtern wird, dann gelang dieses Kunststück dem Vizepräsidenten Harry S. Truman in diesem Moment.

Präsident Roosevelts plötzliches Ableben setzte dem gemütlichen Essen ein jähes Ende, denn Truman musste jetzt sofort nach Washington ins Weiße Haus. Allan blieb allein im Restaurant und musste sich eine ganze Weile mit dem Oberkellner herumstreiten, damit er die Rechnung nicht aus eigener Tasche begleichen musste. Schließlich ließ sich der Mann von Allans Argument überzeugen, dass der zukünftige Präsident der USA wohl als kreditwürdig gelten konnte und dass man nun jedenfalls auch seine Anschrift kannte.

Allan machte einen erfrischenden Spaziergang zurück zur Militärbasis, wo er weiter als Assistent von Amerikas besten Physikern, Mathematikern und Chemikern arbeitete, die sich in Allans Anwesenheit jetzt jedoch etwas befangen fühlten. Irgendwann kippte die Stimmung, und nach ein paar Wochen überlegte sich Allan, dass er sich nach einem neuen Wirkungskreis umsehen sollte. Ein Anruf aus Washington für Mr. Karlsson löste das Problem:

»Hallo, Allan. Hier ist Harry.«

»Welcher Harry?«, fragte Allan.

»Truman, Allan. Harry S. Truman, der Präsident, zum Kuckuck!«

»Ach nein, das ist ja nett! Vielen Dank noch mal für den netten Abend neulich, Herr Präsident. Ich hoffe, Sie mussten sich auf der Heimfahrt nicht selbst hinters Steuer klemmen.«

Nein, das hatte der Präsident nicht tun müssen. Trotz der ernsten Lage war er auf einem Sofa in der Air Force 2 sofort eingeschlafen und erst wieder aufgewacht, als die Maschine fünf Stunden später zur Landung ansetzte.

Doch jetzt sah die Lage so aus, dass Harry Truman einige Angelegenheiten von seinem Vorgänger geerbt hatte, und bei einer davon könnte der Präsident eventuell Allans Hilfe brauchen. Ob Allan das wohl einrichten könnte?

Das meinte Allan auf jeden Fall, und schon am nächsten Morgen checkte er zum letzten Mal aus der Militärbasis Los Alamos aus.

* * * *

Das Oval Office war ungefähr genauso oval, wie Allan es sich vorgestellt hatte. Jetzt saß er in ebendiesem seinem Trinkkumpan aus Los Alamos gegenüber und hörte sich dessen Geschichte an.

Die Sache war die, dass der Präsident von einer Frau belästigt wurde, die er aus politischen Gründen nicht ignorieren konnte. Sie hieß Song Meiling, ob Allan wohl zufällig mal von ihr gehört hatte? Nicht?

Wie auch immer, sie war die Frau des Kuomintang-Anführers Chiang Kai-shek in China. Außerdem war sie umwerfend schön, hatte in Amerika studiert, war sehr gut mit Frau Roosevelt befreundet, zog Tausende von Zuschauern an, wo immer sie auftrat, und hatte sogar schon einmal eine Rede im Kongress gehalten. Und jetzt setzte sie Präsident Truman ganz schrecklich zu, weil sie von ihm erwartete, dass er die mündlichen Versprechen einhielt, die Präsident Roosevelt ihr angeblich für ihren Kampf gegen die Kommunisten gegeben hatte.

»Wusst ich's doch, dass es wieder auf Politik rauslaufen würde«, sagte Allan.

»Das lässt sich schwerlich vermeiden, wenn man Präsident der Vereinigten Staaten ist«, meinte Harry Truman.

Momentan lag der Kampf zwischen Kuomintang und Kommunisten auf Eis, weil sie in der Mandschurei einigermaßen dieselben

Interessen verfolgten. Doch die Japaner würden sich sicher bald zurückziehen müssen, und dann würden sich die Chinesen wieder untereinander bekriegen.

»Woher weißt du, dass die Japaner sich zurückziehen?«, erkundigte sich Allan.

»Na, wenn sich das einer ausrechnen kann, dann ja wohl du«, erwiderte Truman und wechselte rasch das Thema.

Der Präsident langweilte Allan mit einer ausführlichen Schilderung der Entwicklungen in China. Die Meldungen des Nachrichtendienstes besagten, dass die Kommunisten im Bürgerkrieg mehr Unterstützung hatten, und im *Office of Strategic Services* zweifelte man an Chiang Kai-sheks militärischer Strategie. Ganz offensichtlich hatte Chiang Kai-shek sich darauf eingeschossen, die Städte zu kontrollieren, während er zuließ, dass sich auf dem Land der Kommunismus ungehindert ausbreitete. Den Kommunistenführer Mao Tse-tung konnten die amerikanischen Agenten sicher schnell eliminieren, doch es bestand die Gefahr, dass sich seine Ideen in den Köpfen der Bevölkerung festsetzten. Sogar Chiang Kai-sheks Frau, die allzu nervige Song Meiling, begriff, dass man hier etwas unternehmen musste. Sie verfolgte in dieser Sache sogar eine komplett andere militärische Strategie als ihr Mann.

Der Präsident erklärte ihm, wie diese alternative Strategie aussah, doch Allan hörte ihm schon gar nicht mehr zu. Stattdessen sah er sich zerstreut im Oval Office um, überlegte, ob die Fenster wohl schusssicher waren, dachte nach, wohin die Tür auf der linken Seite wohl führen mochte, und kam zu dem Schluss, dass dieser riesige Teppich im Bedarfsfall wahrscheinlich ganz schön schwer zu waschen war… Schließlich sah er sich gezwungen, den Präsidenten zu unterbrechen, bevor er ihm Kontrollfragen stellte, um zu sehen, ob Allan auch begriffen hatte, worum es ging.

»Entschuldige, Harry, aber was soll ich denn nun eigentlich für dich tun?«

»Also, wie gesagt, es geht darum, die Tätigkeit der Kommunisten auf dem Land…«

»Was soll ich dabei tun?«

»Song Meiling drängt auf verstärkte Unterstützung mit amerikanischer Rüstungstechnik, und sie möchte, dass die bereits geleisteten Waffenlieferungen vervollständigt werden.«

»Und was soll ich dabei tun?«

Als Allan seine Frage zum dritten Mal gestellt hatte, verstummte der Präsident, als müsste er innerlich Anlauf nehmen, bevor er fortfuhr:

»Ich will, dass du nach China fährst und Brücken sprengst.«

»Warum sagst du das denn nicht gleich?« Allans Miene hellte sich schlagartig auf.

»So viele Brücken wie möglich. Du sollst den Kommunisten so viele Wege abschneiden, wie du nur kannst.«

»Prima, dann lerne ich wieder ein neues Land kennen«, sagte Allan.

»Ich will, dass du Song Meilings Männer in der Kunst des Brückensprengens unterweist und dass ...«

»Wann geht's los?«

* * * *

Auch wenn Allan Sprengstoffexperte war und sich bei einem Tequilagelage im Handumdrehen mit dem amerikanischen Präsidenten angefreundet hatte, so war er doch trotz allem noch *Schwede*. Hätte er sich auch nur im Geringsten für Politik interessiert, hätte er den Präsidenten vielleicht gefragt, warum ausgerechnet *er* für diesen Auftrag ausgewählt worden war. Tatsächlich war der Präsident auf diese Frage vorbereitet, und wäre sie ihm gestellt worden, hätte er wahrheitsgemäß geantwortet, dass die USA nicht gut zwei parallele, einander potenziell zuwiderlaufende militärische Projekte in China betreiben konnten. Offiziell unterstützte man Chiang Kai-shek und seine Kuomintang-Partei. Jetzt machte man die Unterstützung stillschweigend komplett, indem man eine ganze Schiffsladung mit Ausrüstung für Brückensprengungen in großem Stil schickte, angefordert von Chiang Kai-sheks Frau, der schönen, schlangengleichen (wie der Präsident fand), halb amerikanisierten Song Meiling. Und das Schlimmste war, Truman konnte nicht ausschließen, dass das Ganze bei einer Tasse Tee zwischen Song Meiling und Eleanor Roosevelt ausgemacht worden war. Du liebe Güte, da hatte man sich ja was Schönes eingebrockt. Jetzt musste der Präsident nur noch Allan Karlsson und Song Meiling zusammenbringen, dann war die Sache für ihn aus der Welt.

Die nächste Angelegenheit, die er auf dem Schreibtisch hatte, war nur noch eine reine Formsache, denn den Beschluss hatte er innerlich schon längst gefasst. Nichtsdestoweniger musste er jetzt sozusagen noch aufs Knöpfchen drücken. Auf einer Insel östlich der Philippinen wartete die Besatzung einer B-29 nur noch auf grünes Licht vonseiten des Präsidenten. Alle Tests waren abgeschlossen. Es konnte nichts mehr schiefgehen.

Der folgende Tag war der 6. August 1945.

* * * *

Allan Karlssons Freude darüber, dass endlich etwas Neues in seinem Leben geschah, wurde sofort wieder etwas getrübt, als er Song Meiling kennenlernte. Allan war angewiesen worden, sie in einer Hotelsuite in Washington aufzusuchen. Nachdem er sich durch mehrere Reihen Leibwachen gekämpft hatte, stand er vor der betreffenden Dame, reichte ihr die Hand und sagte:

»Guten Tag, gnädige Frau, ich heiße Allan Karlsson.«

Song Meiling ergriff die dargebotene Hand nicht, sondern zeigte auf einen Sessel.

»Setzen!«, sagte sie.

Allan hatte sich im Laufe der Jahre ja allerhand nennen lassen müssen, von verrückt bis Faschist, aber ein *Hund* war er ganz sicher nicht. Er überlegte, ob er den unpassenden Ton der Dame beanstanden sollte, ließ es dann aber, denn ihn interessierte, was da nachkommen würde. Außerdem sah der Sessel ja ganz bequem aus.

Kaum dass Allan sich gesetzt hatte, hob Song Meiling zum Schlimmsten an, was er sich vorstellen konnte, nämlich zu einem politischen Vortrag. Sie bezeichnete Präsident Roosevelt als Urheber des gesamten Einsatzes, was Allan freilich seltsam fand, denn wie sollte man aus dem Jenseits militärische Operationen leiten? Song Meiling ließ sich darüber aus, wie wichtig es war, die Kommunisten aufzuhalten, diese *Witzfigur* von Mao Tse-tung daran zu hindern, ihr politisches Gift in jeder Provinz zu verspritzen, und – komisch eigentlich, fand Allan – dass Chiang Kai-shek von alledem nichts begriff.

»Wie sieht es bei Ihnen beiden eigentlich mit der Liebe aus?«, wollte Allan wissen.

Song Meiling gab zurück, das gehe einen dummen kleinen Befehlsempfänger wie ihn überhaupt nichts an. Präsident Roosevelt habe ihr Karlsson in dieser Operation direkt unterstellt, und fernerhin solle er nur noch reden, wenn er angesprochen wurde, und ansonsten den Mund halten.

Allan wurde grundsätzlich nie wütend, diese Fähigkeit schien ihm völlig abzugehen, aber jetzt konnte er nicht umhin, der Dame zu antworten:

»Nach allem, was ich zuletzt von Roosevelt gehört habe, ist er tot. Sollte sich daran irgendetwas geändert haben, hätte es sicher in der Zeitung gestanden. Ich für meinen Teil mache bei dieser Sache mit, weil *Präsident Truman* mich darum gebeten hat. Aber wenn die gnädige Frau weiterhin so grob daherredet, glaube ich fast, dass ich drauf pfeife. China kann ich ein andermal besuchen, und Brücken habe ich schon so viele in die Luft gesprengt, dass es für ein Leben reicht.«

Widerspruch hatte Song Meiling nicht mehr erlebt, seit ihre Mutter versucht hatte, ihre Eheschließung mit einem *Buddhisten* zu verhindern, und das lag jetzt schon einige Jahre zurück. Außerdem hatte die Mutter später Abbitte leisten müssen, weil dieses Heiratsarrangement der Tochter den Weg bis ganz an die Spitze geebnet hatte.

Jetzt musste Song Meiling nachdenken. Offensichtlich hatte sie die Situation falsch eingeschätzt. Bis jetzt hatten die Amerikaner jedes

Mal angefangen zu zittern, wenn sie mit ihrer persönlichen Freundschaft zu Herrn und Frau Präsident Roosevelt prahlte. Aber wie sollte man mit diesem seltsamen Menschen hier umgehen, wenn nicht wie mit allen anderen? *Was für einen Stümper hatte Truman ihr da geschickt?*

Song Meiling gehörte zwar nicht zu den Menschen, die sich notfalls mit jedem verbrüdern würden, aber ihre Zielstrebigkeit war stärker als ihre Prinzipien. Daher wechselte sie rasch die Taktik.

»Wir haben ganz vergessen, uns richtig zu begrüßen«, sagte sie und streckte ihm nach Art des Westens die Hand hin. »Aber besser spät als nie!«

Allan war nicht nachtragend. Er ergriff ihre ausgestreckte Hand und lächelte nachsichtig, auch wenn er sich nicht der Meinung anschließen konnte, dass man manches besser spät als nie tun sollte. Sein Vater zum Beispiel hatte seine Liebe zu Zar Nikolaj ausgerechnet am Vorabend der Russischen Revolution entdeckt.

* * * *

Schon zwei Tage später flog Allan mit Song Meiling und zwanzig ihrer persönlichen Leibwächter nach Los Angeles. Dort wartete das Schiff, das sie mitsamt einer Ladung Dynamit nach Schanghai bringen sollte.

Allan wusste, dass er Song Meiling schlecht während der gesamten langen Fahrt über den Stillen Ozean aus dem Weg gehen konnte. Dazu war das Schiff nicht groß genug. Deswegen beschloss er, es gar nicht erst zu versuchen, und nahm das Angebot eines allabendlichen festen Platzes am Kapitänstisch an. Der Vorteil war das gute Essen, der Nachteil die Tatsache, dass Allan und der Kapitän in Gesellschaft von Song Meiling essen mussten, die unfähig schien, über irgendetwas anderes als Politik zu reden.

Ehrlich gesagt gab es noch einen weiteren Nachteil, denn statt Schnaps wurde ein grünlicher Bananenlikör serviert. Allan trank, was man ihm hinstellte, und dachte dabei, dass er zum ersten Mal etwas trank, was ein Mensch eigentlich gar nicht trinken konnte. Alkoholische Getränke sollten doch am besten so schnell wie möglich in Hals und in Magen wandern und nicht ewig am Gaumen kleben bleiben.

Doch Song Meiling ließ sich den Likör schmecken, und je mehr Gläser sie im Laufe des Abends konsumierte, umso subjektiver färbten sich ihre endlosen politischen Auslassungen.

So lernte Allan bei den Abendessen auf dem Stillen Ozean unfreiwillig unter anderem, dass die *Witzfigur* Mao Tse-tung und seine Kommunisten den Bürgerkrieg sehr wohl gewinnen konnten, und zwar vor allem deswegen, weil Chiang Kai-shek so ein unfassbar *unfähiger* oberster Befehlshaber war. In diesem Moment saß er auch noch mit Mao Tse-tung in der südchinesischen Stadt Chongqing und führte Friedensverhandlungen. Ob Herr Karlsson und der Herr Kapitän schon einmal so etwas Dummes gehört hätten? *Mit einem Kommunisten verhandeln!* Dabei konnte doch nichts herauskommen!

Song Meiling war sicher, dass die Verhandlungen zum Scheitern verurteilt waren. In den Berichten ihrer Agenten hieß es außerdem, dass ein großer Teil der kommunistischen Armee ganz in der Nähe, in den unwegsamen Bergregionen der Sichuan-Provinz, auf ihren Anführer Mao wartete. Song Meilings handverlesene Agenten vermuteten ebenso wie Song Meiling selbst, dass sich die Witzfigur mit ihrer Truppe Richtung Nordosten aufmachen würde, Richtung Shaanxi und Henan, um ihren abscheulichen Propagandafeldzug durch die Nation fortzusetzen.

Allan schwieg die ganze Zeit, damit sich die politische Ausführung des Abends nicht noch länger als unbedingt nötig hinzog, aber der hoffnungslos höfliche Kapitän stellte eine Frage nach der anderen, während er ihnen unablässig die grüne Bananenplörre nachschenkte.

Zum Beispiel wollte der Kapitän wissen, inwiefern Mao Tse-tung eine so große Bedrohung darstellte. Die Kuomintang genoss schließlich die Unterstützung der USA und war, wenn er das richtig verstanden hatte, militärisch weit überlegen.

Die Frage verlängerte die Qualen des Abends um fast eine ganze Stunde. Song Meiling erklärte, dass ihr Versager von Ehemann die Intelligenz, das Charisma und die Führungsqualitäten einer Milchkuh besaß. Chiang Kai-shek bildete sich fälschlicherweise immer noch ein, dass es nur darauf ankam, die Städte zu halten.

Mit ihrem kleinen Nebenprojekt wollte Song Meiling mit Allan und Mitgliedern ihrer eigenen Leibwache nicht gegen Mao kämpfen, wie sollte das auch gehen? Zwanzig mangelhaft bewaffnete Männer – einundzwanzig, wenn man Herrn Karlsson einrechnete – gegen eine ganze Armee von gut ausgebildeten Gegnern in den Bergen von Sichuan ... nein, da gab es sicher Schöneres.

Stattdessen sah der Plan vor, zunächst die Beweglichkeit der Witzfigur einzuschränken: Mao Tse-tung sollte seine Kommunistenarmee nur noch unter großen Schwierigkeiten von einem Ort zum anderen verlegen können. Anschließend würde man ihrem Trottel von Ehemann endlich begreiflich machen, dass er die Gelegenheit nutzen musste, seine Truppen auch *in die Provinzen* zu führen und das chinesische Volk davon zu überzeugen, dass es die Kuomintang brauchte, um sich vor den Kommunisten zu schützen, nicht umgekehrt. Song Meiling hatte ebenso gut wie die Witzfigur begriffen, was Chiang Kai-shek noch immer nicht kapieren wollte: Es ist viel leichter, der Anführer eines Volkes zu werden, wenn man das Volk auf seiner Seite hat.

Aber ein blindes Huhn findet auch mal ein Korn, und es war ganz gut, dass Chiang Kai-shek zu den Friedensverhandlungen in Chongqing im südwestlichen Teil des Landes eingeladen hatte. Mit ein klein wenig Glück müsste sich die Witzfigur mit ihren Soldaten nach den gescheiterten Verhandlungen immer noch südlich des Jangtsekiang befinden, wenn die Leibwachen und Karlsson eintrafen. Und dann sollte Karlsson Brücken sprengen! Und die Witzfigur würde eine ganze Weile in der Nähe von Tibet in den Bergen feststecken.

»Sollte er sich hingegen auf der *falschen* Seite des Flusses befinden, gruppieren wir einfach nur um. In China gibt es fünfzigtausend

Flüsse. Wo auch immer dieser Parasit sich hinwendet, er wird immer irgendwelche Flussläufe im Weg haben.«

Eine Witzfigur und ein Parasit, dachte Allan, im Kampf gegen einen Trottel und Versager mit der Intelligenz einer Kuh. Und zwischen ihnen eine Schlange, die sich mit grünem Bananenlikör betrank.

»Das wird bestimmt interessant, wo sich das alles noch hinentwickelt«, meinte Allan aufrichtig. »Übrigens, der Herr Kapitän hat wohl nicht zufällig irgendwo ein bisschen Schnaps, mit dem man den Likör runterspülen könnte?«

Nein, leider hatte der Kapitän keinen Schnaps. Aber wenn Herr Karlsson Abwechslung wünsche, hätte man noch eine Menge anderer Getränke zu bieten: Zitruslikör, Sahnelikör, Minzlikör ...

»Da fällt mir grade ein – sind wir eigentlich bald in Schanghai?«, erkundigte sich Allan.

* * * *

Der Jangtsekiang ist nicht einfach irgendein Wasserlauf. Der Fluss erstreckt sich über Hunderte von Kilometern und ist stellenweise kilometerbreit. Außerdem ist er im Landesinneren tief genug für Schiffe von Tausenden von Bruttoregistertonnen.

Schön ist er obendrein, wie er sich so durch die chinesische Landschaft schlängelt, vorbei an Städten, Feldern und steilen Klippen.

Allan Karlsson und die zwanzig Mann von Song Meilings Leibwache bestiegen ein Flussschiff Richtung Sichuan, mit dem Ziel, dem kommunistischen Emporkömmling Mao Tse-tung das Leben schwer zu machen. Die Fahrt traten sie am 12. Oktober 1945 an, zwei Tage nachdem die Friedensverhandlungen tatsächlich gescheitert waren.

Die Reise ging nicht übermäßig schnell, denn die zwanzig Leibwächter wollten immer gern ein bisschen feiern, wenn das Boot wieder einen Hafen anlief, einen Tag oder auch mal drei. (Die Mäuse tanzten prompt auf dem Tisch, nachdem sich die Katze in die Sicherheit ihres Sommerhäuschens bei Taipeh zurückgezogen hatte.) Und es wurden viele Häfen angelaufen. Erst Nanjing, dann Wuhu,

Anqing, Jiujiang, Huangshi, Wuhan, Yueyang, Yidu, Fengjie, Wanxian, Chongqing und Luzhou. Und überall Saufgelage, Hurerei und allgemeine Sittenlosigkeit.

Da ein derartiger Lebensstil tendenziell eine Menge Geld verschlingt, erfanden die zwanzig Soldaten aus Song Meilings Leibwache eine neue Steuer. Bauern, die im Hafen Waren löschen wollten, mussten fünf Yuan Abgabe zahlen oder unverrichteter Dinge wieder davonziehen. Wer protestierte, wurde erschossen.

Diese Steuereinnahmen wurden sofort in den finstersten Kaschemmen der jeweiligen Stadt verprasst, praktischerweise immer in unmittelbarer Hafennähe. Wenn Song Meiling meinte, dass es wichtig für einen Anführer war, das *Volk* auf seiner Seite zu haben, dann hätte sie diesen Grundsatz vielleicht auch ihren Mitarbeitern vermitteln sollen, dachte Allan. Aber das war weiß Gott ihr Problem, nicht seines.

Es dauerte zwei Monate, bis das Flussschiff mit Allan und den zwanzig Soldaten in der Sichuan-Provinz ankam. Da hatten Mao Tsetungs Truppen sich schon längst Richtung Norden weiterbewegt. Außerdem verzogen sie sich gar nicht in die Gebirgsregionen, sondern kamen ins Tal, wo sie mit der Kuomintang-Kompanie kämpften, die die Stadt Yibin halten sollte.

Um ein Haar wäre Yibin tatsächlich den Kommunisten in die Hände gefallen. Dreitausend Kuomintang-Soldaten wurden im Kampf getötet, davon wahrscheinlich mindestens zweitausendfünfhundert, weil sie zu betrunken waren, um Krieg zu führen. Von den Kommunisten fielen hingegen nur dreihundert, wahrscheinlich nüchtern.

Die Schlacht um Yibin war zu guter Letzt also doch noch ein Erfolg für die Kuomintang geworden, denn unter den fünfzig kommunistischen Gefangenen befand sich ein *Diamant*. Die neunundvierzig anderen konnte man nur erschießen und hinterher in einer Grube verscharren, aber der fünfzigste! *Hmmmm!* Der fünfzigste Gefangene war keine Geringere als die schöne Jiang Qing, die Schauspielerin, die nicht nur Marxistin-Leninistin war, sondern auch und – vor allem – Mao Tse-tungs vierte Frau werden sollte.

* * * *

Nun begann ein großes Palaver zwischen der Kompanieführung der Kuomintang in Yibin und den Soldaten aus Song Meilings Leibwächtertruppe. Sie stritten sich darum, wer die Verantwortung für die Stargefangene Jiang Qing haben sollte. Die Kompanieführung hatte sie bis jetzt einfach nur eingesperrt und darauf gewartet, dass das Schiff mit Song Meilings Männern eintraf. Mehr hatten sie sich nicht getraut, denn es hätte ja sein können, dass Song Meiling selbst an Bord war. Und mit der wollte sich keiner anlegen.

Doch dann stellte sich heraus, dass sie in Taipeh war, und da fand die Kompanieführung die Sache ganz einfach. Jiang Qing sollte zuerst aufs Brutalste vergewaltigt werden, und falls sie dann noch lebte, konnte man sie immer noch erschießen.

Die Soldaten aus Song Meilings Leibwache hatten an und für sich nichts gegen diese Vergewaltigung, da hätten sie durchaus selbst noch mitgeholfen. Doch Jiang Qing durfte keinesfalls daran sterben. Stattdessen sollte sie Song Meiling oder zumindest Chiang Kai-shek vorgeführt werden, die über ihr Schicksal entscheiden sollten. Hier ging es immerhin um hohe Politik, erklärten die international erfahrenen Soldaten dem hoffnungslos provinziellen Kompaniechef in überlegenem Ton.

Der wagte letztlich nicht, sich zu widersetzen, und versprach verdrossen, seinen Diamanten noch am selben Nachmittag zu übergeben. Die Besprechung war beendet, und die Soldaten beschlossen, ihren Sieg in der Stadt ordentlich zu begießen. Und danach würden sie mit dem Diamanten unterwegs schon noch ihren Spaß haben!

Die Abschlussverhandlungen waren an Deck des Flussschiffes geführt worden, mit dem Allan und die Soldaten gekommen waren. Er staunte, weil er fast alles verstand, was die Leute sagten. Während die Soldaten sich in verschiedensten Städten amüsiert hatten, hatte sich Allan auf dem Achterdeck mit dem sympathischen Schiffsjungen Ah Ming zusammengesetzt, der großes pädagogisches Talent besaß, wie sich herausstellte. Nach zwei Monaten Unterricht sprach Allan fast fließend Chinesisch (vor allem Flüche und Obszönitäten).

* * * *

Schon als Kind hatte Allan gelernt, Menschen zu misstrauen, die einen Schnaps ausschlugen. Er konnte kaum älter als sechs gewesen sein, als sein Vater ihm die Hand auf die kleine Schulter legte und sagte:

»Vor den Priestern musst du dich in Acht nehmen, mein Sohn. Und vor Leuten, die keinen Schnaps trinken. Am allerschlimmsten aber sind Priester, die keinen Schnaps trinken.«

Andererseits war Allans Vater sicher nicht ganz nüchtern gewesen, als er eines Tages einem unschuldigen Zugpassagier eine verpasste und daraufhin sofort von der staatlichen Eisenbahn gefeuert wurde. Das wiederum nahm Allans Mutter zum Anlass, ihrem Sohn auch ein paar weise Worte mitzugeben:

»Vor den Säufern musst du dich in Acht nehmen, Allan. Das hätte ich lieber auch tun sollen.«

Als der kleine Junge heranwuchs, fügte er den Lehren der Eltern seine eigenen Ansichten hinzu. Ob Priester oder Politiker, das kam im Grunde aufs selbe hinaus, fand Allan, und da war es ganz egal, ob sie Kommunisten waren, Faschisten, Kapitalisten oder was auch immer es da noch geben mochte. Doch er stimmte seinem Vater darin zu, dass anständige Leute keinen Saft trinken. Und er stimmte seiner Mutter darin zu, dass man sich anständig aufführen musste, auch wenn man einen im Tee hatte.

In praktischer Hinsicht bedeutete das, dass Allan im Laufe der Flussfahrt die Lust verloren hatte, Song Meiling und ihren zwanzig Kampftrinkern zu helfen (von denen übrigens nur noch neunzehn übrig waren, nachdem einer über Bord gegangen und ertrunken war). Er wollte auch nicht dabei sein, wenn die Soldaten sich an der Gefangenen vergingen, die jetzt unter Deck eingesperrt war, ganz egal, ob sie nun Kommunistin war oder nicht und wessen Zukünftige sie sein mochte.

Daher beschloss Allan, zu verschwinden und die Gefangene mitzunehmen. Er teilte seinem Freund Ah Ming diese Entscheidung mit und drückte den bescheidenen Wunsch aus, dass der Schiffsjunge den beiden Flüchtlingen mit etwas Reiseproviant aushalf. Ah Ming versprach es ihm, aber unter einer Bedingung – nämlich, dass er selbst mitkommen durfte.

Achtzehn von den neunzehn Soldaten aus Song Meilings Leibwache waren mit dem Schiffskoch und dem Kapitän im Vergnügungsviertel von Yibin unterwegs und amüsierten sich prächtig. Der neunzehnte Soldat hatte die Niete gezogen und stierte auf die Tür zu der Treppe, die zu Jiang Qings Zelle unter Deck führte.

Allan setzte sich zu ihm und schlug ihm vor, einen Schnaps mit ihm zu trinken. Der Mann erwiderte, er sei für die vielleicht wichtigste Gefangene der Nation verantwortlich, weswegen er sich jetzt unmöglich mit Reiswein vollaufen lassen könne.

»Da geb ich dir absolut recht«, stimmte Allan zu. »Aber ein kleines Gläschen kann doch nicht schaden, oder?«

»Nein«, meinte die Wache nachdenklich. »Ein kleines Gläschen kann natürlich nicht schaden.«

Zwei Stunden später hatten Allan und der Soldat bereits ihre zweite Flasche geleert, während Ah Ming hin und her rannte und ihnen Leckereien aus dem Schiffsproviant servierte. Allan war inzwischen auch schon reichlich beschwipst, doch der Wachmann, der unter den Tisch getrunken werden sollte, war in Ermangelung eines Tisches einfach auf den Deckplanken eingeschlummert.

»Na bitte«, sagte Allan und blickte auf den bewusstlosen chinesischen Soldaten zu seinen Füßen. »Wenn du mit einem Schweden um die Wette saufen willst, solltest du zumindest Finne oder Russe sein.«

Der Bombenexperte Allan Karlsson, der Schiffsjunge Ah Ming und die unendlich dankbare Braut des Kommunistenführers verließen das Schiff im Schutze der Dunkelheit und hatten bald die Berge erreicht, in denen sich Jiang Qing schon eine geraume Weile bei den Truppen ihres Mannes aufgehalten hatte. Da die tibetanischen Nomaden in dieser Region sie kannten, hatten die Flüchtlinge keine Schwierigkeiten, satt zu werden, auch als der von Ah Ming mitgeführte Proviant aufgezehrt war. Dass die Tibeter einer hohen Repräsentantin der Volksbefreiungsarmee freundlich gesonnen waren, verstand sich von selbst. Wenn die Kommunisten den Kampf um China gewannen, würden sie Tibet nämlich umgehend seine Unabhängigkeit bestätigen, das war allgemein bekannt.

Jiang Qing schlug vor, mit Allan und Ah Ming rasch Richtung Norden weiterzuziehen und dabei einen weiten Bogen um das von der Kuomintang kontrollierte Gebiet zu machen. Nach monatelangem Fußmarsch durch die Berge würden sie schließlich Xi'an in der Shaanxi-Provinz erreichen – und dort würde Jiang Qing ihren Verlobten finden, wenn sie nicht zu lange brauchte.

Der Schiffsjunge Ah Ming war begeistert, als Jiang Qing ihm versprach, dass er künftig Mao höchstpersönlich bedienen dürfe. Tatsächlich war er heimlich Kommunist geworden, als er sah, wie sich die Soldaten der Leibwache benahmen, und so passte es ausgezeichnet, nicht nur die Seiten zu wechseln, sondern auch gleich noch die Arbeitsstelle.

Allan hingegen meinte, der kommunistische Kampf würde sicher auch ohne ihn auskommen. Er wollte lieber die Heimreise antreten, ob das für Jiang Qing in Ordnung sei?

Ja, das sei in Ordnung, aber »zu Hause« sei doch Schweden und damit schrecklich weit weg. Wie hatte Herr Karlsson sich das denn genau vorgestellt?

Allan erwiderte, dass ein Schiff oder ein Flugzeug wahrscheinlich am praktischsten wären, aber leider lagen die Weltmeere etwas ungünstig, und Flugplätze hatte er hier oben in den Bergen auch keine gesehen. Wobei er aber sowieso über keine nennenswerte Barschaft verfügte.

»Da muss ich wohl zu Fuß gehen«, schloss Allan.

* * * *

Der Dorfälteste, der die drei Flüchtlinge so großzügig aufgenommen hatte, hatte einen weit gereisten Bruder. Dieser war schon bis nach

Ulan Bator im Norden und bis nach Kabul im Westen vorgedrungen. Außerdem hatte er bei einer Südostasienreise auch schon die Zehen in den Golf von Bengalen getaucht. Doch jetzt war er gerade zu Hause im Dorf. Also rief der Alte ihn zu sich und bat ihn, eine Weltkarte für Herrn Karlsson zu zeichnen, damit dieser heim nach Schweden fand. Dazu erklärte sich der Bruder bereit, und bereits am nächsten Tag hatte er seinen Auftrag erledigt.

Selbst wenn man sich den Witterungsverhältnissen entsprechend gekleidet hat, darf man es mit Fug und Recht als kühn bezeichnen, sich mit einer von Hand gezeichneten Weltkarte und einem Kompass zu einer Himalaya-Überquerung aufzumachen. Eigentlich hätte Allan auch am nördlichen Rand des Gebirges entlangwandern können, und danach nördlich am Aralsee und am Kaspischen Meer vorbei. Doch die Wirklichkeit und die handgefertigte Karte waren nicht ganz deckungsgleich. Daher verabschiedete sich Allan von Jiang Qing und Ah Ming und brach zu seinem kleinen Marsch auf, der ihn durch Tibet, über den Himalaya, durch Britisch-Indien und Afghanistan bis in den Iran führen sollte, weiter in die Türkei und dann langsam nordwärts durch Europa.

Nach zwei Monaten Fußmarsch merkte Allan, dass er einen Gebirgskamm wohl an der falschen Seite passiert hatte, was sich nur dadurch ausbügeln ließ, dass er umkehrte und noch einmal von vorne anfing. Wieder vier Monate später (diesmal auf der richtigen Seite des Gebirgskammes) fand Allan, dass die Reise einfach zu langsam ging. Auf einem Markt in einem Bergdorf feilschte er daher um den Preis eines Kamels, mit Hilfe von Zeichensprache und seinen Chinesischkenntnissen. Zu guter Letzt wurde er sich mit dem Kamelverkäufer handelseinig, aber erst, nachdem Allan ihm ausgeredet hatte, dass die Tochter des Händlers mit ins Geschäft eingehen sollte.

Tatsächlich hatte er kurz darüber nachgedacht – nicht aus Kopulationsgründen, denn derlei Triebe hatte er nicht mehr. Die waren irgendwie in Professor Lundborgs OP geblieben. Es ging ihm eher um die Gesellschaft, denn das Leben im tibetischen Hochland konnte zuweilen ganz schön einsam werden.

Doch da die Tochter nur einen monotonen tibeto-burmesischen Dialekt sprach, von dem Allan kein Wort verstand, dachte er sich, dass er zur intellektuellen Anregung ebenso gut mit dem Kamel reden konnte. Außerdem konnte er nicht ausschließen, dass die fragliche Tochter ihrerseits gewisse sexuelle Erwartungen hegte, wenn er sich auf dieses Arrangement einließ. Er ahnte da so etwas in ihrem Blick.

Also folgten weitere zwei Monate Einsamkeit auf einem schwankenden Kamelrücken, bis er drei fremden Männern begegnete, die ebenfalls zu Kamel unterwegs waren. Er grüßte sie in sämtlichen Sprachen, die er mittlerweile beherrschte: Chinesisch, Spanisch, Englisch und Schwedisch. Zu seinem Glück hatte er mit einer Sprache Glück, Englisch nämlich.

Einer der Männer fragte Allan, wer er war und wohin er wollte. Allan erwiderte, er sei Allan und auf dem Heimweg nach Schweden. Die Männer musterten ihn mit großen Augen. Ob er auf einem Kamel bis Nordeuropa reiten wollte?

»Mit einer kurzen Unterbrechung, wenn ich das Schiff über den Öresund nehme«, erläuterte Allan.

Was der Öresund war, wussten die drei nicht. Doch nachdem sie sich vergewissert hatten, dass Allan kein Anhänger des iranischen Schahs war, dieses britisch-amerikanischen Lakaien, boten sie ihm an, mit ihnen zu reiten.

Die Männer erzählten, dass sie sich vor Jahren an der Universität Teheran kennengelernt hatten, wo sie gemeinsam Englisch studierten. Im Gegensatz zu den anderen Studenten in ihrem Kurs hatten sie die Sprache aber nicht gewählt, um später der englischen Krone besser dienen zu können. Stattdessen hatten sie nach dem Studium zwei Jahre in unmittelbarer Nähe der kommunistischen Inspirationsquelle Mao Tse-tung zugebracht, und jetzt waren sie auf dem Heimweg in den Iran.

»Wir sind Marxisten«, erklärte einer von ihnen. »Wir führen unseren Kampf im Namen des internationalen Arbeiters, und in seinem Namen werden wir eine soziale Revolution im Iran und in der ganzen Welt durchsetzen. Wir werden das kapitalistische System abschaffen, wir werden eine Gesellschaft aufbauen, die auf der wirtschaftlichen und sozialen Gleichheit aller Menschen beruht. Dann können sich alle Individuen nach ihren individuellen Fähigkeiten verwirklichen, *jeder nach seinen Fähigkeiten, jedem nach seinen Bedürfnissen.*«

»Aha«, sagte Allan. »Sagt mal, ihr habt nicht zufällig ein bisschen Schnaps für mich übrig?«

Die Männer hatten welchen. Die Flasche kreiste eine Weile von Kamelrücken zu Kamelrücken, und schon fand Allan, dass sich seine Reise langsam doch ganz nett entwickelte.

Elf Monate später hatten die vier Männer einander schon mindestens dreimal das Leben gerettet. Sie hatten Lawinen, Raubüberfälle, Eiseskälte und wiederholte Hungerphasen gemeinsam überstanden. Zwei Kamele waren draufgegangen, ein drittes hatten sie schlachten und aufessen müssen, und das vierte mussten sie dem afghanischen Zollbeamten überlassen, damit er sie ins Land ließ, statt sie zu verhaften.

Allan war nie davon ausgegangen, dass es ein Leichtes sein würde, den Himalaya zu überqueren. Im Nachhinein fand er, dass er wirklich Glück gehabt hatte, sich diesen drei iranischen Kommunisten anschließen zu können, denn allein wäre es recht schwer geworden, den Sandstürmen und Überschwemmungen in den Tälern und Temperaturen von minus vierzig Grad in den Bergen zu trotzen. Im Übrigen war mit den minus vierzig Grad ohnehin nicht zu spaßen: Im Winter 1946/47 musste die Gruppe tatsächlich auf zweitausend Meter Höhe ein Lager aufschlagen, um den Frühling abzuwarten.

Die drei Kommunisten hatten selbstverständlich auch versucht, Allan für ihren *Kampf* zu gewinnen, vor allem seit sie wussten, wie geschickt er im Umgang mit Dynamit und dergleichen war. Er antwortete ihnen, dass er ihnen viel Glück wünsche, aber er für seinen Teil wolle nur noch nach Hause zu seiner Hütte in Yxhult. In der Eile vergaß er völlig, dass er die Kate vor achtzehn Jahren ja eigenhändig in die Luft gesprengt hatte.

Schließlich gaben sie ihre Bekehrungsversuche auf und begnügten sich damit, dass Allan ein guter Kamerad war, der obendrein nicht über jedes bisschen Schneefall lamentierte. Sein Ansehen in der Gruppe stieg noch weiter, als er beim Warten auf besseres Wetter in Ermangelung einer sinnvolleren Beschäftigung austüftelte, wie man Schnaps aus Ziegenmilch herstellen könnte. Die Kommunisten begriffen nicht, wie er es angestellt hatte, aber diese Milch war ganz schön hochprozentig, und sie wärmte nicht nur, sondern vertrieb zwischendurch auch die schreckliche Langeweile.

Im Frühling 1947 waren sie endlich auf der südlichen Seite des höchsten Gebirges der Welt. Je näher sie an die iranische Grenze kamen, umso eifriger unterhielten sich die drei iranischen Kommunisten über die Zukunft ihrer Heimat. Jetzt würde man ein für alle Mal die Ausländer aus dem Land jagen. Schlimm genug, dass die Briten den korrupten Schah jahrelang unterstützt hatten. Aber als der es irgendwann satthatte, nach ihrer Pfeife zu tanzen, und aufmuckte, setzten ihn die Briten kurzerhand ab und brachten seinen Sohn auf den Thron. Allan musste an Song Meilings Beziehung zu Chiang Kai-shek denken und dachte bei sich, dass die Menschen in der weiten Welt schon wirklich seltsame Familienbande unterhielten.

Der Sohn war leichter zu bestechen als sein Vater, und so kontrollierten die Briten und Amerikaner mittlerweile das iranische Öl. Dem würden die drei von Mao Tse-tung inspirierten Kommunisten ein Ende setzen. Leider orientierten sich andere iranische Kommunisten eher an Stalins sowjetischen Ideen, und dann gab es noch jede Menge anderer störender revolutionärer Elemente, die auch noch die Religion mit hineinmischten.

»Interessant«, bemerkte Allan und meinte genau das Gegenteil.

Man antwortete ihm mit einer langen marxistischen Erklärung. Dieses Thema sei *mehr* als interessant! Und das Trio war entschlossen, entweder zu siegen oder zu sterben!

Schon am nächsten Tag stand fest, dass Letzteres der Fall sein würde, denn sowie die vier Freunde den Fuß auf iranischen Boden setzten, wurden sie von einer zufällig vorbeikommenden Grenzpatrouille verhaftet. Die drei Kommunisten hatten dummerweise jeder ein Exemplar des *Kommunistischen Manifests* in der Tasche (obendrein auch noch auf Persisch), wofür man sie auf der Stelle erschoss. Allan überlebte, weil er keine Literatur im Gepäck führte. Außerdem sah er nach Ausländer aus, da waren erst mal weitere Nachforschungen angesagt.

Mit einer Gewehrmündung im Rücken nahm Allan die Mütze ab und dankte den drei erschossenen Kommunisten dafür, dass sie ihm auf dem Weg über den Himalaya Gesellschaft geleistet hatten. Irgendwie würde er sich niemals richtig daran gewöhnen, dass alle neuen Freunde, die er fand, früher oder später vor seinen Augen sterben mussten.

Doch man ließ ihm nicht viel Zeit zum Trauern. Vielmehr fesselte man ihm die Hände auf dem Rücken und warf ihn auf eine Decke auf der Ladefläche eines Lkws. Mit der Nase in der Decke bat er die Männer auf Englisch, ihn zur schwedischen Botschaft in Teheran zu bringen, oder wahlweise zur amerikanischen, für den Fall, dass Schweden keine diplomatische Vertretung in der Stadt haben sollte.

»*Khafe sho!*«, lautete die drohende Antwort.

Allan verstand sie nicht, aber er begriff trotzdem. Es konnte sicher nicht schaden, wenn er jetzt eine Weile den Mund hielt.

* * * *

Auf der anderen Seite des Erdballs, in Washington, D. C., hatte Harry S. Truman so seine eigenen Sorgen. Langsam aber sicher standen in Amerika Präsidentschaftswahlen an, und es galt, sich richtig zu positionieren. Die wichtigste strategische Frage war die, wie weit er den Negern in den Südstaaten entgegenkommen wollte. Es galt, einen Mittelweg zu finden: sich einerseits fortschrittlich geben, andererseits aber auch nicht zu nachgiebig wirken. Auf diese Weise gewann man die öffentliche Meinung für sich.

Auf der Weltbühne musste er sich mit Stalin auseinandersetzen. Hier war er allerdings zu keinerlei Kompromissen bereit. Stalin mochte den einen oder anderen eingewickelt haben, aber nicht Harry S. Truman.

China war inzwischen schon längst Geschichte. Stalin ließ diesem Mao jede erdenkliche Hilfe zukommen, und Truman konnte den Amateur Chiang Kai-shek einfach nicht in gleichem Maße weiter unterstützen. Song Meiling hatte bekommen, worum sie gebeten hatte, aber jetzt war es auch mal genug. Was wohl aus Allan Karlsson geworden war? Wirklich ein netter Kerl.

* * * *

Chiang Kai-sheks militärische Niederlagen häuften sich. Und Song Meilings eigene Unternehmungen scheiterten, als der verantwortliche Sprengstofftechniker verschwand und obendrein noch die Braut der *Witzfigur* mitnahm.

Song Meiling verlangte wiederholt eine Audienz bei Präsident Truman, um ihn eigenhändig dafür zu erwürgen, dass er ihr diesen Allan Karlsson geschickt hatte. Doch Truman hatte nie Zeit, sie zu empfangen. Vielmehr zeigten die USA der Kuomintang jetzt die kalte Schulter und ließen sie mit Korruption, galoppierender Inflation und Hungersnöten allein. All das spielte natürlich Mao Tse-tung in die Hände. Schließlich mussten Chiang Kai-shek, Song Meiling und ihr Hofstaat nach Taiwan fliehen. Festlandchina wurde kommunistisch.

12. KAPITEL

Montag, 9. Mai 2005

Den Freunden auf Sjötorp war endgültig klar geworden, dass sie dringend ihren Bus besteigen und verschwinden mussten. Doch zuvor hatten sie noch ein paar eilige Angelegenheiten zu erledigen.

Die Schöne Frau zog Regenmantel, Mütze und Gummihandschuhe an und holte den Gartenschlauch, um die Überreste des kleinen Gauners abzuspülen, den Sonja breit gesessen hatte. Vorher wand sie dem Toten allerdings den Revolver aus der rechten Hand und legte ihn vorsichtig auf die Veranda (wo sie ihn prompt vergaß). Die Mündung drehte sie so, dass sie auf eine dicke Fichte in vier Meter Entfernung zeigte – man konnte ja nie wissen, wann so ein Apparat einfach mal losging.

Nachdem sie Humpen von Sonjas Scheiße gereinigt hatte, schoben Julius und Benny ihn unter den Rücksitz seines eigenen Ford Mustang. Da hätte er sonst bestimmt nicht druntergepasst, doch jetzt war er ja hübsch geplättet.

Dann setzte sich Julius ans Steuer des Mustang und fuhr los, gefolgt von Benny im Passat der Schönen Frau. Sie wollten sich einen einsamen Ort suchen, der weit genug von Sjötorp entfernt war, um dort das Auto des Ganoven mit Benzin zu übergießen und anzuzünden – wie es eben richtige Gangster in dieser Situation gemacht hätten.

Doch dazu brauchten sie erst einen Kanister und dann auch noch Benzin, um ihn zu befüllen. Also hielten Julius und Benny an einer Tankstelle am Sjösåsvägen in Braås. Benny ging hinein, um zu besorgen, was sie brauchten, während Julius sich etwas zum Naschen kaufen wollte.

Ein nagelneuer Ford Mustang mit V8-Motor mit über 300 PS vor einer Tankstelle in Braås ist ungefähr genauso sensationell, als würde eine Boeing 747 auf dem Sveavägen in Stockholm herumstehen. Humpens kleiner Bruder und einer seiner Kollegen von *The Violence* einigten sich in Sekundenschnelle auf die Carpe-diem-Strategie: Der kleine Bruder sprang in den Mustang, während sein Kumpel den mutmaßlichen Besitzer im Auge behielt, der gerade drinnen neben der Kasse im Süßigkeitenregal kramte. Was für ein Fang! Und was für ein Trottel! Wer lässt denn bitte bei so einem Auto die Zündschlüssel stecken?!

Als Benny und Julius wieder herauskamen – der eine mit einem noch nicht befüllten Benzinkanister, der andere mit einer Zeitung unter dem Arm und dem Mund voller Bonbons –, war der Mustang weg.

»Hatte ich das Auto nicht hier geparkt?«, fragte Julius.

»Doch, das hattest du hier geparkt«, bestätigte Benny.

»Haben wir jetzt ein Problem?«, fragte Julius.

»Ja, jetzt haben wir ein Problem«, bestätigte Benny.

Dann fuhren sie mit dem ungestohlenen Passat zurück nach Sjötorp. Der leere Kanister war immer noch leer. Aber das war ja jetzt auch schon egal.

* * * *

Der Mustang war schwarz mit hellgelben Rallyestreifen. Ein richtiges Prachtexemplar, für das Humpens kleiner Bruder und seine Kumpels ordentlich abkassieren würden. Der Diebstahl war ebenso spontan wie problemlos gewesen. Keine fünf Minuten nach dem ungeplanten Coup stand das Auto schon sicher bei *The Violence* in der Garage.

Tags drauf tauschte man das Kennzeichen aus. Der kleine Bruder ließ einen seiner Handlanger mit dem Auto zu den Geschäftspartnern in Riga fahren und mit dem Schiff wieder zurückkommen. Normalerweise sorgten die Letten dann mit Hilfe falscher Nummernschilder und Dokumente dafür, dass das Auto als Privatimport an ein Mitglied von *The Violence* zurückging, und schon war aus einem gestohlenen Auto ein legales Gefährt geworden.

Doch ausgerechnet dieses Mal lief es anders, denn während das Auto aus Schweden in der Garage in Ziepniekkalns am südlichen Stadtrand von Riga stand, begann es ganz grauenvoll zu stinken. Der Chef der Werkstatt ging der Sache auf den Grund und entdeckte eine *Leiche* unter dem Rücksitz. Er fluchte das Blaue vom Himmel herunter und entfernte dann gründlich alles, was irgendwie die Herkunft dieses Wagens verraten könnte. Danach drosch er auf den wunderschönen Mustang ein, bis das Auto total verbeult war und völlig wertlos aussah. Dann fand und bestach er einen Säufer, der das Wrack für vier Flaschen Wein zum Schrotthändler fuhr, wo es komplett verschrottet werden sollte – Leiche inklusive.

* * * *

Die Freunde in Sjötorp waren startklar. Dass der Mustang mit dem Toten gestohlen worden war, war natürlich unschön, aber dann meinte Allan, es sei eben, wie es sei, und es komme, wie es komme. Außerdem meinte er, man könne sich ja berechtigte Hoffnungen machen, dass die Autodiebe keinen Kontakt zur Polizei aufnehmen würden. Schließlich liege es in der Natur des Autodiebs, einen gewissen Abstand zur Polizei zu halten.

Sie fuhren am frühen Abend um halb sechs los. Es war ganz gut, dass sie noch vor der Dämmerung loskamen, denn der Bus war groß und der Weg zurück zur Landstraße schmal und kurvig.

Sonja stand in ihrem Stall auf Rädern. Von Hof und Viehstall hatte man alle Spuren des Elefanten sorgfältig entfernt. Der Passat und Bennys Mercedes konnten hier stehen bleiben, denn sie konnten ja mit keinem Verbrechen in Verbindung gebracht werden. Und was hätten sie auch sonst mit den Autos tun sollen?

Dann setzte sich der Bus in Bewegung. Die Schöne Frau hatte zunächst selbst fahren wollen, und sie hätte das wohl auch gekonnt.

Doch dann stellte sich heraus, dass Benny auch beinahe Fahrlehrer war und die Berechtigung für alle erforderlichen Klassen auf seinem Führerschein eingetragen hatte, und so kam man überein, dass lieber er sich ans Steuer setzen sollte. Die Gruppe musste ja nicht gegen noch mehr Gesetze verstoßen als sowieso schon.

Am Briefkasten bog Benny nach links ab, fort von Rottne und Braås. Nach den Angaben der Schönen Frau gelangte man nach einigem Gekurve und Gekurbel über Waldwege irgendwann nach Åby und danach auf die Landstraße 30 Richtung Lammhult. Das Ganze würde eine halbe Stunde dauern. Warum sollte man diese Zeit nicht nutzen, um die nicht ganz unwichtige Frage zu diskutieren, wohin man eigentlich fahren wollte?

* * * *

Vor vier Stunden hatte der Chef ungeduldig auf den einzigen seiner Handlanger gewartet, der noch nicht verschwunden war. Sowie Caracas von der Angelegenheit zurückkehrte, die er zu erledigen hatte – worin auch immer sie bestanden haben mochte –, wollte der Chef mit ihm Richtung Süden fahren. Aber nicht auf dem Motorrad und auch nicht mit der Clubjacke. Jetzt war Vorsicht angesagt.

Der Chef hatte ohnehin noch einmal über die Sache mit den Clubjacken und dem *Never-Again*-Symbol auf dem Rücken nachgedacht. Er hatte damit eine eigene Identität und ein Zusammengehörigkeitsgefühl in der Gruppe schaffen und Außenstehenden Respekt einflößen wollen. Doch erstens war die Gruppe ja wesentlich kleiner als ursprünglich geplant – ein Quartett, bestehend aus Bolzen, Humpen, Caracas und ihm selbst, konnte man auch ohne Clubjacken zusammenhalten. Und zweitens nahm die geschäftliche Ausrichtung ja eine Richtung, bei der eine Clubjacke mit Wiedererkennungswert eher kontraproduktiv war. Als Bolzen für die Transaktion nach Malmköping geschickt wurde, erhielt er die etwas ambivalente Anweisung, einerseits im Sinne der Diskretion die öffentlichen Verkehrsmittel zu benutzen, andererseits aber die Clubjacke mit der *Never-Again*-Aufschrift auf dem Rücken zu tragen, damit der Russe wusste, mit wem er sich anlegte, wenn er sich denn anlegen wollte.

Doch jetzt war Bolzen auf der Flucht... oder was auch immer mit ihm passiert sein mochte. Und auf dem Rücken trug er ein Emblem, das mehr oder weniger sagte: »*Bei Rückfragen einfach den Chef anrufen.*«

Verdammt!, dachte der Chef. Wenn dieses ganze Chaos überstanden war, würde er die Jacken abfackeln. Aber wo zum Teufel blieb Caracas nur? Sie wollten doch los!

Caracas tauchte mit achtminütiger Verspätung auf und entschuldigte sich damit, dass er sich im Seven-Eleven noch schnell eine Wassermelone hatte kaufen müssen.

»Erfrischend und lecker«, erklärte er.

»Erfrischend und lecker? Die halbe Organisation ist verschwunden, mitsamt unseren fünfzig Millionen Kronen, und du gehst noch schnell Obst kaufen?«

»Melonen sind kein Obst«, korrigierte Caracas. »Streng genommen gehören sie zu den Kürbisgewächsen.«

Da platzte dem Chef endgültig der Kragen. Er nahm die Wassermelone und donnerte sie dem armen Caracas mit solcher Wucht auf den Schädel, dass sie zerplatzte. Woraufhin Caracas in Tränen ausbrach und bockte, jetzt wolle er gar nicht mehr mitmachen. Seit erst Bolzen und dann Humpen verschwunden waren, hatte der Chef ihm die Hölle heiß gemacht, als wäre Caracas irgendwie schuld an der ganzen Sache. Nein, jetzt sollte der Chef mal schön sehen, wie er allein zurechtkam. Caracas wollte sich jetzt ein Taxi rufen, nach Arlanda fahren und nach Hause fliegen zu seiner Familie in... Caracas. Da riefen einen die Leute dann wenigstens wieder beim richtigen Namen.

»*¡Vete a la mierda!*«, heulte Caracas und rannte hinaus.

Der Chef seufzte schwer. Diese Bescherung wurde von Minute zu Minute übler. Erst verschwand Bolzen, und der Chef musste sich im Nachhinein eingestehen, dass er seinen Frust zum Teil an Humpen und Caracas ausgelassen hatte. Dann verschwand Humpen, und der Chef musste sich im Nachhinein eingestehen, dass er seinen Frust zum Teil an Caracas ausgelassen hatte. Und dann verschwand Caracas – um Wassermelonen zu kaufen, und der Chef musste sich im Nachhinein eingestehen, dass er ... ihm in seinem Frust nicht die Melone auf den Schädel hätte donnern dürfen.

Jetzt musste er alleine Jagd machen auf ... ja, worauf eigentlich? Das wusste er selbst nicht recht. Sollte er Bolzen suchen? Hatte Bolzen etwa den Koffer geklaut, könnte er wirklich so bescheuert gewesen sein? Und was war mit Humpen passiert?

Der Chef fuhr standesgemäß in seinem nagelneuen BMW X5. Und meistens viel zu schnell. Die Beamten im Zivilpolizeiauto, die zu seiner Beschattung abgestellt waren, zählten während der Fahrt nach Småland die Verstöße gegen die Straßenverkehrsordnung und waren sich nach dreihundert Kilometern einig, dass der Mann am Steuer dieses BMW seinen Führerschein in den nächsten vierhundert Jahren nicht zurückbekommen dürfte, wenn man ihn für alles belangte, was er sich auf der Straße so einfallen ließ. Aber das würde natürlich nie geschehen.

Die Route führte jedenfalls an Åseda vorbei, wo die beiden von Kommissar Aronsson abgelöst wurden, dem Kollegen aus Stockholm. Er bedankte sich für ihre Hilfe und erklärte, ab hier komme er allein zurecht.

Mit Hilfe der GPS-Navi im BMW hatte der Chef keine Probleme, bis nach Sjötorp zu finden. Aber je näher er kam, desto ungeduldiger wurde er. Er steigerte seine bereits illegale Geschwindigkeit derart, dass Kommissar Aronsson kaum noch hinterherkam. Er musste ja auch die ganze Zeit einen gewissen Abstand halten, damit Per-Gunnar »Chef« Gerdin nicht merkte, dass er verfolgt wurde. Aber um der Wahrheit die Ehre zu geben, verlor Aronsson den Chef jetzt beinahe aus den Augen. Nur auf den Straßenabschnitten, die über eine gewisse Strecke schnurgerade verliefen, konnte er den BMW noch sehen, bis er ... ja, bis er ihn irgendwann nicht mehr sehen konnte!

Wohin war Gerdin verschwunden? Er musste irgendwo abgebogen sein, oder? Aronsson ging vom Gas. Bei dem Gedanken, was jetzt vielleicht geschehen könnte, brach ihm der Schweiß auf der Stirn aus.

Dort hinten konnte man links abbiegen, hatte er dort die Landstraße verlassen? Oder war er geradeaus weitergefahren bis ... Rottne hieß dieser Ort wohl? Und hier waren lauter Bodenwellen, hätte Aronsson Gerdin nicht allein deswegen schon wieder einholen müssen? Und was, wenn Gerdin nun doch nicht hier abgebogen war?

Doch, bestimmt. Aronsson wendete und bog auf den Weg, auf dem er den Chef vermutete. Jetzt galt es die Augen offen zu halten, denn wenn Gerdin hier eingebogen war, musste er bald am Ziel sein.

* * * *

Der Chef stieg in die Eisen, um von 180 auf 20 herunterzubremsen. Rasch bog er auf den Waldweg ab, den das Navi ihm angezeigt hatte. Noch 3,7 Kilometer bis zum Fahrtziel.

Kurz bevor er beim Sjötorper Briefkasten angekommen war, machte der Weg eine letzte Biegung, und der Chef sah gerade noch das Heck eines riesigen Lasters, der sich aus der Ausfahrt herausmanövriert hatte, in die der Chef wohl hineinfahren musste. Was jetzt? Wer saß in diesem Fahrzeug? Und wer war noch in Sjötorp?

Der Chef beschloss, den Laster fahren zu lassen. Stattdessen bog er auf den kurvenreichen schmalen Weg, der, wie sich herausstellte, zu einem kleinen Wohnhaus führte, einem Viehstall und einem Geräteschuppen, der schon bessere Tage gesehen hatte.

Aber kein Humpen. Kein Bolzen. Kein Tattergreis. Keine rothaarige Alte. Und definitiv kein Koffer mit Rollen.

Der Chef blieb noch ein paar Minuten stehen und überlegte. Menschen hielten sich hier offenbar nicht mehr auf, aber hinter dem Stall standen zwei Autos versteckt: ein roter Passat und ein silberner Mercedes.

»Ich bin also eindeutig am richtigen Ort«, sagte der Chef zu sich selbst. »Aber vielleicht ein paar Minuten zu spät?«

Da beschloss er, dem Laster hinterherzufahren. Den einzuholen, sollte eigentlich nicht unmöglich sein, er hatte ja nur drei, vier Minuten Vorsprung auf einem verschlungenen, unbefestigten Weg.

Der Chef startete das Auto, und der BMW brachte ihn rasch zurück auf den Hauptweg. Dort bog er am Briefkasten links ab, genau wie der Bus vorhin. Und dann trat er aufs Gas und verschwand in einer Staubwolke. Dass sich von der anderen Seite gerade ein blauer Volvo näherte, kümmerte den Chef nicht weiter.

Aronsson freute sich im ersten Moment, Gerdin wieder in Sichtweite zu haben, aber so wie der jetzt mit seiner Allradantriebshöllenmaschine davonschoss, würde der Kommissar ihn gleich wieder aus den Augen verlieren. Keine Chance, da dranzubleiben. Da konnte er sich genauso gut noch kurz dieses Grundstück ansehen ... Sjötorp ... dort war auch Gerdin schon gewesen und hatte wieder gewendet ... und auf dem Briefkasten stand der Name Gunilla Björklund.

»Sollte mich nicht wundern, wenn du rote Haare hättest, Gunilla«, sagte der Kommissar.

So kam es also, dass Aronssons Volvo auf denselben Hof fuhr wie neun Stunden zuvor Henrik »Humpen« Hulténs Ford Mustang und vor wenigen Minuten Per-Gunnar »Chef« Gerdins BMW.

Wie schon der Chef vor ihm stellte auch Kommissar Aronsson fest, dass Sjötorp verlassen war. Doch er ließ sich wesentlich mehr Zeit, nach neuen Puzzleteilchen zu suchen. Eines fand er in der Küche in Form von Tageszeitungen *mit heutigem Datum* und ganz frischem Gemüse im Kühlschrank. Der Aufbruch musste also heute erfolgt sein. Und dann waren da natürlich noch der Mercedes und der Passat hinter dem Stall. Ersteren kannte Aronsson nur zu gut, Letzterer gehörte wohl Gunilla Björklund, wie er vermutete.

Zwei besonders interessante Beobachtungen sollte Kommissar Aronsson jedoch noch machen. Erstens fand er einen *Revolver* am Rand der Holzveranda. Was hatte das Ding da zu suchen? Und mit wessen Fingerabdrücken war diese Waffe wohl übersät? Aronsson tippte auf Humpen Hultén und steckte die Waffe vorsichtig in eine Plastiktüte.

Die zweite Entdeckung machte Aronsson auf dem Rückweg im Briefkasten. Unter der Tagespost befand sich ein Schreiben von der Kfz-Meldestelle, das den Halterwechsel eines gelben Scania K113, Baujahr 1992, bestätigte.

»Seid ihr jetzt mit dem Bus unterwegs, oder was?«, murmelte der Kommissar.

*   *   *   *

Der gelbe Bus gondelte gemächlich über die Straßen. Es dauerte nicht lange, bis der BMW ihn eingeholt hatte. Aber auf dieser schmalen Straße blieb dem Chef nichts anderes übrig, als hinter ihm zu bleiben und sich den Kopf zu zerbrechen, wer wohl alles drin saß und ob sie womöglich einen grauen Koffer mit Rollen dabeihatten.

In seliger Unkenntnis der Gefahr, die fünf Meter hinter ihnen lauerte, diskutierten die Freunde im Bus die neue Situation und waren sich bald einig, dass es am besten wäre, sich für die nächsten paar Wochen noch mal ein Versteck zu suchen. Das war ja schon in Sjötorp der Plan gewesen, bis diese gute Idee plötzlich gar nicht mehr gut gewesen war, als sie unerwarteten Besuch bekommen hatten, auf den sich Sonja auch noch prompt draufgesetzt hatte.

Wie sich herausstellte, hatten Allan, Julius, Benny und die Schöne Frau ein Problem gemeinsam: Sie hatten sehr wenig Verwandte und Freunde, von denen sie sich vorstellen konnten, dass sie einen gelben Bus mit Menschen und Tieren dieser Art aufnehmen würden.

Allan entschuldigte sich damit, dass er schließlich hundert Jahre alt war, seine Freunde allesamt auf die eine oder andere Art gestorben waren und er ansonsten sowieso mittlerweile tot wäre, rein aus Altersgründen. Es war ja nur wenigen vergönnt, Jahr um Jahr alles und jeden zu überleben.

Julius meinte, er sei nicht so sehr auf Freunde, sondern eher auf *Feinde* spezialisiert. Die Freundschaft mit Allan, Benny und der Schönen Frau wolle er zwar gern vertiefen, aber die war in diesem Zusammenhang ja nicht relevant.

Die Schöne Frau gestand, dass sie in den Jahren nach der Scheidung schrecklich unsozial gewesen war, und als erst mal ein geheimer Elefant in ihrem Stall stand, war Publikumsverkehr auf Sjötorp nicht mehr angesagt. Auch da also Fehlanzeige in puncto hilfreiche Kontakte.

Blieb nur noch Benny. Der hatte ja einen Bruder. Den wütendsten Bruder der Welt.

Julius fragte, ob sie den Bruder nicht mit Geld bestechen könnten, und bei diesem Vorschlag hellte sich Bennys Miene auf. Sie hatten schließlich Millionen von Kronen in ihrem Koffer! Bestechung würde nicht hinhauen, denn Bosses Stolz war größer als seine Gier. Aber das war ja im Grunde nur semantische Haarspalterei. Benny würde ihn einfach bitten, das Unrecht nach all den Jahren *wiedergutmachen* zu dürfen.

Daraufhin rief Benny seinen Bruder an, doch kaum hatte er seinen Namen gesagt, erklärte ihm Bosse, die Flinte sei geladen, und der kleine Bruder könne gern zu Besuch kommen, wenn er eine Ladung in den Hintern kriegen wolle.

Benny erwiderte, dass er zwar keinen diesbezüglichen Wunsch hege, sich aber vorstellen könne – mit ein paar Freunden –, bei ihm vorbeizukommen, weil er die finanziellen Streitigkeiten aus der Welt schaffen wolle. Es gebe da ja sozusagen eine gewisse Diskrepanz zwischen den Brüdern, was das Erbe von Onkel Frasse betraf.

Bosse antwortete, dass sein kleiner Bruder aufhören solle, sich so scheißgeschwollen auszudrücken. Und dann kam er direkt zur Sache:

»Wie viel hast du dabei?«

»Wie wär's mit drei Millionen?«, bot Benny.

Boss schwieg kurz und überlegte. Er kannte seinen Bruder gut genug, um zu wissen, dass Benny ihn niemals anrufen und sich so einen schlechten Scherz erlauben würde. *Sein kleiner Bruder hatte mal eben einen Haufen Kohle! Drei Millionen! Unglaublich! Aber…* angesichts dieser immensen Summe ging die Gier mit ihm durch.

»Wie wär's mit vier?«, versuchte es Bosse.

Doch Benny hatte ein für alle Mal beschlossen, dass sein großer Bruder ihn nie wieder schikanieren würde, also sagte er:

»Wir können auch gerne in ein Hotel gehen, wenn wir dir lästig fallen.«

Darauf antwortete Bosse, sein kleiner Bruder sei ihm doch noch nie lästig gefallen. Benny und seine Freunde seien ihm allzeit herzlich willkommen, und wenn Benny den alten Ärger mit drei Millionen aus der Welt schaffen wolle – oder auch dreieinhalb Millionen, wenn ihm danach sei –, dann wäre das natürlich noch ein Pluspunkt.

Benny bekam eine Wegbeschreibung und kündigte an, dass sie in wenigen Stunden bei Bosse sein würden.

Nun schien ja doch alles gut zu werden. Und jetzt wurde die Straße auch noch schön breit und gerade.

Darauf hatte der Chef nur gewartet: eine etwas breitere und gerade Straße. Fast zehn Minuten hatte er hinter diesem Bus herdaddeln müssen, während der BMW ihm mitteilte, dass in Bälde eine Tankfüllung fällig war. Der Chef hatte nämlich seit Stockholm nicht mehr getankt – wann auch?

Das wäre nun wirklich der absolute Albtraum, wenn ihm hier mitten im Wald das Benzin ausging und er nur zusehen konnte, wie der gelbe Bus in der Ferne verschwand, vielleicht mit Bolzen und Humpen und dem Koffer, oder wer und was auch immer sich noch an Bord befinden mochte.

Daher ergriff der Chef nun die Initiative, wie es sich für den Chef eines kriminellen Biker-Clubs aus Stockholm gehörte. Er trat das Gaspedal durch, war in Sekundenschnelle an dem gelben Bus vorbei und fuhr noch hundertfünfzig Meter weiter, bevor er seinen BMW mit einer kontrollierten Schleuderbremsung zum Halten brachte, sodass er quer auf der Straße stehen blieb. Daraufhin holte er seinen Revolver aus dem Handschuhfach und machte sich bereit, das eben überholte Fahrzeug in seine Gewalt zu bringen.

Der Chef war analytischer veranlagt als seine mittlerweile toten oder emigrierten Assistenten. Die Idee, sich quer über die Straße zu stellen, um den Bus zum Anhalten zu zwingen, war zwar aus der

Notlage entsprungen, dass dem BMW langsam das Benzin ausging, doch der Chef ging von der völlig korrekten Annahme aus, dass der Busfahrer auch wirklich anhalten würde. Diese Schlussfolgerung des Chefs baute auf dem Wissen auf, dass die Leute es im Allgemeinen vermeiden, andere im Straßenverkehr zu rammen, wenn dabei Gefahr für Leib und Leben besteht.

Und Benny stieg auch auf die Bremse. Der Chef hatte also richtig gedacht.

Wenn auch nicht weit genug. Er hätte bei seiner Rechnung mit einkalkulieren müssen, dass der Bus noch einen Elefanten mit einem Gewicht von mehreren Tonnen an Bord hatte, und sich demzufolge überlegen, was das für den Bremsweg des Busses bedeutete. Vor allem, wenn man berücksichtigte, dass er auf einer unbefestigten Piste fuhr, nicht auf Asphalt.

Benny tat wirklich sein Bestes, um einen Zusammenstoß zu vermeiden, doch er hatte immer noch fünfzig Stundenkilometer drauf, als der fünfzehn Tonnen schwere Bus zuzüglich Elefant und restlicher Ladung das Auto rammte, das ihm im Weg stand, woraufhin der Wagen drei Meter hoch in die Luft flog und in zwanzig Metern Entfernung wieder landete, und zwar am Stamm einer achtzigjährigen Fichte.

»Damit wäre wohl Nummer drei erledigt«, schätzte Julius.

Alle zweibeinigen Passagiere des Busses sprangen heraus (der eine etwas leichtfüßiger als der andere) und gingen zu dem havarierten BMW.

Ein den Freunden unbekannter Mann, höchstwahrscheinlich tot, hing über dem Lenkrad. Er umklammerte immer noch einen Revolver desselben Modells, mit dem Gauner Nummer zwei sie heute auch schon bedroht hatte.

»Das wäre dann also der dritte«, sagte Julius. »Ich frag mich langsam, wie viele da noch nachkommen.«

Benny protestierte schwach gegen Julius' scherzhaften Ton. Einen Ganoven am Tag umzubringen, mochte ja noch angehen, aber jetzt waren sie schon bei zwei, und es war nicht mal sechs Uhr abends. Wenn es dumm lief, war immer noch Zeit für ein paar mehr.

Allan schlug vor, den Toten Nummer drei irgendwo zu verstecken, weil es nie günstig war, wenn man in engerem Zusammenhang mit Leuten gesehen wurde, die man gerade um die Ecke gebracht hatte; jedenfalls nicht, wenn man diesen Umstand für sich behalten wollte, was Allan doch stark annahm.

Da begann die Schöne Frau, den Toten auf seinem Lenkrad auszuschimpfen. Wie hatte er nur so *scheißblöd* sein können, sich quer über den Weg zu stellen?

Der Tote antwortete, indem er leise röchelte und ein Bein bewegte.

* * * *

Kommissar Aronsson hatte nichts Besseres zu tun, als seine Fahrt in dieselbe Richtung fortzusetzen wie Chef Gerdin eine knappe halbe Stunde vor ihm. Natürlich machte er sich keine Hoffnungen, den *Never-Again*-Anführer einzuholen, aber vielleicht tauchte unterwegs ja noch etwas Interessantes auf? Ansonsten dürfte Växjo nicht mehr weit sein – der Kommissar musste irgendwo einchecken, um die neue Lage schriftlich festzuhalten und mal wieder eine Mütze Schlaf zu kriegen.

Nach einer Weile entdeckte Aronsson das Wrack eines neuen BMW X5, das am Straßenrand an einem Fichtenstamm klebte. Kein Wunder, dass Gerdin von der Straße abgekommen war bei seinem selbstmörderischen Tempo, dachte Aronsson im ersten Moment. Doch bei näherem Hinsehen ergab sich ein anderes Bild.

Erstens war das Auto leer. Der Fahrersitz war zwar voller Blut, aber ein Fahrer war nirgends zu entdecken.

Zweitens war die rechte Seite des Autos extrem stark eingedrückt, und hie und da fanden sich Spuren von gelbem Lack. Irgendetwas Großes, Gelbes musste den Wagen mit voller Wucht gerammt haben.

»Zum Beispiel ein gelber Scania K 113, Baujahr 1992«, murmelte Kommissar Aronsson.

Das war zu diesem Zeitpunkt schon nicht allzu schwer zu erraten, und noch leichter wurde es, als er entdeckte, dass das vordere Nummernschild des gelben Scania immer noch in der hinteren rechten Tür des BMW steckte. Aronsson musste nur die Buchstaben und Ziffern mit den Angaben in der Halterwechselbestätigung der Kfz-Meldestelle abgleichen, um sich seiner Sache ganz sicher zu sein.

Der Kommissar verstand aber immer noch nicht, was hier eigentlich los war. Nur eines wurde ihm täglich klarer, so unglaublich es auch klang: Der hundertjährige Allan Karlsson und sein Gefolge schienen ziemlich gut darin zu sein, Leute umzubringen und anschließend die Leichen verschwinden zu lassen.

13. KAPITEL

1947–1948

Allan hatte bestimmt schon bequemere Nächte verbracht als die, in der er bäuchlings auf der Ladefläche eines Lastwagens lag, der Richtung Teheran holperte. Kalt war es obendrein, und hier gab es keine Spezialziegenmilch, mit der man sich hätte wärmen können. Seine Hände waren immer noch auf dem Rücken gefesselt.

Kein Wunder, dass Allan sich freute, als die Fahrt offenbar überstanden war. Am späten Vormittag hielt der Laster vor dem Eingang eines großen braunen Gebäudes im Zentrum der Hauptstadt.

Zwei Soldaten zogen den Fremden gemeinsam auf die Füße und klopften ihm notdürftig den Staub ab. Dann nahmen sie Allan die Fesseln ab und bewachten ihn wieder mit vorgehaltenem Gewehr.

Hätte Allan Persisch beherrscht, hätte er auf einem kleinen goldgelben Messingschild neben der Tür lesen können, wo er gelandet war. Aber er konnte kein Persisch. Und es war ihm auch egal. Im Moment war ihm die Frage wichtiger, ob er vielleicht ein Frühstück bekommen konnte. Oder ein Mittagessen. Am liebsten gleich beides.

Die Soldaten wussten natürlich, wohin sie den mutmaßlichen Kommunisten gebracht hatten. Und als sie Allan durch die Tür schubsten, verabschiedete sich einer der Soldaten grinsend von ihm und fügte auf Englisch hinzu:

»*Good luck.*«

Allan bedankte sich für die guten Wünsche, obwohl er durchaus merkte, dass sie ironisch gemeint waren. Dann dachte er, dass er sicher gut daran tat, Anteil an dem zu nehmen, was als Nächstes kam.

Der Offizier in der Gruppe, die Allan verhaftet hatte, übergab ihn einem gleichrangigen Angestellten der Behörde, bei der Allan gelandet war. Sobald der Gefangene ordnungsgemäß registriert worden war, verlegte man ihn in eine Zelle im nächsten Korridor.

Die Zelle war das reinste Shangri-La, verglichen mit dem, was Allan in letzter Zeit gewohnt gewesen war. Vier Betten, auf jedem eine doppelte Decke, elektrisches Licht an der Zimmerdecke, ein Waschbecken mit fließend Wasser in der einen Ecke und in der anderen ein großer Eimer mit Deckel. Außerdem hatte man ihm eine gut gefüllte Schüssel mit Haferbrei und einen ganzen Liter Wasser in die Hand gedrückt, sodass er Hunger und Durst stillen konnte.

Drei der Betten waren unbelegt, aber auf dem vierten lag ein Mann mit gefalteten Händen und geschlossenen Augen. Als man Allan in die Zelle brachte, wurde er wach und stand auf. Er war groß und hager und trug ein weißes Beffchen, das sich von der ansonsten schwarzen Kleidung abhob. Allan hielt ihm die Hand hin, um sich vorzustellen, und verlieh seinem Bedauern Ausdruck, dass er die örtliche Sprache nicht beherrschte. Aber vielleicht verstand der Herr Pfarrer ja ein paar Worte Englisch?

Allerdings, erwiderte der Schwarzgekleidete, denn er sei geboren, aufgewachsen und ausgebildet in Oxford. Er stellte sich als Kevin Ferguson vor, anglikanischer Pfarrer, der sich seit zwölf Jahren im Iran bemühte, verirrte Seelen dem rechten Glauben zuzuführen. Wie es denn der Herr Karlsson mit der Religion halte?

Allan antwortete, auf den Aufenthaltsort seines Körpers habe er gerade leider keinen Einfluss, aber was seine Seele angehe, habe er nicht das Gefühl, dass sie sich verirrt hätte. Was den Glauben anging, war er schon immer der Meinung gewesen, wenn man etwas nicht mit Sicherheit *wissen* könne, sei es nicht sonderlich sinnvoll, sich aufs Raten zu verlegen.

Weil er sah, dass Ferguson darauf einsteigen wollte, fügte er rasch hinzu, er wäre dankbar, wenn der Pfarrer freundlicherweise seinen Wunsch respektieren könnte, weder Anglikaner noch sonst was zu werden.

Doch Pfarrer Ferguson gehörte nicht zu den Menschen, die sich so einfach mit einem Nein abspeisen ließen. Wenngleich er dieses eine Mal tatsächlich zögerte. Vielleicht sollte er dem Einzigen, der ihn – abgesehen von Gott natürlich – eventuell aus seiner Lage befreien konnte, nicht ganz so heftig zusetzen?

Es lief auf einen Kompromiss hinaus. Pfarrer Ferguson unternahm einen halbherzigen Versuch und schlug vor, dass er ihm die *Dreieinigkeitslehre* ein wenig erläutern könnte – das würde dem Herrn Karlsson doch sicher nicht schaden? Die Dreieinigkeit war zufällig der erste von den neununddreißig Artikeln des anglikanischen Glaubensbekenntnisses.

Die Antwort lautete, der Pfarrer könne sich nicht im Traum vorstellen, wie wenig sich Allan ausgerechnet für die Dreieinigkeit interessiere.

»Von allen Einigkeiten auf dieser Welt interessiere ich mich für die Dreieinigkeit wahrscheinlich am allerwenigsten«, betonte Allan.

Pfarrer Ferguson fand das so dumm, dass er versprach, Herrn Karlsson mit religiösen Belangen in Frieden zu lassen, »obwohl Gott sicher einen Plan hatte, als er uns in dieselbe Zelle steckte«.

Dafür verlegte er sich nun darauf, Allans und seine Situation zu erläutern.

»Es sieht nicht gut aus«, begann er. »Wir könnten beide auf dem besten Weg sein, unseren Schöpfer zu treffen. Wenn ich Ihnen nicht gerade versprochen hätte, das Thema ruhen zu lassen, hätte ich jetzt hinzugefügt, dass es vielleicht höchste Zeit für Sie wäre, sich zum rechten Glauben zu bekennen.«

Allan bedachte den Pfarrer mit einem strengen Blick, sagte aber nichts. Stattdessen ließ er den Pfarrer weitererzählen, dass sie gerade in einem Untersuchungsgefängnis der Behörde für innere Sicherheit und Nachrichtendienst säßen – mit einem Wort »Geheimpolizei« genannt. Das mochte sich ja schön und gut anhören, aber diese Polizei war eben nicht für die Wahrung von Allans und des Pfarrers Geheimnissen, sondern für die des Schahs zuständig. Eigentlich war sie nur dazu da, die iranische Bevölkerung einzuschüchtern sowie den Sozialisten, Kommunisten, Islamisten und ganz allgemein allen möglichen unerwünschten Elementen das Leben zur Hölle zu machen.

»Anglikanischen Pastoren auch?«, hakte Allan nach.

Pfarrer Ferguson antwortete, dass anglikanische Pfarrer nichts zu fürchten hätten, denn es herrsche immer noch Religionsfreiheit im Iran. Aber er sei in seiner Eigenschaft als anglikanischer Pfarrer vielleicht doch zu weit gegangen, glaubte er.

»Wer in den Klauen der Geheimpolizei landet, hat keine guten Aussichten. Ich für meinen Teil befürchte, das könnte hier die Endstation sein«, meinte Pfarrer Ferguson und sah plötzlich sehr traurig aus.

Sofort tat Allan der neue Zellengenosse leid, obwohl er ein Pfarrer war. Er tröstete ihn, dass sie sicher einen Weg finden würden, von hier zu fliehen, aber alles habe eben seine Zeit. Zuerst wollte er aber wissen, wie der Pfarrer überhaupt in diese Verlegenheit geraten sei.

Kevin Ferguson schniefte und richtete sich auf. Er habe ja gar keine Angst vor dem Sterben, meinte er, er fand nur, dass er auf Erden noch so viel hätte tun können. Er lege sein Leben in Gottes Hand, wie immer, aber wenn Herr Karlsson in der Zwischenzeit einen Ausweg für sich und ihn finden könnte, sei der Pfarrer sicher, dass Gott es ihm nicht übel nehmen würde.

Dann begann der Pastor seinen Bericht. Nachdem er gerade sein Examen abgelegt hatte, war ihm der Herr eines Nachts im Traum erschienen. »Geh in die Welt und missioniere«, hatte der Herr befohlen, aber mehr hatte er ihm nicht mitgeteilt, sodass sich der Pfarrer selbst ausdenken musste, wohin er gehen sollte.

Von einem englischen Freund und Bischof hatte er den Tipp bekommen, in den Iran zu gehen – ein Land, in dem die herrschende Religionsfreiheit schrecklich missbraucht werde. So könne man zum Beispiel die Anglikaner im Iran an zwei Händen abzählen, während es von Schiiten, Sunniten, Juden und Anhängern reiner Hokuspokusreligionen nur so wimmelte. Wenn es überhaupt Christen gab, waren es Armenier oder Assyrer, und wie jeder wusste, hatten die Armenier und Assyrer die christliche Lehre hoffnungslos in den falschen Hals gekriegt.

Allan sagte, das habe er ja noch gar nicht gewusst, aber jetzt wisse er Bescheid und bedanke sich für die Belehrung.

Der Pfarrer fuhr fort. Der Iran und Großbritannien standen auf freundschaftlichem Fuße miteinander, und mit Hilfe eines hochrangigen politischen Kontakts der anglikanischen Kirche hatte der Pastor in einem britischen Diplomatenflieger nach Teheran mitreisen dürfen.

So geschehen vor einem guten Jahrzehnt, ungefähr 1935. Seitdem hatte er sämtliche Religionen abgeklappert, rund um die Hauptstadt in immer größeren Kreisen. Zu Anfang konzentrierte er sich auf die verschiedenen religiösen Zeremonien. Er schlich sich in die diversen Moscheen, Synagogen und Tempel und wartete den richtigen Moment ab, um einfach die laufende Zeremonie zu unterbrechen, indem er mit Hilfe eines Dolmetschers die *wahre* Lehre verkündete.

Allan lobte seinen Zellengenossen und meinte, dass der Pastor wirklich ein mutiger Mann sei. Er stelle sich bloß die Frage, wie es um seinen Verstand bestellt sei, denn mit dieser Vorgehensweise dürfte er doch wohl kaum jemals Erfolg gehabt haben?

Pfarrer Ferguson räumte ein, dass er tatsächlich kein einziges Mal Erfolg gehabt habe. Er habe ja auch nie bis zum eigentlichen Kern der Sache vordringen können, weil der Dolmetscher und er jedes Mal an die Luft gesetzt wurden, und meistens hätten sie sogar noch Prügel bezogen. Das habe ihn jedoch nicht daran hindern können, seinen Kampf fortzusetzen. Er wusste, dass er jedem, dem er begegnete, die anglikanische Saat ins Herz setzte.

Schließlich hatte sich der Ruf des Pfarrers aber so verbreitet, dass es schwer wurde, noch Dolmetscher zu finden. Kein Dolmetscher habe sich ein zweites Mal zur Verfügung stellen wollen, und irgendwann habe es sich bestimmt unter ihnen herumgesprochen.

Daher legte der Pfarrer eine Pause ein und beeilte sich mit seinen Persischstudien. Unterdessen überlegte er, wie er seine Taktik verfeinern könnte, und als er endlich volles Vertrauen in seine Sprachkenntnisse hatte, setzte er seinen neuen Plan in die Tat um.

Statt Tempel und Zeremonien aufzusuchen, ging er auf Markt-plätze, auf denen die jeweilige Irrlehre unter den Besuchern weit verbreitet war. Dort stellte er sich auf eine mitgeschleppte Holzkiste und bat um Aufmerksamkeit.

Diese Verfahrensweise hatte ihm zwar nicht mehr so viel Prügel eingetragen, aber die Zahl der geretteten Seelen entsprach nicht andeutungsweise Pfarrer Fergusons Vorstellungen.

Allan erkundigte sich, wie viele Konvertiten denn de facto auf das Konto des Pastors gingen, und erhielt die Antwort, das komme ganz auf die Betrachtungsweise an. Einerseits hatte Pastor Ferguson näm-lich exakt einen Konvertiten pro Religion zu verzeichnen, insgesamt also acht Stück. Andererseits war ihm erst vor ein paar Monaten ge-dämmert, dass diese acht vielleicht Spione der Geheimpolizei gewe-sen waren, die den missionierenden Pfarrer ausspitzeln sollten.

»Also zwischen null und acht«, schloss Allan.

»Vermutlich eher null als acht«, erwiderte Pastor Ferguson.

»In zwölf Jahren«, sagte Allan.

Der Pfarrer gestand, wie es ihn bekümmert hatte, als er einsah, dass das sowieso schon magere Resultat in Wirklichkeit noch ma-gerer war. Und da begriff er, dass er in diesem Land mit seiner Vor-gehensweise niemals Erfolg haben würde, denn so gerne die Iraner konvertieren würden – sie würden es niemals wagen. Die Geheim-polizei war ja überall, und wenn einer die Religion wechselte, würde sie mit Sicherheit ein Dossier über ihn anlegen. Und wenn es erst mal ein Dossier über einen Menschen im Archiv gab, fehlte auch nicht mehr viel, dass er eines Tages spurlos verschwand.

Allan meinte, vielleicht verhalte es sich ja auch so, dass der eine oder andere Iraner – völlig unbeeinflusst von Pastor Ferguson und der Sicherheitspolizei – ganz zufrieden mit seiner eigenen Religion sei.

Der Pfarrer erwiderte, so etwas Dummes habe er selten gehört, aber er könne ja nicht angemessen darauf antworten, da Herr Karls-son ihm weitere Erläuterungen zum anglikanischen Glauben ver-boten habe. Aber ob sich Herr Karlsson vielleicht vorstellen könnte, sich den Rest der Geschichte anzuhören, ohne ihn öfter als notwendig zu unterbrechen?

Die Fortsetzung ging so, dass Pfarrer Ferguson mit seinen neu gewonnenen Einsichten über die Infiltration seiner Mission durch die Geheimpolizei ganz *neu* zu denken begann, in ganz *großem* Maßstab.

Und so schüttelte der Pastor seine acht vermutlich spionierenden Schüler ab und nahm Kontakt mit der kommunistischen Untergrundbewegung auf. Er ließ ausrichten, er sei ein britischer Vertreter der Wahren Lehre, der sich mit ihnen treffen wolle, um über die Zukunft zu reden.

Es dauerte eine Weile, bis ein Treffen arrangiert war, aber schließlich saß er mit fünf Herren aus dem Führungskreis der Kommunisten in der Provinz Razavi Khorasan an einem Tisch. Eigentlich hatte er die Kommunisten aus Teheran treffen wollen, denn er dachte sich, dass die wahrscheinlich mehr zu sagen hatten, aber diese Diskussion konnte ihn sicher auch schon weiterbringen.

Oder auch nicht.

Pfarrer Ferguson unterbreitete den Kommunisten seine Idee, die kurz gefasst darauf hinauslief, dass der Anglikanismus iranische Staatsreligion werden sollte, wenn die Kommunisten an die Macht kamen. Wenn sie einverstanden wären, würde er sich als Kirchenminister anbieten und als solcher dafür sorgen, dass von Anfang an genug Bibeln zur Verfügung standen. Dann müsste man eben noch Kirchen bauen, aber fürs Erste könnte man ja auf geschlossene Synagogen und Moscheen ausweichen. Was schätzten die Herren Kommunisten eigentlich, wie lange es noch dauern würde bis zur kommunistischen Revolution?

Seine Gesprächspartner hatten nicht mit dem Enthusiasmus oder zumindest der Aufgeschlossenheit reagiert, die Pfarrer Ferguson sich erhofft hatte. Vielmehr wurde ihm klar, dass es weder Anglikanismus noch andere Ismen neben dem Kommunismus geben würde, wenn dessen Zeit erst gekommen war. Außerdem blies man dem Pastor noch ganz gehörig den Marsch, weil er sich diese Unterredung durch Vorspiegelung falscher Tatsachen erschlichen hatte. So etwas von

Zeitverschwendung war den Kommunisten ja noch nie untergekommen.

Mit drei zu zwei Stimmen wurde beschlossen, dass Pfarrer Ferguson eine ordentliche Tracht Prügel kriegen sollte, bevor man ihn wieder in den Zug nach Teheran setzte, und mit fünf zu null Stimmen, dass es für die Gesundheit des Pastors das Beste war, wenn er sich nicht noch einmal die Mühe machte, zu ihnen zu kommen.

Allan lächelte und meinte, er könne die Möglichkeit nicht ausschließen, dass der Pfarrer nicht ganz richtig im Oberstübchen sei, wenn Pfarrer Ferguson die Formulierung entschuldigen wolle. Eine religiöse Übereinkunft mit den Kommunisten zu erzielen, war doch von vornherein aussichtslos, ob ihm das nicht in den Kopf gehe?

Der Pfarrer entgegnete, dass Helden wie der Herr Karlsson gut daran täten, sich kein Urteil darüber anzumaßen, ob jemand richtig im Oberstübchen sei oder nicht. Obwohl, natürlich hatte auch der Pastor gewusst, dass die Erfolgsaussichten äußerst gering waren.

»Aber nun stellen Sie sich mal vor, es wäre tatsächlich gelungen, Herr Karlsson. Stellen Sie sich vor, man hätte dem Erzbischof von Canterbury telegrafieren können, um ihm zu melden, man habe auf einen Schlag *fünfzig Millionen neue Anglikaner* gewonnen!«

Allan gab zu, dass die Grenze zwischen Verrücktheit und Genialität manchmal haarfein sein konnte und dass er nicht mit Sicherheit sagen könne, was in diesem Fall vorlag. Trotzdem behalte er sich seine Skepsis vor.

Jedenfalls stellte sich dann heraus, dass die verdammte Polizei des Schahs die Kommunisten in Razavi Khorasan abhörte, und Pastor Ferguson war kaum aus dem Zug in Teheran gestiegen, als man ihn auch schon verhaftete und zum Verhör mitnahm.

»Da habe ich alles gestanden und noch ein bisschen mehr«, erzählte Pfarrer Ferguson, »denn mein magerer Körper ist nicht dafür geschaffen, Folter auszuhalten. Eine gestandene Tracht Prügel ist eine Sache – Folter eine andere.«

Nach seinem sofortigen, übereifrigen Geständnis hatte man den Pfarrer in dieses Gefängnis gebracht, und hier hatte man ihn die letzten zwei Wochen in Frieden gelassen, weil der Chef, der Vizepremierminister, auf Dienstreise in London war.

»Der *Vizepremierminister*?«, hakte Allan nach.

»Ja, beziehungsweise der Chefmörder«, sagte Kevin Ferguson.

Es hieß, man könne sich keine zentralistischer geführte Organisation als die Geheimpolizei vorstellen. Um die Bevölkerung routinemäßig einzuschüchtern oder Kommunisten, Sozialisten und Islamisten umzubringen, brauchten sie natürlich nicht den Segen ihres obersten Vorgesetzten. Doch sobald gewisse Grenzen überschritten wurden, lag die Entscheidung bei ihm. Der Schah hatte ihm zwar den Titel »Vizepremierminister« verliehen, aber in Wirklichkeit war er einfach nur ein Mörder, meinte Pastor Ferguson.

»Und nach allem, was die Gefängniswärter erzählen, lässt man das ›Vize‹ lieber weg, wenn man ihn anredet. Wenn man denn das Pech haben sollte, ihn persönlich treffen zu müssen, und in Ihrem und meinem Fall sieht es ja ganz danach aus.«

Vielleicht hatte der Pfarrer mehr Umgang mit den Kommunisten im Untergrund gehabt, als er zugeben wollte, dachte Allan, denn Ferguson fuhr fort:

»Seit Ende des Weltkriegs ist die amerikanische CIA vor Ort und hilft dem Schah, die Geheimpolizei aufzubauen.«

»Die CIA?«

»Ja, so heißen die jetzt. Früher hießen sie OSS, aber es ist dieselbe schmutzige Organisation. Die haben der iranischen Polizei alle Tricks und alle Foltermethoden beigebracht. Was muss das für ein Mensch sein, der zulässt, dass die CIA die Welt auf diese Art zerstört?«

»Sie meinen den amerikanischen Präsidenten?«

»Harry S. Truman wird einst in der Hölle schmoren, das kann ich Ihnen schwören«, erklärte Pfarrer Ferguson.

»Ja, meinen Sie?«, sagte Allan.

* * * *

So vergingen die Tage im Gefängnis der Geheimpolizei in Teheran. Allan hatte dem Pfarrer die eigene Lebensgeschichte erzählt, ohne ein Detail auszulassen. Da wurde der Pastor ganz still und sprach nicht mehr mit Allan, denn nun wusste er, in welcher Verbindung sein Zellengenosse zum amerikanischen Präsidenten und – noch schlimmer! – zu den Bomben auf Japan stand.

Stattdessen wandte er sich an Gott und bat um Rat. Hatte der Herr ihm diesen Karlsson geschickt, um ihm zu helfen, oder steckte am Ende gar der Teufel dahinter?

Doch Gott antwortete mit Schweigen, das machte er manchmal, und das deutete Pfarrer Ferguson stets so, dass er selbst nachdenken sollte. Es war zwar nicht immer gut gegangen, wenn der Pastor selbst nachdachte, aber man sollte es nie aufgeben.

Nachdem er zwei Tage und zwei Nächte das Für und Wider abgewogen hatte, kam Pastor Ferguson zu dem Schluss, dass er vorerst Frieden mit dem Heiden im Nachbarbett schließen sollte. Und er teilte Allan mit, dass er jetzt wieder mit ihm zu reden gedenke.

Allan erwiderte, es sei zwar herrlich ruhig gewesen, als der Pastor schwieg, aber netter sei es doch wohl, zu antworten, wenn der andere einen ansprach.

»Außerdem werden wir wohl irgendwie versuchen, von hier zu fliehen, und vielleicht am besten noch, *bevor* dieser Chefmörder aus London zurückkommt. Da wäre es ungünstig, wenn wir uns jeder in seinen Schmollwinkel verziehen, nicht wahr, Herr Pastor?«

Ja, da stimmte Pfarrer Ferguson ihm natürlich zu. Wenn der Chefmörder wieder da war, würde es ein kurzes Verhör geben, und dann würden sie einfach verschwinden. So hatte Pfarrer Ferguson es jedenfalls von anderen gehört.

Die Zelle war zwar kein richtiges Gefängnis mit Hochsicherheitsschlössern und allem Drum und Dran. Es kam sogar vor, dass die Wachen sich gar nicht die Mühe machten, die Tür richtig abzusperren. Doch am Ein- und Ausgang des Gebäudes saßen nie weniger als vier Wachen, und die würden sicher nicht tatenlos zusehen, wenn Allan und der Pfarrer versuchten, sich hinauszuschleichen.

Könnte man wohl irgendwie einen Tumult stiften?, überlegte Allan. Und sich dann in der allgemeinen Aufregung einfach verziehen? Das war vielleicht eine Überlegung wert.

Jetzt brauchte Allan Ruhe zum Nachdenken. Er beauftragte den Pastor, den Wachen die Information zu entlocken, wie viel Zeit sie noch hatten. Wann genau also der Chefmörder zurückkam. *Wann alles zu spät war.*

Der Pfarrer versprach, gleich bei der nächsten Gelegenheit zu fragen. Vielleicht sogar jetzt gleich, denn gerade rasselte es an der Tür. Der jüngste und netteste Wärter steckte den Kopf in die Zelle und verkündete mit mitleidiger Miene:

»Der *Premierminister* ist aus England zurück, Sie werden jetzt verhört. Wer will als Erster?«

* * * *

Der Chef der Behörde für innere Sicherheit und Nachrichtendienst saß in seinem Büro in Teheran und hatte schlechte Laune.

Während seines Aufenthalts in London hatten ihm die Briten die Leviten gelesen. Ihm, dem Premierminister (so gut wie), Leiter dieser Behörde, einem der wichtigsten Glieder der iranischen Gesellschaft, hatten *die Briten die Leviten gelesen*!

Dabei war der Schah doch so darauf bedacht, die vornehmen Engländer bei Laune zu halten. Das Öl war in britischer Hand, und er selbst räumte unter allen Kräften auf, die auf eine neue politische Ordnung hinarbeiteten. Und das war gar nicht so leicht, denn wer war denn schon zufrieden mit diesem Schah? Die Islamisten nicht, die Kommunisten nicht und ganz bestimmt nicht die Ölarbeiter, die sich buchstäblich zu Tode rackerten für umgerechnet ein britisches Pfund pro Woche.

Und dafür hatte er jetzt Schelte kassiert, statt belobigt zu werden!

Der Polizeichef wusste, dass er einen Fehler gemacht hatte, als er mit einem verhafteten Provokateur unbekannter Herkunft ein bisschen grob umgesprungen war. Der Provokateur hatte sich geweigert, irgendetwas zu sagen, er hatte nur beharrlich wiederholt, dass er seine Freilassung verlange, denn er habe sich nichts weiter zuschulden kommen lassen, als darauf zu bestehen, dass sich in der Schlange beim Metzger jeder hinten anstellen musste, auch die Mitglieder der Staatlichen Geheimpolizei.

Nachdem der Provokateur seine Sache vorgebracht hatte, verschränkte er die Arme und beantwortete alle Fragen nach seiner Identität mit Schweigen. Sein ganzes Auftreten gefiel dem Polizeichef nicht (es war wirklich provokativ), daher setzte er ein paar von den neuesten Foltermethoden der CIA ein (der Polizeichef bewunderte den Erfindungsreichtum der Amerikaner). Erst da stellte sich heraus, dass der Provokateur Assistent an der britischen Botschaft war, und das war dann natürlich so richtig misslich.

Man löste das Problem, indem man den Assistenten wieder herrichtete, so gut es eben ging, um ihn dann freizulassen. Allerdings nicht ohne dafür zu sorgen, dass er gründlich von einem Lastwagen überfahren wurde, dessen Fahrer prompt Unfallflucht beging. So vermeidet man diplomatische Krisen, hatte sich der Polizeichef gedacht und war sehr zufrieden mit sich.

Doch die Briten sammelten die Überreste des Assistenten auf und schickten die ganze Chose nach London, wo die Leiche mit der Lupe untersucht wurde. Daraufhin hatte man den Polizeichef einbestellt und ihn um eine Erklärung gebeten, warum der Assistent der britischen Botschaft in Teheran erst verschwand, um dann drei Tage später justament auf der Straße vor dem Hauptquartier der Geheimpolizei aufzutauchen, wo er prompt überfahren und so übel zugerichtet wurde, dass man die Spuren der zuvor erlittenen Folter fast nicht mehr entdecken konnte.

Selbstverständlich hatte der Polizeichef hartnäckig jede Kenntnis in dieser Angelegenheit abgestritten, so funktionierte eben das diplomatische Spiel, aber dieser Assistent war dummerweise Sohn irgendeines Lords gewesen, der seinerseits ein guter Freund des kürzlich zurückgetretenen Premierministers Winston Churchill war, und jetzt wollten die Briten *ein deutliches Zeichen setzen.*

Daher hatte man der Behörde für innere Sicherheit und Nachrichtendienst die Verantwortung für den Besuch entzogen, den erwähnter Churchill Teheran in ein paar Wochen abstatten wollte. Stattdessen sollten die Amateure von der Leibwache des Schahs die Veranstaltung beaufsichtigen, was ihre Kompetenzen natürlich bei Weitem überstieg. Der Gesichtsverlust des Polizeichefs war bodenlos. Außerdem schuf das eine Distanz zwischen ihm und dem Schah, die ihm gar nicht gefallen wollte.

Um seine düsteren Gedanken zu zerstreuen, ließ der Polizeichef also einen der beiden Staatsfeinde zu sich rufen, die gerade inhaftiert waren. Er hatte ein kurzes Verhör im Sinn, gefolgt von einer diskreten Hinrichtung und traditioneller Kremierung der Leiche. Anschließend Mittagessen, und am Nachmittag würde er den anderen auch noch gleich abhaken.

* * * *

Allan Karlsson hatte sich freiwillig gemeldet. Der Polizeichef begrüßte ihn an der Tür zu seinem Büro, gab ihm die Hand, bat Herrn Karlsson, Platz zu nehmen, und bot ihm eine Tasse Kaffee an. Vielleicht auch eine Zigarette?

Allan hatte zwar noch nie einen Chefmörder getroffen, aber er hatte sich solche Leute wesentlich ungemütlicher vorgestellt als diesen hier. Also nahm er den Kaffee gerne an, während er auf die Zigarette lieber verzichten wollte, wenn der *Herr Premierminister* gestattete.

Der Polizeichef versuchte seine Verhöre immer möglichst gesittet zu beginnen. Nur weil man jemanden in absehbarer Zeit umbringen wollte, musste man sich nicht wie ein Flegel aufführen. Außerdem amüsierte es den Polizeichef regelmäßig, wenn er einen Hoffnungsschimmer in den Augen seiner Opfer aufglimmen sah. Die Menschen im Allgemeinen waren schrecklich naiv.

Doch dieses Opfer wirkte überhaupt nicht verschreckt. Noch nicht. Und es hatte den Polizeichef genau so angeredet, wie er angeredet werden wollte. Ein interessanter, guter Einstieg.

Auf die Frage, wer er war, gab Allan – in Ermangelung einer durchdachten Überlebensstrategie – ausgewählte Teile seiner Lebensgeschichte zum Besten: Wie er als Sprengstoffexperte von Harry S. Truman mit einem unmöglichen Auftrag nach China entsandt worden war, um die Kommunisten zu bekämpfen, wie er dann den langen Marsch nach Schweden angetreten hatte und auf dem Weg zu seinem Ziel bedauerlicherweise an der iranischen Grenze gelandet war. Er habe sich gezwungen gesehen, ohne das erforderliche Visum ins Land einzureisen, versprach aber, selbiges sofort zu verlassen, wenn der *Herr Premierminister* ihn nur ließ.

Der Polizeichef stellte ihm noch eine Reihe weiterer Fragen, die sich nicht zuletzt darum drehten, warum er sich bei seiner Verhaftung in Gesellschaft iranischer Kommunisten befunden habe. Allan antwortete ganz aufrichtig, dass er die Kommunisten zufällig getroffen habe und sie sich nur gegenseitig bei der Überquerung des Himalaya geholfen hätten. Er fügte hinzu, wenn der Herr Premierminister ein ähnliches Unterfangen vorhabe, dürfe er mit seinen Reisegenossen nicht allzu wählerisch sein, denn diese Berge könnten grässlich hoch sein, wenn es ihnen gerade einfiel.

Nun hatte der Polizeichef sicher nicht vor, den Himalaya zu Fuß zu überqueren, ebenso wenig, wie er beabsichtigte, diesen Menschen freizulassen. Doch ihm war ein Gedanke gekommen. Vielleicht konnte einem dieser international erfahrene Sprengstoffexperte noch irgendwie von Nutzen sein, bevor man ihn endgültig verschwinden ließ? Mit vielleicht etwas zu eifriger Stimme erkundigte sich der Polizeichef, auf was für Erfahrungen Herr Karlsson denn zurückblicken könne, wenn es darum ging, berühmte, schwer bewachte Leute heimlich umzubringen.

So etwas hatte Allan nun wirklich noch nie gemacht – einfach so einen Menschen aus dem Weg zu räumen, als wäre er eine Brücke. Und er hatte auch sicher nicht den Wunsch, so etwas zu tun. Doch jetzt musste er gut nachdenken. Hatte dieser kettenrauchende Chefmörder irgendetwas Bestimmtes im Sinn?

Allan überlegte noch ein paar Sekunden und durchforstete sein

Gedächtnis, doch ihm wollte auf die Schnelle kein anderer Name einfallen als:

»Glenn Miller.«

»Glenn Miller?«, wiederholte der Polizeichef.

Allan konnte sich noch gut erinnern, welch große Bestürzung es einige Jahre zuvor auf der Militärbasis in Los Alamos in New Mexico ausgelöst hatte, als es hieß, dass der Flieger der U.S. Army, in dem Glenn Miller gesessen hatte, vor der englischen Küste verschwunden war und dass die junge Jazzlegende offiziell als vermisst galt.

»Genau der«, bestätigte Allan und schlug einen verschwörerischen Ton an. »Der Befehl lautete, dass es wie ein Flugunfall aussehen sollte, und das ist mir ja auch gelungen. Ich habe dafür gesorgt, dass die beiden Motoren in Flammen aufgingen, und dann ist er irgendwo in den Ärmelkanal gestürzt und wurde nie wieder gesehen. Ein würdiges Schicksal für so einen Nazi-Überläufer, wenn der Herr Minister mich fragt.«

»Glenn Miller war *Nazi*?«, fragte der Polizeichef verblüfft.

Allan nickte (und bat im Stillen alle Hinterbliebenen von Glenn Miller um Verzeihung). Der Polizeichef versuchte indes, sich von der Neuigkeit zu erholen, dass sein großer Jazzheld für Hitler gearbeitet hatte.

In diesem Moment beschloss Allan, dass es das Beste war, wenn er das Gespräch selbst in die Hand nahm, bevor der Chefmörder ihm weitere Fragen in Sachen Glenn Miller stellen konnte.

»Wenn der Herr Premierminister es wünscht, bin ich gern bereit, mit maximaler Diskretion jede Person aus dem Weg zu räumen, die mir angegeben wird. Im Gegenzug trennen wir zwei uns hinterher in Freundschaft.«

Der Polizeichef war zwar immer noch völlig aus der Bahn nach der traurigen Enthüllung über den Komponisten der *Moonlight Serenade*, aber deswegen ließ er sich noch längst nicht die Zügel aus der Hand nehmen. Auf Verhandlungen über Allan Karlssons Zukunft würde er sich ganz bestimmt nicht einlassen.

»Wenn ich will, werden Sie die Person aus dem Weg räumen, die ich Ihnen nenne, und im Gegenzug werde ich mir *eventuell überlegen, ob ich Sie am Leben lasse*«, korrigierte der Polizeichef und beugte sich über den Tisch, um seine Zigarette in Allans halb voller Kaffeetasse auszudrücken.

»Vielleicht hab ich mich ein wenig unklar ausgedrückt, aber genau so hatte ich das auch gemeint«, versicherte Allan.

* * * *

Das Verhör an diesem Vormittag hatte sich ganz anders entwickelt, als der Polizeichef es gewöhnt war. Statt einen mutmaßlichen Staatsfeind aus dem Weg zu räumen, hatte er das Gespräch vertagt, um die veränderte Situation erst einmal zu verdauen. Nach dem Mittagessen trafen sich der Polizeichef und Allan Karlsson noch einmal, und ihre Pläne nahmen Gestalt an.

Es handelte sich um ein Attentat auf Winston Churchill, während der von der Leibwache des Schahs beschützt wurde. Doch der Anschlag musste so inszeniert werden, dass niemand die geringste Verbindung zur Behörde für innere Sicherheit und Nachrichtendienst herstellen konnte, geschweige denn zu deren Leiter. Da man mit Sicherheit davon ausgehen musste, dass die Briten die Sache minutiös untersuchen würden, durfte nicht die geringste Schlamperei passieren. Doch wenn das Projekt gelang, würden die Auswirkungen dem Polizeichef in jeder Hinsicht zum Vorteil gereichen.

Vor allem würde es den überheblichen Briten das Maul stopfen, die dem Polizeichef die Verantwortung für die Sicherheit des Premiers entzogen hatten. Des Weiteren würde der Schah ihn sicherlich damit beauftragen, in den Reihen seiner unfähigen Leibwache aufzuräumen. Und sobald sich die Aufregung gelegt hatte, würde die Position des Polizeichefs wieder stärker denn je sein und nicht wie jetzt – empfindlich geschwächt.

Allan und er arbeiteten also ihren Plan aus, als wären sie die besten Freunde. Doch wann immer die Stimmung zu persönlich werden wollte, drückte der Polizeichef seine Zigarette in Allans Kaffee aus.

Nun rückte er langsam mit der Information heraus, dass die einzige gepanzerte Limousine des Staates in der Garage der Behörde für innere Sicherheit stand, ein speziell angefertigter DeSoto Suburban. Er war weinrot und sehr schick, versicherte der Polizeichef. Die Leibgarde würde sich mit an Sicherheit grenzender Wahrscheinlichkeit demnächst melden, um sich diesen Wagen auszubitten, denn wie sonst sollte Churchill vom Flughafen zum Palast des Schahs transportiert werden?

Allan meinte, die Lösung könnte in einem wohldosierten Sprengsatz unten am Fahrgestell des Wagens liegen. Aber mit Rücksicht auf den Wunsch des Premierministers, keine Spuren zu hinterlassen, die zu ihm führen könnten, schlug Allan noch zwei besondere Maßnahmen vor.

Erstens sollte der Sprengsatz genau aus den Ingredienzen bestehen, die Mao Tse-tungs Kommunisten in China benutzten. Zufällig war Allan über die Zusammensetzung dieser Bomben genauestens informiert, und er war zuversichtlich, den Anschlag als Tat der Kommunisten hinstellen zu können.

Zweitens sollte die betreffende Ladung im vorderen Teil des Chassis eingebaut werden. Mit Hilfe des Fernzünders, dessen Konstruktionsdetails Allan zufällig ebenfalls bekannt waren, würde der Sprengsatz nicht sofort detonieren, sondern sich lösen, herabfallen und eine Zehntelsekunde später explodieren, sobald er den Boden berührte.

Nach Ablauf dieser Zehntelsekunde befände sich der Sprengsatz nämlich direkt unter dem hinteren Drittel des Wagens, also dort, wo Winston Churchill mit Sicherheit saß und an seiner Zigarre zog. Die Bombe würde ein Loch in den Wagenboden reißen und Churchill in die Ewigkeit befördern, aber gleichzeitig einen Krater im Boden hinterlassen.

»So gaukeln wir den Leuten vor, dass der Sprengsatz im Boden vergraben und nicht am Auto befestigt war. Dieses Vertuschungsmanöver müsste dem Herrn Premierminister doch sehr zupass kommen, oder?«

Der Polizeichef kicherte vor lauter Vergnügen und Eifer und machte seine gerade angezündete Zigarette in Allans frisch einge- schenktem Kaffee aus. Allan meinte, der Herr Premierminister könne mit seinen Zigaretten und Allans Kaffee sicherlich ganz nach Belie- ben verfahren, aber wenn es sich so verhielt, dass der Herr Minister mit seinem eigenen Aschenbecher nicht so ganz glücklich sei, könne er Allan doch einen kurzen Hafturlaub gewähren, dann würde die- ser gern in die Stadt gehen und dem Herrn Minister einen schönen neuen Aschenbecher besorgen.

Der Polizeichef kümmerte sich gar nicht um Allans Aschenbecher- gerede, sondern genehmigte den besprochenen Plan und erbat sich eine vollständige Liste aller Dinge, die Herr Karlsson brauchte, um innerhalb kürzester Zeit das betreffende Auto zu präparieren.

Allan schrieb die Bezeichnungen der neun Substanzen auf, die für diese Formel erforderlich waren. Außerdem fügte er noch eine zehnte hinzu – Nitroglycerin –, von der er meinte, dass sie auch ganz nützlich sein könnte. Und eine elfte – nämlich ein Glas Tinte.

Des Weiteren bat Allan darum, dass man ihm einen der vertrau- testen Mitarbeiter des Herrn Premierministers als Assistenten und Einkäufer überließ und dass der Herr Premierminister Allans Zellen- genossen, Pastor Ferguson, als Dolmetscher freistellte.

Der Polizeichef murmelte, dass er diesen Pfarrer lieber gleich aus- schalten würde, denn Priester konnte er nicht ausstehen – aber sei- netwegen solle diese Bitte gewährt werden, denn man wolle ja mög- lichst keine Zeit vergeuden. Daraufhin drückte er noch eine Zigarette in Allans Kaffee aus, um ihm zu verstehen zu geben, dass die Unter- redung beendet war, und um ihn noch einmal daran zu erinnern, wer hier das Sagen hatte.

* * * *

Die Tage gingen ins Land, und alles lief nach Plan. Der Chef der Leib- garde hatte sich tatsächlich gemeldet und mitgeteilt, dass er nächs- ten Mittwoch vorbeikommen und den DeSoto abholen wolle. Der

Polizeichef kochte vor Wut, denn der Chef der Leibwache hatte nicht um das Auto gebeten, sondern ihm *mitgeteilt*, dass er es abholen werde. Im ersten Moment war der Polizeichef so wütend, dass er fast vergaß, wie perfekt alles nach Plan lief. Denn wenn sich die Leibwache *nicht* wegen des Autos gemeldet hätte, was dann? Außerdem würde der Anführer der Leibgarde ja sowieso bald sein Fett wegkriegen.

Nun wusste Allan auch, wie viel Zeit er hatte, um den Sprengsatz fertigzustellen. Leider war inzwischen auch Pfarrer Ferguson dahintergekommen, was sich hier zusammenbraute. Nicht genug damit, dass er sich an der Ermordung des ehemaligen Premierministers Churchill mitschuldig machte. Nein, er hatte überdies allen Grund zu der Annahme, dass man seinem Leben direkt im Anschluss ein Ende bereiten würde. Der Gedanke, vor seinen Schöpfer zu treten, nachdem er gerade jemanden umgebracht hatte, wollte Pfarrer Ferguson so gar nicht gefallen.

Doch Allan beruhigte ihn mit dem Versprechen, dass er sowohl in der einen wie in der anderen Sache seine Vorkehrungen getroffen habe. Die eine Sache war die, dass Allan gewisse Fluchtchancen für den Pastor und sich sah, die andere, dass ihre Befreiung nicht unbedingt auf Kosten von Herrn Churchill geschehen musste.

Doch dazu war erforderlich, dass der Pastor im rechten Moment tat, was Allan ihm sagte. Er versprach es. Herr Karlsson war schließlich Fergusons einzige Hoffnung, Gott hatte ihm nämlich immer noch nicht geantwortet. So ging das nun schon bald einen Monat. Ob der Herr es dem Pastor wohl verübelte, dass er mit dem Gedanken gespielt hatte, sich mit den Kommunisten zu verbünden?

* * * *

Endlich war es Mittwoch. Der DeSoto war präpariert. Der Sprengsatz unter dem Auto war ein bisschen überdimensioniert, doch so gut versteckt, dass man ihn auch bei einer eventuellen Kontrolle nicht entdecken würde.

Allan zeigte dem Polizeichef, wie die Fernbedienung funktionierte, und erläuterte detailliert, wie das Ergebnis aussehen würde, wenn das Ding hochging. Der Polizeichef lächelte und sah richtig glücklich aus. Und drückte die achtzehnte Zigarette des Tages in Allans Kaffee aus.

Da holte Allan eine neue Tasse hervor, die er hinter seiner Werkzeugkiste versteckt hatte, und stellte sie strategisch günstig auf den Tisch neben der kleinen Treppe, die auf den Flur, zu den Zellen und zum Ausgang führte. Unauffällig fasste er anschließend den Pastor unter und verließ die Garage, während der Polizeichef immer wieder den DeSoto umkreiste und die neunzehnte Zigarette paffte. Er weidete sich an der Vorstellung der bevorstehenden Ereignisse.

Als der Pfarrer Allans festen Griff spürte, wusste er, dass es jetzt ernst wurde. Nun musste er Herrn Karlsson blind gehorchen.

Sie spazierten an der Zelle vorbei und gingen weiter zum Empfang. Dort blieb Allan gar nicht erst bei den bewaffneten Wachen stehen, sondern marschierte selbstbewusst an ihnen vorbei, ohne den Pastor eine Sekunde loszulassen.

Die Wachen hatten sich schon an Karlsson und den Pfarrer gewöhnt und sahen keinen Anlass zu der Vermutung, dass die beiden einen Fluchtversuch unternehmen könnten. Deswegen klang der oberste Wachmann auch eher verwundert, als er rief:

»Halt! Wo wollen Sie denn hin?«

An der Schwelle zur Freiheit blieb Allan mit dem Pfarrer stehen und setzte ein verdutztes Gesicht auf.

»Wir dürfen jetzt gehen. Hat Ihnen der Herr Premierminister das denn nicht mitgeteilt?«

Der Pastor erschrak bis ins Mark und musste sich ganz bewusst zum Weiteratmen zwingen, um nicht auf der Stelle ohnmächtig zu werden.

»*Bleiben Sie stehen, wo Sie sind!*«, sagte der Wachmann mit energischer Stimme. »Sie gehen nirgendwohin, bevor mir der Herr Premierminister das nicht bestätigt hat.«

Er befahl seinen drei Mitarbeitern, den Pfarrer und Herrn Karlsson im Auge zu behalten, während er sich selbst auf den Weg zur Garage machte, um sich zu erkundigen. Allan lächelte dem Pastor aufmunternd zu und meinte, jetzt würde gleich alles in Ordnung kommen. Es sei denn, es ging in letzter Sekunde doch noch schief.

Da der Polizeichef Allan und dem Pfarrer erstens nicht im Entferntesten die Erlaubnis gegeben hatte, sich zu entfernen, und zweitens auch nicht vorhatte, es zu tun, reagierte er ziemlich gereizt auf die Frage der Wache.

»Was sagen Sie da? Die stehen am Ausgang und lügen Ihnen frech ins Gesicht? Verdammt noch mal ...«

Der Polizeichef fluchte eigentlich selten. Er war immer darauf bedacht, die Form zu wahren. Aber jetzt regte er sich wirklich auf. Aus alter Gewohnheit drückte er eine Zigarette in der Kaffeetasse des verfluchten Karlsson aus, bevor er mit finsterer Entschlossenheit die Treppenstufen zum Flur hinaufhastete.

Das heißt, er kam eigentlich nur bis zur Kaffeetasse. Denn dieses eine Mal enthielt die Tasse keinen Kaffee, sondern pures Nitroglycerin in schwarzer Tinte. Daher knallte es ganz beträchtlich, als der Vizepremierminister und sein Wachmann in Stücke gerissen wurden. Eine weiße Wolke drang aus der Garage und quoll durch den Flur, an dessen Ende Allan, der Pastor und die drei anderen Wachen standen.

»Jetzt gehen wir«, sagte Allan zum Pfarrer. Und dann gingen sie.

Die drei Wachen waren zwar wachsam genug, um sich zu denken, dass sie Karlsson und den Pfarrer eigentlich aufhalten sollten, aber nur wenige Zehntelsekunden später detonierte – logischerweise, denn die Garage war inzwischen ein Flammenmeer – auch noch der Sprengsatz unter dem DeSoto, der eigentlich für Winston Churchill gedacht gewesen war. Dabei bewies er, dass er seinen eigentlichen Zweck mit Leichtigkeit erfüllt hätte. Das ganze Gebäude geriet in Schieflage, und das Erdgeschoss stand lichterloh in Flammen, woraufhin Allan seinen Befehl an den Pfarrer noch einmal präzisierte:

»Laufen wir lieber.«

Zwei der drei Wachen waren von der Druckwelle gegen die Wand geschleudert worden und hatten Feuer gefangen. Der dritte Mann konnte seine Gedanken unmöglich auf die Gefangenen konzentrieren. Er überlegte ein paar Sekunden, was hier eigentlich gerade passiert war, doch dann gab er Fersengeld, um nicht zu enden wie seine Kollegen. Allan und der Pastor rannten in die eine Richtung davon, die einzige überlebende Wache in die andere.

※ ※ ※ ※

Nachdem Allan den Pfarrer und sich auf seine ganz spezielle Art aus dem Hauptquartier der Geheimpolizei befreit hatte, war es am Pastor, sich einmal nützlich zu machen. Er wusste nämlich, wo die meisten Botschaften lagen, und führte Allan bis zur diplomatischen Vertretung des schwedischen Königreichs. Dort schloss er Allan zum Dank fest in die Arme.

Der fragte ihn, was er denn nun vorhabe. Wo war überhaupt die britische Botschaft?

Die sei gar nicht so weit weg, meinte der Pfarrer, aber andererseits – was sollte er dort? Da waren sie doch schon alle Anglikaner. Nein, er hatte sich eine neue Strategie zurechtgelegt. Eines hatte er aus den letzten Entwicklungen nämlich gelernt: Alles begann und endete mit der Behörde für innere Sicherheit und Nachrichtendienst. Also musste man diese Organisation systematisch unterwandern. Wenn erst einmal alle Mitarbeiter und Mitläufer der Geheimpolizei Anglikaner waren, dann wäre der Rest ein Klacks.

Daraufhin meinte Allan, er kenne da ein gutes Irrenhaus in Schweden, für den Fall, dass der Pfarrer irgendwann einmal zur Vernunft kommen sollte. Der erwiderte, er wolle ja nicht undankbar aussehen, überhaupt nicht. Aber er habe nun mal seine Berufung, und jetzt werde es Zeit, sich Adieu zu sagen. Er wollte gleich damit anfangen, dass er die überlebende Wache suchte. Im Grunde sei das ein netter, sanftmütiger Junge gewesen, den könne man sicher zum rechten Glauben bekehren.

»Leben Sie wohl!«, sagte der Pfarrer feierlich und spazierte davon.

»Ja, dann machen Sie's mal gut«, sagte Allan.

Er sah dem Mann noch lange nach. Die Welt war so seltsam, da war es gut möglich, dass der Pfarrer auch das nächste Abenteuer überlebte, auf das er gerade zusteuerte, dachte Allan.

Doch da täuschte er sich. Der Pfarrer fand den Wächter, der mit Verbrennungen an den Armen und einer ungesicherten Maschinenpistole in der Hand im Park-e Schahr im Zentrum von Teheran herumirrte.

»Da bist du ja, mein Sohn«, rief der Pastor aus und ging auf ihn zu, um ihn zu umarmen.

»Du!«, schrie der Wachmann. »Das bist ja *du*!«

Und dann erschoss er den Pfarrer, mit zweiundzwanzig Schüssen in die Brust. Es wären noch mehr geworden, wäre ihm nicht die Munition ausgegangen.

* * * *

Da Allan so überzeugend Sörmländisch sprach, ließ man ihn in die schwedische Botschaft. Dann wurde es jedoch schwierig, denn Allan hatte ja keine Papiere, die belegten, wer er war. Also konnte ihm die Botschaft auch nicht einfach einen Pass ausstellen, geschweige denn ihm bei der Heimreise nach Schweden behilflich sein. Außerdem hatte Schweden gerade ganz spezielle Personennummern eingeführt, erklärte der Dritte Sekretär Bergqvist, und wenn es stimmte, was Herr Karlsson behauptete, dass er nämlich lange Jahre im Ausland gelebt habe, dann gab es zu Hause im schwedischen System wahrscheinlich gar keinen Herrn Karlsson.

Darauf antwortete Allan, selbst wenn die Schweden mittlerweile anstatt Namen nur noch Nummern hätten, so war und blieb er doch Allan Karlsson aus Yxhult bei Flen, und jetzt möchte der Herr Dritte Sekretär doch bitte so gut sein und ihm mit seinen Papieren helfen.

Da der Dritte Sekretär Bergqvist nicht zur Diplomatenkonferenz in Stockholm hatte mitkommen dürfen, war er in diesem Moment der ranghöchste Verantwortliche in der Botschaft. Natürlich musste ihm da alles auf einmal auf den Kopf fallen. Nicht genug damit, dass ganze Straßenzüge des Stadtzentrums von Teheran seit einer knappen Stunde in Flammen standen, nein, jetzt marschierte ihm auch noch ein fremder Mensch über die Schwelle und behauptete, Schwede zu sein. Zwar sprach einiges dafür, dass er die Wahrheit sagte, doch wenn Bergqvists Karriere nicht ein jähes Ende finden sollte, musste er sich ans Reglement halten. Daher wiederholte er seine Entscheidung, dass er keinen Pass ausstellen könne, weil Herr Karlsson nicht zu identifizieren sei.

Allan meinte, der Dritte Sekretär Bergqvist sei ja ein ganz besonders Sturer, aber die Sache ließe sich vielleicht regeln, wenn der Dritte Sekretär ein Telefon zur Hand hätte.

Ja, das hatte der Dritte Sekretär, aber das Telefonieren von hier sei teuer. Wen der Herr Karlsson denn anzurufen gedenke?

Langsam hatte Allan diesen widerspenstigen Dritten Sekretär satt, daher gab er gar keine Antwort, sondern fragte stattdessen:

»Ist Per Albin immer noch Ministerpräsident?«

»Was? Nein«, sagte der verdutzte Dritte Sekretär. »Der heißt jetzt Erlander. Tage Erlander. Ministerpräsident Hansson ist letztes Jahr verstorben. Aber warum...«

»Wenn Sie jetzt mal kurz still sein könnten, dann ist die Sache gleich geklärt.«

Allan nahm den Hörer ab und rief das Weiße Haus in Washington an. Er stellte sich vor und wurde zur Chefsekretärin des Präsidenten durchgestellt. Die erinnerte sich sehr gut an Herrn Karlsson und hatte den Präsidenten oft so nett von ihm erzählen hören. Wenn es denn wirklich so wichtig sei, würde sie dafür sorgen, dass der Präsident geweckt werde. Es war ja erst kurz vor acht in Washington, und Präsident Truman kam morgens immer nicht so gut aus dem Bett.

Wenig später war der gerade geweckte Präsident Truman in der Leitung, und die beiden unterhielten sich mehrere Minuten sehr herzlich. Sie brachten einander auf den neuesten Stand, bis Allan schließlich sein Anliegen vortrug. Ob Harry wohl so nett sein könne, den neuen schwedischen Ministerpräsidenten Erlander anzurufen und sich für Allans Identität zu verbürgen, sodass Erlander wiederum vielleicht den Dritten Sekretär Bergqvist in der schwedischen Botschaft in Teheran anrufen und ihm mitteilen konnte, dass Allan unverzüglich seinen Pass bekommen solle?

Truman versprach natürlich, sich darum zu kümmern, er wollte nur zuerst den Namen dieses Dritten Sekretärs buchstabiert haben, damit er ihn auch korrekt weitergeben könne.

»Präsident Truman will wissen, wie sich Ihr Name schreibt«, gab Allan an den Dritten Sekretär Bergqvist weiter. »Möchten Sie der Einfachheit halber nicht gleich selbst mit ihm sprechen?«

Da buchstabierte der Dritte Sekretär Bergqvist dem Präsidenten der Vereinigten Staaten mehr oder weniger in Trance seinen Namen, legte auf und schwieg geschlagene acht Minuten. Das war genau die Zeitspanne, die es dauerte, bis Ministerpräsident Erlander anrief und dem Dritten Sekretär Bergqvist befahl, 1. Allan Karlsson umgehend einen Diplomatenpass auszustellen und 2. dafür Sorge zu tragen, dass Herr Karlsson ohne jede Verzögerung nach Schweden gebracht wurde.

»Aber er hat doch gar keine Personennummer«, protestierte Bergqvist schwach.

»Ich schlage vor, dass Sie dieses Problem lösen, Herr Dritter Sekretär«, erwiderte Ministerpräsident Erlander spitz. »Es sei denn, Sie hegen den Wunsch, Vierter oder Fünfter Sekretär zu werden?«

»Vierte oder Fünfte Sekretäre gibt es in der Botschaft gar nicht«, protestierte Bergqvist schwach.

»Und, was folgern Sie daraus?«

* * * *

Der Kriegsheld Winston Churchill hatte 1945 ein wenig überraschend die Wahl zum britischen Premierminister verloren. So sah also der Dank des britischen Volkes aus.

Doch Churchill sann auf Rache, und unterdessen reiste er durch die Welt. Der ehemalige Premierminister hätte sich nicht gewundert, wenn der Labour-Vollidiot, der jetzt Großbritannien regierte, die Planwirtschaft einführte und dazu im Empire die Macht an Leute abtrat, die damit nicht umgehen konnten.

Man denke nur an Britisch-Indien: Hindus und Moslems konnten einfach nicht miteinander auskommen, und mittendrin hockte dieser verfluchte Mahatma Gandhi im Schneidersitz und hörte jedes Mal auf zu essen, wenn ihm irgendetwas missfiel. Was war das denn bitte für eine Kriegstaktik? Wie weit er damit wohl gekommen wäre, als Hitler seine Bomben über England abwerfen ließ?

In Britisch-Ostafrika war es nicht ganz so schlimm – noch nicht –, aber es war nur noch eine Frage der Zeit, bis auch die Neger auf die Idee verfielen, dass sie ihre eigenen Herren sein wollten.

Churchill begriff durchaus, dass nicht alles so bleiben konnte, wie es einmal gewesen war, aber die Briten brauchten jetzt trotzdem einen Obersten Befehlshaber, der ihnen mit fester Stimme erklärte, was Sache war. Keinen verkappten Sozialisten wie Clement Attlee (Winston Churchill gehörte zu den Leuten, die öffentliche Pissoirs mit Sozialismus gleichsetzen).

Was Indien anging, war die Schlacht schon verloren, das war ihm klar. Diese Entwicklung hatte sich über viele Jahre abgezeichnet, und während des Krieges hatte man sich irgendwann gezwungen gesehen, den Indern Versprechungen bezüglich ihrer Unabhängigkeit zu machen, damit man neben dem Überlebenskampf in Europa nicht auch noch einen Bürgerkrieg zu bewältigen hatte.

Doch an vielen anderen Stellen war noch immer Zeit, den Geschehnissen Einhalt zu gebieten. Churchill hatte vor, im Herbst nach Kenia zu fahren und sich an Ort und Stelle einen Einblick zu verschaffen. Aber zuerst machte er einen Umweg über Teheran, um mit dem Schah ein Tässchen Tee zu trinken.

Unglücklicherweise fand er im Iran das reinste Chaos vor. Tags zuvor war in der Behörde für innere Sicherheit und Nachrichtendienst etwas explodiert, und das ganze Gebäude war eingestürzt und ausgebrannt. Dieser Volltrottel von Polizeichef wahrscheinlich gleich mit, der vor Kurzem dummerweise mit einem unschuldigen Mitarbeiter der britischen Botschaft etwas zu hart umgesprungen war.

Insofern war der Schaden also nicht allzu groß, doch offenbar war die einzige Panzerlimousine des Schahs mit verbrannt. Daher fiel das Treffen des Schahs mit Churchill nicht nur wesentlich kürzer aus als geplant, sondern musste außerdem aus Sicherheitsgründen am Flughafen abgehalten werden.

Trotzdem war es gut, dass der Besuch stattgefunden hatte. Nach den Angaben des Schahs war die Situation unter Kontrolle. Die Explosion im Hauptquartier der Sicherheitspolizei war freilich unangenehm für ihn; bis jetzt konnte man nicht einmal sagen, was die Ursache gewesen war. Damit, dass der Polizeichef dabei umgekommen war, konnte der Schah durchaus leben. Es hatte ja doch ganz so ausgesehen, als hätte der Mann die Dinge nicht mehr richtig im Griff gehabt.

Insgesamt also eine stabile politische Lage. Demnächst würde man den neuen Chef der Geheimpolizei ernennen. Und die Anglo-Iranian Oil Company erwirtschaftete Rekordumsätze. Das Öl machte England und den Iran unglaublich reich. In erster Linie England, um genau zu sein, doch das war schließlich nur recht und billig, denn der Iran steuerte zu dem ganzen Projekt ja nicht mehr als die günstigen Arbeitskräfte bei. Na gut, das Öl natürlich auch.

»Alles in Butter im Iran«, fasste Winston Churchill zusammen, als er den schwedischen Militärattaché begrüßte, der mit ihm zurück nach London flog.

»Freut mich zu hören, dass Sie zufrieden sind, Herr Churchill«, erwiderte Allan. »Und dass es Ihnen offenbar so gut geht.«

* * * *

Via London erreichte Allan schließlich den Flughafen Bromma und betrat zum ersten Mal nach elf Jahren wieder schwedischen Boden. Es war Spätherbst 1947, und das Wetter gab sich entsprechend.

In der Ankunftshalle wartete ein junger Mann auf Allan. Er teilte ihm mit, er sei der Assistent von Ministerpräsident Erlander, und dieser wünsche Herrn Karlsson unverzüglich zu sprechen, wenn es einzurichten sei.

Aber durchaus, meinte Allan und folgte bereitwillig dem Assistenten, der ihn stolz bat, in das nagelneue Regierungsauto zu steigen, einen schwarz glänzenden Volvo PV 444.

»Haben Sie schon einmal so etwas Schickes gesehen?«, fragte der autobegeisterte Assistent. »Vierundvierzig PS!«

»Ich habe letzte Woche einen ganz hübschen weinroten DeSoto gesehen«, erwiderte Allan. »Aber Ihr Wagen ist eindeutig in einem besseren Zustand.«

Die Fahrt ging von Bromma nach Stockholm, und Allan sah sich interessiert um. Zu seiner Schande musste er gestehen, dass er noch nie in der Hauptstadt gewesen war. Wirklich eine schöne Stadt, überall Wasser und ungesprengte Brücken.

Bei der Staatskanzlei angelangt, wurde Allan durch die Korridore geführt, bis man beim Büro des Ministerpräsidenten war. Der hieß Allan herzlich willkommen mit einem: »Herr Karlsson! Ich habe schon so viel von Ihnen gehört!«, schubste seinen Assistenten aus dem Zimmer und schloss die Tür.

Allan sprach es nicht laut aus, dachte sich aber, dass er für seinen Teil noch überhaupt nichts von Tage Erlander gehört hatte. Er wusste nicht mal, ob der Ministerpräsident eigentlich links oder rechts stand. Mit Sicherheit war es entweder das eine oder das andere, denn eines hatte Allan in seinem Leben ganz sicher gelernt: Die Leute beharrten darauf, entweder so oder so zu denken.

Nun gut, mochte der Ministerpräsident sein, was er mochte. Jetzt wollte sich Allan erst mal anhören, was der Mann ihm zu sagen hatte.

Wie sich herausstellte, hatte Erlander Präsident Truman noch einmal zurückgerufen und sich mit ihm länger über Allan unterhalten. Somit wusste er jetzt alles über …

Doch da verstummte Ministerpräsident Erlander. Er hatte noch nicht ganz ein Amtsjahr hinter sich und musste noch viel lernen. Eines wusste er allerdings jetzt schon, und zwar, dass es in bestimmten Situationen besser war, nichts zu wissen. Oder vielmehr dafür zu sorgen, dass einem keiner nachweisen konnte, was man wusste.

Daher brachte er seinen Satz nicht zu Ende. Was Präsident Truman ihm über Allan Karlsson erzählt hatte, würde für immer unter ihnen bleiben. Also kam der Ministerpräsident lieber gleich zur Sache:

»Wenn ich das recht verstanden habe, haben Sie hier in Schweden nichts, worauf Sie zurückgreifen könnten. Daher habe ich dafür gesorgt, dass Sie eine Entschädigung in bar für die Dienste erhalten, die Sie unserer Nation erwiesen haben ... gewissermaßen ... Hier haben Sie jedenfalls zehntausend Kronen.«

Dann reichte er ihm ein dickes Kuvert mit Scheinen, und Allan quittierte den Empfang. Schließlich musste alles seine Ordnung haben.

»Ich danke Ihnen sehr, Herr Ministerpräsident. Mit diesem netten Zuschuss kann ich mir ja neue Kleidung leisten und heute Nacht in einem sauberen Hotelbett schlafen. Vielleicht könnte ich mir sogar zum ersten Mal seit August 1945 wieder die Zähne putzen.«

Bevor Allan ihm darlegen konnte, in welchem Zustand sich seine Unterhosen befanden, unterbrach ihn der Ministerpräsident und versicherte ihm, die erhaltene Summe sei selbstverständlich an keinerlei Bedingungen geknüpft. Nichtsdestoweniger wolle er Herrn Karlsson mitteilen, dass in Schweden gerade Kernspaltungsexperimente durchgeführt wurden, und es wäre sehr freundlich, wenn er sich die mal näher ansehen wolle.

In Wirklichkeit war Ministerpräsident Erlander noch ziemlich überfordert mit einer ganzen Reihe äußerst wichtiger Angelegenheiten, die er so plötzlich geerbt hatte, als Per Albins Herz im letzten Herbst einfach stehen blieb. Dazu gehörte auch die Frage, wie Schweden sich zum Thema Atombombe stellen sollte. Der Oberbefehlshaber Jung lag ihm damit in den Ohren, dass das Land sich vor den Kommunisten schützen müsse, denn zwischen Schweden und Stalin hätte man ja gerade mal diesen kleinen Puffer Finnland.

Freilich hatte die Sache zwei Seiten. Einerseits hatte Oberbefehlshaber Jung gerade reich geheiratet, und es war allgemein bekannt, dass er Freitagabend mit dem alten König bei einem Gläschen zusammensaß. Der Sozialdemokrat Erlander konnte den Gedanken nur schwer ertragen, Gustav V. könnte sich auch nur *einbilden*, noch Einfluss auf die schwedische Sicherheitspolitik zu nehmen.

Andererseits konnte Erlander nicht ausschließen, dass der Oberste Befehlshaber und der König tatsächlich recht hatten. Stalin und den Kommunisten konnte man nicht über den Weg trauen, und wenn sie auf die Idee kamen, ihr Interessengebiet nach Westen auszudehnen, war Schweden wirklich ungemütlich nah.

Das militärische Forschungsinstitut FOA hatte gerade sein gesamtes (begrenztes) Wissen über Kernkraft in die neu gegründete Firma AB Atomenergi gesteckt. Dort saßen die Experten nun und versuchten herauszufinden, was genau in Hiroshima und Nagasaki passiert war. Hinzu kam noch ein eher allgemein gehaltener Auftrag: *die Analyse der nuklearen Zukunft aus schwedischer Perspektive*. Man sprach es nie offen aus, und das war auch besser so, doch Ministerpräsident Erlander wusste, dass diese vage Formulierung im Klartext lauten musste:

Wie zum Teufel bauen wir selbst eine Atombombe, falls wir mal eine brauchen?

Und jetzt saß ihm die Antwort direkt gegenüber. Tage Erlander wusste das, aber er wusste vor allem, dass er nicht wollte, dass auch andere wussten, dass er es wusste. Politik war nun mal ein Eiertanz.

Daher hatte Ministerpräsident Erlander tags zuvor Kontakt mit Dr. Sigvard Eklund, dem Forschungsleiter der AB Atomenergi, aufgenommen und ihn gebeten, Herrn Karlsson zu einem Vorstellungsgespräch einzuladen und sich dabei gründlich zu erkundigen, ob dieser dem Unternehmen wohl von Nutzen sein könnte. Vorausgesetzt natürlich, Herr Karlsson sei an einer solchen Tätigkeit interessiert, was der Ministerpräsident gleich am nächsten Tag zu erfahren wünsche.

Dr. Eklund war überhaupt nicht begeistert von dem Gedanken, dass sich der Ministerpräsident in die Personalpolitik des Atomprojekts einmischte. Er argwöhnte nämlich, Allan Karlsson könnte von der Regierung geschickt worden sein, damit man einen sozialdemokratischen Spion vor Ort hatte. Doch er versprach, ihn zu einem Gespräch zu empfangen – obwohl sich der Ministerpräsident seltsamerweise nicht zu den Qualifikationen des Mannes äußern wollte. Erlander wiederholte nur das Wort »sorgfältig«. Dr. Eklund sollte sich *sorgfältig* nach Herrn Karlssons Hintergrund erkundigen.

Allan wiederum hatte nichts dagegen, Dr. Eklund oder irgendeinen anderen Doktor zu treffen, wenn er dem Ministerpräsidenten damit eine Freude machte.

* * * *

Zehntausend Kronen, das war schon fast unanständig viel Geld, fand Allan, und er checkte im teuersten Hotel am Platz ein.

Der Portier im Grand Hôtel zögerte, als er den schmutzigen, schlecht gekleideten Mann sah, bis Allan sich mit einem schwedischen Diplomatenpass auswies.

»Natürlich haben wir ein Zimmer für den Herrn Militärattaché«, erklärte der Empfangschef. »Will der Herr Attaché bar bezahlen, oder sollen wir die Rechnung ans Außenministerium schicken?«

»Bar geht in Ordnung«, meinte Allan. »Möchten Sie im Voraus bezahlt haben?«

»Aber nicht doch, Herr Attaché! Wo denken Sie hin!«, rief der Portier mit einer Verbeugung.

Wenn er einen Blick in die Zukunft hätte werfen können, hätte er sicherlich anders geantwortet.

* * * *

Am nächsten Tag empfing Dr. Eklund einen frisch geduschten und leidlich herausgeputzten Allan Karlsson in seinem Stockholmer Büro. Der Doktor bat Allan, Platz zu nehmen, und bot ihm Kaffee und Zigaretten an, genau wie der Chefmörder in Teheran es immer getan hatte (allerdings drückte Eklund seine Kippen lieber in seinem Aschenbecher aus).

Dr. Eklund ärgerte sich darüber, dass der Ministerpräsident ihm in seine Personalpolitik hineinpfuschen wollte – hier hatte die *Wissen-*

schaft das Wort, nicht die Politiker – und schon gar nicht die Sozialdemokraten!

Er hatte das Problem sogar schon telefonisch mit dem Obersten
Befehlshaber besprochen, der ihm seine moralische Unterstützung
zusicherte. Wenn der Mann, den der Ministerpräsident da schickte,
nicht den Anforderungen entsprach, würde man ihn auch nicht einstellen. Schluss, aus, fertig!

Allan wiederum spürte die negativen Vibrationen im Raum und
fühlte sich flüchtig daran erinnert, wie er vor ein paar Jahren Song
Meiling zum ersten Mal getroffen hatte. Die Leute mochten ja sein,
wie sie wollten, aber Allan hatte schon immer gefunden, dass es völlig unnötig war, sich unwirsch zu geben, wenn man es sich auch verkneifen konnte.

Dr. Eklund hielt die Präliminarien kurz:

»Herr Karlsson, der Herr Ministerpräsident hat mich gebeten,
mich *sorgfältig* zu erkundigen, ob Sie sich vielleicht für eine Stelle in
unserer Organisation eignen könnten. Das habe ich auch vor, wenn
es Ihnen recht ist.«

Ja doch, Allan fand es schon in Ordnung, wenn der Doktor mehr
über ihn wissen wolle, und Sorgfalt war eine Tugend, daher solle der
Doktor ihn ganz offen befragen.

»Nun gut«, begann Dr. Eklund. »Um mit Ihrem Studium anzufangen...«

»Da hab ich nicht viel vorzuweisen«, meinte Allan. »Das waren
bloß drei Jahre.«

»Drei Jahre?«, rief Dr. Eklund aus. »Mit nur drei Jahren akademi-
scher Studien können Sie doch wohl kaum Physiker, Mathematiker
oder Chemiker sein?«

»Nein, ich meinte, drei Jahre insgesamt. Ich bin von der Schule ab-
gegangen, kurz bevor ich neun wurde.«

Von dem Schreck musste Dr. Eklund sich erst mal erholen. Der
Kerl hatte also überhaupt keine Ausbildung! Konnte der überhaupt
lesen und schreiben? Doch der Ministerpräsident hatte ihn ja gebeten, sich...

»Haben Sie denn irgendwelche Berufserfahrungen vorzuweisen, die für eine eventuelle Tätigkeit in der AB Atomenergi relevant sein könnten?«

Ja, das könne man wohl sagen, meinte Allan. Er habe ja viel in den USA gearbeitet, in der Militärbasis Los Alamos in New Mexico.

Da hellte sich Dr. Eklunds Miene auf. Vielleicht hatte Erlander also doch seine Gründe gehabt. Was man in Los Alamos zustande gebracht hatte, war ja allgemein bekannt. Was der Herr Karlsson denn dort gearbeitet habe?

»Ich hab Kaffee serviert«, antwortete Allan.

»Kaffee?« Dr. Eklunds Gesicht fiel wieder in sich zusammen.

»Genau. Manchmal aber auch Tee. Ich war Assistent und Kellner.«

»Sie waren also *Assistent* in Los Alamos ... Waren Sie überhaupt an irgendwelchen Entscheidungen beteiligt, die mit der Kernspaltung zu tun hatten?«

»Nein«, erwiderte Allan. »Höchstens das eine Mal, als ich mich bei einer Konferenz zu Wort gemeldet habe, bei der ich eigentlich nur Kaffee servieren und mich ansonsten nicht einmischen sollte.«

»Sie haben sich bei einer Konferenz zu Wort gemeldet, bei der Sie eigentlich Kellner waren ... und was dann?«

»Tja, wir wurden unterbrochen ... und dann hat man mich hinausgebeten.«

Dr. Eklund starrte Allan sprachlos an. Was hatte ihm der Ministerpräsident denn da geschickt? Glaubte dieser Erlander, ein Kellner, der die Schule vor seinem neunten Lebensjahr verlassen hatte, könnte beim Bau der Atombombe in Schweden mitwirken? Eigentlich sollte doch wohl auch einem Sozialdemokraten die Grenze für die einfältige These bewusst sein, dass alle Menschen gleich sind.

Dr. Eklund dachte im Stillen, dass es an eine Sensation grenzen würde, wenn dieser Anfänger von Ministerpräsident überhaupt ein Jahr im Amt blieb. Dann erklärte er seinem Gegenüber, wenn er nichts mehr hinzuzufügen habe, könne man das Gespräch als beendet betrachten. Er glaube, sie hätten momentan eher keine Verwendung für Herrn Karlsson. Die Assistentin, die den Akademikern bei der AB Atomenergi Kaffee kochte, sei zwar nie in Los Alamos gewesen, doch Dr. Eklund finde ihre Arbeit vollauf zufriedenstellend. Außerdem putze Greta auch noch die Räume, und das müsse man ihr zweifelsohne als Plus anrechnen.

Allan schwieg einen Moment und überlegte, ob er verraten sollte, dass er im Unterschied zu Dr. Eklunds Akademikern – und ganz bestimmt auch Greta – wusste, wie man eine Atombombe baut.

Doch dann entschied er, dass Dr. Eklund seine Hilfe nicht verdiente, wenn er nicht mal darauf kam, Allan diese Frage zu stellen. Außerdem war Gretas Kaffee die reinste Plörre.

* * * *

Allan bekam keinen Job in der AB Atomenergi, dafür wurde er als unterqualifiziert erachtet. Nichtsdestoweniger war er ganz zufrieden, als er auf einer Parkbank vor dem Grand Hôtel saß und auf das Königliche Schloss auf der anderen Seite der Bucht blickte. Wie auch nicht? Er hatte immer noch den Großteil des Geldes, das der Ministerpräsident ihm freundlicherweise gegeben hatte, er wohnte hübsch, er aß jeden Abend gut im Restaurant, und an diesem frühen Januartag wärmte ihm auch noch die tief stehende Nachmittagssonne Körper und Seele.

Allerdings war es schon ein bisschen kalt am Hintern, und so war es auch ein wenig überraschend, dass sich noch eine Person neben ihn auf die Bank setzte.

»Guten Tag«, grüßte Allan höflich.

»*Good afternoon*, Mr. Karlsson«, antwortete der Mann.

14. KAPITEL

Montag, 9. Mai 2005

Nachdem Kommissar Aronsson den Staatsanwalt Conny Ranelid in Eskilstuna über die neuesten Entwicklungen aufgeklärt hatte, beschloss dieser, Allan Karlsson, Julius Jonsson, Benny Ljungberg und Gunilla Björklund in Abwesenheit zu verhaften.

Aronsson und Ranelid hatten in ständigem Kontakt gestanden, seitdem der Hundertjährige aus dem Fenster geklettert und verschwunden war, und seitdem war das Interesse des Staatsanwalts immer weiter gestiegen. Gerade dachte er über die spektakuläre Möglichkeit nach, Allan Karlsson wegen Mordes – oder zumindest Totschlags – zu verurteilen, auch wenn man einfach keine Leichen fand. Es gab eine Handvoll Beispiele in der schwedischen Rechtsgeschichte, bei denen das funktioniert hatte. Aber dafür war eine außergewöhnlich gute Beweislage erforderlich sowie ein besonders geschickter Staatsanwalt. Bei Letzterem sah Conny Ranelid keine Probleme, und für Ersteres gedachte er eine *Indizienkette* aufzubauen, in der das erste Glied das stärkste war und keines der anderen Glieder wirklich schwach.

Kommissar Aronsson stellte fest, dass er von der Entwicklung der Dinge enttäuscht war. Es wäre viel lustiger gewesen, einen Alten aus den Klauen einer kriminellen Gang zu retten, als daran zu scheitern, die Kriminellen vor dem Alten zu retten.

»Können wir Allan Karlsson und die anderen wirklich mit Bylunds, Hulténs und Gerdins Tod in Verbindung bringen, solange wir keine Leichen haben?«, fragte Aronsson und hoffte, die Antwort würde Nein lauten.

»Nur nicht die Flinte ins Korn werfen, Göran«, erwiderte Staatsanwalt Ranelid. »Sobald Sie mir den Tattergreis gebracht haben, werden Sie schon sehen, dann erzählt der sowieso alles. Und wenn er zu senil ist, haben wir immer noch die anderen, die sich wahrscheinlich widersprechen werden, dass es nur so kracht.«

Und dann ging der Staatsanwalt den Fall noch einmal mit seinem Kommissar durch. Zuerst erklärte er ihm seine Strategie. Er glaubte nicht, dass er sie alle für Mord hinter Gitter bringen konnte, aber nach Mord kamen in diesem Falle Totschlag, Beihilfe zu dem einen oder anderen, Mord beziehungsweise Totschlag durch Unterlassen sowie Strafvereitelung. Sogar Störung der Totenruhe mochte in Frage kommen, doch darüber musste der Staatsanwalt noch einmal nachdenken.

Je später einer der Verhafteten ins Bild gekommen war, desto schwerer würde es werden, ihn oder sie für ein schwereres Verbrechen dranzubekommen (es sei denn, er gestand). Daher wollte sich der Staatsanwalt auf die Person konzentrieren, die die ganze Zeit dabei gewesen war, nämlich auf den hundertjährigen Allan Karlsson.

»In seinem Fall werden wir dafür sorgen, dass er lebenslänglich bekommt, und zwar im wahrsten Sinne des Wortes«, gackerte Ranelid.

Der Alte hatte zum Ersten ein *Motiv*, zunächst Bylund und dann Hultén und Gerdin zu töten. Das Motiv bestand darin, dass die Sache sonst umgekehrt ausgegangen wäre – das heißt, dass Bylund, Hultén und Gerdin den Alten getötet hätten. Für die Tatsache, dass die drei Mitglieder der Organisation *Never Again* zu Gewalttätigkeit neigten, hatte Staatsanwalt Ranelid aktuelle und, falls es erforderlich werden sollte, auch ältere Zeugenaussagen.

Doch der Alte konnte sich nicht auf Notwehr berufen, denn zwischen Karlsson auf der einen Seite und den drei Opfern auf der anderen stand ein Koffer mit einem Inhalt, der dem Staatsanwalt vorläufig noch unbekannt war. Wie es aussah, war es von Anfang an um diesen Koffer gegangen, also hatte der Alte eine Alternative zur Ermordung der genannten Personen gehabt – er hätte den Koffer gar nicht erst stehlen dürfen oder ihn zumindest zurückgeben müssen, wenn er ihn denn doch gestohlen hatte.

Des Weiteren konnte der Staatsanwalt mehrere *geografische Verbindungen* zwischen Herrn Karlsson – dem Tattergreis – und den Opfern herstellen. Das erste Opfer war *genau wie Herr Karlsson* an der Haltestelle Byringe Bahnhof ausgestiegen, vielleicht sogar gleichzeitig. *Genau wie Herr Karlsson* war Opfer Nummer eins auf der Draisine gefahren, und zwar nachweislich gleichzeitig. Und *im Unterschied zu Herrn Karlsson* und seinem Komplizen war Opfer Nummer eins nach der Draisinenfahrt nicht mehr aufgetaucht. Hingegen hatte »jemand« Spuren hinterlassen, als er die Leiche über den Boden schleifte. Wer dieser Jemand war, lag auf der Hand: Sowohl der Alte als auch der Gelegenheitsdieb Jonsson waren am selben Tag nachweislich noch am Leben gewesen.

Die geografische Verbindung zwischen Karlsson und Opfer Nummer zwei war nicht so tragfähig. So waren sie zum Beispiel nie zusammen gesehen worden. Doch ein silberner Mercedes einerseits und ein zurückgelassener Revolver andererseits verrieten dem Staatsanwalt Ranelid – und sicher auch bald dem Gericht –, dass sich Herr Karlsson und das Opfer Hultén, genannt »Humpen«, beide auf Sjötorp in Småland aufgehalten hatten. Hulténs Fingerabdrücke auf dem Revolver waren zwar noch nicht bestätigt, aber das war nach Erachten des Staatsanwalts nur noch eine Frage der Zeit.

Das Auftauchen dieser Waffe war ein Geschenk des Himmels gewesen. Abgesehen davon, dass sie Humpen Hultén mit Sjötorp in Verbindung brachte, untermauerte sie auch das *Motiv*, Opfer Nummer zwei zu töten.

Was Karlssons Beteiligung an den Verbrechen anging, konnte man ja auch noch auf die großartige Erfindung des DNA-Tests zurückgreifen. DNA hatte der Alte im Mercedes sowie in dem Häuschen in Småland reichlich hinterlassen. Und schon war man bei der Formel: Humpen + Karlsson = Sjötorp!

Per DNA-Test musste natürlich auch der Beweis erbracht werden, dass das Blut in dem zu Schrott gefahrenen BMW zu Nummer drei gehörte, Per-Gunnar Gerdin, auch »Chef« genannt. Eine gründliche Untersuchung des havarierten Autos stand unmittelbar bevor, und dann würde sich sicherlich herausstellen, dass Karlsson und seine Komplizen ebenfalls darin zugange gewesen waren. Wie hätten sie die Leiche sonst dort herausholen sollen?

Somit hatte der Staatsanwalt das Motiv sowie die zeitliche und räumliche Verbindung zwischen Allan Karlsson einerseits und den drei Ganoven andererseits.

Der Kommissar gestattete sich die Frage, wie der Staatsanwalt so sicher sein konnte, dass alle drei Opfer tatsächlich Opfer waren, sprich: tot? Staatsanwalt Ranelid schnaubte und meinte, im Falle von Nummer eins und Nummer drei sei ja wohl kaum noch eine Erklärung nötig. Was Nummer zwei anging, hatte Ranelid vor, sich auf das Gericht zu verlassen — denn wenn es erst einmal akzeptiert hatte, dass Nummer eins und drei von hinnen gegangen waren, wurde Nummer zwei automatisch ein Glied in der berühmten Indizienkette.

»Oder meinen Sie vielleicht, dass Nummer zwei der Person, die gerade seinen Freund getötet hatte, aus freien Stücken den Revolver überlassen hat, um sich dann freundlich zu verabschieden und wegzufahren, ohne auf seinen Chef zu warten, der wenige Stunden später dort eintraf?«, fragte Staatsanwalt Ranelid ironisch.

»Nee, das glaub ich nun auch nicht«, ruderte der Kommissar zurück.

Der Staatsanwalt räumte zwar ein, dass er mit seiner Anklage auf dünnem Eis stand, aber es gab ja wie gesagt eine *Kette von Ereignissen,* die seine Theorie stützte. Er hatte zwar weder Leichen noch Mordwaffe (abgesehen von dem gelben Bus). Doch er musste Karlsson nur im Fall von Opfer Nummer eins überführen. Die Beweise zu Nummer drei und – vor allem – Nummer zwei reichten an und für sich zwar nicht, stützten aber unabweisbar die Verurteilung für Nummer eins. Wie gesagt, vielleicht nicht unbedingt für Mord, aber ...

»Aber ich werde den alten Knacker mindestens für Totschlag oder Beihilfe einsperren lassen. Und wenn ich es schaffe, dass der Alte verurteilt wird, dann müssen die anderen auch mit dran glauben – in verschiedenem Maße, aber dran glauben müssen sie auf jeden Fall!«

Selbstverständlich konnte der Staatsanwalt nicht mehrere Personen auf der Basis seiner These verhaften, dass sie sich bei ihren Aussagen schon ausreichend widersprechen würden und man sie dann tatsächlich allesamt in Untersuchungshaft nehmen konnte. Doch es spielte ihm definitiv in die Hände, dass sie samt und sonders solche Amateure waren. Ein Hundertjähriger, ein Gelegenheitsdieb, ein Imbissbudenbesitzer und eine Alte. Wie um alles in der Welt sollten die ihm im Vernehmungsraum irgendetwas entgegensetzen?

»Fahren Sie jetzt mal schön nach Växjö, Aronsson, und nehmen Sie sich ein vernünftiges Hotel. Ich werde heute Abend die Nachricht durchsickern lassen, dass der Hundertjährige höchstwahrscheinlich eine Killermaschine ist, und morgen haben Sie so viele Hinweise zu seinem momentanen Aufenthaltsort, dass Sie ihn noch vor Mittag einsammeln können, verlassen Sie sich drauf.«

15. KAPITEL

Montag, 9. Mai 2005

»Hier hast du drei Millionen Kronen, Bruderherz. Bei der Gelegenheit möchte ich mich auch gleich noch mal dafür entschuldigen, wie ich mich in der Erbsache von Onkel Frasse verhalten habe.«

Benny kam sofort zum Thema, als er Bosse zum ersten Mal nach dreißig Jahren wiedersah. Er überreichte ihm die Tüte mit dem Geld, noch bevor sich die beiden die Hand gegeben hatten. Und während sein Bruder immer noch nach Luft schnappte, fuhr er mit ernster Stimme fort:

»Zwei Dinge musst du wissen: Erstens brauchen wir wirklich deine Hilfe, denn wir haben ganz schön was angestellt. Zweitens ist das Geld, das ich dir gerade gegeben habe, deins, und du hast es verdient. Wenn du uns wegschicken willst, dann darfst du das tun, das Geld bleibt auf jeden Fall deins.«

Die Brüder standen im Schein des einzigen noch funktionstüchtigen Scheinwerfers des gelben Busses, direkt vor dem Eingang zu Bosses kleinem Anwesen Klockaregård in der Ebene von Västergötland, knapp zehn Kilometer südwestlich von Falköping. Bosse sammelte seine Gedanken, so gut es ging, und meinte dann, er habe da ein paar Fragen, und ob er die wohl stellen dürfe. Anhand ihrer Antworten versprach er zu entscheiden, wie er es mit seiner Gastfreundschaft halten würde. Benny nickte und versicherte, er würde seinem großen Bruder all seine Fragen wahrheitsgemäß beantworten.

»Dann fangen wir mal an«, sagte Bosse. »Ist das Geld, das du mir gerade gegeben hast, sauber?«

»Nicht im Geringsten«, erwiderte Benny.

»Ist die Polizei hinter euch her?«

»Vermutlich sowohl die Polizei als auch die Diebe«, erwiderte Benny. »Aber vor allem die Diebe.«

»Was ist mit dem Bus hier passiert? Der ist ja total beschädigt.«

»Mit dem haben wir in voller Fahrt einen Dieb gerammt.«

»Ist er gestorben?«

»Nein, leider nicht. Der liegt im Bus mit einer Gehirnerschütterung, gebrochenen Rippen, gebrochenem rechtem Arm und einer beträchtlichen offenen Wunde am rechten Oberschenkel. Sein Zustand ist zwar ernst, aber stabil, wie man immer so schön sagt.«

»Ihr habt ihn mitgebracht?«

»Ja, sieht leider ganz so aus.«

»Was muss ich sonst noch wissen?«

»Tja, vielleicht, dass wir unterwegs noch ein paar andere Diebe umgelegt haben, die Komplizen von dem Halbtoten im Bus. Die wollten alle unbedingt die fünfzig Millionen zurückhaben, die uns in die Hände gefallen sind.«

»Fünfzig Millionen?«

»Fünfzig Millionen. Abzüglich diverser Unkosten. Unter anderem für den Bus hier.«

»Warum fahrt ihr denn überhaupt in einem Bus rum?«

»Wir haben da hinten noch einen Elefanten drin.«

»Einen Elefanten?«

»Sonja heißt sie.«

»Einen Elefanten?«

»Einen asiatischen.«

»Einen Elefanten?«

»Einen Elefanten.«

Bosse schwieg einen Moment. Dann sagte er:

»Ist der Elefant auch gestohlen?«

»Nja nee, das kann man so nicht sagen.«

Bosse schwieg abermals. Dann sagte er:

»Zum Abendbrot gibt's Grillhähnchen mit Backkartoffeln. Ist das recht?«

»Aber natürlich«, erwiderte Benny.

»*Gibt's auch was zu trinken dazu?*«, tönte eine Greisenstimme aus dem Bus.

* * * *

Nachdem sich herausgestellt hatte, dass die Leiche in ihrem Autowrack doch noch lebte, befahl Benny Julius, sofort den Verbandskasten zu holen, der hinter dem Fahrersitz im Bus lag. Benny meinte, er wisse durchaus, dass er der Gruppe dadurch neue Schwierigkeiten verursache, aber in seiner Eigenschaft als Beinahe-Arzt habe er auch seine Beinahe-ärztliche-Ethik zu berücksichtigen. Daher sei es ausgeschlossen, den Toten hier einfach verbluten zu lassen.

Zehn Minuten später ging die Reise weiter Richtung Västergötland-Ebene. Der Halbtote war aus seinem Wrack gefriemelt worden, Benny hatte ihn untersucht, die Diagnose gestellt und mit Hilfe des Verbandskastens die entsprechenden Maßnahmen ergriffen. In erster Linie hatte er dafür gesorgt, dass die starke Blutung aus dem Oberschenkel des Halbtoten zum Stillstand kam, und dann den gebrochenen rechten Unterarm stabilisiert.

Allan und Julius mussten nach hinten zu Sonja, damit der Halbtote sich in der Fahrerkabine des Busses hinlegen konnte. Die Schöne Frau setzte sich als Krankenschwester neben ihn, nachdem Benny sich vergewissert hatte, dass Puls und Blutdruck in Ordnung waren. Mit einem wohldosierten Morphinpräparat ermöglichte Benny es dem Halbtoten, trotz seiner Schmerzen einzuschlafen.

Sowie feststand, dass die Freunde in Bosses Heim wirklich willkommen waren, untersuchte Benny den Patienten noch einmal. Der Halbtote schlief immer noch tief und fest seinen Morphinschlaf, und Benny entschied, dass sie ihn vorerst liegen lassen sollten, wo er war.

Dann schloss er sich den anderen in Bosses geräumiger Küche an. Während ihr Gastgeber mit der Zubereitung des Essens beschäftigt war, berichteten ihm die Freunde von den dramatischen Ge schehnissen der letzten Tage. Allan begann, dann übernahm Julius, dann Benny – mit dem einen oder anderen Einwurf von der Schönen Frau – und dann wieder Benny, als es darum ging, wie man den BMW von Bösewicht Nummer drei gerammt hatte.

Obwohl Bosse sich gerade in allen Einzelheiten angehört hatte, wie zwei Menschen ihr Leben gelassen hatten und die Angelegenheit gegen jedes schwedische Gesetz vertuscht worden war, hakte er nur an einer Stelle nach:

»Ich will nur sichergehen, dass ich das richtig verstanden habe… Ihr habt also wirklich einen *Elefanten* in dem Bus da draußen?«

»Ja, aber morgen früh kommt sie raus«, antwortete die Schöne Frau.

Ansonsten fand Bosse, dass es da nicht viel nachzuhaken gab. Die Gesetze sagen oft das eine, während die Moral einem etwas ganz anderes sagt, meinte er. Er fand, da müsse er sich bloß sein eigenes kleines Unternehmen ansehen, um Beispiele dafür zu finden, wie man die juristische Seite getrost mal ignorieren könne.

»Ungefähr so, wie du unser Erbe gehandhabt hast, nur umgekehrt«, meinte Bosse zu seinem Bruder.

»Aha? Und wer hat noch mal mein neues Motorrad zertrümmert?«, konterte Benny.

»Aber bloß, weil du den Schweißerkurs abgebrochen hast«, sagte Bosse.

»Das hab ich bloß gemacht, weil du mich die ganze Zeit gepiesackt hast«, gab Benny zurück.

Es sah ganz so aus, als hätte Bosse eine Antwort auf Bennys Antwort, worauf Benny auch wieder eine Antwort auf Bosses Antwort gehabt hätte, doch da unterbrach Allan das Gekabbel der Brüder mit der Bemerkung, er sei weit in der Welt herumgekommen, und eines habe er dabei gelernt, nämlich dass die größten und unmöglichsten aller Konflikte immer auf derselben Grundlage beruhten: »Du bist doof, nein, *du* bist doof, nein, *DU* bist doof!« Die Lösung lag oft darin, dass man zusammen eine Flasche Schnaps leerte und nach vorn blickte. Doch leider sei Benny ja Abstinenzler. Allan würde sich ja gern bereit erklären, Bennys Part zu übernehmen, doch das sei wahrscheinlich nicht ganz dasselbe.

»Eine Flasche Schnaps würde also den Konflikt zwischen Israel und Palästina lösen?«, fragte Bosse. »Der geht doch zurück bis in biblische Zeiten.«

»Es könnte gut sein, dass man für diesen Konflikt mehr als eine Flasche veranschlagen müsste«, erwiderte Allan. »Aber das Prinzip bleibt dasselbe.«

»Könnte das nicht auch funktionieren, wenn ich was anderes trinke?«, schlug Benny vor. Mit seiner strengen Abstinenzlereinstellung fühlte er sich gerade wie ein Störfaktor des Weltfriedens.

Allan indes war zufrieden mit der Entwicklung der Dinge, denn die Brüder hatten ja tatsächlich aufgehört zu streiten. Das teilte er ihnen auch mit, und er fügte hinzu, der betreffende Schnaps könne nun gern auch zu anderen Zwecken eingesetzt werden als zur Konfliktlösung.

Der Schnaps konnte warten, fand Bosse, denn jetzt war erst mal das Essen fertig. Frisches Grillhähnchen und Ofenkartoffeln, dazu ein Pils für die Erwachsenen und Saft für seinen kleinen Bruder.

Während man sich in der Küche zu Tisch setzte, erwachte Per-Gunnar »Chef« Gerdin aus seinem Dämmer. Er hatte Kopfschmerzen, jeder Atemzug schmerzte, sein einer Arm war offensichtlich gebrochen, denn er steckte in einer Schlinge, und als er sich aus der Fahrerkabine des Busses herabhangelte, begann er aus einer Wunde am rechten Oberschenkel zu bluten. Seltsamerweise hatte er vorher im Handschuhfach seinen Revolver gefunden. Unglaublich, aber es sah ganz so aus, als wären auf dieser Welt alle Menschen außer ihm heillos beschränkt.

Das Morphin wirkte immer noch, daher waren seine Schmerzen erträglich, aber er tat sich andererseits auch schwer, seine Gedanken zusammenzuhalten. Auf jeden Fall hinkte er einmal rund um Klockaregård und spähte durch einige Fenster, bis er sicher war, dass sämtliche Bewohner – dazu gehörte auch ein Schäferhund – in der

Küche versammelt waren. Die Küchentür, die in den Garten führte, war überdies unverschlossen. Durch die humpelte der Chef nun also hinein, mit finsterer Entschlossenheit und der Waffe in der Linken, und verkündete:

»Sperrt sofort den Hund in die Speisekammer, sonst erschieß ich den. Und dann hab ich noch fünf Patronen im Magazin, für jeden von euch eine.«

Der Chef staunte selbst, wie beherrscht er trotz seines Zorns auftrat. Die Schöne Frau sah eher unglücklich als verängstigt aus, als sie Buster in die Vorratskammer führte und die Tür zumachte. Buster war ebenso verdutzt wie beunruhigt, aber dann war er's zufrieden, denn man hatte ihn gerade in eine Speisekammer gesperrt – es gab Hunde, die hatten es schlechter.

Die fünf Freunde stellten sich in einer Reihe auf. Der Chef teilte ihnen mit, dass der Koffer dort in der Ecke ihm gehöre und dass er vorhabe, ihn mitzunehmen, wenn er ging. Eventuell seien dann noch eine oder mehrere der anwesenden Personen am Leben, je nachdem, welche Antworten sie dem Chef auf seine Fragen gäben und wie viel vom Inhalt des Koffers schon verschwunden sei.

Allan war der Erste der fünf Freunde, der etwas sagte. Er meinte, aus diesem Koffer fehlten zwar mehrere Millionen, aber der Herr Revolvermann könnte vielleicht trotzdem friedlich bleiben, denn aufgrund widriger Umstände seien zwei der Kollegen des Revolvermanns ums Leben gekommen, sodass der Herr Revolvermann den Inhalt des Koffers nicht mehr mit so vielen teilen müsse.

»Sind Bolzen und Humpen etwa tot?«, fragte der Chef.

»Piranha?!«, platzte Bosse plötzlich heraus. »Das bist doch *du!* Mann, Piranha, dich hab ich ja ewig und drei Tage nicht gesehen!«

»Der Böse Bosse?!«, rief Per-Gunnar »Piranha« Gerdin.

Woraufhin sich der Böse Bosse und Piranha Gerdin mitten in der Küche in die Arme fielen.

»Irgendwie bin ich sicher, dass ich auch das hier wieder überleben werde«, meinte Allan.

* * * *

Buster wurde aus der Vorratskammer geholt, Benny verband dem Piranha Gerdin die blutende Wunde neu, und der Böse Bosse legte noch ein Gedeck auf.

»Gabel reicht«, sagte der Piranha, »den rechten Arm kann ich ja sowieso nicht benutzen.«

»Sonst konntest du ja recht flink mit dem Messer umgehen, wenn's drauf ankam«, sagte der Böse Bosse.

Der Piranha und der Böse Bosse waren früher sehr gute Freunde gewesen, und obendrein Kompagnons in der Lebensmittelbranche. Doch der Piranha war der Ungeduldigere und wollte die Dinge immer ein Stück weiter treiben. Schließlich hatten sich ihre Wege getrennt, als nämlich der Piranha darauf bestand, schwedische Köttbullar von den Philippinen zu importieren, die mit Formalin behandelt waren, um ihre Haltbarkeit von drei Tagen auf drei Monate auszudehnen (oder auch drei Jahre, je nachdem, wie großzügig man das Formalin handhabte). Da hatte der Böse Bosse Halt gerufen. Wenn die Lebensmittel nun mit Substanzen behandelt werden sollten, an denen die Leute sterben konnten, dann wollte er nicht mehr mitmachen. Der Piranha fand, dass Bosse übertrieb. So ein bisschen Chemie im Essen, daran war noch keiner gestorben, meinte er, und gerade mit Formalin müsste man doch eher den entgegengesetzten Effekt erzielen.

Die Freunde trennten sich im Guten. Bosse verließ die Gegend und zog nach Västergötland, während der Piranha eher versuchsweise eine Importfirma überfiel – das aber gleich mit derartigem Erfolg, dass er seine Köttbullarpläne ad acta legte und stattdessen Vollzeit-räuber wurde.

Zu Anfang hatten Bosse und der Piranha sich noch ein paarmal im Jahr gesprochen, aber mit der Zeit verlief der Kontakt im Sande, und zum Schluss hörten sie gar nichts mehr voneinander – bis der Piranha eines Abends unerwartet und leicht schwankend in dieser Küche stand und sich genauso bedrohlich aufführte, wie Bosse ihn in Erinnerung hatte.

Doch der Zorn des Piranhas verrauchte in dem Moment, in dem er seinen Kompagnon und Kumpel aus Jugendzeiten wiederfand. Und jetzt setzte er sich zum Bösen Bosse und seinen Freunden an den Tisch. Dass sie Bolzen und Humpen umgebracht hatten, ließ sich nun nicht mehr ändern. Darum und um die Frage mit dem Koffer konnten sie sich aber morgen noch kümmern. Jetzt wollten sie erst mal ihr Abendessen genießen und dazu ein gepflegtes Pils trinken.

»Prost!«, sagte Per-Gunnar »Piranha« Gerdin. Dann wurde er ohnmächtig und fiel mit dem Gesicht in seinen Teller.

Nachdem man dem Piranha das Gesicht abgeputzt hatte, wurde er in ein Gästebett verfrachtet und schön zugedeckt. Benny kontrollierte noch einmal seinen Gesundheitszustand und verabreichte seinem Patienten noch eine Dosis von dem Morphinpräparat, damit er bis zum nächsten Tag durchschlafen konnte.

Dann war es endlich Zeit für Benny und die anderen, ihr Hühnchen mit Kartoffeln zu genießen. Und wie sie das genossen!

»Dieses Hähnchen schmeckt wirklich wahnsinnig lecker!«, lobte Julius, und die anderen stimmten ihm zu, dass sie noch nie so etwas Saftiges gegessen hatten. Was war Bosses Geheimnis?

Er erzählte ihnen, dass er frische Hühner aus Polen importierte (»kein Schrott, richtig gute Qualität«) und ihnen jeweils bis zu einen Liter seiner ganz speziellen Kräuterwassermischung injizierte. Dann verpackte er sie neu, und nachdem er dem Produkt in der Västergötland-Ebene so viel hinzugefügt hatte, hielt er es für berechtigt, seine Hähnchen auch als »schwedisch« zu etikettieren.

»Sie sind doppelt so lecker dank meiner Kräutermischung, doppelt so schwer dank des Wassers und doppelt so gefragt dank ihrer Herkunftsangabe«, fasste Bosse zusammen.

Plötzlich machte er damit ein richtig gutes Geschäft, obwohl er eigentlich nur Einzelhändler war. Und die Leute *liebten* seine Hähnchen. Doch sicherheitshalber verkaufte er nicht an die Großhändler der unmittelbaren Umgebung, denn da war die Gefahr zu groß, dass mal einer hereinschneite und feststellte, dass auf Bosses Hof kein einziges Huhn seine Körner pickte.

Das habe er auch mit der Grenze zwischen Gesetz und Moral gemeint, erklärte Bosse. Die Polacken mästeten und schlachteten ihre Hühner doch auch nicht schlechter als die Schweden, oder? Die Qualität habe doch nichts mit den Landesgrenzen zu tun?

»Die Leute sind bescheuert«, stellte Bosse fest. »In Frankreich ist das französische Fleisch das beste, in Deutschland das deutsche. In Schweden ist es genauso. Also unterschlage ich den Leuten gewisse Informationen, zu ihrem eigenen Besten.«

»Das ist wirklich nobel von dir«, meinte Allan ohne jede Ironie.

Bosse erzählte weiter, dass er ganz ähnlich mit den Wassermelonen verfuhr, die er ebenfalls importierte, jedoch nicht aus Polen, sondern aus Spanien oder Marokko. Er wies sie allerdings meistens als spanisch aus, denn es würde ja doch keiner glauben, dass sie aus Skövde in Västergötland kamen. Doch bevor er sie weiterverkaufte, injizierte er jeder Melone einen Liter Zuckerlösung.

»Dann sind sie doppelt so schwer – gut für mich! – und dreimal so lecker – gut für den Konsumenten!«

»Auch das ist nobel von dir«, bemerkte Allan. Immer noch ohne jede Ironie.

Die Schöne Frau war zwar der Ansicht, dass der eine oder andere Konsument aus medizinischen Gründen absolut keinen Liter Zuckerlösung zu sich nehmen sollte, aber das behielt sie für sich. Denn sie fand nicht, dass sie oder einer der anderen in dieser Runde das Recht hatte, in Moralfragen mitzureden. Außerdem schmeckten die Wassermelonen tatsächlich genauso göttlich wie vorher das Grillhähnchen.

* * * *

Kommissar Göran Aronsson saß im Restaurant des Royal-Corner-Hotels in Växjö und aß *Chicken Cordon Bleu*. Das Hähnchen, das nicht aus Västergötland stammte, war trocken und fad. Doch Aronsson spülte es mit einer guten Flasche Wein herunter.

Inzwischen hatte der Staatsanwalt bestimmt schon irgendeinem Journalisten etwas zugeflüstert, und morgen würden die Reporter ihnen wieder die Bude einrennen. Staatsanwalt Ranelid hatte selbstverständlich recht, wenn er sagte, dass die Hinweise zum Verbleib des gelben Busses mit dem zerbeulten Kühler nur so hereinfluten würden. Während Aronsson darauf wartete, konnte er genauso gut bleiben, wo er war. Er hatte ja sonst nichts: keine Familie, keine engen Freunde, nicht mal ein vernünftiges Hobby. Wenn diese seltsame Jagd hier erst mal überstanden war, musste er sein Leben dringend mal einer Rundum-Generalüberholung unterziehen.

Kommissar Aronsson beschloss den Abend mit einem Gin Tonic. Während er vor seinem Glas saß, bemitleidete er sich selbst und malte sich aus, wie es wäre, die Dienstwaffe zu ziehen und den Barpianisten zu erschießen. Wenn er stattdessen nüchtern geblieben wäre und über die eine oder andere Information gründlich nachgedacht hätte, hätte die ganze Geschichte sicher auch eine andere Wendung nehmen können.

* * * *

In der Redaktion des *Expressen* gab es am selben Abend noch eine kurze Auseinandersetzung, bevor man sich auf die Schlagzeile für den nächsten Tag einigte. Schließlich entschied der Nachrichtenchef, *ein* Toter könne Mord, *zwei* Tote Doppelmord, aber *drei* Tote noch lange nicht Massenmord sein, wie es manche am Besprechungstisch gern interpretiert hätten. Trotzdem machte die Schlagzeile dann ziemlich was her:

Verschwundener
HUNDERT-
JÄHRIGER
unter Verdacht:
DREIFACH-
MORD?

* * * *

Auf Klockaregård war es spät geworden, und die Stimmung war prächtig. Eine vergnügte Anekdote gab die andere. Bosse erzielte einen Lacherfolg, als er die Bibel hervorholte und verkündete, jetzt wolle er ihnen erzählen, wie es dazu gekommen war, dass er einmal unfreiwillig das ganze Buch von der ersten bis zur letzten Seite gelesen hatte. Allan fragte, welcher teuflischen Folter man Bosse da wohl ausgesetzt habe, doch er lag falsch. Bosse war von niemandem gezwungen worden, vielmehr hatte ihn seine eigene Neugier getrieben.

»So neugierig werde ich bestimmt nie sein«, meinte Allan.

Julius fragte, ob Allan wohl mal aufhören wolle, Bosse ständig zu unterbrechen, damit sie die Geschichte irgendwann auch zu hören kriegten. Allan meinte, das lasse sich einrichten. Bosse fuhr fort:

Vor ein paar Monaten bekam er einen Anruf von einem Bekannten in der Müllverwertungsanlage bei Skövde. Sie hatten sich auf der Trabrennbahn Axevalla kennengelernt, wo sie regelmäßig ihre Träume begraben mussten, wenn sie ihre V75-Kombinationswetten abgaben. Sein Bekannter hatte erfahren, dass Bosses Gewissen leidlich manövrierfähig war und dass er sich immer für neue Methoden interessierte, sein Einkommen aufzubessern.

Nun war bei diesem Bekannten gerade eine Palette mit fünfhundert Kilo Büchern eingetroffen, die verbrannt werden sollten, da sie nicht als Literatur, sondern als Brennmaterial klassifiziert worden waren. Bosses Bekannter wurde neugierig, um was für ausrangierte Literatur es sich da handelte. Also riss er die Verpackungsfolie auf und – stellte fest, dass er eine Bibel in der Hand hatte. (Seine Hoffnungen waren ja in eine ganz andere Richtung gegangen.)

»Aber das war nicht einfach irgend so eine Scheißbibel«, fuhr Bosse fort und ließ ein Exemplar zur Begutachtung herumgehen. »Hier ist die Rede von einer *Slimline-Bibel* mit echtem Ledereinband, Goldschnitt und allem Pipapo ... Und schaut mal hier: Personenverzeichnis, Kartenmaterial in Vierfarbdruck, Register ...«

»Das ist ja *verteufelt* luxuriös«, rief die Schöne Frau beeindruckt.

»Vielleicht nicht unbedingt ›verteufelt‹«, korrigierte Bosse, »aber ich versteh schon, was du meinst.«

Der Bekannte war genauso beeindruckt wie die Freunde, und statt die ganze Pracht zu verbrennen, rief er Bosse an und erbot sich, die Ware herauszuschmuggeln gegen ein Trinkgeld von ... sagen wir mal tausend Kronen für die Mühe.

Bosse schlug sofort zu und hatte noch am selben Nachmittag fünfhundert Kilo Bibeln im Stall stehen. Und er konnte beim besten Willen keinen Fehler an den Büchern finden, es machte ihn schier wahnsinnig. Also setzte er sich eines Abends an den Kamin im Wohnzimmer und begann zu lesen, von »Am Anfang schuf Gott Himmel und Erde ...« an immer so weiter. Zur Sicherheit legte er seine eigene Konfirmationsbibel zum Abgleichen daneben. Das *musste* doch ein Fehldruck sein, warum sonst sollte man etwas so Schönes und ... Heiliges wegwerfen?

Bosse las und las, einen Abend nach dem andern, das Alte Testament ging über ins Neue, und Bosse las weiter, verglich den Text mit seiner Konfirmationsbibel – und konnte immer noch keinen Fehler finden.

Eines Abends war er dann beim letzten Kapitel angelangt. Der letzten Seite, dem letzten Vers.

Und da war es! Da war der unverzeihliche und unbegreifliche Druckfehler, der den Eigentümer der Bücher die Verbrennung beschließen ließ.

Nun gab Bosse jedem am Tisch ein Exemplar, und alle mussten selbst die letzte Seite aufblättern, um einer nach dem anderen in schallendes Gelächter auszubrechen.

Bosse gab sich damit zufrieden, dass dieser Druckfehler eben dort war, er machte sich nicht die Mühe herauszufinden, wie er dort hingeraten war. Seine Neugier war befriedigt. Obendrein hatte er seit der Schulzeit zum ersten Mal ein ganzes Buch gelesen und war dabei sogar noch ein kleines bisschen religiös geworden. Nicht in dem Maße, dass Bosse Gottes Ansichten zu seinen geschäftlichen Unternehmungen berücksichtigt hätte, auch nicht so sehr, dass der Herr bei der Abfassung von Bosses Steuererklärung zugegen gewesen wäre – aber ansonsten hatte Bosse sein Leben in die Hände des Vaters, des

Sohnes und des Heiligen Geistes gelegt. Denn von denen dürfte doch wohl keiner Einwände haben, wenn sich Bosse am Wochenende auf die Marktplätze von Südschweden stellte und Bibeln mit einem kleinen Druckfehler verkaufte? (»Nur 99 Kronen das Stück! Du lieber Gott, was für ein Schnäppchen!«)

Doch wenn Bosse sich die Mühe gemacht hätte, wenn er wider jede Erwartung Klarheit in die Sache gebracht hätte, dann hätte er zu allem anderen seinen Freunden auch noch Folgendes erzählen können:

Ein Schriftsetzer am Stadtrand von Rotterdam durchlitt gerade eine persönliche Krise. Er war vor ein paar Jahren von den Zeugen Jehovas angeworben worden, doch dann warfen sie ihn wieder hinaus, als er entdeckte – und überdies etwas zu laut aussprach –, dass die Versammlung die Wiederkunft Christi für nicht weniger als vierzehn Gelegenheiten zwischen 1799 und 1980 prophezeit – und sage und schreibe vierzehnmal danebengelegen hatte.

Daraufhin wandte sich der Setzer der Pfingstbewegung zu, denn die Lehre von den letzten Dingen sagte ihm zu, er begrüßte den Gedanken, dass Gott das Böse endgültig besiegen, dass Jesus wiederkehren (ein Ereignis, für das die Pfingstkirche aber kein konkretes Datum angab) und dass die meisten Menschen, unter denen der Setzer aufgewachsen war, einschließlich seines Vaters, dereinst in der Hölle schmoren würden.

Doch dann wurde der Mann auch von seiner neuen Gemeinde wieder vor die Tür gesetzt. Der Hintergrund war der, dass die Kollekte eines gesamten Monats auf Abwege geraten war, während sie sich in der Obhut des Setzers befand. Der Mann leugnete hartnäckig, etwas mit dem Verschwinden des Geldes zu tun zu haben. Außerdem gehe es im Christentum doch um Vergebung, oder nicht? Habe er denn eine andere Wahl gehabt, als sein Auto kaputtging und er ein neues brauchte, um seinen Job behalten zu können?

Zutiefst verbittert machte sich der Schriftsetzer an seiner Arbeitsstelle an den nächsten Auftrag. Welche Ironie des Schicksals, dass es zufällig zweitausend Bibeln waren, die an diesem Tag gedruckt werden sollten! Außerdem handelte es sich um eine Bestellung aus Schweden, und soweit der Setzer informiert war, lebte dort sein Vater, der die Familie verlassen hatte, als sein Sohn sechs Jahre alt war.

Mit Tränen in den Augen gab der Setzer ein Kapitel nach dem anderen in das spezielle Programm ein. Als er beim letzten Kapitel war – die Offenbarung des Johannes –, platzte ihm der Kragen. Wie sollte Jesus *jemals* wieder auf die Erde zurückkehren? Die war doch völlig in der Hand des Bösen! Das Böse hatte ein für alle Mal über das Gute gesiegt, was sollte das also alles? Und die Bibel … war doch der reinste Witz!

So kam es, dass der Schriftsetzer mit dem ruinierten Nervenkostüm dem allerletzten Vers des allerletzten Kapitels der schwedischen Bibel noch etwas hinzufügte, bevor das Ganze in Druck ging. Er erinnerte sich nicht mehr so gut an die Muttersprache seines Vaters, aber ihm fiel noch ein Kinderreim ein, der seines Erachtens bestens hier hinpasste. Im Druck sahen die letzten beiden Bibelverse mit dem Extravers des Setzers folgendermaßen aus:

20 Es spricht, der solches bezeugt: Ja, ich komme bald. Amen, ja komm, Herr Jesus.

21 Die Gnade des Herrn Jesus sei mit allen!

22 Damit ist die Geschichte aus, und alle Leute gehn nach Haus.

Aus einem späten Abend wurde Nacht auf Klockaregård. Schnaps und Bruderliebe flossen in Strömen, und so wäre es sicher noch eine ganze Weile weitergegangen, wenn der Abstinenzler Benny nicht irgendwann gemerkt hätte, wie spät es schon war. Da setzte er den Festlichkeiten ein Ende und verkündete, es sei höchste Zeit, dass sie alle schlafen gingen. Am nächsten Tag gebe es schließlich eine Menge zu organisieren, und dann sollten sie doch gut ausgeruht sein.

»Wenn ich neugierig wäre, dann würde ich mich wohl fragen, mit was für einer Laune der Kerl aufwachen wird, der uns vorhin ohnmächtig geworden ist«, sagte Allan.

16. KAPITEL

1948–1953

Der Mann, der sich neben ihn auf die Parkbank gesetzt hatte, hatte gerade »Good afternoon, Mr. Karlsson« gesagt, woraus der Angesprochene ein paar Schlüsse zog. Erstens war der Mann offensichtlich kein Schwede, sonst hätte er es wohl zuerst mit Schwedisch probiert. Zweitens wusste er, wer Allan war, denn er hatte ihn ja mit Namen angesprochen.

Nach der gepflegten Erscheinung zu urteilen – grauer Hut mit schwarzem Hutband, grauer Mantel und schwarze Schuhe –, mochte der Mann vielleicht ein Geschäftsmann sein. Er sah nett aus und hatte sicher ein Anliegen. Also erwiderte Allan auf Englisch:

»Steht in meinem Leben wohl wieder eine neue Wendung bevor?«

Der Mann antwortete, das könne er noch nicht sagen, fügte aber freundlich hinzu, es komme ganz auf Herrn Karlsson selbst an. Sein Auftraggeber wünsche jedenfalls, Herrn Karlsson zu treffen, um ihm eine Stelle anzubieten.

Allan meinte, es gehe ihm derzeit zwar ziemlich gut, aber er könne natürlich auch nicht den Rest seines Lebens auf einer Parkbank sitzen. Also erkundigte er sich, ob es wohl zu viel verlangt sei, wenn er nach dem Namen dieses Auftraggebers frage. Er meinte, es sei doch immer viel leichter, etwas anzunehmen oder abzulehnen, wenn man wusste, was man annahm oder ablehnte. Ob der andere nicht derselben Meinung sei?

Da musste ihm der nette Mann absolut zustimmen, doch der betreffende Auftraggeber sei ein wenig eigen und würde sich doch lieber selbst vorstellen.

»Ich bin jedoch bereit, Sie unverzüglich zum betreffenden Auftraggeber zu führen, wenn es Ihnen jetzt passt, Herr Karlsson.«

Das gehe in Ordnung, meinte Allan, woraufhin er erfuhr, dass sie zu diesem Zwecke aber eine kleine Reise unternehmen müssten. Wenn Herr Karlsson seine Wertsachen aus dem Hotelzimmer holen wolle, würde er gerne so lange im Foyer warten, versprach der Mann. Außerdem könnte er ihn auch gleich zum Hotel fahren, denn sein Auto nebst Chauffeur warte ganz in der Nähe.

Es handelte sich um ein todschickes Auto, ein roter Ford Coupé, natürlich das allerneueste Modell. Und ein Privatchauffeur! Schweigsamer Typ freilich. Der sah bei Weitem nicht so nett aus wie der nette Mann.

»Das mit dem Hotelzimmer können wir uns auch sparen«, sagte Allan. »Ich bin es gewöhnt, mit leichtem Gepäck zu reisen.«

»Abgemacht«, erwiderte der nette Mann und klopfte dem Fahrer auf die Schulter, um ihm das Signal zum Losfahren zu geben.

Die Fahrt ging nach Dalarö, eine gute Stunde südwärts auf gewundenen Straßen. Allan und der nette Mann unterhielten sich unterdessen über dies und das. Während der Mann ihm die unendliche Größe der *Oper* erläuterte, erzählte Allan, wie man den Himalaya überquert, ohne zu erfrieren.

Die Sonne war bereits untergegangen, als das rote Coupé in der kleinen Gemeinde ankam, die im Sommer so beliebt bei den Schärentouristen war – und im Winter dafür so dunkel und still, dass man sich nichts Dunkleres oder Stilleres hätte vorstellen können.

»Hier wohnt Ihr Auftraggeber also«, sagte Allan.

»Nicht wirklich«, erwiderte der nette Mann.

Der überhaupt nicht so nette Fahrer des netten Mannes verließ die beiden schweigend kurz nach Dalarö-Hafen. Vorher hatte der nette Mann sich noch einen Pelzmantel aus dem Kofferraum geschnappt und ihn Allan netterweise um die Schultern gelegt. Dabei entschuldigte er sich, weil sie jetzt leider einen kleinen Spaziergang durch die Winterkälte unternehmen müssten.

Allan gehörte nicht zu den Menschen, die mit zu hohen Erwartungen (oder zu geringen) an die Geschehnisse herangingen. Was passierte, passierte eben, es lohnte sich einfach nicht, sich schon im Voraus den Kopf darüber zu zerbrechen.

Trotzdem war Allan überrascht, als der nette Mann ihn aus der Ortsmitte von Dalarö weg und hinaus aufs Eis führte – in die absolute Dunkelheit des nächtlichen Schärengartens.

Der nette Mann und Allan marschierten dahin, und manchmal machte der nette Mann eine Taschenlampe an, mit der er in die schwarze Winternacht blinkte, um dann in ihrem Schein seinen Kompass zu kontrollieren, damit sie auch in die richtige Richtung liefen. Während des Ausflugs unterhielt er sich nicht mit Allan, sondern zählte mit lauter Stimme die Schritte – in einer Sprache, die Allan noch nie gehört hatte.

Nachdem sie fünfzehn Minuten zügig geradewegs ins Nichts gestiefelt waren, verkündete der nette Mann, sie seien am Ziel. Ringsum war es stockfinster, abgesehen von einem flackernden Licht auf einer entfernten Insel. Der nette Mann erläuterte, dass dieses Licht in südöstlicher Richtung von Kymmendö kam, einem Ort, der seines Wissens von historischer Bedeutung für die schwedische Literatur sei. Davon wusste Allan nichts, und die Sache wurde auch nicht weiter diskutiert, denn im nächsten Moment gab der Boden unter ihren Füßen nach.

Wahrscheinlich hatte sich der nette Mann verzählt. Oder der Kommandeur des U-Boots hatte nicht so akkurat gearbeitet, wie er sollte. Auf jeden Fall brach das siebenundneunzig Meter lange U-Boot viel zu nahe neben ihnen durchs Eis. Die beiden fielen hintenüber und wären um ein Haar ins eiskalte Wasser geplumpst. Doch es ging noch einmal gut, und wenig später half man Allan hinunter in die Wärme.

»Da sieht man mal wieder, wie sinnvoll es ist, morgens nicht lange herumzuraten, wie der Tag wohl enden wird«, kommentierte Allan. »Ich meine – wie lange hätte ich herumraten müssen, bis ich *das* hier erraten hätte?«

Nun fand der nette Mann, dass er der Heimlichtuerei ein Ende setzen könne. Er erzählte, er heiße Julij Borissowitsch Popow und arbeite für die Union der Sozialistischen Sowjetrepubliken. Er war weder Politiker noch Mitarbeiter des Militärs, sondern Physiker und war nach Stockholm geschickt worden, um Herrn Karlsson zu überreden, mit ihm nach Moskau zu fahren. Julij Borissowitsch war für diesen Auftrag auserwählt worden, weil man damit gerechnet hatte, auf einen gewissen Widerstand von Herrn Karlssons Seite zu stoßen. Man schätzte, dass Julij Borissowitschs Hintergrund als Physiker das Unternehmen begünstigte, weil Herr Karlsson und Julij Borissowitsch sozusagen dieselbe Sprache sprachen.

»Aber ich bin doch gar kein Physiker«, wandte Allan ein.

»Schon möglich, aber mein Auftraggeber sagt, dass Sie etwas können, was ich gerne können würde.«

»Aha. Was um alles in der Welt soll das denn sein?«

»*Die Bombe*, Herr Karlsson. *Die Bombe.*«

* * * *

Julij Borissowitsch und Allan Emmanuel waren sich auf Anhieb sympathisch. Dass jemand einfach so mit ihm mitkam, ohne zu wissen, wohin die Reise ging, zu wem und warum – das imponierte Borissowitsch über die Maßen und zeugte von einer Sorglosigkeit, die ihm völlig abging. Allan hingegen wusste es einfach zu schätzen, sich mal mit einem Menschen zu unterhalten, der ihm nicht seine politischen oder religiösen Überzeugungen aufschwatzen wollte.

Außerdem stellte sich schon bald heraus, dass sich sowohl Julij Borissowitsch als auch Allan Emmanuel unsäglich für Schnaps begeistern konnten, auch wenn Ersterer das Getränk »Wodka« nannte. Borissowitsch hatte tags zuvor die schwedische Variante kosten können, während er – um ehrlich zu sein – Allan Emmanuel im Speisesaal des Grand Hôtel im Auge behalten hatte. Erst fand Julij Borissowitsch den Klaren zu herb, da fehlte die russische Süße, aber nach ein paar Gläsern hatte er sich daran gewöhnt. Und noch zwei Gläser später kam ihm ein anerkennendes »Gar nicht so übel!« über die Lippen.

»Aber das hier ist natürlich besser«, meinte Julij Borissowitsch und schwenkte eine Literflasche Stolitschnaja, als sie zu zweit in der Offiziersmesse saßen. »Jetzt trinken wir jeder erst mal ein schönes Gläschen!«

»Sehr gut«, lobte Allan. »Seeluft macht immer so durstig.«

Schon nach dem ersten Glas hatte Allan durchgesetzt, dass sie sich anders anredeten. Denn Julij Borissowitsch jedes Mal, wenn er Julij Borissowitsch anreden wollte, mit Julij Borissowitsch anzureden, war auf die Dauer einfach zu viel. Und er wollte auch nicht Allan Emmanuel genannt werden, denn so hatte ihn keiner mehr genannt, seit ihn der Pfarrer in Yxhult getauft hatte.

»Ab jetzt bist du also Julij und ich bin Allan«, verkündete Allan. »Sonst steige ich sofort wieder aus diesem U-Boot.«

»Das lass mal schön bleiben, lieber Allan. Wir befinden uns nämlich gerade in zweihundert Metern Tiefe«, antwortete Julij. »Trink lieber noch ein Gläschen.«

Julij Borissowitsch Popow war lodernder Sozialist und wünschte sich nichts mehr, als für den Sowjetsozialismus arbeiten zu dürfen. Genosse Stalin konnte streng durchgreifen, wusste Julij zu berichten, aber wer dem System loyal und überzeugt diente, hatte nichts zu befürchten. Allan erwiderte, er habe nicht vor, irgendeinem System zu dienen, aber er könne Julij sicher den einen oder anderen Tipp geben, wenn er sich in der Atombombenproblematik festgefahren habe. Doch zuerst wollte er noch ein Glas von diesem Wodka, dessen Namen man nicht mal in nüchternem Zustand aussprechen konnte. Außerdem musste Julij ihm zusichern, den einmal eingeschlagenen Weg beizubehalten: kein Wort über Politik.

Julij bedankte sich aufrichtig für Allans Versprechen, ihm zu helfen, und gab ohne Umschweife zu, dass Marschall Berija, Julijs nächsthöherer Vorgesetzter, dem schwedischen Experten für seine

Dienste einen einmaligen Betrag von hunderttausend amerikanischen Dollar anbot, sofern Allans Hilfe dann auch tatsächlich den Bau der Bombe gewährleistete.

»Das geht in Ordnung«, meinte Allan.

Der Inhalt der Flasche schwand langsam dahin, während die beiden sich über alles Mögliche zwischen Himmel und Erde unterhielten (außer Politik und Religion). Sie kamen auch ein wenig auf die Atombombenproblematik zu sprechen, und obwohl das Thema ja eigentlich erst in den nächsten Tagen anstand, konnte Allan in vereinfachter Form schon ein paar Tipps geben. Und dann noch ein paar.

»Hmm«, sagte Chefphysiker Julij Borissowitsch Popow. »Ich glaube, ich hab's verstanden ...«

»Aber ich nicht«, sagte Allan. »Erklär mir das mit der Oper doch noch mal, bitte. Ist das nicht einfach ein einziges großes Rumgekrähe?«

Julij lächelte, nahm einen ordentlichen Schluck Wodka, stand auf – und begann zu singen. In seinem Rausch gab er kein launiges Volkslied zum Besten, sondern die Arie *Nessun dorma* aus Puccinis *Turandot.*

»Ja, hau mir doch ab!«, sagte Allan, als Julij fertig gesungen hatte.

»Nessun dorma!«, sagte Julij andächtig. »*Keiner schlafe!*«

Ungeachtet etwaiger Schlafverbote waren Allan und Julij wenig später in ihren Kojen eingeschlummert. Als sie wieder aufwachten, lag das U-Boot bereits im Hafen von Leningrad. Dort wartete schon eine Limousine, die sie in den Kreml zu einer Unterredung mit Marschall Berija bringen sollte.

»Sankt Petersburg, Petrograd, Leningrad ... Könnt ihr euch nicht endlich mal entscheiden?«, fragte Allan.

»Ich wünsche dir ebenfalls einen guten Morgen«, sagte Julij.

Die beiden setzten sich auf den Rücksitz der Humber-Pullman-Limousine und ließen sich von Leningrad nach Moskau fahren, was einen ganzen Tag in Anspruch nahm. Ein gläsernes Schiebefenster trennte den Fahrer von dem ... *Salon* ..., in dem Allan und sein neuer Freund saßen. Dort fand sich auch ein Kühlschrank mit Wasser, Erfrischungsgetränken und Alkohol, auf den die Fahrgäste gerade wunderbar verzichten konnten. Daneben stand eine Schale mit Geleehimbeeren und eine mit Pralinen aus echter Schokolade. Auto und Ausstattung hätten ein strahlendes Beispiel für die sowjetsozialistische Ingenieurskunst abgegeben, wäre nicht alles aus England importiert gewesen.

Julij erzählte Allan von seinem Hintergrund. So hatte er beim Nobelpreisträger Ernest Rutherford studiert, dem legendären Kernphysiker aus Neuseeland. Daher sprach er auch so gut Englisch. Allan berichtete dem immer verblüffteren Julij Borissowitsch von seinen Abenteuern in Spanien, Amerika, China, im Himalaya und im Iran.

»Und was ist dann mit dem anglikanischen Pfarrer passiert?«, wollte Julij wissen.

»Ich weiß nicht«, antwortete Allan. »Entweder hat er bald ganz Persien anglikanisiert, oder er ist inzwischen tot. Und in diesem Fall glaube ich eher nicht, dass die Wahrheit irgendwo in der Mitte liegt.«

»Klingt genauso, als würde man Stalin herausfordern«, meinte Julij aufrichtig. »Aber das wäre natürlich Verrat an der Revolution, daher wäre die Überlebenschance eher gering.«

Julijs Aufrichtigkeit schien an diesem Tag und in dieser Gesellschaft keine Grenzen zu kennen. Er erzählte ganz offenherzig, was er über Marschall Berija dachte, den Chef des Sicherheitsdienstes, der mit mehr Eile als Weile zum höchsten Verantwortlichen im Atombombenprojekt ernannt worden war. Um es kurz zu machen: Berija hatte überhaupt keine Scham im Leibe. Er missbrauchte Frauen und Kinder sexuell, und unerwünschte Elemente ließ er in Straflager deportieren, wenn er sie nicht gleich selbst umbrachte.

»Nur, dass wir uns recht verstehen«, sagte Julij. »Ein unerwünschtes Element muss natürlich so schnell wie möglich aussortiert werden, aber eben unerwünscht im Sinne der richtigen revolutionären Gründe. Wer dem Sozialismus nicht dienen will, muss weg! Aber wenn jemand *Marschall Berija* nicht dienen will... nein, Allan. Marschall Berija ist kein wahrer Repräsentant der Revolution. Aber das darf man natürlich Genosse Stalin nicht anlasten. Es war mir noch nicht vergönnt, ihn zu treffen, aber er hat die Verantwortung für ein ganzes Land, ja, für einen ganzen Kontinent. Wenn er bei dieser Aufgabe zufällig einem Marschall Berija mehr Verantwortung übertragen hat, als dieser tragen kann... dann ist das Genosse Stalins gutes Recht! Aber jetzt, mein lieber Allan, will ich dir etwas ganz Großartiges erzählen. Du und ich, wir haben heute Nachmittag nicht nur eine Audienz bei Marschall Berija, sondern auch bei *Genosse Stalin höchstpersönlich*! Er will uns zum Abendessen einladen.«

»Darauf freue ich mich wirklich sehr«, beteuerte Allan. »Aber was machen wir bis dahin? Sollen wir uns etwa bis heute Abend von Geleehimbeeren ernähren?«

Julij sorgte dafür, dass das Auto einen Zwischenhalt in einer kleinen Stadt am Weg einlegte, wo er Allan ein paar belegte Brötchen organisierte. Dann ging die Fahrt weiter, und so auch das interessante Gespräch.

Zwischen zwei Bissen dachte Allan über diesen Marschall Berija nach, der – nach Julijs Beschreibung zu urteilen – ja Ähnlichkeiten mit dem so plötzlich dahingerafften Chef der Sicherheitspolizei in Teheran zu haben schien.

Julij wiederum versuchte aus seinem schwedischen Kollegen schlau zu werden. Der würde gleich mit *Stalin* zu Abend essen und hatte erklärt, dass er sich darauf freute. Doch Julij musste noch einmal nachfragen, ob der Mann sich nicht doch mehr auf das *Abendessen* freute als auf den Staatschef.

»Essen und Trinken hält Leib und Seele zusammen«, sagte Allan diplomatisch und lobte die Qualität der russischen Brötchen. »Aber, lieber Julij, darf ich dir auch noch ein, zwei Fragen stellen?«

»Natürlich, lieber Allan. Frag nur, ich werde dir nach bestem Wissen und Gewissen antworten.«

Allan gestand, dass er bei Julijs politischen Ausführungen nicht so genau zugehört hatte, denn Politik war einfach nicht das Thema, das ihn sonderlich interessierte. Außerdem wusste er noch genau, dass sein Kollege ihm am Vorabend versprochen hatte, nicht zu sehr in diese Richtung auszuschweifen.

Doch über Julijs Beschreibung der menschlichen Mängel des Marschalls war Allan gestolpert; er meinte, er habe in seinem Leben schon öfters Personen dieses Schlages getroffen. Und hier habe er irgendwie ein Verständnisproblem: Einerseits sei Marschall Berija ja völlig rücksichtslos, wenn Allan das richtig verstanden habe. Andererseits hatte er dafür gesorgt, dass es Allan an nichts fehlte, mit Limousine und allen Schikanen.

»Da stelle ich mir doch insgeheim die Frage, warum er mich nicht einfach hat entführen lassen, um mir mit Gewalt zu entlocken, was er wissen will«, meinte Allan. »Dann hätte er sich die Geleehimbeeren sparen können, die Pralinen, die hunderttausend Dollar und noch so einiges mehr.«

Julij fand, das Tragische an Allans Überlegung sei, dass sie tatsächlich nicht weit hergeholt war. Mehr als einmal hatte Marschall Berija – obendrein im Namen der Revolution – unschuldige Menschen gefoltert, das war Julij bekannt. Doch jetzt verhielt es sich so, sagte Julij und zauderte ein wenig, jetzt verhielt es sich eben so, sagte Julij und machte den Kühlschrank auf, um sich zur Stärkung ein Bier zu gönnen, auch wenn es noch nicht mal zwölf Uhr mittags war, jetzt verhielt es sich so … gestand Julij, dass der Marschall Berija vor Kurzem mit der eben beschriebenen Strategie auf die Nase gefallen war. Ein westlicher Experte war aus der Schweiz entführt und vor Marschall Berija gebracht worden, aber die Sache endete in einem Debakel. Allan müsse entschuldigen, aber Julij wolle nicht mehr erzählen, Allan solle ihm einfach glauben. Jedenfalls zog man aus diesem Misserfolg die Lehre, dass man sich die notwendigen nuklearen Kenntnisse *kaufen* musste, und zwar auf dem westlichen Markt, wo die Gesetze von Angebot und Nachfrage galten – so vulgär das leider war.

* * * *

Das sowjetische Atomwaffenprogramm begann mit einem Brief, den der Kernphysiker Georgij Nikolajewitsch Fljorow im April 1942 an den Genossen Stalin schrieb. Darin strich er heraus, dass man in den westlichen Medien keine Silbe über die Kernspaltungstechnik gelesen habe, die doch schon 1939 entwickelt worden war.

Genosse Stalin war freilich auch nicht auf den Kopf gefallen (auch wenn sein Vater ihm in seinen Wutanfällen gern Schläge auf denselben verpasst hatte). Genau wie Fljorow war er zu dem Schluss gekommen, dass ein *drei Jahre* während kompaktes Schweigen um die Fissionstechnik nur eines bedeuten konnte: Hier wurde wirklich etwas verheimlicht, zum Beispiel, dass jemand auf dem besten Wege war, eine Bombe zu bauen, die die Sowjetunion – um ein spezifisch russisches Bild zu benutzen – auf einen Schlag schachmatt setzen würde.

Man hatte also keine Zeit mehr zu verlieren, doch leider war da noch das lästige kleine Detail, dass Hitler und Nazideutschland gerade dabei waren, Teile der Sowjetunion zu besetzen – kurz gesagt, alle Gebiete westlich der Wolga, wozu auch Moskau gehörte –, schlimm genug –, aber eben auch *Stalingrad*!

Diese Attacke auf Stalingrad nahm Stalin gelinde gesagt persönlich. Es gingen zwar anderthalb Millionen Menschen dabei drauf, aber die Rote Armee trug den Sieg davon und begann ihrerseits Hitler zu bedrängen, bis sie irgendwann vor dem Führerbunker in Berlin stand.

Erst als die Deutschen langsam in die Knie gingen, hatte Stalin die Gewissheit, dass er und seine Nation eine Zukunft hatten, und ab diesem Moment kam endlich Schwung in die Kernspaltungsforschung, die modernere Variante der seit Langem ausgelaufenen Lebensversicherung, die unter dem Namen Ribbentrop-Molotow-Pakt firmiert hatte.

Doch eine Atombombe schraubt man auch nicht mal schnell an einem Vormittag zusammen, vor allem nicht, wenn die Bombe noch gar nicht erfunden ist. Die sowjetische Atombombenforschung lief schon ein paar Jahre ohne einen Durchbruch, als es zum ersten Mal richtig knallte – in New Mexico. Die Amerikaner hatten das Rennen gewonnen. Kein Wunder, sie waren ja auch viel früher losgerannt. Nach dem ersten Test in der Wüste von New Mexico knallte es noch zweimal, dann aber so richtig: einmal in Hiroshima, einmal in Nagasaki. Truman hatte Stalin eins ausgewischt und ihm deutlich gezeigt, wer hier das Sagen hatte. Man musste Stalin nicht besonders gut kennen, um zu wissen, dass er sich damit nicht abfinden würde.

»Lösen Sie das Problem«, befahl Genosse Stalin seinem Marschall Berija. »Oder, um mich ganz klar auszudrücken: *Lösen Sie das Problem!*«

Marschall Berija begriff, dass sich seine eigenen Physiker, Chemiker und Mathematiker festgefahren hatten, daran würde sich auch nichts ändern, wenn er die Hälfte von ihnen erst mal in den Gulag deportieren ließ. Außerdem gab es keine Anzeichen, dass seinen Agenten demnächst ein Einbruch ins Allerheiligste der Militärbasis in Los Alamos gelingen könnte. Die Baupläne der Amerikaner einfach zu stehlen, war momentan also nicht drin.

Die Lösung lag demnach darin, das Wissen zu *importieren* und die eigenen Ergebnisse entscheidend zu vervollständigen, die man im Forschungszentrum in der geheimen Stadt Sarow, ein paar Autostunden südöstlich von Moskau, bereits erzielt hatte. Da das Beste für Marschall Berija gerade gut genug war, befahl er dem Leiter der Spionageabteilung:

»Bringen Sie mir Albert Einstein.«

»Aber ... *Albert Einstein* ...« Der Mann war schockiert.

»Albert Einstein hat den schärfsten Verstand der Welt. Werden Sie jetzt wohl tun, was ich Ihnen sage, oder hegen Sie einen Todeswunsch?«, erkundigte sich Marschall Berija.

Der Leiter des Nachrichtendienstes hatte gerade eine neue Frau kennengelernt, die besser duftete als alles andere auf dieser Welt. Folglich hegte er definitiv keinen Todeswunsch. Doch bevor er den Marschall davon in Kenntnis setzen konnte, sagte dieser:

»Lösen Sie das Problem. Oder, um mich ganz klar auszudrücken: *Lösen Sie das Problem!*«

Nun konnte man einen Albert Einstein freilich nicht so einfach einsammeln und in einem handlichen Paket nach Moskau verfrachten. Zuerst musste man ihn überhaupt ausfindig machen. Er war in Deutschland geboren, zog dann aber nach Italien, von dort in die Schweiz und schließlich nach Amerika. Seitdem pendelte er aus den unterschiedlichsten Gründen zwischen den unterschiedlichsten Orten.

Momentan war sein Zuhause in New Jersey, doch nach Angaben der Agenten vor Ort schien das Haus leer. Außerdem wünschte Marschall Berija sowieso, dass die Entführung möglichst in Europa über die Bühne gehen sollte, denn Prominente aus den USA über den Atlantik zu schmuggeln, barg ja doch gewisse Schwierigkeiten.

Aber wo steckte der Kerl bloß? Er meldete sich für seine Reisen selten bis nie ab, und es war allgemein bekannt, dass er zu wichtigen Terminen auch mal mehrere Tage zu spät erschien.

Der Leiter der Spionageabteilung erstellte eine Liste mit einer Handvoll Orten, die sich mit Einstein in Verbindung bringen ließen, und stellte dann für jeden dieser Orte einen Agenten zur Bewachung ab. Man bewachte natürlich sein Haus in New Jersey und die Villa seines besten Freundes in Genf, außerdem seinen Verleger in Washington und zwei weitere Freunde, von denen der eine in Basel lebte, der andere in Cleveland, Ohio.

Nach mehreren Tagen wurde das geduldige Warten endlich belohnt – in Form eines Mannes mit grauem Mantel, hochgestelltem Kragen und Hut. Der näherte sich über die Straße der Villa von Albert Einsteins bestem Freund Michele Besso. Er klingelte und wurde von Besso selbst herzlich begrüßt, aber auch von einem älteren Paar, dessen Identität erst noch geklärt werden musste. Der Agent rief den Kollegen zu sich, der zweihundertfünfzig Kilometer entfernt dieselbe Aufgabe in Basel verrichtete, und nachdem man stundenlang unauffällig durchs Fenster gespäht und die Personen mit Fotos abgeglichen hatte, kamen die beiden Agenten zu dem Schluss, dass tatsächlich Albert Einstein eingetroffen war. Das ältere Paar waren dann wohl Michele Bessos Schwager Paul und seine Frau Maja, die Schwester von Albert Einstein. Das reinste Familienfest!

Albert blieb zwei gründlich bewachte Tage mit Schwester und Schwager bei seinem Freund, bevor er Mantel und Handschuhe wieder anzog und seinen Hut aufsetzte, um sich genauso diskret wieder auf den Weg zu machen, wie er gekommen war.

Doch er kam nicht weit, denn an der nächsten Ecke wurde er von hinten überfallen und binnen Sekunden auf den Rücksitz eines Autos verfrachtet, wo man ihn mit Chloroform betäubte. In diesem Wagen wurde er via Österreich nach Ungarn gebracht, das den sozialistischen Sowjetrepubliken hinreichend freundlich gesinnt war, um nicht allzu viele Fragen zu stellen, wenn von sowjetischer Seite der Wunsch geäußert wurde, auf dem Militärflughafen in Pécs zu tanken, zwei sowjetische Bürger und einen schläfrigen Dritten mitzunehmen, um sofort im Anschluss wieder zu starten und mit unbekanntem Ziel weiterzufliegen.

Tags darauf begann man, Albert Einstein im Gebäude des Geheimdienstes in Moskau unter der Oberaufsicht von Marschall Berija zu verhören. Die Frage war, ob er sich zu einer Zusammenarbeit entschließen konnte, was seiner eigenen Gesundheit nur zuträglich sein würde, oder ob er sich sperrte, was keinem zuträglich sein würde.

Leider stellte sich heraus, dass er sich für Letzteres entschied. Albert Einstein wollte nicht zugeben, dass er der Kernspaltungstechnik auch nur einen Gedanken gewidmet hatte (obwohl es allgemein bekannt war, dass er sich schon 1939 mit Roosevelt über dieses Thema ausgetauscht hatte, woraus dann das Manhattan-Projekt entstand). Tatsächlich wollte Albert Einstein nicht mal zugeben, dass er Albert Einstein war. Er behauptete mit törichter Hartnäckigkeit, dessen jüngerer Bruder *Herbert* Einstein zu sein. Dabei hatte Albert Einstein gar keinen Bruder, sondern nur eine Schwester. Auf diesen Trick fielen Marschall Berija und sein Vernehmungsleiter natürlich nicht herein, und man wollte schon handgreiflich werden, als etwas äußerst Merkwürdiges in der 7th Avenue in New York geschah, Tausende von Kilometern entfernt.

Dort hielt *Albert Einstein* nämlich in der Carnegie Hall einen populärwissenschaftlich gehaltenen Vortrag über die Relativitätstheorie vor zweitausendachthundert handverlesenen Gästen, von denen mindestens drei Informanten der Sowjetunion waren.

* * * *

Zwei Albert Einsteins, das war einer zu viel für Marschall Berija, auch wenn sich einer von ihnen auf der anderen Seite des Atlantiks befand. Ziemlich schnell war ermittelt, dass der in der Carnegie Hall der richtige war. *Wer zum Teufel* war also der zweite?

Als man dem Mann drohte, ihm Dinge anzutun, die kein Mensch mit sich tun lassen will, versprach der falsche Albert Einstein, dem Marschall Berija alles zu erklären.

»Ich werde die ganze Sache klarstellen, Herr Marschall – aber unterbrechen Sie mich bitte nicht, denn das macht mich nervös.«

Marschall Berija versprach, den falschen Einstein nicht zu unterbrechen, höchstens mit einer Kugel in die Schläfe, und zwar in dem Moment, in dem er wusste, dass die Geschichte, die er jetzt zu hören kriegen sollte, erlogen war.

»Also bitte, fangen Sie an. Lassen Sie sich von mir überhaupt nicht stören«, bat Marschall Berija und entsicherte seine Waffe.

Der Mann, der sich als Albert Einsteins jüngerer Bruder ausgab, holte tief Luft und begann damit, dass ... er seine Behauptung wiederholte (in dem Moment wäre die Waffe beinahe schon losgegangen).

Darauf folgte eine Geschichte, die – wenn sie denn stimmte – so traurig war, dass Marschall Berija sich nicht durchringen konnte, den Erzähler gleich hinzurichten.

Herbert Einstein berichtete also, dass Hermann und Pauline Einstein tatsächlich zwei Kinder bekommen hatten: erst den Sohn Albert, dann die Tochter Maja. So weit hatte der Herr Marschall also recht. Doch leider hatte Papa Einstein die Finger und so manches andere nicht von seiner schönen, wenngleich nur mäßig begabten Sekretärin lassen können, die in seiner elektrotechnischen Fabrik in München arbeitete. Das Ergebnis war der kleine Herbert, Alberts und Majas heimlicher und mitnichten legitimer Bruder.

Wie die Agenten des Marschalls bereits hatten feststellen können, war Herbert geradezu eine Kopie von Albert, obwohl er dreizehn Jahre jünger war. Allerdings war ihm von außen nicht anzusehen, dass er seine Begabungen unglücklicherweise ausschließlich von der Mutter geerbt hatte. Beziehungsweise den völligen Mangel an Begabungen.

1895, als Herbert zwei Jahre alt war, zog die Familie Einstein von München nach Mailand. Herbert kam mit, seine Mutter allerdings nicht. Papa Einstein hatte natürlich eine annehmbare Lösung vorgeschlagen, doch Herberts Mama war nicht interessiert. Sie konnte sich einfach nicht vorstellen, Bratwurst gegen Spaghetti einzutauschen und Deutsch gegen … na, was auch immer man in Italien für eine Sprache sprechen mochte. Außerdem war dieses Kleinkind ganz schön lästig – es schrie ständig nach Essen und schiss sich pausenlos ein! Wenn jemand den kleinen Herbert also woandershin mitnehmen wollte, war sie einverstanden, doch sie selbst wollte lieber bleiben, wo sie war.

Herberts Mutter erhielt eine reelle Summe von Papa Einstein. Später soll sie angeblich einen echten Grafen kennengelernt haben, der sie überredete, ihr ganzes Geld in seine fast fertiggestellte Maschine zu investieren, mit der man ein *Lebenselixier* produzieren konnte, das alle Krankheiten der Welt heilte. Doch dann war der Graf auf einmal verschwunden, und das Elixier hatte er wohl auch mitgenommen, denn ein paar Jahre später starb Herberts verarmte Mutter an Tuberkulose.

Herbert wuchs also mit seinem großen Bruder Albert und seiner großen Schwester Maja auf. Doch um Skandale zu vermeiden, hatte Papa Einstein bestimmt, dass der Kleine nur als sein *Neffe* bezeichnet wurde. Herbert entwickelte nie ein sonderlich enges Verhältnis zu Albert, doch seine Schwester liebte er von Herzen, obwohl er sie auch nur Cousine nennen durfte.

»Unterm Strich«, fasste Herbert Einstein zusammen, »bin ich also von meiner Mutter verlassen und von meinem Vater verleugnet worden – und außerdem bin ich ungefähr so schlau wie ein Pfund

Kartoffeln. Ich habe mein Lebtag nichts Nützliches getan, sondern einfach nur vom Erbe meines Vaters gelebt. Einen intelligenten Gedanken habe ich sicher nie gehabt.«

Während Marschall Berija ihm lauschte, hatte er seine Waffe sinken lassen und sie wieder gesichert. Die Geschichte konnte sich gut und gerne so zugetragen haben, und er hatte sogar eine gewisse Bewunderung für die Selbsterkenntnis, die der dumme Herbert Einstein zeigte.

Doch was sollte er jetzt tun? Nachdenklich stand der Marschall auf. Im Namen der Revolution verkniff er sich jedes Nachdenken über Richtig und Falsch. Er hatte wahrhaftig schon genug Probleme, er brauchte nicht noch eines. Ja, und das gab den Ausschlag für seine Entscheidung. Er wandte sich an die beiden Wachen an der Tür:

»Schafft ihn euch vom Hals.«

Dann verließ er den Raum.

* * * *

Die Panne mit Herbert Einstein war natürlich nichts, was man Genosse Stalin munter weitererzählte, doch Marschall Berija hatte unglaubliches Glück, denn bevor er in Ungnade fallen konnte, erzielte man in der Militärbasis in Los Alamos den entscheidenden Durchbruch.

Im Laufe der Jahre waren nämlich über hundertdreißigtausend Menschen für das sogenannte Manhattan-Projekt eingestellt worden, von denen sich natürlich mehr als einer der sozialistischen Revolution verschrieben hatte. Doch bis jetzt war es keinem gelungen, sich in die heimlichsten Flure durchzukämpfen, um der Sowjetunion auf diesem Wege zu den letzten Geheimnissen der Atombombe zu verhelfen.

Aber eines wusste man jetzt immerhin: Man wusste, dass ein *Schwede* das Rätsel geknackt hatte, und man wusste auch, wie er hieß!

Nachdem man das schwedische Spionagenetzwerk aktiviert hatte, dauerte es gerade mal einen halben Tag, bis man herausgefunden hatte, dass Allan Karlsson im Grand Hôtel in Stockholm logierte und dass er gerade überhaupt nichts zu tun hatte, weil ihm nämlich das geheime schwedische Atomwaffenprogramm – das die Sowjetunion (selbstverständlich) ebenfalls infiltriert hatte – gerade durch seinen Leiter hatte mitteilen lassen, man habe für seine Dienste keine Verwendung.

»Da fragt man sich doch, wer den Weltrekord in Blödheit hält«, sagte Marschall Berija zu sich selbst. »Der Leiter des schwedischen Atomwaffenprogramms oder Herbert Einsteins Mutter ...«

Diesmal wählte Marschall Berija jedoch eine andere Taktik. Statt den Mann mit Gewalt zu holen, sollte Allan Karlsson überredet werden, gegen eine stattliche Aufwandsentschädigung in amerikanischen Dollar sein Wissen mit ihnen zu teilen. Überreden sollte ihn ein Wissenschaftler wie Allan selbst, kein ungeschickter Agent wie im Falle Herbert Einstein. Der betreffende Agent wurde übrigens (sicherheitshalber) zum Privatchauffeur von Julij Borissowitsch Popow gemacht, diesem unglaublich sympathischen und fast genauso unglaublich kompetenten Physiker aus dem innersten Kreis von Marschall Berijas Atomwaffenprojekt.

Und jetzt wurde berichtet, dass alles nach Plan gelaufen war: Julij Borissowitsch war auf dem Weg nach Moskau, Allan Karlsson hatte er dabei – und Karlsson hatte sich bereits positiv zum Thema Mitarbeit geäußert.

* * * *

Auf Wunsch von Genosse Stalin hatte Marschall Berija sein Moskauer Büro innerhalb der Kremlmauern. Er empfing Allan Karlsson persönlich, als dieser mit Julij Borissowitsch das Foyer betrat.

»Herzlich willkommen, Herr Karlsson«, sagte Marschall Berija und schüttelte ihm die Hand.

»Danke sehr, Herr Marschall«, sagte Allan.

Der Marschall gehörte nicht zu den Leuten, die unendlich Small Talk treiben konnten. Dafür war das Leben seiner Meinung nach zu kurz (außerdem verfügte er über keinerlei Sozialkompetenz). Daher sagte er zu Allan:

»Wenn ich die Berichte korrekt gedeutet habe, Herr Karlsson, sind Sie bereit, den sozialistischen Sowjetrepubliken in nuklearen Fragen zu assistieren, gegen eine Zahlung von hunderttausend Dollar.«

Allan antwortete, über die Geldfrage habe er noch gar nicht so nachgedacht, aber er wolle Julij Borissowitsch gerne ein wenig zur Hand gehen, wenn er seine Hilfe brauche, und danach sehe es ja wohl aus. Doch es wäre schön, wenn der Herr Marschall mit seiner Atombombe noch bis zum nächsten Tag warten könnte, denn in letzter Zeit sei er einfach ein bisschen viel herumgereist.

Marschall Berija erwiderte, er verstehe sehr gut, dass die Reise an Herrn Karlssons Kräften gezehrt habe, aber es würde gleich Abendessen mit Genosse Stalin geben. Anschließend dürfe Herr Karlsson sich in der feinsten Gästewohnung erholen, die der Kreml zu bieten habe.

Mit dem Essen hatte Genosse Stalin sich nicht lumpen lassen. Es gab Lachsrogen und Hering und Salzgurken und Fleischsalat und gegrilltes Gemüse und Borschtsch und Pelmeni und Blini mit Kaviar und Forelle und Rouladen und Lammkoteletts und Piroggen mit Eis. Dazu wurde Wein in verschiedenen Farben serviert, und natürlich Wodka. Und dann noch ein bisschen Wodka.

Am Tisch saßen Genosse Stalin, Allan Karlsson aus Yxhult, der Kernphysiker Julij Borissowitsch Popow, der Chef der sowjetischen Staatssicherheit Marschall Lawrentij Pawlowitsch Berija sowie ein kleiner, fast unsichtbarer junger Mann ohne Namen und ohne Gedeck am Tisch. Er war der Dolmetscher und existierte quasi gar nicht.

Stalin war von Anfang an blendender Laune. Auf Lawrentij Pawlowitsch war einfach immer Verlass! Stalin hatte zwar von dem

Schnitzer mit Einstein gehört, aber das war ja schon wieder Geschichte. Einstein (also, der richtige, versteht sich!) hatte nur sein Gehirn, Karlsson hingegen hatte die exakten und detaillierten Kenntnisse!

Da konnte es natürlich nicht schaden, dass Karlsson obendrein so nett wirkte. Er hatte Stalin in Kurzform von seinem Hintergrund erzählt: Sein Vater hatte für den Sozialismus in Schweden gekämpft und war dann mit demselben Ziel nach Russland aufgebrochen. Wirklich lobenswert! Der Sohn wiederum hatte im spanischen Bürgerkrieg gekämpft, und Stalin wollte nicht unfein nachfragen, auf welcher Seite Allan gestanden habe. Danach war er nach Amerika gefahren (er musste wohl geflogen sein, nahm Stalin an), und da hatte es sich ergeben, dass er im Dienst der Alliierten gelandet war ... und das war sicher zu entschuldigen. Stalin hatte in den letzten Kriegsjahren schließlich mehr oder weniger dasselbe getan.

Als gerade mal der Hauptgang aufgetragen war, konnte Stalin bereits fehlerfrei »*Auf ex, Kameraden, hoppsassa fiderallala!*« singen, wann immer sie die Gläser hoben. Allan lobte Stalins Singstimme, woraufhin dieser erzählte, dass er in seiner Jugend nicht nur im Chor gesungen habe, sondern auch auf Hochzeiten als Solist aufgetreten sei. Dann stand er auf und trat den Beweis an, indem er wild durch den Raum hüpfte und mit Armen und Beinen fuchtelte, während er ein Lied zum Besten gab, das in Allans Ohren fast ... indisch klang ..., aber schön war es!

Allan selbst konnte nicht singen, er konnte eigentlich überhaupt nichts, was von kulturellem Wert war, musste er sich eingestehen, aber die Stimmung verlangte, dass er noch etwas mehr bot als »*Auf ex, Kameraden, hoppsassa fiderallala!*«, und in der Eile wollte ihm nur ein Gedicht des Literaturnobelpreisträgers Verner von Heidenstam einfallen, das Allans Volksschullehrer die Kinder in der zweiten Klasse hatte auswendig lernen lassen.

Nachdem Stalin sich wieder gesetzt hatte, stand Allan also auf und begann:

Schweden, Schweden, Vaterland,
Hort unsrer Sehnsucht, Heimat auf Erden,
nun klingen die Glocken, wo Heere steckten in Brand,
wo aus Taten Sagen wurden,
doch Hand in Hand schwört immer noch dein Volk wie einst
den alten Treueeid

Als Achtjähriger hatte Allan überhaupt nicht begriffen, was er da las, und als er es so mit beachtlicher Inbrunst aufsagte, musste er sich eingestehen, dass er jetzt, fünfunddreißig Jahre später, immer noch nichts begriff. Doch er trug das Gedicht auf Schwedisch vor, und so saß der nicht existente Russisch-Englisch-Übersetzer nur stumm auf seinem Stuhl und existierte noch weniger als vorher.

Nachdem der Applaus verebbt war, erklärte Allan jedoch, dass er gerade Verner von Heidenstam rezitiert hatte. Vielleicht hätte er diese Information für sich behalten oder auch die Wahrheit ein bisschen abgewandelt, wenn er geahnt hätte, wie Genosse Stalin reagieren würde.

Es verhielt sich nämlich so, dass Stalin eigentlich Dichter war, überdies sogar ein sehr begabter. Der Geist der Zeit hatte ihn dann zwar zum revolutionären Kämpfer gemacht, doch sein Interesse an Poesie hatte Stalin sich ebenso bewahrt wie seine Kenntnisse über die führenden zeitgenössischen Lyriker.

Für Allan war es also recht ungünstig, dass Stalin den schwedischen Dichter sehr gut kannte. Und im Gegensatz zu Allan war er auch bestens im Bilde über Heidenstams Liebe zu – Deutschland. Eine Liebe, die erwidert wurde: Rudolf Heß, Hitlers rechte Hand, hatte Heidenstam in den dreißiger Jahren besucht, und kurz darauf war Heidenstam die Ehrendoktorwürde der Universität Heidelberg verliehen worden.

Das alles ließ Stalins Stimmung dramatisch umschlagen.

»Wollen Sie etwa den großzügigen Wirt beleidigen, der Sie mit offenen Armen empfangen hat?«, brauste er auf.

Allan versicherte ihm, dass er das keineswegs beabsichtige. Wenn

Heidenstam den Herrn Stalin so wütend gemacht habe, bitte Allan vielmals um Entschuldigung. Vielleicht tröste es ihn ja zu hören, dass Heidenstam schon seit ein paar Jahren tot war?

»Und dieses ›*hoppsassa fiderallala*‹, was bedeutet das überhaupt? Ist das am Ende ein Loblied auf die Feinde der Revolution, das Sie Stalin da in den Mund gelegt haben?«, fragte Stalin, der immer in der dritten Person von sich sprach, wenn er sich aufregte.

Allan erwiderte, für die englische Übersetzung von »*hoppsassa fiderallala!*« brauche er eine kurze Bedenkzeit, doch Herr Stalin könne ganz beruhigt sein, das sei nichts anderes als ein fröhlicher Ausruf.

»Ein fröhlicher Ausruf?« Jetzt wurde Genosse Stalin langsam laut. »Finden Sie etwa, dass Stalin fröhlich aussieht?«

Langsam ging Allan Stalins Überempfindlichkeit auf die Nerven. Der Kerl war ja schon ganz rot im Gesicht, so regte der sich auf, und das im Grunde über nichts und wieder nichts. Doch Stalin fuhr fort:

»Und wie war das eigentlich mit dem spanischen Bürgerkrieg? Vielleicht sollte man den *Herrn Heidenstam-Anhänger* doch noch mal fragen, auf welcher Seite er da überhaupt gekämpft hat?«

Mist, hatte der jetzt auch noch einen siebten Sinn?, überlegte Allan. Na, er war ja sowieso schon so wütend, wie ein Mensch nur werden konnte, da konnte man auch gleich sagen, wie sich die Dinge wirklich verhielten.

»Eigentlich habe ich gar nicht gekämpft, Herr Stalin. Am Anfang habe ich den Republikanern geholfen, aber zum Schluss habe ich eher durch Zufall die Seiten gewechselt und Freundschaft mit General Franco geschlossen.«

»Mit General Franco?«, kreischte Stalin und sprang so jäh auf, dass sein Stuhl umfiel.

Offensichtlich konnte er doch noch wütender werden. In Allans ereignisreichem Leben war es schon ein paarmal vorgekommen, dass man ihn angebrüllt hatte, aber er hatte nie zurückgebrüllt, und er hatte auch nicht vor, bei Stalin damit anzufangen. Was natürlich nicht hieß, dass die Situation ihn unberührt ließ. Im Gegenteil, der kleine Schreihals hier war ihm im Handumdrehen unsympathisch geworden. Allan beschloss, zum Gegenangriff überzugehen, auf seine ganz eigene bescheidene Weise.

»Nicht nur das, Herr Stalin. Ich war auch in China, um Krieg gegen Mao Tse-tung zu führen, bevor ich dann in den Iran fuhr, um ein Attentat auf Churchill zu verhindern.«

»Churchill? Diese fette Sau!«, schrie Stalin.

Er fasste sich lange genug, um ein ganzes Wasserglas voll Wodka herunterzuschütten. Neidisch beobachtete ihn Allan. Er hätte es ganz nett gefunden, wenn man ihm auch noch einmal nachgeschenkt hätte, aber er fand, dies war vielleicht nicht der richtige Moment, um einen derartigen Wunsch vorzubringen.

Marschall Berija und Julij Borissowitsch sagten gar nichts, hatten aber sehr unterschiedliche Mienen aufgesetzt. Berija funkelte Allan zornig an, während Julij einfach nur unglücklich dreinblickte.

Stalin schüttelte sich und senkte dann die Stimme auf fast normale Lautstärke. Böse war er immer noch.

»Hat Stalin das richtig verstanden?«, sagte Stalin. »Sie standen auf Francos Seite, Sie haben gegen Genosse Mao gekämpft, Sie haben … dem Schwein aus London das Leben gerettet und den Erzkapitalisten in den USA die tödlichste Waffe der Welt in die Hände gelegt?«

»Genosse Stalin stellt die Dinge vielleicht ein bisschen überspitzt dar, aber im Wesentlichen ist das korrekt so, ja. Mein Vater hat sich am Ende übrigens dem Zaren angeschlossen, wenn der Herr Stalin mir das auch noch zum Nachteil auslegen will.«

»Mir doch egal«, murmelte Stalin und vergaß vor lauter Wut, in der dritten Person zu sprechen. »Und jetzt sind Sie also hier, um sich an den Sowjetsozialismus zu verkaufen? Hunderttausend Dollar – das ist also der Preis für Ihre Seele? Oder ist der im Laufe des Abends noch mal gestiegen?«

Inzwischen war Allan jede Lust zur Zusammenarbeit vergangen. Julij war zwar immer noch ein netter Mann, und im Grunde brauchte er ja seine Hilfe. Doch man konnte nicht außer Acht lassen, dass das Ergebnis von Julijs Arbeit letztlich in den Händen von Genosse Stalin landen würde, und der war ja nicht gerade ein Genosse im eigentlichen Sinne des Wortes. Obendrein wirkte er ziemlich labil, vielleicht war es doch am besten, wenn er gar nicht erst mit dieser Bombe herumspielen konnte.

»Nee«, wehrte Allan ab, »in dieser Sache ist es von Anfang an nie um Geld gegangen.«

Weiter kam Allan nicht, denn da explodierte Stalin schon wieder.

»Wofür halten Sie sich eigentlich? Sie verfluchte Ratte!«, schrie Stalin. »Glauben Sie etwa, dass *Sie*, ein Repräsentant des Faschismus, des ekelhaften amerikanischen Kapitalismus, sämtlicher Dinge, die Stalin auf dieser Erde so abgrundtief verachtet, glauben Sie, dass Sie, *Sie*, in den Kreml kommen können, *in den Kreml*, um mit Stalin zu feilschen, *mit Stalin zu feilschen?*«

»Warum sagen Sie denn alles zweimal?«, wollte Allan wissen, doch Stalin fuhr fort:

»Merken Sie sich eines: Die Sowjetunion ist bereit, wieder in den Kampf zu ziehen! Es wird Krieg geben, es wird *unausweichlich* Krieg geben, bis der amerikanische Imperialismus vernichtet ist.«

»Ach ja, meinen Sie wirklich?«, sagte Allan.

»Um zu kämpfen und zu gewinnen, brauchen wir Ihre verdammte Atombombe nicht! Was wir brauchen, sind *sozialistische Seelen und Herzen*! Wer fühlt, dass er niemals besiegt werden kann, der kann auch niemals besiegt werden!«

»Solange keiner eine Atombombe über ihm abwirft«, entgegnete Allan.

»Ich werde den Kapitalismus zerschmettern! Hören Sie? Ich werde jeden einzelnen Kapitalisten zerschmettern! Und mit Ihnen werde ich gleich anfangen, Sie elender Hund, wenn Sie uns mit der Bombe nicht helfen!«

Allan stellte fest, dass er innerhalb einer Minute sowohl als Ratte als auch als Hund tituliert worden war. Und dass Stalin wohl nicht alle Tassen im Schrank hatte, denn jetzt hatte er offenbar doch noch vor, Allans Dienste in Anspruch zu nehmen.

Doch der hatte keine Lust, sich weitere Unverschämtheiten an den

Kopf werfen zu lassen. Er war nach Moskau gekommen, um den Leuten zu helfen, nicht, um sich anschreien zu lassen. Sollte Stalin doch zusehen, wie er alleine zurechtkam.

»Ich hab mir da gerade was überlegt«, verkündete Allan.

»Was?«, fuhr Stalin ihn an.

»Wie wär's, wenn Sie sich mal diesen Schnurrbart abrasieren?«

Damit war das Abendessen beendet, denn der Dolmetscher wurde ohnmächtig.

* * * *

In aller Eile wurden die Pläne geändert. Allan wurde nie in die feinste Gästewohnung des Kreml einquartiert, sondern in eine fensterlose Zelle im Keller der russischen Geheimpolizei. Genosse Stalin hatte zum Schluss entschieden, dass die Sowjetunion entweder durch die eigenen Experten an die Formel für die Atombombe kommen musste oder durch ehrenwerte Spionage. Weitere Westler würde man *nicht* entführen, und man würde auch definitiv nicht mehr mit Kapitalisten oder Faschisten oder beiden feilschen.

Julij war zutiefst unglücklich. Nicht nur, weil er den netten Allan in die Sowjetunion gelockt hatte, wo ihn jetzt mit Sicherheit der Tod erwartete, sondern auch, weil Genosse Stalin solche charakterlichen Mängel gezeigt hatte! Der große Führer war intelligent, ein guter Tänzer, er verfügte über Allgemeinbildung und eine schöne Singstimme. *Und dann war er völlig wahnsinnig!* Allan hatte nur zufällig den falschen Dichter zitiert, und binnen Sekunden hatte sich ein gemütliches Abendessen in … eine Katastrophe verwandelt!

Unter Gefahr für sein eigenes Leben versuchte Julij vorsichtig, ganz vorsichtig mit Marschall Berija über Allans bevorstehende Hinrichtung zu reden und inwieweit es da nicht doch eine Alternative geben könnte.

Doch da hatte er sich im Marschall getäuscht. Der verging sich zwar an Frauen wie Kindern, ließ Schuldige wie Unschuldige foltern und hinrichten, tat zwar solche schrecklichen Dinge und noch viel mehr ... aber so abstoßend seine Methoden auch sein mochten, er arbeitete zielstrebig immer nur für das Beste der Sowjetunion.

»Machen Sie sich keine Sorgen, Julij Borissowitsch, Herr Karlsson wird nicht sterben. Jedenfalls noch nicht.«

Marschall Berija erklärte, dass er vorhabe, Allan Karlsson als Trumpf im Ärmel zu behalten, für den Fall, dass Julij Borissowitsch und seine Forscherkollegen weiter an der Entwicklung der Bombe scheiterten – was man langfristig nicht hinnehmen würde. Der Marschall war sehr zufrieden damit, wie geschickt er eine Drohung in diese Erklärung verpackt hatte.

* * * *

Während er auf seinen Prozess wartete, saß Allan also in einer der vielen Zellen der Geheimpolizei. Das Einzige, was in seinem Leben passierte – abgesehen von gar nichts – war, dass man ihm täglich ein Stück Brot, dreißig Gramm Zucker und drei warme Gerichte brachte (Gemüsesuppe, Gemüsesuppe und Gemüsesuppe).

Das Essen im Kreml war zwar besser gewesen als das im Gefängnis. Doch Allan fand, wenn auch die Suppe schlechter schmeckte, konnte er sie zumindest in Ruhe genießen, ohne dass sich jemand vor ihm aufbaute und ihn aus unerfindlichen Gründen anbrüllte.

Diese neue Diät dauerte sechs Tage, dann brachte das Spezialgremium des Geheimdienstes ihn zur Verhandlung. Der Gerichtssaal lag, ebenso wie Allans Zelle, im riesigen Gebäude des Geheimdienstes am Lubjanka-Platz, wenn auch ein paar Etagen höher. Man setzte Allan auf einen Stuhl vor dem Richterpult. Links vom Richter saß der Staatsanwalt, ein Mann mit mürrischem Gesicht, und rechts Allans Verteidiger, ebenfalls ein Mann mit mürrischem Gesicht.

Erst sagte der Staatsanwalt etwas auf Russisch, was Allan nicht verstand. Dann sagte der Anwalt etwas auf Russisch, was Allan auch nicht verstand. Daraufhin nickte der Richter scheinbar nachdenklich, bevor er zur Sicherheit noch einmal seinen Memo-Zettel auseinanderfaltete und mitteilte:

»Das Spezialgremium beschließt hiermit, Allan Emmanuel Karlsson, Bürger des schwedischen Königreiches, zu dreißig Jahren in einem Besserungsarbeitslager in Wladiwostok zu verurteilen, da er sich als gefährliches Element für die sowjetische sozialistische Gesellschaft erwiesen hat!«

Der Richter informierte den Verurteilten, er könne das Urteil anfechten, das wäre dann Angelegenheit des Obersten Sowjets, und die Verhandlung würde heute in drei Monaten stattfinden. Doch Allan Karlssons Anwalt teilte in Allan Karlssons Namen mit, dass er keine Revision einlegen würde. Im Gegenteil, er sei dankbar für das milde Urteil.

Zwar fragte man Allan nie, ob er wirklich dankbar war, aber das Urteil hatte zweifellos seine netten Seiten. Erstens behielt der Angeklagte sein Leben, und das kam selten vor, wenn man als gefährliches Element eingestuft worden war. Und zweitens landete er im Gulag in Wladiwostok, im absolut erträglichsten Klima Sibiriens. Dort war das Wetter nicht viel übler als zu Hause in Sörmland, während es weiter nördlich und in Richtung Binnenland durchaus fünfzig, sechzig oder gar siebzig Minusgrade geben konnte.

Allan hatte also gewissermaßen Glück gehabt. Nun wurde er mit ungefähr dreißig gerade verurteilten Dissidenten, die sein glückliches Los teilten, in einen zugigen Waggon verfrachtet. Diese Menschenladung hatte außerdem nicht weniger als drei Decken pro Kopf bekommen, da der Kernphysiker Julij Borissowitsch Popow den Wärter mit einem Bündel Rubel bestochen hatte. Der Mann fand es seltsam, dass ein so prominenter Bürger sich für einen Gulagtransport engagierte, und überlegte kurz, ob er den Vorfall seinen Vorgesetzten melden sollte. Doch dann fiel ihm wieder ein, dass er ja schon das Geld angenommen hatte, also war es wohl schlauer, weiter keinen Staub aufzuwirbeln.

Allan tat sich schwer, in diesem Gefangenentransport jemanden zu finden, mit dem er plaudern konnte, denn fast alle sprachen nur Russisch. Doch ein Mann um die fünfzig konnte Italienisch, und da

Allan fließend Spanisch sprach, konnten sich die beiden einigermaßen verständigen. Jedenfalls verstand Allan so viel, dass der Mann zutiefst unglücklich war und sich am liebsten das Leben genommen hätte, wenn er nicht – nach seinen eigenen Worten – so eine erbärmliche Memme wäre. Allan tröstete ihn, so gut es ging, und meinte, dass sich die Dinge vielleicht sogar im Sinne des Mitreisenden entwickeln könnten, sobald der Zug ins sibirische Binnenland kam, denn drei Decken könnten sogar etwas knapp kalkuliert sein, wenn das Wetter entsprechend gelaunt war.

Der Italiener schniefte noch ein wenig, dann richtete er sich wieder auf und reichte Allan die Hand, um sich für seine Unterstützung zu bedanken. Er war übrigens gar kein echter Italiener, sondern Deutscher. Herbert hieß er. Sein Nachname sei nicht so wichtig, meinte er.

* * * *

Herbert Einstein hatte in seinem Leben kein Glück gehabt. Aufgrund eines administrativen Fehlers war er ebenso wie Allan zu dreißig Jahren Besserungsarbeitslager verurteilt worden, nicht zum Tode, nach dem er sich so sehnte.

Und er erfror auch nicht in der sibirischen Tundra, dafür sorgten die drei Decken. Außerdem war der Januar 1948 der mildeste seit Langem. Doch Allan versicherte Herbert, künftig werde er bestimmt andere Möglichkeiten finden. Immerhin waren sie ja auf dem Weg zu einem Arbeitslager, wenn es also anderweitig nicht klappen wollte, konnte er sich doch immer noch tot*arbeiten*, wie wäre es denn damit?

Seufzend meinte Herbert, dafür sei er wohl zu faul. Allerdings wusste er es nicht so genau, denn er hatte sein Lebtag noch nicht gearbeitet.

Darin sah Allan durchaus eine Chance. In einem Arbeitslager konnte man ganz sicher nicht faulenzen, da würden die Wachen einem garantiert gleich ein paar Kugeln hinterherschießen.

Herbert begrüßte den Gedanken einerseits, andererseits schauderte er auch. Ein paar Kugeln – tat so was nicht schrecklich weh?

* * * *

Allan Karlsson stellte keine großen Ansprüche ans Leben. Er wollte ein Bett, ausreichend Essen, eine Beschäftigung und in gewissen Abständen ein Gläschen Schnaps. Solange das gesichert war, konnte er fast alles ertragen. Insofern bot das Lager in Wladiwostok alles, was er sich wünschte, bis auf den Schnaps.

Der Hafen von Wladiwostok hatte damals einen offenen und einen geschlossenen Teil. Der geschlossene war von einem zwei Meter hohen Zaun umgeben, in dem das Zwangsarbeitslager des Gulag lag: vier Reihen mit je vierzig braunen Baracken. Der Zaun ging bis hinunter an den Kai. Die Schiffe, die von den Gefangenen beladen und entladen werden sollten, legten innerhalb der Umzäunung an, die anderen außerhalb. Die Lagerinsassen hatten mit fast jeder Art von Ladung zu tun, nur die ganz kleinen Fischerboote mit Besatzung mussten allein zurechtkommen, und der eine oder andere Öltanker, der einfach zu groß war.

Bis auf wenige Ausnahmen sahen die Tage im Lager in Wladiwostok immer gleich aus. Wecken um sechs Uhr, Frühstück um Viertel nach sechs. Die Arbeitsschicht dauerte zwölf Stunden, von halb sieben bis halb sieben, mit einer halbstündigen Mittagspause um zwölf. Im Anschluss an die Arbeit gab es Abendessen, danach wurden die Insassen bis zum nächsten Morgen eingesperrt.

Die Verpflegung war ganz anständig: Es gab zwar meistens Fisch, aber selten in Form von Suppe. Die Wächter waren nicht direkt freundlich, aber sie schossen auch nicht unnötig auf die Gefangenen. Sogar Herbert Einstein war noch am Leben, obgleich das seinen Wünschen zuwiderlief. Er schlurfte zwar matter daher als jeder andere Gefangene, aber da er sich immer in der Nähe des hart arbeitenden Allan aufhielt, fiel er nicht weiter auf.

Allan hatte nichts dagegen, für zwei zu arbeiten. Allerdings führte er bald eine Regel ein: Herbert durfte ihm nicht die ganze Zeit die Ohren volljammern, wie elend sein Leben doch sei. Das habe Allan inzwischen verstanden, und er vergesse es ganz sicher nicht vom einen Tag auf den nächsten. Diese Klagen immer und immer wieder zu wiederholen, sei also völlig sinnlos.

Herbert gehorchte, und damit war alles in Ordnung.

Wäre da nur nicht die Sache mit dem Schnaps gewesen. Allan hielt es genau fünf Jahre und drei Wochen aus. Dann verkündete er: »Jetzt will ich endlich mal wieder einen ordentlichen Schnaps. Und hier kriegt man nirgendwo einen Schnaps. Da muss ich mich wohl mal wieder verändern.«

17. KAPITEL

Dienstag, 10. Mai 2005

Die Frühjahrssonne strahlte schon den neunten Tag in Folge vom Himmel, und obwohl der Morgen noch kühl war, deckte Bosse den Frühstückstisch auf der Veranda.

Benny und die Schöne Frau führten Sonja aus dem Bus und auf die Wiese hinterm Haus. Allan und der Piranha Gerdin saßen zusammen in der Hollywoodschaukel und schaukelten ganz vorsichtig. Der eine, weil er hundert Jahre alt war, der andere, weil er sich so fühlte. Sein Kopf dröhnte, die gebrochenen Rippen erschwerten ihm das Atmen, sein rechter Arm wollte nicht so, wie er wollte, und das Schlimmste war sicher die Fleischwunde am Oberschenkel. Benny schaute bei ihnen vorbei und schlug vor, den Verband demnächst zu erneuern, aber vielleicht sollte er ihm zuerst ein paar anständige Schmerztabletten verabreichen. Wenn nötig, konnten sie am Abend wieder mit Morphin nachlegen.

Dann ging Benny zurück zu Sonja und überließ die beiden wieder sich selbst. Allan fand, dass es langsam Zeit für ein ernsthaftes Gespräch unter Männern wurde. Er begann damit, sein Bedauern darüber auszudrücken, dass... Bolzen hieß er, nicht wahr?... dass Bolzen im Wald von Sörmland draufgegangen war und dass... Humpen?... wenig später unter Sonjas Hinterteil geraten war. Doch sowohl Bolzen als auch Humpen waren gelinde gesagt recht bedrohlich aufgetreten, was man der Gruppe schon als mildernden Umstand anrechnen musste – ob der Herr Piranha das nicht auch finde?

Der Piranha erwiderte, es sei zwar betrüblich, zu hören, dass die Jungs tot waren, aber im Grunde überrasche es ihn nicht mal, dass sie von einem hundertjährigen Greis, wenn auch mit etwas Hilfe von außen, überwältigt worden waren. Beide seien nämlich unheimlich beschränkt gewesen. Der Einzige, der sie in puncto Dummheit womöglich noch übertroffen habe, sei das vierte Clubmitglied, Caracas, doch der sei ja gerade außer Landes geflohen und auf dem Weg nach Südamerika. Von wo der Mann eigentlich stammte, wusste der Piranha aber nicht genau.

Da schlich sich jedoch ein Hauch von Selbstmitleid in seine Stimme, denn Caracas hatte ja immer mit den Kokainhändlern aus Kolumbien gesprochen. Jetzt hatte der Piranha weder einen Dolmetscher noch einen Gehilfen, um seine Geschäfte fortsetzen zu können. Da saß er nun mit weiß Gott wie vielen gebrochenen Knochen und hatte keine Ahnung, was er mit seinem Leben anfangen sollte.

Allan tröstete ihn und meinte, es gebe doch sicher noch andere Drogen, die der Herr Piranha verkaufen könne. Er sei zwar im Drogengeschäft nicht so zu Hause, aber könnte der Herr Piranha mit dem Bösen Bosse nicht etwas auf diesem Grundstück anbauen?

Der Piranha antwortete, der Böse Bosse sei zwar sein bester Freund, habe aber seine verdammte Moral. Wenn die nicht wäre, könnten Bosse und der Piranha heute schon die europäischen Köttbullar-Könige sein.

Bosse unterbrach die allgemeine Melancholie auf der Hollywoodschaukel mit der Mitteilung, dass fürs Frühstück gedeckt sei. Endlich konnte auch der Piranha das saftigste Hähnchen der Welt kosten, und dazu eine Wassermelone, die so gut schmeckte, als wäre sie geradewegs aus dem Himmel importiert.

Nach dem Frühstück verband Benny dem Piranha die Wunde am Oberschenkel neu, und dann erklärte der Chef, dass er ein Vormittagsschläfchen halten müsse, ob die Freunde ihn wohl entschuldigen wollten? Das wollten sie ganz sicher.

Die nächsten Stunden auf Klockaregård verliefen folgendermaßen:

Benny und die Schöne Frau richteten die Scheune neu ein, um Sonja auf Dauer einen angemessenen Stall zu bereiten.

Julius und Bosse fuhren nach Falköping, um Lebensmittel einzukaufen. Dort sahen sie auch die neuesten Schlagzeilen und Terrormeldungen über den Hundertjährigen und sein Gefolge, die anscheinend in einem einzigen Amoklauf durchs Land zogen.

Allan zog sich nach dem Frühstück wieder auf die Hollywoodschaukel zurück mit der selbst auferlegten Aufgabe, sich nicht zu überarbeiten. Das Ganze gerne in Busters Gesellschaft.

Der Piranha lag im Bett und schlief.

Doch als Julius und Bosse von ihrer Shoppingtour zurückkamen, beriefen sie sofort eine Besprechung in der Küche ein. Sogar der Piranha Gerdin wurde aus dem Bett gezerrt.

Julius erzählte zunächst, was für Schlagzeilen beziehungsweise Zeitungsartikel Bosse und er in Falköping gelesen hatten. Wer wollte, konnte selbst in aller Ruhe einen Blick in die Zeitungen werfen, aber um es kurz zu machen: Alle Anwesenden waren in Abwesenheit verhaftet, außer Bosse, der nirgends erwähnt wurde, und dem Piranha, der den Berichten zufolge tot war.

»Letzteres entspricht nicht ganz der Wahrheit, aber unpässlich fühle ich mich ganz bestimmt«, meinte der Piranha Gerdin.

Julius fuhr fort, es sei eine ernste Sache, unter Mordverdacht zu stehen, auch wenn der Straftatbestand am Ende vielleicht anders lauten würde. Dann erklärte er die Debatte für eröffnet: Sollten sie aus freien Stücken die Polizei anrufen, ihren Aufenthaltsort angeben und der Gerechtigkeit ihren Lauf lassen?

Bevor jemand anders seine Meinung äußern konnte, rief der Piranha empört, wenn hier jemand freiwillig die Polizei anrufen und sich selbst anzeigen wolle, dann nur über seine halb tote Leiche!

»Wenn ihr das so handhaben wollt, dann hol ich sofort meinen Revolver raus. Wo habt ihr den eigentlich hingetan?«

Allan erwiderte, er habe den Revolver vorsichtshalber an einem sicheren Ort versteckt, weil Benny dem Herrn Piranha so viele seltsame Medikamente verabreichte. Ob der Herr Piranha nicht auch der Meinung sei, dass die Waffe noch eine Weile in ihrem Versteck bleiben könnte?

Na gut, damit war der Piranha einverstanden. Aber nur wenn Herr Karlsson und er sich endlich auch duzten.

»Ich bin der Piranha«, sagte der Piranha und gab dem Hundertjährigen die linke Hand.

»Und ich bin Allan«, sagte Allan. »Angenehm.«

Der Piranha hatte also mit vorgehaltener Pistole (wenn auch ohne Pistole) entschieden, dass sie Polizei und Staatsanwalt nichts gestehen sollten. Seiner Erfahrung nach war das Gericht nämlich selten so gerecht, wie es sein sollte. Die anderen stimmten ihm zu, nicht zuletzt, weil sie daran dachten, wie übel es für sie ausgehen würde, wenn das Gericht sich in ihrem Fall doch als gerecht herausstellen würde.

Das Fazit der kurzen Besprechung sah so aus, dass der gelbe Bus sofort in Bosses Industrielager versteckt wurde, zusammen mit Bergen von noch unbehandelten Wassermelonen. Aber man beschloss auch, dass niemand den Hof ohne Erlaubnis der Gruppe verlassen durfte, außer dem Bösen Bosse – also dem Einzigen, der weder gesucht noch für tot gehalten wurde.

Die Frage, wie man ansonsten weiter verfahren sollte, zum Beispiel mit dem Inhalt des Koffers und seiner Verteilung, beschloss die Gruppe erst einmal zurückzustellen. Oder, wie der Piranha Gerdin sagte:

»Ich bekomm Kopfweh, wenn ich da bloß dran denke. Und die Brust tut mir weh, wenn ich Luft hole, um zu erzählen, dass ich Kopfweh kriege, wenn ich dran denke. Im Moment würde ich fünfzig Millionen für eine Schmerztablette hinlegen.«

»Hier hast du zwei«, sagte Benny. »Aber die sind umsonst, keine Bange.«

* * * *

Kommissar Aronsson hatte einen hektischen Tag gehabt. Dank der Medien hagelte es Hinweise auf den Aufenthaltsort des mutmaßlichen Dreifachmörders und seiner drei Komplizen. Doch das Einzige, worauf Aronsson vertraute, war der Hinweis des Landpolizisten Gunnar Löwenlind in Jönköping. Der hatte sich gemeldet und berichtet, er habe auf der E4 südlich von Jönköping, auf der Höhe von Råslätt, einen gelben Bus gesehen, Modell Scania, dessen Kühler zerbeult war und der nur noch einen funktionierenden Scheinwerfer hatte. Hätte in dem Moment nicht sein Enkelsohn auf dem Kindersitz angefangen sich zu übergeben, hätte Löwenlind die Kollegen von der Verkehrspolizei angerufen, aber nun war es eben so gelaufen.

Kommissar Aronsson saß den zweiten Abend in Folge in der Pianobar des Hotels Royal Corner in Växjo und war abermals so unklug, seine Einschätzung der Situation vorzunehmen, als er schon einen gewissen Alkoholpegel hatte.

»Die E4 in nördlicher Richtung«, überlegte der Kommissar. »Seid ihr etwa auf dem Rückweg nach Sörmland? Oder wollt ihr euch in Stockholm verstecken?«

Dann beschloss er, am nächsten Tag auszuchecken und nach Hause zu fahren, in seine deprimierende Dreizimmerwohnung im Stadtzentrum von Eskilstuna. Der Schalterbeamte Ronny Hulth in Malmköping hatte zumindest eine Katze, die er in den Arm nehmen konnte. Göran Aronsson hatte nichts, dachte Göran Aronsson und trank seinen letzten Longdrink aus.

18. KAPITEL

1953

Nach fünf Jahren und drei Wochen hatte Allan natürlich ganz gut Russisch gelernt, aber auch sein Chinesisch aufgefrischt. Im Hafen war ja immer viel Betrieb, und Allan unterhielt Kontakte zu mehreren Matrosen, die regelmäßig nach Wladiwostok kamen und ihn über die neuesten Geschehnisse auf der Weltbühne auf dem Laufenden hielten.

Geschehen war unter anderem, dass die Sowjetunion anderthalb Jahre nach Allans Treffen mit Stalin, Berija und dem sympathischen Julij Borissowitsch ihre eigene Atombombe gezündet hatte. Im Westen vermutete man Spionage, denn die Bombe schien nach genau demselben Prinzip gebaut worden zu sein wie die amerikanische Trinity-Bombe. Allan jedoch versuchte sich zu erinnern, wie viele Hinweise Julij eigentlich schon bekommen hatte, als sie im U-Boot beieinandergesessen und den Wodka direkt aus der Flasche getrunken hatten.

»Ich glaube, du beherrschst die Kunst, zu saufen und gleichzeitig zuzuhören, mein lieber Julij Borissowitsch«, meinte er.

Ansonsten hatte Allan aufgeschnappt, dass die USA, Frankreich und Großbritannien ihre Besatzungszonen zusammengelegt und eine deutsche Bundesrepublik geschaffen hatten. Darauf reagierte der erboste Stalin mit der Gründung eines eigenen Deutschland. So hatten Ost und West jeweils ein eigenes Deutschland, was Allan ganz praktisch vorkam.

Außerdem war der schwedische König gestorben, das konnte Allan einer britischen Tageszeitung entnehmen, die aus ungeklärten Gründen in die Hände eines chinesischen Seemanns geraten war.

Dieser dachte gleich an den schwedischen Gefangenen in Wladiwostok, mit dem er immer so gerne plauderte, und nahm ihm die Zeitung mit. Der König war zwar schon seit einem Jahr tot, als Allan davon erfuhr, aber das machte ja nichts. Es war ja auch sofort wieder ein neuer König eingesetzt worden, das Land war also versorgt.

Ansonsten redeten die Seeleute im Hafen vor allem über den Krieg in Korea. Kein Wunder, Korea war ja gerade mal zweihundert Kilometer entfernt.

Wenn Allan das richtig verstanden hatte, war ungefähr Folgendes passiert:

Die koreanische Halbinsel blieb mehr oder weniger übrig, als der Weltkrieg zu Ende war. Stalin und Truman besetzten brüderlich jeweils einen Teil und bestimmten den achtunddreißigsten Breitengrad zur Grenze zwischen Nord und Süd. Danach wurde ewig verhandelt, inwiefern Korea sich selbst regieren dürfe, doch da die politischen Anschauungen von Stalin und Truman nicht ganz übereinstimmten (eigentlich überhaupt nicht), endete es ungefähr so wie mit Deutschland. Zuerst schufen die USA ein Südkorea, woraufhin die Sowjetunion ihren Teil Nordkorea taufte. Und dann überließen die USA und die Sowjetunion die Koreaner sich selbst.

Das lief allerdings nicht ganz glatt. Sowohl Kim Il-sung im Norden als auch Rhee Syng-man im Süden fanden, dass sie die besseren Voraussetzungen dafür mitbrachten, die gesamte Halbinsel zu regieren. Und über diese Frage entbrannte gleich wieder ein Krieg.

Doch drei Jahre und ungefähr vier Millionen Tote später war immer noch nichts passiert (außer, dass eben Menschen gestorben waren). Der Norden war immer noch der Norden, der Süden war der Süden. Getrennt durch den achtunddreißigsten Breitengrad.

Was den Schnaps anging, also den Hauptgrund, aus dem Gulag zu fliehen, lag es natürlich nahe, sich auf eines der vielen Schiffe zu stehlen, die im Hafen von Wladiwostok anlegten und ausliefen. Doch im Laufe der Jahre hatten sich mindestens sieben von Allans Freunden aus der Baracke etwas Ähnliches vorgenommen, und alle sieben waren entdeckt und hingerichtet worden. Dann trauerten die Kameraden in den Baracken – am meisten Herbert Einstein, wie es schien. Nur Allan begriff, was Herbert bedauerte, nämlich dass es wieder nicht ihn getroffen hatte.

Wenn man ein Schiff entern wollte, war das erste Problem schon mal, dass jeder Sträfling seine typische schwarzweiße Lagerkleidung trug. Damit war es unmöglich, in der Menge unterzutauchen. Obendrein konnte man so eine Gangway ja leicht bewachen, und jede Kiste, die mit dem Kran auf ein Schiff gehievt wurde, wurde zuvor von gut ausgebildeten Wachhunden beschnüffelt.

Dazu kam, dass es gar nicht so einfach war, ein Schiff zu finden, auf dem man Allan ohne Weiteres aufgenommen hätte. Viele Transporte gingen nach Festlandchina, andere nach Wonsan an der nordkoreanischen Ostküste. Sollte ein chinesischer oder nordkoreanischer Kapitän einen Gulagsträfling in seinem Frachtraum entdecken, gab es durchaus Grund zu der Annahme, dass er entweder beidrehen oder ihn einfach über Bord werfen würde (weniger Bürokratie, gleiches Ergebnis).

Nein, der Seeweg war schwierig, wenn man fliehen wollte – und das wollte man ja. Der Landweg schien an und für sich nicht viel einfacher. Nordwärts ins sibirische Binnenland und in die unmenschliche Kälte zu marschieren, war natürlich auch keine gute Idee. Und nach China im Westen ebenso wenig.

Blieb nur noch der Süden, da lag Südkorea, wo man sich sicher eines Lagerflüchtlings annehmen würde, der obendrein ein mutmaßlicher Feind des Kommunismus war. Zu schade, dass man davor erst noch Nordkorea durchqueren musste.

Noch bevor Allan sich einen einigermaßen brauchbaren Plan für eine Flucht Richtung Süden zurechtbasteln konnte, war ihm klar, dass er unterwegs auf mehr als ein Hindernis treffen würde. Aber es lohnte sich nicht, sich darüber den Kopf zu zerbrechen, denn dann würde es nie mehr was werden mit dem Schnaps.

Sollte er es allein versuchen oder zusammen mit jemandem?

Das müsste dann Herbert sein, der Unselige. Allan glaubte, dass Herbert ihm bei den Vorbereitungen durchaus von Nutzen sein könnte. Außerdem war es sicher lustiger, zu zweit zu fliehen statt ganz allein.

»Fliehen?«, sagte Herbert Einstein. »Auf dem Landweg? Nach Südkorea? Via Nordkorea?«

»So ungefähr«, sagte Allan. »Das ist jedenfalls meine Arbeitshypothese.«

»Die Chance, dass wir durchkommen, geht doch wahrscheinlich gegen null«, sagte Herbert.

»Genau«, sagte Allan.

»Ich bin dabei!«, sagte Herbert.

Nach fünf Jahren wusste jeder im Lager, dass im Schädel von Nummer 133 gedanklich nicht viel los war, und die wenigen Gedanken, die ab und an darin herumkullerten, kollidierten hoffnungslos miteinander.

Aufgrund dessen hatten die Wachleute eine eher nachsichtige Einstellung zu Herbert Einstein. Wenn irgendein Gefangener in der Schlange bei der Essensausgabe zur festgelegten Zeit nicht so dastand, wie er dastehen sollte, wurde er im günstigsten Falle angeschnauzt, im nächstgünstigsten Fall bekam er einen Gewehrkolben in den Magen, während es im allerschlimmsten Fall Danke und auf Wiedersehen hieß.

Doch Herbert fand sich nach fünf Jahren immer noch nicht zwischen den Baracken zurecht. Die waren doch alle gleich braun und gleich groß – für ihn war das schrecklich verwirrend. Essen wurde immer zwischen Baracke dreizehn und vierzehn ausgegeben, aber Nummer 133 fand man dann gerne mal, wie er bei Baracke sieben umherirrte. Oder neunzehn. Oder fünfundzwanzig.

»Verdammt noch mal, Einstein«, sagten die Wachen dann. »Die Essensschlange ist da hinten. Nein, nicht da! DA! Wo sie schon immer war, verflucht und zugenäht!«

Allan dachte, dass Herbert und er von diesem Ruf durchaus profitieren könnten. Man konnte zwar in Gefangenenkleidung fliehen, aber in derselben Gefangenenkleidung länger als ein paar Minuten am Leben zu bleiben, das würde schon schwieriger werden. Allan und Herbert brauchten jeder eine Soldatenuniform. Und der einzige Gefangene, der sich den Kleiderkammern der Soldaten nähern konnte, ohne sofort erschossen zu werden, wenn man ihn entdeckte – das war Sträfling Nummer 133, Einstein.

Daher gab Allan seinem Freund genaue Anweisungen, was er tun sollte. Sobald es Essen gab, musste er sich »verlaufen«. Zu dem Zeitpunkt hatte ja auch das Personal in der Kleiderkammer Mittagspause. Während dieser halben Stunde wurde die Kleiderkammer nur vom Soldaten an der MG in Wachtturm vier bewacht. Doch der wusste wie alle anderen auch von den Eigenheiten des Gefangenen 133, und wenn er Herbert entdeckte, würde er ihm eher etwas zubrüllen, als ihm eine Ladung Blei zu verpassen. Nun, und falls Allan sich darin täuschte, war das ja auch kein Weltuntergang für Herbert mit seinem nicht nachlassenden Todeswunsch.

Herbert fand, dass Allan sich das ganz toll ausgedacht hatte. Aber – was genau musste er jetzt noch mal machen?

Natürlich ging alles schief. Herbert verlief sich nämlich wirklich und landete daher zum ersten Mal seit Langem ganz richtig in der Essensschlange. Dort stand schon Allan, der aufseufzte und Herbert Richtung Kleiderkammer schubste. Doch das half auch nichts, denn Herbert verirrte sich erneut, und bevor er wusste, wie ihm geschah, stand er in der Waschküche. Und was fand er dort? Einen ganzen Stapel frisch gewaschene, frisch gebügelte Soldatenuniformen!

Er griff sich zwei, versteckte sie unter seiner Jacke und trat wieder hinaus. Wie nicht anders zu erwarten, wurde er sofort vom Soldaten in Wachtturm vier entdeckt, der sich aber gar nicht erst die Mühe machte, den Gefangenen anzubrüllen. Außerdem kam es ihm so vor, als wäre der Trottel tatsächlich mal auf dem richtigen Weg zu seiner Baracke.

»Sensationell«, murmelte er, um sich dann wieder seinen Tagträumen hinzugeben.

Jetzt hatten Allan und Herbert also jeder eine Uniform, die jedem sagte, dass es sich hier um stolze Rekruten der Roten Armee handelte. Nur der Rest musste noch organisiert werden.

In letzter Zeit war Allan aufgefallen, dass wesentlich mehr Schiffe als früher ins nordkoreanische Wonsan fuhren. Die Sowjetunion beteiligte sich an diesem Krieg offiziell zwar nicht auf der Seite Nordkoreas, aber es trafen immer mehr Waffenlieferungen mit dem Zug in Wladiwostok ein, um hier auf Schiffe verladen zu werden, die alle dasselbe Ziel hatten. Es stand zwar nicht drauf, wohin sie fuhren, aber manche Seeleute schwatzten gerne mal, und Allan wusste zu fragen. In manchen Fällen sah man sogar, woraus die Fracht bestand, zum Beispiel aus Geländefahrzeugen oder sogar Panzern, in anderen Fällen aber auch einfach nur aus neutralen Holzcontainern.

Allan hatte sich ein Ablenkungsmanöver überlegt, das dem in Teheran vor sechs Jahren nicht ganz unähnlich war. In Übereinstimmung mit der alten römischen Weisheit, dass der Schuster bei seinen Leisten bleiben sollte, dachte sich Allan, dass ein bisschen Feuerwerk wohl seinen Zweck erfüllen dürfte. Und da kamen die Container mit Bestimmungsort Wonsan ins Spiel. Er wusste es zwar nicht mit Sicherheit, aber er ahnte, dass einige von ihnen explosives Material enthielten, und wenn so ein Container im Hafen Feuer fing und es daraufhin hie und da zu unkontrollierten Explosionen kam, dann … ja, dann hätten Herbert und er vielleicht genug Spielraum, sich um die Ecke zu schleichen, die sowjetischen Uniformen anzuziehen … und … na ja, dann mussten sie sich ein Auto besorgen … und bei dem musste natürlich der Schlüssel im Zündschloss stecken und der Tank voll sein, und der Besitzer durfte auch gerade keinen Anspruch darauf erheben. Auf Allans und Herberts Kommando würden sich die bewachten Tore öffnen, und vor dem Hafen und dem Lagerareal würde natürlich niemand Unrat wittern. Niemand würde das gestohlene Auto vermissen, und niemand würde sie verfolgen. Und all das mussten sie überstehen, bevor sie auch nur in die Nähe ihrer richtigen Probleme kamen, zum Beispiel der Frage, wie sie es nach Nordkorea schaffen und vor allem sich dann in den Süden durchschlagen sollten.

»Also, ich bin ja eher langsam von Begriff«, meinte Herbert, »aber mir kommt es so vor, als wäre dein Plan noch nicht ganz ausgereift.«

»Du bist überhaupt nicht langsam von Begriff«, protestierte Allan. »Na ja, gut, ein bisschen vielleicht, aber mit deinem Einwand hast du vollkommen recht. Und je mehr ich drüber nachdenke, desto mehr glaube ich, wir sollten alles so lassen, wie es ist. Du wirst sehen, es kommt, wie es kommt. So kommt es nämlich immer. Fast immer.«

Der erste und einzige Teil des Fluchtplans bestand also darin, heimlich Feuer an einen passenden Container zu legen. Dafür brauchte man 1. einen passenden Container und 2. etwas, womit man Feuer legen konnte. Während sie darauf warteten, dass ein Schiff anlegte, das mit Ersterem beladen werden sollte, schickte Allan den bekanntermaßen doofen Herbert Einstein erneut mit einem Auftrag los. Und verdienstvollerweise konnte Herbert eine Leuchtrakete in seinen Besitz bringen, die er in seiner Hose versteckte, bevor eine sowjetische Wache ihn an einem Ort entdeckte, an dem sich Herbert definitiv nicht aufhalten durfte. Doch statt ihn hinzurichten oder zumindest zu leibesvisitieren, ließ die Wache die soundsovielte Strafpredigt vom Stapel, dass 133 nach fünf Jahren wohl mal aufhören könnte, sich ständig zu verlaufen. Herbert entschuldigte sich und trippelte unsicheren Schrittes davon. In die falsche Richtung, versteht sich, um das Schauspiel perfekt zu machen.

»Zu deiner Baracke geht's nach *links*, Einstein«, rief ihm der Mann hinterher. »Wie dumm kann ein Mensch eigentlich sein?«

Allan belobigte Herbert für die gute Arbeit und seine Schauspielerei. Herbert errötete ob des Lobes, wehrte aber bescheiden ab mit der Begründung, es sei ja keine besondere Leistung, den Dummen zu spielen, wenn man tatsächlich dumm ist. Allan meinte, er wisse nicht, wie schwer das sei, denn die Dummköpfe, die er bis jetzt kennengelernt hatte, hätten grundsätzlich versucht, ihrer Umwelt das Gegenteil vorzuspielen.

Schließlich schien der rechte Tag gekommen zu sein. Am 1. März 1953, einem kalten Morgen, kam ein Zug an, der mehr Waggons führte, als Allan – oder zumindest Herbert – zählen konnte. Es handelte sich ganz offensichtlich um einen militärischen Transport, und die gesamte Fracht sollte auf nicht weniger als drei Schiffe mit Bestimmungsland Nordkorea geladen werden. Acht T34-Panzer gehörten dazu, die ließen sich schwerlich verbergen, ansonsten war alles in massive Holzcontainer undeklarierten Inhalts verpackt. Doch zwischen den Holzbrettern war genug Abstand, um eine Leuchtrakete hindurchzuschieben. Und genau das tat Allan dann auch, als sich nach einem halben Arbeitstag endlich die Gelegenheit bot.

Natürlich begann Rauch aus dem Container aufzusteigen, doch glücklicherweise dauerte es ein paar Sekunden, bevor er zu brennen anfing, sodass Allan sich weit genug entfernen konnte, um nicht unmittelbar verdächtig zu wirken. Wenig später stand die Kiste bereits in Flammen, da halfen auch die fünfzehn Grad minus nichts.

Laut Plan sollte es losknallen, sobald das Feuer eine verpackte Handgranate oder Ähnliches erreichte. Dann würden die Wachen wie aufgescheuchte Hühner herumrennen, und Allan und Herbert konnten zu ihrer Baracke laufen, um sich umzuziehen.

Das Dumme war nur, dass es einfach nicht losknallen wollte. Die Rauchentwicklung hingegen war heftig, und dann kam es noch schlimmer, da die Wächter, die selbst nicht in die Nähe der Kiste gehen wollten, den Gefangenen befahlen, den brennenden Container mit Wasser zu löschen.

Daraufhin kletterten drei Gefangene im Schutz der Rauchwolken über den zwei Meter hohen Zaun, um die offene Seite des Hafens zu erreichen. Doch der Soldat in Wachtturm zwei entdeckte sie sofort. Er saß hinter seiner MG bereit und ließ eine Garbe nach der anderen auf die drei Sträflinge los. Da er Leuchtspurgeschosse einsetzte, hatte er binnen Kurzem alle drei getroffen, und die Männer stürzten tot zu

Boden. Und falls sie da noch nicht tot waren, waren sie es mit Sicherheit eine Sekunde später, denn nicht nur sie waren von den MG-Salven perforiert worden, sondern auch der Container, der links von dem brennenden stand. Allans Container enthielt fünfzehnhundert Armeedecken. Der Container daneben fünfzehnhundert Handgranaten. Leuchtspurgeschosse enthalten Phosphor, und sobald die erste Kugel die erste Granate getroffen hatte, detonierte diese – und eine Sekunde später auch ihre vierzehnhundertneunundneunzig Schwestergranaten. Die Explosion war so heftig, dass die vier nächsten Container in die Luft geschleudert wurden und dreißig bis achtzig Meter ins Lager hinein flogen.

Container Nummer fünf enthielt siebenhundert Landminen, und ehe man sich's versah, folgte eine Explosion, die ebenso heftig war wie die vorige, mit der Folge, dass der Inhalt weiterer vier Container in alle Himmelsrichtungen verteilt wurde.

Allan und Herbert hatten Chaos stiften wollen, und nun hatten sie weiß Gott Chaos gestiftet. Doch das war erst der Anfang. Denn jetzt griffen die Flammen von einem Container auf den nächsten über. Einer enthielt Diesel und Benzin, und das sind ja nicht gerade die Substanzen, mit denen man Brände löschen würde. Der nächste enthielt Munition, die prompt ein Eigenleben entfaltete. Zwei Wachttürme und acht Baracken brannten bereits lichterloh, *bevor* die Panzerfäuste auf den Plan traten. Die erste schoss Wachtturm Nummer drei ab, die zweite landete mitten im Verwaltungsgebäude am Lagereingang, und wo sie schon mal in Fahrt war, nahm sie gleich noch den Schlagbaum mit.

Am Kai lagen vier Schiffe, die beladen werden sollten, und die nächsten Panzerfäuste steckten alle vier in Brand.

Dann explodierte noch ein Container mit Handgranaten und löste die nächste Kettenreaktion aus, die schließlich auch noch den letzten Container in der Reihe erfasste. Zufällig enthielt auch dieser Panzerfäuste, die nun in die andere Richtung losgingen, zum offenen Hafenbereich, wo gerade ein Tanker mit fünfundsechzigtausend Tonnen Öl anlegen wollte. Ein Volltreffer auf die Kommandobrücke

machte den Tanker führerlos, und weitere drei Treffer in die Längsseite entfesselten ein Feuer, das gewaltiger war als alle anderen zu-
sammengenommen.

Der lichterloh brennende Öltanker trieb an der Kaimauer entlang
auf die Stadt zu. Auf dieser seiner letzten Reise steckte er auf einer
Strecke von 2,2 Kilometern sämtliche Häuser in Brand. Obendrein
kam der Wind an diesem Tag von Südost. Es dauerte also keine zwanzig Minuten, bis buchstäblich ganz Wladiwostok in Flammen stand.

* * * *

In der Residenz in Krylatskoje wollte Genosse Stalin gerade ein gemütliches Abendessen mit seinen Untergebenen Berija, Malenkow,
Bulganin und Chruschtschow beenden, als ihn die Nachricht erreichte, dass Wladiwostok im Großen und Ganzen nicht mehr existierte, da der Brand eines Containers mit Armeedecken außer Kontrolle geraten war.

Bei dieser Nachricht wurde Stalin ganz blümerant zumute.

Sein neuer Günstling, der tatkräftige Nikita Sergejewitsch
Chruschtschow, fragte, ob er einen guten Rat geben dürfe, und Stalin
meinte lahm, das dürfe Nikita Sergejewitsch ganz bestimmt.

»Lieber Genosse Stalin«, hob Chruschtschow an. »Ich würde vorschlagen, dass das, was dort passiert ist, einfach nicht passiert ist. Ich
würde vorschlagen, dass Wladiwostok sofort von der Umwelt abgeschlossen wird, dass wir die Stadt geduldig wiederaufbauen und sie
zur Basis für unsere Pazifikflotte machen, genau wie Genosse Stalin
es geplant hat. Doch das Wichtigste ist: *Was dort passiert ist, ist nicht
passiert.* Alles andere würde eine Schwäche verraten, die zu verraten
wir uns nicht leisten können. Versteht der Genosse Stalin, was ich
meine? Ist Genosse Stalin in dieser Sache derselben Meinung?«

Stalin war immer noch ganz blümerant zumute. Außerdem hatte
er einen Schwips. Nichtsdestoweniger nickte er und meinte, auf Stalins ausdrücklichen Wunsch solle Nikita Sergejewitsch selbst die Verantwortung dafür übernehmen, dass das, was dort passiert war ...

nicht passiert war. Dann meinte er, es sei an der Zeit, dass Stalin sich zurückziehe, denn es gehe ihm nicht besonders gut.

Wladiwostok, dachte Marschall Berija. Hatten sie dort nicht diesen schwedischen faschistischen Sprengstoffexperten hingeschickt, damit sie auf ihn zurückgreifen konnten, wenn sie die Bombe nicht in eigener Regie hinkriegten? Den hatte ich ja schon ganz vergessen. Ich hätte den verfluchten Kerl gleich liquidieren lassen sollen, nachdem Julij Borissowitsch Popow das Rätsel verdienstvollerweise selbst geknackt hatte. Nun ja, vielleicht war er ja mitverbrannt. Freilich hätte er nicht gleich eine ganze Stadt mit in den Tod reißen müssen.

An der Tür zum Schlafzimmer teilte Stalin noch mit, dass er unter gar keinen Umständen gestört werden wolle. Dann schloss er sich ein, setzte sich auf die Bettkante und knöpfte sich das Hemd auf, während er überlegte.

Wladiwostok... Die Stadt, die Stalin zur Basis der sowjetischen Pazifikflotte auserkoren hatte! *Wladiwostok...* das in der bevorstehenden Offensive im Koreakrieg so eine wichtige Rolle spielen sollte! *Wladiwostok...*

Existierte nicht mehr!

Stalin konnte sich noch fragen, wie zur Hölle ein Container mit Armeedecken bei fünfzehn bis zwanzig Grad unter null überhaupt hatte Feuer fangen können. Irgendjemand musste dafür verantwortlich sein ... und dieser Schuft ... soll ... soll ...

Stalin fiel vornüber zu Boden. So blieb er volle vierundzwanzig Stunden mit seinem Schlaganfall liegen, denn wenn Genosse Stalin gesagt hatte, dass er nicht gestört werden wollte, dann störte man ihn nicht.

* * * *

Allans und Herberts Baracke gehörte zu den ersten, die Feuer fingen, womit die Freunde ihren Plan, darin heimlich ihre Uniformen anzuziehen, gleich vergessen konnten.

Doch der Lagerzaun war bereits eingestürzt, und da kein einziger Wachtturm mehr stand, war auch keiner mehr da, der ihn bewachte. Es war also gar kein Problem, sich aus dem Lager zu entfernen. Das Problem war vielmehr, wie es danach weitergehen sollte. Ein Armeefahrzeug konnten sie nicht stehlen, denn die standen samt und sonders in Flammen. In die Stadt zu marschieren, um sich dort ein Fluchtfahrzeug zu beschaffen, war ebenfalls sinnlos. Aus irgendeinem Grund brannte nämlich ganz Wladiwostok.

Die meisten Lagerinsassen, die das Feuer und die Explosionen überlebt hatten, blieben in kleinen Grüppchen auf der Landstraße stehen, in sicherem Abstand zu explodierenden Granaten und Panzerfäusten und diversen anderen Sachen, die immer noch munter durch die Luft zischten. Ein paar Glücksritter liefen davon, alle in nordwestliche Richtung, denn das war die einzige Richtung, die einem fliehenden Russen sinnvoll vorkam. Im Osten war Wasser, im Süden Koreakrieg, im Westen lag China, und direkt im Norden brannte gerade eine Stadt ab. Blieb nur noch der Weg direkt ins richtige, richtig kalte Sibirien. Doch die Soldaten rechneten sich das natürlich ebenso aus, und bevor der Tag um war, hatten sie die Fliehenden wieder eingefangen und allesamt in die Ewigkeit befördert.

Die einzigen Ausnahmen hießen Allan und Herbert. Ihnen gelang es, sich auf einen Hügel *südwestlich* von Wladiwostok zu retten. Dort rasteten sie kurz und betrachteten das Bild der Verwüstung, das sich ihren Augen bot.

»Diese Leuchtrakete hatte ja ganz schön Pfeffer«, meinte Herbert.

»Eine Atombombe hätte kaum gründlichere Arbeit leisten können«, meinte Allan.

»Was machen wir denn jetzt?«, wollte Herbert wissen. Ihm war so kalt, dass er sich fast nach dem Lager zurücksehnte, das nicht mehr stand.

»Jetzt, mein Freund, machen wir uns auf nach Nordkorea«, sagte Allan. »Da es weit und breit keine Autos gibt, müssen wir wohl zu Fuß gehen. Aber egal, das hält schön warm.«

* * * *

Kirill Afanassjewitsch Merezkow war einer der fähigsten und höchstdekorierten Kommandeure der Roten Armee. Unter anderem war er »Held der Sowjetunion« und nicht weniger als siebenmal mit dem Lenin-Orden ausgezeichnet worden.

Als Befehlshaber der vierten Armee kämpfte er bei Leningrad erfolgreich gegen die Deutschen, und nach neunhundert schrecklichen Tagen konnte die Belagerung der Stadt beendet werden. Kein Wunder, dass Merezkow zum »Marschall der Sowjetunion« ernannt wurde, zusätzlich zu all den Orden, Titeln und Medaillen, die er ansonsten bekommen hatte.

Als Hitler zurückgedrängt war, zog der Marschall Richtung Osten, neuntausendsechshundert Kilometer per Zug. Man brauchte ihn an der ersten Fernostfront, um die Japaner aus der Mandschurei zu verjagen. Man war nicht überrascht, als ihm auch das gelang.

Dann endete der Weltkrieg, und Merezkow war am Ende seiner Kräfte. Da in Moskau niemand auf ihn wartete, blieb er einfach im Osten. Dort landete er hinter einem Schreibtisch der Armee in Wladiwostok. Ein schöner Schreibtisch. Echt Teak.

Als der Winter 1953 sich dem Ende zuneigte, war Merezkow fünfundsechzig und saß immer noch hinter seinem Tisch. Von dort verwaltete er die sowjetische Nichtteilnahme am Koreakrieg. Sowohl Merezkow als auch Genosse Stalin hielten es für strategisch wichtig, dass die Sowjetunion *im Moment* nicht unmittelbar gegen die amerikanischen Soldaten kämpfte. Zwar verfügten jetzt beide über die Bombe, aber die Amerikaner waren ihnen ein Stück voraus. Alles hatte seine Zeit, jetzt galt es, nicht zu provozieren – was allerdings nichts daran änderte, dass der Koreakrieg gewonnen werden musste.

Doch Merezkow erlaubte sich, es zwischendurch auch mal ruhig angehen zu lassen. Unter anderem hatte er eine Jagdhütte bei Kraskino, ein paar Fahrtstunden südlich von Wladiwostok. Dort fuhr er hin, sooft er konnte, gerade im Winter. Und am allerliebsten allein. Abgesehen von seinem Adjutanten, denn Marschälle fahren ja nicht selbst Auto, wie würde das denn aussehen?

Marschall Merezkow und sein Adjutant hatten noch fast eine ganze Stunde Fahrt nach Wladiwostok vor sich, als sie von der kurvenreichen Küstenstraße aus zum ersten Mal die schwarze Rauchsäule im Norden entdeckten. Was war denn da passiert? Brannte da etwas?

Sie waren zu weit entfernt, als dass es sich gelohnt hätte, das Fernglas aus dem Kofferraum des standesgemäßen Autos herauszuholen. Stattdessen befahl Merezkow seinem Fahrer, Vollgas zu geben und innerhalb der nächsten zwanzig Minuten eine Stelle mit klarer Sicht auf die Bucht ausfindig zu machen, an der sie halten konnten. *Was war dort bloß passiert?* Da brannte auf jeden Fall etwas …

Allan und Herbert marschierten bereits seit einer geraumen Weile an der Landstraße entlang, als sich auf einmal ein eleganter khakigrüner Pobeda von Süden näherte. Doch der Wagen verlangsamte und blieb in einer Entfernung von knapp fünfzig Metern stehen. Ihm entstiegen ein ordenbehangener Offizier und sein Adjutant. Der Adjutant holte das Fernglas des Ordenbehangenen aus dem Gepäck, woraufhin die beiden den Wagen verließen, um sich einen günstigen Aussichtspunkt über die Bucht zu suchen, an der bis vor Kurzem noch Wladiwostok gelegen hatte.

Daher war es kinderleicht für Allan und Herbert, sich zum Auto zu schleichen und die Pistole des Ordenbehangenen und das Maschinengewehr des Adjutanten zu entwenden, um die beiden anschließend darauf aufmerksam zu machen, dass sie dummerweise gerade in eine etwas unangenehme Situation geraten waren. Oder, wie Allan es ausdrückte:

»Meine Herren, darf ich Sie höflichst ersuchen, Ihre Kleidung abzulegen?«

Marschall Merezkow war empört. So behandelte man keinen Marschall der Sowjetunion, nicht einmal, wenn man Lagerhäftling war. Ob die Herren etwa meinten, er – Marschall Kirill Afanassjewitsch Merezkow – solle in Unterhosen nach Wladiwostok marschieren? Allan erwiderte, das dürfte schwer werden, da Wladiwostok gerade bis auf die Grundmauern abbrenne, aber ansonsten, doch, ansonsten hätten sein Freund und er sich das tatsächlich in etwa so vorgestellt. Die Herren konnten natürlich zum Tausch ein paar schwarzweiße Sträflingsanzüge haben. Außerdem würde es sowieso immer wärmer werden, je näher sie an Wladiwostok kamen – oder wie auch immer man die Ruinen unter der Rauchwolke da unten nennen mochte.

Daraufhin schlüpften Allan und Herbert in die gestohlenen Uniformen und ließen ihre Sträflingskleidung auf dem Boden liegen. Allan hielt es für das Sicherste, wenn er den Wagen fuhr, also würde er den Adjutanten spielen und Herbert den Marschall. Der nahm also auf dem Beifahrersitz Platz, während Allan sich hinters Steuer setzte. Zum Abschied rief er dem Marschall zu, er solle doch nicht so wütend sein, denn damit sei keinem geholfen. Außerdem war ja bald Frühling, und der Frühling in Wladiwostok... Ach nein, das wohl doch nicht. Trotzdem empfahl Allan dem Marschall, positiv zu denken, fügte aber hinzu, das müsse der Marschall freilich selbst entscheiden. Wenn er unbedingt in Unterhosen dorthin laufen und die Dinge möglichst schwarz sehen wolle, werde er ihn selbstverständlich nicht davon abhalten.

»Also, adieu, Herr Marschall. Und Herr Adjutant.«

Der Marschall antwortete nicht, er starrte Allan nur weiter wütend an, während der den Pobeda wendete. Und dann fuhren Herbert und er Richtung Süden.

Nächster Halt Nordkorea.

* * * *

Der Grenzübertritt von der Sowjetunion nach Nordkorea verlief problemlos und rasch. Zuerst schlugen die russischen Grenzbeamten die Hacken zusammen und salutierten stramm, dann taten die Nordkoreaner es ihnen nach. Ohne dass ein Wort gewechselt wurde, öffneten sich die Schlagbäume für den sowjetischen Marschall (Herbert) und seinen Adjutanten (Allan). Der besonders ergebene der beiden nordkoreanischen Beamten bekam ganz glänzende Augen, als ihm aufging, wie sehr sich diese Sowjetrussen doch persönlich engagierten. Korea konnte einfach keinen besseren Nachbarn haben als die sozialistischen Sowjetrepubliken. Der Marschall war bestimmt auf dem Weg nach Wonsan, um dafür zu sorgen, dass die Materiallieferungen aus Wladiwostok eintrafen und ordnungsgemäß weitergeleitet wurden.

Doch dem war nicht so. Dieser Marschall verschwendete keinen Gedanken an Nordkoreas Wohl und Wehe. Man kann nicht einmal mit Sicherheit sagen, ob er wusste, in welchem Land er sich gerade befand. Er war vollauf damit beschäftigt herauszufinden, wie man eigentlich dieses Handschuhfach aufkriegte.

Von den Matrosen im Hafen von Wladiwostok hatte Allan aufgeschnappt, dass der Koreakrieg gerade zum Stillstand gekommen war und die Parteien sich jeweils auf ihre Seite des achtunddreißigsten Breitengrades zurückgezogen hatten. Das hatte er auch Herbert vermitteln müssen, der sich den Übertritt von Nord- nach Südkorea offensichtlich so vorgestellt hatte, dass sie einmal Anlauf nahmen und hinübersprangen – vorausgesetzt, dieser Breitengrad war nicht allzu breit. Es bestünde zwar das Risiko, meinte er, dass man noch im Sprung erschossen werde, aber das wäre ja auch kein Weltuntergang.

Doch nun, in etwa dreißig, vierzig Kilometern Entfernung von der Grenze, stellte sich heraus, dass der Krieg rundherum in vollem Gange war. Amerikanische Flugzeuge kreisten und schienen alles zu bombardieren, was ihnen vor die Linse kam. Allan kam zu dem Schluss, dass sie einen russischen khakifarbenen Luxus-Pkw wahrscheinlich als besonders attraktives Ziel betrachten würden, daher verließ er die Hauptstraße Richtung Süden (ohne vorher seinen Marschall um Erlaubnis zu bitten) und bog ins Binnenland ab, auf kleinere Straßen. Hier fanden sie auch schneller Deckung, wenn über ihren Köpfen wieder das Dröhnen der Flugzeugmotoren erklang.

Allan fuhr in südwestlicher Richtung weiter, während Herbert die Brieftasche des Marschalls, die er in der Innentasche der Jacke entdeckt hatte, durchging und ihren Inhalt laut kommentierte. Sie enthielt eine beträchtliche Menge Rubel, aber auch Informationen, wie der Marschall wirklich hieß, sowie Teile einer Korrespondenz, der man entnehmen konnte, womit er sich in Wladiwostok beschäftigt hatte, als die Stadt noch in besserer Verfassung war.

»Ich frag mich ja, ob er nicht sogar diesen Eisenbahntransport befehligt hat«, überlegte Herbert laut.

Allan lobte Herbert für diesen Gedankengang, der kam ihm wirklich klug vor. Da wurde Herbert wieder rot. Es war schon nicht ganz blöd, etwas von sich zu geben, was nicht ganz blöd war.

»Sag mal, glaubst du, du kannst dir den Namen von Marschall Kirill Afanassjewitsch Merezkow merken?«, erkundigte sich Allan. »Das wäre für die nächste Zukunft ganz praktisch.«

»Ich bin absolut sicher, dass ich das nicht kann«, meinte Herbert.

Bei Einbruch der Dämmerung bogen Allan und Herbert auf den Hof eines Bauernguts, dessen Besitzer einigermaßen wohlhabend sein musste. Der Bauer, seine Frau und ihre zwei Kinder umringten die hohen Gäste und das feine Auto. Adjutant Allan entschuldigte sich auf Russisch und Chinesisch dafür, dass der Marschall und er sich so aufdrängten, aber ob es wohl möglich wäre, dass sie etwas zu essen bekämen? Sie wollten auch gern bezahlen, allerdings könnten sie nur Rubel anbieten.

Der Bauer und seine Frau hatten kein Wort von Allans Ansprache verstanden. Doch ihr ungefähr zwölfjähriger Sohn lernte in der Schule Russisch und übersetzte für seinen Vater, woraufhin Adjutant Allan und Marschall Herbert sofort ins Haus gebeten wurden.

Vierzehn Stunden später waren Allan und Herbert bereit, ihre Reise fortzusetzen. Zuerst hatten sie mit dem Bauern, seiner Frau und den Kindern zu Abend gegessen. Es gab ein chili- und knoblauchinspiriertes Gericht aus Schweinefleisch und dazu – halleluja! – koreanischen Reisschnaps. Der schmeckte zwar nicht so wie der schwedische, aber nach fünf Jahren und drei Wochen unfreiwilliger Abstinenz war er mehr als befriedigend.

Nach dem Essen wurden der Marschall und der Adjutant bei der Familie einquartiert. Mutter und Vater schliefen bei den Kindern, damit Marschall Herbert das große Schlafzimmer für sich hatte. Der Adjutant landete auf dem Küchenboden.

Am Morgen gab es Frühstück mit gedämpftem Gemüse, Trockenfrüchten und Tee. Und dann füllte der Bauer den Tank des Autos mit Benzin, das er aus einem Fass im Stall holte.

Das Geldbündel, das man ihm dafür anbot, wollte er partout nicht annehmen, bis der Marschall ihn auf Deutsch anbrüllte:

»Jetzt nimm das Geld endlich, du *Scheißbauer!*«

Das schüchterte den Bauern so ein, dass er tat, was Herbert verlangte, auch wenn er kein Wort verstanden hatte.

Allan und Herbert winkten der Familie freundlich zum Abschied, und dann fuhren sie in südwestlicher Richtung weiter, ohne auf der gewundenen Straße irgendjemandem zu begegnen. Doch aus der Ferne tönte das drohende Brummen der Bomber.

Je näher sie Pjöngjang kamen, umso angestrengter dachte Allan über einen neuen Plan nach. Der alte taugte jetzt ja nicht mehr allzu viel, denn nach seiner Einschätzung war es ausgeschlossen, von hier einen Grenzübergang zu versuchen.

Stattdessen fasste er den Entschluss, sich um ein Treffen mit Ministerpräsident Kim Il-sung zu bemühen. Herbert war immerhin sowjetischer Marschall, das dürfte doch wohl reichen, oder?

Herbert entschuldigte sich, dass er sich in Allans Pläne einmischte, aber was solle denn der Witz an einem Treffen mit Kim Il-sung sein?

Allan meinte, das wisse er noch nicht, aber er versprach, darüber nachzudenken. Einen Grund konnte er Herbert aber schon mal nennen: Wenn man sich immer schön an die hohen Tiere hielt, wurde tendenziell auch das Essen immer besser. Und der Schnaps übrigens auch.

Doch Allan wusste, dass es nur eine Frage der Zeit war, bis Herbert und er angehalten und wirklich kontrolliert werden würden. Nicht einmal ein Marschall konnte einfach durch ein Land fahren, in dem gerade Krieg herrschte, ohne vorher zumindest befragt zu werden. Deshalb verwendete Allan ein paar Stunden darauf, Herbert einzutrichtern, was er in so einem Fall sagen sollte: »*Ich bin Marschall Merezkow aus der Sowjetunion. Bringen Sie mich zu Ihrem Anführer!*«

Pjöngjang wurde in dieser Zeit von einem äußeren und einem inneren Militärring geschützt. Der äußere war zwanzig Kilometer von der Stadt entfernt und bestand aus Flakgeschützen und Straßenposten, während der innere Ring eine reine Barrikade war, fast schon eine Frontlinie, zum Schutz gegen einen Angriff auf dem Landweg. Allan und Herbert blieben also bei einem der Außenposten hängen, wo sie ein hoffnungslos betrunkener nordkoreanischer Soldat mit entsicherter MP vor der Brust empfing. Marschall Herbert hatte seinen einzigen Satz immer und immer wieder geprobt, und jetzt sagte er:

»Ich bin Ihr Anführer, bringen Sie mich … in die Sowjetunion!«

Zum Glück verstand der Mann kein Russisch, dafür aber Chinesisch. Daher konnte Adjutant Allan für seinen Marschall dolmetschen, sodass diesmal die vollständige Botschaft übermittelt wurde, und zwar in der richtigen Reihenfolge.

Doch der Soldat hatte solche Unmengen von Alkohol im Blut, dass ihm einfach nicht einfiel, wie er auf diese Situation reagieren sollte. Er bat die beiden auf jeden Fall schon mal in die Wachstube, und dann rief er seinen Kollegen an, der zweihundert Meter weiter am nächsten Schlagbaum stand. Danach setzte er sich in einen abgewetzten Sessel und zog eine Flasche Reisschnaps aus der Tasche (es war seine dritte heute). Nachdem er einen Schluck genommen hatte, begann er eine Melodie vor sich hin zu summen. Dabei sah er leeren, glänzenden Blickes direkt durch die sowjetischen Besucher hindurch, irgendwo in weite Fernen.

Allan fand, dass Herbert sich vor der Wache nicht besonders gut geschlagen hatte. Eines war ihm klar: Wenn Herbert weiterhin den Marschall gab, würden sowohl Marschall als auch Adjutant nach wenigen Minuten mit Kim Il-sung ganz gewaltig hopsgenommen werden. Durchs Fenster sah er die andere Wache näher kommen. Jetzt hieß es schnell handeln.

»Los, Herbert, wir tauschen die Uniformen«, befahl Allan.

»Warum das denn?«, fragte Herbert.

»Sofort«, kommandierte Allan.

Und so wurde in Windeseile aus dem Marschall der Adjutant und aus dem Adjutanten ein Marschall. Der hoffnungslos betrunkene Soldat verfolgte das Ganze mit unstetem Blick und gurgelte dazu etwas auf Koreanisch.

Sekunden später betrat Soldat Nummer zwei die Stube. Er nahm Haltung an und salutierte, als er sah, was sie für prominente Gäste hatten. Auch Soldat Nummer zwei sprach Chinesisch, sodass Allan in Gestalt des Marschalls abermals den Wunsch nach einem Treffen mit Ministerpräsident Kim Il-sung vorbrachte. Bevor ihm Soldat Nummer zwei antworten konnte, unterbrach ihn Nummer eins mit neuerlichem Gegurgel.

»Was sagt er?«, wollte Marschall Allan wissen.

»Er sagt, Sie hätten sich gerade nackt ausgezogen und dann wieder angezogen«, antwortete Soldat zwei ehrlich.

»Der Alkohol, der Alkohol.« Allan schüttelte den Kopf.

Soldat zwei drückte sein Bedauern über das Benehmen seines Kollegen aus, und als Nummer eins darauf *beharrte*, dass Allan und Herbert sich gerade aus- und wieder angezogen hatten, bekam er von Nummer zwei was auf die Fresse, verbunden mit der Warnung, dass er jetzt ein für alle Mal die Klappe halten solle, wenn er nicht wegen Trunkenheit im Dienst angezeigt werden wollte.

Da entschied sich Soldat eins zu schweigen (und noch einen Schluck zu nehmen), während Nummer zwei ein paar Telefonate führte. Dann stellte er ihnen einen koreanischen Passierschein aus, unterschrieb, stempelte ihn an zwei Stellen und überreichte ihn Marschall Allan mit den Worten:

»Das zeigen Sie einfach bei der nächsten Kontrolle vor, Herr Marschall. Dann werden Sie zum engsten Vertrauten des engsten Vertrauten des Ministerpräsidenten geführt.«

Allan bedankte sich, salutierte und ging zurück zum Auto, wobei er Herbert vor sich her schubste.

»Du bist gerade Adjutant geworden, also muss du jetzt fahren«, erklärte Allan.

»Ist ja interessant«, meinte Herbert. »Ich bin nicht mehr Auto gefahren, seit mir die Schweizer Polizei verboten hat, mich jemals wieder hinters Steuer zu setzen.«

»Ich glaube, du erzählst mir jetzt lieber nichts mehr darüber«, sagte Allan.

»Ich tu mich immer so schwer mit rechts und links«, versuchte es Herbert noch einmal.

»Wie gesagt, ich glaube, du erzählst mir jetzt lieber nichts mehr darüber«, sagte Allan.

Die Reise ging weiter, nur jetzt mit Herbert am Steuer, und es lief viel besser, als Allan geglaubt hatte. Mit Hilfe ihres Passierscheins war es überhaupt kein Problem, bis in die Stadt zu fahren und dort bis zum Palast des Premiers.

Dort empfing sie der engste Vertraute des engsten Vertrauten und teilte ihnen mit, der engste Vertraute selbst könne ihnen frühestens in drei Tagen eine Audienz gewähren. Während sie darauf warteten, würde man die Herren in der Gästewohnung des Palastes einquartieren. Abendessen werde übrigens um acht Uhr serviert, wenn es recht sei.

»Sieh an, sieh an«, sagte Allan zu Herbert.

* * * *

Kim Il-sung wurde im April 1912 als Kind einer christlichen Familie am Stadtrand von Pjöngjang geboren. Die Familie stand damals unter japanischer Oberhoheit, wie alle koreanischen Familien. Im Laufe der Jahre hatten sich die Japaner angewöhnt, mit der Bevölkerung ihrer Kolonie umzuspringen, wie es ihnen passte. Hunderttausende von koreanischen Mädchen und Frauen wurden als Sexsklavinnen für die kaiserlichen Soldaten geraubt. Koreanische Männer wurden für die Armee zwangsrekrutiert, um für den Kaiser zu kämpfen, der sie unter anderem zwang, japanische Namen anzunehmen und auch ansonsten alles dafür tat, dass die koreanische Sprache und Kultur baldigst ausstarb.

Kim Il-sungs Vater war ein stiller Apotheker, aber seine kritischen Bemerkungen zu den japanischen Manieren sprach er laut genug aus, um das Missfallen der Besatzer zu erregen, sodass die Familie eines Tages vorsichtshalber Richtung Norden zog, in die chinesische Mandschurei.

Doch der Frieden hielt nicht lange an, denn 1931 stießen die japanischen Truppen auch hierher vor. Kim Il-sungs Vater war zu diesem Zeitpunkt bereits verstorben, doch die Mutter ermutigte den Sohn, sich der chinesischen Guerilla anzuschließen, die die Japaner aus der Mandschurei vertreiben wollten – und auf lange Sicht auch aus Korea.

Kim Il-sung machte Karriere im Dienst der chinesischen kommunistischen Guerilla. Er erwarb sich den Ruf, tatkräftig und mutig zu sein. Schließlich wurde er sogar zum Anführer einer ganzen Division ernannt und kämpfte mit solch bedingungslosem Einsatz gegen die Japaner, dass zum Schluss nur noch er und eine Handvoll Mitstreiter am Leben waren. Das war 1941, mitten während des Zweiten Weltkriegs, und Kim Il-sung sah sich gezwungen, über die Grenze in die Sowjetunion zu fliehen.

Doch auch dort machte er Karriere. Schon bald war er Hauptmann und kämpfte bis 1945 in der Roten Armee.

Mit Kriegsende musste Japan Korea räumen. Kim Il-sung kehrte aus dem Exil zurück, jetzt freilich als Nationalheld. Nun galt es nur noch, offiziell einen koreanischen Staat zu gründen – dass das Volk ihn als seinen großen Führer haben wollte, stand ganz außer Frage.

Aber die Siegermächte, die Sowjetunion und die USA, hatten Korea in zwei Interessensgebiete aufgeteilt. Und in den USA war man nicht der Meinung, dass ein *nachweislich kommunistisch gesinnter Widerstandskämpfer* zum Chef über die ganze Halbinsel taugte. Also flogen sie ihren eigenen Staatschef ein, einen Exilkoreaner, den sie im südlichen Landesteil einsetzten. Kim Il-sung musste sich mit dem Norden begnügen, aber eben dazu war er nicht bereit, sondern eröffnete den Koreakrieg. Wenn er die Japaner verjagt hatte, konnte er doch wohl auch die Amerikaner und ihre (aus den Reihen der Vereinten Nationen rekrutierte) Gefolgschaft verjagen, oder etwa nicht?

Kim Il-sung hatte also Waffendienst für die Chinesen und die Russen geleistet. Und jetzt kämpfte er für seine eigene Sache. Auf seinem dramatischen Lebensweg hatte er unter anderem eines gelernt: *Man sollte sich immer nur auf sich selbst verlassen und niemandem trauen.*

Von dieser Regel machte er nur eine Ausnahme. Und diese Ausnahme hatte er zu seinem engsten Vertrauten gemacht.

Wer mit Ministerpräsident Kim Il-sung sprechen wollte, musste zuerst um eine Audienz bei seinem Sohn bitten.

Kim Jong-il.

Elf Jahre alt.

»Und du musst deine Besucher immer erst mindestens zweiundsiebzig Stunden warten lassen, bevor du sie empfängst. Dadurch wahrst du deine Autorität, mein Sohn«, hatte Kim Il-sung ihm beigebracht.

»Ich glaube, ich verstehe schon, Papa«, log Kim Jong-il. Hinterher holte er sich ein Lexikon und schlug das Wort nach, das er nicht verstanden hatte.

* * * *

Die dreitägige Wartezeit störte Allan und Herbert überhaupt nicht, denn im Palast des Ministerpräsidenten war das Essen gut und die Betten weich. Außerdem gelangten nur selten amerikanische Bomber nach Pjöngjang, da gab es einfachere Ziele.

Doch schließlich war es so weit. Allan wurde vom engsten Vertrauten des engsten Vertrauten des Premiers abgeholt und durch die Korridore des Palastes zum Büro des engsten Vertrauten geführt. Allan war darauf vorbereitet, dass der engste Vertraute ein Junge war.

»Ich bin der Sohn des Ministerpräsidenten, Kim Jong-il«, erklärte Kim Jong-il. »Und ich bin der engste Vertraute meines Vaters.«

Er streckte dem Marschall die Hand hin, und wenn seine kleine Hand auch völlig in Allans riesiger Faust verschwand, hatte er doch einen festen Händedruck.

»Und ich bin Marschall Kirill Afanassjewitsch Merezkow«, sagte Allan. »Vielen Dank, dass der junge Herr Kim mich empfängt. Würde der junge Herr Kim auch gestatten, dass ich mein Anliegen vorbringe?«

Das gestattete Kim Jong-il, also fuhr Allan mit seiner Lügengeschichte fort. Der Marschall überbringe dem Ministerpräsidenten eine Nachricht direkt vom Genossen Stalin in Moskau: Da man den Verdacht hegte, dass die USA – diese kapitalistischen Hyänen – das sowjetische Kommunikationssystem infiltriert hatten (wenn der junge Herr Kim entschuldigen wolle, werde der Marschall hier nicht weiter ins Detail gehen), hatte Genosse Stalin beschlossen, die Nachricht unmittelbar durch einen Boten übermitteln zu lassen. Und diese ehrenvolle Aufgabe sei dem Marschall und seinem Adjutanten zugefallen (den der Marschall sicherheitshalber in seinem Zimmer gelassen hatte).

Misstrauisch musterte Kim Jong-il Marschall Allan. Es hörte sich an, als würde er seine Worte vom Blatt ablesen, als er verkündete, seine Aufgabe bestehe darin, seinen Vater um jeden Preis zu schützen. Dazu gehörte, dass er niemandem traute, das hatte sein Vater ihm beigebracht, erklärte der Junge. Daher konnte Kim Jong-il den Marschall auch nicht zu seinem Vater, dem Ministerpräsidenten, vorlassen, bevor die Geschichte von sowjetischer Seite bestätigt worden war. Kim Jong-il wollte also in Moskau anrufen und fragen, ob der Marschall tatsächlich von Onkel Stalin geschickt worden war.

Das war freilich eine unerwünschte Entwicklung. Aber jetzt saß Allan nun mal hier, und ihm blieb nichts anderes übrig als ein Versuch, den Anruf bei Stalin abzubiegen.

»Einem einfachen Marschall steht es natürlich nicht zu, dem jungen Herrn Kim zu widersprechen, aber ich erlaube mir dennoch die Bemerkung, dass es vielleicht nicht so sinnvoll wäre, das Telefon zu benutzen, um nachzufragen, ob es wirklich stimmt, dass man das Telefon nicht benutzen sollte.«

Der junge Herr Kim dachte über Allans Worte nach. Doch auch die

Worte seines Vaters hallten in seinem Kopf nach: »*Traue niemandem, mein Sohn.*« Schließlich fiel ihm eine Lösung ein. Er würde Onkel Stalin anrufen, aber *codiert* sprechen. Der junge Herr Kim hatte ihn schon ein paarmal getroffen, und Onkel Stalin hatte ihn immer »den kleinen Revolutionär« genannt.

»Also rufe ich Onkel Stalin einfach an, melde mich als ›*der kleine Revolutionär*‹ und frage ihn, ob er jemanden zu meinem Vater geschickt hat. Ich glaube, auf die Art sage ich nicht zu viel, auch wenn die Amerikaner uns abhören sollten. Oder wie denkt der Marschall darüber?«

Der Marschall dachte, dass dieser Junge ein listiger kleiner Bengel war. Wie alt mochte er sein? Zehn? Allan war selbst sehr früh erwachsen geworden. In Kim Jong-ils Alter hatte er schon Dynamit für die AB Nitroglycerin in Flen geschleppt wie ein erwachsener Arbeiter. Außerdem dachte Allan, dass diese Sache eventuell ins Auge gehen könnte, aber das konnte er natürlich schlecht ansprechen. Nun ja, es war nun mal, wie es war und so weiter.

»Ich glaube, dass der junge Herr Kim ein sehr kluger Junge ist und es weit bringen wird«, antwortete Allan und überließ alles Weitere dem Schicksal.

»Ja, ich soll später auch die Aufgaben meines Vaters übernehmen. Der Marschall könnte mit seiner Annahme also recht behalten. Aber nehmen Sie sich doch noch eine Tasse Tee, während ich Onkel Stalin anrufe.«

Der junge Herr Kim schlenderte zu dem Schreibtisch, der in der Ecke des Audienzsaales stand, während Allan sich Tee einschenkte und überlegte, ob er vielleicht einfach aus dem Fenster springen sollte. Doch diese Idee verwarf er gleich wieder. Zum einen befanden sie sich im dritten Stock des Präsidentenpalastes, und zum andern konnte Allan seinen Kameraden nicht einfach im Stich lassen. Herbert wäre sicher nur zu gern gesprungen (wenn er sich denn getraut hätte), aber der war jetzt ja nicht hier.

Plötzlich wurde Allan aus seinen Gedanken gerissen, denn der junge Herr Kim brach in Tränen aus, legte auf und rannte zurück zu Allan, während er laut schluchzte:

»Onkel Stalin ist tot! Onkel Stalin ist tot!«

Was er immer für einen Massel hatte, das war schon fast nicht mehr zu glauben, dachte Allan. Dann sagte er:

»Na, na, junger Herr Kim. Wenn er zu mir kommt, dann kann der Onkel Marschall den jungen Herrn Kim ganz fest in den Arm nehmen. Ist ja schon gut, schon gut …«

Als der junge Herr Kim einigermaßen getröstet war, war er schon nicht mehr so altklug. Es sah so aus, als schaffte er es nicht mehr, den Erwachsenen zu spielen. Schniefend berichtete er, dass Onkel Stalin vor ein paar Tagen einen Schlaganfall erlitten hatte. Nach den Worten von *Tante Stalin* (so nannte er sie) war er kurz vor dem Anruf des jungen Herrn Kim verstorben.

Während der junge Herr Kim immer noch auf Allans Schoß kauerte, erzählte Allan einfühlsam von den schönen Erinnerungen an seine letzte Begegnung mit Genosse Stalin. Sie hatten zusammen ein Festmahl eingenommen, und die Stimmung war so gut gewesen, wie sie nur zwischen echten Freunden sein kann. Genosse Stalin hatte getanzt und gesungen bis zuletzt. Allan summte sogar das georgische Volkslied, das Stalin zum Besten gegeben hatte, bevor er plötzlich seinen Kurzschluss im Kopf erlitt. Tatsächlich erkannte der junge Herr Kim das Lied wieder! Das hatte Onkel Stalin ihm auch immer vorgesungen. Damit waren endgültig alle Zweifel ausgeräumt. Der Onkel Marschall war offensichtlich der, für den er sich ausgab. Der junge Herr Kim würde dafür sorgen, dass sein Vater, der Präsident, ihn schon am nächsten Tag empfing. Aber ob er ihn jetzt wohl noch mal ganz fest in den Arm nehmen könnte …?

* * * *

Der Ministerpräsident regierte sein halbes Land natürlich nicht in einem Büro gleich nebenan. Das hätte ein zu hohes Risiko für ihn bedeutet. Nein, um Kim Il-sung zu treffen, musste man eine längere Fahrt unternehmen, und zwar aus Sicherheitsgründen in einem

SU-122-Sturmgeschütz, da der engste Vertraute des Präsidenten, nämlich sein Sohn, auch mitfahren sollte.

Die Fahrt war kein bisschen bequem, aber das ist ja auch nicht der vorrangige Zweck von Panzerkampfwagen. Unterwegs hatte Allan jede Menge Zeit, um über zweierlei nicht ganz unwichtige Fragen nachzudenken. Erstens, was er zu Kim Il-sung sagen, und zweitens, wo das hinführen sollte.

Vor dem engsten Vertrauten und Sohn des Präsidenten hatte Allan ja behauptet, er käme mit einer wichtigen Botschaft von Stalin, und das erwies sich jetzt als eine sehr praktikable Ausrede. Nun konnte sich der falsche Marschall aus den Fingern saugen, was er wollte, Stalin war schließlich tot und konnte nichts mehr dementieren. Also beschloss Allan, Kim Il-sung die Botschaft zu übermitteln, dass Stalin ihm zweihundert Panzer für den kommunistischen Kampf in Korea schenken wolle. Oder dreihundert. Je mehr Panzer, desto mehr würde sich der Ministerpräsident freuen.

Die zweite Frage war da schon heikler. Allan war nur mäßig geneigt, nach Erfüllung seines Auftrags in die Sowjetunion zurückzufahren. Doch es würde sicher nicht leicht werden, Kim Il-sung dazu zu bringen, Allan und Herbert auf ihrem Weg nach Südkorea zu helfen. Und mit jedem Tag, den die versprochenen Panzer nicht auftauchten, würde es ungesünder, in Il-sungs Nähe zu bleiben.

Ob *China* womöglich eine Alternative sein konnte? Solange Allan und Herbert schwarzweiße Sträflingskleidung angehabt hatten, musste die Antwort Nein lauten, aber die hatten sie jetzt ja nicht mehr an. Seit Allan zum Marschall geworden war, hatte sich Koreas riesiger Nachbar von einer Bedrohung vielleicht in eine Verheißung verwandelt. Besonders, wenn Allan Kim Il-sung einen schönen Empfehlungsbrief abschmeicheln konnte.

Nächste Station also China. Und dann kam es eben so, wie es kam. Wenn ihm unterwegs nichts Besseres einfiel, konnte man ja immer noch ein zweites Mal über den Himalaya marschieren.

Damit erklärte Allan seine Überlegungen für abgeschlossen. Kim Il-sung sollte erst mal dreihundert Panzer bekommen, oder vierhundert – es gab ja keinen Grund, an diesem Ende zu sparen. Danach würde der falsche Marschall den Ministerpräsidenten untertänigst ersuchen, ihm mit einem Fahrzeug und Visa für die Reise nach China behilflich zu sein, denn er habe auch noch eine Botschaft an Mao Tse-tung zu überbringen. Mit diesem Plan war Allan vollauf zufrieden.

In der Abenddämmerung rollte das Sturmgeschütz mit den Passagieren Allan, Herbert und dem jungen Kim Jong-il auf ein Gelände, das auf Allan wie eine Art militärische Anlage wirkte.

»Meinst du, wir sind schon in Südkorea?«, fragte Herbert voller Hoffnung.

»Wenn es einen Ort auf Erden gibt, an dem sich Kim Il-sung *nicht* versteckt, dann wohl Südkorea«, gab Allan zurück.

»Ach so, nein, ist ja klar ... ich dachte bloß ... nein, gedacht hab ich wohl eher nicht«, räumte Herbert ein.

Dann blieb das zehnrädrige Sturmgeschütz mit einem Ruck stehen, und die drei Passagiere krabbelten heraus auf festen Boden. Sie waren auf einem Militärflughafen gelandet und standen jetzt vor etwas, was vielleicht ein Stabsgebäude sein mochte.

Der junge Herr Kim hielt Allan und Herbert die Tür auf und überholte sie rasch, um ihnen auch noch die nächste aufzuhalten. Damit war das Trio bis ins Allerheiligste vorgedrungen. Darin stand ein großer Schreibtisch, der unter Unmengen von Papier verschwand. An der Wand dahinter hing eine Koreakarte, rechts daneben stand eine Sitzgruppe. Auf dem einen Sofa saß Ministerpräsident Kim Il-sung, auf dem anderen sein Gast. An der Wand standen außerdem noch zwei mit MPs bewaffnete Soldaten in Habachtstellung.

»Guten Abend, Herr Ministerpräsident«, begann Allan. »Ich bin Marschall Kirill Afanassjewitsch Merezkow aus der Sowjetunion.«

»Der sind Sie ganz sicher nicht«, erwiderte Kim Il-sung ruhig. »Ich kenne Marschall Merezkow nämlich sehr gut.«

»Oje«, sagte Allan.

Sofort standen die Soldaten nicht mehr Habacht, sondern richteten ihre Waffen auf den falschen Marschall und seinen höchstwahrscheinlich ebenso falschen Adjutanten. Kim Il-sung war immer noch ganz ruhig, aber sein Sohn erlitt einen kombinierten Heul- und Wutanfall. Vielleicht zerfiel in diesem Augenblick das letzte Fragment seiner Kindheit zu Staub. *Traue niemandem!* Und er hatte sich auf den Schoß dieses falschen Marschalls geschmiegt. *Traue niemandem!* Nie, nie wieder würde er irgendeinem Menschen trauen.

»Du wirst sterben!«, schrie er Allan unter Tränen an. »Und du auch!« Das war an Herbert gerichtet.

»Ja, sterben werdet ihr«, sagte Kim Il-sung immer noch ganz ruhig. »Aber erst wollen wir herausfinden, wer euch geschickt hat.«

Das sieht ja gar nicht gut aus, dachte Allan.

Das sieht ja richtig gut aus, dachte Herbert.

* * * *

Der echte Marschall Kirill Afanassjewitsch Merezkow und sein Adjutant hatten keine andere Wahl gehabt, als sich zu Fuß auf den Weg zu dem zu machen, was von Wladiwostok vielleicht übrig geblieben sein mochte.

Nach ein paar Stunden waren sie auf ein Zeltlager der Roten Armee vor der zerstörten Stadt gestoßen. Zunächst erreichte die Demütigung ihren absoluten Gipfel, als man nämlich den Marschall verdächtigte, ein entflohener Gefangener zu sein, der es sich anders überlegt hatte. Aber dann erkannte man ihn rasch und behandelte ihn so respektvoll, wie es seiner Stellung zukam.

Marschall Merezkow hatte erst einmal in seinem Leben ein Unrecht hingenommen, und zwar als Stalins engster Vertrauter Berija ihn völlig grundlos verhaften und foltern ließ und ihn sicher auch hätte sterben lassen, wäre ihm nicht Stalin höchstpersönlich zu Hilfe gekommen. Vielleicht hätte Merezkow sich hinterher mit Berija anlegen sollen, aber dann gab es plötzlich einen Weltkrieg zu gewinnen, und Berija war trotz allem immer noch in einer sehr starken Position. Deswegen ließ er die Sache auf sich beruhen. Doch Merezkow hatte sich geschworen, sich nie wieder erniedrigen zu lassen. Deswegen blieb ihm jetzt auch nichts anderes übrig, als die beiden Männer zu finden und unschädlich zu machen, die ihm und seinem Adjutanten Auto und Uniform abgenommen hatten.

Allerdings konnte Merezkow nicht sofort die Verfolgung aufnehmen, weil er ja keine Marschallsuniform mehr hatte. Es war auch nicht so leicht, in den Zeltlagern einen Schneider aufzutreiben, und als man endlich einen gefunden hatte, stand man vor dem trivialen Problem, sich überhaupt Nadel und Faden zu besorgen. Sämtliche Schneiderwerkstätten Wladiwostoks waren ja mit der Stadt verschwunden.

Nach drei Tagen war die Marschallsuniform schließlich fertig. Wenn auch ohne die Orden – von denen profitierte ja gerade der falsche Marschall. Doch davon konnte sich Merezkow nicht abhalten lassen, sonst hätte er die Schlacht verloren geben müssen.

Also organisierte er mit einiger Mühe einen neuen Pobeda für sich und seinen Adjutanten (die meisten Militärfahrzeuge waren ja ebenfalls verbrannt) und fuhr am frühen Morgen Richtung Süden, fünf Tage nachdem das ganze Elend begonnen hatte.

An der Grenze zu Nordkorea wurde sein Verdacht bestätigt. Ein Marschall – genau so einer wie der Marschall – hatte in einem Pobeda – so einem wie dem, den der Marschall jetzt hatte – die Grenze passiert und war weiter gen Süden gefahren. Mehr wussten die Grenzbeamten nicht zu berichten.

Marschall Merezkow zog dieselbe Schlussfolgerung wie Allan fünf Tage vor ihm, dass es nämlich Selbstmord wäre, sich weiter auf die Front zuzubewegen. Daher schlug er die Straße nach Pjöngjang ein und wusste schon nach ein paar Stunden, dass er die richtige Entscheidung getroffen hatte. Vom ersten Wachposten erfuhr er, dass ein Marschall Merezkow nebst Adjutant ein Treffen mit Kim Il-sung verlangt und daraufhin eine Audienz beim engsten Vertrauten des engsten Vertrauten des Ministerpräsidenten bekommen hatte. Daraufhin begannen die beiden Wachen zu streiten. Hätte Marschall Merezkow Koreanisch gekonnt, dann hätte er gehört, wie der eine sagte, er habe doch gleich gemerkt, dass mit diesen beiden etwas faul war, und die Männer hätten *sehr wohl* die Kleider getauscht, während sein Kollege erwiderte, wenn der andere ab und zu nach zehn Uhr morgens noch nüchtern bleiben könnte, dann könnte man ihm auch mal etwas glauben. Anschließend beschimpften sich Wache eins und Wache zwei als Volltrottel, doch da waren Marschall Merezkow und sein Adjutant schon auf dem Weg nach Pjöngjang.

Der echte Marschall Merezkow durfte den engsten Vertrauten des engsten Vertrauten des Ministerpräsidenten noch am selben Tag nach dem Mittagessen sprechen. Mit all der Autorität, die nur ein echter Marschall besitzt, hatte er den engsten Vertrauten des engsten Vertrauten des Ministerpräsidenten bald überzeugt, dass sowohl der Premier als auch sein Sohn in unmittelbarer Lebensgefahr schwebten und dass der engste Vertraute des engsten Vertrauten ihm jetzt unverzüglich den Weg zum Hauptquartier des Ministerpräsidenten beschreiben musste. Da man keine Zeit zu verlieren hatte, sollte der Transport im Pobeda des Marschalls erfolgen, einem Fahrzeug, das sicher viermal so schnell fuhr wie der Panzer, in dem Kim Jong-il und die Verbrecher befördert worden waren.

* * * *

»Aaaalso«, begann Kim Il-sung herablassend, aber interessiert. »Wer seid ihr, wer hat euch geschickt, und was habt ihr mit eurem kleinen Betrug im Schilde geführt?«

Allan kam gar nicht zu einer Antwort, denn im nächsten Moment wurde die Tür aufgerissen und der echte Marschall Merezkow kam hereingestürmt und brüllte, die beiden Männer seien kriminelle Lagerinsassen und hätten ein Attentat auf den Präsidenten vor.

Für die beiden Soldaten mit den MPs waren es vorübergehend einfach ein paar zu viele Marschälle und Adjutanten. Doch sowie der Ministerpräsident bestätigt hatte, dass der soeben eingetroffene Marschall der richtige war, konnten sich die Wachen wieder auf die Betrüger konzentrieren.

»Nur die Ruhe, lieber Kirill Afanassjewitsch«, sagte Kim Il-sung. »Wir haben die Situation absolut unter Kontrolle.«

»Du wirst sterben«, sagte der empörte Marschall Merezkow, als er Allan in der Marschallsuniform mit sämtlichen Orden auf der Brust sah.

»Ja, das hat man mir bereits mitgeteilt«, antwortete Allan. »Erst der junge Kim hier, dann der Ministerpräsident, und jetzt also auch der Herr Marschall. Der Einzige, der noch nicht meinen Kopf gefordert hat, sind Sie«, sagte Allan an den Gast des Ministerpräsidenten gewandt. »Ich weiß nicht, wer Sie sind, aber es gibt wohl nicht viel Hoffnung, dass Sie in dieser Frage eine andere Auffassung vertreten?«

»Ganz sicher nicht«, lächelte der Gast zurück. »Ich bin Mao Tse-tung, der Führer der Volksrepublik China, und eines kann ich mit Sicherheit sagen: Ich hege keine übertriebenen Sympathien für Leute, die meinem Genossen Kim Il-sung Böses wollen.«

»Mao Tse-tung!«, rief Allan aus. »Was für eine Ehre! Na, auch wenn ich demnächst hingerichtet werden sollte, dürfen Sie auf keinen Fall versäumen, Ihre schöne Frau recht herzlich von mir zu grüßen.«

»Sie kennen meine Frau?«, wunderte sich Mao Tse-tung.

»Ja – das heißt, wenn Sie in letzter Zeit nicht die Frau gewechselt haben, Herr Mao. Früher hatten Sie ja die Angewohnheit. Jiang Qing und ich sind uns vor ein paar Jahren in der Sichuan-Provinz begegnet. Wir sind dort mit einem Jungen namens Ah Ming durch die Berge gewandert.«

»Sind Sie *Allan Karlsson*?«, fragte Mao Tse-tung verblüfft. »*Der Retter meiner Frau?*«

Herbert Einstein kapierte nicht allzu viel, aber er begriff immerhin, dass sein Freund Allan neun Leben haben musste und dass ihr sicherer Tod wieder in etwas anderes umgewandelt werden würde! Das durfte nicht geschehen! Herbert stand unter Schock.

»Ich fliehe, ich fliehe! Erschießt mich, erschießt mich!«, schrie er und rannte panisch durchs Zimmer. Leider verwechselte er die Türen und galoppierte direkt in die Garderobe, wo er prompt über einen Mopp und einen Putzeimer stürzte.

»Also, Ihr Genosse ...«, meinte Mao Tse-tung. »Ein Einstein scheint der ja nicht gerade zu sein.«

»Sagen Sie das nicht«, erwiderte Allan. »Sagen Sie das nicht.«

* * * *

Dass Mao Tse-tung zufällig im Raum war, war kein Wunder, denn Kim Il-sung hatte sein Hauptquartier im mandschurischen China einrichten lassen, kurz vor Shenyang in der Liaoning-Provinz, ungefähr fünfhundert Kilometer nordwestlich der nordkoreanischen Hauptstadt Pjöngjang. Mao fühlte sich in dieser Gegend wohl, denn hier hatte er schon immer den stärksten Rückhalt gehabt. Und er traf sich gern mit seinem nordkoreanischen Freund.

Es dauerte jedoch eine gute Weile, alle Zusammenhänge zu klären und die Anwesenden, die Allans Kopf auf einem Silbertablett gefordert hatten, auf andere Gedanken zu bringen.

Marschall Merezkow reichte ihm als Erster die Hand zur Versöhnung. Allan Karlsson war ja ebenso wie Merezkow ein Opfer von Marschall Berijas Wahnsinn geworden. (Allerdings verschwieg Allan sicherheitshalber das unwichtige Detail, dass er Wladiwostok abgefackelt hatte.) Und als Allan vorschlug, dass sie doch die Uniformjacken tauschen sollten, sodass der Marschall seine ganzen Orden zurückbekam, war Merezkows Zorn endgültig verraucht.

Kim Il-sung fand auch nicht, dass er Grund zur Verärgerung hätte, denn Allan hatte ja nie vorgehabt, ihm etwas anzutun. Kim Il-sungs einziger Kummer war, dass sein Sohn sich so betrogen fühlte.

Der junge Kim heulte und schrie immer noch und forderte hartnäckig Allans sofortigen und möglichst gewaltsamen Tod. Zum Schluss wusste sich Kim Il-sung keinen anderen Rat, als seinem Sohn eine zu scheuern und ihm zu befehlen, er solle augenblicklich still sein, wenn er sich nicht gleich noch eine einfangen wolle.

Man bot Allan und Marschall Merezkow einen Platz auf Kim Il-sungs Sofa an. Nachdem Herbert Einstein sich aus der Garderobe herausgearbeitet hatte, setzte er sich mit hängendem Kopf dazu.

Allans Identität wurde endgültig bestätigt, als Mao Tse-tungs zwanzigjähriger Chefkoch hereingerufen wurde. Allan und Ah Ming umarmten sich lange, bis Mao den jungen Mann wieder in die Küche abkommandierte, damit er die Nudeln für ein spätes Abendessen zubereitete.

Mao Tse-tungs Dankbarkeit für die Rettung seiner Frau Jiang Qing kannte keine Grenzen. Er erklärte sich bereit, Allan und seinem Genossen in jeder Form behilflich zu sein, ohne Einschränkung. Dazu gehörte auch, dass sie in China bleiben durften, wo Mao Tse-tung dafür sorgen wollte, dass Allan und sein Genosse ein Leben mit allen Bequemlichkeiten führen konnten.

Doch Allan antwortete, der Herr Mao möge entschuldigen, aber ihm stehe der Kommunismus langsam bis hier oben, und er sehne sich danach, sich irgendwo zu erholen, wo man seinen Longdrink schlürfen konnte, ohne dass einem politische Belehrungen dazuserviert wurden.

Mao erwiderte, das könne er auf jeden Fall entschuldigen, aber Herr Karlsson solle sich keine allzu großen Hoffnungen machen, dem Kommunismus langfristig aus dem Wege gehen zu können, denn der feiere überall Erfolge, und es würde nicht mehr lange dauern, bis er die ganze Welt erobert habe.

Darauf fragte Allan, ob ihm die Herren möglicherweise einen Tipp geben könnten, wohin der Kommunismus ihrer Meinung nach als Letztes vordringen würde? Er hätte nichts dagegen, wenn dort auch die Sonne schien, es weiße Strände gab und man sich etwas anderes einschenken lassen konnte als grünen Bananenlikör aus Indonesien.

»Ich bin ganz sicher, dass ich mich nach ein bisschen Ferien sehne«, stellte Allan fest. »So was hatte ich nämlich noch nie.«

Mao Tse-tung, Kim Il-sung und Marschall Merezkow berieten sich. Die Karibikinsel Kuba wurde vorgeschlagen, denn etwas Kapitalistischeres als Kuba wollte den Herren fast nicht einfallen. Allan bedankte sich für den Tipp, meinte aber, die Karibik sei doch schrecklich weit weg, außerdem sei ihm gerade eingefallen, dass er ja weder

Geld noch Pass besaß, also wolle er seine Erwartungen lieber etwas herunterschrauben.

Was Pass und Geld anging, solle sich der Herr Karlsson mal keine Sorgen machen. Mao Tse-tung versprach, seinen Freund und ihn mit falschen Papieren zu versehen, sodass sie hinreisen konnten, wo immer sie wollten. Er würde ihnen auch *einen Riesenhaufen Dollahs* schicken, denn davon hatte er mehr als genug. Das Geld hatte Präsident Truman aus den USA damals den Kuomintang geschickt, und die Kuomintang hatten es bei ihrer Flucht nach Taiwan in der Eile zurückgelassen. Doch die Karibik lag ja wirklich auf der anderen Seite des Erdballs, es konnte also nicht schaden, noch einmal gründlich nachzudenken.

Während die drei Erzkommunisten ihr Brainstorming zu dem Thema fortsetzten, wohin man jemanden in Urlaub schicken könnte, der allergisch auf ihre Ideologie war, dankte Allan im Stillen Harry Truman für die finanzielle Unterstützung.

Jemand schlug die Philippinen vor, aber die wurden als politisch zu instabil abgelehnt. Schließlich kam von Mao der Vorschlag Bali. Allan hatte ja Anstoß am indonesischen Bananenlikör genommen, und da war Mao eben Indonesien eingefallen. Dort war der Kommunismus auch noch nicht angekommen, obwohl er natürlich schon um die Ecke lauerte, so wie überall – ausgenommen Kuba vielleicht. Dass man auf Bali aber auch andere Getränke hatte als Bananenlikör, meinte der Vorsitzende Mao sicher zu wissen.

»Dann sagen wir Bali«, beschloss Allan. »Kommst du auch mit, Herbert?«

Herbert Einstein hatte sich langsam mit dem Gedanken ausgesöhnt, noch eine Weile zu leben, also nickte er Allan nur ergeben zu. Ja, ja, er kam mit. Was blieb ihm anderes übrig?

19. KAPITEL

Mittwoch, 11. Mai–Mittwoch, 25. Mai 2005

Die zur Fahndung Ausgeschriebenen und der mutmaßlich Tote auf Klockaregård schafften es, den Leuten aus dem Weg zu gehen. Der Hof lag zweihundert Meter von der Landstraße entfernt, und von der Straße aus gesehen lagen Wohnhaus und Stall direkt hintereinander und boten Sonja einen gewissen Raum, auf dem sie sich frei bewegen konnte. Sie konnte zwischen ihrem Stall und dem Wäldchen spazieren gehen, ohne aus vorüberfahrenden Autos gesehen zu werden.

Das Leben auf dem Hof war im Wesentlichen ganz gemütlich. Benny wechselte dem Piranha regelmäßig den Verband und verabreichte ihm mit Maß und Ziel die nötigen Medikamente. Buster mochte die Ebenen von Västergötland, weil man hier so weit sehen konnte, und Sonja gefiel es sowieso überall, solange sie nicht hungern musste und Frauchen sie ab und zu mit einem freundlichen Wort – oder zwei – bedachte. In letzter Zeit war da ja auch noch dieser alte Mann, und das gefiel dem Elefanten noch besser.

Für Benny und die Schöne Frau herrschte ständig eitel Sonnenschein, und das ganz wetterunabhängig. Wären sie nicht so dermaßen zur Fahndung ausgeschrieben gewesen, hätten sie vom Fleck weg Hochzeit gefeiert. Wenn man erst mal ein reiferes Alter erreicht hat, erkennt man viel leichter, was richtig für einen ist.

Außerdem hatten Benny und Bosse ein brüderlicheres Verhältnis denn je zuvor. Nachdem es Benny gelungen war, Bosse davon zu überzeugen, dass man erwachsen sein konnte, auch wenn man Saft statt Schnaps trank, wurde alles viel leichter. Und Bosse war schwer beeindruckt von den Dingen, die Benny alle konnte. Vielleicht war es ja doch weder albern noch Zeitverschwendung, auf die Universität zu gehen? Es war beinahe so, als wäre der kleine Bruder plötzlich der Ältere, und im Grunde fühlte sich das zur Abwechslung auch mal ganz gut an, fand Bosse.

Allan machte nicht viel Aufhebens von sich. Tagsüber saß er in seiner Hollywoodschaukel, auch wenn das Wetter inzwischen wieder eher so war, wie es in Schweden im Mai sein sollte. Manchmal setzte sich der Piranha auf ein Plauderstündchen zu ihm.

Bei einem dieser Gespräche stellte sich heraus, dass sie dieselbe Vorstellung vom *Nirwana* hatten. Die äußerste Harmonie lag darin, fanden beide, in einem Liegestuhl unter einem Sonnenschirm zu faulenzen, in einem sonnig-warmen Klima versteht sich, und sich vom Personal gekühlte Drinks aller Art servieren zu lassen. Allan erzählte dem Piranha, wie wunderschön er es damals auf Bali gehabt hatte, als er Urlaub mit dem Geld machte, das er von Mao Tse-tung bekommen hatte.

Doch bei der Frage, was im Glas sein sollte, schieden sich die Geister. Der Hundertjährige votierte für Wodka Cola oder vielleicht Wodka Grape. Zu festlichen Anlässen konnte er sich auch Wodka Wodka vorstellen. Der Piranha Gerdin hingegen zog lebhaftere Farben vor. Am liebsten Orange, das in Gelb überging, ungefähr wie ein Sonnenuntergang. Und obendrauf bitte ein Papierschirmchen. Allan fragte, was um alles in der Welt der Piranha denn mit diesem Schirmchen wolle. Das könne man doch sowieso nicht trinken. Der Piranha erwiderte, Allan habe sich sicherlich in der Welt umgesehen und wisse bestimmt über vieles besser Bescheid als ein alter Knacki aus Stockholm, aber das hier, das verstehe Allan eben einfach nicht.

Und so kabbelten sie sich noch eine Weile weiter über das Nirwana-Thema. Der eine war ungefähr doppelt so alt wie der andere und der andere doppelt so groß wie der eine, aber sie verstanden sich bestens.

Je mehr Tage und Wochen verstrichen, desto schwerer fiel es den Reportern, die Geschichte mit dem mutmaßlichen Dreifachmörder und seinen Helfershelfern am Leben zu halten. Schon nach ein paar Tagen hatten das Fernsehen und die seriösen Tageszeitungen ihre Berichterstattung eingestellt, weil sie der altmodisch-defensiven Ansicht anhingen, dass man einfach nichts sagte, wenn man nichts zu sagen hatte.

Die Boulevardpresse blieb noch länger dran. Wenn man nichts zu sagen hatte, konnte man immer noch jemanden interviewen oder zitieren, der nicht kapierte, dass er auch nichts zu sagen hatte. Allerdings verwarf der *Expressen* irgendwann die Idee, mit Hilfe von Tarotkarten Spekulationen zu Allans momentanem Aufenthaltsort anzustellen. Bis auf Weiteres wurde nichts mehr über Allan Karlsson geschrieben. *Mit frischem Appetit auf den nächsten Schiet*, wie es so schön hieß; will sagen, etwas Neues war gefragt, womit man die Nation in Bann schlagen konnte. Schlimmstenfalls irgendeine neue Diät, das zog immer.

Die Medien ließen das Rätsel um den Hundertjährigen also langsam in Vergessenheit geraten – mit einer Ausnahme. Im *Eskilstuna-Kuriren* berichtete man laufend über diverse lokale Ereignisse, die mit dem Verschwinden von Allan Karlsson in Verbindung standen, zum Beispiel, dass man bei den Schaltern im Reisezentrum jetzt eine neue Sicherheitstür installiert hatte, um vor zukünftigen Überfällen geschützt zu sein. Oder dass Schwester Alice im Altersheim beschlossen hatte, Allan Karlsson habe das Recht auf sein Zimmer verwirkt – das sollte jetzt an jemand anders gehen, der »die Fürsorge und menschliche Wärme des Personals besser zu schätzen wusste«.

Bei jedem dieser Artikel wurden kurz die Ereignisse zusammengefasst, die nach Auffassung der Polizei darauf zurückzuführen waren, dass Allan Karlsson aus seinem Fenster im Altersheim Malmköping geklettert war.

Der verantwortliche Herausgeber des *Eskilstuna-Kuriren* war jedoch ein alter Kauz, der die hoffnungslos abgedroschene Ansicht vertrat, dass jeder Bürger unschuldig war, bis das Gegenteil bewiesen war. Allan Karlsson war zwar auch im *Kuriren* Allan Karlsson, aber Julius Jonsson war »der Siebenundsechzigjährige« und Benny Ljungberg »der Imbissbudenbetreiber«.

Daraufhin rief eines Tages ein erboster Herr im Büro von Kommissar Aronsson an. Er sagte, er wolle anonym bleiben, habe aber stark das Gefühl, dass er einen entscheidenden Hinweis liefern könne, was den verschwundenen Mordverdächtigen Allan Karlsson betraf.

Kommissar Aronsson war selbst am Telefon und sagte, entscheidende Hinweise seien genau das, was er brauche, und seinetwegen könne der Anrufer gern anonym bleiben.

Nun, der Mann hatte im Laufe des Monats sämtliche Artikel im *Eskilstuna-Kuriren* gelesen und gründlich über die Ereignisse nachgedacht. Er meinte, er habe natürlich nicht annähernd so viele Informationen wie der Kommissar, aber nach dem, was man so in der Zeitung las, sah es doch ganz so aus, als habe die Polizei gegen diesen Ausländer nicht richtig ermittelt.

»Ich bin nämlich sicher, dann hätten Sie den wahren Verbrecher«, meinte der anonyme Mann.

»Was für ein Ausländer denn?«, fragte Kommissar Aronsson.

»Na, ob der jetzt Ibrahim oder Mohammed heißt, kann ich natürlich nicht wissen, die Zeitung nennt ihn ja immer ganz rücksichtsvoll den ›Imbissbudenbesitzer‹, als würden wir Leser dann nicht kapieren, dass er Türke oder Araber oder Muslim ist oder was weiß ich. Denn ein Schwede würde ja wohl kaum eine Imbissbude aufmachen, vor allem nicht in Åkers Styckebruk. Das geht nur, wenn man Ausländer ist und keine Steuern zahlt.«

»Hoppla«, sagte Aronsson. »Das war jetzt aber ein bisschen viel auf einmal. Man kann natürlich auch Türke und Muslim gleichzeitig sein, oder auch Araber und Muslim. Aber der Ordnung halber möchte ich sagen ...«

»Ist er etwa Türke *und* Muslim? Noch schlimmer! Dann knöpfen Sie sich den mal ordentlich vor! Den und seine ganze verdammte Familie. Der hat doch garantiert hundert Verwandte, die hier alle von Sozialhilfe leben.«

»Keine hundert«, korrigierte der Kommissar. »Sein einziger Ver-
wandter ist sein Bruder ...«

Doch in dem Moment kam Kommissar Aronsson ein Gedanke.
Vor ein paar Wochen hatte er Informationen über die Familienver-
hältnisse von Allan Karlsson, Julius Jonsson und Benny Ljungberg
angefordert. Er hatte gehofft, dass bei den Nachforschungen eine –
gerne rothaarige – Schwester oder Cousine oder Tochter oder Enke-
lin mit Wohnsitz in Småland auftauchen würde. Das war noch, bevor
Gunilla Björklund identifiziert worden war. Die Resultate waren insgesamt recht mager ausgefallen. Im Grunde war nur ein Name aufgetaucht, der damals nicht relevant war – aber vielleicht jetzt? Benny
Ljungberg hatte nämlich einen Bruder, der in der Nähe von Falköping
lebte. *Versteckten sie sich am Ende alle dort?* Die Stimme des Anonymen riss den Kommissar wieder aus seinen Gedanken:

»Wo hat dieser Bruder denn seinen Imbissstand? Wie viel Steuern
zahlt der denn bitte? Die kommen ins Land und ermorden unsere
prachtvolle schwedische Jugend. Mit dieser Masseneinwanderung
muss endlich Schluss sein! Hören Sie mich?«

Aronsson sagte, dass er ihn sehr gut höre und dass er für den Hinweis des Mannes auch dankbar sei, obwohl der Imbissbudenbesitzer
in diesem Fall *Ljungberg* hieß und ganz schrecklich schwedisch war,
also weder Türke noch Araber. Ob Ljungberg Muslim sei, könne er
nicht sagen, das interessiere ihn auch nicht weiter.

Der Mann erwiderte, er ahne da einen mokanten Ton in der ver-
logenen Antwort, und diese sozialdemokratische Attitüde sei ihm
sattsam bekannt.

»Wir sind viele, und wir werden immer mehr, das werden Sie
schon merken, wenn nächstes Jahr wieder Wahlen sind«, verkündete
der Anonyme.

Tatsächlich befürchtete Kommissar Aronsson, dass der Anonyme
mit seiner letzten Bemerkung recht hatte. Ein intelligenter, einigermaßen aufgeklärter Mensch wie der Kommissar konnte nichts
Schlimmeres tun, als dem Anonymen zu sagen, dass er sich zum Teufel scheren solle, und den Hörer auf die Gabel zu knallen. Denn mit

Leuten wie diesem Anrufer musste man ja *das Gespräch suchen*, sie *mit Argumenten* überzeugen.

Dachte der Kommissar. Dann sagte er dem Anonymen, dass er sich zum Teufel scheren solle, und knallte den Hörer auf die Gabel.

Aronsson rief Staatsanwalt Ranelid an, um ihm mitzuteilen, dass er vorhatte, sich gleich am nächsten Morgen mit der Erlaubnis des Staatsanwalts nach Västergötland zu begeben, um dort einem neuen Hinweis im Fall des Hundertjährigen und seiner Komplizen nachzugehen (Aronsson hielt es für überflüssig, zu erwähnen, dass er seit Wochen von der Existenz von Benny Ljungbergs Bruder gewusst hatte). Ranelid wünschte Aronsson viel Glück. Er war ganz aus dem Häuschen bei dem Gedanken, dass er bald zu der exklusiven Schar von Staatsanwälten gehören würde, denen es gelungen war, den Angeklagten für Mord oder Totschlag verurteilen zu lassen (oder zumindest für Beihilfe zu einem von beidem), obwohl man die Leiche nicht gefunden hatte – allerdings zum ersten Mal bei einem Fall mit mehr als einem Opfer. Natürlich mussten Karlsson und sein Gefolge erst einmal auftauchen, aber das war ja nur noch eine Frage der Zeit. Vielleicht würde Aronsson sie ja schon am nächsten Tag aufstöbern.

Es war kurz vor fünf, als der Staatsanwalt seine Sachen zusammenpackte. Dabei pfiff er leise vor sich hin und ließ seinen Gedanken freien Lauf. Sollte er vielleicht ein Buch über diesen Fall schreiben? *Der größte Sieg der Gerechtigkeit.* War das ein guter Titel? Oder klang das zu prätentiös? *Der große Sieg der Gerechtigkeit.* Besser. Und bescheidener. Ganz im Einklang mit der Persönlichkeit des Verfassers.

20. KAPITEL

1953–1968

Mao Tse-tung beschaffte Allan und Herbert falsche britische Pässe (wie auch immer er das eingefädelt haben mochte). Dann nahmen sie einen Flug von Shenyang via Schanghai, Hongkong und Malaysia nach Bali. Schon bald saßen die ehemaligen Gulagflüchtlinge unter einem Sonnenschirm an einem schneeweißen Strand, nur wenige Meter vom Indischen Ozean entfernt.

Es wäre perfekt gewesen, wenn die wohlwollende Kellnerin nicht ständig alles verwechselt hätte. Was immer Allan und Herbert zu trinken bestellten, sie bekamen etwas anderes. Wenn sie überhaupt etwas bekamen, denn manchmal verlief sich die Kellnerin auch am Strand. Schließlich brachte der berühmte Tropfen das Fass zum Überlaufen: Allan hatte sich einen Longdrink aus Wodka und Coca-Cola bestellt (»etwas mehr Wodka als Cola«) und bekam – *pisang ambon*, einen sehr, sehr grünen Bananenlikör.

»Jetzt reicht es aber!«, sagte Allan. Er wollte zum Hoteldirektor gehen und ihn bitten, ihnen eine andere Kellnerin zuzuweisen.

»Niemals!«, rief Herbert. »Die Frau ist doch bezaubernd!«

Die Kellnerin hieß Ni Wayan Laksmi, war zweiunddreißig und hätte eigentlich schon längst unter der Haube sein müssen. Sie sah gut aus, stammte aber aus keiner sonderlich vornehmen Familie und hatte keine Ersparnisse vorzuweisen. Außerdem war bekannt, dass sie ungefähr so viel Grips hatte wie ein *kodok*, der balinesische Frosch. Daher war Ni Wayan Laksmi auch übrig geblieben, als die Jungs auf der Insel sich ihre Mädchen suchten und die Mädchen ihre Jungs.

Das hatte sie im Grunde gar nicht so sehr gestört, denn in männlicher Gesellschaft hatte sie sich schon immer unwohl gefühlt. Und in weiblicher auch. Überhaupt in Gesellschaft. Bis jetzt! Denn mit einem der zwei neuen weißen Hotelgäste war es irgendwie ganz besonders. Herbert hieß er, und es kam ihr vor, als ... hätten sie so viel gemeinsam. Er war zwar sicher dreißig Jahre älter als sie, aber das war ihr egal, denn sie war ... *verliebt!* Und ihre Liebe wurde erwidert. Herbert hatte noch nie jemanden getroffen, der auch nur annähernd so schwer von Begriff war wie er.

Zu ihrem fünfzehnten Geburtstag hatte Ni Wayan Laksmi von ihrem Vater ein Sprachlehrbuch bekommen. Er hatte sich gedacht, dass seine Tochter Holländisch lernen sollte, denn damals war Indonesien ja noch holländische Kolonie. Nachdem sie vier Jahre mit diesem Buch gekämpft hatte, kam ein Holländer zu Besuch. Da wagte Ni Wayan Laksmi zum ersten Mal, das Holländisch auszuprobieren, das sie sich mit großer Mühe beigebracht hatte – nur um zu erfahren, dass sie *Deutsch* sprach. Der Vater, selbst keine große Leuchte, hatte der Tochter das falsche Buch gegeben.

Doch jetzt, siebzehn Jahre später, war dieser unglückliche Umstand ein glücklicher, denn Ni Wayan Laksmi und Herbert konnten sich unterhalten und einander ihre Liebe gestehen.

Anschließend erbat sich Herbert von Allan die Hälfte der Dollars, die sie von Mao Tse-tung erhalten hatten. Damit suchte er Ni Wayan Laksmis Vater auf und hielt um die Hand seiner Tochter an. Der Vater glaubte zunächst an einen Scherz. Da kam so ein Ausländer daher, ein Weißer, ein *bule* mit den Taschen voller Geld, und bat um die Hand seiner mit Abstand dümmsten Tochter. Dass er überhaupt an diese Tür klopfte, grenzte an eine Sensation. Ni Wayan Laksmis Familie gehörte nämlich der Kaste der *sundra* an, der untersten der vier Gesellschaftsschichten auf Bali.

»Sind Sie wirklich richtig hier?«, fragte der Vater. »Und Sie meinen wirklich meine älteste Tochter?«

Herbert Einstein erwiderte, er bringe ja gerne mal was durcheinander, aber diesmal sei er sich seiner Sache absolut sicher.

Zwei Wochen später wurde Hochzeit gefeiert, nachdem Herbert konvertiert war zu ... irgendeiner Religion, deren Namen er schon wieder vergessen hatte. Aber sie war ganz lustig, mit Elefantenköpfen und all so was.

Ein paar Wochen versuchte Herbert, den Namen seiner neuen Frau zu lernen, aber schließlich gab er es auf.

»Liebling«, sagte er, »ich kann mir einfach nicht merken, wie du heißt. Wärst du sehr böse, wenn ich dich stattdessen Amanda nenne?«

»Überhaupt nicht, lieber Herbert. ›Amanda‹ klingt wunderschön. Aber warum ausgerechnet ›Amanda‹?«

»Ich weiß nicht«, sagte Herbert. »Hast du einen besseren Vorschlag?«

Den hatte Ni Wayan Laksmi nicht, also hieß sie von Stund an Amanda Einstein.

Die beiden kauften sich ein Haus in dem kleinen Ort Sanur, nicht weit von dem Hotel und dem Strand, an dem Allan seine Tage verbrachte. Amanda hängte die Kellnerei an den Nagel, denn sie meinte, früher oder später würde man sie sowieso feuern, weil sie im Grunde immer alles verkehrt machte. Jetzt brauchten sie nur noch eine Idee, was Herbert und sie in Zukunft machen wollten.

Wie Herbert brachte auch Amanda gern alles durcheinander, was man durcheinanderbringen konnte. Aus links wurde rechts, aus oben wurde unten, aus hier wurde dort ... Daher hatte sie nie eine Ausbildung erhalten, denn dafür wäre es ja zumindest erforderlich gewesen, regelmäßig zur Schule zu finden.

Doch jetzt hatten die beiden ja *einen Riesenhaufen Dollahs*, da würde bestimmt alles in Ordnung kommen. Sie mochte ja schrecklich unintelligent sein, erklärte sie ihrem Mann, aber blöd war sie nicht!

Dann erzählte sie, dass in Indonesien grundsätzlich alles käuflich sei, und das sei sehr praktisch, wenn man Geld habe. Herbert verstand nicht recht, was seine Frau meinte, und da sie nur zu gut wusste, wie es ist, wenn man nichts versteht, erklärte sie ihm die Sache nicht näher, sondern sagte nur:

»Sag einfach irgendwas, was du dir wünschen würdest, lieber Herbert.«

»Wie meinst du das? Du meinst … zum Beispiel Auto fahren können?«

»Genau«, meinte Amanda.

Dann entschuldigte sie sich, sie habe das eine oder andere zu erledigen. Aber sie wolle vor dem Abendessen zurück sein.

Drei Stunden später war sie wieder zu Hause. Sie brachte einen Führerschein mit, der auf Herberts Namen ausgestellt war, doch nicht nur das. Sie drückte ihm auch noch ein Diplom in die Hand, das Herbert als geprüften Fahrschullehrer auswies, sowie den Kaufvertrag für die soeben erworbene Fahrschule, der sie gleich einen neuen Namen verpasst hatte: *Firma Einstein – Führerscheinschule.*

Das fand Herbert natürlich alles ganz großartig, aber … deswegen konnte er doch jetzt nicht besser Auto fahren, oder? Doch, in gewisser Weise eben schon, meinte Amanda. Denn jetzt sei er nämlich in der Position, *selbst* zu bestimmen, was gut Auto fahren bedeutete. So war es eben im Leben: *Richtig* war nicht unbedingt das, was richtig *war*, sondern das, was von der maßgeblichen Person *für richtig erklärt* wurde.

Da hellte sich Herberts Miene auf. *Er hatte es verstanden!*

Die Führerscheinschule Einstein wurde ein voller Erfolg. Fast alle Inselbewohner, die den Führerschein machen wollten, nahmen Unterricht bei dem sympathischen Weißen. Und Herbert wuchs bald in seine Rolle hinein. Die Theoriestunden hielt er selbst: Da erklärte er freundlich, aber bestimmt, dass man zum Beispiel nicht zu schnell fahren sollte, weil man sonst leicht mal einen Unfall baute. Doch zu langsam dürfe man auch nicht fahren, denn damit behindere man ja den Verkehr. Die Schüler nickten und schrieben eifrig mit. Der Herr Lehrer schien ja zu wissen, wovon er redete.

Nach sechs Monaten hatte Herbert die zwei anderen Fahrschulen der Insel aus dem Feld geschlagen und besaß nun das Monopol. Als er Allan seinen wöchentlichen Besuch am Strand abstattete, erzählte er ihm davon.

»Ich bin stolz auf dich, Herbert«, sagte Allan. »Dass ausgerechnet du eine *Fahrschule* aufmachst! Wo hier doch Linksverkehr ist und alles ...«

»Linksverkehr?«, staunte Herbert. »Fährt man in Indonesien denn auf der linken Seite?«

Amanda saß auch nicht tatenlos zu Hause, während Herbert die Firma aufbaute, die sie ihm geschenkt hatte. Erst verschaffte sie sich eine richtige Ausbildung und wurde Betriebswirtin. Das dauerte zwar ein paar Wochen und war ziemlich teuer, doch am Ende hatte sie den Beweis in der Hand. Mit Topnoten obendrein, von einer der besseren Universitäten von Java.

Dann machte sie einen ausgedehnten Spaziergang am Strand von Kuta und überlegte angestrengt. Was konnte sie mit ihrem Leben anfangen, was der Familie Glück brachte? Betriebswirtin hin oder her, sie konnte immer noch kaum rechnen. Aber vielleicht sollte sie ... war es wirklich möglich, dass ... ja, wenn man ... Ja da soll mich doch, dachte Amanda Einstein.

»Ich gehe in die Politik!«

Amanda Einstein gründete die *Liberaldemokratische Freiheitspartei* (sie war der Ansicht, dass sich die drei Worte »*liberal*«, »*demokratisch*« und »*Freiheit*« in diesem Zusammenhang gut machten). Sie fand sofort sechstausend erfundene Mitglieder, die es alle für eine gute Idee hielten, dass sie im nächsten Herbst bei den Gouverneurswahlen kandidierte. Der amtierende Gouverneur wollte aus Altersgründen zurücktreten, und bevor Amanda ihren Einfall hatte, gab es nur einen Kandidaten, der das Amt hätte übernehmen können. Jetzt waren es zwei. Der eine war ein Mann und *pedana*, der andere eine Frau und *sundra*. Normalerweise wäre dieser Wahlkampf selbstverständlich zu Amandas Ungunsten ausgegangen. Doch jetzt hatte sie ja *einen Riesenhaufen Dollahs*.

Herbert hatte nichts dagegen, dass sein Herzblatt in die Politik ging. Doch er wusste, dass Allan unter seinem Sonnenschirm die Politik im Allgemeinen und nach den Jahren im Gulag den Kommunismus im Besonderen hasste.

»Müssen wir jetzt Kommunisten werden?«, fragte er besorgt.

Nein, das glaubte Amanda nicht. Dieses Wort kam zumindest nicht im Namen ihrer Partei vor. Doch wenn Herbert absolut Kommunist werden wolle, konnte man das sicher noch einfügen.

»*Liberaldemokratische kommunistische Freiheitspartei*«, sagte Amanda und horchte dem Klang nach. »Ein bisschen lang vielleicht, aber könnte gehen.«

Doch so hatte Herbert es ja gar nicht gemeint. Ganz im Gegenteil. Je weniger sich ihre Partei mit Politik beschäftigte, desto besser.

Damit waren sie bei der Finanzierung der Kampagne. Amanda meinte, nach dem Wahlkampf würde von dem *Riesenhaufen Dollahs* nicht mehr viel übrig sein, denn Gewinnen war ziemlich teuer. Wie Herbert darüber denke?

Herbert antwortete, er sei sicher, dass in dieser Familie Amanda am meisten von Geldfragen verstehe. Auch wenn die Konkurrenz ja eher mäßig sei.

»Gut«, sagte Amanda. »Dann setzen wir ein Drittel unseres Kapitals für meinen Wahlkampf ein, ein Drittel für die Schmiergelder, ein Drittel für die Schmutzkampagne gegen unseren stärksten Konkurrenten, und dann haben wir immer noch ein Drittel, von dem wir leben können, wenn nichts daraus wird. Was meinst du dazu?«

Herbert kratzte sich die Nase und meinte gar nichts, doch er erzählte Allan von Amandas Plänen. Der seufzte bei dem Gedanken, dass jemand, der einen Longdrink nicht von Bananenlikör unterscheiden konnte, tatsächlich glaubte, Gouverneurin werden zu können. Na ja, sie hatten ja *einen Riesenhaufen Dollahs* von Mao Tse-tung bekommen, und Allan kam mit seiner Hälfte bestens aus. Deswegen versprach er auch, den beiden nach den Wahlen finanziell auszuhelfen. Aber nur, wenn sie nicht noch mehr Projekte anfingen, von denen sie nichts verstanden.

Herbert dankte ihm für das Angebot. Allan war doch ein guter Kerl, weiß Gott.

Allerdings wurde Allans Hilfe gar nicht gebraucht. Die Gouverneurswahlen waren für Amanda ein Erfolg auf der ganzen Linie. Sie gewann mit fast achtzig Prozent der Stimmen, wohingegen ihr Konkurrent nur zweiundzwanzig erzielt hatte. Da die Summe mehr als hundert ergab, witterte der Konkurrent Wahlbetrug, doch ein Gericht schmetterte die Klage ab und drohte dem unterlegenen Kandidaten mit ernsthaften Konsequenzen, wenn er die neue Gouverneurin Frau Einstein weiter verleumden wolle. Kurz vor der Urteilsverkündung hatten sich Amanda und der vorsitzende Richter übrigens auf ein Tässchen Tee getroffen.

* * * *

Während Amanda Einstein langsam, aber sicher die Insel übernahm und ihr Mann Herbert den Leuten das Autofahren beibrachte (ohne sich selbst öfter als unbedingt nötig hinters Steuer zu setzen), saß Allan mit einem Drink in seinem Liegestuhl am Wasser. Seit Amanda aufgehört hatte, die Touristen zu bedienen, bekam er meistens genau das, was er bestellt hatte.

Wenn er nicht gerade dort saß und trank, blätterte er in den internationalen Zeitungen, die er abonniert hatte, aß, wenn er Hunger hatte, und wenn ihm das alles zu hektisch wurde, hielt er ein Mittagsschläfchen auf seinem Zimmer.

Aus Tagen wurden Wochen, aus Wochen Monate, aus Monaten Jahre – ohne dass Allan seiner Ferien überdrüssig wurde. Nach anderthalb Jahrzehnten hatte er außerdem immer noch *einen Riesenhaufen Dollahs* übrig. Das war einerseits darauf zurückzuführen, dass es von vornherein eben ein Riesenhaufen gewesen war, aber auch darauf, dass das betreffende Hotel seit einer Weile Amanda und Herbert Einstein gehörte und sie Allan sofort zum Ehrengast erklärt hatten.

Inzwischen war Allan dreiundsechzig Jahre alt und bewegte sich immer noch nicht mehr als unbedingt notwendig. Amanda feierte unterdessen immer größere politische Erfolge. Sie war beliebt bei der breiten Masse. Das zeigte sich in diversen Untersuchungen, die das Institut für Statistik durchführte, welches ihre Schwester besaß und leitete. Bali wurde von einer Menschenrechtsorganisation als die am wenigsten korrupte Region des Landes bezeichnet. Das wiederum beruhte darauf, dass Amanda den gesamten Vorstand dieser Organisation geschmiert hatte, aber sei's drum.

Dennoch war der Kampf gegen die Korruption einer der drei Hauptpunkte, den sich Amanda bei ihrer politischen Arbeit auf die Fahnen geschrieben hatte. Vor allem führte sie Anti-Korruptionsunterricht an Balis Schulen ein. Ein Rektor in Denpasar protestierte zunächst, denn er meinte, das Ganze könnte den genau entgegengesetzten Effekt haben. Da machte Amanda ihn einfach zum Präsidenten der Schulbehörde und verdoppelte sein Gehalt, und damit war diese Angelegenheit auch erledigt.

Ihr zweites Anliegen war der Kampf gegen den Kommunismus. Der äußerte sich vor allem darin, dass sie kurz vor ihrer ersten Wiederwahl für ein Verbot der kommunistischen Partei auf Bali sorgte. Die wurde nämlich langsam größer, als für Amanda gut war. Auf diese Weise kam sie auch mit einem wesentlich geringeren Wahlkampfbudget aus.

Beim dritten Punkt hatte sich Amanda von Herbert und Allan helfen lassen. Von diesen beiden erfuhr sie nämlich, dass es in vielen Gegenden der Welt überhaupt nicht normal war, das ganze Jahr über dreißig Grad zu haben. Vor allem im sogenannten Europa war es wohl besonders kühl, vor allem ganz im Norden, wo Allan herkam. Das brachte Amanda auf die Idee, dass es auf der Welt doch jede Menge steif gefrorene Reiche geben musste, die man alle dazu ermuntern konnte, sich auf Bali auftauen zu lassen. Und so regte sie die Entwicklung des Fremdenverkehrs an, indem sie Baugenehmigungen für eine ganze Reihe von Luxushotels erteilte. Auf Grundstücken, die sie vorher selbst erworben hatte.

Ansonsten kümmerte sie sich auch nach bestem Wissen und Gewissen um ihre Lieben. Vater, Mutter, Schwestern, Onkel, Tanten und Cousinen bekamen alle wichtige, lukrative Positionen in der balinesischen Gesellschaft. Das führte dazu, dass Amanda nicht weniger als zweimal wiedergewählt wurde. Beim zweiten Mal ging die Anzahl der Stimmen und der Stimmberechtigten sogar glatt auf.

Im Laufe der Jahre schenkte Amanda auch zwei Söhnen das Leben: zuerst Allan Einstein (denn Herbert hatte Allan ja so gut wie alles zu verdanken), gefolgt von Mao Einstein (weil dieser *Riesenhaufen Dollahs* ihnen so viel genützt hatte).

Doch dann wurde es ihr eines Tages alles zu viel. Es begann mit dem Ausbruch des dreitausend Meter hohen Vulkans Gunung Agung. Die unmittelbare Folge für Allan, der sich gerade in siebzig Kilometern Entfernung aufhielt, war, dass die Aschewolke die Sonne verdunkelte. Für andere war es schon schlimmer. Tausende von Menschen kamen ums Leben, noch mehr mussten von der Insel fliehen. Die bis dahin so beliebte Gouverneurin traf keine bemerkenswerten Entscheidungen. Sie begriff nicht mal, dass sie eine ganze Reihe von Entscheidungen hätte treffen müssen.

Allmählich beruhigte sich der Vulkan wieder, doch die Insel war ökonomisch wie politisch aus dem Gleichgewicht geraten – wie der ganze indonesische Staat. In Jakarta übernahm Suharto das Amt von Präsident Sukarno, und der neue Führer des Landes hatte bestimmt nicht vor, politische Entartungen mit Glacéhandschuhen anzufassen, wie es sein Vorgänger getan hatte. Das hieß, dass er die Hatz auf Kommunisten eröffnete, auf mutmaßliche Kommunisten, mögliche Kommunisten, ganz eventuelle Kommunisten und den einen oder anderen Unschuldigen. Bald waren zwischen zweihunderttausend und zwei Millionen Menschen tot; diese Schätzungen waren allerdings sehr ungenau, weil viele ethnische Chinesen ganz einfach aus Indonesien ausgewiesen wurden, weil man sie von vornherein als Kommunisten abstempelte. Wenn sie dann in China ankamen, wurden sie natürlich als Kapitalisten behandelt.

Als sich die Rauchwolke gelegt hatte, äußerte bestimmt kein einziger der zweihundert Millionen Einwohner des Landes mehr kommunistische Ideen (das war zur Sicherheit auch gleich für illegal erklärt worden). Daraufhin betrachtete Suharto seine Mission als erledigt und lud die USA und andere westliche Staaten ein, an den Reichtümern des Landes teilzuhaben. Das brachte die Wirtschaft in Schwung, den Leuten ging es besser, und am besten von allen ging es Suharto, der bald unendlich reich war. Keine schlechte Leistung für einen Soldaten, der seine militärische Karriere mit dem Schmuggel von Zucker begonnen hatte.

Amanda Einstein wollte das Gouverneursamt einfach nicht mehr so viel Spaß machen wie früher. Ungefähr achtzigtausend Balinesen hatten bei den eifrigen Bestrebungen der Regierung in Jakarta, den Bürgern falsche Gedanken auszutreiben, ihr Leben lassen müssen.

In dieser chaotischen Phase ging Herbert in Rente, und Amanda zog es ebenfalls in Erwägung, obwohl sie erst knapp dreiundvierzig war. Der Familie gehörten ja Grundstücke und Hotels, und der *Riesenhaufen Dollahs*, der den Wohlstand der Familie überhaupt erst möglich gemacht hatte, hatte sich in einen noch größeren Riesenhaufen Dollahs verwandelt. Da konnte man sich doch ebenso gut zur Ruhe setzen. Aber was sollte sie nun mit ihrer Zeit anfangen?

»Was halten Sie davon, indonesische Botschafterin in Paris zu werden?«, fragte Suharto sie geradeheraus, als er sich am Telefon bei ihr vorgestellt hatte.

Er war im Bilde über Amanda Einsteins Arbeit auf Bali und ihr resolutes Kommunistenverbot. Außerdem strebte er ein ausgewogenes Verhältnis zwischen Männern und Frauen bei der Besetzung der Spitzenpositionen in den ausländischen Botschaften an (wenn Amanda Einstein annahm, wäre das Verhältnis vierundzwanzig zu eins).

»Paris?«, wiederholte Amanda Einstein. »Wo ist das denn?«

* * * *

Allan dachte, dass der Vulkanausbruch von 1963 vielleicht ein Wink des Schicksals war, langsam doch aufzubrechen. Doch als die Sonne wieder hinter den Aschewolken zum Vorschein kam, war im Grunde alles wie vorher (nur dass jetzt aus irgendeinem Grund ein Bürgerkrieg auf den Straßen tobte). Wenn das Schicksal sich nicht deutlicher äußern konnte, dann war es selbst schuld. Und so blieb Allan noch ein paar Jahre auf seinem Liegestuhl liegen.

Dass er zum Schluss doch packte und aufbrach, war Herberts Verdienst. Eines Tages erzählte er ihm, dass Amanda und er nach Paris ziehen würden, und wenn Allan mitkommen wolle, würde ihm sein Freund einen falschen indonesischen Pass besorgen (als Ersatz für den falschen britischen, der inzwischen abgelaufen war). Außerdem würde die designierte Botschafterin ihm eine Anstellung in der Botschaft besorgen. Es sei zwar nicht nötig, dass Allan arbeitete, aber wenn er keine offizielle Beschäftigung habe, könne es sein, dass die Franzosen sich ganz schön anstellten. Die schauten nämlich genau hin, bevor sie jemanden ins Land ließen.

Allan nahm dankend an. Mittlerweile hatte er sich auch genug ausgeruht. Paris klang nach einem ruhigen, stabilen Fleckchen, ohne solche Krawalle, wie sie in letzter Zeit auf Bali gewütet hatten, sogar in der Nähe von Allans Hotel.

Die Abreise erfolgte schon zwei Wochen später. Amanda trat ihren Dienst in der Botschaft am 1. Mai an.

Man schrieb das Jahr 1968.

21. KAPITEL

Donnerstag, 26. Mai 2005

Per-Gunnar Gerdin verschlief gerade den Vormittag, als Kommissar Göran Aronsson auf den Hof von Klockaregård einbog und zu seiner Verblüffung Allan Emmanuel Karlsson auf der großen Holzveranda auf einer Hollywoodschaukel entdeckte.

Benny, die Schöne Frau und Buster waren gerade mit der Wasserversorgung für Sonjas neuen Stall in der Scheune beschäftigt. Julius hatte sich einen Bart stehen lassen und so die Erlaubnis der Gruppe bekommen, Bosse zum Lebensmitteleinkauf nach Falköping zu begleiten. Allan war weggenickt und wachte erst auf, als der Kommissar sich bemerkbar machte.

»Allan Karlsson, vermute ich?«, sagte Aronsson.

Allan schlug die Augen auf und meinte, das vermute er ebenfalls. Hingegen habe er keine Ahnung, wer da gerade mit ihm spreche. Ob der Besuch ihm in dieser Frage wohl Klarheit verschaffen wolle?

Das wollte der Kommissar sofort. Er sagte, er heiße Aronsson, sei Polizeikommissar und suche Herrn Karlsson schon seit einer ganzen Weile. Gegen Herrn Karlsson sei nämlich Haftbefehl erlassen aufgrund des Verdachts, Leute umgebracht zu haben. Gegen seine Freunde, die Herren Jonsson und Ljungberg sowie Frau Björklund, übrigens auch. Ob er zufällig wisse, wo diese sich gerade aufhielten.

Allan ließ sich Zeit mit der Antwort. Er müsse kurz seine Gedanken sammeln, erklärte er, er sei ja eben erst aufgewacht, dafür habe der Kommissar hoffentlich Verständnis. Schließlich plaudere man nicht einfach irgendwas über seine Freunde aus, ohne vorher gut nachzudenken, ob ihm der Herr Kommissar da nicht zustimme.

Aronsson antwortete, er könne ihm nur den Rat geben, jetzt sehr zügig alles zu erzählen, was er wusste. Eile habe der Kommissar aber trotzdem nicht.

Das gefiel Allan, und er forderte den Mann auf, sich zu ihm auf die Hollywoodschaukel zu setzen. Dann wollte Allan ihm auch einen Kaffee aus der Küche besorgen.

»Nehmen Sie Zucker in den Kaffee? Oder Milch?«

Eigentlich gehörte Aronsson nicht zu den Leuten, die gefasste Verbrecher einfach so davonspazieren ließen, und sei es nur in die Küche nebenan. Aber dieses Exemplar flößte ihm irgendwie so eine Ruhe ein. Außerdem konnte Aronsson von der Hollywoodschaukel aus gut in die Küche blicken und beobachten, was Allan da drinnen trieb. Also nahm er das Angebot an.

»Milch bitte. Keinen Zucker«, bat er und setzte sich.

Der soeben gefasste Allan bosselte in der Küche herum (»Möchten Sie vielleicht noch ein Stück Gebäck dazu?«), während Kommissar Aronsson ihm von der Veranda zusah. Er begriff nicht, wie ihm die Situation schon wieder so weit hatte entgleiten können. Zunächst hatte er aus der Ferne einen älteren Mann auf einer Veranda sitzen sehen und gedacht, dass das vielleicht der Vater von Bo Ljungberg war, der ihn sicher zu seinem Sohn führen konnte. Und dann hätte sich garantiert bestätigt, dass die gesuchten Personen nicht in der Nähe waren und die ganze Fahrt nach Västergötland vergebliche Liebesmüh gewesen war.

Doch als er nah genug an die Veranda gekommen war, stellte sich heraus, dass der alte Mann auf der Hollywoodschaukel Allan Karlsson in Person war. Der Weitschuss war ein Volltreffer gewesen!

Im Gespräch mit dem alten Mann war er ruhig und professionell aufgetreten. Wenn man es denn professionell nennen wollte, dass der mutmaßliche Dreifachmörder gerade in die Küche gegangen war, um Kaffee zu kochen. Im Grunde saß Aronsson auf der Veranda und kam sich doch wieder vor wie ein Amateur. Der hundertjährige Allan Karlsson sah nicht sonderlich gefährlich aus, doch was sollte Aronsson tun, wenn die drei anderen Verdächtigen auch auftauchten, vielleicht sogar in Gesellschaft von Bo Ljungberg, der wegen Strafvereitelung verhaftet werden sollte?

»Mit Milch und ohne Zucker sagten Sie, oder?«, rief Allan aus der Küche. »In meinem Alter wird man langsam etwas vergesslich.«

Aronsson wiederholte seinen Wunsch nach Milch im Kaffee und griff dann zum Handy, um Verstärkung von den Kollegen in Falköping anzufordern. Am besten gleich zwei Autos.

Doch sein Handy kam ihm zuvor. Es klingelte, bevor er wählen konnte. Als Aronsson sich meldete, war Staatsanwalt Ranelid in der Leitung – und der hatte ihm eine sensationelle Mitteilung zu machen.

22. KAPITEL

Mittwoch, 25. Mai–Donnerstag, 26. Mai 2005

Der ägyptische Seemann, der die sterblichen Überreste von Bengt »Bolzen« Bylund an die Fische im Roten Meer verfüttert hatte, war endlich in Dschibuti, wo ihm drei Tage Landgang winkten.

In seiner Hosentasche steckte Bolzens Brieftasche, die unter anderem achthundert schwedische Kronen in bar enthielt. Wie viel das wert sein mochte, wusste der Matrose nicht, doch er hegte gewisse Hoffnungen, und so machte er sich auf die Suche nach einer geöffneten Wechselstube.

Die Hauptstadt von Dschibuti, eine junge, lebhafte Stadt, heißt fantasieloserweise genauso wie das Land. Lebhaft, weil Dschibuti strategisch günstig am Horn von Afrika liegt, wo das Rote Meer beginnt. Jung, weil die Einwohner von Dschibuti für gewöhnlich nicht allzu alt werden. Die fünfzig zu erreichen, gilt als Ausnahme.

Der ägyptische Seemann blieb am Fischmarkt stehen, wo er sich vielleicht was Frittiertes gönnen wollte, bevor er weiter nach einer Wechselstube suchte. Direkt neben ihm stand ein verschwitzter Einheimischer und stampfte mit fiebrig flackernden Augen auf den Boden. Der Matrose wunderte sich nicht, dass der Verschwitzte so verschwitzt war, denn zum einen hatte es leicht fünfunddreißig Grad im Schatten, zum anderen trug der Verschwitzte mit dem Fez zwei Sarongs und zwei Hemden übereinander.

Der fragliche Mann war ungefähr fünfunddreißig und hatte wenig Ehrgeiz, noch viel älter zu werden. Innerlich war er in Aufruhr. Nicht, weil die Hälfte der Bevölkerung arbeitslos war, nicht, weil bald jeder Fünfte HIV-infiziert war, nicht, weil Trinkwasser hier Mangelware war, und auch nicht, weil die Wüste sich immer weiter ausbreitete und das kümmerliche bisschen Land schluckte, das man überhaupt zum Anbau von Nahrung nutzen konnte. Nein, der Mann empörte sich, weil die USA einen Militärstützpunkt im Land errichtet hatten.

Damit waren die USA freilich nicht allein. Die französische Fremdenlegion war schon länger hier. Die Bande zwischen Dschibuti und Frankreich waren stark, denn bevor man in den siebziger Jahren die Erlaubnis bekam, sein eigenes Ding zu machen, hieß das Land ja Französisch-Somaliland.

Doch direkt neben der Basis der Fremdenlegion hatten sich die USA etwas ganz Ähnliches ausbedungen, gerade im richtigen Abstand zum Golf und Afghanistan und mit einer ganzen Reihe zentralafrikanischer Tragödien gleich um die Ecke.

Gute Idee, dachten sich die Amerikaner, und den Einwohnern von Dschibuti war es sowieso einerlei. Die hatten alle Hände voll damit zu tun, den nächsten Tag zu überleben.

Doch einer von ihnen hatte offenbar Zeit gehabt, über die amerikanische Militärpräsenz nachzudenken. Oder vielleicht war er einfach nur ein bisschen religiöser, als für sein irdisches Dasein gut war.

Jedenfalls lief er durch die Hauptstadt auf der Suche nach einer Gruppe amerikanischer Soldaten auf Kasernenurlaub. Dabei befingerte er nervös die Schnur, an der er bei der richtigen Gelegenheit kräftig ziehen würde, sodass die Amerikaner zur Hölle fuhren, während er genau in die andere Richtung segelte.

Doch wie gesagt, es war ein heißer Tag, an dem man leicht ins Schwitzen kam (das passiert sowieso gern in Dschibuti). Der Mann hatte sich eben nicht nur die Bombe auf Bauch und Rücken geklebt, sondern musste auch noch eine doppelte Lage Kleidung tragen, um sie zu verbergen. So kochte der Selbstmordattentäter fast vor Hitze, und zu guter Letzt fummelte er versehentlich dann doch ein bisschen zu viel an seiner Schnur herum.

Womit er sich selbst und den armen Kerl, der gerade neben ihm stand, in Fetzen verwandelte. Drei weitere Dschibutier starben an ihren Verletzungen, und ungefähr zehn wurden schwer verletzt.

Keines der Opfer war Amerikaner. Doch es sah ganz so aus, als wäre der Mann direkt neben dem Attentäter Europäer gewesen. Die Polizei hatte nämlich eine Brieftasche, die in bemerkenswert gutem Zustand war, direkt neben den Überresten ihres Besitzers gefunden. Und in dieser Brieftasche steckten nicht nur achthundert schwedische Kronen, sondern auch sein Pass und sein Führerschein.

Der schwedische Honorarkonsul in Dschibuti wurde am nächsten Tag vom Bürgermeister darüber informiert, dass der schwedische Staatsbürger Erik Bengt Bylund höchstwahrscheinlich ein Opfer der Wahnsinnstat auf dem Fischmarkt geworden war.

Bylunds sterbliche Überreste könne man ihm leider nicht übergeben, dafür sei der Körper zu stark zersetzt worden. Daher habe man sie umgehend und unter Wahrung der Form kremiert.

Jedoch konnte man dem Honorarkonsul Bylunds Brieftasche überreichen, die Pass und Führerschein enthielt (das Geld war während der Bearbeitung des Vorgangs bereits verschwunden). Der Bürgermeister bedauerte, dass man den schwedischen Bürger nicht ausreichend habe schützen können. Trotzdem sehe er sich genötigt, noch eine Sache zur Sprache zu bringen, wenn der Herr Honorarkonsul nichts dagegen habe?

Bylund habe sich nämlich ohne gültiges Visum in Dschibuti aufgehalten. Der Bürgermeister wisse nicht mehr, wie oft man dieses Problem schon mit den Franzosen und auch mit Präsident Guelleh erörtert habe. Wenn die Franzosen Legionäre direkt in ihre Basis einfliegen wollten, sei das ihre Sache. Aber sobald sich ein Legionär als Zivilist in der Stadt Dschibuti bewegte (»in meiner Stadt«, wie es der Bürgermeister formulierte), *müsse* er auch die erforderlichen Dokumente vorweisen können. Der Bürgermeister bezweifelte keine Sekunde, dass Bylund Fremdenlegionär gewesen war, ihm war das Muster nur zu gut bekannt. Die Amerikaner hielten sich ausnahmslos akkurat an die Regeln, während die Franzosen sich benahmen, als seien sie hier noch immer in *Somaliland*.

Der Honorarkonsul bedankte sich für die Beileidsbezeigung des

Bürgermeisters. Außerdem versprach er, die Visumsfrage bei Gelegenheit einem zuständigen französischen Kollegen gegenüber zur Sprache zu bringen. Was natürlich eine glatte Lüge war.

* * * *

Für Arnis Ikstens war die Sache verdammt unangenehm. Das war nämlich der arme Kerl, der die Presse auf dem Schrottplatz im Süden von Riga bediente. Als er mit dem letzten Wagen fertig war, hing plötzlich ein menschlicher Arm aus dem Metallwürfel, der bis vor Kurzem noch ein Auto gewesen war.

Arnis rief natürlich sofort die Polizei an, und danach ging er nach Hause, obwohl es gerade mal Mittag war. Das Bild des Arms sollte ihn noch lange verfolgen. Dieser Mensch war doch wohl hoffentlich schon tot gewesen, bevor Arnis das Auto zusammengepresst hatte?

Der Polizeichef von Riga teilte der schwedischen Botschaft mit, dass der schwedische Staatsangehörige Henrik Mikael Hultén tot in einem Ford Mustang auf einem Schrottplatz im Süden Rigas gefunden worden war.

Das hieß, noch hatte man seine Identität nicht zweifelsfrei feststellen können, aber der Inhalt seiner Brieftasche deutete darauf hin.

* * * *

Donnerstag, den 26. Mai, um 11.15 Uhr erhielt das Außenministerium in Stockholm ein Fax vom Honorarkonsul in Dschibuti, in dem das Ableben eines schwedischen Staatsangehörigen mitgeteilt wurde. Acht Minuten später kam ein zweites Fax zum selben Thema, diesmal allerdings von der Botschaft in Riga.

Der Verantwortliche erkannte die Namen und die Fotos der Toten sofort, er hatte ja erst kürzlich noch im *Expressen* von ihnen gelesen. Schon seltsam, dachte er, dass die beiden so weit weg von Schweden gestorben waren. In der Zeitung hatte etwas ganz anderes gestanden.

Doch das war das Problem der Polizei und des Staatsanwalts. Der Mann scannte die beiden Faxe und schrieb anschließend eine Mail, in der er alle relevanten Informationen zu den Opfern zusammenfasste. Die sandte er unter anderem auch an die Polizei in Eskilstuna. Ein anderer Beamter bekam diese Mail, las sie, zog die Augenbrauen hoch und leitete sie an Staatsanwalt Ranelid weiter.

Conny Ranelids Leben stand kurz vor dem Kollaps. Der Fall mit dem hundertjährigen Dreifachmörder hatte doch sein beruflicher Durchbruch werden sollen, auf den er so lange gehofft und den er sich so gründlich verdient hatte.

Doch nun stellte sich heraus, dass Opfer Nummer eins, das doch in Sörmland gestorben war, drei Wochen später in Dschibuti noch einmal ums Leben kam. Und dass Nummer zwei, der doch in Småland gestorben war, dasselbe einfach noch einmal in Riga tat.

Nachdem Ranelid sich ans weit geöffnete Bürofenster gestellt und zehnmal tief durchgeatmet hatte, begann sein Gehirn langsam wieder zu arbeiten. Muss Aronsson anrufen, dachte er. Und Aronsson *musste* Opfer Nummer drei finden. Und zwischen dem Hundertjährigen und Nummer drei *musste* sich per DNA-Test eine Verbindung herstellen lassen. Das *musste* einfach so sein.

Sonst hatte sich der Staatsanwalt nämlich hoffnungslos blamiert.

* * * *

Sowie Kommissar Aronsson Ranelids Stimme hörte, platzte er sofort damit heraus, dass er eben gerade Allan Karlsson lokalisiert und verhaftet habe (auch wenn ebendieser seine Haft so gestaltete, dass er in der Küche Kaffee und Gebäck für Aronsson herrichtete).

»Was die anderen angeht, habe ich den Verdacht, dass sie ganz in der Nähe sind, aber es ist wohl besser, wenn ich zuerst Verstärk...«

Staatsanwalt Ranelid fiel ihm ins Wort und berichtete verzweifelt, dass Opfer Nummer eins tot in Dschibuti aufgefunden war und Opfer Nummer zwei in Riga und dass seine ganze schöne Indizienkette kurz davor stand, in ihre Einzelteile zu zerfallen.

»Dschibuti?«, echote der Kommissar. »Wo ist das denn?«

»Weiß ich nicht«, erwiderte Staatsanwalt Ranelid, »aber solange es auch nur weiter als zwanzig Kilometer von Åkers Styckebruk entfernt liegt, schwächt es meine Theorie ganz erheblich. Sie *müssen* jetzt einfach Opfer Nummer drei finden, hören Sie? Sie *müssen* ihn finden!«

In diesem Augenblick betrat ein noch recht schlaftrunkener Per-Gunnar Gerdin die Veranda. Höflich, wenn auch etwas abwartend, nickte er Aronsson zu, der ihn mit großen Augen anglotzte.

»Ich glaube Ihnen mitteilen zu können, dass Nummer drei gerade *mich* gefunden hat«, sagte der Kommissar ins Telefon.

23. KAPITEL

1968

In der indonesischen Botschaft in Paris hielt man sich nicht lange mit einer umständlichen Stellenbeschreibung für Allan auf. Die neue Botschafterin, Frau Amanda Einstein, teilte ihm ein eigenes Zimmer mit Bett zu und meinte, ab jetzt dürfe er selbstverständlich tun und lassen, wonach ihm der Sinn stehe.

»Aber es wäre nett, wenn du als Dolmetscher aushelfen könntest, wenn es irgendwann dumm läuft und ich mich mit Leuten aus anderen Ländern treffen muss.«

Allan antwortete, mit Blick auf die Beschaffenheit ihres Postens sei nicht auszuschließen, dass es tatsächlich so dumm laufen könnte. Wenn er das recht verstanden habe, warte der erste Ausländer schon am folgenden Tag auf sie.

Amanda fluchte, als man sie daran erinnerte, dass sie für ihre Akkreditierung in den Élysée-Palast musste. Die Zeremonie würde sicher nicht länger als zwei Minuten dauern, aber das war schon lange genug für jemanden, dem tendenziell gern mal etwas Dummes herausrutschte, und genau diese Tendenz glaubte Amanda nämlich zu haben.

Allan stimmte ihr darin zu, dass sie ab und zu peinliche Bemerkungen machte, aber mit Präsident de Gaulle würde bestimmt alles gut gehen, wenn sie während dieser zwei Minuten nur immer schön Indonesisch sprach und sich ansonsten auf freundliches Lächeln beschränkte.

»Was sagtest du, wie heißt der noch mal?«, fragte Amanda.

»Wie gesagt, immer schön Indonesisch sprechen. Oder am besten gleich Balinesisch.«

Danach brach Allan zu einem Spaziergang durch die französische

Hauptstadt auf. Zum einen fand er, es könnte nicht schaden, sich nach fünfzehn Jahren auf der Strandliege mal wieder die Beine zu vertreten, zum andern hatte er sich gerade in der Botschaft in einem Spiegel gesehen und war daran erinnert worden, dass er sich seit dem Vulkanausbruch von 1963 weder rasiert noch sich die Haare geschnitten hatte.

Doch es war ein Ding der Unmöglichkeit, einen geöffneten Friseursalon zu finden. Oder irgendeinen anderen geöffneten Laden. Alles war verrammelt, fast alle schienen zu streiken, und jetzt besetzten die Leute Häuser und demonstrierten und warfen Autos um und schrien und fluchten und bewarfen sich gegenseitig mit Gegenständen. Auf der Straße, über die Allan ging, wurden gerade überall Absperrungen aufgestellt.

Das Ganze erinnerte ihn an Bali. Nur die Luft war ein bisschen kühler. Allan brach seinen Spaziergang ab, drehte um und ging zurück zur Botschaft.

Dort wurde er von einer aufgeregten Botschafterin empfangen. Soeben hatte der Élysée-Palast angerufen und mitgeteilt, dass die zweiminütige Akkreditierungszeremonie durch ein längeres Mittagessen ersetzt worden war. Die Frau Botschafter dürfe jederzeit gern ihren Mann und natürlich ihren Dolmetscher mitbringen, Präsident de Gaulle wolle außerdem noch den Innenminister Fouchet einladen, und nicht zuletzt werde auch der amerikanische Präsident Lyndon B. Johnson zugegen sein.

Amanda war völlig verzweifelt. Zwei Minuten mit dem Präsidenten hätte sie wahrscheinlich noch hingekriegt, ohne die sofortige Ausweisung zu riskieren, aber *drei Stunden*? Und das auch noch mit einem weiteren Präsidenten am Tisch!

»Was geht hier vor, Allan? Wie konnte das passieren? Was sollen wir nur tun?«, fragte Amanda.

Auch Allan war überfragt, warum aus einem kurzen Händeschütteln ein ausgedehntes Essen mit zwei Präsidenten geworden war. Aber es lag nicht in seiner Art, Unbegreifliches unbedingt begreifen zu wollen.

»Was wir tun sollen? Ich glaube, wir holen jetzt mal Herbert, und dann gönnen wir uns alle drei einen Drink. Es ist schließlich schon Nachmittag.«

* * * *

Eine Akkreditierungszeremonie mit Präsident de Gaulle einerseits und dem Botschafter eines fernen, unwichtigen Landes andererseits dauerte meistens ganze sechzig Sekunden. Nur wenn der betreffende Diplomat eine echte Plaudertasche war, konnte sich diese Zeit verdoppeln.

Dass sich im Fall der indonesischen Botschafterin plötzlich alles ganz anders entwickelt hatte, hatte gewichtige weltpolitische Gründe, die Allan Karlsson sich nicht mal hätte ausrechnen können, wenn er sich bemüht hätte.

Die Sache war die, dass Präsident Lyndon B. Johnson in der amerikanischen Botschaft in Paris saß und sich nach einem politischen Erfolg sehnte. Die weltweiten Proteste gegen den Vietnamkrieg hatten mittlerweile Orkanstärke erreicht, und die Symbolfigur dieses Krieges, Präsident Johnson, war eigentlich nirgends mehr beliebt. Auch wenn er die Hoffnung, im November wiedergewählt zu werden, längst aufgegeben hatte, hätte er doch nichts dagegen gehabt, wenigstens für etwas Netteres in die Geschichte einzugehen. Momentan skandierten die Leute überall nur »Mörder« und ähnlich unangenehme Bezeichnungen. Daher hatte er zuerst die Bombardierung Hanois eingestellt und dann tatsächlich eine Friedenskonferenz eingeleitet. Dass in der Stadt, in der diese Konferenz stattfinden sollte, kriegsähnliche Zustände auf den Straßen herrschten, fand Präsident Johnson fast schon wieder komisch. Aber daran sollte sich jetzt mal *dieser de Gaulle* die Zähne ausbeißen.

Präsident Johnson hielt de Gaulle für einen Dreckskerl, der offenbar völlig verdrängt hatte, wer hier die Ärmel hochgekrempelt und sein Land vor den Deutschen gerettet hatte. Doch die Spielregeln der Politik verlangten leider, dass ein französischer und ein amerikanischer Präsident sich unmöglich in derselben Hauptstadt aufhalten konnten, ohne zumindest zusammen zu Mittag zu essen.

Daher hatte man ein solches anberaumt, und das wollte jetzt durchgestanden sein. Glücklicherweise war den Franzosen die Eselei gelungen, ihrem Präsidenten zwei Termine gleichzeitig zu verpassen (nicht dass das Johnson überrascht hätte). So kam es, dass nun auch die neue Diplomatin der indonesischen Botschaft – eine Frau in der Botschaft! – mit am Tisch sitzen würde. Das fand Präsident Johnson großartig, denn so konnte er sich die ganze Zeit mit ihr unterhalten statt mit *diesem de Gaulle*.

Dabei hatte in Wirklichkeit niemand die Termine des Präsidenten verbaselt, nein, de Gaulle selbst hatte in letzter Sekunde den glorreichen Einfall, *so zu tun*, als wäre es ein Versehen gewesen. Auf diese Weise würde das Essen wenigstens irgendwie erträglich werden, denn nun konnte er sich mit der indonesischen Botschafterin – eine Frau in der Botschaft! – unterhalten statt mit *diesem Johnson*.

Präsident de Gaulle mochte Johnson nicht, aber das hatte eher geschichtliche als persönliche Gründe. Die USA hatten gegen Kriegsende versucht, Frankreich unter amerikanische Militärverwaltung zu stellen – die hatten ihm glatt sein Land stehlen wollen! Wie sollte de Gaulle ihnen das jemals verzeihen? Da war es ganz egal, ob der jetzige Präsident etwas damit zu tun gehabt hatte oder nicht. Der jetzige Präsident übrigens … … Johnson … *Johnson* hieß er. Die Amerikaner hatten eben einfach keinen Stil.

Fand Charles André Joseph Marie de Gaulle.

* * * *

Amanda und Herbert berieten sich und waren sich bald einig, dass es besser war, wenn er zu Hause blieb, während sie sich mit den Präsidenten im Élysée-Palast traf. Damit war das Risiko eines totalen Fiaskos nämlich gleich nur noch halb so groß, dachten sie sich. Ob Allan das nicht auch fand?

Er schwieg einen Moment und erwog mehrere Antwortmöglichkeiten, bis er schließlich sagte:

»Ach, Herbert, weißt du was? Bleib du mal schön zu Hause.«

* * * *

Die Gäste waren schon alle versammelt und warteten auf den Gastgeber, der wiederum in seinem Büro saß und um des Wartens willen wartete. Das wollte er noch ein paar Minuten ausdehnen, in der Hoffnung, dass die Warterei *diesem Johnson* die Laune verhagelte.

In der Ferne hörte de Gaulle die Krawalle und Demonstrationen, die in seinem geliebten Paris tobten. Die Fünfte Französische Republik war plötzlich ins Wanken geraten, ganz plötzlich, wie aus dem Nichts. Zuerst waren es nur ein paar Studenten, die *für* freie Liebe und *gegen* den Vietnamkrieg waren und ihrer Unzufriedenheit Ausdruck verliehen. So weit, so gut, fand der Präsident, denn die Studenten hatten ja von jeher immer etwas zu meckern gehabt.

Doch die Demonstrationen wurden immer mehr und größer und gewalttätiger, und dann meldeten sich auch noch die Gewerkschaften zu Wort und drohten, zehn Millionen Arbeiter zum Streik aufzurufen. *Zehn Millionen!* Damit wäre ja die ganze Nation lahmgelegt!

Die Arbeiter wollten weniger arbeiten und mehr Lohn. Und de Gaulle sollte abtreten. Dreimal falsch geraten, fand der Präsident, der schon schlimmere Schlachten als diese gekämpft und gewonnen hatte. Sein wichtigster Berater im Innenministerium, der über die Geschehnisse am besten von allen informiert war, riet dem Präsidenten, hart durchzugreifen. Es ging ganz sicher *nicht* um Größeres, wie etwa einen von den Sowjets orchestrierten kommunistischen Versuch, das Land zu übernehmen. Dazu würde *dieser Johnson* sicher wieder seine Spekulationen anstellen, sobald er die Gelegenheit bekam. Die Amerikaner witterten ja Kommunisten an jeder Ecke. Sicherheitshalber hatte de Gaulle auch Innenminister Fouchet und seinen besonders wohlinformierten Mitarbeiter eingeladen. Diese beiden waren dafür verantwortlich, wie das derzeit herrschende Chaos in der Nation angegangen wurde. Dann konnten sie auch gleich selbst Stellung nehmen, falls *dieser Johnson* naseweis werden wollte.

»Ach, verdammt«, sagte Präsident de Gaulle und stand auf.

Jetzt konnte er das Essen wirklich nicht mehr länger aufschieben.

Der Sicherheitsdienst des französischen Präsidenten hatte den langhaarigen, bärtigen Dolmetscher, den die indonesische Botschafterin mitgebracht hatte, besonders sorgfältig kontrolliert. Doch seine Papiere waren in Ordnung, und er war unbewaffnet. Außerdem verbürgte sich ja die Botschafterin – eine Frau in der Botschaft! – für ihn. Somit durfte auch der Bärtige an der Tafel Platz nehmen, zwischen einem wesentlich jüngeren und schickeren amerikanischen Dolmetscher auf der einen Seite und dessen französischer Kopie auf der anderen.

Am meisten hatte allerdings der bärtige Indonesier zu tun. Sowohl Präsident Johnson als auch de Gaulle richteten ihre Fragen nämlich ausschließlich an die Frau Botschafterin, statt miteinander zu reden.

Präsident de Gaulle erkundigte sich zunächst nach ihrem beruflichen Hintergrund. Amanda Einstein antwortete, dass sie eigentlich eher dumm war, sich durch Bestechung den Gouverneursposten auf Bali geangelt und ebenfalls durch Schmiergelder zweimal ihre Wiederwahl gesichert hatte. Außerdem habe sie sich und ihre Familie in all diesen Jahren gründlich bereichert, bis sie eines Tages völlig überraschend der neue Präsident Suharto angerufen habe, um ihr die Botschafterstelle in Paris anzubieten.

»Ich wusste nicht mal, wo Paris liegt, und dachte zuerst sogar, das wäre ein Land, keine Stadt. Haben Sie schon mal so was Blödes gehört?«, prustete Amanda Einstein.

Das alles hatte sie in ihrer Muttersprache vorgebracht, und der langhaarige, bärtige Dolmetscher übersetzte es ins Englische. Gleichzeitig ersetzte Allan aber fast alles, was Amanda gesagt hatte, durch Äußerungen, die ihm passender erschienen.

Als sich das Essen seinem Ende zuneigte, waren die zwei Präsidenten tatsächlich in einer Sache der gleichen Meinung, auch wenn sie es nicht wussten. Beide fanden die Frau Botschafterin Einstein nämlich unterhaltsam, interessant, aufgeklärt und klug. Nur hätte sie vielleicht ein bisschen mehr Umsicht bei der Auswahl ihres Dolmetschers walten lassen sollen. Der sah ja aus wie frisch aus dem Urwald.

* * * *

Innenminister Fouchets besonders wohlinformierter Mitarbeiter, Claude Pennant, wurde 1928 in Straßburg geboren. Seine Eltern waren überzeugte Kommunisten, die bei Ausbruch des Bürgerkriegs 1936 nach Spanien fuhren, um gegen die Faschisten zu kämpfen. Ihr achtjähriger Sohn Claude war mit von der Partie.

Die Familie überlebte den Krieg und floh auf verschlungenen Pfaden in die Sowjetunion. In Moskau verkündeten sie, sie seien hier, um dem internationalen Kommunismus zu dienen. Sie stellten auch ihren mittlerweile elfjährigen Sohn Claude vor und erklärten, dass er bereits drei Sprachen beherrsche: Deutsch und Französisch von Haus aus, und inzwischen auch noch Spanisch. Ob das auf lange Sicht nicht für die Revolution von Nutzen sein könnte?

Doch, durchaus. Die Sprachbegabung des jungen Claude wurde sorgfältig überprüft, anschließend in einer Reihe von Intelligenztests seine allgemeinen Geistesgaben. Dann wurde er in eine Schule gesteckt, die großes Gewicht auf Sprachen, aber auch auf Ideologie legte, und bevor er fünfzehn war, sprach er fließend Französisch, Deutsch, Russisch, Spanisch, Englisch und Chinesisch.

Im Alter von achtzehn Jahren, kurz nach Ende des Zweiten Weltkriegs, hörte Claude, wie seine Eltern ihre Zweifel zum Ausdruck brachten, ob die Revolution unter Stalin wohl noch auf dem richtigen Weg sei. Er denunzierte sie, und flugs wurden Michel und Monique Pennant wegen konterrevolutionärer Aktivitäten verurteilt und hingerichtet. Bei dieser Gelegenheit erhielt der junge Claude seine erste Auszeichnung, eine Goldmedaille für den besten Schüler des Schuljahrs 1945/46.

Ab 1946 wurde Claude auf Auslandseinsätze vorbereitet. Man

wollte ihn im Westen einschleusen, wo er sich als Schläfer durch die Korridore der Macht vorarbeiten sollte, wenn nötig, auch über mehrere Jahrzehnte. Inzwischen hatte Marschall Berija Claude unter seine Habichtfittiche genommen, und der Junge wurde sorgfältig von allen öffentlichen Veranstaltungen ferngehalten, bei denen er zufällig auf einem Foto hätte landen können. Die einzigen Auftritte, die man Claude zugestand, waren vereinzelte Einsätze als Dolmetscher, und das auch nur, wenn der Marschall persönlich anwesend war.

1949, als er einundzwanzig war, wurde Claude Pennant wieder nach Frankreich geschleust, diesmal allerdings nach Paris. Er durfte sogar seinen richtigen Namen behalten, obwohl seine Biografie natürlich umgeschrieben werden musste. Er begann seinen Aufstieg an der Sorbonne.

Neunzehn Jahre später, im Mai 1968, hatte er sich bis in die unmittelbare Nähe des französischen Präsidenten vorgearbeitet. Seit ein paar Jahren war er Innenminister Fouchets rechte Hand, und als solche diente er der internationalen Revolution eifriger denn je. Sein Rat an den Innenminister – und damit indirekt auch an den Präsidenten – lautete, dass man im derzeitigen Studenten- und Arbeiteraufstand hart durchgreifen sollte. Sicherheitshalber sorgte er außerdem dafür, dass die französischen Kommunisten falsche Signale aussandten und behaupteten, nicht hinter den Forderungen der Studenten und Arbeiter zu stehen. Die kommunistische Revolution in Frankreich konnte höchstens noch einen Monat auf sich warten lassen, und *de Gaulle und Fouchet waren vollkommen ahnungslos.*

* * * *

Nach dem Mittagessen standen alle auf und vertraten sich ein wenig die Beine, bevor man im Salon den Kaffee einnehmen wollte. Den beiden Präsidenten Johnson und de Gaulle blieb nichts anderes übrig, als ein paar höfliche Phrasen auszutauschen. Sie waren noch dabei, als sich plötzlich der langhaarige, bärtige Dolmetscher neben sie stellte.

»Entschuldigen Sie, wenn ich die Herren Präsidenten belästige, aber ich habe dem Herrn Präsidenten de Gaulle etwas mitzuteilen, was, glaube ich, nicht allzu lange warten kann.«

De Gaulle war nahe dran, die Wachen zu rufen, denn ein französischer Präsident konnte sich doch nicht mit jedem abgeben. Doch der langhaarige Bärtige hatte sich gut ausgedrückt, also ließ er ihn gewähren.

»Na, dann bringen Sie Ihr Anliegen mal vor, wenn es unbedingt sein muss, hier und jetzt, aber bitte schnell. Wie Sie sicher sehen, habe ich gerade anderes zu tun, als mich mit einem *Dolmetscher* zu beschäftigen.«

Aber natürlich, Allan versprach, sich kurz zu fassen. Um es kurz zu machen, er finde, der Präsident sollte wissen, dass der besonders wohlinformierte Mitarbeiter von Innenminister Fouchet ein Spion war.

»Entschuldigen Sie mal, was zum Teufel reden Sie denn da?«, rief de Gaulle laut, aber nicht so laut, dass der rauchende Fouchet und seine ebenfalls rauchende rechte Hand es draußen auf der Terrasse hören konnten.

Allan fuhr fort, er habe vor ziemlich genau zwanzig Jahren das zweifelhafte Vergnügen gehabt, mit den Herren Stalin und Berija zu dinieren, und bei diesem Anlass sei die rechte Hand des Innenministers Stalins Dolmetscher gewesen.

»Wie gesagt, es ist schon zwanzig Jahre her, aber er hat sich nicht groß verändert. Ich selbst sah allerdings ganz anders aus. Ich hatte damals kein Vogelnest im Gesicht, und die Haare standen mir auch nicht in allen Richtungen vom Kopf ab. Kurz und gut, ich habe diesen Spion wiedererkannt, aber er mich nicht – hab ich ja selbst kaum, als ich mich gestern im Spiegel angesehen habe.«

Präsident de Gaulle entschuldigte sich mit hochrotem Kopf, um seinen Innenminister unverzüglich um ein Gespräch unter vier Augen zu bitten. (»Nein, ein Gespräch unter *vier* Augen, habe ich gesagt. *Ohne* Ihren besonders wohlinformierten Mitarbeiter. Jetzt gleich!«)

Johnson und der indonesische Dolmetscher blieben allein zurück.

Der amerikanische Präsident schien sehr zufrieden zu sein. Er beschloss, dem Dolmetscher die Hand zu schütteln, um ihm indirekt zu danken. Immerhin hatte er es geschafft, den französischen Präsidenten so aus dem Konzept zu bringen, dass ihm seine überlegene Miene mal verging.

»Freut mich, Sie kennenzulernen«, sagte Präsident Johnson. »Wie war noch mal Ihr Name?«

»Ich heiße Allan Karlsson«, sagte Allan. »Ich kannte übrigens den Vorgänger des Vorgängers Ihres Vorgängers, Präsident Truman.«

»Sieh an!«, rief Präsident Johnson. »Harry ist bald neunzig, aber er freut sich immer noch seines Lebens. Wir sind gute Freunde.«

»Grüßen Sie ihn schön von mir«, bat Allan und entschuldigte sich dann ebenfalls, um Amanda zu suchen (er wollte ihr nämlich gern erzählen, was sie bei Tisch wirklich zu den Präsidenten gesagt hatte).

* * * *

Das Mittagessen der beiden Präsidenten fand ein überstürztes Ende, und die Teilnehmer wandten sich wieder ihren eigenen Angelegenheiten zu. Doch Allan und Amanda waren eben erst wieder in ihrer Botschaft angekommen, da rief Präsident Johnson höchstpersönlich an und lud Allan für denselben Abend zu einem Diner in der amerikanischen Botschaft ein.

»Das geht in Ordnung«, meinte Allan. »Ich hatte sowieso vorgehabt, mich heute Abend richtig satt zu essen. Über das französische Essen mag man ja sagen, was man will, aber der Teller ist immer so schnell leer, ohne dass man wirklich was im Magen hätte.«

Das war eine Feststellung genau nach Präsident Johnsons Geschmack, und er freute sich auf den Abend.

Er hatte mindestens drei gute Gründe für seine Einladung. Erstens wollte er mehr über diesen Spion und über Karlssons Treffen mit Berija und Stalin erfahren. Zweitens hatte Harry Truman ihm gerade am Telefon erzählt, was Allan Karlsson 1945 in Los Alamos zuwege gebracht hatte. Schon allein das war ein Abendessen wert.

Und drittens war Präsident Johnson höchst zufrieden mit den Entwicklungen im Élysée-Palast. Dass er aus nächster Nähe hatte beobachten dürfen, wie *diesem de Gaulle* die Kinnlade herunterfiel, hatte er nur Allan zu verdanken.

* * * *

»Willkommen, Herr Karlsson«, begrüßte ihn Präsident Johnson und fasste Allans Rechte mit beiden Händen. »Darf ich Ihnen Herrn Ryan Hutton vorstellen ... er ist nicht ganz offiziell hier in der Botschaft, wenn man so sagen will. Ich glaube, er nennt sich *juristischer Berater*.«

Allan begrüßte auch den inoffiziellen Berater, und dann begab sich das Trio zu Tisch. Präsident Johnson hatte angeordnet, dass Bier und Schnaps zum Essen gereicht wurden. Französischer Wein erinnerte ihn zu sehr an die Franzosen, und heute Abend wollte er seinen Spaß haben.

Bei der Vorspeise erzählte Allan Auszüge seiner Lebensgeschichte, bis hin zum Diner im Kreml, das so aus dem Ruder gelaufen war. Damals war ja auch die zukünftige rechte Hand von Innenminister Fouchet ohnmächtig geworden, anstatt dem bereits so erbosten Stalin Allans letzte Beleidigung zu übersetzen.

Doch Präsident Johnson konnte sich schon nicht mehr so prächtig darüber amüsieren, dass Claude Pennant sich als sowjetischer Spion im direkten Umfeld des französischen Präsidenten erwiesen hatte. Ryan Hutton hatte ihm nämlich soeben mitgeteilt, dass der wohlinformierte Monsieur Pennant in aller Heimlichkeit auch als Informant für die CIA arbeitete. Pennant war bis jetzt sogar die hauptsächliche Quelle gewesen, die ihnen versicherte, dass im ansonsten so kommunistendurchsetzten Frankreich keine kommunistische Revolution bevorstand. Jetzt musste die Situation ganz neu bewertet werden.

»Das war natürlich eine inoffizielle, vertrauliche Information«, sagte Präsident Johnson, »aber ich kann mich wohl darauf verlassen, dass Sie ein Geheimnis für sich behalten können, nicht wahr, Herr Karlsson?«

»Da wäre ich mir an Ihrer Stelle mal nicht so sicher«, entgegnete Allan.

Dann erzählte er, wie er während jener U-Boot-Fahrt in der Ostsee mit einem ganz außergewöhnlich netten Mann um die Wette getrunken hatte, einem der besten Kernphysiker der Sowjetunion, Julij Borissowitsch Popow, und wie ihm in der Eile wohl ein bisschen zu viel nukleare Details herausgerutscht waren.

»*Sie haben Stalin erzählt, wie man die Bombe baut?*«, rief Präsident Johnson. »Ich dachte, Sie wären im Arbeitslager gelandet, weil Sie sich geweigert hatten!«

»Stalin hab ich's nicht erzählt. Der hätte das doch sowieso nicht kapiert. Aber tags zuvor, als ich mit diesem Physiker zusammensaß, bin ich vielleicht etwas mehr ins Detail gegangen, als ich sollte. So was passiert eben mal, wenn zu viel Schnaps im Spiel ist, Herr Präsident. Und ich wusste ja erst am nächsten Tag, was für ein übler Kerl dieser Stalin ist.«

Präsident Johnson nahm die Hand von der Stirn, fuhr sich damit durchs Haar und dachte sich, dass Erläuterungen zum Bau von Atombomben eigentlich nicht zu den Dingen gehörten, die einem mal eben rausrutschen, ganz egal, wie viel Alkohol man getrunken hatte. Allan Karlsson war ... er war ... ein Verräter? Obwohl ... er war freilich kein amerikanischer Staatsbürger, wie sah das denn aus? Das musste sich Präsident Johnson alles noch mal gründlich überlegen.

»Und dann?«, fragte er, weil ihm nichts anderes einfiel.

Allan fand, er sollte jetzt vielleicht doch lieber mit den Einzelheiten rausrücken, immerhin hatte ihn ein Präsident gefragt. Also erzählte er von Wladiwostok, Marschall Merezkow, Kim Il-sung, Kim Jong-il, von Stalins glücklichem Tod, von Mao Tse-tung, dem *Riesenhaufen Dollahs*, mit dem Mao Tse-tung ihn netterweise versehen hatte, von dem ruhigen Leben auf Bali, von dem irgendwann nicht mehr ganz so ruhigen Leben auf Bali und schließlich von der Reise nach Paris.

»So, das war alles«, schloss Allan. »Jetzt hab ich aber eine trockene Kehle von dem ganzen Erzählen.«

Der Präsident bestellte noch eine Runde Bier, bemerkte aber leicht gereizt, eine Person, die in betrunkenem Zustand nukleare Geheimnisse ausplauderte, sollte vielleicht erwägen, unter die Abstinenzler zu gehen. Dann überdachte er Karlssons absurd klingende Geschichte noch einmal und meinte:

»Mao Tse-tung hat Ihnen also einen fünfzehnjährigen Urlaub finanziert?«

»Ja. Das heißt ... na ja. Eigentlich war es ja das Geld von Chiang Kai-shek, und der hatte es wiederum von unserem gemeinsamen Freund Harry Truman gekriegt. Wo Sie es grade erwähnen, Herr Präsident, vielleicht sollte ich Harry mal anrufen und mich bedanken.«

Präsident Johnson hatte ein ziemliches Problem mit dem Wissen, dass der langhaarige Bärtige, der mit ihm am Tisch saß, Stalin die Bombe geschenkt hatte. Und dass er sich mit amerikanischen Entwicklungshilfegeldern einen schönen Lenz gemacht hatte. Obendrein hörte man schon wieder die Demonstranten vor der Botschaft, wie sie skandierten: »U-S-A raus aus Vietnam! U-S-A raus aus Vietnam!« Johnson schwieg und sah ganz elend aus.

Unterdessen leerte Allan sein Glas und musterte das bekümmerte Gesicht des amerikanischen Präsidenten.

»Kann ich Ihnen irgendwie helfen?«, erkundigte er sich.

»Wie bitte?«, fragte Präsident Johnson, der ganz in Gedanken versunken gewesen war.

»Kann ich Ihnen irgendwie helfen?«, wiederholte Allan. »Sie sehen so bedrückt aus, Herr Präsident. Vielleicht brauchen Sie ja Hilfe?«

Johnson war drauf und dran, Allan Karlsson zu bitten, den Vietnamkrieg für ihn zu gewinnen, aber dann kehrte er in die Realität zurück und sah vor sich einfach nur *den Mann, der Stalin die Bombe geschenkt hatte.*

»Ja, Sie können mir helfen«, erwiderte Präsident Johnson müde. »Sie können einfach gehen.«

* * * *

Allan bedankte sich für das Essen und ging seiner Wege. Zurück blieben Präsident Johnson und der Chef der europäischen Abteilung der CIA, der geheime Ryan Hutton.

Lyndon B. Johnson war traurig darüber, in welche Richtung sich Allan Karlssons Besuch entwickelt hatte. Dabei hatte alles so nett angefangen ... bis der Mann mal eben verkündete, dass er die Bombe nicht nur den USA, sondern auch Stalin gegeben hatte. Stalin! *Dem kommunistischsten aller Kommunisten!*

»Hören Sie, Hutton«, sagte Präsident Johnson. »Was sollen wir in der Sache unternehmen? Sollen wir diesen verdammten Karlsson einkassieren und ihn in Öl sieden?«

»Ja«, sagte der geheime Hutton. »Entweder das ... oder wir versuchen, ob wir nicht auch ein bisschen von ihm profitieren können.«

Der geheime Hutton war nicht nur geheim, er war auch bestens über fast alles informiert, was aus der Perspektive der CIA irgendwie von politisch-strategischer Bedeutung war. So war ihm zum Beispiel die Existenz des Physikers sehr wohl bekannt, mit dem Allan Karlsson sich auf der U-Boot-Fahrt von Schweden nach Leningrad so fröhlich ausgetauscht hatte. *Julij Borissowitsch Popow* hatte ab 1949 eine steile Karriere hingelegt. Es war gut möglich, dass er den ersten Impuls den Informationen zu verdanken hatte, die ihm Allan Karlsson gegeben hatte. Im Grunde war es sogar sehr wahrscheinlich. Inzwischen war Popow dreiundsechzig Jahre alt und technischer Leiter des sowjetischen Atomwaffenarsenals. Damit verfügte er also über Informationen, die für die USA von geradezu unschätzbarem Wert waren.

Wenn die USA in Erfahrung bringen konnten, was Popow wusste, und sich so bestätigen lassen, dass der Westen dem Osten in puncto Kernwaffen überlegen war – dann könnte Präsident Johnson die Initiative zu einer beiderseitigen Abrüstung ergreifen. Und der Weg zu diesen Informationen führte über – Allan Karlsson.

»Wollen Sie Karlsson als amerikanischen Agenten anwerben?«, fragte Präsident Johnson, während er überlegte, dass so ein bisschen Abrüstung seinen Ruf in der Nachwelt bestimmt auf Vordermann bringen würde, mit oder ohne diesen verdammten Krieg in Vietnam.

»Genau«, sagte der geheime Hutton.

»Und warum sollte Karlsson darauf eingehen?«

»Tja ... weil er ... so aussieht, als wäre er der Typ für so was. Außerdem hat er Ihnen ja vor einer Weile noch selbst seine Hilfe angeboten.«

»Ja«, nickte Präsident Johnson, »das stimmt allerdings.« Dann schwieg er wieder eine Weile. Und dann noch eine Weile. Schließlich meinte er:

»Ich glaube, ich brauch noch einen Drink.«

* * * *

Die zunächst knallharte Linie der französischen Regierung gegen die Unmutsbekundungen der Bevölkerung führte tatsächlich dazu, dass die ganze Nation lahmgelegt war. Millionen Franzosen traten in Streik. Der Hafen in Marseille war geschlossen, die internationalen Flughäfen ebenfalls, genauso wie das Eisenbahnnetz und eine Reihe von Kaufhäusern.

Die Treibstoffversorgung kam zum Erliegen, nichts wurde mehr gereinigt. Und von allen Seiten regnete es Forderungen. Nach höheren Löhnen natürlich. Und kürzeren Arbeitszeiten. Und sichereren Arbeitsverträgen. Und größerem Einfluss.

Doch obendrein forderte man auch noch ein neues Ausbildungswesen. Und eine neue Gesellschaft. Die Fünfte Republik war bedroht.

Hunderttausende von Franzosen demonstrierten, und nicht immer ging es dabei friedlich zu. Autos wurden in Brand gesteckt, Bäume gefällt, Straßen aufgerissen, Barrikaden gebaut ... überall Gendarmerie, Eingreiftrupps, Tränengas und Schilder ...

Da vollzogen der französische Präsident, der Premierminister und sein Kabinett eine Hundertachtziggradwende. Innenminister Fouchets besonders wohlinformierter Mitarbeiter hatte keinen Einfluss mehr (den hatte man in aller Stille in eine Zelle des Sicherheitsdienstes verbracht, und er hatte größte Schwierigkeiten, plausibel zu erklären, warum in seiner Badezimmerwaage ein Funksender installiert war). Den im Generalstreik befindlichen Arbeitern bot man plötzlich eine deutliche Erhöhung des Mindestlohns an, eine generelle zehnprozentige Erhöhung der Löhne, eine Verkürzung der Wochenarbeitszeit um zwei Stunden, höhere Zuschüsse für Familien, eine Stärkung der gewerkschaftlichen Macht, Verhandlungen zu umfassenden Tarifverträgen und Indexlöhne. Außerdem mussten ein paar Minister ihren Hut nehmen, unter anderem Innenminister Christian Fouchet.

Mit all diesen Maßnahmen konnten die Regierung und der Präsident die revolutionärste Stimmung erst einmal beschwichtigen. Für eine weitere Zuspitzung der Umstände gab es keinen Rückhalt in der Bevölkerung. Die Arbeiter kehrten in die Fabriken zurück, die besetzten Häuser wurden geräumt, die Geschäfte öffneten wieder, der Transport funktionierte wieder. Der Mai 1968 war in den Juni übergegangen, und die Fünfte Republik hatte immer noch Bestand.

Präsident Charles de Gaulle rief höchstpersönlich in der indonesischen Botschaft an und verlangte Herrn Allan Karlsson, um ihm einen Orden zu verleihen. Doch man teilte ihm nur mit, dass Karlsson nicht mehr für sie arbeite, und niemand, nicht einmal die Frau Botschafterin selbst, wusste zu sagen, wohin er verschwunden war.

24. *KAPITEL*

Donnerstag, 26. Mai 2005

Für Staatsanwalt Ranelid galt es nun, alles an die Rettung seiner Karriere und seiner Ehre zu setzen. Getreu dem Motto »vorbeugen ist besser als heilen« beraumte er gleich für denselben Nachmittag noch eine Pressekonferenz an, um mitzuteilen, dass er im Fall des verschwundenen Hundertjährigen gerade den Haftbefehl gegen die drei Männer und die Frau aufgehoben habe.

Staatsanwalt Ranelid mochte sich ja auf einiges verstehen, aber eigene Irrtümer zuzugeben, gehörte nicht zu seinen Stärken. Daher fiel die Einleitung der in aller Eile einberufenen Pressekonferenz so aus, wie sie ausfiel. Der Staatsanwalt legte auf verschlungenen Pfaden dar, dass Allan Karlsson und seine Freunde zwar nicht mehr verhaftet waren (man habe sie übrigens heute Vormittag in Västergötland aufgespürt), aber irgendwie waren sie trotzdem schuldig, der Staatsanwalt habe also alles ganz richtig gemacht. Nur die Beweise hätten ihren Charakter minimal verändert, sodass die Haftbefehle bis auf Weiteres nicht mehr gültig seien.

Die Vertreter der Presse fragten natürlich, inwiefern die Beweise denn ihren Charakter geändert hätten, worauf Staatsanwalt Ranelid detailliert die Informationen wiedergab, die das Außenministerium zu Bylunds und Hulténs jeweiligem Schicksal in Dschibuti und Riga übermittelt hatte. Zu guter Letzt rundete Ranelid seine Ausführungen mit der Bemerkung ab, die Gesetze verlangten eben manchmal, dass ein Haftbefehl aufgehoben werde, auch wenn das in manchen Fällen wirklich unschön sei.

Staatsanwalt Ranelid spürte selbst, dass die Anwesenden das

nicht so schluckten, wie er es sich gewünscht hätte. Und dieses Gefühl wurde ihm prompt bestätigt, als ein Vertreter der *Dagens Nyheter* ihn über seine Lesebrille hinweg ansah und einen Monolog vom Stapel ließ, der eine Reihe von Fragen enthielt, die dem Staatsanwalt äußerst unangenehm waren.

»Habe ich das richtig verstanden, dass Sie trotz der veränderten Umstände immer noch der Meinung sind, dass Allan Karlsson des Mordes oder des Totschlags schuldig ist? Glauben Sie also, dass Allan Karlsson (der wie gesagt hundert Jahre alt ist) den zweiunddreißigjährigen Bengt Bylund gezwungen hat, mit ihm nach Dschibuti am Horn von Afrika zu fahren, wo er Bylund – aber sich selbst natürlich nicht – gestern Nachmittag in die Luft sprengte, um dann in aller Eile nach Västergötland zurückzufahren, wo er – gemäß Ihren gerade gemachten Angaben – heute Vormittag aufgespürt wurde? Abgesehen von allen anderen Fragen: Können Sie erklären, was für ein Transportmittel Karlsson benutzt haben soll? Soviel ich weiß, gibt es nämlich immer noch keine Direktflüge von Dschibuti in die Västergötland-Ebene. Und Allan Karlsson besitzt angeblich ja nicht mal einen gültigen Pass ...?«

Staatsanwalt Ranelid atmete tief durch. Dann erklärte er, man müsse ihn missverstanden haben. Es könne *nicht den geringsten Zweifel* daran geben, dass Allan Karlsson, Julius Jonsson, Benny Ljungberg und Gunilla Björklund unschuldig im Sinne der Anklage waren.

»Wie gesagt, *nicht den geringsten Zweifel*«, wiederholte Ranelid, der sich in letzter Sekunde herausgeredet hatte und sich jetzt erst mal ganz klein machte.

Doch damit wollten sich die verdammten Journalisten nicht zufriedengeben.

»Sie haben vorhin einigermaßen detailliert den zeitlichen Ablauf und die geografischen Umstände der drei mutmaßlichen Morde beschrieben. Wenn die Verdächtigen nun plötzlich unschuldig sind, wie sieht denn dann die neue Version des Tatverlaufs aus?«, wollte die Reporterin des *Eskilstuna-Kuriren* wissen.

Ranelid hatte ganz kurz eine gewisse Schwäche offenbart, aber jetzt war es auch wieder genug, fand er. Außerdem brauchte ausgerechnet die Vertreterin der *Lokalzeitung* nicht zu glauben, sie könnte sich hier hinstellen und einen Staatsanwalt Conny Ranelid schulmeistern.

»Aus ermittlungstechnischen Gründen kann ich zum gegenwärtigen Zeitpunkt nicht mehr dazu sagen«, brach der Staatsanwalt ab und richtete sich zu voller Größe auf.

Die »ermittlungstechnischen Gründe« hatten schon mehr als einmal mehr als einen Staatsanwalt aus mehr als einer Klemme befreit, aber diesmal funktionierte der Trick nicht. Ranelid hatte ja über mehrere Wochen herausposaunt, warum die vier Personen als schuldig anzusehen waren. Nun fand die Presse doch, dass er zumindest ein paar Minuten darauf verwenden sollte, sich zu ihrer Unschuld zu äußern. Oder mit den Worten des Besserwissers von *Dagens Nyheter*:

»Warum sollte es denn bitte aus ermittlungstechnischen Gründen geheim bleiben müssen, was ein paar unschuldige Menschen getrieben haben?«

Staatsanwalt Ranelid stand am Rande eines Abgrunds. Es sah ganz so aus, als würde er fallen, entweder jetzt gleich oder in den nächsten Tagen. Doch eines hatte er den Journalisten immerhin noch voraus: *Er wusste, wo Allan Karlsson und die anderen sich befanden.* Västergötland war groß. Da setzte er alles auf eine Karte und sagte:

»Wenn Sie mich doch mal ausreden lassen würden! Aus ermittlungstechnischen Gründen kann ich *zum gegenwärtigen Zeitpunkt* nicht mehr sagen. Aber morgen um fünfzehn-null-null halte ich in diesem Raum eine weitere Pressekonferenz ab, auf der ich Ihre Frage beantworten werde.«

»Wo genau in Västergötland hält sich Allan Karlsson denn momentan auf?«, wollte der Journalist des *Svenska Dagbladet* wissen.

»Sag ich nicht«, sagte Staatsanwalt Ranelid und verließ den Raum.

* * * *

Wie hatte es nur so weit kommen können? Staatsanwalt Ranelid hatte sich in sein Zimmer eingeschlossen und rauchte seine erste

Zigarette seit sieben Jahren. Dabei hätte er doch in die schwedische Kriminalgeschichte eingehen sollen als der erste Staatsanwalt, der die Täter für Morde an mehreren Opfern verurteilte, deren Leichen man nicht hatte finden können. Und prompt *wurden* die Leichen gefunden. Und das an völlig verkehrten Orten! Und Opfer Nummer drei war obendrein noch am Leben, dabei war es doch das toteste von allen gewesen. Was hatte dieses Trio Ranelid nur angetan!

»Eigentlich sollte man diesen Schurken zur Strafe umbringen«, murmelte der Staatsanwalt.

Doch jetzt galt es, Karriere und Ehre zu retten, und dafür war ein Mord sicherlich nicht das geeignete Mittel. Der Staatsanwalt rekapitulierte die katastrophale Pressekonferenz. Er hatte zum Schluss sehr deutlich gesagt, dass Karlsson und seine Handlanger unschuldig waren. Und das alles nur, weil er ... es einfach nicht wusste. Was zum Teufel war hier eigentlich passiert? Bolzen Bylund *musste* doch auf dieser Draisine gestorben sein. Wie zum Teufel konnte er dann ein paar Wochen später auf einem ganz anderen Kontinent noch einmal sterben?

Staatsanwalt Ranelid verfluchte sich selbst für sein vorschnelles Treffen mit der Presse. Er hätte lieber erst Allan Karlsson nebst Komplizen einsammeln lassen und alles aufklären sollen. Hinterher hätte er dann Stellung zu den Dingen nehmen können, die die Medien wissen mussten (während sie andere besser gar nicht erst erfuhren).

Nach seiner kategorischen Feststellung, dass Karlsson und seine Helfershelfer unschuldig waren, könnte man es nun als reine Schikane interpretieren, wenn er sie aufgreifen ließ, um sie zur Klärung gewisser Fragen zu vernehmen. Doch er hatte kaum Alternativen. *Er musste es herauskriegen...* und er musste es rechtzeitig vor morgen, fünfzehn Uhr herauskriegen. Sonst wäre er in den Augen seiner Kollegen kein Staatsanwalt mehr, sondern ein Hampelmann.

* * * *

Kommissar Aronsson war blendender Laune, als er auf Klockaregård in der Hollywoodschaukel saß und sich Kaffee und Kuchen schmecken ließ. Die Jagd auf den verschwundenen Hundertjährigen war vorüber, außerdem war der sympathische Alte nun nicht mal mehr verhaftet. Warum er vor einem knappen Monat aus dem Fenster geklettert war und was seitdem auf seinem Weg alles passiert war, musste man natürlich noch klären. Wenn es denn überhaupt noch wichtig war. Das konnte ja wohl nicht so eilig sein, dass man nicht zuerst ein wenig plaudern konnte, oder?

Der überfahrene und wiederauferstandene Per-Gunnar »Chef« Gerdin erwies sich auch als durch und durch anständige Person. Er hatte gleich vorgeschlagen, dass sie sich doch alle duzen sollten, und im Übrigen sei es ihm am liebsten, wenn man ihn »Piranha« nannte.

»Geht klar für mich, Piranha«, sagte Kommissar Aronsson. »Ich heiße Göran.«

»Göran und der Piranha«, sagte Allan. »Das klingt richtig gut zusammen. Vielleicht solltet ihr zusammen Geschäfte machen?«

Der Piranha meinte, er sei sich nicht sicher, ob er den rechten Respekt für Lohnsteuer und Ähnliches aufbringe, um eine Firma mit einem Kommissar zu führen, aber er bedanke sich trotzdem für Allans Tipp.

Die Stimmung war prima. Und sie verschlechterte sich auch nicht, als Benny und die Schöne Frau sich ihnen anschlossen, und etwas später auch noch Julius und Bosse.

Man unterhielt sich auf der Veranda über alles Mögliche, nur nicht darüber, wie die ganzen Ereignisse des letzten Monats eigentlich zusammenhingen. Allan landete einen echten Erfolg, als er plötzlich mit einem Elefanten um die Ecke kam und mit Sonja eine kurze Tanzvorführung gab. Julius wurde immer vergnügter, weil er nicht mehr verhaftet war, und fing sofort an, sich den Bart abzuschneiden, den er sich leider hatte wachsen lassen müssen, um sich in Falköping zeigen zu können.

»Nun stell sich das einer vor«, rief Julius, »da bin ich mein Lebtag schuldig gewesen, und nun bin ich auf einmal unschuldig. Ein tolles Gefühl, wirklich!«

Bosse fand, das sei Grund genug, um eine Flasche echten ungarischen Champagner zu holen, damit die Freunde und der Kommissar miteinander anstoßen konnten. Zwar protestierte der Kommissar schwach, weil er doch sein Auto im Hof stehen hatte. Er hatte sich ein Zimmer im besten Hotel in Falköping gebucht, und in seiner Eigenschaft als Kommissar durfte er einfach nicht betrunken dort hinfahren.

Doch da sprang Benny ein und meinte, dass Abstinenzler im Allgemeinen – nach Allans Worten – zwar eine Bedrohung für den Weltfrieden darstellten, aber dass sie ganz praktisch seien, wenn man jemanden brauchte, der die Leute heimfahren konnte.

»Nehmen Sie ruhig ein Glas Champagner, Herr Kommissar, dann sorge ich schon dafür, dass Sie rechtzeitig in Ihrem Hotel ankommen, wie es sich gehört.«

Weitere Überredungskünste brauchte es gar nicht. Aronsson litt seit Langem an einem massiven Mangel an menschlichem Kontakt, und jetzt, wo er endlich in so einer netten Runde gelandet war, konnte er doch kein Spielverderber sein.

»Na gut, ein Gläschen zum Anstoßen auf eure Unschuld, das geht für die Polizei sicher in Ordnung«, meinte er. »Notfalls auch zwei, ihr seid ja doch ganz schön viele ...«

So vergingen ein paar vergnügte Stunden, bis Aronssons Handy erneut klingelte. Es war wieder Staatsanwalt Ranelid. Er erzählte dem Kommissar, dass er aufgrund unglücklicher Umstände die Presse gerade über die Unschuld der drei Männer und der Frau informiert habe, auf eine fast unwiderrufliche Weise. Außerdem müsse er binnen vierundzwanzig Stunden erfahren, was de facto zwischen dem heutigen Tag und dem Tag von Karlssons Flucht aus dem Fenster passiert war, denn diese Erzählung erwarte die Presse morgen von ihm, und zwar um fünfzehn Uhr.

»Mit anderen Worten: Sie sitzen gerade so richtig in der Scheiße«, stellte der beschwipste Kommissar fest.

»Sie müssen mir helfen, Göran!«, flehte Staatsanwalt Ranelid.

»Wie denn? Durch Leichenverschiebung? Oder indem ich Leute

umbringe, die die Frechheit besaßen, nicht so tot zu sein, wie Sie das gerne gehabt hätten?«

Staatsanwalt Ranelid gab zu, dass ihm letzterer Gedanke tatsächlich schon gekommen sei, dass das aber wohl doch kein gangbarer Weg sei. Nein, er habe eher gehofft, dass Göran vorsichtig bei Allan Karlsson und seinen … Helfern … vorfühlen könnte, ob Ranelid selbst morgen Vormittag nicht zu einem kleinen – ganz zwanglosen! – Gespräch vorbeikommen könne … so über dieses und jenes, um Klarheit in die Ereignisse der letzten Wochen in den Wäldern von Sörmland und Småland zu bringen. Außerdem versprach Ranelid, die vier Unschuldigen im Namen der Polizei von Sörmland um Verzeihung zu bitten.

»Im Namen der Polizei von Sörmland?«, fragte Aronsson.

»Ja … oder … eher in meinem Namen«, korrigierte sich Ranelid.

»Gut. Dann lehnen Sie sich mal einen Augenblick zurück, Conny, ich werd mal für Sie nachfragen. In ein paar Minuten ruf ich zurück.«

Kommissar Aronsson legte auf und begann mit der frohen Botschaft, dass Staatsanwalt Ranelid gerade eine Pressekonferenz abgehalten habe, in der er *betont* habe, wie unschuldig Allan Karlsson und seine Freunde seien. Und dann unterbreitete er ihnen den Wunsch des Staatsanwalts, am nächsten Vormittag zu einem klärenden Gespräch vorbeizukommen.

Die Schöne Frau reagierte mit einem lebhaften Vortrag zum Thema, dass es wohl kaum irgendwas bringen dürfte, sich hinzusetzen und ausgerechnet dem Staatsanwalt die Entwicklungen der letzten Wochen in allen Einzelheiten zu schildern. Julius stimmte ihr zu. Wenn man für unschuldig erklärt worden war, dann war man das auch.

»Und das ist für mich ja völlig neu, deswegen fände ich es auch schrecklich schade, wenn es mit meiner Unschuld in nicht mal vierundzwanzig Stunden schon wieder vorbei wäre.«

Doch Allan sagte, seine Freunde sollten endlich aufhören, sich wegen jeder Kleinigkeit Sorgen zu machen. Die Zeitungen und das

Fernsehen würden die Gruppe garantiert nicht in Ruhe lassen, bevor sie ihre Story hatten. Da war es doch noch besser, wenn sie das Ganze einer Einzelperson, nämlich dem Staatsanwalt, erzählten, als wenn ihnen noch wochenlang die Journalisten durch den Vorgarten stolperten.

»Außerdem haben wir doch den ganzen Abend, um uns auszudenken, was wir sagen wollen«, meinte Allan.

Diese letzte Bemerkung hatte Kommissar Aronsson nicht hören wollen. Er stand auf, um den anderen seine Anwesenheit in Erinnerung zu rufen und sie davon abzuhalten, noch mehr zu sagen, was nicht für seine Ohren bestimmt war. Dann meinte er, dass er jetzt aufbrechen wolle, wenn die Gruppe einverstanden sei. Wenn Benny so freundlich sein wolle, ihn zum Hotel in Falköping zu fahren, wäre ihm Aronsson sehr dankbar. Ansonsten beabsichtige er, unterwegs Staatsanwalt Ranelid anzurufen und ihm auszurichten, dass er morgen um zehn Uhr willkommen war, wenn das die Entscheidung der Gruppe sei. Er selbst habe vor, morgen Vormittag im Taxi vorbeizukommen, und sei es nur, um sein Auto zu holen. Ach, und ob es wohl möglich sei, noch ein Glas von diesem auserlesenen bulgarischen Champagner zu bekommen, bevor man aufbrach? Ach, ein ungarischer sei das? Na, das kam ja fast aufs Gleiche heraus.

Kommissar Aronsson bekam noch ein randvolles Glas, das er hastig herunterkippte, bevor er sich die Nase kratzte und sich auf den Beifahrersitz seines Autos setzte, das Benny schon vorgefahren hatte. Dann deklamierte er durch das heruntergelassene Fenster:

> *Ach, wenn wir hätten, o Freunde, ein Schaff*
> *ungarisch Wein, uns zu laben ...*

»Carl Michael Bellman«, nickte Beinahe-Literaturwissenschaftler Benny.

»Johannesevangelium, Kapitel 8, Vers 7, Kommissar. Vergessen Sie das morgen nicht«, rief Bosse ihm in einer plötzlichen Eingebung hinterher. »*Johannesevangelium, Kapitel 8, Vers 7!*«

25. KAPITEL

Freitag, 27. Mai 2005

Eskilstuna–Falköping gehört nicht zu den Strecken, die man in einer Viertelstunde zurücklegt. Staatsanwalt Conny Ranelid hatte im Morgengrauen aufstehen müssen (nachdem er obendrein äußerst schlecht geschlafen hatte), um um zehn Uhr auf Klockaregård zu sein. Das Treffen selbst durfte dann auch nicht länger als eine Stunde dauern, weil die Pressekonferenz ja schon wieder um drei Uhr beginnen sollte.

Als Ranelid auf der E20 bei Örebro hinter dem Steuer saß, war er den Tränen nahe. *Der große Sieg der Gerechtigkeit*, so hätte sein Buch heißen sollen. Pah! Wenn es auch nur einen Hauch von Gerechtigkeit gäbe, müsste sofort der Blitz in dieses verdammte Anwesen einschlagen und alle, die sich dort aufhielten, verbrennen. Dann könnte sich der Staatsanwalt für die Journalisten auch ausdenken, was er wollte.

In seinem Hotel in Falköping hatte sich Kommissar Aronsson gründlich ausgeschlafen – das war schon lange mal wieder fällig gewesen. Gegen neun Uhr wachte er auf und spürte einen Stich von Reue, als er daran dachte, wie er mit den potenziellen Verbrechern mit Champagner angestoßen hatte. Außerdem hatte er klar und deutlich gehört, wie Allan sagte, dass sie sich eine Geschichte für Staatsanwalt Ranelid *ausdenken* sollten. Machte Aronsson sich am Ende gerade mitschuldig? Und wenn ja, woran?

Als er am Abend zuvor ins Hotel gekommen war, hatte er – auf Bosse Ljungbergs Empfehlung hin – die Bibel herausgesucht, die der Gideonbund verdienstvollerweise in eine der Schreibtischschubladen gelegt hatte, und das Johannesevangelium, Kapitel 8, Vers 7 aufgeschlagen. Dann saß er mehrere Stunden in der Hotelbar und las in der Bibel. Ein Gin Tonic leistete ihm dabei Gesellschaft, anschließend noch ein Glas Gin Tonic, und zum Schluss noch ein Gin Tonic.

Das genannte Kapitel handelte von der Ehebrecherin, die die Pharisäer vor Jesus geschleppt hatten, um ihn vor ein Dilemma zu stellen. Wenn er sagte, dass die Frau nicht für ihr Verbrechen gesteinigt werden solle, verstieß Jesus gegen das Gebot Mose (3. Buch Mose). Stellte er sich hingegen auf Moses' Seite, geriet er in Konflikt mit den Römern, denen Blutgerichtsbarkeit allein oblag. Sollte er sich also mit Moses anlegen oder mit den Römern? Die Pharisäer rieben sich schon die Hände, weil sie glaubten, den Rabbi in die Enge getrieben zu haben. Doch Jesus war eben Jesus, und nach einer gewissen Bedenkzeit sagte er:

»Wer unter euch ohne Sünde ist, der werfe den ersten Stein auf sie.«

Damit hatte er nicht nur den Konflikt mit Moses *und* den Römern vermieden, sondern auch den mit den Pharisäern. Und trotzdem war die Sache erledigt. Die Pharisäer konnten sich schleichen, einer nach dem anderen (denn die Menschen sind ja im Allgemeinen nicht ohne Sünde). Zum Schluss war Jesus mit der Frau allein.

»Weib, wo sind sie, deine Verkläger? Hat dich niemand verdammt?«

Sie antwortete:

»Herr, niemand.«

Und dann sagte Jesus:

»So verdamme ich dich auch nicht; gehe hin und sündige hinfort nicht mehr.«

Der Kommissar besaß genug Polizisteninstinkt, um zu wittern, dass hier immer noch der eine oder andere Hund begraben lag. Doch Karlsson und Jonsson und Ljungberg und Ljungberg und Björklund und Gerdin waren seit gestern ja vom eitlen Ranelid für unschuldig erklärt worden, und wer war Aronsson, sie jetzt noch Verbrecher zu nennen? Außerdem handelte es sich bei ihnen ja um eine besonders sympathische Gruppe, und – wie Jesus ganz richtig bemerkt hatte – wer konnte schon den ersten Stein werfen? Aronsson dachte an so manchen dunkleren Augenblick seines eigenen Lebens zurück, aber vor allem regte er sich über Staatsanwalt Ranelid auf, der dem durch und durch liebenswerten Piranha Gerdin den Tod gewünscht hatte, nur damit er selbst besser dastand.

»Nee, nee, das lös du mal schön allein, Ranelid«, sagte Kommissar Göran Aronsson und nahm den Fahrstuhl in den Frühstückssaal des Hotels.

Zu Cornflakes, Toast und Eiern genoss er die Lektüre von *Dagens Nyheter* und *Svenska Dagbladet*. In beiden Zeitungen sprach man vorsichtig von einem *Fiasko für die Staatsanwaltschaft* im Falle des verschwundenen und zwischenzeitlich des Mordes verdächtigten, inzwischen aber schon wieder für unschuldig erklärten Hundertjährigen. Allerdings mussten die Zeitungen zugeben, dass sie noch zu wenig über die Sache wussten. Der Alte selbst war unauffindbar, und der Staatsanwalt wollte vor Freitagnachmittag nicht mehr verraten.

»Wie gesagt«, wiederholte Aronsson. »Das lös du mal schön allein, Ranelid.«

Dann bestellte er sich ein Taxi nach Klockaregård, wo er um 9.51 Uhr eintraf, genau drei Minuten vor dem Staatsanwalt.

Für den von Ranelid so heiß ersehnten Blitzschlag bestand keinerlei meteorologisches Risiko. Denn es war trübe und kühl. Daher hatten die Bewohner des Hofes auch in der geräumigen Küche gedeckt.

Am Abend zuvor hatte sich die Gruppe auf eine alternative Schilderung der Geschehnisse geeinigt, die man Staatsanwalt Ranelid unterjubeln wollte, und zur Sicherheit hatten sie diese Version zum Frühstück noch einmal durchgespielt. Jetzt waren alle Rollen für das vormittägliche Schauspiel verteilt. Nun kann man sich ja immer viel leichter an die Wahrheit erinnern als – wie in diesem Fall – an ihr Gegenteil. Wenn einer schlecht lügt, kann das übel für ihn ausgehen, deswegen mussten die Mitglieder der Gruppe jetzt ihre Zunge hüten.

Außerdem war alles gestattet, womit man Staatsanwalt Ranelid ablenken konnte.

»*Verflucht und zugenäht, verdammte Hacke aber auch*«, fasste die Schöne Frau die allgemeine Anspannung zusammen, bevor Kommissar Aronsson und Staatsanwalt Ranelid die Küche betraten.

Das Treffen mit Staatsanwalt Conny Ranelid gestaltete sich für manche fröhlicher als für andere. Es verlief ungefähr so:

»So, ich möchte mich zunächst bedanken, dass Sie mich hier empfangen, ich weiß das wirklich zu schätzen«, begann Ranelid. »Und ich möchte mich im Namen ... der Staatsanwaltschaft entschuldigen, dass gegen einige von Ihnen grundlos Haftbefehl erlassen wurde. Nichtsdestoweniger will ich zu gerne wissen, was wirklich passiert ist, von dem Moment an, in dem Herr Karlsson aus dem Fenster des Altersheims geklettert ist, bis heute. Wollen Sie vielleicht anfangen, Herr Karlsson?«

Dagegen hatte Allan nichts einzuwenden. Er dachte sich, dass das alles bestimmt noch ganz lustig werden könnte. Also machte er den Mund auf und sagte:

»Das kann ich absolut, Herr Staatsanwalt, auch wenn ich alt und gebrechlich bin und es mit meinem Gedächtnis nun mal nicht mehr zum Besten steht. Aber ich kann mich auf jeden Fall erinnern, dass ich aus diesem Fenster geklettert bin, o ja. Und das hatte alles seine guten Gründe. Sie müssen wissen, Herr Staatsanwalt, dass ich zu meinem Freund Julius Jonsson unterwegs war, und zu dem kommt man nicht gern ohne eine Flasche Schnaps, und eine solche hatte ich in einem unbeobachteten Moment im Spirituosengeschäft gekauft. Ja, heutzutage braucht man an und für sich ja gar nicht mehr zum Spirituosengeschäft zu gehen, es reicht ja, wenn man einen kurzen Anruf beim ... na ja, seinen Namen sag ich dem Herrn Staatsanwalt jetzt lieber nicht, denn deswegen ist der Herr Staatsanwalt ja nicht hier, aber er wohnt zentral und verkauft privat importierten Schnaps für weniger als die Hälfte des Ladenpreises. Na ja, wie dem auch sei, zu dem Zeitpunkt war Eklund eben nicht zu Hause – hoppla, nun ist mir sein Name doch glatt rausgerutscht –, und da hatte ich keine andere Wahl, als das Zeug im Spirituosenhandel zu kaufen. Dann schmuggelte ich die Flasche in mein Zimmer, und normalerweise ist das Problem dann damit gelöst, aber diesmal sollte der Schnaps ja auch wieder mit raus, und zwar ausgerechnet da, wo die Oberschwester Dienst hatte, und die hat hinten Augen, das kann ich dem Herrn Staatsanwalt versichern. Schwester Alice heißt sie, und die lässt sich so schnell nicht hinters Licht führen. Deswegen dachte ich mir, ich sollte diesmal wohl lieber den Weg durchs Fenster nehmen, wenn ich zu Julius wollte. Außerdem war an dem Tag ja mein hundertster Geburtstag, und mal ganz ehrlich, wer will sich seinen Geburtstagsschnaps beschlagnahmen lassen, wenn er hundert wird?«

Der Staatsanwalt ahnte bereits, dass die Sache länger dauern könnte. Der alte Karlsson plapperte jetzt schon eine ganze Weile, ohne wirklich etwas gesagt zu haben. Und in einer knappen Stunde musste sich Ranelid schon wieder auf den Rückweg nach Eskilstuna machen.

»Herr Karlsson, vielen Dank für den interessanten Einblick in Ihre Bemühungen, sich einen Schnaps für Ihren Jubeltag zu beschaffen. Aber ich hoffe, Sie werden entschuldigen, wenn ich Sie bitte, ein wenig stringenter zu erzählen, denn die Zeit drängt, das verstehen Sie doch sicher? Wie war das denn nun mit dem Koffer und der Begegnung mit Bolzen Bylund im Reisezentrum Malmköping?«

»Ja, wie war das denn nun? Per-Gunnar hatte Julius angerufen, und der rief mich an … Julius meinte, Per-Gunnar wolle, dass ich die Verantwortung für diese Bibeln übernehme, und das konnte ich ja problemlos machen, denn ich …«

»Für die Bibeln?«, unterbrach ihn Staatsanwalt Ranelid.

»Wenn der Staatsanwalt gestattet, kann ich mich an dieser Stelle vielleicht einmischen und ein paar Hintergrundinformationen beisteuern?«

»Nur zu gern«, sagte Ranelid.

»Ja, wie gesagt, Allan ist ein guter Freund von Julius aus Byringe, der wiederum ein guter Freund von Per-Gunnar ist – das ist der, den der Herr Staatsanwalt für tot hielt –, und Per-Gunnar ist wiederum ein guter Freund von mir. Ich bin zum einen der Bruder von meinem Bruder Bosse, dem Gastgeber dieser gemütlichen Zusammenkunft, und zum anderen der Verlobte von Gunilla, das ist die schöne Frau hier am Kopfende. Gunilla beschäftigt sich mit Exegetik und hat gewisse Berührungspunkte mit Bosse, der Bibeln verkauft – unter anderem auch an Per-Gunnar.«

Der Staatsanwalt saß mit dem Stift in der Hand vor seinem Blatt Papier, aber das war alles zu schnell gegangen, und er hatte kein Wort mitgeschrieben. Ihm fiel im ersten Moment nichts Besseres ein, als nachzufragen:

»Mit Exegetik?«

»Ja, Bibelauslegung«, erklärte die Schöne.

Bibelauslegung?, dachte Kommissar Aronsson, der stumm neben dem Staatsanwalt saß. War es denn überhaupt möglich, die Bibel auszulegen, wenn man so viel fluchte, wie Aronsson die Schöne Frau am Abend zuvor hatte fluchen hören? Doch er schwieg. Diese Sache musste nun ein für alle Mal der Staatsanwalt selbst klären.

»Bibelauslegung?«, echote Ranelid. Doch im nächsten Moment beschloss er, das Thema zu übergehen. »Vergessen Sie's. Erzählen Sie mir lieber, wie das mit dem Koffer und diesem Bolzen Bylund im Reisezentrum Malmköping war.«

Jetzt war es an Per-Gunnar, sich in die laufende Vorstellung einzuschalten.

»Gestatten Herr Staatsanwalt, dass ich auch etwas sage?«, fragte er.

»Selbstverständlich«, sagte Staatsanwalt Ranelid. »Solange es der Wahrheitsfindung dient, dürfte sich der Leibhaftige selbst dazu äußern.«

»Puh, was dieser Mann für Ausdrücke in den Mund nimmt!«, sagte die Schöne Frau und verdrehte die Augen (und damit war Kommissar Aronsson *endgültig* sicher, dass die vier den Staatsanwalt an der Nase herumführten).

»Der Leibhaftige ist vielleicht keine ganz adäquate Beschreibung meiner Person, da ich Jesus getroffen habe«, sagte Per-Gunnar Gerdin. »Sie wissen sicher, dass ich der Anführer einer Organisation namens *Never Again* war. Dieser Name spielte darauf an, dass die Mitglieder nie wieder hinter Gittern landen sollten, obwohl es ausreichend legale Gründe dafür gegeben hätte, sie einzusperren. Doch seit einer Weile hat sich die Bedeutung geändert. *Nie wieder* werden wir nämlich in Versuchung geraten, gegen das Gesetz zu verstoßen, nicht gegen menschliches, und ganz sicher nie wieder gegen himmlisches Gesetz!«

»Hat Bolzen deswegen einen Wartesaal zerlegt, einen Schalterbeamten misshandelt und anschließend einen Bus samt Chauffeur entführt?«, erkundigte sich Staatsanwalt Ranelid.

»Oh, jetzt glaube ich fast einen gewissen Sarkasmus herauszuhören«, sagte Per-Gunnar Gerdin. »Aber nur, weil ich das Licht gesehen habe, bedeutet das ja noch lange nicht, dass es meinen Mitarbeitern ebenso erging. Einer von ihnen hat sich zwar zur Missionsarbeit nach Südamerika begeben, aber mit den beiden anderen ist es übel ausgegangen. Bolzen hatte ich beauftragt, diesen Koffer mit den zweihundert Bibeln auf Bosses Weg von Uppsala zurück nach Falköping abzuholen. Mit diesen Bibeln wollte ich Freude verbreiten unter den schlimmsten Schurken des Landes, wenn Sie meine Ausdrucksweise verzeihen wollen.«

Bis jetzt hatte der Eigentümer von Klockaregård, Bosse, schweigend danebengesessen. Doch jetzt wuchtete er einen schweren grauen Koffer auf den Tisch und zog den Reißverschluss auf. Darin lagen stapelweise Slimline-Bibeln mit schwarzem Echtledereinband, Goldschnitt, Querverweisen, drei Lesebändchen, Personenregister, Empfehlungen zur Bibellektüre, farbigem Kartenmaterial und vielem mehr.

»Eine eindrucksvollere Bibellektüre als diese können Sie gar nicht haben«, sagte Bosse Ljungberg im Brustton der Überzeugung. »Gestatten Sie, dass ich Ihnen eine davon schenke? Auch Staatsanwälte tun gut daran, das Licht zu suchen, müssen Sie wissen!«

Bosse war der Erste in der Gruppe, der dem Staatsanwalt keinen reinen Unfug auftischte, sondern tatsächlich meinte, was er sagte. Und das musste Ranelid auch gespürt haben, denn plötzlich begann er zu bezweifeln, dass dieses ganze Bibelgerede nur Tarnung war. Er ergriff die Bibel, die Bosse ihm hinhielt, und dachte, dass ihn jetzt vielleicht sowieso nur noch eine spontane Bekehrung aus seiner Zwangslage retten konnte. Doch das sagte er nicht. Stattdessen fragte er:

»Können wir bitte zur Schilderung der Vorfälle zurückkommen? Was ist denn nun mit diesem verdammten Koffer in Malmköping passiert?«

»Nicht fluchen!«, ermahnte ihn die Schöne Frau.

»Soll ich jetzt vielleicht wieder weitererzählen?«, schlug Allan vor. »Also, ich musste etwas früher zum Reisezentrum als gedacht, da Julius mich in Per-Gunnars Auftrag darum gebeten hatte. Es hieß, Bolzen Bylund habe gerade Per-Gunnar in Stockholm angerufen und sei ein bisschen angeschickert gewesen – wenn Sie meine Ausdrucksweise nochmals entschuldigen wollen! Aber das weiß der Herr Staatsanwalt ja schon, oder vielleicht auch nicht, denn ich kenne Ihre Trinkgewohnheiten ja nicht und möchte Ihnen nichts unterstellen, aber auf jeden Fall ... Wo war ich noch mal stehen geblieben? Ach ja, ich wollte sagen, Sie wissen ja, wo der Schnaps hineingeht, da geht der Verstand heraus, oder wie das heißt. Übrigens saß ich selbst schon mal in berauschtem Zustand in einem U-Boot in zweihundert Meter Tiefe mitten in der Ost...«

»In Gottes Namen, jetzt kommen Sie doch endlich zur Sache«, bat Staatsanwalt Ranelid.

»Nicht den Namen des Herrn missbrauchen!«, ermahnte ihn die Schöne Frau.

Staatsanwalt Ranelid stützte die Stirn in eine Hand, während er ein paarmal tief durchatmete. Unterdessen fuhr Allan Karlsson fort:

»Ja, also Bolzen Bylund hatte Per-Gunnar in Stockholm angerufen und ihm lallend mitgeteilt, dass er seine Mitgliedschaft im Bibelclub kündigen und lieber Fremdenlegionär werden wollte. Aber vorher – nur gut, dass Sie schon sitzen, Herr Staatsanwalt, denn jetzt muss ich etwas ganz Schreckliches erzählen – vorher wollte er auf dem Markt-platz in Malmköping noch *die ganzen Bibeln verbrennen*!«

»Wortwörtlich soll er gesagt haben: ›diese ganzen verfluchten Scheißbibeln‹«, erläuterte die Schöne Frau.

»Natürlich wurde ich sofort losgeschickt, um Herrn Bolzen zu suchen und ihm den Koffer abzunehmen, bevor es zu spät war. Die Zeit ist ja oft knapp, manchmal knapper, als man ahnt. Wie zum Bei-spiel damals, als General Franco in Spanien um ein Haar vor mei-nen Augen in die Luft gesprengt worden wäre. Aber seine Mitarbei-ter waren unglaublich geistesgegenwärtig, packten ihren General und trugen ihn in Sicherheit. Die dachten nicht lange nach, die han-delten einfach.«

»Was hat General Franco denn mit dieser Geschichte zu tun?«, wollte Staatsanwalt Ranelid wissen.

»Überhaupt gar nichts, Herr Staatsanwalt, ich wollte ihn nur als erhellendes Beispiel nennen. Man kann sich nie deutlich genug aus-drücken.«

»Wie wäre es dann, wenn Sie sich ebendarum bemühen würden, Herr Karlsson? Was ist dann mit dem Koffer passiert?«

»Tja, der Herr Bolzen wollte ihn nicht aus der Hand geben, und meine körperliche Verfassung gestattete mir nicht, den Koffer mit Gewalt an mich zu nehmen – übrigens nicht nur meine körperliche Verfassung, rein prinzipiell finde ich, dass es ganz furchtbar ist, wenn die Menschen...«

»Nun bleiben Sie doch endlich mal beim Thema!«

»Ja, entschuldigen Sie, Herr Staatsanwalt. Also, als der Herr Bolzen ganz plötzlich die sanitären Anlagen des Reisezentrums aufsuchen musste, nutzte ich die Gelegenheit. Der Koffer und ich verschwan-den im Bus nach Strängnäs und fuhren Richtung Byringe, zum guten alten Julius, oder Julle, wie wir ihn manchmal nennen.«

»Julle?«, echote der Staatsanwalt, dem nichts Intelligenteres mehr einfiel.

»Oder Julius«, sagte Julius. »Angenehm.«

Der Staatsanwalt schwieg wieder eine Weile. Jetzt hatte er tatsächlich angefangen, sich die eine oder andere Notiz zu machen, und es sah so aus, als würde er Striche und Pfeile aufs Papier malen. Dann wandte er ein:

»Aber Karlsson hat das Busticket doch mit einem Fünfziger bezahlt und sich dabei erkundigt, wie weit er damit kommt. Wie passt das zu seinem Vorhaben, nach Byringe zu fahren und nirgendwo anders hin?«

»Ach, Unsinn«, sagte Allan. »Ich weiß doch, was die Fahrt nach Byringe kostet. Ich hatte nur gerade einen Fünfziger in der Brieftasche und hab mir einen kleinen Scherz erlaubt. Das ist doch wohl noch nicht verboten, oder, Herr Staatsanwalt?«

Ranelid machte sich nicht die Mühe zu erörtern, inwieweit ein kleiner Scherz verboten war. Stattdessen forderte er Allan erneut auf, sein Erzähltempo etwas zu steigern.

»Was ist dann passiert – in groben Zügen?«

»In groben Zügen? In groben Zügen ist passiert, dass Julius und ich einen gemütlichen Abend zusammen verbrachten, bis irgendwann Herr Bolzen gegen die Tür bolzte, wenn der Herr Staatsanwalt das Wortspiel gestattet. Doch da wir Schnaps auf dem Tisch hatten – Sie erinnern sich vielleicht noch von vorhin, dass ich eine Flasche Schnaps dabeihatte, und um genau zu sein, es war nicht nur eine Flasche, sondern zwei, man sollte schließlich auch in den kleinsten Details bei der Wahrheit bleiben, und wer bin ich schon, dass ich beurteilen könnte, was in dieser Geschichte wichtig oder weniger wichtig wäre, das muss der Herr Staatsanw...«

»Erzählen Sie weiter!«

»Entschuldigung. Ja, also der Herr Bolzen war schon nicht mehr ganz so wütend, als wir ihm Elchbraten und Schnaps auftischten. Im Laufe des Abends kam er zu dem Entschluss, die Bibeln doch nicht zu verbrennen, zum Dank für den Schnaps, den wir ihm spendiert hatten. Der Alkohol hat eben auch seine positiven Seiten, finden Sie nicht, Herr St...«

»Erzählen Sie weiter!«

»Am nächsten Morgen hatte der Herr Bolzen einen schrecklichen

Kater, wenn Sie verstehen, was ich meine, Herr Staatsanwalt. Ich habe ja seit Frühjahr '45 keinen Kater mehr gehabt – damals habe ich versucht, Vizepräsident Truman mit Tequila unter den Tisch zu trinken. Leider starb in dem Moment Präsident Roosevelt, deswegen mussten wir unsere kleine Feier vorzeitig abbrechen, aber das war vielleicht nicht das Verkehrteste, denn am nächsten Tag... mein Lieber, da ging es vielleicht rund in meinem Schädel! Da ging es mir nur unwesentlich besser als Roosevelt, möchte ich fast sagen.«

Während Staatsanwalt Ranelid überlegte, was er sagen sollte, zwinkerte er nervös. Schließlich gewann seine Neugier die Oberhand. Außerdem rutschte ihm vor lauter Verwirrung prompt das Du heraus.

»Was redest du da eigentlich die ganze Zeit? Hast du tatsächlich Tequila mit Vizepräsident Truman getrunken, als Roosevelt das Zeitliche segnete?«

»Na ja, gesegnet hat der wohl nicht mehr viel«, meinte Allan. »Aber ich verstehe schon, worauf Sie hinauswollen. Doch wir wollen uns jetzt ja nicht an Details aufhängen, oder was meinen Sie, Herr Staatsanwalt?«

Der Staatsanwalt meinte gar nichts, worauf Allan fortfuhr:

»Der Herr Bolzen war auf jeden Fall nicht in der Lage, uns beim Fortbewegen der Draisine zu helfen, als wir am nächsten Tag nach Åkers Styckebruk aufbrachen.«

»Er hatte ja nicht mal Schuhe an, wenn ich das recht verstanden habe«, sagte der Staatsanwalt. »Können Sie mir das erklären?«

»Hach, wenn Sie gesehen hätten, was für einen Kater der Herr Bolzen hatte – der hätte sich auch in der Unterhose auf die Draisine gesetzt.«

»Und Ihre eigenen Schuhe? Ihre Pantoffeln wurden ja später in der Küche von Julius Jonsson gefunden.«

»Ja, also, Schuhe hab ich mir natürlich von Julius geliehen. Wenn man hundert Jahre alt ist, kann es schon mal vorkommen, dass man in Pantoffeln losläuft. Das werden Sie schon noch merken, wenn Sie noch so vierzig, fünfzig Jahre abwarten.«

»So lange lebe ich sicher nicht«, meinte Staatsanwalt Ranelid. »Im

Moment frage ich mich, ob ich überhaupt dieses Gespräch überlebe. Wie können Sie mir erklären, dass der Draisine Leichengeruch anhaftete, als sie gefunden wurde?«

»Was Sie nicht sagen, Herr Staatsanwalt. Tja, der Herr Bolzen hat die Draisine ja als Letzter verlassen, das müsste er Ihnen also selbst erzählen, aber nun ist er ja da unten in Dschibuti so unglücklich ums Leben gekommen. Wäre es wohl vorstellbar, dass *ich* an diesem Geruch schuld gewesen bin, Herr Staatsanwalt? Ich bin zwar noch nicht tot, das nicht, aber ich bin weiß Gott uralt ... Könnte vielleicht so eine Art verfrühter Leichengeruch von mir ausgehen?«

Jetzt wurde der Staatsanwalt langsam ungeduldig. Die Zeit tickte ihm davon, und sie waren noch nicht mal über die ersten vierundzwanzig Stunden der fraglichen sechsundzwanzig Tage hinausgekommen. Was der alte Tattergreis hier von sich gab, war ja zu neunzig Prozent unwichtiger Quatsch.

»Erzählen Sie weiter!«, befahl Ranelid, ohne weiter auf die Leichengeruchsfrage einzugehen.

»Na ja, wir haben den schlafenden Herrn Bolzen dann auf der Draisine zurückgelassen und sind zu dem Imbissstand spaziert, der von Per-Gunnars Freund Benny betrieben wurde.«

»Haben Sie auch gesessen?«, erkundigte sich der Staatsanwalt.

»Nein, aber ich habe Kriminologie studiert«, erklärte Benny wahrheitsgemäß. Dann fügte er die Lüge hinzu, dass er im Zusammenhang mit diesem Studium Häftlinge in Hall befragt und dabei Per-Gunnars Bekanntschaft gemacht habe.

Staatsanwalt Ranelid schien sich noch eine Notiz zu machen und bat Allan Karlsson anschließend mit eintöniger Stimme:

»Erzählen Sie weiter!«

»Gern. Benny sollte Julius und mich ja nach Stockholm fahren, damit wir Per-Gunnar den Koffer mit den Bibeln übergeben konnten. Aber dann meinte Benny, er würde gern einen Umweg über Småland machen, wo seine Verlobte wohnt ... Gunilla ...«

»Friede Ihrer Hütte!«, sagte Gunilla und nickte Staatsanwalt Ranelid zu.

Staatsanwalt Ranelid bedachte die Schöne Frau ebenfalls mit einem kurzen Nicken und wandte sich dann wieder Allan zu, der bereits fortfuhr:

»Benny kannte Per-Gunnar ja am besten, und er meinte, Per-Gunnar könnte sicher noch ein paar Tage auf seine Bibeln warten, da stehen ja nun nicht unbedingt die ganz tagesaktuellen Nachrichten drin. Da muss man ihm sicher recht geben. Obwohl man ja auch nicht in alle Ewigkeit warten kann, denn wenn Jesus erst einmal auf die Erde zurückgekehrt ist, sind alle Kapitel zu seiner Wiederkunft ja doch überholt ...«

»Nun schweifen Sie nicht schon wieder ab, Karlsson. Bleiben Sie beim Thema!«

»Selbstverständlich, Herr Staatsanwalt! Ich bleibe selbstverständlich beim Thema, denn alles andere kann weiß Gott ins Auge gehen. Ich kann Ihnen sagen, wenn das jemand weiß, dann ich. Wenn ich nicht beim Thema geblieben wäre, als ich in der Mandschurei vor Mao Tse-tung stand, wäre ich mit Sicherheit auf der Stelle erschossen worden.«

»Das wäre sicherlich das Beste gewesen«, sagte Staatsanwalt Ranelid und gab Allan mit einer Geste zu verstehen, dass er sich beeilen sollte.

»Ja, wie auch immer, Benny meinte, dass Jesus bestimmt nicht auf die Erde zurückkehren würde, während wir gerade in Småland sind, und soviel ich weiß, sollte er damit recht behalten ...«

»Karlsson!«

»Ja, ja, schon gut. Na, wir fuhren also alle drei nach Småland. Julius und mir gefiel dieses kleine Abenteuer, aber dummerweise setzten wir Per-Gunnar nicht davon in Kenntnis. Das war natürlich ein Fehler.«

»Allerdings war das ein Fehler«, mischte sich Per-Gunnar Gerdin nun ein. »Natürlich hätte ich noch ein paar Tage auf die Bibeln warten können, das war nicht das Problem. Aber Sie müssen verstehen, Herr Staatsanwalt, ich dachte, dass Bolzen irgendwelche Dummheiten mit Julius, Allan und Benny ausgeheckt hat. Denn Bolzen hatte die Idee nie gefallen, dass *Never Again* das Evangelium verbreiten sollte. Und was man so in der Zeitung lesen konnte, war ja auch nicht gerade beruhigend!«

Der Staatsanwalt nickte und machte sich weitere Notizen. Vielleicht kam langsam ja doch so etwas wie Logik in die Geschichte. Er wandte sich an Benny:

»Aber als Sie von einem vermutlich gekidnappten Hundertjährigen lasen, von *Never Again* und dem ›Meisterdieb‹ Julius Jonsson – warum haben Sie da denn nicht Kontakt mit der Polizei aufgenommen?«

»Ich muss sagen, ich hab tatsächlich kurz dran gedacht. Aber als ich die Sache mit Allan und Julius besprach, entschieden wir uns klipp und klar dagegen. Julius erklärte, dass er aus Prinzip nicht mit der Polizei sprach, und Allan wies darauf hin, dass er aus dem Heim ausgerissen war und ganz bestimmt nicht zu Schwester Alice zurück wollte, nur weil die Zeitungen und das Fernsehen da was in den falschen Hals gekriegt hatten.«

»Sie sprechen aus Prinzip nicht mit der Polizei?«, wandte sich Ranelid an Julius Jonsson.

»Nee, das tu ich nicht. Ich hatte über Jahre immer wieder Pech in meinem Verhältnis zum Polizeilichen. Obwohl ich solche netten Begegnungen – wie gestern mit Kommissar Aronsson oder auch heute mit dem Herrn Staatsanwalt – natürlich davon ausnehme. Noch ein Schlückchen Kaffee gefällig, Herr Staatsanwalt?«

Ja, das war dem Herrn Staatsanwalt gefällig. Er brauchte seine ganze Kraft, um Ordnung in diese Unterredung zu bringen und um drei Uhr den Medien irgendetwas präsentieren zu können – etwas, was entweder der Wahrheit entsprach oder zumindest einigermaßen glaubwürdig war.

Doch der Staatsanwalt wollte noch nicht wieder von Benny Ljungberg ablassen.

»Und warum haben Sie Ihren Freund Per-Gunnar Gerdin nicht angerufen? Ihnen musste doch klar sein, dass er von Ihnen in der Zeitung lesen würde?«

»Ich dachte mir, die Polizei und der Staatsanwalt haben bestimmt noch nicht mitgekriegt, dass Jesus in Per-Gunnars Leben getreten ist, und deswegen hören sie sicher immer noch sein Telefon ab. Was das betrifft, muss mir der Herr Staatsanwalt doch sicher recht geben, oder?«

Der Staatsanwalt brummte etwas Unverständliches, machte sich eine Notiz und bereute, dass er den Journalisten auch dieses Detail verraten hatte, doch nun war es eben geschehen. Also machte er weiter. Diesmal wandte er sich an Per-Gunnar Gerdin.

»Aber Herr Gerdin scheint ja einen Tipp bekommen zu haben, wo sich Allan Karlsson und seine Freunde befanden. Woher kam dieser Tipp?«

»Leider werden wir das nie erfahren. Diese Information hat Kollege Humpen Hultén mit sich ins Grab genommen. Beziehungsweise in die Schrottpresse.«

»Und was war das für ein Tipp?«

»Dass Allan, Benny und seine Freundin in Rottne in Småland gesehen worden sind. Ich glaube, ein Bekannter von Humpen hat angerufen. Mich interessierte am meisten die Information an sich. Ich wusste ja, dass Bennys Freundin in Småland lebt und rote Haare hat. Also gab ich Humpen den Auftrag, sofort zu dieser Ortschaft zu fahren und sich vor dem ICA auf die Lauer zu legen. Essen muss ja schließlich jeder ...«

»Und das machte der Humpen gern für Sie – im Namen Jesu?«

»Na ja, da treffen Sie jetzt den Nagel auf den Kopf, Herr Staatsanwalt. Man kann ja allerhand von Humpen behaupten, aber religiös war er nie. Er war fast genauso sauer über die neue Ausrichtung des Clubs wie Bolzen. Er redete immer davon, nach Russland oder ins Baltikum zu gehen und dort mit Drogen zu handeln. Haben Sie schon mal so was Schreckliches gehört, Herr Staatsanwalt? Es ist auch nicht ausgeschlossen, dass er tatsächlich damit angefangen hat, aber da müssen Sie ihn selbst fragen ... Ach nein, geht ja gar nicht mehr ...«

Der Staatsanwalt musterte Per-Gunnar Gerdin misstrauisch.

»Wie Benny Ljungberg schon angedeutet hat, haben wir eine Aufzeichnung, in der Sie Gunilla Björklund als ›die Alte‹ bezeichnen, und später schieben Sie auch noch den einen oder anderen Fluch nach. Was sagt der Herr denn dazu?«

»Ach, der Herr verzeiht schnell, das wird auch der Herr Staatsanwalt merken, wenn er einmal das Buch aufschlägt, das er gerade bekommen hat.«

»Jesus spricht: ›Welchen ihr die Sünden erlasset, denen sind sie erlassen‹«, warf Bosse ein.

»Johannesevangelium?«, erkundigte sich Kommissar Aronsson, der das Zitat von seiner stundenlangen Bibellektüre in der Hotelbar wiederzuerkennen glaubte.

»Sie lesen die Bibel?«, fragte Staatsanwalt Ranelid verdattert.

Statt zu antworten, schenkte ihm Kommissar Aronsson nur ein frommes Lächeln. Per-Gunnar Gerdin fuhr fort:

»Ich habe für dieses Gespräch einen Ton gewählt, den Humpen von früher kannte – dann gehorcht er vielleicht eher, dachte ich«, erklärte Per-Gunnar.

»Und, gehorchte er?«, wollte Staatsanwalt Ranelid wissen.

»Jein. Ich wollte nicht, dass er sich vor Allan, Julius, Benny und dessen Freundin zeigte, denn ich ahnte schon, dass er mit seiner plumpen Art bei der Gruppe nicht so gut ankommen würde.«

»Und man kann wohl mit Fug und Recht behaupten, dass er nicht so gut bei uns ankam«, mischte sich die Schöne Frau nun wieder ein.

»Inwiefern?«, fragte Staatsanwalt Ranelid.

»Na ja, der kam auf meinen Hof geschlendert und schnupfte Tabak und fluchte und verlangte Alkohol ... Ich kann ja einiges ab, aber Leute, die jedes Wort mit einem Fluch begleiten müssen, so was ertrage ich einfach nicht.«

Um ein Haar wäre Kommissar Aronsson seine Zimtschnecke in die falsche Kehle geraten. Noch am Vorabend hatte die Schöne hier auf der Veranda gesessen und mehr oder weniger ununterbrochen geflucht. Aronsson spürte, dass er niemals hinter die Wahrheit in diesem Chaos kommen würde. Aber das war in Ordnung. Die Schöne Frau fuhr unterdessen fort:

»Ich bin ziemlich sicher, dass er schon nicht mehr nüchtern war, als er hier ankam – das muss man sich mal vorstellen, der war schließlich mit dem Auto da! Dann fuchtelte er mit seiner Pistole herum, um sich interessant zu machen, und prahlte, die würde er brauchen bei seinen Drogengeschäften in ... in Riga, glaube ich. Aber da ging es mit mir durch, das kann ich Ihnen sagen, Herr Staatsanwalt, da ging es mit mir durch, und ich schrie ihn an: ›Keine Waffen auf meinem Grundstück!‹, und dann musste er die Pistole auf die Veranda legen. Wahrscheinlich hat er die einfach da vergessen, als er wieder fuhr. Einen übellaunigeren und unangenehmeren Menschen hab ich wirklich noch nie kennengelernt ...«

»Vielleicht hat er wegen der Bibeln den Humor verloren«, meinte Allan. »Die Religion tritt ja bei vielen Leuten heftige Gefühle los. Als ich mal in Teheran war ...«

»In Teheran?«, entfuhr es dem Staatsanwalt.

»Ja, das ist jetzt schon wieder ein paar Jahre her. Damals herrschten da noch Recht und Ordnung, wie Churchill zu mir sagte, als wir nach Europa zurückflogen.«

»Churchill?«, fragte der Staatsanwalt.

»Ja, der Premierminister. Oder nein, da war er ja gar nicht mehr Premierminister, aber vorher. Und danach übrigens auch noch mal.«

»*Verdammt*, ich weiß, wer Winston Churchill war, ich verstehe bloß nicht ... Sie waren mit Churchill in Teheran?«

»Nicht fluchen, Herr Staatsanwalt!«, mahnte die Schöne Frau.

»Nee, also nicht wirklich zusammen, ich hab da eine Weile mit so einem Missionar gewohnt. Und der war darauf spezialisiert, dass die Leute in seiner Umgebung den Humor verloren.«

Apropos Humor verlieren: Genau dieses Schicksal drohte den Staatsanwalt langsam auch zu ereilen. Er hatte sich gerade dabei ertappt, wie er einem Hundertjährigen sachdienliche Informationen entlocken wollte, der allen Ernstes behauptete, Franco, Truman, Mao Tse-tung und Churchill kennengelernt zu haben. Doch um Staatsanwalt Ranelids Humor machte sich Allan überhaupt keine Sorgen. Ganz im Gegenteil. Also fuhr er fort:

»Der junge Herr Humpen benahm sich die ganze Zeit auf Sjötorp wie eine menschliche Gewitterwolke. Einen Silberstreif sahen wir im Grunde nur einmal, und zwar, als er wieder fuhr. Da kurbelte er das Fenster herunter und schrie: ›Lettland, ich komme!‹ Wir deuteten das so, dass er nach Lettland fahren wollte, aber Sie haben ja mehr Erfahrung mit polizeilichen Angelegenheiten als wir, Herr Staatsanwalt, vielleicht deuten Sie seine Worte anders?«

»Idiot«, sagte der Staatsanwalt.

»Idiot?«, wiederholte Allan. »So hat mich noch keiner genannt. ›Hund‹ und ›Ratte‹, das ist Stalin wohl herausgerutscht, als er vor Wut tobte, aber ›Idiot‹, nein, ›Idiot‹, das ist neu.«

»Dann wurde es aber höchste Zeit, verdammt«, erwiderte Staatsanwalt Ranelid.

Doch da schaltete sich Per-Gunnar Gerdin ein:

»Na, jetzt werden Sie mal nicht wütend, bloß weil Sie die Leute nicht einsperren können, wie es Ihnen gerade passt, Herr Staatsanwalt. Wollen Sie jetzt hören, wie die Geschichte weiterging, oder nicht?«

Doch, das wollte er schon, und eine Entschuldigung murmelte er auch noch. Gut, von Wollen konnte zwar nicht wirklich die Rede sein, aber ... es blieb ihm ja kaum etwas anderes übrig. Also ließ er Per-Gunnar Gerdin weitererzählen:

»Zu *Never Again* muss also gesagt werden, dass Bolzen nach Afrika ging, um Legionär zu werden, Humpen nach Lettland, um sein Drogengeschäft aufzubauen, und Caracas fuhr nach Hause nach ... ja, nach Hause eben. Da war bloß noch ich übrig, ganz allein. Obwohl ich natürlich noch Jesus an meiner Seite hatte.«

»Aber hallo«, murmelte der Staatsanwalt. »Erzählen Sie weiter!«

»Ich fuhr also nach Sjötorp zu Gunilla, Bennys Freundin. Humpen hatte noch angerufen und mir die Adresse mitgeteilt, bevor er das Land verließ. Ein bisschen Ehre hatte er denn ja doch noch im Leibe.«

»Hm, dazu hätte ich noch ein paar Fragen«, unterbrach Staatsanwalt Ranelid. »Die erste Frage geht an Sie, Gunilla Björklund. Warum haben Sie sich in den Tagen vor der Abreise einen Bus gekauft – und warum sind Sie überhaupt abgereist?«

Die Freunde hatten am Vorabend beschlossen, Sonja aus der Geschichte herauszuhalten. Sie war ja auf der Flucht, genauso wie Allan, doch ohne dessen bürgerliche Rechte. Wahrscheinlich galt sie nicht mal als Schwedin, und in Schweden war man ja – wie in den meisten Ländern – nicht besonders viel wert, wenn man Ausländer war. Man würde sie also entweder gleich ausweisen oder zu lebenslänglichem Zoo verurteilen. Vielleicht sogar beides.

Doch sobald Sonja als Erklärung wegfiel, musste man wieder Zuflucht zu Lügen nehmen, um zu begründen, warum die Freunde beschlossen hatten, in einem riesigen Bus durch die Lande zu fahren.

»Tja, der Bus ist zwar auf meinen Namen angemeldet«, sagte die Schöne Frau, »aber eigentlich haben Benny und ich den zusammen gekauft, und zwar für Bennys Bruder Bosse.«

»Und der wollte ihn wahrscheinlich mit Bibeln füllen?«, erkundigte sich Staatsanwalt Ranelid, dem inzwischen nicht nur der Humor, sondern auch die Höflichkeit abhanden kam.

»Nein, mit Wassermelonen«, erklärte Bosse. »Möchten Sie wohl mal die süßeste Wassermelone der Welt kosten, Herr Staatsanwalt?«

»Nein, das will ich nicht«, erwiderte Staatsanwalt Ranelid. »Ich will Klarheit in diese Sache bringen, und dann will ich nach Hause fahren und eine Pressekonferenz runterreißen, und dann will ich in Urlaub fahren. Das will ich. Und jetzt will ich, dass wir weitermachen. Warum in Dreiteuf... um alles in der Welt haben Sie Sjötorp mit dem Bus verlassen, kurz bevor Per-Gunnar Gerdin dort ankam?«

»Die wussten doch gar nicht, dass ich unterwegs war«, sagte Per-Gunnar. »Können Sie uns nicht mehr ganz folgen, Herr Staatsanwalt?«

»Nein, es fällt mir schwer«, gab Staatsanwalt Ranelid zu. »Dieser Räuberpistole hätte selbst ein *Einstein* nur schwer folgen können.«

»Wo Sie gerade Einstein erwähnen ...«, begann Allan.

»Nein, Herr Karlsson«, fiel Staatsanwalt Ranelid ihm mit bestimmtem Ton ins Wort. »Ich will jetzt nicht noch das Märchen von Karlsson und Einstein hören, ich will vielmehr, dass Herr Gerdin mir jetzt erklärt, wie ›die Russen‹ in diese Geschichte passen.«

»Wie das?«, fragte Per-Gunnar Gerdin.

»Die Russen. Ihr verstorbener Kollege Humpen hat in einem abgehörten Telefongespräch von *den Russen* gesprochen. Sie haben Humpen getadelt, weil er Sie nicht auf Ihrem Prepaid-Handy angerufen hat, und er hat nach eigenen Angaben geglaubt, nur Gespräche über *die Russen* müssten über dieses Handy laufen.«

»Darüber will ich nicht sprechen«, wehrte Per-Gunnar ab, vor allem deswegen, weil er nicht wusste, was er antworten sollte.

»Aber ich will, dass Sie darüber sprechen«, verlangte Staatsanwalt Ranelid.

Am Tisch kam unbehagliches Schweigen auf. Dass in diesem Telefongespräch die Russen erwähnt worden waren, hatte nicht in den Zeitungen gestanden, und Gerdin selbst hatte es total vergessen. Doch da sagte Benny:

»*Jesli tschelowek kurit, on plocho igrajet v futbol.*«

Die Tischgesellschaft sah ihn mit weit aufgerissenen Augen an.

»Mit den Russen sind Bosse und ich gemeint«, erläuterte Benny. »Unser Vater – er ruhe in Frieden – und unser Onkel Frasse – er ruhe ebenfalls in Frieden – standen politisch eher links, wenn man mal so sagen will. Deswegen drillten sie meinen Bruder und mich während unserer Kindheit in Russisch, und so wurden wir unter Freunden und Bekannten manchmal auch ›die Russen‹ genannt. Das war das, was ich eben gerade auch auf Russisch gesagt habe.«

Wie so vieles andere an diesem Vormittag hatte auch das, was Benny gerade gesagt hatte, nicht allzu viel mit der Wahrheit zu tun. Er hatte nur versucht, den Piranha Gerdin aus seiner Zwangslage zu retten. Benny hatte nämlich auch noch beinahe einen Abschluss in Slawistik (seine Magisterarbeit hatte er nie abgegeben), aber es war schon eine ganze Weile her, und deswegen war ihm in der Eile nur dieser eine Satz eingefallen, der nichts anderes bedeutete als:

»Wenn man raucht, kann man nicht so gut Fußball spielen.«

Aber es funktionierte. Von den Leuten, die am Küchentisch auf

Klockaregård saßen, hatte nur Allan verstanden, was Benny gerade gesagt hatte.

Langsam, aber sicher wurde es Staatsanwalt Ranelid zu viel. Erst diese ganzen dümmlichen Verweise auf historische Persönlichkeiten, dann fingen sie an, Russisch zu sprechen ... und das alles kam zu diesen ganzen unerklärlichen Tatsachen wie zum Beispiel, dass Bolzen tot in Dschibuti aufgefunden war und Humpen in Riga – nein, das *wurde* ihm nicht zu viel, das *war* zu viel. Aber ein Rätsel musste trotzdem noch aufgeklärt werden.

»Können Sie mir zum Abschluss noch einmal erklären, Herr Gerdin, wie es möglich war, dass Sie von Ihren Freunden erst gerammt und überfahren wurden, und wie Sie daraufhin von den Toten auferstanden sind, sodass Sie jetzt hier sitzen und ... Wassermelonen essen können? Übrigens, dürfte ich vielleicht doch mal ein Stück kosten?«

»Natürlich«, sagte Bosse. »Aber das Rezept bleibt geheim! Wie sagt man immer so schön: ›Wenn Essen richtig lecker schmecken soll, darf das Lebensmittelüberwachungsamt nicht so genau hinsehen.‹«

Von dieser Redewendung hatten weder Kommissar Aronsson noch Staatsanwalt Ranelid jemals gehört. Doch Aronsson hatte ein für alle Mal beschlossen, den Mund zu halten, und Ranelid wünschte sich auch nichts sehnlicher, als diese ... diese ganze Sache irgendwie abzuschließen und ... und einfach wieder wegzufahren. Also verkniff er sich die Frage nach dem Lebensmittelüberwachungsamt und verkündete, dass er tatsächlich noch nie so eine leckere Wassermelone gegessen habe.

Während Ranelid also an seiner Melone kaute, erklärte Per-Gunnar Gerdin, wie er nach Sjötorp gekommen war, als der Bus gerade weggefahren war, wie er sich trotzdem umsah und begriff, dass in diesem Bus seine Freunde gesessen haben mussten, wie er ihnen nachgefahren war, sie überholte, wie sein Auto unglücklicherweise ins Schleudern gekommen war – und ... na, die Fotos von dem Autowrack waren ja hie und da zu sehen gewesen, das war ja nichts Neues für den Herrn Staatsanwalt, oder?

»Kein Wunder, dass er uns eingeholt hat«, fügte Allan hinzu, der eine Weile gar nichts gesagt hatte. »Der hatte ja über dreihundert Pferdestärken unter der Motorhaube. Das war schon was anderes, als ich den Volvo PV444 von Bromma zu Ministerpräsident Erlander fahren durfte. Vierundvierzig PS! Das war damals richtig viel. Und wie viel PS Großhändler Gustavsson hatte, als er versehentlich auf mein ...«

»Bitte, Herr Karlsson, halten Sie den Mund, Sie bringen mich sonst noch um«, sagte Staatsanwalt Ranelid.

Der Präsident von *Never Again* erzählte weiter. Er habe zwar ein bisschen Blut verloren, eigentlich sogar ziemlich viel, aber er sei ja schnell verbunden worden. Da sich seine Verletzungen auf eine Fleischwunde am Bein, einen gebrochenen Arm, eine Gehirnerschütterung und ein paar gebrochene Rippen beschränkten, habe er es auch nicht für nötig gehalten, extra ins Krankenhaus zu fahren.

»Außerdem hat Benny ja Literaturwissenschaft studiert«, warf Allan ein.

»Literaturwissenschaft?«, wunderte sich Staatsanwalt Ranelid.

»Sagte ich Literaturwissenschaft? Ich meinte natürlich Medizin.«

»Na ja, Literaturwissenschaft hab ich aber auch studiert«, sagte Benny. »Mein absoluter Favorit ist Camilo José Cela, nicht zuletzt sein Debütroman von 1942, *La familia de* ...«

»Jetzt fangen Sie nicht auch noch an wie Karlsson«, schnitt ihm der Staatsanwalt das Wort ab. »Erzählen Sie lieber weiter.«

Bei diesem eindringlichen Appell warf der Staatsanwalt kurz einen Blick in Allans Richtung, und der erwiderte seelenruhig:

»Wenn Sie entschuldigen, Herr Staatsanwalt – jetzt haben wir Ihnen alles erzählt. Aber wenn Sie unbedingt noch mehr hören wollen, kann ich schon noch ein paar Erinnerungen ausgraben. Über die Strapazen als CIA-Agent. Oder wie ich damals den Himalaya überquerte. Interessieren Sie sich vielleicht für ein Rezept für Ziegenmilchschnaps? Man braucht dazu nur eine Zuckerrübe und ein bisschen Sonnenlicht. Na ja, und Ziegenmilch natürlich.«

Zuweilen kommt es vor, dass der Mund sich schon wieder bewegt, während das Hirn noch stillsteht, und so ging es Staatsanwalt Ranelid wohl auch, als er – ganz im Widerspruch zu seinem eigentlichen Beschluss – nachhakte:

»Wie? Sie haben den Himalaya überquert? Mit Ihren hundert Jahren?«

»Sind Sie wahnsinnig?«, fragte Allan. »Ich bin nicht schon immer hundert Jahre alt gewesen, das muss Ihnen doch klar sein. In der Tat bin ich erst seit Kurzem hundert.«

»Können wir nicht ...«

»Wir alle wachsen auf und werden älter«, fuhr Allan unbeirrt fort. »Als Kind glaubt man das noch nicht so ... nehmen Sie zum Beispiel den jungen Herrn Kim Jong-il. Der Arme saß heulend bei mir auf dem Schoß, und jetzt ist er Staatschef mit allem, was dazugehört ...«

»Können wir das nicht überspringen, Herr Karlsson, und stattdessen ...«

»Ja, natürlich, Entschuldigung. Der Herr Staatsanwalt wollte ja hören, wie das war, als ich den Himalaya überquerte. Zuerst hatte ich monatelang nur Gesellschaft von einem Kamel, und von Kamelen mag man ja behaupten, was man will, aber besonders lustige Gesellschaft ...«

»Nein!«, schrie Staatsanwalt Ranelid. »Ich wollte überhaupt nichts davon hören. Ich wollte ... ich weiß nicht ... Können Sie nicht einfach ...«

Und dann verstummte er ein Weilchen, um anschließend mit ganz leiser Stimme zu erklären, dass er keine weiteren Fragen habe ... höchstens noch die, warum die Freunde sich über Wochen hier in der Västergötland-Ebene versteckt hatten, wenn es doch gar nichts gab, wovor sie sich hätten verstecken müssen.

»Sie waren doch alle unschuldig, oder?«

»Mit der Unschuld ist das so eine Sache«, gab Benny zu bedenken. »Es kommt immer darauf an, aus welcher Perspektive man die Dinge betrachtet.«

»So was hab ich mir auch gedacht«, stimmte Allan zu. »Nehmen

Sie nur Präsident Johnson und de Gaulle, die ein sehr schlechtes Verhältnis hatten. Wer war da schuldig und wer war unschuldig? Ich hab das Thema zwar nicht zur Sprache gebracht, als wir uns trafen, wir hatten ja anderes zu bereden, aber ...«

»Bitte, Herr Karlsson«, unterbrach ihn Staatsanwalt Ranelid. »Wenn ich Sie auf Knien anflehe – sind Sie dann endlich mal still?«

»Da müssen Sie mich doch nicht auf Knien anflehen, Herr Staatsanwalt. Ich werde still sein wie ein Mäuschen, das verspreche ich. In meinen hundert Jahren ist mir die Zunge nur zweimal ausgerutscht, einmal, als ich dem Westen erzählt hab, wie man eine Atombombe baut, und einmal, als ich es dem Osten erzählt hab.«

Staatsanwalt Ranelid fand, dass eine Atombombe schon mal das eine oder andere Problem lösen konnte, vor allem, wenn sie unter Allan Karlsson detonierte. Aber er sagte nichts. Er konnte nichts mehr sagen. Die Frage, warum sich die Freunde drei Wochen lang nicht zu erkennen gegeben hatten, während sie zur Fahndung ausgeschrieben waren, wurde auch nie mehr beantwortet. Höchstens in Form bereits geäußerter philosophischer Andeutungen, dass man unter Gerechtigkeit in verschiedenen Ländern zu verschiedenen Zeiten sehr verschiedene Dinge verstehen konnte.

Da stand Staatsanwalt Conny Ranelid langsam auf und bedankte sich leise, für die Melone, für den Kaffee und die Zimtschnecken, für ... das Gespräch ... und für die Kooperationsbereitschaft der Freunde auf Klockaregård.

Daraufhin verließ er die Küche, setzte sich in sein Auto und fuhr davon.

»Das ging ja richtig gut«, sagte Julius.

»Absolut«, sagte Allan. »Ich glaube, ich hab fast alles unterbringen können.«

* * * *

Während Staatsanwalt Ranelid auf der E20 in nordöstlicher Richtung dahinfuhr, löste sich allmählich seine geistige Lähmung. Stück für Stück ging er die Geschichte in Gedanken noch einmal durch, die er sich gerade hatte anhören müssen. Er fügte hier etwas hinzu und ließ dort etwas weg (hauptsächlich ließ er weg), glättete und polierte, bis er glaubte, die Erzählung so weit frisiert zu haben, dass er sie den Journalisten auf der Pressekonferenz verkaufen konnte. Das einzige Detail der Geschichte, dessen Glaubwürdigkeit dem Staatsanwalt wirklich Kummer machte und das ihm wohl auch die Reporter kaum abkaufen würden, war der vorzeitig auftretende Leichengeruch bei Allan Karlsson.

Da nahm in seinem Kopf plötzlich eine ganz andere Idee Gestalt an. Dieser verfluchte Polizeihund... *Wenn man nun einfach dem Hund die Schuld gab?*

Denn wenn Ranelid den Leuten glaubhaft machen konnte, dass der Hund gesponnen hatte, eröffneten sich dem Staatsanwalt ungeahnte Möglichkeiten, seine Haut zu retten. Dann hatte nämlich auf der Draisine im Wald von Sörmland ganz einfach nie eine Leiche gelegen. Es hatte überhaupt nie eine Leiche *gegeben*. Doch man hatte dem Staatsanwalt ja das Gegenteil *weisgemacht*, und das führte wiederum zu einer ganzen Reihe von logischen Schlussfolgerungen und Entscheidungen – die zwar im Nachhinein völlig absurd aussahen, aber das konnte man dem Staatsanwalt wohl kaum anlasten, denn *daran war ja einzig und allein der Hund schuld*.

Das konnte alles noch richtig großartig laufen, dachte Staatsanwalt Ranelid. Dazu musste nur noch von anderer Seite bekräftigt werden, dass der Hund nicht vertrauenswürdig war, und dann musste ... Kicki ... so hieß der Köter doch, oder? ... dann musste Kicki auch ganz schnell das Zeitliche segnen. Es ging schließlich nicht an, dass sie nach diesem geschickten Schachzug des Staatsanwalts trotzdem weiter eingesetzt wurde und ihre Tauglichkeit unter Beweis stellte.

Staatsanwalt Ranelid hatte bei Kickis Hundeführer einen gut, nachdem er vor ein paar Jahren geschickt einen kleineren polizeilichen Ladendiebstahl in einem Seven-Eleven vertuscht hatte. Die Karriere eines Polizisten sollte schließlich nicht durch einen unbezahlten Muffin zerstört werden, fand Ranelid. Aber jetzt musste der Hundeführer seine Schuld begleichen.

»*Ciao, ciao, Kicki*«, sagte Staatsanwalt Ranelid leise und lächelte zum ersten Mal seit einer geraumen Weile wieder, während er über die E20 in nordöstlicher Richtung nach Eskilstuna steuerte.

Kurz darauf klingelte das Handy. Es war der Polizeidirektor höchstpersönlich, der gerade den Obduktionsbericht aus Riga auf den Tisch bekommen hatte.

»Damit ist also bestätigt, dass es sich bei der zerdrückten Leiche in dem Schrottauto tatsächlich um Henrik Hultén handelte«, erklärte er.

»Wunderbar«, sagte Staatanwalt Ranelid. »Gut, dass Sie mich angerufen haben! Wären Sie so nett, mich an die Zentrale weiterzustellen? Ich muss mal kurz mit Ronny Bäckman reden, dem Hundeführer, Sie wissen schon ...«

* * * *

Die Freunde auf Klockaregård hatten Staatsanwalt Ranelid nachgewinkt und sich dann auf Allans Initiative noch einmal am Küchentisch versammelt. Es gab jetzt noch eine Frage, die geklärt werden musste, meinte Allan.

Er eröffnete die Besprechung, indem er Kommissar Aronsson fragte, ob er noch etwas zu der Geschichte anmerken wolle, die man Staatsanwalt Ranelid gerade erzählt hatte. Oder vielleicht wolle Göran einen kurzen Spaziergang machen, während sich die Freunde berieten?

Aronsson antwortete, ihm sei der Bericht in jeder Hinsicht klar und plausibel vorgekommen. Für ihn sei der Fall damit erledigt, und wenn sie erlaubten, würde er einfach gern am Tisch sitzen bleiben. Im Übrigen sei auch er, Aronsson, alles andere als frei von Sünde, erklärte er, und er habe nicht vor, in dieser Sache den ersten oder zweiten Stein zu werfen.

»Aber ihr könntet mir den Gefallen tun, keine Dinge zu erzählen, die ich lieber nicht wissen möchte. Wenn es also trotz allem noch alternative Antworten auf Ranelids Fragen geben sollte, meine ich ...«

Allan versprach, dass sie ihm diesen Gefallen gern tun würden, und fügte hinzu, dass ihr Freund Aronsson auf jeden Fall am Tisch willkommen sei.

Ihr Freund Aronsson, dachte Aronsson. In der Arbeit hatte er sich im Laufe der Jahre unter den Gangstern des Landes eine Menge Feinde gemacht, aber keinen einzigen Freund. Und dann sagte er, wenn Allan und die anderen ihn in ihren Freundeskreis aufnehmen wollten, wäre er stolz und glücklich.

Darauf erwiderte Allan, er habe sich ja in seinem langen Leben schon mit Priestern und Präsidenten angefreundet, aber noch nie zuvor mit einem Polizisten. Und da Freund Aronsson nicht zu viel wissen wolle, versprach er abermals, ihm nie zu verraten, wo das ganze Geld hergekommen war. Im Namen der Freundschaft sozusagen.

»Das ganze Geld?«, sagte Kommissar Aronsson.

»Ja«, sagte Allan. »Du weißt doch, in diesem Koffer. Bevor da Slimline-Bibeln mit Echtledereinband drin waren, war er bis obenhin voll mit Fünfhundertkronenscheinen. Um die fünfzig Millionen.«

»Verd...« Kommissar Aronsson bremste sich in letzter Sekunde.

»Ach, fluch doch ruhig«, sagte die Schöne Frau.

»Wenn du jemanden anrufen willst, würde ich trotz allem Jesus empfehlen«, meinte Bosse. »Auch wenn der Staatanwalt grade nicht mit am Tisch sitzt.«

»Fünfzig Millionen?«, wiederholte Kommissar Aronsson.

»Abzüglich einiger Spesen«, korrigierte Allan. »Und jetzt muss die Gruppe noch die Eigentumsverhältnisse abklären. Damit übergebe ich das Wort an dich, Piranha.«

Per-Gunnar »Piranha« Gerdin kratzte sich am Ohr, während er überlegte. Dann meinte er, er fände es gut, wenn die Freunde und die Millionen zusammenblieben. Vielleicht sollten sie alle zusammen in Urlaub fahren, denn im Moment gab es kaum etwas, wonach sich der Piranha so sehr sehnte, wie irgendwo weit weg unter einem Sonnenschirm zu sitzen und sich einen Drink mit Schirmchen servieren zu lassen. Außerdem wisse er, dass Allan ganz ähnliche Neigungen habe.

»Aber ohne Schirmchen«, sagte Allan.

Julius pflichtete ihm bei, dass Regenschutz über Longdrinks nicht wirklich notwendig sei, vor allem nicht, wenn man bereits unter einem Sonnenschirm lag und die Sonne sowieso von einem blauen Himmel schien. Aber darum bräuchten sich die Freunde jetzt ja gar nicht zu zanken – ein gemeinsamer Urlaub, das klang doch großartig!

Kommissar Aronsson lächelte schüchtern, als er sich die Pläne anhörte, wagte aber nicht wirklich davon auszugehen, dass er zum inneren Kern der Gruppe gehörte. Benny bemerkte es, fasste den Kommissar bei der Schulter und fragte ganz schlau, ob es der Vertreter des Gesetzes vorziehe, seine Drinks im Urlaub mit Spezialverpackung zu bekommen. Da strahlte der Kommissar und wollte gerade antworten, als die Schöne Frau die Stimmung mit den Worten dämpfte:

»Ohne Sonja und Buster fahr ich nirgendwohin, nicht einen Millimeter!«

Sie schwieg eine Sekunde, bevor sie hinzufügte:

»Verdammte Axt!«

Da Benny sich seinerseits nicht vorstellen konnte, auch nur einen Millimeter ohne die Schöne Frau zu fahren, verlor er sofort die Lust.

»Außerdem hat die Hälfte von uns ja nicht mal einen gültigen Pass«, seufzte er.

Doch Allan dankte dem Piranha nur ganz ruhig für seine Großzügigkeit bei der Verteilung des Geldes. Den Urlaub hielt er für eine gute Idee, er wollte nur zu gern viele tausend Kilometer zwischen sich und Schwester Alice legen. Wenn die anderen Mitglieder der Gruppe mit der Reise an sich einverstanden waren, würde sich der Rest schon finden. Sowohl das Transportproblem würde sich lösen lassen als auch die Frage, an welchem Reiseziel man es mit den Visa für Mensch und Tier nicht so genau nahm.

»Und wie hast du dir das vorgestellt, einen fünf Tonnen schweren Elefanten mit ins Flugzeug zu nehmen?«, fragte Benny mutlos.

»Weiß ich nicht«, entgegnete Allan. »Aber wenn wir nur immer positiv denken, dann findet sich das schon alles.«

»Und die Tatsache, dass etliche von uns keinen Reisepass haben?«

»Wie gesagt: positiv denken.«

»Ich glaube eigentlich nicht, dass Sonja mehr als vier Tonnen wiegt«, warf die Schöne Frau ein. »Vielleicht viereinhalb.«

»Siehst du, Benny«, sagte Allan. »Das meine ich mit positiv denken. Schon ist unser Problem eine halbe Tonne leichter geworden.«

»Ich hätte da vielleicht eine Idee«, verkündete die Schöne Frau.

»Ich auch«, sagte Allan. »Dürfte ich wohl mal kurz telefonieren?«

26. KAPITEL

1968-1982

Julij Borissowitsch Popow wohnte und arbeitete in Sarow im Verwaltungsbezirk Nischnij Nowgorod, ungefähr dreihundertfünfzig Kilometer östlich von Moskau.

Sarow war eine geheime Stadt, fast noch geheimer als der geheime Hutton. Sie durfte nicht mal mehr Sarow genannt werden, sondern hatte den nicht allzu romantischen Namen Arzamas-16 verpasst bekommen. Außerdem hatte man sie auf sämtlichen Karten ausradiert. Sarow existierte und existierte gleichzeitig nicht, je nachdem, ob man sich auf die Wirklichkeit bezog oder nicht. Ungefähr so wie bei Wladiwostok in den paar Jahren nach 1953, nur umgekehrt.

Die Stadt war von Stacheldraht gesäumt, und ohne gründliche Sicherheitskontrolle wurde kein Mensch hinein- oder hinausgelassen. Wenn man einen amerikanischen Pass hatte oder zur amerikanischen Botschaft in Moskau gehörte, war es nicht ratsam, auch nur in die Nähe der Stadt zu kommen.

Der CIA-Mann Ryan Hutton hatte mit Allan Karlsson mehrere Wochen das Abc der Spionage durchgearbeitet, bevor man seinen Schüler unter dem Namen Allan Carson und mit dem vagen Titel »Administrator« in der Botschaft in Moskau unterbrachte.

Peinlicherweise hatte der geheime Hutton völlig übersehen, dass sich der Zielperson, der Allan Karlsson sich nähern sollte, kein Mensch nähern konnte, weil diese nämlich hinter Stacheldraht in einer Stadt lebte, die so gut behütet war, dass sie nicht mal so heißen durfte, wie sie hieß, und nicht mal dort liegen durfte, wo sie lag.

Der geheime Hutton bedauerte seinen Irrtum, fügte aber hinzu, dass Herrn Karlsson schon was einfallen würde. Popow kam sicher ab und zu nach Moskau, Allan musste also nur herausfinden, wann der Wissenschaftler sich mal wieder in der Hauptstadt aufhielt.

»Aber jetzt müssen Sie mich entschuldigen, Herr Karlsson«, sagte der geheime Hutton, der aus der französischen Hauptstadt angerufen hatte. »Ich habe nämlich noch ein paar andere Angelegenheiten auf meinem Schreibtisch, um die ich mich kümmern muss. Viel Glück!«

Dann legte er auf, seufzte tief und wandte sich wieder den Nachwirkungen des im Jahr zuvor von der CIA unterstützten Militärputsches in Griechenland zu. Wie so viele andere Unternehmen der letzten Zeit war auch dieses nicht ganz so ausgegangen wie geplant.

Allan fiel vorerst nichts Besseres ein, als jeden Tag einen erfrischenden Spaziergang zur Stadtbibliothek in Moskau zu machen, wo er stundenlang saß und Zeitungen und Zeitschriften las. Er hoffte, dabei auf einen Artikel zu stoßen, in dem angekündigt wurde, dass Popow demnächst öffentlich auftreten würde, und zwar *außerhalb* des Stacheldrahts, der sich rund um Arzamas-16 ringelte.

Doch Monat um Monat verging, und er fand nichts. Dafür konnte er unter anderem lesen, dass Präsidentschaftskandidat Robert Kennedy demselben Schicksal zum Opfer gefallen war wie sein Bruder und dass die Tschechoslowakei die Sowjetunion um Hilfe gebeten hatte, damit sie endlich mal die richtige Ordnung in ihren Sozialismus kriegten.

Des Weiteren bekam Allan eines Tages mit, dass Lyndon B. Johnson einen Nachfolger namens Richard M. Nixon hatte. Doch da die Aufwandsentschädigung der Botschaft weiterhin jeden Monat in Form eines Kuverts bei ihm eintraf, hielt Allan es für das Klügste, weiterhin nach Popow zu suchen. Wenn sich an seinem Auftrag etwas ändern sollte, würde sich der geheime Hutton schon bei ihm melden.

Inzwischen schrieb man das Jahr 1969, und es wurde langsam Frühjahr, als Allan bei seinem unablässigen Blättern in den Zeitungen der

Bibliothek etwas Interessantes entdeckte. Die Wiener Oper sollte ein Gastspiel im Bolschoi-Theater in Moskau geben, mit Franco Corelli als Tenor und dem schwedischen Weltstar Birgit Nilsson in der Hauptrolle der Oper *Turandot*.

Allan kratzte sich das inzwischen wieder bartlose Kinn und erinnerte sich an den ersten – und einzigen – Abend, den er mit Julij verbracht hatte. Da hatte Julij zu vorgerückter Stunde eine Arie angestimmt: *Nessun dorma* hatte er gesungen – keiner schlafe! Dass er kurz darauf alkoholbedingt eingeschlummert war, stand auf einem anderen Blatt.

Allan dachte sich, dass jemand, der in einem U-Boot in ein paar hundert Metern Tiefe Puccini und Turandot huldigte, sich wohl kaum ein Gastspiel der Wiener Oper im Bolschoi-Theater entgehen lassen würde, bei dem ebendiese Oper aufgeführt wurde. Vor allem, wenn der Betreffende nur wenige Stunden entfernt wohnte und eine so hochdekorierte Persönlichkeit war, dass er bestimmt keine Probleme haben würde, einen guten Platz zu bekommen.

Oder vielleicht doch? Na, dann musste Allan eben einfach seine täglichen Wanderungen zur Stadtbibliothek fortsetzen. Es gab Schlimmeres.

Bis auf Weiteres rechnete Allan aber damit, dass Julij vor der Oper auftauchen würde, und dann musste er ihn ja nur abfangen und sich noch mal für den netten Abend neulich bedanken. Damit war die Sache klar.

Oder auch nicht.

Überhaupt nicht, wie sich herausstellen sollte.

* * * *

Am Abend des 22. März 1969 postierte sich Allan an einer strategisch günstigen Stelle links vor dem Haupteingang des Bolschoi-Theaters. Von hier aus würde er Julij sofort wiedererkennen, wenn er hineinging. Das Problem war dann aber, dass fast alle Besucher gleich aussahen. Alles Männer im schwarzen Anzug unter schwarzem Mantel beziehungsweise Frauen in Abendkleidern, die unter einem schwarzen oder braunen Pelz hervorsahen. Sie kamen sämtlich paarweise und eilten aus der Kälte ins warme Theater, vorbei an Allan, der auf der obersten Stufe der eindrucksvollen Treppe stand. Obendrein war es dunkel, wie sollte Allan also ein Gesicht identifizieren, das er vor einundzwanzig Jahren zwei Tage lang gesehen hatte? Es sei denn, er hätte das unbeschreibliche Glück, dass Julij ihn wiedererkannte.

Nein, so ein Glück hatte Allan nicht. Natürlich war auch überhaupt nicht sicher, dass Julij Borissowitsch und seine mutmaßliche Begleitung schon im Theater waren, aber *wenn doch*, dann war er nur wenige Meter vor seinem alten Freund vorbeigegangen, ohne etwas dabei zu denken. Was sollte Allan also tun? Er überlegte laut:

»Wenn du gerade in dieses Theater gegangen bist, lieber Julij Borissowitsch, dann wirst du ganz sicher in ein paar Stunden auch durch dieselbe Tür wieder hinausgehen. Aber da wirst du ja wieder aussehen wie alle anderen, genauso wie vorhin. Ich kann dich also gar nicht finden. Bleibt nur noch die Lösung, dass du mich findest.«

So musste es gehen. Allan lief in sein kleines Büro in der Botschaft, traf seine Vorkehrungen und kam rechtzeitig zurück, bevor Prinz Kalaf das Herz der Prinzessin Turandot zum Schmelzen brachte.

Was Allan während seiner Ausbildung durch den geheimen Hutton öfter als alles andere hatte wiederholen müssen, war das Wörtchen »Diskretion«. Ein erfolgreicher Agent durfte niemals Aufsehen erregen, er durfte nicht auffallen, er musste derart mit seiner Umgebung verschmelzen, dass er fast unsichtbar war.

»Haben Sie das begriffen, Herr Karlsson?«, hatte der geheime Hutton gefragt.

»Absolut, Herr Hutton«, hatte Allan geantwortet.

Die Vorstellung war ein umwerfender Erfolg: Birgit Nilsson und Franco Corelli hatten zwanzig Vorhänge. Daher dauerte es auch besonders lange, bis das Publikum den Saal verließ und die Menschen, die alle gleich aussahen, wieder über die Treppe hinausströmten. Was *allen* dabei auffiel, war der Mann auf der untersten Stufe, der

mit beiden Händen ein selbst gebasteltes Plakat in die Luft hielt, auf
dem stand:

ICH BIN
ALLAN
EMMANUEL

Allan Karlsson hatte die Ermahnungen des geheimen Hutton zwar
durchaus verstanden, konnte jetzt aber keine Rücksicht darauf nehmen. In Huttons Paris mochte ja schon der Frühling eingezogen sein,
aber in Moskau war es um diese Zeit noch kalt und dunkel. Allan fror,
und er wollte Ergebnisse sehen. Erst hatte er ja Julijs Namen auf das
Plakat schreiben wollen, aber dann entschied er, dass seine Indiskre-
tion keine anderen Leute treffen sollte, sondern nur ihn selbst.

Larissa Alexandrowna Popowa, Julij Borissowitsch Popows Ehefrau, hakte sich liebevoll bei ihrem Mann unter und dankte ihm zum
fünften Mal für das wundervolle Erlebnis. Diese Birgit Nilsson war
ja die reinste Maria Callas! Und die *Plätze*! Vierte Reihe, ganz in der
Mitte. So glücklich war Larissa schon lange nicht mehr gewesen.
Heute Abend sollten ihr Mann und sie obendrein im Hotel schlafen,
sie hatten also fast noch vierundzwanzig Stunden, bis sie wieder in
die grässliche Stadt hinter Stacheldraht zurückmussten. Noch ein
romantisches Abendessen zu zweit … nur Julij und sie … und danach vielleicht sogar …

»Entschuldige, Liebling«, sagte Julij und blieb auf der obersten
Treppenstufe vor dem Eingang stehen.

»Was ist denn, mein Lieber?«, fragte Larissa besorgt.

»Nein … es ist nichts … aber … Siehst du den Mann da unten mit
dem Plakat? Das muss ich mir mal kurz näher ansehen … Das kann
nicht sein … ich muss … *Aber der ist doch tot!*«

»Wer ist tot, Liebling?«

»Komm!«, sagte Julij und lotste seine Frau durch die Menschen-
menge die Treppe hinunter.

Drei Meter vor Allan blieb er stehen und versuchte, mit dem Hirn zu erfassen, was seine Augen schon registriert hatten. Allan entdeckte den alten Freund, der ihn nur dumm anglotzen konnte, ließ sein Plakat sinken und fragte:

»Und, hat Birgit gut gesungen?«

Julij sagte immer noch keinen Ton, aber seine Frau flüsterte ihm die Frage zu, ob das der Mann sei, der angeblich tot sein sollte. Allan antwortete an Julijs Stelle und erklärte, nein, tot sei er nicht, aber ganz schön durchgefroren, und wenn das Ehepaar Popow sichergehen wollte, dass er nicht doch noch erfror, wäre es sicher das Beste, wenn sie ihn umgehend in ein Restaurant brachten, wo er einen Schluck Wodka und vielleicht auch einen Happen zu essen zu sich nehmen könnte.

»*Du bist es wirklich* ...«, brachte Julij schließlich heraus. »Aber ... du sprichst ja Russisch ...?«

»Ja, direkt nach unserer letzten Begegnung hatte ich einen fünfjährigen Kurs in deiner Muttersprache«, sagte Allan. »Gulag hieß die Schule. Also, wie steht es jetzt mit dem Wodka?«

Julij Borissowitsch war ein äußerst moralischer Mann, den es einundzwanzig Jahre lang gequält hatte, dass er den schwedischen Atombombenexperten unfreiwillig nach Moskau gelockt hatte, von wo aus der Schwede nach Wladiwostok weitergeschickt wurde, um dort spätestens bei dem Brand ums Leben zu kommen, von dem jeder einigermaßen aufgeklärte Sowjetbürger wusste. Einundzwanzig Jahre lang hatte er gelitten, nicht zuletzt deswegen, weil ihm dieser Schwede mit seiner scheinbar grenzenlosen Fähigkeit, die Dinge positiv zu sehen, auf Anhieb so sympathisch gewesen war.

Jetzt stand Julij Borissowitsch bei fünfzehn Grad unter null vor dem Bolschoj-Theater in Moskau und ... nein, er konnte es schier nicht fassen. Allan Emmanuel Karlsson *hatte überlebt*. Und er lebte immer noch. Und jetzt stand er vor Julij. Mitten in Moskau. Und sprach Russisch!

Julij Borissowitsch war seit vier Jahrzehnten glücklich mit Larissa Alexandrowna verheiratet. Kinder hatten sie nie bekommen, aber sie waren grenzenlos vertraut miteinander. Sie teilten alles, in guten wie in schlechten Zeiten, und mehr als einmal hatte Julij seiner Frau erzählt, wie traurig ihn Allan Emmanuel Karlssons Schicksal machte. Und während Julij immer noch versuchte, sein Hirn in Gang zu setzen, übernahm Larissa Alexandrowna das Kommando:

»Wenn ich das richtig verstanden habe, ist das hier also dein alter Freund, den du indirekt in den Tod geschickt hast. Wie wäre es denn, lieber Julij, wenn wir seinem Wunsch entsprächen und ihn auf direktem Wege in ein Restaurant bringen, um ihm ein bisschen Wodka einzuflößen – bevor er uns noch wirklich stirbt?«

Julij antwortete nicht, nickte aber und ließ sich von seiner Frau zur bereitstehenden Limousine führen, in der er neben seinen verstorbenen Kameraden gesetzt wurde, während die Frau dem Chauffeur Anweisungen gab.

»Zum Restaurant Puschkin bitte.«

Es brauchte zwei große Gläschen, bis Allan aufgetaut war, und noch mal zwei, bevor Julij langsam wieder wie ein Mensch funktionierte. Dazwischen machten sich Allan und Larissa miteinander bekannt.

Als Julij es endlich begriffen hatte, ging sein Schock in Freude über (»Jetzt wollen wir feiern!«). Doch Allan hielt es für angebracht, gleich zum Thema zu kommen. Wenn man etwas zu sagen hatte, war es immer gut, gleich damit rauszurücken.

»Was hältst du davon, Spion zu werden?«, fragte Allan. »Bin ich nämlich auch, das ist wirklich ganz spannend.«

Julij bekam seinen fünften Wodka in die falsche Kehle und hustete ihn quer über den Tisch.

»Spion?«, wiederholte Larissa, während ihr Mann weiterhustete.

»Ja, oder Agent. Ich muss gestehen, ich weiß auch nicht so recht, was der Unterschied ist.«

»Das ist ja interessant. Erzählen Sie uns doch mehr, lieber Allan Emmanuel.«

»Nein, tu das nicht, Allan«, hustete Julij. »Tu das nicht. *Wir wollen gar nicht mehr wissen!*«

»Red doch keinen Unsinn, lieber Julij«, sagte Larissa. »Dein Freund muss dir doch von seiner Arbeit erzählen dürfen, nachdem ihr euch so viele Jahre nicht gesehen habt. Erzähl nur weiter, Allan Emmanuel.«

Allan erzählte weiter, und Larissa hörte interessiert zu, während Julij das Gesicht die ganze Zeit in den Händen verbarg. Allan erzählte von seinem Abendessen mit Präsident Johnson und dem geheimen Hutton von der CIA und vom Treffen am nächsten Tag, bei dem Hutton ihm vorschlug, nach Moskau zu fahren und herauszufinden, wie es um die sowjetischen Missiles bestellt war.

Allan erwog die Alternative, nämlich in Paris zu bleiben, wo er garantiert jeden Tag alle Hände voll damit zu tun haben würde, die Botschafterin und ihren Mann davon abzuhalten, diplomatische Krisen zu verursachen, wann immer sie den Mund aufmachten. Da Amanda und Herbert zu zweit waren und Allan sich unmöglich an zwei Orten gleichzeitig aufhalten konnte, nahm er das Angebot des geheimen Hutton an. Es klang einfach ein bisschen geruhsamer. Außerdem wäre es sicher schön, Julij nach all den Jahren wiederzusehen.

Der verbarg jetzt zwar immer noch das Gesicht in den Händen, aber mit einem Auge linste er schon zwischen den Fingern hindurch. Ob Julij von Herbert Einstein gehört habe? Tatsächlich erinnerte sich Julij an ihn, und er meinte, es wäre wahrhaftig eine gute Nachricht, sollte auch Herbert die Entführung und das Straflager überlebt haben, in das Berija ihn geschickt hatte.

O ja, der habe auch überlebt, bestätigte Allan. Und dann erzählte er in groben Zügen von den zwanzig Jahren, die sie miteinander verbracht hatten. Wie sein Freund erst immer nur sterben wollte, seine Meinung in diesem Punkt aber komplett revidiert hatte, als er dann wirklich sterben musste, nämlich ganz überraschend im Dezember des letzten Jahres im Alter von sechsundsiebzig Jahren. Er hinterließ eine erfolgreiche Ehefrau – eine Diplomatin in Paris – und zwei halbwüchsige Kinder. Nach letzten Berichten aus der französischen Hauptstadt hatte die Familie Herberts Ableben gut verkraftet, und Frau Einstein war in einflussreichen Kreisen sehr beliebt. Ihr Französisch war zwar immer noch schrecklich schlecht, aber das machte auch einen Teil ihres Charmes aus, denn so schien es, als würde sie manchmal Dummheiten von sich geben, die unmöglich so gemeint sein konnten.

»Aber ich fürchte, wir sind inzwischen ganz vom Thema abgekommen«, sagte Allan. »Du hast vergessen, meine Frage zu beantworten. Willst du zur Abwechslung nicht mal Spion werden?«

»Allan Emmanuel, ich bitte dich! Das ist doch unmöglich. Ich bin für meine Dienste am Vaterland mehr ausgezeichnet worden als jeder andere Zivilist der modernen sowjetischen Geschichte. Es ist *vollkommen ausgeschlossen*, dass ich Spion werde!«, erwiderte Julij und hob das sechste Glas Wodka an die Lippen.

»Sag das nicht, lieber Julij«, widersprach Larissa, woraufhin den sechsten Wodka dasselbe Schicksal ereilte wie den fünften.

»Wäre es nicht besser, wenn du deinen Schnaps trinken würdest, statt ihn ständig über andere Leute zu versprühen?«, fragte Allan liebenswürdig.

Daraufhin legte Larissa Popowa ihre Gedanken dar, während ihr Mann sich wieder die Hände vors Gesicht hielt. Sie meinte, dass Julij und sie demnächst fünfundsechzig werden würden, und was hätten sie der Sowjetunion eigentlich zu verdanken? Freilich, ihr Mann sei doppelt und dreifach ausgezeichnet worden, schön und gut, und das bedeute ja auch mal gute Karten für die Oper. Aber ansonsten?

Sie wartete die Antwort ihres Mannes gar nicht erst ab, sondern fuhr fort, dass sie in Arzamas-16 eingesperrt waren, einer Stadt, deren Name allein schon Depressionen auslösen konnte. Und dann auch noch hinter Stacheldraht. Ja, ja, sie wisse wohl, dass sie kommen und gehen konnten, wie sie wollten, aber Julij solle sie jetzt gefälligst nicht unterbrechen, denn sie sei noch lange nicht fertig.

Für wen rackere Julij sich denn ununterbrochen ab? Erst für Stalin, der nicht ganz richtig im Kopf war. Dann für Chruschtschow, der nur einmal ein Zeichen von menschlicher Wärme gezeigt hatte, als er nämlich Marschall Berija hinrichten ließ. Und jetzt war es Breschnew – und der stank einfach!

»Aber Larissa!«, rief Julij Borissowitsch erschrocken aus.

»Hör mir auf mit deinem ›Larissa‹, lieber Julij. Du hast selbst gesagt, dass Breschnew stinkt.«

Und so fuhr sie fort, dass Allan Emmanuel geradezu wie bestellt aufgetaucht war, denn in letzter Zeit war sie immer niedergeschlagener gewesen bei dem Gedanken, dass sie auch noch hinter diesem Stacheldrahtzaun sterben sollte, in einer Stadt, die es offiziell gar nicht gab. Würden sie überhaupt richtige Grabsteine bekommen? Oder sollten die zur Sicherheit vielleicht auch noch verschlüsselt beschriftet werden?

»Hier ruhen Genosse X und seine treue Gattin Y«, sagte Larissa.

Julij antwortete nicht. Seine liebe Frau mochte in gewisser Hinsicht ansatzweise recht haben. Inzwischen war sie beim Finale angelangt:

»Warum willst du denn nicht noch ein paar Jahre mit deinem Freund spionieren? Danach können wir mit seiner Hilfe nach New York fliehen und dort jeden Abend in die Met gehen. Dann könnten wir tatsächlich noch mal leben, lieber Julij, bevor wir sterben müssen.«

Während es ganz so aussah, als würde Julij resignieren, fuhr Allan fort, die Hintergründe etwas genauer zu erläutern. Er habe wie gesagt über Umwege diesen Herrn Hutton in Paris kennengelernt, einen Mann, der dem ehemaligen Präsidenten Johnson offenbar nahegestanden habe und zudem eine hohe Stellung in der CIA innehatte.

Als Hutton gehört hatte, dass Julij Borissowitsch einmal mit Allan bekannt gewesen war und ihm außerdem vielleicht einen Gefallen schuldete, hatte Hutton einen Plan ausgearbeitet.

Bei den globalen politischen Aspekten dieses Plans hatte Allan nicht so genau hingehört, denn wenn die Leute von Politik anfingen, klappte er gern mal die Ohren zu. Reflexartig, sozusagen.

Der sowjetische Kernphysiker, der sich inzwischen wieder etwas gefasst hatte, nickte verständnisvoll. Politik war auch nicht unbedingt sein Lieblingsthema. Er war zwar mit Leib und Seele Sozialist, aber wenn jemand ihn bat, seinen Standpunkt darzulegen, hatte er ein Problem.

Im Folgenden unternahm Allan einen ehrlichen Versuch zusammenzufassen, was der geheime Hutton noch so gesagt hatte. Es lief auf jeden Fall darauf hinaus, dass die Sowjetunion die USA entweder mit Kernwaffen angreifen könnte, oder auch nicht.

Julij nickte bestätigend, dass dem so war. Entweder oder, damit war zu rechnen.

Des Weiteren hatte der CIA-Mann Hutton, wenn Allan sich recht erinnerte, seine Besorgnis über die Konsequenzen eines sowjetischen Angriffs auf die USA zum Ausdruck gebracht. Denn selbst wenn das sowjetische Nuklearwaffenarsenal so klein war, dass die USA damit nur ein lächerliches einziges Mal ausgelöscht werden könnten, fand Hutton das immer noch schlimm genug.

Julij Borissowitsch nickte ein drittes Mal und meinte, es wäre schon wirklich hässlich für das amerikanische Volk, wenn die USA ausgelöscht werden würden.

Doch wie Hutton diese Gleichung am Ende aufgehen ließ, konnte Allan nicht mehr recht sagen. Aus irgendeinem Grund wollte er eben wissen, wie es um das sowjetische Kernwaffenarsenal bestellt war, und wenn er das wusste, konnte er Präsident Johnson empfehlen, Verhandlungen zur nuklearen Abrüstung mit der Sowjetunion zu beginnen. Obwohl – jetzt war Johnson ja gar nicht mehr Präsident, aber… ach, egal, Allan wusste es nicht. Mit der Politik war es doch immer das Gleiche: Sie war oftmals nicht nur unnötig, sondern zuweilen auch unnötig kompliziert.

Julij war zwar technischer Leiter des gesamten sowjetischen Kernwaffenprogramms, und er wusste auch alles über Strategie, Geografie und Umfang des Programms. Doch nach dreiundzwanzig Jahren im Dienst des sowjetischen Nuklearprogramms hatte er niemals an die Politik gedacht – und musste dies auch nicht, was gut für ihn und seine Gesundheit war. Er hatte ja im Laufe der Jahre drei verschiedene Staatschefs und obendrauf noch einen Marschall Berija überlebt. So lange zu leben und sich in einer so hohen Position zu halten, war nicht vielen mächtigen Männern vergönnt.

Julij wusste, welche Opfer Larissa hatte bringen müssen. Und nun – wo sie sich endlich eine Pension und eine Datscha am Schwarzen Meer verdient hatten – war der Grad ihrer Uneigennützigkeit größer denn je. Doch sie hatte sich nie beschwert. Niemals. Deswegen hörte Julij umso besser hin, als sie sagte:

»Mein lieber Julij. Lass uns erst mit Allan Emmanuel zu ein bisschen Frieden auf Erden beitragen und dann nach New York gehen. Deine Orden kann Breschnew zurückhaben und sie sich in den Hintern schieben.«

Da ergab sich Julij und sagte »Ja« zum gesamten Paket (mit Ausnahme der Orden in Breschnews Hintern), und bald hatten sich Julij und Allan geeinigt, dass Präsident Nixon nicht in erster Linie die Wahrheit hören musste, sondern eher etwas, was ihn glücklich machte. Denn ein glücklicher Nixon würde auch Breschnew glücklich machen, und dann konnte es wohl kaum Krieg geben, oder?

Allan hatte gerade einen Spion rekrutiert, indem er auf einem öffentlichen Platz ein Plakat hochgehalten hatte. Und das im Land mit dem effektivsten Kontrollsystem der Welt. Sowohl ein Hauptmann des sowjetischen Nachrichtendienstes GRU als auch ein ziviler KGB-Mann waren zudem an bewusstem Abend vor dem Bolschoi-Theater zugegen, jeweils mit ihren Gattinnen. Die beiden sahen, wie alle anderen, den Mann mit dem Plakat auf der untersten Treppenstufe. Und beide waren schon zu lange in der Branche, um deswegen einen diensthabenden Kollegen zu alarmieren. Denn wer konterrevolutionäre Umtriebe plante, der benahm sich nicht so himmelschreiend auffällig.

So dumm konnte einfach kein Mensch sein.

Im Übrigen saß mindestens eine Handvoll mehr oder weniger professioneller KGB- und GRU-Informanten in dem Restaurant, in dem die Rekrutierung an diesem Abend geschah. An Tisch neun spuckte ein Mann seinen Wodka übers Essen, barg das Gesicht in beiden Händen, fuchtelte mit den Armen, verdrehte die Augen und ließ sich von seiner Frau ausschimpfen. Kurz und gut: ein völlig normales Gebaren in einem russischen Restaurant, nicht der Erwähnung wert.

So kam es, dass ein politisch tauber amerikanischer Agent globale Friedensstrategien mit einem politisch blinden sowjetischen Kernwaffenchef ausbaldowern konnte – ohne dass KGB oder GRU ihr Veto eingelegt hätten. Als der europäische Chef der CIA in Paris, Ryan Hutton, erfuhr, dass die Rekrutierung gelungen war und demnächst die ersten Lieferungen eingehen würden, sagte er sich, dass dieser Karlsson vielleicht doch professioneller war, als es auf den ersten Blick gewirkt hatte.

* * * *

Das Bolschoi-Theater wechselte drei-, viermal jährlich das Programm. Dazu kam mindestens ein Gastspiel pro Jahr, wie das der Wiener Oper.

So ergaben sich für Allan und Julij Borissowitsch eine Handvoll Gelegenheiten, sich in aller Diskretion in Julijs und Larissas Hotelsuite zu treffen, um passende Informationen über die sowjetischen Kernwaffen zusammenzubasteln, die dann an die CIA weitergegeben wurden. Sie mischten Dichtung und Wahrheit so geschickt, dass die Informationen aus amerikanischer Perspektive ebenso glaubwürdig wie ermutigend klangen.

Allans Berichte hatten unter anderem zur Folge, dass Präsident Nixons Beraterstab Anfang der siebziger Jahre auf Moskau zuging, um ein Gipfeltreffen zum Zwecke der beiderseitigen Abrüstung zu erwirken. Nixon fühlte sich sicher, weil er die USA für das stärkere Land hielt.

Präsident Breschnew war dem Abrüstungsvorschlag eigentlich auch nicht abgeneigt, weil seine Berichte ihm wiederum sagten, dass die Sowjetunion das stärkere Land war. Die Sache wurde etwas kompliziert, als eine Putzfrau der CIA-Büros in Paris sehr merkwürdige Informationen an die GRU verkaufte. Sie hatte Dokumente gefunden, die vom Büro der CIA in Paris geschickt worden waren. Darin wurde angedeutet, dass die CIA einen Spion an sehr zentraler Stelle im sowjetischen Nuklearwaffenprogramm hatte. Das Problem war nur, dass die Informationen, die dieser Spion lieferte, überhaupt nicht den Tatsachen entsprachen. Wenn Nixon aufgrund der Angaben, die ein sowjetischer Münchhausen an die CIA schickte, abrüsten wollte, hatte Breschnew sicher nichts dagegen einzuwenden. Aber kitzlig war die Angelegenheit denn doch. Und der Münchhausen musste auf jeden Fall lokalisiert werden.

Breschnews erste Maßnahme bestand darin, den technischen Leiter des Kernwaffenprogramms, den unverbrüchlich loyalen Julij Borissowitsch Popow, zu sich zu rufen und ihn um eine Einschätzung zu bitten, woher diese falschen Informationen gekommen sein könnten. Obgleich die Berichte, die die CIA bekommen hatte, die sowjetische Kernwaffenkapazität deutlich unterschätzten, deuteten die Formulierungen doch darauf hin, dass hier ein Eingeweihter sprach, was natürlich die eine oder andere Frage aufwarf. Daher brauche man Popows fachkundige Hilfe.

Popow las sich also durch, was er sich mit seinem Freund Allan aus den Fingern gesogen hatte, und zuckte mit den Schultern. Jeder x-beliebige Student hätte sich das nach ein bisschen Geblätter in der Bibliothek zusammendichten können, meinte er. Genosse Breschnew solle sich deswegen keine Sorgen machen, wenn Genosse Breschnew einen Rat von einem einfachen Physiker annehmen wolle.

Ja, zu diesem Zweck habe Breschnew Julij Borissowitsch ja zu sich gebeten. Er bedankte sich bei seinem Kernwaffenchef herzlich für die Hilfe und trug ihm noch Grüße an Larissa Alexandrowna auf, Julij Borissowitschs charmante Frau.

* * * *

Während der KGB völlig nutzloserweise zweihundert sowjetische Bibliotheken überwachen ließ, in denen sich Literatur zu Kernwaffen befand, überlegte Breschnew weiter, wie er sich zu Nixons inoffiziellen Vorschlägen stellen sollte. Bis zu dem Tag, als – Schockschwerenot! – Nixon von Dickerchen Mao Tse-tung nach China eingeladen wurde! Breschnew und Mao hatten einander vor Kurzem mitgeteilt, dass sie bis auf Weiteres nichts mehr voneinander wissen wollten, und jetzt bestand plötzlich das Risiko, dass China und die USA eine unheilige Allianz gegen die Sowjetunion bildeten. Das durfte selbstverständlich nicht passieren!

Tags darauf erhielt Richard Milhous Nixon, Präsident der Vereinigten Staaten von Amerika, daher eine offizielle Einladung in die Sowjetunion. Es folgte harte Arbeit hinter den Kulissen, eines führte zum andern, und schließlich hatten Nixon und Breschnew zwei separate Abrüstungsabkommen nicht nur anvisiert, sondern auch beide unterschrieben. Das eine betraf die Antiroboterroboter (ABM-Abkommen), das andere strategische Waffen (SALT-Verträge). Da die Verträge in Moskau unterzeichnet wurden, nutzte Nixon die Gelegenheit, auch dem Agenten der amerikanischen Botschaft die Hand zu schütteln, der ihn so vorbildlich mit Informationen über die sowjetische Kernwaffenkapazität versorgt hatte.

»Gern geschehen, Herr Präsident«, sagte Allan. »Aber wollen Sie mich jetzt nicht auch zum Abendessen einladen? Das machen sie doch immer so.«

»Wer ›sic‹?«, wollte der verblüffte Präsident wissen.

»Na ja«, meinte Allan, »alle, die zufrieden mit mir waren ... Franco und Truman und Stalin ... und der Vorsitzende Mao ... der im Grunde nichts anderes auftischen ließ als Nudeln ... andererseits war es da ja auch schon sehr spät am Abend ... und wenn ich's mir jetzt recht überlege – beim schwedischen Ministerpräsidenten Erlander hab ich bloß einen Kaffee bekommen. Eigentlich auch nicht verkehrt, denn das war ja zu Zeiten, in denen alles rationiert war ...«

Glücklicherweise war Präsident Nixon über die Vergangenheit seines Agenten im Bilde, daher konnte er ihm ganz ruhig versichern, dass für ein Abendessen mit Herrn Karlsson leider keine Zeit sein würde. Aber dann fügte er hinzu, dass ein amerikanischer Präsident einem schwedischen Ministerpräsidenten wohl nicht nachstehen durfte, also würde schon eine Tasse Kaffee herausspringen, und ein Cognac noch dazu. Vielleicht jetzt gleich, wenn es ihm recht war?

Allan nahm das Angebot dankend an und erkundigte sich, ob er alternativ nicht einen *doppelten* Cognac bekommen könnte, wenn er auf den Kaffee verzichtete. Woraufhin Nixon erklärte, dass der amerikanische Staatshaushalt sicher beides hergab.

Die Herren verbrachten eine nette Stunde miteinander. Nun, so nett es eben sein konnte, wenn unbedingt über Politik geredet werden musste. Der amerikanische Präsident erkundigte sich auch nach den politischen Gepflogenheiten in Indonesien. Ohne Amanda namentlich zu nennen, schilderte Allan detailliert, wie man in Indonesien politische Karriere machen konnte. Präsident Nixon lauschte aufmerksam und sah nachdenklich drein.

»Interessant«, sagte er. »Interessant.«

* * * *

Allan und Julij waren mit ihrer Arbeit und der Entwicklung der Dinge zufrieden. Es sah ganz so aus, als hätten GRU und KGB sich wieder ein bisschen beruhigt und die Jagd auf den Spion eingestellt. Das fanden sie beide gut. Oder wie Allan es ausdrückte:

»Es ist doch wesentlich besser, zwei Mörderorganisationen nicht mehr auf den Fersen zu haben, als sie auf den Fersen zu haben.«

Dann fügte er hinzu, dass die Freunde nicht zu viel Zeit auf KGB, GRU und all die anderen Abkürzungen verschwenden sollten, gegen die man sowieso nichts ausrichten konnte. Stattdessen wurde es höchste Zeit, den nächsten Bericht für den geheimen Hutton und seinen Präsidenten zu verfassen. *Signifikanter Rostbefall bei Mittelstreckenraketen auf Kamtschatka* – ließ sich daraus vielleicht etwas machen?

Julij lobte Allans blühende Fantasie, die das Abfassen der Berichte immer wieder wesentlich erleichterte. Auf die Art hatten sie dann viel mehr Zeit für Essen, Trinken und Geselligkeit.

* * * *

Richard M. Nixon hatte allen Grund zur Zufriedenheit. Bis es plötzlich damit vorbei war.

Das amerikanische Volk liebte seinen Präsidenten und wählte ihn im November 1972 mit Pauken und Trompeten wieder. Nixon gewann in neunundvierzig Staaten, George McGovern mit knapper Not in einem.

Doch dann wurde es schwieriger. Und noch schwieriger. Und zum Schluss musste Nixon etwas tun, was vor ihm noch kein anderer amerikanischer Präsident getan hatte:

Er musste zurücktreten.

Allan las in der Stadtbibliothek in Moskau in allen erhältlichen Presseerzeugnissen vom sogenannten Watergate-Skandal. Alles in allem hatte Nixon offenbar Steuern hinterzogen, illegale Wahlkampfspenden entgegengenommen, heimliche Bombenabwürfe angeordnet, politische Feinde verfolgt und sich des Einbruchs und der Installation illegaler Abhöranlagen schuldig gemacht. Allan dachte sich, dass der Präsident sich wohl von ihrem Gespräch bei dem doppelten Cognac hatte beeindrucken lassen. Da sagte er zu Nixons Bild in der Zeitung:

»Du hättest mal lieber eine politische Karriere in Indonesien anstreben sollen. Da hättest du es weit bringen können.«

* * * *

Die Jahre vergingen. Nach Nixon kam Gerald Ford, nach Ford kam Jimmy Carter. Breschnew blieb die ganze Zeit über im Amt. Genau wie Allan, Julij und Larissa. Die drei trafen sich immer noch fünf- bis sechsmal pro Jahr und hatten immer viel Spaß miteinander. Ihre Treffen mündeten regelmäßig in einen einigermaßen fantasievollen Bericht über den aktuellen Stand der sowjetischen Kernwaffenstrategie. Allan und Julij hatten sich im Laufe der Jahre entschieden, die sowjetische Nuklearwaffenkapazität immer weiter herunterzuspielen, denn sie merkten, wie viel zufriedener die Amerikaner waren und wie viel besser die Stimmung zwischen den beiden Staatschefs zu werden schien.

Aber welches Glück währt schon ewig?

Eines Tages, kurz nachdem das SALT-II-Abkommen unterzeichnet worden war, bildete Breschnew sich ein, dass Afghanistan seine Hilfe benötigte. Und so entsandte er seine Elitetruppen, die sofort den amtierenden Präsidenten stürzten, woraufhin Breschnew keine andere Wahl blieb, als selbst einen einzusetzen.

Da wurde Präsident Carter natürlich – gelinde gesagt – böse auf Breschnew. Die Tinte auf dem zweiten SALT-Abkommen war ja kaum getrocknet. Also ordnete Carter einen Boykott der Olympischen Spiele in Moskau an und erhöhte die heimliche CIA-Unterstützung für die fundamentalistische Guerilla in Afghanistan, die *Mudschaheddin*.

Recht viel mehr konnte er nicht machen, denn dann übernahm Ronald Reagan, und der war bedeutend ungemütlicher, was Kommunisten im Allgemeinen und den alten Fuchs Breschnew im Besonderen anging.

»Dieser Reagan scheint ja stocksauer zu sein«, sagte Allan zu Julij beim ersten Treffen von Agent und Spion seit Regierungsantritt des neuen amerikanischen Präsidenten.

»Ja«, antwortete Julij. »Und das sowjetische Kernwaffenarsenal können wir auch nicht mehr allzu sehr reduzieren, denn dann bleibt langsam nicht mehr viel übrig.«

»Dann schlage ich vor, wir machen es umgekehrt«, sagte Allan. »Das wird Reagan sicher gleich etwas sanfter stimmen, du wirst sehen.«

Der nächste Bericht, der über den geheimen Hutton an die USA ging, sprach daher von einer sensationellen sowjetischen Offensive bezüglich ihrer Missiles. Diesmal schoss Allans Fantasie bis in den Weltraum. Von dort oben – so hatte er es sich ausgedacht – sollten die sowjetischen Raketen ganz gezielt auf alles schießen, womit die USA auf der Erde ihre Angriffe führen wollten.

Damit legten der politisch taube amerikanische Agent Allan und sein politisch blinder russischer Kernwaffenchef Julij den Grundstein für den Kollaps der Sowjetunion. Ronald Reagan flippte aus, als er den Bericht bekam, und startete sofort die *Strategic Defense Initiative*, auch »Krieg der Sterne« genannt. Die Projektbeschreibung mit ihren laserschießenden Satelliten war fast eine Kopie dessen, was Allan und Julij vor ein paar Monaten in einem Hotelzimmer in Moskau unter dem Einfluss eines prächtigen Wodkarauschs kichernd zusammengeschustert hatten. Das amerikanische Budget für Nuklearwaffen schoss dann ebenfalls fast bis in den Weltraum. Die Sowjetunion versuchte zu kontern, konnte es sich aber nicht leisten. Stattdessen begann das Land langsam zu bröckeln.

Sei es nun aus Schock über die neue militärische Offensive Amerikas, sei es aus anderen Gründen – am 10. November 1982 starb Breschnew an einem Herzinfarkt. Zufällig hatten Allan, Julij und Larissa am Abend danach wieder eines ihrer Spionagetreffen.

»Wäre es nicht langsam Zeit, diesem Unfug ein Ende zu machen?«, fragte Larissa.

»Doch, jetzt machen wir diesem Unfug ein Ende«, sagte Julij.

Allan nickte und stimmte zu, dass alles mal ein Ende haben musste, insbesondere wahrscheinlich Unfug. Es war wohl ein Zeichen des Himmels, dass sie sich jetzt zurückziehen sollten, wo Breschnew bald schlimmer stinken würde denn je.

Er fügte hinzu, dass er schon am nächsten Morgen den geheimen Hutton anrufen wollte. Dreizehneinhalb Jahre im Dienste der CIA mussten reichen. Dass das meiste geschummelt gewesen war, gehörte nicht hierher. Alle drei waren sich einig, dass sie den wahren Sachverhalt sowohl vor dem geheimen Hutton als auch vor seiner Mimose von Präsidenten geheim halten sollten.

Jetzt musste die CIA nur noch dafür sorgen, dass Julij und Larissa nach New York gebracht wurden, das hatten sie auch schon versprochen. Allan hingegen erwog, mal wieder nach dem guten alten Schweden zu sehen.

* * * *

Die CIA und der geheime Hutton hielten ihr Versprechen. Julij und Larissa wurden über die Tschechoslowakei und Österreich in die USA geschleust. Man wies ihnen eine Wohnung in der West 64th Street in Manhattan und eine jährliche Apanage in einer Höhe zu, die die Bedürfnisse des Ehepaares bei Weitem überstieg. Und das kam die CIA nicht mal besonders teuer, denn im Januar 1984 starb erst Julij im Schlaf und drei Monate später seine Larissa, die nicht ohne ihn sein konnte. Beide wurden neunundsiebzig Jahre alt, und ihr glücklichstes Jahr war 1983, als die Metropolitan Opera ihr hundertjähriges Bestehen feierte, was dem Paar eine endlose Reihe unvergesslicher Erlebnisse bescherte.

Allan indessen packte in der Wohnung in Moskau seinen Koffer und teilte der Verwaltungsabteilung der amerikanischen Botschaft mit, dass er sich für immer verabschiedete. Erst da entdeckte man, dass dem Angestellten Allen Carson aus unerfindlichen Gründen in den dreizehn Jahren und fünf Monaten seiner Dienstzeit immer nur Spesen ausgezahlt worden waren.

»Haben Sie denn nie gemerkt, dass Sie gar kein Gehalt bekommen?«, fragte ihn der Verwaltungsangestellte.

»Nein«, sagte Allan. »Ich esse nicht viel, und der Schnaps war hier ja recht billig. Ich fand das durchaus ausreichend.«

»Dreizehn Jahre lang?«

»Unglaublich, wie die Zeit vergeht, nicht wahr?«

Der Mann sah Allan ganz komisch an und versprach, dass man ihm das Geld per Scheck auszahlen würde, sobald der Herr Carson – oder wie auch immer er in Wirklichkeit heißen mochte – die Sache bei der amerikanischen Botschaft in Stockholm meldete.

27. KAPITEL

Freitag, 27. Mai–Donnerstag, 16. Juni 2005

Amanda Einstein lebte immer noch. Sie war inzwischen vierund-achtzig Jahre alt und wohnte in einer Suite in dem Luxushotel auf Bali, das vom Eigentümer, ihrem ältesten Sohn Allan, geführt wurde.

Allan Einstein war einundfünfzig Jahre alt und außerordentlich in-telligent, genau wie sein ein Jahr jüngerer Bruder Mao. Doch wäh-rend Allan zunächst Betriebswirt (und zwar ein richtiger) und dann Hoteldirektor geworden war (das dazugehörige Hotel hatte ihm seine Mutter zum Vierzigsten geschenkt), setzte sein kleiner Bruder Mao auf den Ingenieursberuf. Seine Karriere ließ sich zunächst etwas mau an, weil er höchst sorgfältig arbeitete. Er hatte eine Stelle in einer der führenden indonesischen Ölfirmen bekommen, und zwar in der Qualitätssicherung. Sein Fehler war, dass er der Jobbeschreibung tat-sächlich nachkam. Plötzlich konnten sich die Abteilungsleiter nicht mehr bei den Ausschreibungen für irgendwelche Reparaturaufträge bereichern, denn es gab keine Reparaturaufträge mehr auszuschrei-ben. Die Effektivität des Unternehmens stieg um fünfunddreißig Pro-zent, und Mao Einstein wurde die unbeliebteste Person der ganzen Firma. Als das allgemeine Mobbing der Kollegen in unverhohlene Drohungen überging, reichte es Mao, und er nahm eine Stelle in den Vereinigten Arabischen Emiraten an. Dort steigerte er die Effektivität ebenfalls, während der Konzern in Indonesien zur Freude aller Betei-ligten bald wieder auf sein altes Niveau zurückgesunken war.

Amanda war unendlich stolz auf ihre beiden Söhne. Doch ihr wollte nicht in den Kopf, wie die beiden derart schlau hatten werden können. Herbert hatte zwar ab und zu erwähnt, dass es diesbezüglich ganz gute Gene in seiner Familie gebe, aber sie erinnerte sich nicht mehr genau, auf wen oder was er da angespielt hatte.

Jedenfalls war sie überglücklich, als sie einen Anruf von Allan bekam, und versicherte ihm, dass er und alle seine Freunde auf Bali herzlich willkommen seien. Sie wollte die Angelegenheit nur noch kurz mit Allan junior besprechen, der dann eben ein paar andere Gäste rauswerfen musste, falls das Hotel ausgebucht sein sollte. Und dann wollte sie auch Mao in Abu Dhabi anrufen und ihn zu einem Heimurlaub abberufen. Ja, natürlich servierten sie Drinks im Hotel, mit und ohne Schirmchen. Und ja, Amanda versprach, sich beim Servieren nicht einzumischen.

Allan meinte, sie würden demnächst alle zusammen auftauchen. Und dann schloss er mit den aufmunternden Worten, dass wohl kein anderer Mensch auf Erden mit einem so begrenzten Verstand so weit gekommen sei wie Amanda. Das habe er schön gesagt, fand Amanda, so schön, dass ihr gleich die Tränen kamen.

»Kommt nur alle so bald wie möglich her, lieber Allan. Kommt so bald wie möglich!«

* * * *

Staatsanwalt Ranelid eröffnete die nachmittägliche Pressekonferenz mit einer traurigen Mitteilung. Es ging um die Polizeihündin Kicki, die an der Draisine bei Åkers Styckebruk Leichengeruch gewittert hatte, was wiederum eine Reihe von Schlussfolgerungen seitens des Staatsanwalts nach sich gezogen hatte – die auch korrekt gewesen wären, wenn der Hund richtig gewittert hätte, die dann aber leider doch so nicht stimmten.

Inzwischen habe sich nämlich herausgestellt, dass der betreffende Hund kurz vorher den Verstand verloren hatte und man sich nicht mehr auf ihn verlassen konnte. Kurz und gut, am angegebenen Ort habe sich niemals eine Leiche befunden.

Hingegen war dem Staatsanwalt gerade zur Kenntnis gelangt, dass der Polizeihund eingeschläfert worden war, was nach Ranelids Meinung eine kluge Entscheidung des Hundeführers war (dass Kicki unter neuem Namen auf dem Weg zum Bruder des Hundeführers in Härjedalen war, erfuhr der Staatsanwalt allerdings nie).

Des Weiteren bedauerte Staatsanwalt Ranelid, dass es die Polizei von Eskilstuna unterlassen hatte, ihn über die neue, höchst ehrenwerte evangelikale Ausrichtung von *Never Again* zu informieren. Mit diesem Wissen hätte der Staatsanwalt den Ermittlern sicherlich ganz andere Anweisungen gegeben. Die Schlussfolgerungen, zu denen er bezüglich der einen oder anderen Sachlage gekommen war, gingen also zum einen auf einen verrückten Hund zurück, zum anderen auf die fehlerhaften Informationen der Polizei. Dafür wollte sich Staatsanwalt Ranelid im Namen der Polizei entschuldigen.

Was die in Riga aufgefundene Leiche von Henrik »Humpen« Hultén anging, würde wohl eine neue Mordermittlung angesetzt werden. Hingegen sei der Fall mit dem ebenfalls toten Bengt »Bolzen« Bylund abgeschlossen. Es lägen Hinweise vor, die mehr als deutlich darauf hindeuteten, dass Bylund sich der Fremdenlegion angeschlossen hatte. Da die Anwärter grundsätzlich nur unter Pseudonym aufgenommen würden, sei es schlechterdings unmöglich, die Angaben zu überprüfen. Es sei jedoch mehr als wahrscheinlich, dass Bylund zu den Opfern des Terroranschlags gehörte, der vor ein paar Tagen in Dschibuti verübt worden sei.

Der Staatsanwalt erklärte in aller Ausführlichkeit, in welchem Verhältnis die Akteure zueinander standen, und zeigte dabei auch sein Exemplar der *Slimline-Bibel* vor, die er am Vormittag von Bosse Ljungberg bekommen hatte. Anschließend wollten die Journalisten wissen, wo man Allan Karlsson und seine Gefolgschaft erreichen könne, um sie um eine eigene Stellungnahme zu bitten. Doch dazu wusste Staatsanwalt Ranelid nichts zu sagen (er hatte nicht das geringste Interesse daran, dass dieser senile Tattergreis den Vertretern der Presse Geschichten von Churchill und weiß Gott was erzählte). Daraufhin verlegten sich die Journalisten auf Humpen Hultén. Der sei ja vermutlich ermordet worden, und die zuvor des Mordes Ver-

dächtigten seien nicht mehr verdächtig. Wer also hatte Hultén ermordet?

Ranelid hatte eigentlich gehofft, dass diese Frage unter den Tisch
fallen würde, doch nun konnte er nur *unterstreichen*, dass sofort nach
dieser Pressekonferenz eine Ermittlung eingeleitet werden würde. Er
bat, später darauf zurückkommen zu dürfen.

Zu seiner Verblüffung gab sich die Journalistenschar damit zufrieden, ebenso wie mit seinen vorherigen Auskünften. Sowohl Staatsanwalt Ranelid als auch seine Karriere hatten den Tag überlebt.

* * * *

Amanda Einstein hatte Allan und seine Freunde gebeten, so bald wie
möglich nach Bali zu kommen, und das deckte sich vollkommen mit
den Ambitionen der Gruppe. Schließlich konnte jeden Augenblick
irgendein allzu gewiefter Journalist nach Klockaregård finden, und es
war sicher besser, wenn sie den Hof bis dahin geräumt hatten. Allan
hatte seinen Beitrag durch das Telefonat mit Amanda geleistet, jetzt
musste die Schöne Frau sich um den Rest kümmern.

Nicht weit von Klockaregård hat die Fliegergruppe Såtenäs ihren
Flughafen, und dort gibt es Herkules-Flugzeuge, die mit Leichtigkeit
einen Elefanten aufnehmen können, oder auch zwei. So ein Flugzeug
war mehr als einmal über Klockaregård hinweggebrummt und hatte
den Elefanten zu Tode erschreckt. Das hatte die Schöne Frau überhaupt erst auf die Idee gebracht.

Sie sprach mit dem Leiter von Såtenäs, doch der gab sich kapri-
ziös. Er wollte alle möglichen Zeugnisse und Genehmigungen sehen,
bevor er einen interkontinentalen Transport von mehreren Menschen und Tieren veranlasste. Unter anderem durfte das Militär ja
nicht mit dem freien Markt konkurrieren, und das Landwirtschafts-
ministerium musste zuerst bestätigen, dass dies nicht der Fall war.
Des Weiteren waren mindestens vier Zwischenlandungen erforderlich, und an jedem Flugplatz musste ein Veterinär bereitstehen, um
den Gesundheitszustand des Tieres zu kontrollieren. Und wegen des

Elefanten hatten diese Aufenthalte jeweils mindestens zwölf Stunden zu dauern.

»*Scheiß schwedische* Bürokratie«, fluchte die Schöne Frau und rief bei Lufthansa in München an.

Dort war man nur unwesentlich kooperativer. Man könnte freilich einen Elefanten und eine Gruppe Passagiere an Bord nehmen, und zwar in Landvetter bei Göteborg, und freilich könnte man sie alle nach Indonesien fliegen. Man verlangte nur einen Nachweis, dass der Elefant wirklich ihr gehörte, sowie die Anwesenheit eines Veterinärs an Bord des Flugzeugs. Und natürlich die Vorlage der Visa für die Einreise in die Indonesische Republik, sowohl für die Menschen als auch für die Tiere. Unter diesen Voraussetzungen könnte die Verwaltung der Fluggesellschaft die Reise innerhalb des nächsten Quartals planen.

»*Scheiß deutsche* Bürokratie«, fluchte die Schöne Frau und rief direkt in Indonesien an.

Es dauerte eine Weile, denn in Indonesien gibt es einundfünfzig verschiedene Fluggesellschaften, und nicht allzu viele von ihnen haben englischsprachiges Personal. Doch die Schöne Frau gab nicht auf, und schließlich hatte sie Erfolg. In Palembang auf Sumatra gab es eine Transportgesellschaft, die gegen eine angemessene Entschädigung gerne nach Schweden und zurück fliegen würde. Zu diesem Zweck wollte man eine Boeing 747 abstellen, die man erst kürzlich der Armee von Aserbaidschan abgekauft hatte. (Das alles geschah glücklicherweise, bevor sämtliche indonesischen Fluggesellschaften von der EU auf die schwarze Liste gesetzt wurden und Landeverbot in ganz Europa erhielten.) Die Gesellschaft versprach, sich um die entsprechenden administrativen Schritte in Schweden zu kümmern, während der Kunde selbst um die Landeerlaubnis auf Bali ersuchen müsse. Ein Tierarzt? Nein, wieso?

Dann galt es nur noch, die Bezahlung zu regeln. Es wurden zum Schluss zwanzig Prozent mehr als ursprünglich vereinbart. Unter Einsatz ihres reichen Wortschatzes gelang es der Schönen Frau, die Gesellschaft dazu zu überreden, die Bezahlung bei der Ankunft in Schweden bar in schwedischen Kronen entgegenzunehmen.

Während die indonesische Boeing also Kurs auf Schweden nahm, hielten die Freunde eine weitere Beratung ab. Benny und Julius bekamen den Auftrag, ein paar Papiere zu fälschen, mit denen man dem vermutlich übereifrigen Personal in Landvetter vor der Nase herumwedeln konnte. Allan versprach, sich um die balinesische Landeerlaubnis zu kümmern.

* * * *

Tatsächlich gestalteten sich die Dinge auf dem Flugplatz bei Göteborg ein bisschen schwierig, aber Benny hatte ja nicht nur sein gefälschtes Veterinärdiplom vorzuweisen, sondern konnte auch mit entsprechenden Fachausdrücken um sich werfen. Nachdem man auch noch den Eigentumsnachweis und das Gesundheitszeugnis für den Elefanten vorgelegt hatte sowie einen ganzen Stapel glaubwürdiger Dokumente, die Allan auf Indonesisch ausgefertigt hatte, konnten alle wie geplant an Bord gehen. Da die Freunde – langsam hatten sie ja Übung im Lügen – ganz dreist Kopenhagen als Flugziel angaben, wurden sie nicht mal nach ihren Pässen gefragt.

Es stiegen ein der hundertjährige Allan Karlsson, der inzwischen für unschuldig erklärte Gelegenheitsdieb Julius Jonsson, der ewige Student Benny Ljungberg, seine Verlobte, die schöne Gunilla Björklund, deren Haustiere, der Elefant Sonja und Schäferhund Buster, Benny Ljungbergs Bruder, der religiös gewordene Lebensmittelgroßhändler Bosse, der einstmals so einsame Kriminalkommissar Aronsson aus Eskilstuna sowie der ehemalige Gangsterboss Per-Gunnar Gerdin mit seiner Mutter, der achtzigjährigen Rose-Marie, die ihm einmal so einen unglückseligen Brief ins Gefängnis geschickt hatte, als ihr Sohn in der Haftanstalt Hall einsaß.

Der Flug dauerte elf Stunden, ohne die ganzen unnötigen Zwischenlandungen. Die Gruppe war in bester Verfassung, als der indonesische Flugkapitän ihnen mitteilte, dass sie sich jetzt im Anflug auf Balis internationalen Flughafen befanden und dass es höchste Zeit wurde, die Landeerlaubnis hervorzuholen. Allan erwiderte, der

Pilot sollte ihm einfach Bescheid geben, wenn sich der Tower meldete, dann würde er sich schon um den Rest kümmern.

»Ja, aber ... was soll ich denen denn sagen?«, sorgte sich der Flugkapitän. »Die können mich doch jederzeit runterschießen!«

»Nicht doch«, beruhigte ihn Allan und nahm dem Mann Kopfhörer und Mikrofon ab. »Hallo? Bali Airport?«, rief er auf Englisch und bekam augenblicklich zur Antwort, dass das Flugzeug sich sofort identifizieren solle, sonst käme die indonesische Flugabwehr zum Einsatz.

»Mein Name ist Dollar«, erwiderte Allan. »Hunderttausend Dollar.«

Im Tower wurde es ganz still. Der indonesische Pilot und sein Copilot sahen Allan bewundernd an.

»Die rechnen jetzt aus, durch wie viel sie die Summe teilen müssen«, erklärte Allan.

»Ich weiß«, erwiderte der Flugkapitän.

Es dauerte ein paar Sekunden, bis sich der Mann im Tower zurückmeldete.

»Hallo? Sind Sie noch da, Mister Dollar?«

»Ja, ich bin noch da«, bestätigte Allan.

»Entschuldigen Sie, aber wie war noch mal Ihr Vorname, Mister Dollar?«

»Einhunderttausend«, sagte Allan. »Ich bin Mister Einhunderttausend Dollar, und ich bitte um Landeerlaubnis auf Ihrem Flugplatz.«

»Entschuldigen Sie, Mister Dollar, ich verstehe Sie ganz schlecht. Wären Sie so freundlich, Ihren Vornamen noch einmal zu sagen?«

Allan erklärte dem Piloten, dass der Mann im Tower jetzt feilschen wollte.

»Ich weiß«, sagte der Flugkapitän.

»Mein Vorname ist Zweihunderttausend«, erklärte Allan. »Haben wir Ihre Landeerlaubnis?«

»Herzlich willkommen auf Bali, Mister Dollar. Es ist uns ein Vergnügen, Sie bei uns zu empfangen.«

Allan bedankte sich und reichte das Headset wieder dem Piloten.

»Sie waren bestimmt schon mal hier«, meinte der Kapitän lächelnd.

»Indonesien ist ein Land der Möglichkeiten«, sagte Allan.

Als den hohen Tieren auf dem internationalen Flughafen von Bali klar wurde, dass mehrere der Mitreisenden von Mister Dollar keinen Pass hatten und einer von ihnen knapp fünf Tonnen wog und vier Beine statt zwei hatte, kostete es noch einmal fünfzigtausend, die Zollpapiere, Aufenthaltsgenehmigung und ein passendes Transportmittel für Sonja zu organisieren. Doch schon eine knappe Stunde nach der Landung war die ganze Gruppe glücklich am Hotel der Familie Einstein angekommen, inklusive Sonja, die mit Benny und der Schönen Frau in einem der Cateringfahrzeuge vom Flughafen transportiert worden war (der Nachmittagsflug nach Singapur musste an diesem Tag bedauerlicherweise ohne Verpflegung auskommen).

Amanda, Allan und Mao Einstein nahmen sie in Empfang, und nachdem sie sich alle ausführlich umarmt hatten, wurden die Reisenden in ihre Zimmer gebracht. Sonja und Buster durften sich in der Zwischenzeit die Beine im riesigen eingezäunten Hotelgarten vertreten. Amanda bedauerte, dass es auf Bali nicht allzu viele Elefantenfreunde für Sonja gab, doch sie versprach, baldmöglichst einen potenziellen Verehrer aus Sumatra kommen zu lassen. Buster konnte sich seine Freundinnen selbst suchen, auf der Insel streunten genug Hündinnen herum.

Schließlich stellte Amanda ihnen für den Abend ein rauschendes balinesisches Fest in Aussicht und empfahl den Freunden, vorher noch ein Nickerchen zu halten.

Alle außer dreien folgten dieser Empfehlung. Der Piranha und seine Mutter konnten es nicht erwarten, endlich ihren Schirmchen-Drink zu bekommen, und Allan ging es ebenso – wenngleich er auf das Schirmchen verzichtete.

Sie begaben sich zu den Sonnenliegen am Meer, machten es sich bequem und warteten auf die bestellten Getränke.

Die Kellnerin war vierundachtzig Jahre alt und hatte sich eigenmächtig in den Service gemischt.

»Hier, ein roter Drink mit Schirmchen für Sie, Herr Gerdin. Und ein grüner Drink mit Schirmchen für Sie, Frau Mama Gerdin. Und ... nein, Moment ... du hattest doch keine Milch bestellt, oder, Allan?«

»Du hast mir doch versprochen, die Finger vom Kellnern zu lassen, liebe Amanda«, sagte Allan.

»Das war gelogen, lieber Allan. Das war gelogen.«

* * * *

Als sich die Dunkelheit über das Paradies senkte, versammelten sich die Freunde zu einem Dreigängemenü, zu dem Amanda, Allan und Mao Einstein sie eingeladen hatten. Als Vorspeise gab es *sate lilit*, als Hauptgericht *bebek betutu* und zum Dessert *jaja batun bedil*. Zu trinken gab es *tuak wayah*, Palmbier, für alle bis auf Benny, der Wasser trank.

Am allerersten Abend auf indonesischem Boden wurde es extrem spät, aber das Vergnügen war noch viel extremer. Nach dem Essen gab es einen *pisang ambon* für alle außer Allan, der einen Longdrink bekam, und Benny, der eine Tasse Tee vorzog.

Bosse spürte, dass dieser Tag und dieser Abend des Überflusses ein bisschen ausgeglichen werden mussten, daher stand er auf und begann Jesus nach dem Matthäusevangelium zu zitieren (»Selig sind, die da geistlich arm sind«). Bosse meinte, sie könnten alle besser darin werden, Gott zuzuhören und von Gott zu lernen. Und dann faltete er die Hände und dankte dem Herrn für einen höchst ungewöhnlichen und ungewöhnlich guten Tag.

»Das geht wohl klar«, meinte Allan in der Stille, die nach Bosses Worten entstand.

* * * *

Bosse hatte dem Herrn gedankt, und vielleicht dankte der Herr ihm auch, denn für die kunterbunte schwedische Reisegesellschaft in dem balinesischen Hotel hielt das Glück an und wurde immer tiefer. Benny heiratete die Schöne Frau (»Willst du mich heiraten?« – »Ja, *zum Teufel!* Jetzt und hier!«). Die Hochzeit wurde gleich am nächsten Abend gefeiert und dauerte drei Tage. Die achtzigjährige Rose-Marie Gerdin brachte den Mitgliedern des örtlichen Seniorenclubs bei, wie man das Brettspiel mit der Schatzinsel spielte (aber nur gerade eben so gut, dass sie noch jedes Mal gewann). Der Piranha lag tagein, tagaus unter einem Sonnenschirm am Strand und trank Drinks in allen Regenbogenfarben – mit Schirmchen, versteht sich. Bosse und Julius kauften sich ein Fischerboot, das sie nur noch selten verließen, und Kommissar Aronsson wurde ein beliebtes Mitglied der balinesischen Oberschicht. Er war ja Weißer, *bule*, außerdem Polizeikommissar und – als wäre das noch nicht genug – stammte aus dem am wenigsten korrupten Land der Welt. Exotischer ging es nicht mehr.

Allan und Amanda spazierten jeden Tag über den schneeweißen Strand vorm Hotel. Sie hatten immer viel Gesprächsstoff und fühlten sich in der Gesellschaft des anderen immer wohler. Sie ließen es gemächlich angehen, denn sie war immerhin schon vierundachtzig, und er stand schon in seinem hundertundersten Lebensjahr.

Nach einer Weile fingen sie an, sich bei der Hand zu halten, natürlich nur, um das Gleichgewicht besser zu halten. Dann beschlossen sie, abends nur noch zu zweit auf Amandas Terrasse zu dinieren, denn mit den ganzen anderen wurde es ihnen einfach zu turbulent. Und zum Schluss zog Allan ganz bei Amanda ein. So konnte man Allans Zimmer an einen Touristen vermieten, was ja viel besser für die Bilanz des Hotels war.

Auf einem der Spaziergänge in den nächsten Tagen brachte Amanda die Frage auf, ob sie es nicht einfach so machen sollten wie Benny und die Schöne Frau, sprich, heiraten, wo sie doch jetzt sowieso schon zusammenwohnten. Allan erwiderte, Amanda sei zwar noch das reinste Kind, aber er könnte sich schon vorstellen, darüber hinwegzusehen. Seine Longdrinks machte er sich inzwischen ohnehin selbst, also gab es von dieser Seite auch keine Bedenken mehr. Kurz und gut, Allan sah keinen Hinderungsgrund für das, was Amanda ihm vorgeschlagen hatte.

»Also, abgemacht?«, fragte Amanda.

»Ja, abgemacht«, sagte Allan.

Und dann nahmen sie sich ganz besonders fest bei der Hand. Nur wegen des Gleichgewichts natürlich.

* * * *

Die Ermittlungen zu Henrik »Humpen« Hulténs Tod verliefen kurz und ergebnislos. Die Polizei forschte in seiner Vergangenheit und verhörte unter anderem auch Humpens ehemalige Kumpels in Småland (gar nicht so weit weg von Gunilla Björklunds Sjötorp), doch die hatten nichts gesehen und nichts gehört.

Die Kollegen in Riga fanden den Trinker, der den Mustang zum Schrottplatz gebracht hatte, aber aus dem war kein vernünftiges Wort herauszubekommen. Einer der Polizisten kam auf die Idee, dem Mann eine Flasche Rotwein zu verabreichen, woraufhin er tatsächlich berichten konnte ... dass er keine Ahnung hatte, wer ihn um diesen Gefallen gebeten hatte. Dieser Jemand war einfach eines Tages mit einem Karton Weinflaschen vor seiner Parkbank aufgetaucht.

»Ich war zwar nicht nüchtern«, erklärte der Trinker, »aber so besoffen, dass ich vier Flaschen Wein ablehnen würde, kann ich gar nicht sein.«

Nur ein einziger Journalist meldete sich nach ein paar Tagen noch einmal, um zu hören, wie die Mordermittlung zu Humpen Hultén verlief, doch glücklicherweise musste Staatsanwalt Ranelid dieses Gespräch nicht mehr annehmen. Er hatte sich nämlich Urlaub genommen und einen Last-Minute-Charterflug nach Las Palmas bestiegen. Eigentlich hätte er noch viel weiter wegfliegen wollen. Bali sollte ja sehr schön sein, hatte er sich sagen lassen, aber da kriegte er keinen Platz mehr.

Also musste er sich eben mit den Kanaren begnügen. Und da saß er nun auf seiner Strandliege unter einem Sonnenschirm, mit einem Schirmchen-Drink in der Hand, und überlegte, wo wohl Aronsson abgeblieben sein mochte. Der hatte offenbar gekündigt, seinen gesamten Resturlaub samt Überstunden genommen und war einfach verschwunden.

28. KAPITEL

1982-2005

Das Gehalt von der amerikanischen Botschaft kam Allan ganz gut zupass. Er fand ein rotes Häuschen, nur wenige Kilometer von dem Ort entfernt, an dem er geboren und aufgewachsen war. Das konnte er beim Kauf gleich bar bezahlen. Dann musste er sich noch mit den schwedischen Behörden über die Tatsache herumstreiten, dass es ihn gab. Schließlich gaben sie klein bei und begannen zu Allans Erstaunen eine Rente zu zahlen.

»Warum das denn?«, fragte Allan.

»Weil Sie Rentner sind«, sagte die Behörde.

»Ach ja?«, sagte Allan.

Ja, das Rentenalter hatte er inzwischen locker erreicht. Im nächsten Frühjahr feierte er seinen achtundsiebzigsten Geburtstag, und Allan wurde klar, dass er inzwischen richtig alt geworden war. Entgegen allen Erwartungen und ohne näher darüber nachgedacht zu haben. Wobei er freilich noch wesentlich älter werden sollte …

Die Jahre vergingen in gemächlichem Tempo und ohne dass Allan den Lauf der Weltgeschichte weiter beeinflusst hätte. Er beeinflusste nicht mal den Lauf der Dinge in Flen, wo er ab und zu hinfuhr, um Lebensmittel einzukaufen (bei Großhändler Gustavssons Enkel, der den ICA-Supermarkt betrieb und zum Glück keine Ahnung hatte, wer Allan war). Die Bibliothek in Flen bekam jedoch keinen Besuch mehr von ihm, denn Allan war dahintergekommen, dass man seine Zeitungen auch abonnieren konnte und dass sie dann fein säuberlich in seinem Briefkasten landeten. Äußerst praktisch!

Als der Einsiedler in seiner Hütte bei Yxhult dreiundachtzig geworden war, wurde ihm das Radfahren zwischen Flen und seiner Hütte langsam zu beschwerlich, also kaufte er sich ein Auto. Eine Weile überlegte er, ob er sich auch einen Führerschein zulegen sollte, aber als ihm der Fahrlehrer mit *Sehtest* und *Fahrerlaubnis* kam, beschloss Allan, einfach ohne zu fahren. Als der Lehrer mit *Kursliteratur, Theorieunterricht, Fahrstunden* und *abschließender Prüfung in Theorie und Praxis* weitermachte, hatte Allan schon lange die Ohren zugeklappt.

1989 zerfiel die Sowjetunion endgültig, und das überraschte den Alten in Yxhult, der sich seinen Schnaps selbst brannte, nicht im Geringsten. Der junge Mann, der jetzt an der Macht war, dieser Gorbatschow, hatte seine Amtsperiode mit einer Kampagne gegen den weit verbreiteten Wodkakonsum der Nation begonnen. Mit so was konnte man die Massen nicht gewinnen, das musste doch jedem klar sein, oder?

Im selben Jahr, an Allans Geburtstag sogar, saß plötzlich ein Katzenjunges auf Allans Vortreppe und gab zu verstehen, dass es hungrig war. Allan lud das Tier in seine Küche ein und servierte ihm Milch und Wurst. Das wiederum fand das Kätzchen so hochanständig, dass es gleich ganz einzog.

Es war eine getigerte Bauernkatze, ein Kater, der bald auf den Namen Molotow getauft wurde, nicht nach dem Außenminister, sondern nach der Bombe. Molotow sagte nicht viel, aber er war unbeschreiblich intelligent und konnte großartig zuhören. Wenn Allan etwas zu erzählen hatte, musste er den Kater nur rufen, dann kam er sofort zu ihm getrippelt (es sei denn, er jagte gerade Mäuse – Molotow wusste eben Prioritäten zu setzen). Er sprang Allan auf den Schoß, machte es sich bequem und zuckte mit den Ohren, zum Zeichen, dass sein Herrchen jetzt erzählen konnte, was es zu erzählen hatte. Wenn Allan Molotow gleichzeitig auch noch hinter den Ohren und im Genick kraulte, konnte das Plauderstündchen geradezu unbegrenzt ausgedehnt werden.

Als sich Allan etwas später auch noch Hühner anschaffte, musste er Molotow nur ein einziges Mal sagen, dass er das Federvieh nicht herumjagen sollte, und der Kater nickte und hatte sofort verstanden. Dass er auf diese Regel pfiff und den Hühnern trotzdem nachsetzte, bis es ihm langweilig wurde, stand auf einem anderen Blatt. Wie hätte man auch anderes von ihm verlangen können? Er war schließlich ein Kater.

Allan fand, dass niemand schlauer war als Molotow, nicht mal der Fuchs, der ständig ums Hühnerhaus strich und nach einer Lücke im Zaun suchte. Den Kater beäugte er ebenso begehrlich, aber Molotow war für den Fuchs einfach viel zu schnell.

Zu den Jahren, die Allan bereits auf dem Buckel hatte, kamen noch einige mehr. Und jeden Monat kam die Rente von der Behörde, ohne dass Allan einen Handschlag dafür getan hätte. Von dem Geld kaufte Allan Käse, Wurst und Kartoffeln und ab und zu ein Paket Zucker. Außerdem zahlte er das Abonnement des *Eskilstuna-Kuriren* und die Stromrechnung, wenn sie zu kommen beliebte.

Doch wenn das alles bezahlt war, blieb immer noch jeden Monat Geld übrig, für das er keine Verwendung hatte. Also schickte Allan eines Tages den Überschuss in einem Kuvert an die Behörde zurück. Nach einer Weile kam jedoch ein Verwaltungsangestellter zu Allans Hütte und teilte ihm mit, dass er so was nicht einfach tun dürfe. Dann gab er Allan sein Geld zurück und nahm ihm das Versprechen ab, sich nicht mehr mit der Behörde anzulegen.

Allan und Molotow hatten es schön zusammen. Jeden Tag, an dem das Wetter es zuließ, unternahmen sie eine kurze Fahrradtour über die Feldwege der näheren Umgebung. Allan kümmerte sich um die Pedale, während Molotow im Fahrradkorb saß und den Fahrtwind und die Fahrt genoss.

Die kleine Familie lebte ein angenehmes, geregeltes Leben. Und das dauerte so lange, bis sich zeigte, dass nicht nur Allan, sondern auch Molotow älter geworden war. Da erwischte der Fuchs eines Tages den Kater, und das war ebenso überraschend für Fuchs und Kater, wie es für Allan betrüblich war.

Er war wahrscheinlich trauriger, als er es je zuvor in seinem Leben gewesen war, doch bald schlug seine Trauer in Wut um. Mit Tränen in den Augen stellte sich der alte Sprengstoffexperte auf die Veranda und rief in die Winternacht hinaus:

»Wenn du Krieg haben willst, dann kannst du Krieg haben, du *Scheißfuchs*!«

Zum ersten und einzigen Mal in seinem Leben war Allan so richtig wütend. Und das verflog auch nicht mit einem Drink, einer führerscheinlosen Runde mit dem Auto oder einer extralangen Fahrradtour. Dass Rache als Triebfeder des Lebens nicht funktionierte, wusste er. Nichtsdestoweniger hatte er jetzt aber nur noch Rache im Sinn.

Er brachte einen Sprengsatz am Hühnerhaus an, der losgehen sollte, sobald der Fuchs wieder hungrig wurde und seine Schnauze ein bisschen zu weit in das Terrain der Hühner steckte. Doch in seinem Zorn vergaß Allan ganz, dass er direkt neben dem Hühnerhaus seinen ganzen Dynamitvorrat lagerte.

So kam es, dass es in der Abenddämmerung, drei Tage nach Molotows Hinscheiden, in diesem Teil des Sörmländer Waldes so schlimm knallte wie seit den zwanziger Jahren nicht mehr.

Der Fuchs flog in die Luft, ebenso wie Allans Hühner, Hühnerhaus und Holzschuppen. Doch der Sprengsatz reichte bequem auch noch für die Scheune und das Wohnhaus. Allan saß auf seinem Sessel, als es geschah. Er flog mitsamt Sessel in die Luft und landete in einer Schneewehe vorm Kartoffelkeller. Dort saß er dann und sah sich verwundert um, bis er schließlich feststellte:

»So viel zum Fuchs.«

Allan war zu diesem Zeitpunkt bereits neunundneunzig Jahre alt und fühlte sich so lädiert, dass er erst mal sitzen blieb, wo er war. Doch Krankenwagen, Polizei und Feuerwehr hatten keine Probleme, den Unfallort zu lokalisieren, denn die Flammen loderten hoch. Als man festgestellt hatte, dass der Alte auf dem Sessel in der Schneewehe vor seinem Kartoffelkeller unverletzt war, rief man stattdessen das Sozialamt an.

Es dauerte keine Stunde, da war auch schon Sozialarbeiter Henrik Söder zur Stelle. Allan saß immer noch auf seinem Sessel, nur hatten ihn die Sanitäter in mehrere gelbe Wolldecken gewickelt, was im Grunde nicht wirklich nötig gewesen wäre, denn das Haus, das bald komplett niedergebrannt war, wärmte immer noch sehr gut.

»Herr Karlsson, Sie haben wohl Ihr Haus in die Luft gesprengt?«, sagte Sozialarbeiter Söder.

»Ja«, erwiderte Allan. »Ist so eine dumme Angewohnheit von mir.«

»Dann gehe ich wohl recht in der Annahme, dass Sie jetzt keine Bleibe mehr haben«, fuhr der Sozialarbeiter fort.

»Da ist was dran«, sagte Allan. »Haben Sie vielleicht einen Vorschlag, Herr Sozialarbeiter?«

Den hatte der Herr Sozialarbeiter so aus dem Stegreif auch nicht, daher durfte Allan auf Kosten des Sozialamts bis auf Weiteres im besten Hotel in Flen wohnen, wo er am Abend darauf ein fröhliches Silvester feierte, unter anderem mit Sozialarbeiter Söder und seiner Frau.

So schick hatte Allan es nicht gehabt, seit er kurz nach dem Krieg eine Weile in einem luxuriösen Grand Hôtel in Stockholm gewohnt hatte. Diese Rechnung sollte er wohl auch endlich mal begleichen, denn das war damals in der Eile anscheinend ganz vergessen worden.

In den ersten Tagen des Januar 2005 hatte Sozialarbeiter Söder eine potenzielle Bleibe für den sympathischen Alten gefunden, der in der Woche zuvor über Nacht obdachlos geworden war.

Allan landete im Seniorenzentrum Malmköping, wo gerade Zimmer 1 frei geworden war. Dort wurde er von Schwester Alice in Empfang genommen, die zwar freundlich lächelte, doch Allan im Handumdrehen jede Lebenslust nahm, als sie ihm die umfangreiche Hausordnung des Altersheims erläuterte. Schwester Alice sprach von Rauchverbot, Alkoholverbot und Fernsehverbot nach 23 Uhr. Und sie erklärte, dass das Frühstück wochentags um 6.45 Uhr serviert wurde, am Wochenende eine Stunde später. Mittagessen war um 11.15 Uhr,

Kaffeepause um 15.15 Uhr und Abendessen um 18.15 Uhr. Wer draußen unterwegs war und sich verbummelte, war selbst schuld, wenn er nichts mehr zu essen bekam.

Daraufhin erklärte Schwester Alice die Regeln, die das Duschen und Zähneputzen betrafen, Besuch von draußen und Besuche der Heimbewohner untereinander, wie die diversen Medikamente ausgegeben wurden und zu welchen festgesetzten Uhrzeiten man Schwester Alice oder eine ihrer Kolleginnen belästigen durfte – es sei denn, es gab wirklich mal einen akuten Notfall, was laut Schwester Alice aber höchst selten vorkam, und sie fügte hinzu, dass die Bewohner generell zu viel quengelten.

»Aber scheißen darf man schon, wann man will, oder?«, erkundigte sich Allan.

So kam es, dass Allan und Schwester Alice schon eine Viertelstunde nach ihrer ersten Begegnung verkracht waren.

Allan war freilich nicht glücklich darüber, wie er den Krieg gegen den Fuchs geführt hatte (obwohl er ihn letztlich gewonnen hatte). Den Humor zu verlieren, lag ihm an sich ja gar nicht. Außerdem hatte er eine Ausdrucksweise verwendet, die die Vorsteherin des Altersheims vielleicht verdient hatte, die ihm aber überhaupt nicht ähnlich sah. Und dazu noch die ellenlange Liste von Regeln, die Allan ab jetzt beachten sollte …

Allan fehlte sein Kater. Und er war neunundneunzig Jahre und acht Monate alt. Seine Stimmungen schienen ihm zu entgleiten, und im Heim stand er ganz unter der Fuchtel von Schwester Alice.

Jetzt war es genug.

Allan war fertig mit dem Leben, denn das Leben schien ja auch fertig mit ihm zu sein, und er war ganz bestimmt nicht der Typ, der sich aufdrängte.

Also würde er jetzt in Zimmer 1 einchecken, um 18.15 Uhr zu Abend essen und dann – frisch geduscht, in frischem Pyjama und in frischer Bettwäsche – ins Bett gehen, um im Schlaf zu sterben. Und anschließend hinausgetragen, begraben und vergessen zu werden.

Allan spürte, wie sich die Schicksalsergebenheit bis in die letzte Faser seines Körpers ausbreitete, als er gegen acht Uhr abends zum ersten und letzten Mal in sein Bett im Altersheim schlüpfte. In weniger als vier Monaten sollte er seinen dreistelligen Geburtstag feiern. Doch Allan Emmanuel Karlsson schloss die Augen und spürte ganz sicher, dass er jetzt für immer einschlafen würde. Sein Lebensweg war durchgehend ein spannender gewesen, aber nichts währt ewig, höchstens die allgemeine menschliche Dummheit.

Dann dachte Allan gar nichts mehr. Die Müdigkeit ergriff Besitz von ihm. Es wurde dunkel.

Bis es wieder hell wurde. Ein weißer Schein. War der Tod dem Schlaf so ähnlich? Und war er noch zu diesem Gedanken fähig, bevor es vorbei war? Aber Moment mal – wie viel kann man eigentlich noch denken, bevor man zu Ende gedacht hat?

»Es ist Viertel vor sieben, Allan, Zeit fürs Frühstück. Wenn Sie nicht aufessen, nehmen wir den Haferbrei wieder mit, und dann gibt es bis zum Mittagessen nichts mehr«, verkündete Schwester Alice.

Neben allem anderen konnte Allan feststellen, dass er auf seine alten Tage ganz schön naiv geworden war. Man konnte sich nicht einfach hinlegen und auf Bestellung sterben. Das Risiko war also groß, dass er auch am nächsten Tag wieder von dieser grässlichen Person Alice geweckt werden würde, die fast ebenso grässliche Hafergrütze hinstellen würde.

Nun gut. Bis zum Hundertsten waren es ja noch ein paar Monate, bis dahin würde er es schon hinkriegen, sich die Radieschen von unten anzugucken. »Alkohol tötet!«, hatte Schwester Alice das Alkoholverbot begründet. Das klang doch vielversprechend, fand Allan. Sollte er vielleicht gleich mal zum Spirituosengeschäft gehen und sich ein bisschen was besorgen?

* * * *

Die Tage vergingen und wurden Wochen. Der Winter wurde Frühling, und Allan sehnte sich fast so sehr nach dem Tod wie vor fünfzig

Jahren sein Freund Herbert. Herbert bekam seinen Willen erst, als er seine Meinung geändert hatte. Das verhieß ja nichts Gutes.

Und was noch viel schlimmer war: Das Personal im Altersheim hatte mit den Vorbereitungen für Allans Geburtstag begonnen. Da sollte er sich dann also begaffen lassen wie ein Tier im Käfig, sie würden für ihn singen und ihn mit Torte füttern. Darum hatte er bestimmt nie gebeten.

Und jetzt blieb ihm nur noch eine einzige Nacht zum Sterben.

29. KAPITEL

Montag, 2. Mai 2005

Man möchte meinen, er hätte seine Entscheidung etwas früher treffen und seine Umgebung netterweise auch davon in Kenntnis setzen können. Aber Allan Karlsson war noch nie ein großer Grübler gewesen.

Entsprechend war der Einfall auch noch ganz frisch, als der alte Mann sein Fenster im Erdgeschoss des Altersheims von Malmköping, Sörmland, öffnete und in die Rabatte kletterte.

Das Manöver war etwas mühselig – nicht unbedingt überraschend, wenn man bedenkt, dass Allan just an diesem Tage hundert geworden war. In einer knappen Stunde sollte die Geburtstagsfeier im Gemeinschaftsraum losgehen. Sogar der Stadtrat wollte anrücken. Und die Lokalpresse. Und die ganzen anderen Alten. Und das komplette Personal, allen voran Schwester Alice, die alte Giftspritze.

Nur die Hauptperson hatte nicht vor, zu dieser Feier aufzutauchen.

Epilog

Allan und Amanda wurden sehr glücklich zusammen. Die beiden waren aber auch wie füreinander geschaffen. Er war allergisch auf jede Art von Gerede über Ideologie und Religion, während sie überhaupt nicht wusste, was das Wort »Ideologie« bedeutete, und sich beim besten Willen nicht mehr erinnern konnte, wie der Gott hieß, zu dem sie beten sollte. Außerdem stellte sich eines Abends, als ihre Nähe eine ganz besondere Intensität erreichte, heraus, dass Professor Lundborg an jenem Augusttag im Jahre 1925 wohl doch ein bisschen mit dem Skalpell geschlampt haben musste, denn Allan brachte zu seiner eigenen Überraschung etwas zustande, was er bis dato nur im Film gesehen hatte.

An ihrem fünfundachtzigsten Geburtstag bekam Amanda von ihrem Mann einen Laptop mit Internetanschluss geschenkt. Allan hatte nämlich gehört, dass die Jugend sich für diese Internetgeschichte recht begeistern konnte.

Es dauerte eine Weile, bis Amanda begriffen hatte, wie man sich einloggt, aber sie blieb hartnäckig am Ball, und schon nach wenigen Wochen hatte sie ihren eigenen »Blog«. Sie bloggte den ganzen Tag, über alles Mögliche, Vergangenes und Gegenwärtiges. Unter anderem erzählte sie auch von den Reisen und Abenteuern, die ihren lieben Gatten durch die ganze Welt geführt hatten. Als Publikum stellte sie sich eigentlich nur ihre Freundinnen in der besseren Gesellschaft von Bali vor. Denn jemand anders würde diese Seite doch wohl sowieso nicht finden?

Allan saß wie immer auf der Veranda und genoss sein Frühstück, als eines schönen Tages ein vornehmer Herr im Anzug auftauchte. Er stellte sich als Vertreter der indonesischen Regierung vor und erklärte, er habe da einige bemerkenswerte Dinge in einem Blog im Internet gelesen. Nun wolle er Allan im Namen des Präsidenten bitten, der Regierung seine ganz speziellen Kenntnisse zur Verfügung zu stellen – wenn das, was man da lesen konnte, denn tatsächlich wahr sein sollte.

»Wobei brauchen Sie denn Hilfe, wenn man fragen darf?«, wollte Allan wissen. »Es gibt eigentlich nur zwei Dinge, die ich besser kann als die meisten anderen. Ich kann Schnaps aus Ziegenmilch herstellen und eine Atombombe zusammenbasteln.«

»Ja, sehen Sie, und genau dafür interessieren wir uns«, sagte der Mann.

»Für die Ziegenmilch?«

»Nein«, sagte der Mann, »nicht für die Ziegenmilch.«

Allan bat den Vertreter der indonesischen Regierung, sich zu setzen. Und dann erklärte er ihm, dass er einmal vor langer Zeit Stalin die Bombe geschenkt hatte, dass das allerdings ein Fehler gewesen sei, denn dieser Stalin sei eindeutig nicht ganz richtig im Kopf gewesen. Deswegen wollte Allan jetzt zuallererst wissen, wie es um den Verstand des indonesischen Präsidenten bestellt sei. Der Regierungsvertreter versicherte ihm, Präsident Yudhoyono sei ein sehr kluger und verantwortungsvoller Mensch.

»Das freut mich zu hören«, erwiderte Allan. »Dann helfe ich Ihnen natürlich gern.«

Und das tat er dann auch.

Ein besonderes Dankeschön
an Micke, Liza, Rixon, Maud und Onkel Hans.
Jonas

Quellennachweis

Sämtliche Bibelzitate aus: *Die Bibel. Nach der dt. Übersetzung D. Martin Luthers*, Dreieich 1964.

Das Bellman-Zitat (»Ach, wenn wir hätten, o Freunde, ein Schaff«) stammt aus: Klaus-Rüdiger Utschick (Hg.): *Carl Michael Bellman, Band 2: Fredmans Gesänge*, München 1998.

Lesen Sie auch > >

Jonas Jonasson

Die Analphabetin, die rechnen konnte

Roman

Aus dem Schwedischen von Wibke Kuhn

Leseprobe

carl's books

Die statistische Wahrscheinlichkeit, dass eine Analphabetin im Soweto der Siebzigerjahre aufwächst und eines Tages in einem Lieferwagen mit dem schwedischen König und dem Ministerpräsidenten sitzt, liegt bei eins zu fünfundvierzig Milliarden siebenhundertsechsundsechzig Millionen zweihundertzwölftausendachthundertzehn.

Nach den Berechnungen eben dieser Analphabetin.

1. TEIL

1. KAPITEL

Von einem Mädchen in einer Hütte und dem Mann, der sie nach seinem Tod da rausholte

Im Grunde hatten sie ja noch ein großes Los gezogen, die Latrinentonnenträger in Südafrikas größtem Slum. Sie hatten nämlich sowohl eine Arbeit als auch ein Dach über dem Kopf.

Eine Zukunft hatten sie statistisch gesehen jedoch nicht. Die meisten von ihnen sollten relativ früh an Tuberkulose, Lungenentzündung, Durchfallerkrankungen, Tabletten, Alkohol oder einer Kombination aus alldem sterben. Vereinzelte Exemplare hatten Aussichten, ihren fünfzigsten Geburtstag zu erleben. Zum Beispiel der Chef eines der Latrinenbüros von Soweto. Doch er war sowohl abgearbeitet als auch kränklich. Er hatte allzu viele Schmerztabletten mit allzu vielen Bierchen heruntergespült, und das Ganze immer allzu früh am Morgen. Infolgedessen hatte er einen Repräsentanten des Gesundheitsamts von Johannesburg angefaucht. Ein Kaffer, der sich Freiheiten herausnahm. Die Sache wurde dem Abteilungsleiter in Johannesburg berichtet, der seinen Mitarbeitern in der Kaffeepause am nächsten Vormittag mitteilte, dass es wohl an der Zeit war, den Analphabeten in Sektor B auszutauschen.

Übrigens eine ungewöhnlich gemütliche Kaffeepause. Es gab nämlich Torte anlässlich der Willkommensfeier für den neuen Assistenten im Gesundheitsamt. Er hieß Piet du Toit, war dreiundzwanzig Jahre alt und trat hier seinen ersten Job nach dem Studium an.

Der Neue musste sich auch um das Problem in Soweto kümmern, denn so handhabe man das in der Stadtverwaltung Johannesburg:

Wer als Letzter dazugekommen war, wurde zu den Analphabeten eingeteilt, als Abhärtungsmaßnahme sozusagen.

Inwiefern die Latrinentonnenträger von Soweto wirklich alle Analphabeten waren, wusste zwar niemand, aber man nannte sie trotzdem so. Auf jeden Fall war keiner von ihnen zur Schule gegangen. Und sie wohnten samt und sonders in Hütten. Und taten sich entsetzlich schwer, zu verstehen, was man ihnen sagen wollte.

* * * *

Piet du Toit war nicht wohl in seiner Haut. Sein erster Besuch bei den Wilden. Sein Vater, der Kunsthändler, hatte zur Sicherheit einen Leibwächter mitgeschickt.

Der Dreiundzwanzigjährige betrat das Latrinenbüro und konnte sich einen entnervten Kommentar zum Geruch nicht verkneifen. Dort, auf der anderen Seite des Schreibtischs, saß der Latrinenchef, der jetzt gegangen werden sollte. Und neben ihm ein kleines Mädchen, das zur Überraschung des Assistenten den Mund auftat und erwiderte, Scheiße habe nun mal die lästige Eigenschaft, dass sie stinke.

Piet du Toit überlegte eine Sekunde, ob das Mädchen respektlos gewesen war, aber das konnte doch eigentlich nicht sein.

Also ging er darüber hinweg. Stattdessen erklärte er dem Latrinenchef, dass er seinen Job nicht länger behalten könne, doch mit drei Monatslöhnen rechnen könne, wenn er im Gegenzug bis nächste Woche ebenso viele Kandidaten für seine gerade frei gewordene Stelle präsentieren konnte.

»Kann ich nicht meine alte Stelle als Latrinentonnenträger wiederhaben und mir so ein wenig Geld verdienen?«, fragte der soeben abgesetzte Chef.

»Nein«, sagte Piet du Toit, »das kannst du nicht.«

Eine Woche später war Assistent du Toit nebst Leibwächter wieder zurück. Der abgesetzte Chef saß hinter seinem Schreibtisch, zum letzten Mal, wie man wohl annehmen durfte. Neben ihm stand dasselbe Mädchen wie letztes Mal.

»Wo sind Ihre drei Kandidaten?«, wollte der Assistent wissen.

Der Abgesetzte bedauerte, dass zwei von ihnen nicht anwesend sein konnten. Dem einen war am gestrigen Abend bei einer Messerstecherei die Kehle durchgeschnitten worden. Wo sich Nummer zwei aufhielt, wusste niemand. Eventuell handelte es sich um einen Rückfall.

Piet du Toit wollte gar nicht wissen, welcher Art dieser Rückfall sein könnte. Er wollte nur so schnell wie möglich wieder hier weg.

»Und wer ist der dritte Kandidat?«, fragte er ärgerlich.

»Tja, das ist das Mädchen hier. Sie hilft mir hier schon seit ein paar Jahren und erledigt für mich so dies und das. Und ich muss sagen, sie ist wirklich gut.«

»Ich kann doch wohl keine Zwölfjährige zur Chefin der Latrinenverwaltung machen?«, meinte Piet du Toit.

»Vierzehn«, sagte das Mädchen. »Und ich hab neun Jahre Berufserfahrung.«

Der Gestank setzte ihm von Minute zu Minute mehr zu. Piet du Toit hatte Angst, dass er sich in seinem Anzug festsetzen könnte.

»Hast du schon angefangen, Drogen zu nehmen?«, fragte er.

»Nein«, sagte das Mädchen.

»Bist du schwanger?«

»Nein«, sagte das Mädchen.

Der Assistent schwieg ein paar Sekunden. Im Grunde wollte er wirklich nicht öfter als notwendig hierher kommen.

»Wie heißt du?«, fragte er.

»Nombeko«, sagte das Mädchen.

»Nombeko und weiter?«

»Mayeki, glaub ich.«

Mein Gott, die wusste nicht mal, wie sie hieß.

»Dann kriegst du wohl den Job. Wenn du es schaffst, nüchtern zu bleiben«, sagte der Assistent.

»Das schaffe ich«, sagte das Mädchen.

»Gut.«

Und damit wandte sich der Assistent an den Abgesetzten.

»Vereinbart waren drei Monatslöhne für drei Kandidaten. Macht dann also einen Monatslohn für einen Kandidat. Abzüglich einen Monatslohn dafür, dass du es nicht fertig gebracht hast, mir etwas anderes zu präsentieren als eine Zwölfjährige.«

»Vierzehn«, sagte das Mädchen.

Piet du Toit sagte nicht Auf Wiedersehen, als er ging. Sein Leibwächter blieb immer zwei Schritte hinter ihm.

Das Mädchen, das gerade Chefin ihres eigenen Chefs geworden war, dankte ihm für seine Hilfe und erklärte, dass er mit sofortiger Wirkung wiedereingestellt war, als ihre rechte Hand.

»Und was ist mit Piet du Toit?«, fragte ihr ehemaliger Chef.

»Wir ändern einfach deinen Namen. Ich bin sicher, dass der Assistent einen Neger nicht vom anderen unterscheiden kann.«

Sagte die Vierzehnjährige, die aussah wie zwölf.

* * * *

Die neu ernannte Chefin der Latrinenleerungstruppe von Sektor B in Soweto hatte nie in die Schule gehen können. Das lag zum einen daran, dass ihre Mutter andere Prioritäten gesetzt hatte, zum andern aber auch an dem Umstand, dass das Mädchen ausgerechnet in Südafrika zur Welt gekommen war, und das auch noch in den frühen Sechzigern, als die politische Führung die Meinung vertrat, dass Kinder von Nombekos Sorte nichts zählten. Der damalige Premierminister war berühmt für seine rhetorische Frage, warum Schwarze denn in die Schule gehen sollten, wenn sie doch sowieso nur dazu da waren, Brennholz und Wasser zu tragen.

Rein sachlich gesehen irrte er sich, denn Nombeko trug kein Brennholz oder Wasser, sondern Scheiße. Trotzdem gab es keinen Grund zu der Annahme, dass dieses schmächtige Mädchen eines

Tages mit Königen und Präsidenten verkehren würde. Oder ganze Nationen vor Schreck in Atem halten würde. Oder die Entwicklung der Weltpolitik im Allgemeinen beeinflussen könnte.

Wenn sie nicht die gewesen wäre, die sie war.

Und die war sie nun mal.

Unter anderem war sie ein fleißiges Kind. Schon als Fünfjährige schleppte sie Latrinentonnen, die so groß waren wie sie selbst. Beim Latrinentonnenleeren verdiente sie genau so viel, wie ihre Mutter brauchte, um ihre Tochter jeden Tag bitten zu können, ihr eine Flasche Lösungsmittel zu kaufen. Ihre Mutter nahm die Flasche mit den Worten »Danke, mein liebes Mädchen« entgegen, schraubte sie auf und begann den ewigen Schmerz zu betäuben, der darin wurzelte, dass sie weder sich selbst noch ihrem Kind eine Zukunft bieten konnte. Nombekos Vater war zwanzig Minuten nach der Zeugung zum letzten Mal in ihrer Nähe gewesen.

Je älter Nombeko wurde, umso mehr Latrinentonnen konnte sie pro Tag leeren, und so reichte das Geld für mehr als nur Lösungsmittel – ihre Mutter ergänzte es mit Tabletten und Alkohol. Doch das Mädchen sah, dass es so nicht weitergehen konnte, und es erklärte seiner Mutter, sie müsse sich entscheiden: entweder aufhören oder sterben.

Ihre Mutter nickte und verstand.

Die Beerdigung war gut besucht. In Soweto gab es zu dieser Zeit jede Menge Leute, die sich hauptsächlich zweierlei Beschäftigungen widmeten: sich selbst langsam umzubringen und denjenigen das letzte Geleit zu geben, denen das bereits gelungen war. Nombekos Mutter starb, als ihre Tochter zehn Jahre alt war, und ein Vater war, wie gesagt, nicht greifbar. Das Mädchen erwog, dort weiterzumachen, wo seine Mutter aufgehört hatte, und sich auf chemischem Wege einen permanenten Schutz vor der Wirklichkeit aufzubauen. Doch als der erste Lohn nach dem Tod ihrer Mutter eintraf, beschloss sie, sich stattdessen etwas zu essen zu kaufen. Und als sie ihren Hunger gestillt hatte, sah sie sich um und sagte: »Was tue ich hier?«

Gleichzeitig wurde ihr aber klar, dass sie keine unmittelbare Alternative hatte. Der südafrikanische Arbeitsmarkt verlangte in erster Linie nicht nach zehnjährigen Analphabeten. In zweiter Linie eigentlich auch nicht. Außerdem gab es in diesem Teil von Soweto überhaupt keinen Arbeitsmarkt, und besonders viele Arbeitsfähige im Grunde auch nicht.

Doch die Darmentleerung funktioniert im Allgemeinen auch bei den elendsten Menschengestalten auf unserer Erde, also hatte Nombeko etwas, womit sie ein wenig Geld verdienen konnte. Und als ihre Mutter tot und begraben war, konnte sie den Lohn ganz für sich behalten.

Um die Zeit totzuschlagen, während sie ihre Lasten schleppte, hatte sie schon als Fünfjährige angefangen, die Tonnen zu zählen.

»Eins, zwei, drei, vier, fünf ...«

Je älter sie wurde, umso schwieriger gestaltete sie ihre Übungen, damit es auch eine Herausforderung blieb:

»Fünfzehn Tonnen mal drei Touren mal sieben Träger plus einen der rumsitzt und nichts tut, weil er zu besoffen ist ... das macht ... dreihundertfünfzehn.«

Nombekos Mutter hatte außerhalb ihrer Flasche Lösungsmittel nicht mehr viel wahrgenommen, aber sie merkte doch, dass ihre Tochter addieren und subtrahieren konnte. Deswegen begann sie während ihres letzten Lebensjahres, sie jedes Mal zu rufen, wenn eine Sendung Tabletten in verschiedenen Farben und Wirkstoffdosierungen zwischen den Hütten aufgeteilt werden musste. Eine Flasche Lösungsmittel ist eine Flasche Lösungsmittel, aber wenn Tabletten mit fünfzig, hundert, zweihundertfünfzig und fünfhundert Milligramm je nach Wunsch und Finanzkraft verteilt werden sollen –, da musste man die Grundrechenarten schon ein bisschen auseinanderhalten können. Und das konnte die Zehnjährige. Und zwar richtig gut.

Es kam zum Beispiel vor, dass sie in der Nähe ihres Chefs war, wenn er mit seinem monatlichen Gewichts und Mengenbericht kämpfte.

»Also fünfundneunzig mal zweiundneunzig«, murmelte er. »Wo ist der Taschenrechner.«

»Achttausendsiebenhundertvierzig«, sagte Nombeko.

»Hilf mir lieber suchen, meine Kleine.«

»Achttausendsiebenhundertvierzig«, beharrte Nombeko.

»Was redest du da?«

»Fünfundneunzig mal zweiundneunzig sind achttausendsiebenhundert...«

»Und woher willst du das wissen?«

»Tja, ich stell mir einfach vor, dass fünfundneunzig fünf weniger sind als hundert, und zweiundneunzig sind acht weniger als hundert, und wenn man das jetzt umdreht und die Differenz jeweils von der anderen Zahl abzieht, kommt man beide Male auf siebenundachtzig. Und fünf mal acht ist vierzig. Siebenundachtzig vierzig. Achttausendsiebenhundertvierzig.«

»Warum denkst du so?«, fragte ihr verblüffter Chef.

»Weiß ich nicht«, erwiderte Nombeko. »Können wir jetzt mit unserer Arbeit weitermachen?«

An diesem Tag wurde sie zur Assistentin des Chefs befördert.

Doch die Analphabetin, die rechnen konnte, war zunehmend frustriert, weil sie nicht verstand, was die Machthaber in Johannesburg in den ganzen Dekreten schrieben, die auf dem Schreibtisch ihres Chefs landeten. Und der hatte selbst Schwierigkeiten genug mit den Buchstaben. Er buchstabierte sich jeden Text auf Afrikaans vor und blätterte parallel in einem Englischlexikon, um sich diese Unverständlichkeiten wenigstens in eine Sprache zu übersetzen, die ein Mensch verstehen konnte.

»Was schreiben sie denn diesmal?«, fragte Nombeko ihn manchmal.

»Dass wir die Säcke besser füllen«, antwortete ihr Chef. »Glaub ich jedenfalls. Oder dass sie vorhaben, die Waschhäuser zu schließen. Das ist ein bisschen unklar.«

Der Chef seufzte. Und seine Assistentin konnte ihm nicht helfen. Deswegen seufzte sie auch.

Doch dann geschah es zufällig, dass die dreizehnjährige Nombeko in der Umkleide der Latrinenleerer von einem schmierigen alten Mann begrapscht wurde. Der alte Schmierlappen kam allerdings nicht weit, denn das Mädchen brachte ihn flugs auf andere Gedanken, indem sie ihm eine Schere in den Oberschenkel rammte.

Am nächsten Tag suchte sie den alten Mann auf der anderen Seite der Latrinenreihe von Sektor B auf. Er saß mit einem Verband am Oberschenkel auf einem Campingstuhl vor seiner grün gestrichenen Hütte. Auf dem Schoß hatte er ... Bücher?

»Was willst du hier?«, fragte er.

»Ich glaube, ich hab gestern meine Schere in Onkel Thabos Oberschenkel vergessen, und die hätte ich gern zurück.«

»Die hab ich weggeworfen«, behauptete der alte Mann.

»Dann schuldest du mir eine Schere«, sagte das Mädchen. »Woher kannst du eigentlich lesen?«

Der alte Schmierlappen war halb zahnlos. Sein Oberschenkel tat ihm ganz schön weh, und er verspürte wenig Lust, mit diesem bösartigen Mädchen Konversation zu treiben. Andererseits war es das erste Mal, seit er nach Soweto gekommen war, dass sich jemand für seine Bücher zu interessieren schien. Seine ganze Hütte war voll mit Büchern, weswegen ihn seine Umgebung den Verrückten Thabo nannte. Doch das Mädchen hier hörte sich eher neidisch als höhnisch an. Vielleicht konnte er sich das ja zunutze machen?

»Wenn du ein bisschen entgegenkommend wärst und nicht so über die Maßen gewalttätig, könnte es sein, dass Onkel Thabo dir dafür seine Geschichte erzählt. Er würde dir vielleicht sogar beibringen, wie man Buchstaben und Worte entziffert. Wenn du eben, wie gesagt, ein bisschen entgegenkommend wärst.«

Nombeko hatte mitnichten vor, entgegenkommender zu dem alten Schmierlappen zu sein, als sie es tags zuvor in der Dusche gewesen war. Daher antwortete sie, dass sie glücklicherweise noch eine Schere besaß, die sie aber lieber behalten würde, als sie in Onkel Thabos anderem Oberschenkel zu versenken. Doch wenn der liebe

Onkel sich gut benahm – und ihr das Lesen beibrachte – konnte Oberschenkel Nummer zwei unversehrt bleiben.

Thabo kapierte es nicht ganz. Hatte das Mädchen ihm gerade gedroht?

* * * *

Thabo war als Lehrer richtig fähig. Und Nombeko eine gelehrige Schülerin. Schon am dritten Tag konnte sie das Alphabet mit einem Stöckchen in den Lehm vor Thabos Hütte malen. Ab dem fünften Tag begann sie ganze Wörter und Sätze zu buchstabieren. Erst gerieten sie ihr hauptsächlich fehlerhaft. Nach zwei Monaten hauptsächlich richtig.

In den Pausen zwischen ihren Lektionen erzählte Thabo von den Dingen, die er auf seinen vielen Reisen erlebt hatte. Nombeko durchschaute sofort, dass er dabei zwei Teile Dichtung mit höchstens einem Teil Wahrheit mischte, aber das war ihr egal. Ihre eigene Realität war elend genug, von der Sorte brauchte sie nicht unbedingt noch mehr.

* * * *

An ihrem fünfzehnten Geburtstag hatte Nombeko ein seit langem angesetztes Budgetgespräch mit Piet du Toit vom Gesundheitsamt Johannesburg.

»Sektor B hat das Budget um elf Prozent überzogen«, sagte Piet du Toit und sah Nombeko über den Rand seiner Brille an, die er eigentlich nicht brauchte, die ihn aber ein bisschen älter aussehen ließ.

»Das hat Sektor B nicht«, sagte Nombeko.

»Wenn ich sage, dass Sektor B das Budget um elf Prozent überzogen hat, dann ist das so«, sagte Piet du Toit.

»Und wenn ich sage, dass Piet du Toit so rechnet, wie es seinem Verstand entspricht, dann ist das auch so. Geben Sie mir ein paar

Sekunden«, sagte Nombeko, riss Piet du Toit seine Kalkulation aus der Hand, überflog die Zahlen, zeigte auf Zeile zwanzig und sagte: »Den Rabatt, den ich ausgehandelt hatte, haben wir in Form einer Mehrlieferung bekommen. Wenn er diesen vom tatsächlichen Preis abrechnet statt von einem fiktiven Listenpreis, wird er feststellen, dass seine elf Phantomprozent nicht mehr existieren. Außerdem hat er plus und minus verwechselt. Wenn wir rechnen würden, wie es der Herr Assistent will, dann hätten wir das Budget um elf Prozent unterschritten. Was übrigens genauso falsch ist.«

Piet du Toit wurde rot. Kapierte dieses Mädchen nicht, wo ihr Platz war? Wo käme man denn da hin, wenn jeder x-Beliebige entscheiden könnte, was richtig und was falsch ist? Also sagte er:

»Wir haben im Büro schon mehrfach über dich gesprochen.«

»Aha«, sagte Nombeko.

»Wir finden die Zusammenarbeit mit dir sehr anstrengend.«

Nombeko begriff, dass sie auf dem besten Wege war, hinausgeworfen zu werden wie ihr Vorgänger.

»Aha«, sagte sie.

»Ich befürchte, wir müssen dich versetzen. Zurück ins normale Team.«

»Aha«, sagte sie.

»Ist ›aha‹ das Einzige, was du zu sagen hast?«, fragte Piet du Toit verärgert.

»Na ja, ich könnte natürlich versuchen, Herrn du Toit zu erklären, was für ein Idiot Herr du Toit ist, aber es wäre wohl vergebliche Liebesmüh, das habe ich in meinen Jahren unter den Latrinentonnenträgern gelernt. Denn hier gibt es auch Idioten, müssen Sie wissen. Am besten geh ich einfach, dann muss ich den Herrn du Toit nicht mehr sehen«, sagte Nombeko und ließ ihren Worten Taten folgen.

Das alles hatte sie in so einem Tempo vorgebracht, dass Piet du Toit erst reagieren konnte, als das Mädchen schon entwischt war. Und der Gedanke, ihr zwischen die Hütten nachzulaufen, verbot sich von selbst. Wenn es nach ihm ging, konnte sie sich dort im

Müll verstecken, bis Tuberkulose, Drogen oder einer der anderen Analphabeten ihrem Leben ein Ende machten.

»Pfui«, sagte Piet du Toit und nickte der Leibwache zu, die ihm sein Vater bezahlte.

Höchste Zeit, wieder in die Zivilisation zurückzukehren.

Mit diesem Gespräch war sie natürlich nicht nur ihre Chefposition los, sondern auch den Job, mit dem sie ihren Lebensunterhalt verdiente. Und ihr letztes Gehalt würde sie auch nicht mehr bekommen.

Der Rucksack mit ihren unbedeutenden Habseligkeiten war gepackt. Einmal Kleider zum Wechseln, drei von Thabos Büchern und die zwanzig Stangen getrocknetes Antilopenfleisch, die sie gerade von ihrem letzten Geld gekauft hatte.

Die Bücher hatte sie schon gelesen, und sie kannte sie auswendig. Doch Bücher hatten einfach etwas Sympathisches, ihre bloße Existenz war erfreulich. Es war fast wie mit den Latrinentonnenträgern. Bloß umgekehrt.

Es war Abend, die Luft war kühl. Nombeko zog ihre einzige Jacke an. Legte sich auf ihre einzige Matratze und deckte sich mit ihrer einzigen Decke zu. Am nächsten Morgen würde sie von hier fortgehen.

Und plötzlich wusste sie auch wohin.

Am Vortag hatte sie davon in der Zeitung gelesen. Sie würde in die Andries Street 75 in Pretoria fahren.

In die Nationalbibliothek.

Soweit sie wusste, war Schwarzen der Zutritt nicht verboten, mit etwas Glück würde sie also hineinkommen. Was sie dann machen konnte, außer zu atmen und die Aussicht zu genießen, wusste sie nicht. Aber das reichte ja schon mal für den Anfang. Und sie spürte, dass die Literatur ihr dann schon den weiteren Weg weisen würde.

Mit dieser Gewissheit schlief sie zum letzten Mal in der Hütte ein, die sie fünf Jahre zuvor von ihrer Mutter geerbt hatte. Und sie tat es mit einem Lächeln.

Und das war etwas ganz Neues.

Als der Morgen anbrach, ging sie fort. Es war nicht gerade eine kurze Strecke, die vor ihr lag. Der erste Spaziergang ihres Lebens außerhalb von Soweto sollte ein neunzig Kilometer langer werden.

Nach knapp sechs Stunden – und sechsundzwanzig der neunzig Kilometer – war Nombeko im Zentrum von Johannesburg angekommen. Das war eine ganz andere Welt! Allein die Tatsache, dass die meisten rundherum weiß waren und eine schlagende Ähnlichkeit mit Piet du Toit besaßen, war bemerkenswert. Interessiert sah Nombeko sich um. Neonschilder, Ampeln und allgemeiner Lärm. Und blitzblanke neue Autos, Modelle, die sie noch nie gesehen hatte.

Als sie sich halb umdrehte, um mehr zu sehen, sah sie, dass eines dieser Autos mit vollem Tempo auf dem Gehweg auf sie zufuhr.

Nombeko konnte noch denken, dass es wirklich ein sehr schönes Auto war.

Aber ausweichen konnte sie nicht mehr.

* * * *

Ingenieur Engelbrecht van der Westhuizen hatte den Nachmittag in der Bar des Hilton Plaza Hotel in der Quartz Street verbracht. Jetzt setzte er sich in seinen neuen Opel Admiral und fuhr Richtung Norden.

Aber es ist und war noch nie leicht, mit einem Liter Kognak im Körper Auto zu fahren. Der Ingenieur kam nur bis zur nächsten Kreuzung, dann schlingerte er mit seinem Opel aufs Trottoir und – verdammich aber auch! – hatte er da gerade einen Kaffer überfahren?

Das Mädchen unter dem Auto des Ingenieurs hieß Nombeko und war ehemalige Latrinentonnenträgerin. Fünfzehn Jahre und einen

Tag zuvor war sie in einer Blechhütte im größten Slum Südafrikas zur Welt gekommen. Umgeben von Alkohol, Verdünnungsmittel und Tabletten sollte sie eine Weile im Lehm zwischen den Latrinen von Sowetos Sektor B leben und dann sterben.

Ausgerechnet Nombeko war ausgebrochen. Sie hatte ihre Hütte zum ersten und letzten Male verlassen.

Und dann kam sie nur bis ins Zentrum von Johannesburg, und schon lag sie völlig kaputt unter einem Opel Admiral.

»War das denn schon alles?«, dachte sie, bevor sie in die Bewusstlosigkeit sank.

Aber das war noch nicht alles.